Über dieses Buch

Eddie Anderson hat alles erreicht, was er sich – Sohn armer griechischer Einwanderer – erträumt hatte: Er ist ein wohlhabender Mann in gesicherter Position, er besitzt ein schönes Haus mit Schwimmbassin in Los Angeles, seine Frau Florence und seine Tochter Ellen fahren ihre eigenen Wagen, er könnte stolz auf sich sein und – glücklich.
Aber die bittere Erfahrung bleibt ihm nicht erspart, daß Geld und beruflicher Erfolg allein nicht die innere Leere eines in Konventionen erstarrten Lebens ausgleichen können.
In dieser Krise verfällt er der attraktiven und hemmungslosen Gwendolyn Hunt. Vor die Entscheidung gestellt, die Annehmlichkeiten seines bisherigen Lebens aufzugeben oder auf das Mädchen zu verzichten, versucht er noch einmal, sich zu arrangieren.
Er trennt sich von Gwendolyn. Aber nach Monaten verzweifelten Bemühens muß er einsehen, daß er sich bereits zu tief in die Netze einer schrankenlosen Leidenschaft verstrickt hat.
Eddie Anderson versucht, die Fassade von Konventionen und Heuchelei zu durchstoßen und zu einem wesentlicheren Leben zu finden. Es ist ein unendlich mühsamer und schmerzerfüllter Weg, den er zu gehen hat, bis er zu sich selbst findet.

Mit DAS ARRANGEMENT hat Elia Kazan, der schon mit seinem ersten Roman AMERICA, AMERICA einen internationalen Erfolg erzielte, ein Buch geschrieben, das zweifellos viele autobiographische Elemente enthält und dessen erschütternde Eindringlichkeit und dramatische Spannung den Leser bis zur letzten Zeile gefangennimmt.

Vollständige Taschenbuchausgabe
Deutsche Ausgabe

Erstveröffentlichung THE ARRANGEMENT in den USA
bei Stein and Day
Ins Deutsche übertragen von Ulla H. de Herrera
Umschlaggestaltung Atelier Freitag und Freitag
Gesamtherstellung Ebner, Ulm
Printed in Germany
ISBN 3-426-00251-5

1.– 15. Tausend Mai 1971
16.– 25. Tausend Januar 1972
26.– 35. Tausend August 1972
36.– 45. Tausend März 1973
46.– 65. Tausend Oktober 1973
66.– 73. Tausend August 1974
74.– 80. Tausend Juni 1975
81.– 90. Tausend Januar 1976
91.– 97. Tausend Februar 1977
98.–103. Tausend Oktober 1977
104.–109. Tausend August 1978

Elia Kazan:
Das Arrangement

Roman

Droemer Knaur

Dem Mädchen von Makrikoy

I

Ich habe immer noch keine Erklärung für meinen Unfall gefunden. Mit all der nachträglichen Einsicht, die ich im Laufe der Jahre gewonnen habe, denke ich immer wieder über die Ereignisse jenes Tages nach, des Tages, an dem der Zusammenstoß stattfand. Ich denke über die Ereignisse der Monate vor dem Zusammenstoß nach, die Ereignisse, die dazu geführt haben könnten. Aber es ist und bleibt ein Geheimnis.

Das Rätsel liegt nicht darin, daß ein Mann, so erfolgreich, wie ich es war, versuchen könnte, sich das Leben zu nehmen. Es gab genügend Gründe dafür. Ich hatte, wie man so schön zu sagen pflegt, alles, was ich mir wünschen konnte, aber trotzdem gab es Gründe.

Das Geheimnis liegt in der Art und Weise, wie es geschah.

Ich glaube nicht an Geister. Und dennoch: Heute bin ich ein völlig anderer Mensch und führe ein völlig anderes Leben, aber jedesmal, wenn ich mich frage, was damals wirklich geschehen ist, frage ich mich sofort als nächstes, welche und wessen Hand es war, die aus dem heiteren Himmel herunter das Lenkrad meines Triumph-Zweisitzers herumgerissen und, all meiner Kraft und meinem Willen zum Trotz, den Kurs gehalten hat, der mich gegen die Seite des rasenden Lastzugs schleuderte. Es geschah alles in ein oder zwei knappen Sekunden, aber ich erinnere mich deutlich daran.

Man möchte meinen, daß Erfolg einen gewissen Schutz bieten würde gegen Geister oder das Unbewußte, oder was immer es gewesen sein mag. Das zumindest sollte man vom Erfolg erwarten können. Oder vom Geld. Aber sie taten es nicht, weder noch. Ich wiederhole, ich war hilflos gegenüber der Kraft jener »Hand«, oder was immer es war, das mir die Gewalt über meinen Triumph TR 4 entriß, ihn unerschütterlich in eine bestimmte Richtung steuerte und ihn schließlich gegen jenen Lastzug knallen ließ.

Die Ereignisse, die meinem Unfall vorangingen, sagen nichts über die Gründe aus. Zwar hatte ich elf Monate zuvor ein Mädchen aufgegeben, an dem ich sehr hing, aber ich war inzwischen wieder ins Gleichgewicht gekommen; tatsächlich ging es mir wunderbar. Meine Frau Florence und ich wurden von sämtlichen Ehepaaren in Beverly Hills und Bradshaw Park beneidet. Das glückliche Paar! Diesen Beinamen gab man uns gerade in jenen elf Monaten, zwischen dem Tag, an dem ich mit Gwen Schluß gemacht hatte, und dem Tag meines Unfalls. Überdies haben die meisten Männer, die ich kenne, zu irgendeinem Zeitpunkt ihres Lebens vor der gleichen schmerzlichen

Wahl gestanden – haben sich entschieden und es allmählich überwunden; vielleicht fühlten sie sich danach ein wenig ärmer, aber doch gleichzeitig sehr viel wohler.

Und ich war mir klar darüber, daß ich Gwen aufgeben mußte. Ich wußte, daß der Augenblick gekommen war, jener Augenblick, an dem man noch frei und unbelastet, ohne nachhaltigen Schaden für einen von beiden fortgehen kann – kurz vor jenem anderen Augenblick, an dem jemand verletzt wird. Ich wußte verdammt genau, in welcher Gefahr ich mich befand; immer wieder hatte ich mir gesagt: »Mach Schluß, mein Junge, ehe es zu spät ist!«

Ich hatte mir die Sache gründlich durch den Kopf gehen lassen. Ich will sagen, wenn man einundzwanzig Jahre mit einer Frau gelebt hat, wie ich mit Florence, gibt es etwas, das wertvoll ist. Und, um es offen auszusprechen, eine Scheidung kann viel Geld kosten. Ich kannte dieses andere Mädchen nicht einmal richtig, oder, wenn ich ehrlich sein will, ich kannte eine Seite von ihr sehr genau: jeden Zoll ihres Körpers.

Aber verdammt nochmal, sagte ich mir, ich habe zuviel zu verlieren. Ich meine, ich war damals ein gemachter Mann, wohlhabend, auf Lebenszeit gesichert. Ich besaß das schöne Haus in der Bradshaw-Park-Gegend von Los Angeles, und dort hatte ich (das klingt absurd, ich weiß) den tollsten Rasen der ganzen Nachbarschaft, ein paar wunderschöne Pflanzen, die ich selbst gesetzt hatte, und eine wirklich märchenhafte Plattensammlung, einschließlich vieler seltener 78er; zwei wertvolle Originalzeichnungen von Picasso; einen Gefrierschrank, der sechsunddreißig Kubikfuß Lebensmittel faßte; und die drei Wagen: den Continental von Florence, den Karmann Ghia meiner Tochter Ellen und den Triumph TR 4, den ich später zu Schrott fahren sollte. All das und ein Schwimmbassin. Es war ein hoher Preis für eine gute, ja selbst für eine großartige Bettgenossin! Und als ich mir all diese Dinge ansah und meine Familie dazu, dachte ich, zum Teufel, auf was lasse ich mich da ein? Jeder Mann wird verstehen, was ich meine, besonders Europäer, die, dem allgemeinen Eindruck zum Trotz, viel weniger romantisch veranlagt sind als wir und sehr gut wissen, was es bedeutet, etwas zu besitzen.

Ich hatte angefangen, mich mit diesem Mädchen Gwen wie ein gottverdammter Idiot zu benehmen. Zuerst traf ich sie zwei-, vielleicht dreimal in der Woche, ohne den Schein meiner ehrbaren Existenz zu trüben. Das war genau, wie ich es haben wollte. Ich machte zum Beispiel auf dem Weg ins Büro bei einem Motel halt und reservierte ein Zimmer. Dann rief ich irgendwann während des Vormittags Gwen an. Sie arbeitete ebenfalls (in welcher Eigenschaft, das wußte niemand) bei Williams and MacElroy, wo ich zu den Respektspersonen gehörte. Ich sagte ihr den Namen und die Nummer, zum Beispiel Zimmer 535. Dann erfanden wir beide irgendeine Ausrede, um für ein paar Stunden loszukommen. Ich als hohes Tier hatte natürlich darin viel mehr Bewegungsfreiheit als sie. Aber selbst wenn es nur für die Mittagsstunde war, damals lohnte es sich für uns. Ich ging zuerst in das Motel, steckte das zusammengefaltete Schild »Bitte nicht stören« so zwischen die Tür, daß sie zwar zuging, aber nicht einschnappte, ließ die Jalousien herunter, knipste das Licht aus, legte mich nackt aufs Bett, lag da und wartete auf sie. Wenn sie hereinkam, schloß sie die Tür, zog sich ohne ein Wort zu sagen aus, und – nun, über das, was dann vor sich ging, gibt es nichts zu berichten, höchstens, daß sehr wenig gesprochen wurde. Dieses Zusammenkommen von Fremden in der Dunkelheit erregte uns. Wir machten einen Kult daraus.

Dann geschah etwas mit mir, das sich meiner Kontrolle entzog. Männer werden wissen, wovon ich spreche; ich meine diesen verzweiflungsvollen Zustand, der einen mit dreiundvierzig, wie ich es war, oder mit fünfundvierzig oder auch später überkommt. Wie dem auch sei, bevor ich wußte, was vorging, hatte die Sache ein vollkommen anderes Gesicht angenommen. Ich traf sie jetzt nicht mehr vielleicht ein paarmal in der Woche in einem Hotelzimmer. Ich wurde unvorsichtig, küßte und tätschelte sie in den dunklen Ecken von Bars, wo es unvermeidlich war, daß man uns sah, oder ich fuhr hinaus zum Meer und lag mit ihr am Strand. Natürlich mußte Florence es erfahren. Und es gibt eine Frage, die ich nicht beantworten kann: Wünschte ich mir unbewußt, daß Florence davon erfuhr?

Die Gefahr bestand nicht darin, daß ich dieses Mädchen so oft sah. Schließlich hatte ich immer irgend jemand gehabt. Kurz vor Gwen – und auch noch, als ich sie kennenlernte – hatte ich eine erlesene kleine Schar von jungen Dingern. Gefährlich war nur – auch davon hat man schon des öfteren gehört –, daß ich mich allmählich in Gwen verliebte. Und ich hatte nach einer ähnlichen Affäre, ein paar Jahre zuvor, den festen Entschluß gefaßt, mich dem nie wieder auszusetzen. Ich glaubte erkannt zu haben, wie wichtig es ist, innerlich unbeteiligt zu bleiben. Doch aller guten Einsicht zum Trotz geschah es nun abermals.

In erster Linie begann ich, was Gwen betraf, unter Zwangsvorstellungen zu leiden, fragte mich, wo sie sei, wenn sie nicht bei mir war, und wagte es nie, sie lange allein zu lassen. Die Natur verabscheut das Leere, und der Gedanke an eine ungebundene und unbefriedigte Gwendolyn Hunt, die (mit irgend jemandem) die Lokale im Dschungel von Los Angeles unsicher machte – nun, er beunruhigte mich.

Ferner gab es noch ein weiteres schlimmes Zeichen. Es hatte mit

meiner Arbeit zu tun: Sie interessierte mich nicht mehr. Mein berufliches Ansehen und mit ihm mein Bankguthaben und somit meine Seelenruhe – alles war gefährdet, noch ehe ich wußte, wie mir geschah!
Und noch ein Gefahrenzeichen: Ich war bald so weit, daß ich's mit keinem Mädchen außer Gwen treiben konnte, und das nicht nur, weil Gwen mich ausgiebig in Anspruch nahm. Ich hatte einfach keine Lust auf Abwechslung. Da wußte ich, daß es schlimm um mich stand. Noch nie zuvor war ich einer Frau treu gewesen. Ich hatte das immer für das Sicherste gehalten. Aber jetzt!
Sogar meinen Harem löste ich auf. Ich lud jedes dieser netten, braven Mädchen zum Cocktail oder Mittagessen ein und sagte ihnen, daß es aus sei. Einige von ihnen reagierten auf eine für mich nicht sehr schmeichelhafte Art. Die erste weinte. Das war in Ordnung, ich hatte es erwartet. Doch die Augen der nächsten wanderten fast sogleich (wir waren im »Romeo«) zu sämtlichen andern Männern, die dort an diesem Tag zu Mittag aßen. Ich nehme an, es geschah einfach aus dem Selbsterhaltungstrieb, aber sie wartete nicht einmal auf den Espresso. Und eine andere machte sich sofort daran, Geld von mir zu borgen – Geld, das sie nie zurückzuzahlen beabsichtigte.
Auf jeden Fall machte ich mit allen Schluß. Und das Sonderbare daran war, daß ich es nicht etwa tat, weil Gwen mich darum gebeten hatte. Ich tat es, weil ich es wollte. Wohl zum erstenmal in meinem Leben war ich einer einzigen Frau treu, ihr – und Florence natürlich.
Denn ich schlief auch weiterhin, ein- oder zweimal in der Woche, mit meiner Frau Florence. Nein, eher einmal. Wie dem auch sei, sie ahnte anfangs nicht, daß sich bei mir irgend etwas geändert hatte: Meine Leidenschaft für sie war ohnedies schon längst erloschen. Es reizte mich einfach nicht mehr bei ihr. Aber, verdammt nochmal, einmal in der Woche ist gar nicht so schlecht, wenn man bedenkt, daß wir seit einundzwanzig Jahren zusammen waren und viel zu jung geheiratet hatten, besonders ich. Außerdem war sie jetzt dreiundvierzig, genauso alt wie ich, fast auf den Monat; das ist für einen Mann ein gutes Alter, aber ihr Hinterteil war wie ein Waffeleisen, ihre Haut war nicht mehr glatt – und überhaupt, alles an ihr war irgendwie schlaff. Und es machte ihr Kummer – armes Kind. Ich ertappte sie einmal dabei, wie sie über die Schulter weg in den Spiegel sah und die Rückseite ihrer Beine musterte. Sie wußte genau, was los war. Nach und nach änderte sich zum Beispiel der Stil ihrer Badeanzüge. Sie trug jetzt Anzüge mit kleinen Röckchen und blickte verärgert auf die Mädchen, die in winzigen Bikinis in unser Schwimmbassin kamen. Sie begann nach Gründen zu suchen, um sie

fernzuhalten – natürlich nicht etwa wegen ihrer Bikinis, sondern weil sie zu laut waren oder Zigarettenstummel auf den Rasen warfen oder einfach, weil es so schön war, ruhig und ungestört zu sein, wenn man schwamm. Aber ich kannte den wahren Grund. Die Beine dieser Mädchen waren makellos. So tat sie mir wirklich leid, als ich sie dabei ertappte, wie sie in den Spiegel sah. Aber was konnte ich tun – die Natur gütiger oder das Leben gerechter machen? Wir waren seit einundzwanzig mühsam dahinschleichenden Jahren verheiratet, und es geschehen keine Wunder.

Sagen wir also, ich verlor die Beherrschung – zuerst ein wenig und dann immer mehr. Bis dahin war ich stets insgeheim stolz darauf gewesen, daß ich es war, der die Ereignisse beherrschte, nicht umgekehrt. Florence und ich waren, ohne viel darüber zu reden, zu einer Art Verständigung oder Abkommen gelangt, daß sie ein Auge zudrücken würde, solange ich sie vor unseren Freunden nicht lächerlich machte oder öffentlich demütigte. Vielleicht wußte sie auch wirklich nichts. Ich war mir nie ganz klar darüber. Jedenfalls war dieses Arrangement ebenso ein Bestandteil unserer Ehe und unseres Haushalts wie der Küchenherd und die Versicherung, der Plattenspieler und unsere Bankkonten, der Rasen und unser Aktienportefeuille.

Aber jetzt stand ich vor einem wirklichen Problem. Denn ich liebte Florence. Ich weiß, das will nichts heißen; jeder liebt heutzutage jeden. Ich will damit sagen, wir waren uns sehr nahe. Wir hatten uns angefreundet, als ich auf der Universität war, und seitdem war sie stets meine gute Fee gewesen. Als sie mich kennenlernte, befand ich mich in einer schrecklichen Verfassung, hockte mit angezogenen Beinen und wilden Augen zähnefletschend in meinem kleinen Schlupfwinkel, jederzeit bereit, aufzuspringen und zuzuschnappen. Sie war die erste, die es wagte, die Hand nach mir auszustrecken. Mit schmeichelnden Worten half sie mir auf und zog mich langsam aus meiner einsamen Höhle heraus. Es dauerte eine Weile, und ich schnappte ein paarmal – wohl mehr als ein paarmal – nach dieser sanften, ruhigen Hand. Aber sie fuhr unbeirrt fort und erreichte es schließlich. Dann machte sie sich daran, mich aus der kauernden – oder vielleicht auch kriechenden – Stellung aufzurichten, in der ich mein ganzes Leben zugebracht hatte.

Florence sah etwas in mir, das kein anderer gesehen hatte. Allein die Art, wie sie mich anblickte – ich erinnere mich an das Vertrauen, das in ihren Augen lag, als sie diese zum erstenmal offenhielt, damit ich in sie hineinschauen könne, und ich sie zum erstenmal wirklich sah, unverschleiert, weich und warm, in einem Gesicht von englischem Rosa. Ich erinnere mich auch noch genau, wie sie damals war: wie sie ihr Haar trug, nicht gelegt, nicht kunstvoll frisiert, sondern einfach gebürstet und gekämmt. Sie blickte mich in dieser ersten Zeit an, und sie brauchte nicht zu sagen: »Glaub mir...«, oder: »Ich sage dir die Wahrheit...«, wie die meisten Menschen es müssen. Sie brauchte mich nur anzusehen, und ich wußte, daß sie an mich glaubte, ob andere es taten oder nicht, daß sie mich liebte, ob ich ihre Liebe erwiderte oder nicht, und daß sie mir für immer gehörte, ob ich sie wollte oder nicht, bedingungslos und ohne viel zu fragen.

Von Anfang an verpflichtete sie sich meiner Sache. Sie überzeugte mich, daß ich es zu etwas bringen könne, wenn ich mich erst einmal aus meiner hockenden oder kriechenden Haltung aufgerichtet haben würde. Sie überzeugte mich, was niemand je getan hatte, daß ich zu etwas taugte. Es war ihr Vertrauen, das mich zu einem anderen Menschen machte. Sie war meine geheimnisvolle Kraft, der Talisman meines Erfolgs.

Solch einem Menschen ist man etwas schuldig.

Man hat auch Angst, auf solch einen Menschen zu verzichten. Ich hatte mich im Lauf der Jahre des öfteren von ihr losgerissen und war ausgebrochen, ja, aber nie sehr weit und immer mit einer Rückfahrkarte in der Tasche.

Also mußte ich mich entscheiden. Ich fragte mich: Was fühle ich wirklich? Ich versuchte, auch ohne die Hilfe eines Psychoanalytikers nach innen zu blicken, und entdeckte, daß ich auf meine eigene, erbärmliche Art sie alle beide liebte. Ich glaube nicht, daß irgendein Analytiker mich das hätte entdecken lassen, oder doch? Aber ich habe niemals verstanden, warum ein Mann nicht imstande sein sollte, zwei oder drei Frauen gleichzeitig zu lieben. Ich meine, sie wirklich, von ganzem Herzen, zu lieben. Schließlich und endlich, was schmeckt besser, ein Pfirsich oder eine Birne?

Aber es war zu spät für Überlegungen dieser Art. Ich hatte einmal Florence gegenüber solche Gedanken geäußert. Ihre Reaktion war biologisch. Sie meinte, ungeachtet der Tatsache, daß ich behauptete, griechischer Herkunft zu sein, müsse ich türkisches Blut in den Adern haben, denn auf gewissen Gebieten dächte ich einfach nicht wie ein Abendländer. Als ich ihr sagte, die meisten Abendländer meiner Bekanntschaft dächten genau wie ich, nur seien sie nicht bereit, es zuzugeben, lächelte sie nachsichtig und erwiderte nichts.

Eines Tages stellte Gwen mir ihr Ultimatum. Wir waren zum Strand hinausgefahren. Gewöhnlich fuhren wir auf der Strandseite des Sepulveda-Boulevard mit offenem Verdeck, sie saß dicht neben mir, und es war uns vollkommen egal, daß man uns beide deutlich sehen konnte. Aber auf der den Beverly Hills zugewandten Fahrbahn von Sepulveda pflegte ich das Verdeck hochzuklappen, und von da ab saß sie auf ihrer Seite des Wagens, nah bei der Tür; sie setzte ihre

dunkle Brille auf, und wenn wir durch gewisse Viertel fuhren und an bestimmten Häusern vorbeikamen, rutschte sie hinunter, außer Sicht.
Nun gut, an diesem Tag kamen wir vom Strand zurück, die Sonne strömte durch den Smog hernieder, und Gwens goldenes Haar flatterte in der giftigen Brise – mein Gott, wie liebte ich ihr Haar, so seidenweich, so fein. Für mich als Griechen hat Blondheit eine magische Anziehungskraft. Mir war schwarzes Haar beschieden, ein wenig ölig, früher einmal sehr dicht, dann langsam spärlicher werdend, früher sehr dunkel, dann allmählich grau werdend. Jetzt ist es völlig grau und im Verschwinden begriffen.
Auf jeden Fall, als ich anhielt, um das Verdeck hochzuklappen, wollte sie nicht. Nichts von alledem. Sie wollte sich nicht auf ihre Seite setzen; sie wollte nicht herunterrutschen, als der Augenblick dafür kam, ungeachtet der Tatsache, daß es Sonnabend und alle Welt unterwegs war. Nicht einmal die dunkle Brille wollte sie aufsetzen. Sie sagte lediglich, sie habe das ganze Abkommen satt und habe keine Lust, noch weiter Versteck zu spielen; wir hätten das jetzt schon lange genug getan, und ich müsse endlich zu einem Entschluß gelangen.
So befand ich mich also zwischen zwei Feuern. Keine neue Erfahrung für mich. Ich habe, wie ich später noch erklären werde, immer »Duplizitätsprobleme« gehabt. Die ganze Zeit über hatte ich mir gesagt, daß ich jederzeit Schluß machen könne, daß es eine rein körperliche Bindung sei. Aber das war es nicht allein, und das war es auch nicht einmal in erster Linie. Es war etwas anderes, und um das zu beschreiben, muß ich zu den Geschehnissen elf Monate vor meinem Unfall zurückgehen und sogar noch ein weiteres Jahr, bis zu dem Tag, an dem ich Gwendolyn Hunt zum erstenmal sah.
Es war in einem Präsentationsraum bei Williams and MacElroy, und sie mißfiel mir auf den ersten Blick.
Und zufällig war es am Tag meines größten Erfolgs.
Einer unserer bedeutendsten Werbeetats, Zephyr-Zigaretten, schien dem Untergang geweiht. Die ganze Marke war in Gefahr. Es lag auf der Hand, daß man eine völlig neue Taktik der Öffentlichkeit gegenüber anwenden mußte. Aber kein Mensch hatte eine Ahnung, wie man es anpacken sollte. Die Sitzung war für uns, die Werbeagentur Williams and MacElroy, von entscheidender Wichtigkeit. Das war allen klar. Wenn die Zephyr-Leute von uns nicht die Unterstützung bekamen, die sie brauchen, würden sie sie woanders finden.
Der Kunde war so wichtig, daß Mr. Finnegan mich von allem anderen wegholte und mich für Zephyr einsetzte. Seine Anweisungen waren einfach: Retten Sie den Etat.

Die Burschen von Zephyr bildeten bei dieser Sitzung weiß Gott ein beklagenswert aussehendes Häufchen! Und unsere Leute, die krampfhaft versuchten, Optimismus auszustrahlen, machten einen noch viel trostloseren Eindruck. Sie alle hatten an diesem Morgen Haferschleim in den Knochen. Um gleich zum glücklichen Ausgang überzugehen – es verlief etwa folgendermaßen:

Eddie Anderson hat das Wort – ich, der Unentbehrliche Eddie. Ich zitiere: »Gut, lassen Sie mich erklären, wie man es schaffen kann! Bitte, Benny, gib mir den Block. Sehen Sie her.« Ich machte eine Skizze. »Wir zeigen zum Beispiel diesen netten alten Mann, rosige Wangen, graue Haare, aber nicht zu grau – Sie wissen schon, was ich meine –, im Hintergrund die Enkelkinder, oder vielleicht sind's seine Kinder, das ist nicht so genau zu erkennen, und dann diese wirklich sehr hübsche Frau im Mittelgrund, wohlgemerkt, man weiß nicht, wer sie ist. Ist es sein Ring, den sie trägt? Sie ist nicht mehr ganz jung – so ungefähr. Nein, etwas vollbusiger, vielleicht eine junge Vierzigerin, und sie mustert ihn auf eine gewisse Art, sehn Sie, so – zurückhaltend, aber trotzdem, Sie wissen ja, Sex kennt heutzutage keine Altersgrenzen. Man muß den Eindruck erwecken, daß er vielleicht immer noch das ist, was wir alle selbst gern sein möchten, verstehen Sie? Und die Unterschrift? Sehr einfach: ›Rauchen Sie Ihr Leben lang Zephyr, die reine Zigarette.‹ Und wir setzen ›rein‹ kursiv, geben dem Wort ein reines Aussehen. Ist's nicht genau das, worüber sich heutzutage alle Welt Sorgen macht? Selbst England! Jedem liegt es auf der Seele. Bitte beachten Sie: Ich erwähne nicht einmal das bewußte gefürchtete Wort. Aber ›Zephyr, die *reine* Zigarette‹. Man weiß schon, was gemeint ist. Von dieser Seite hat bisher noch niemand die Sache zu beleuchten gewagt. Oder auch so: Wir zeigen diesen Mann, der wie ein Arzt aussieht – wohlgemerkt, ohne zu sagen, daß er ein Arzt ist, wir nennen die Dinge nie beim Namen, aber er trägt einen weißen Mantel, und diese gleiche Figur steht wieder da und sieht ihn an – ein Dame, wollüstig, aber distinguiert, verstehn Sie? Natürlich ist er ein gutaussehender Mann. Und jetzt der Text: Nun? Hat jemand einen Vorschlag? ›Die Menschen, die Sie schätzen, rauchen die *reine* Zigarette, ZEPHYR!‹ Sehn Sie, wir erwähnen nichts von Arzt oder so. Aber es trifft genau das, worüber sich jeder Sorgen macht, finden Sie nicht? Und wir heben ›rein‹ heraus, lassen es schweben, als ob es vom Wind dahingetragen würde. *Rein!* Und wenn wir Zephyr im Werbefernsehen zeigen, bringen wir immer als akustische Untermalung diese Brise, die durch die Weiden zieht, und superponieren vielleicht eine Außenaufnahme – Bäume, Land, reine weiße Wolken. Ganz einfach. Wie jede wirklich richtige Lösung lag auch diese hier längst in greif-

barer Nähe. Irgend jemand mußte sich nur bücken und sie aufnehmen. Das hätte jeder von Ihnen tun können. Zufällig hab' ich es getan.«
Eine Weile herrschte andächtige Stille. Den hohen Tieren von Zephyr hatte es die Sprache verschlagen! Es bestand kein Zweifel, was das zukünftige Motto ihrer Zigarette sein würde. Rein! Eine Abstimmung war überflüssig! Sie saßen alle da und schenkten mir jenes reine, ich will sagen, aufrichtige Lächeln, denn das Aktienvorkaufsrecht, das sie in der Innentasche ihrer Jacke bei sich trugen, strömte jetzt wieder eine beruhigende Wärme aus. Und so schenkten sie mir alle jenes seltene, liebevolle Lächeln.
Alle, außer dem einen Mädchen in der Ecke, jenem Mädchen, das mir auf den ersten Blick mißfallen hatte. Ich wußte damals nicht, wer sie war. Auch sie lächelte mich an, aber ihr Lächeln war nicht wohlwollend. Es war eher wie ein Eimer kaltes Wasser, den ein völlig fremder Mensch mir ins Gesicht goß.
Ich starrte sie nur an. Und während ich mich fragte: »Wer zum Teufel mag das sein?«, senkte sie die Augen.
Der Kellner brachte Getränke herein. Ich hatte genau den richtigen Zeitpunkt dafür gewählt, und die Feier war im Gang. Ein zweiter Kellner reichte ein Tablett mit kleinen Leckerbissen herum. Sie machten sich wie die Wölfe darüber her – nicht nur, weil jeder Auftraggeber im Grunde seines Herzens ein Nassauer ist, sondern auch, weil sie jetzt wieder frei atmen konnten. Sie warfen die Sandsäcke über Bord, und der große Ballon, Optimismus genannt, schwang sich empor. So brachte ich sie alle auf schnellstem Weg hinüber zu LaRue zum Mittagessen. Und das war das zweite Mal, daß ich von Gwen Notiz nahm.
Ich wählte selbst das Menü, und es war ausgezeichnet. Schließlich hatte Mr. Finnegan ja gesagt: »Retten Sie den Etat um jeden Preis«, und Mr. Finnegan ist der Chef. Die Burschen stürzten sich auf das Essen und tranken, als stünden wir kurz vor der Prohibition. Zum Schluß erhob sich der Präsident der Gesellschaft höchstpersönlich, und in der Stille, mit der naturgemäß jedes Wort dieses Mannes aufgenommen wurde, hörten wir alle: »Wie stellen Sie es an, Eddie? Sie bringen es wahrhaftig fertig, alles mit Sex zu vermischen.« Ich lächelte pflichtschuldigst. »Sie sind Grieche, nicht wahr?« »Ja«, erwiderte ich. »Ich wußte, daß es irgendeinen Grund hat«, sagte er mit einem verwunderten Kopfschütteln. Alle lachten, und das besiegelte die Sache. Sie rissen sich förmlich darum, bei dieser »reinen« Werbekampagne mitzumachen.
In diesem Augenblick fing ich an, das Mädchen wirklich zu beachten. Sie ignorierte nicht nur vollkommen die Hauptperson der Zusam-

menkunft, mich, sie sprach nicht nur mit dem berühmten säuerlichen kleinen Lächeln, wenn sie überhaupt sprach, sondern sie ging tatsächlich zu weit: Sie wandte unserer Feier den Rücken zu und unterhielt sich mit irgendwelchen Leuten am Nachbartisch – offensichtlich nicht über Zephyr oder »rein« oder mich –, und dann stand sie ohne ein Wort der Erklärung oder Entschuldigung auf und ging fort. Bei der nächsten großen Werbeberatung über Zephyr war sie wieder zugegen, saß wieder, den Kopf gesenkt, in derselben Ecke und machte, genau wie letztes Mal, Notizen oder kritzelte geistesabwesend auf ihrem Block herum, während ich sprach. Als ich mit meinen Ausführungen fertig war und man mir allgemein zustimmte, blickte sie kurz auf und sah mich wieder mit diesem sonderbaren Lächeln an. »Wer zum Teufel ist das?« fragte ich, auf sie deutend, meinen Nachbarn. Es war mir egal, ob sie mich hören konnte. »Sie ist aus Mr. Finnegans Büro«, flüsterte er.

In den folgenden Wochen, während wir die neue Zephyr-Kampagne auf die Beine brachten, hatten wir alle reichlich Gelegenheit, sie zu sehen. Sie war stets bei den großen Besprechungen zugegen, aber es gelang niemandem, ihre Bekanntschaft zu machen. Natürlich wurden wir dadurch nur noch neugieriger. Jeder stellte jedem die gleichen Fragen über sie. Aber niemand wußte etwas. Sie erschien jetzt sogar bei den Versammlungen des Überprüfungsausschusses (der Überprüfungsausschuß war unser Oberster Gerichtshof, unsere höchste Instanz, und ich gehörte ihm an). Aber Mr. Finnegan, der bei diesen Versammlungen (und nur bei diesen Versammlungen) den Vorsitz führte, stellte sie weder vor, noch gab er irgendeine Erklärung über sie ab. Angeblich hatte er einmal zu jemandem gesagt: »Sie hat einen eingebauten Scheißdetektor!« Aber das ist auch alles. Ich bin sicher, er hüllte mit voller Absicht ihre Funktion in der Firma in geheimnisvolles Dunkel.

Mr. Finnegan hatte schon früher wiederholt so jemanden unter seinen persönlichen Mitarbeitern gehabt. Er war der Meinung, daß es wichtig sei, eine sehr, sehr negativ eingestellte Person um sich zu haben, eine Person, die in jeder Situation das Schlimmste sagte, was es zu sagen gab. Es gehörte zu seiner Arbeitsmethode, den negativen Dingen ins Auge zu sehen, ehe sie ihm gefährlich werden konnten, und daher fand er es besser, wenn jemand, der für ihn arbeitete, einen Werbefeldzug lächerlich machte, ehe die Öffentlichkeit es tat. So hatte er die Möglichkeit, ihn noch zu ändern.

Wie dem auch sei, Miss Hunt tauchte immer häufiger bei Besprechungen auf; sie saß still in ihrer Ecke, machte nie eine Bemerkung, aber es entging ihr nicht eine einzige Bewegung. Und sehr bald machte sich im Büro ein seltsames unterirdisches Knistern um ihre

Person bemerkbar. Ständig kritzelte sie oder machte Notizen, niemand war sicher, was von beidem, und die Leute versuchten zu sehen, was in ihrem Notizbuch stand; als ihnen das nicht gelang, beobachteten sie, in welchem Augenblick sie die Feder auf dem Papier ansetzte, als ob ihnen das verraten könnte, worin ihre Aufgabe bestand. Nun, sie brauchten nicht lange, um zu einem Schluß zu kommen. Sehr bald wurde Gwendolyn Hunt von allen im Büro nur noch »Finnegans Fink« – Finnegans Spitzel – genannt. Die Leute behandelten jeden Raum, in dem sie sich aufhielt, als sei er durch ein verstecktes Mikrophon direkt mit dem Thron des Chefs verbunden.

Ich ärgerte mich wahrscheinlich noch mehr über sie als die anderen, denn damals zehrte ich von Begeisterung oder, um es genauer auszudrücken, von Beifall. Ich mußte ihn einfach haben. Ohne ihn verdorrte ich. So hatte Florence mich damals zum Auftauen gebracht. Schmeichelei? Nennen wir es Vertrauen. Aber diese Gwen – jedesmal, wenn andere beeindruckt waren, sah sie aus, als ob sie mich verlachte. Zum Teufel, wie kommt sie dazu, mich zu verspotten, dachte ich, langsam in Zorn geratend; ich war auf meinem Gebiet einer der erfolgreichsten Männer der Welt. Und selbst wenn es in meinem Beruf eine Menge Mist gibt, ist es doch noch sehr die Frage, ob die Waren ohne uns Absatz finden würden, zumindest die Unmenge von Dingen, die unser Land absetzen muß, um das Bruttosozialprodukt auf dem nötigen Niveau zu halten.

Und verdammt nochmal, ich verstand etwas von meiner Arbeit. Ich konnte in ein Zimmer voll streitender Männer kommen oder in einen jener großen Glaskästen, »Sponsorzellen« genannt – eine Art Schlangenkäfig, in dem alle sich winden und einander zerfleischen –, ich brauchte nur hereinzukommen, und die Schlangen rollten sich brav zusammen, senkten die kleinen spitzen Köpfe, und alles war in Ordnung. Ob man's glauben will oder nicht, es wurde tatsächlich zu einer abergläubischen Vorstellung in unserm Laden. Die Leute pflegten zu sagen: Die Kunden brauchen nur den kleinen Scheißkerl Eddie Anderson 'reinkommen zu sehn, dann werden sie zahm.

Aber Miss Hunt war nicht im geringsten beeindruckt von dem Unentbehrlichen Eddie. Ich bekam langsam genug von ihr. An einem bestimmten Tag war sie bei einer Sitzung zugegen, die ich vom Chaos zu perfekter Harmonie gebracht hatte; als ich aufstand und, von dem anerkennenden Lächeln aller Anwesenden begleitet, hinausging (ich gab stets vor, eine andere dringende Verabredung zu haben; mein Vater hat mich gelehrt, daß erfolgreiche Männer immer in Eile sind), erhielt ich auch von ihr ein Lächeln, doch es war nicht bewundernd. Und was mich so wütend machte, war die plötzliche Erkenntnis, daß ich aus irgendeinem unerklärlichen Grund anfing, dieses säuerliche Lächeln zu einem Bestandteil meines Gewissens zu machen. Ihre Reaktion war mir wirklich wichtig. Ich hatte begonnen, mich automatisch ihr zuzuwenden, um zu sehen, was sie dachte. Und jedesmal, wenn ich es tat – peng! wie auf den Comic strips: jener Eimer mit kaltem Wasser.

An diesem Tag folgte ich ihr und sah, wie sie den Korridor entlang ging: Da alle anderen hasteten, schlenderte sie gemächlich zum Takt ihrer eigenen Musik dahin, bewegte sich zwischen den Menschen, als sähe sie sie nicht, wie ein junger Löwe, ein höheres Wesen, das niemanden um Verständnis bittet, weder Wohlwollen noch Freundschaft erwartet – nichts von alledem, was jedes andere Menschenwesen braucht, um von einem Tag zum nächsten weiterleben zu können.

Ich holte sie ein, griff nach ihrem Arm und schwenkte sie herum. Sie schien nicht überrascht, im Gegenteil, sie benahm sich, als habe sie schon lange erwartet, daß ich mich ihr nähern werde.

»Warum, zum Teufel, lächeln Sie immer?« fragte ich.

»Lächeln?« Sie zögerte. »Wann?« Ihre Stimme war überraschend sanft.

»Bei den Besprechungen. Sie sitzen immer da, als ob – na ja, als ob Sie lächelten. Warum?«

»Wahrscheinlich amüsiert mich irgend etwas. Stört es Sie?«

»Ja, wenn es sich auf mich bezieht. Es wirkt so, als ob Sie mich verspotteten.«

»Nun, machen Sie sich nichts draus. Mein Gesicht ist nun einmal so.«

Und dann ging sie weiter. Aber meine Hände schienen immer noch ihren Arm zu fühlen, so geschmeidig und fest. Und meine Augen sahen die zarte, helle Haut ihres Halses und ihrer Schultern. Ein leichter, süßer Geruch verblieb in der Luft – ein Versprechen dessen, was kommen sollte. Und als es kam, als ich sie schließlich entkleidete, sah ich, daß sie genauso beschaffen war, wie ich es mir vorgestellt hatte: Ihre Haut war überall, besonders zwischen den Oberschenkeln, so weich wie indische Seide, und jeder Zoll ihres Körpers war vollkommen, makellos und zart.

Von jenem Tag an war ich mir ständig ihrer Gegenwart bewußt. Ich ertappte mich dabei, wie ich sie bei den Verhandlungen mit Auftraggebern zu beeindrucken suchte, indem ich manchmal alle meine Fähigkeiten zur Schau stellte, so daß ich erfolgreicher war denn je, mich bei anderen Gelegenheiten jedoch so benahm, daß ich den ganzen Etat aufs Spiel setzte. Aber stets mit dem Bewußtsein, daß mein endgültiger Richter jenes unnachsichtige Mädchen mit dem abwei-

senden Lächeln war, das dort in einer Ecke saß und Notizen machte oder vorgab, sie zu machen.
Ich fragte sie einmal: »Für wen machen Sie Notizen?«
Sie lächelte und sagte: »Ich schreibe ein Buch, damit nichts von alledem verlorengeht. Soll ich Ihnen ein Exemplar reservieren?«
Als sie eines Tages in den Waschraum ging, warf ich heimlich einen Blick auf ihren kleinen Schreibblock. Ich sah eine Zeichnung meiner Hand – ich glaube, es war meine –, eine ziemlich unscharfe Skizze, abgesehen vom Daumen, der in allen Einzelheiten wiedergegeben war. Und neben der Zeichnung meines Daumens war die Zeichnung eines Penis, herabhängend, von beträchtlicher Länge. Na ja, was ist schon dabei, wahrscheinlich spielen Mädchen mit gewissen Vorstellungen, genau wie Männer es tun.
Die große Frage im ganzen Büro war, weshalb sie eigentlich geduldet wurde, weshalb man sie nicht längst entlassen hatte, da sie doch alles, was wir taten, mit solch unverhohlenem Zynismus betrachtete. Nun, ich beobachtete sie jetzt ziemlich aufmerksam und begann zu verstehen, was Mr. Finnegan in ihr sah. Ich hatte, genau wie alle anderen, Gwen unterschätzt.
Anfangs war ich mir nicht klar darüber, ob sie sehr intelligent oder ausgesprochen dumm war oder ob das überhaupt ins Gewicht fiel. Offensichtlich hatte sie keine höhere Schulbildung genossen. Und das stach hervor, denn der Laden bei uns war voll von Vassar und Radcliffe. Bei diesen anderen Mädchen wußte man nie, was sie selbst letztlich über irgend etwas dachten, nicht einmal, nachdem man sie mit ein paar doppelten Whiskys in Schwung gebracht hatte. Ich meine, sie gaben wohl Ansichten zum besten, aber von wem stammten sie?
Gwen sprach, wie ich mit der Zeit herausfand, nie über etwas, das über ihren Horizont hinausging. Sie gab nicht die Aussprüche von Max Lerner oder diesem komischen Podhoretz oder Alfred Kazin oder *Time* weiter. Sie sprach aus ihrer persönlichen Erfahrung und so, wie sie selbst die Dinge sah. Alles, was sie sagte, gründete sich auf eigenes Wissen. Sie hatte mit einem Menschen gelebt oder mit ihm gearbeitet, mit ihm gekämpft oder mit ihm gelitten, andernfalls sagte sie nichts über ihn. Es war ihr etwas unter die Nase gerieben worden, oder es hatte sie tödlich gelangweilt, man hatte ihr damit einen Schlag vor den Kopf versetzt oder es ihr eingebleut – sonst hatte sie nichts über das Thema zu sagen. Sie sprach ihre eigene Wahrheit, weiter nichts.
Auch war sie offensichtlich kinntief durch den Dreck gewatet. Trotzdem gab es Zeiten, zu denen ein Hauch von Unschuld sie umgab. Und als sie schließlich zu mir kam, war sie unwiderstehlich.

Es begann bei einer Party im Büro. Wieviel Unsinn ist schon über Büroparties geschrieben worden! Diese war in ihrem ganzen Verlauf genauso stumpfsinnig wie alle anderen. Gwen und ich saßen stundenlang in einer Ecke in Mr. Finnegans Büro, tranken und unterhielten uns. Ich hatte das unbestimmte Gefühl, daß sie es bewußt darauf anlegte, ihn sehen zu lassen, daß sie mit mir zusammensaß und trank. Wenn das zutraf, so war Mr. Finnegan jedoch ein viel zu gelassener Mann, um sich irgend etwas anmerken zu lassen oder sich vielleicht überhaupt etwas daraus zu machen. Als er nach Hause ging, taten es die meisten anderen auch. Allmählich blieben Gwen und ich allein. Der Portier kam vorbei, um uns mitzuteilen, daß er die Räume schließen wollte. Ich blickte Gwen an, und sie sagte: »Warum trinken wir nicht noch ein Glas?« So sagte ich dem Mann, er solle uns nicht stören, ich hätte meinen eigenen Schlüssel und würde die Tür von außen verschließen, wenn wir fortgingen; er solle sie jetzt ruhig abschließen und nach Hause gehen. Dann gab ich ihm einen Fünfdollarschein.
Ich entdeckte, daß ich vergessen hatte, wie hungrig ein Mädchen sein kann. Dabei spreche ich von einem Mädchen, das wirklich darauf aus war, mich zu verschlingen, und das ich verschlingen wollte. Ich glaube, ich hatte sogar meine Seitensprünge zu einer Art Routine werden lassen. Zur Routine der ehrbaren Ehefrau und des gleichermaßen ehrbaren Harems von jungen Mädchen, die nur dem Namen nach Geliebte waren, ohne daß auch nur eine einzige von ihnen sich wirklich der vollen Möglichkeiten der Sache bewußt gewesen wäre. Der springende Punkt bei Gwen war nicht, daß sie bereitwilliger, aggressiver oder überschwenglicher war. Sie hatte einfach ein wirkliches Interesse daran, es abwechslungsreich zu machen. Und sie tat etwas Wundervolles: Sie nahm der ganzen Sache den routinemäßigen Charakter. Man wußte, daß man es bekommen würde, aber man wußte nicht, wie oder wann. Und man war auch nie sicher, ob es nicht noch mehr geben würde. Man begehrte sie hinterher genauso wie zuvor. Und auch sie schien immer weiterzubeben, immer wieder zu kommen, ihr Inneres krampfte sich zusammen und entspannte sich in einer schier unaufhörlichen Folge von Spasmen. Nach einer Weile glaubte ich, wirklich am Ende angelangt zu sein. Doch binnen weniger Minuten war ich, trotz meiner dreiundvierzig Jahre, wieder über ihr, mit steifem Glied und hungriger denn je.
Ich hatte vergessen, daß so etwas möglich war. Mir war egal, was geschehen würde. Unsere Kleidung lag auf dem Boden verstreut, am nächsten Tag war Heiligabend, alles schien völlig verworren, und ich überlegte mir nicht einmal, was ich Florence sagen würde. (Ich sagte ihr dann später, daß ich betrunken auf dem Sofa meines Büros

eingeschlafen und erst beim Morgengrauen wieder zu mir gekommen sei. Florence lachte und küßte mich.)

Und als ich dachte, ich hätte schon alles gehabt, befanden wir uns gleich darauf in einem anderen Büro, in einer anderen Position, entweihten all die geheiligten Stätten der Bonzen, wie das afghanische Sofa des schwulen Atelierchefs oder die Fensterbank im Büro des Kassenwarts, die den Blicken der ganzen turmhoch aufragenden Stadt ausgesetzt war, falls noch jemand auf war, um es zu sehen, oder die lederne Polsterbank von Mr. Finnegan selbst, direkt unter dem feierlichen Bild seiner Frau und ihrer Töchter.

Gwen hatte alles. Es war nicht nur ihre sexuelle Empfänglichkeit, das fein abgestimmte Gleichgewicht zwischen Zerbrechlichkeit und Leidenschaft, ihre zartgetönte Haut, ihr dezent duftendes Schamhaar, die zarten Kelche ihrer Schamlippen, ihre Augen, die blitzten, dann flehten, dann mich dankbar anblickten, das absolute Gefühl, daß sie hierauf gewartet hatte, gerade auf dies, auf mich. Was immer es war – Geruch, Geschmack, Gefühl, Drang, Bedürfnis, brennendes Verlangen, raffinierte Verspieltheit, hochgradige Empfindungsfähigkeit, eine unendliche Vielfalt von Tönen und Gesichtsausdrücken, die so unverhüllt waren und auf künftige Gefahr hinwiesen –, sie hatte einfach alles.

Als ich sie beim Morgengrauen nach Hause brachte, hatte ich immer noch nicht genug und fragte sie, ob ich mit hinaufkommen könne. Sie verneinte und meinte, ich solle lieber nach Hause gehen. Ich sagte ihr auf den Kopf zu, daß ein anderer oben sei. »Stimmt«, erwiderte sie. »Aber ich werde ihn fortschicken und ihn nie wiedersehen, wenn du es willst.«

Ich erwiderte: »Ja, das will ich.« Mir war klar, daß ich in diesem Augenblick eine Art Grenzlinie überschritt. Sie fragte mich noch einmal: »Willst du wirklich, daß ich ihn fortschicke?«

Und ich sagte: »Ja.«

Lange sah sie mich an, als wolle sie sich über mich klarwerden. Dann stieg sie aus dem Wagen und ging ins Haus.

Ich rief sie am nächsten Tag an und auch an Weihnachten und am Tag darauf, einem Sonntag, aber die Antwort der Telefonzentrale war immer die gleiche: »Nicht zu Hause.« Ich begann mich zu fragen, wo sie sei. Die ganzen Feiertage hindurch beschäftigte mich dieser Gedanke. Dabei feierten wir – Florence, meine Tochter Ellen und ich – ein wirklich wundervolles Weihnachtsfest mit vielen schönen Geschenken.

Am Montagmorgen sah ich Gwen sofort, als ich ins Büro kam. Ich versuchte, mit ihr zu sprechen, aber es waren mehrere Leute in Hörweite oder in den Nebenzimmern. Und als ich sie berühren woll-

te, sagte sie nur: »Laß das!« Doch an diesem selben Nachmittag bekam ich ein Kuvert von ihr. Es enthielt einen Schlüssel.
Ich ging direkt vom Büro aus zu ihr. Florence war jeden Montagabend bei der Bürgerrechtsversammlung. Sie drängte mich nie, sie zu begleiten, und ich zog sie damit auf, daß sie wahrscheinlich lieber allein gehen wolle, um sich an all den schönen jungen Negern sattzusehen. Sie lachte immer ein wenig nervös darüber, denn im Grunde genommen hatte ich recht. Nicht, daß Florence jemals etwas getan hätte. Aber sie träumte des öfteren von ihnen. Florence hatte niemals Hemmungen, mir von ihren Träumen zu erzählen (natürlich hatte sie vorher mit ihrem Analytiker, Dr. Leibman, darüber gesprochen). Wenn die Träume wenig schmeichelhaft für mich waren oder wenn sie auf irgendwelche künftigen Schwierigkeiten hindeuteten, bat sie mich eindringlich, meinerseits Dr. Leibman aufzusuchen und mich mit ihm auszusprechen.
Dies hatten Gwen und Florence gemeinsam: Sie sprachen von ihren Träumen wie von tatsächlichen Erlebnissen. Zum Beispiel sagten sie beide hin und wieder: »Du warst heute nacht im Traum sehr häßlich zu mir.« Dann blickten sie mich vorwurfsvoll an, als erwarteten sie eine Erklärung für mein schlechtes Benehmen.
Das war jedoch ihre einzige Ähnlichkeit. Florence hatte damals nur einen Ehrgeiz: zu erreichen, daß ich mir ihre Theorie (in Wirklichkeit natürlich Dr. Leibmans Theorie) von den begrenzten Zielen zu eigen machte. Sie sagte, das Erwachsensein läge darin, daß man die Grenzen erkennt, die das Leben den Zielen eines Menschen setzt; obwohl man in jungen Jahren davon träume, einmal ein großer Mann zu werden, zeuge es von einem Mangel an Wirklichkeitssinn, wenn man über einen gewissen Punkt hinaus daran festhalte; es führe unweigerlich zu schwerer Enttäuschung und einem Verlust an Selbstachtung, dann zu Selbstvorwürfen und Widerwillen vor sich selbst, schließlich zu Selbsthaß und zu der einen oder anderen Art von Selbstvernichtung. Florence pflegte mir zu sagen: »Mittlerweile ist es dir doch wohl klar, mein Lieber, daß aus dir kein Tolstoi wird, oder? Gut, du wirst kein Tolstoi, was ist schon dabei?«
Das konnte ich nicht gelten lassen. Ich glaubte immer noch, ich würde mich eines Tages fangen, einen neuen Kurs einschlagen, eine neue Begabung entdecken und die Welt in Staunen versetzen. Florence entgegnete darauf stets: »Schön, du *sollst* das ja auch glauben. Nur solltest du nicht die greifbaren Tatsachen deines Lebens auf diesen Glauben stützen, findest du nicht?«
»Was willst du damit sagen?« fragte ich, sie im stillen zum Teufel wünschend.
»Ich will sagen, daß ich als deine Frau sehr froh bin, daß du bei

Williams and MacElroy die Stellung hast, die du hast, daß du dich darin so gut bewährst, daß wir uns ein schönes Heim und das dafür notwendige Personal leisten können; daß ich die besten Bücher kaufen und auf den besten Plätzen sitzen kann, wenn die Broadwaystücke ins Biltmore kommen; daß Ellen aufs Radcliffe College gehen und bei ihrem zukünftigen Mann auf andere Dinge sehen kann als nur darauf, ob er ein großes Bankkonto hat oder nicht.«

Gwen war anders. Wenn ich hin und wieder das Reklamegeschäft und meine diesbezüglichen Probleme erwähnte, sagte sie: »Es ist doch nur ein simpler Broterwerb, oder?« Damit war es abgetan. Dann kamen wir auf mich zu sprechen, meine Triumphe, meine Niederlagen, auf all das, was ich noch vom Leben erwartete, und die Hoffnungen, die ich, wie ich zu meiner Überraschung feststellte, bereits aufgegeben hatte. Manche Dinge existieren nur, weil man über sie spricht. Ich hatte aufgehört, über das zu sprechen, was ich einmal für mich selbst erhofft hatte, denn in Verbindung mit dem Leben, das ich führte, schienen diese Träume absurd. Zum Beispiel hatte Tolstoi es mir tatsächlich irgendwie angetan: seine Sehnsucht nach dem einfachen Leben, sein Entschluß, alles stehen- und liegenzulassen und sich davonzumachen. Das hat mir oft zu denken gegeben. Ich weiß nicht einmal, ob es wirklich wahr ist. Aber das ist ja auch gar nicht so wichtig. Für mich war seine Philosophie des einfachen Lebens jedenfalls sehr real. Natürlich wußte ich genau, daß diese Lebensweise in einer so komplizierten und mechanisierten Gesellschaft wie der unsrigen undenkbar wäre. Aber in Gwens Gedankenwelt gab es keine verschlossenen Türen, keine verbotenen Räume. Man konnte ihr alles sagen, ganz egal, wie unsinnig es klingen mochte. Sie schien sich nicht klarzumachen, daß meine beste Zeit bereits vorüber war.

So sprach ich über das, was ich einmal für mich erhofft hatte, und zum erstenmal in vielen Jahren hatte ich das Gefühl, daß noch etwas vor mir lag.

Bei Werbeberatungen mit unseren Kunden begann ich jetzt, einen anderen Zug an diesem Mädchen wahrzunehmen. Man mußte rasch hinsehen, dann entdeckte man, daß jenem berühmten säuerlichen Lächeln noch etwas anderes beigemischt war. Sie saß zum Beispiel regungslos da, während ich mich selbst überbot, wirklich schneller dachte als jeder andere, sie alle aus dem Konzept brachte und gleichzeitig erreichte, daß Leute, die sich noch soeben gegenseitig in den Haaren gelegen hatten, plötzlich ein Herz und eine Seele waren. Nachdem ich dies vollbracht hatte, ertappte ich mich dabei, wie ich mich lobheischend nach ihr umwandte (das konnte ich mir einfach nicht abgewöhnen). Tatsächlich ruhten ihre Blicke auf mir, aber dann senkte sie sofort den Kopf und gab vor, auf ihrem Block herumzukritzeln. Wenn ich rasch hinsah, konnte ich etwas erkennen, das allen anderen verborgen blieb: ein kurzes Aufblitzen von Angst, innerer Unruhe oder einfach Besorgnis. Um mich! Ich kann es nicht näher bezeichnen oder beschreiben. Niemand sonst sah es. Alle andern Leute sahen lediglich, daß sie Figürchen malte, statt mir den Applaus zu spenden, den ich verdiente, und daß sie seelenruhig dasaß, ohne der berechtigten Feindseligkeit, die ihr von allen Seiten entgegenschlug, die geringste Beachtung zu schenken.

Eines Tages gab irgend jemand irgendwo das Signal, und die Hetzjagd begann. Man wollte Gwen erledigen. Im ganzen Büro begann eine Kampagne von ungewöhnlicher Gehässigkeit, Ächtung und Beleidigung. Man hätte meinen können, man befände sich in einer Volksschule, so kindisch waren einige Methoden. Es ging so weit, daß man ihre Handtasche mit Wasser und einmal mit Urin füllte. Zettel mit unflätigen Bemerkungen wurden ihr auf den Schreibtisch gelegt, zusammen mit frechen, manchmal ausgesprochen pornographischen Zeichnungen, auf denen Gwen die führende weibliche Rolle innehatte. Gruppen lösten sich auf, sobald sie erschien, die Damentoilette leerte sich. Überall waren Karikaturen von ihr – Produkte unseres hervorragenden Ateliers. Eine Fotografie von ihr diente den Büroangestellten als Zielscheibe beim Pfeilwerfen. Die Meute lechzte nach dem Blut von »Finnegans Fink«.

Nun, sie waren an die falsche Adresse geraten. Gwen hatte nie gelernt, klein beizugeben. Im Gegenteil, der Kampf bereitete ihr ein ausgesprochenes Vergnügen. Und da man versuchte, sie einzuschüchtern, gab sie jetzt plötzlich sehr vernehmbar ihre Meinung zum besten. Sie tauchte nun plötzlich bei fast allen Besprechungen auf und betrat bei diesen Gelegenheiten den Raum mit einer unbekümmerten Selbstsicherheit, die genau darauf berechnet war, ihre Widersacher herauszufordern. Da diese sie als »Flittchen« gebrandmarkt hatten, verhielt sie sich jetzt dementsprechend. Sie kümmerte sich immer weniger um den korrekten Sitz ihrer Kleidung. Bald konnte kein Mann sich auf seine Arbeit konzentrieren, wenn sie im Zimmer war, weil sie alle wie gebannt auf den Oberschenkel starrten, der unter dem Saum ihres Rocks zur Schau gestellt wurde.

Dann nahm sie sich ihren Hauptpeiniger vor. Eines Tages ertappte ich sie dabei, wie sie mit diesem Mann flirtete. Ich wußte, sie führte irgend etwas im Schilde, und bei Gott, nach kurzer Zeit hatte sie ihn so weit, daß er herumlief wie ein Hund, der die läufige Hündin jenseits der Mauer wittert und nicht zu ihr gelangen kann. Dann gewährte sie ihm ein kleines bißchen – ich meine, von ihrer Aufmerksamkeit und Gesellschaft, und daraufhin verlangte er ungestüm nach mehr. Sie ging ein paarmal mit ihm aus, und bald hatte sie es erreicht, daß dieser Mann vollkommen seine Meinung änderte. Jetzt stand er hinter ihr, rechtfertigte und entschuldigte sie. Sie ließ ihn auch in dem Glauben, daß er sich mehr und mehr dem ersehnten Ziel nähere. Schließlich kam, wie sie mir später erzählte, der Abend, von dem er glaubte, es werde derjenige welcher sein. Er ging mit ihr ins Romeo, wo man sich vor solchen Unternehmungen zu stärken pflegte. Alles verlief, so meinte er, genau nach Wunsch, bis sie Bekannschaft mit einem jungen Mann am Nebentisch schloß – es war nicht mehr als eine kurze Unterhaltung. Aber irgendwann zwischen dem Gorgonzola und der Weinschaumcreme sagte sie ihrem Begleiter, sie müsse sich ein wenig zurechtmachen, und ging hinaus. Sie kam nicht mehr zurück. Der Mann am Nebentisch verschwand ebenfalls.

Damit hatte sie dem Faß den Boden ausgeschlagen. Die schweren Geschütze der Sittlichkeit wurden aufgefahren. Der heilige Krieg war im Gange. Die Schwesternschaft der Angestellten begann eine Flüsterkampagne, daß sie mit jedem im Büro zu schlafen pflege. Ein Schreiben, das sich auf die gute Sache der Büromoral berief, wurde auf Mr. Finnegans Schreibtisch gelegt. Es war offene Rebellion.

Wie Gwen mir erzählte, sprach Mr. Finnegan schließlich mit ihr. Und wer Gwen kannte, konnte sich ausrechnen, was der Erfolg sein würde. Am Tag darauf furzte sie bei einer Sitzung, und als jemand in ihre Richtung blickte, lächelte sie schuldbewußt und fächelte sich frische Luft zu. Bei einer wichtigen Besprechung legte sie einem Vizepräsidenten – einem anderen, nicht mir – die Hand in den Schoß, während sie sich vorbeugte, um eine Bemerkung zu machen. (Sie beteiligte sich jetzt an den Diskussionen; ihre schweigsame Zeit war vorüber.) Der arme Mann wußte nicht, was er tun sollte.

Ständig erfand sie neue Mittel und Wege, um Anstoß zu erregen. Sie starrte auffällig auf den Punkt, wo die Hosenbeine der Männer zusammenlaufen. Die meisten Mädchen tun das – natürlich starren sie nicht, aber neugierig sind sie doch, und sie versuchen nach Möglichkeit, es sich nicht anmerken zu lassen. Doch Gwen tat so, als ob sie das ungeheuer interessiere. Dann begann sie, in aller Öffentlichkeit ihre Brustwarzen zu streicheln, genau wie Männer oft ihre Hoden zurechtrücken. Sie schien von dem Drang beseelt, die Rechtschaffenen zu schockieren, wann und wo sie nur konnte. Es war ihre Methode, diesen Krieg zu führen.

Und sie war tatsächlich daran, ihn zu gewinnen. Ihre Gegner konnten sie nicht dazu bringen, wegzugehen oder um Gnade zu bitten. Nach ein paar Wochen war deutlich zu spüren, wie die gesamte Bü-

robelegschaft langsam den Kampf aufgab. Gwen hatte sie geschlagen. Wenn sie gehen würde, so würde sie das genau zu dem Zeitpunkt tun, der ihr paßte, und aus eigenen Beweggründen.
Selbstverständlich kam dieser Tag. Ich habe die Explosion nicht miterlebt, aber ich hörte hinterher darüber, und zwar in allen Einzelheiten. Es geschah bei der Präsentation einer Werbekampagne, in Gegenwart des betreffenden, für uns sehr lukrativen Auftraggebers. Als die Geschichte Finnegan zu Ohren kam – und das geschah mit Blitzesschnelle –, blieb ihm daher nichts anderes übrig, als Gwen fristlos zu entlassen. Sie muß gewußt haben, daß dies unvermeidlich war, und so äußerte sie vor dem Kunden mit völlig ruhiger Stimme ihre Meinung. Sie sagte, was sie von den Behauptungen hielt, die man über das Produkt aufstellte, was sie von Werbung im allgemeinen hielt, was sie von den Männern bei Williams and MacElroy hielt und – schlimmer noch – was sie von den Frauen hielt, und letztlich, was sie von der ganzen Zivilisation hielt, die einen so allgemein verbreiteten Schwindel hervorbringen, ihn sich leisten und von ihm abhängig sein konnte. All dies brachte sie mit ganz leiser Stimme und in einem äußerst eleganten Tonfall von Bryn Mawrese vor, den sie irgendwo aufgeschnappt und mit dem sie mich des öfteren unterhalten hatte. Sie lächelte die ganze Zeit über, rauchte und hielt sogar jemand anderem, der rauchen wollte, ein brennendes Streichholz hin.
Ich war an diesem Morgen unterwegs, hatte irgend etwas für Zephyr zu erledigen und kam erst nach dem Mittagessen wieder ins Büro. Sie war inzwischen fort und hatte schon alle ihre Sachen mitgenommen. Ich rief sie an, aber sie war nicht zu Hause oder ging nicht ans Telefon. So blieb ich im Büro, wo alle mich neugierig betrachteten. Natürlich hatte es sich herumgesprochen, daß wir uns trafen. Ich glaube, manche waren der festen Meinung, daß ich nun auch kündigen oder mich sofort aufmachen und sie suchen würde. Als aber der eine oder andere versuchte, mit mir über den Zwischenfall zu sprechen, verfuhr ich genauso, wie sie es getan hätte: Ich hüllte mich in Schweigen.
Es gab offen gestanden noch einen anderen Grund, weshalb ich so tat, als ginge mich die ganze Sache gar nichts an. Wer weiß, dachte ich, vielleicht ist es ein Glück, daß es so gekommen ist. Ich hatte letzthin oft das Gefühl gehabt, daß unsere Affäre mir langsam über den Kopf wuchs.
Ich rief das Shelbourne-Apartment-Haus an, in dem sie wohnte, und sprach mit der Telefonistin. Sie sagte mir, daß Gwen ihr Apartment gekündigt und sogar schon ihre Rechnung bezahlt habe; daß sie nach New York gehen wolle und sich jetzt ihre Flugkarte hole. Für

den Mitternachtsflug, sagte sie. Sie habe mitgehört, als Gwen die Vorbestellung aufgab.
Und da begann wieder diese Stimme in meinem Innern: »Laß sie gehn. Später besorgst du dir ihre New Yorker Nummer und machst ein großes Theater, sagst ihr, du hättest dauernd versucht, sie zu erreichen, aber sie sei ja nicht ans Telefon gegangen, und es sei eine Gemeinheit, sich so sang- und klanglos davonzumachen.«
Ich war an diesem Abend mit Florence und unseren Freunden, den Bennetts, im Brown Derby verabredet, und hinterher wollten wir ins Biltmore gehen, um uns »Camelot« in der Originalbesetzung vom Broadway anzusehen. Schön, dachte ich, damit habe ich eine wundervolle Entschuldigung Gwen gegenüber. Ich war mit Florence und den Bennetts und konnte einfach nicht loskommen. Ich konnte nicht einmal telefonieren. Morgen früh würde sie bereits in New York sein. Zeit und Entfernung würden ein übriges tun.
Ich gebe zu, mir war zu Ohren gekommen, was im Büro über sie geredet wurde. Gwen, sagten sie, hatte es noch mit ein paar andern Männern getrieben, von denen einer, der Texter Otto, ebenfalls zur Firma gehörte. Ich weiß, daß es nicht stimmte. Aber Zweifel sind das zersetzendste Element im Liebesleben. Während ich Gwen tagsüber sehr oft gesehen hatte, war ich abends nie mit ihr zusammen gewesen, außer montags, wenn Florence zur Bürgerrechtsversammlung ging. Zum Teufel, dachte ich, in was für Hände lege ich mein Leben?
Als ich das Restaurant betrat, wußte ich, daß dies der entscheidende Abend war und alles von einer sehr einfachen Frage abhing: ob ich ein gewisses Telefongespräch führen würde oder nicht. Sicherlich hätte die ganze Affäre an jenem Abend ihr Ende gefunden – wenn nicht die Bennetts gewesen wären.
Sie machten mich verrückt.
Dale Bennett ist Drehbuchautor und war zu jener Zeit einer meiner besten Freunde. Er ist ein hochgewachsener, magerer, grauhaariger Mann, der aussieht wie ein Gouverneur einer kleinen britischen Kolonie im Karibischen Meer, der zu lange in der Sonne gewesen ist und sich dem Rum ergeben hat. Er hatte einmal einen Filmpreis gewonnen, und obwohl das Zeug, das er schrieb, während der letzten zehn Jahre selbst für Hollywood zu altmodisch gewesen war, gab irgend jemand ihm früher oder später doch immer wieder einen Auftrag. Dabei ist er der festen Überzeugung, daß seine Drehbücher ausgezeichnet seien, und schimpft über Kritiker und Produzenten, die sich von der neuen Welle, von unscharfer Fotografie, umgekehrten Kopien und Sprungschnitten bestechen lassen. Diese Männer, sagt er, setzen die Form über den Inhalt. Wobei er »Inhalt« ist. Bennett sprach über »meine Werke« und über »Prosarhythmen«. Aber all

die Freude, die er an künstlerischem Schaffen fand, war nicht zu vergleichen mit der Freude, die es ihm bereitete, geschäftliche Abkommen zu treffen. Hierin lag für ihn der wahre Reiz. Das darauf folgende Schreiben des Drehbuchs war für ihn viel weniger interessant und befriedigend.

So drehte sich das Gespräch an diesem Abend im Derby um Geschäfte. Zunächst begann es allerdings mit einem langen Hin und Her, welchen Wein man bestellen sollte, und das führte zu dem Dutzend Kisten, das die Bennetts bei ihrer letzten Europareise zu einem Spottpreis im französischen Loire-Gebiet ergattert hatten, und wieviel er gespart hatte, indem er nicht die allerbesten, aber, wie er genau wisse, doch ebenso gute Jahrgänge nahm. Dann wandte sich die Unterhaltung seinem Lieblingsthema zu: seinen Aufschüben und Außenständen. Von hier aus ging es weiter zu irgendwelchen Verfügungen, die der Fiskus extra zugunsten seines Falls erlassen hatte, und dann, in logischer Folge (meine Augen wurden langsam trübe), zu den Steuerberatern, die er konsultiert hatte – ja, sie seien zwar teuer, aber schließlich absetzbar, und außerdem ersparten sie einem ein Vielfaches ihres Honorars –, und so zu der Versicherung, die er auf ihren Rat hin mit Lloyds of London abgeschlossen hatte (ich begann, alles doppelt zu sehen) und die eine Gewähr dafür bieten sollte, daß die Aufschübe und Außenstände im Laufe der Jahre planmäßig eingehen würden. »Weißt du, Columbia könnte bankrott machen; das ist durchaus möglich.«

Bennett lachte leise und redete unentwegt weiter, noch das ganze Roastbeef und den rohen Spinatsalat mit Speckwürfeln hindurch. Er sei jetzt auf Lebenszeit versorgt, sagte er (ich zahlte später die Rechnung und war nicht mehr auf Lebenszeit versorgt); damit habe er sich seine künstlerische Unabhängigkeit gesichert. Von jetzt ab könne er genau das schreiben, was er schreiben wolle, das heißt, sobald er sich die beiden Filme vom Hals geschafft habe, die noch von seinem alten Kontrakt mit Paramount übriggeblieben seien, und dann sei da noch dieser Film mit der Metro, vor dem er sich gern drücken würde, aber es könne trotzdem ganz nett sein, ihn zu schreiben, denn die Mittagsmahlzeiten in der Kantine der Metro seien jetzt wieder, genau wie zu L. B.s Glanzzeiten, die besten der Stadt.

Dann fing er mit mir an und erklärte, daß ich die finanzielle Seite meines Lebens nicht richtig anzupacken verstünde. Und Florence spornte ihn an, indem sie ihm über jede Aktie, die sie besaß, und jedes Wertpapier, das wir in letzter Zeit erworben hatten, berichtete; dann fragte sie ihn, als sei er Billy Rose oder so jemand, ob wir unser Geld richtig angelegt hätten. Der gute alte Bennett kannte den Markt wirklich in- und auswendig; und er litt nicht unter falscher

Bescheidenheit. Überdies wußte er, daß eine große Szene, wie er sie jetzt spielen würde, durch einen gewissen Aufschub nur gewinnen könne; daher räusperte er sich und bestellte als besonderen Nachtisch für alle vier einen *pot au crème.* Dann räusperte er sich abermals und vergewisserte sich der allgemeinen Aufmerksamkeit. (»Erwartest du jemanden, Eddie?« – »Nein, warum?« – »Du blickst dauernd auf die Tür.« – »Verzeih.«) Und damit stürzte er sich in eine langatmige Erläuterung darüber, was für eine lächerliche Unkenntnis der Lage wir bei unseren sämtlichen Investitionen bewiesen hatten.

In diesem Augenblick wurde ich verrückt oder blind oder geriet jedenfalls vollkommen aus der Fassung. Ich sah mit einemmal alle Menschen im Restaurant nackt vor mir. Nackt wie im Dampfbad! An erster Stelle und ganz besonders Bennett mit seiner eingefallenen Brust und seinem seltsamen Spitzbauch, der – eine wirklich sehenswerte biologische Rarität – knapp unterhalb seines Brustkastens begann und dann majestätisch anschwoll wie der Bauch eines afrikanischen Götzen aus Pappmaché, des weißen Gottes eines primitiven Filmniggerstamms in einem der Tarzanfilme. Auch seine Frau wurde für mich hüllenlos sichtbar, saß da mit ihrer riesigen Hühnerbrust, keinem Busen und ihren kümmerlichen, verdorrten Brustwarzen. Sie hatte ein Kind mit Kaiserschnitt zur Welt gebracht, und ich konnte die Narbe sehen, die, zuckend wie ein Neonlicht, sich von ihrem Bauchnabel zu dem massigen Dreieck ihres Venushügels mit seinem urwaldähnlichen Haargestrüpp hinunterzog. Und neben ihr, ebenfalls nackt, saß meine Frau, die Arme, mit all ihrem Kummer über ihre erschlaffende Haut. Und auch der Kellner, dieser Schweinehund – angeblich ein Flüchtling –, der uns immer über den Klatsch am Nebentisch unterrichtete und demnach bestimmt auch *ihnen* erzählte, worüber *wir* an unserem sprachen. Dann zeigten sich alle Gäste des Restaurants plötzlich ohne den Schutz ihrer Kleidung, saßen samt und sonders in wohlgenährter Erhabenheit da. Mit Ausnahme eines mannbaren Kükens am Tisch gegenüber. Auch sie war nackt, doch bei ihr sah es gut aus. (Bennett sprach unentwegt weiter, aber meine Gedanken bewegten sich in anderen Sphären!) Sie war in Begleitung eines jungen Drehbuchautors, den, so wurde gemurmelt, man nur bei Warners behielt, weil er ein so guter Tennisspieler war. Jack Warner liebte es, sonntags mit ihm Tennis zu spielen. Niemand wagte es, ihm ein Drehbuch anzuvertrauen, aber er mußte täglich die lange Fahrt nach Burbank machen und so tun als ob. So nahm er sich, um nicht verrückt zu werden, jeden Tag als Nachmittagsunterhaltung ein Mädchen ins Bett. Dieses junge Ding, das er jetzt bei sich hatte, war wirklich

Klasse. Man konnte die Spuren an ihrem Körper sehen, während sie so nackt dasaß, konnte sehen, wo er sie umklammert, geknetet und gebissen hatte. Ich blickte auf diese beiden, die Schenkel an Schenkel saßen und nur darauf warteten, daß das Essen vorüber sei, damit sie wieder mit ihrem Spiel beginnen könnten, und dabei dachte ich: Gwen ist hübscher, verdammt noch mal, Gwen ist hübscher! Und die ganze Zeit über konnte ich wie aus weiter Ferne Bennett hören, der mich überredete – so glaubte er – und ganz gewiß Florence überredete, seinen Vermögensverwalter und seinen Investitionsberater zu konsultieren: zwei Männer, die zwar beide Geld kosteten, aber es lohnte sich, sagte er (ich konnte ihn jetzt über die ständig größer werdende Entfernung kaum noch hören), »es lohnt sich bestimmt, denn wenn sie deine finanziellen Interessen wahren, hast du den Kopf wirklich frei für schöpferische Arbeit, Eddie«.
Währenddessen blickte ich unentwegt auf dieses mannbare Küken und dachte dabei an Gwen; mein Glied wurde steif, und bald hörte ich Bennett überhaupt nicht mehr zu. Sie sah ihren Freund jetzt auf genau die gleiche Art an, wie Gwen mich ansah, wenn sie es von mir haben wollte. Sie sagte nichts, aber ich konnte sie hören, ebenso wie dieser Tennisspieler sie hören konnte. »Machen wir, daß wir hier wegkommen«, sagte sie. »Komm, laß uns gehn.« Er hörte es und bat um die Rechnung. Und plötzlich stand ich auf. Ich befahl mir nicht »Steh auf«, ich tat es einfach. Ich war auf den Beinen, sagte dem ganzen nackten, verdammten Derby »Entschuldigt mich« und ging.
Florence sagte mir später, dies sei das erste Mal gewesen, daß sie ein unbestimmtes Vorgefühl von dem zukünftigen Verhängnis gehabt habe, das erste Mal, daß ich wie von Sinnen zu sein schien.
Durch meinen Zustand ein wenig in meiner Beweglichkeit gehemmt, humpelte ich zum Telefon und wählte ihre Nummer. Als ich das Rufzeichen von Gwens Apparat am anderen Ende der Leitung hörte, wußte ich, daß ich den Rubicon überschritten hatte.

2

Um nun von der »Duplizität« zu sprechen:
Ich arbeitete damals für zwei Firmen: Mein täglich Brot war Williams and MacElroy. Die andere Tätigkeit brauchte ich zum Leben. Und zwar schrieb ich für verschiedene Zeitschriften. Ich nannte meine Artikel »Werke der Gerechtigkeit«. Auch nachträglich betrachtet, gibt es nichts gegen sie zu sagen. Sie waren zum großen Teil von unbeirrbarer Treffsicherheit und vernichtender Schärfe. Ich nehme an, daß ich nach all dem billigen Käse des Reklamegeschäfts wohl irgendwie meinen wahren Gefühlen Luft machen mußte.
Während meiner ganzen Schulzeit war Lincoln Steffens mit seinem unerschütterlichen Eintreten für Gerechtigkeit mein Ideal gewesen. Und als Erwachsener trieb es mich ständig, nach Betrügern jeder Art – im großen wie im kleinen – zu suchen, sie zu entlarven und unschädlich zu machen. Ich schrieb diese Artikel für Zeitschriften wie *Harper's, The Atlantic* und einmal auch für die *Partisan Review.* Doch meistens arbeitete ich für ein großes und wohlhabendes Unternehmen, bei dem ich ein laufendes Konto hatte. Da ich von Zeit zu Zeit bei mir selbst in Schulden geriet (es gibt in Kalifornien die überraschendsten Ausgaben), geriet ich auch bei dieser Firma in die Kreide. Aber es waren anständige Leute, und sie gewährten mir häufig neben dem laufenden Konto auch noch zusätzliche Vergütungen, wie zum Beispiel Reisespesen und das Gehalt für eine Sekretärin, die mir bei den Ermittlungen half.
Diese Zeitschriftenartikel verliehen mir die notwendige Selbstachtung. Ich hatte mich mit der Tatsache abgefunden, daß, genau wie alle andern Menschen, auch ich lügen mußte – kleine harmlose Lügen, sanfte, schmeichlerische Lügen, Lügen, um die Gefühle anderer nicht zu verletzen, Lügen, um unnötige Schwierigkeiten zu vermeiden, Lügen, bei denen der Wunsch der Vater des Gedankens war, Lügen, die wirklich nur der Einbildungskraft entsprangen und ein Teil meines künstlerischen Innenlebens waren – schön, was es auch gewesen sein mag, es bereitete mir immer wieder Schwierigkeiten, die ungeschminkte Wahrheit zu sagen. Doch ich pflegte mich damit zu trösten, daß ich in einem Falle niemals log, und zwar in den Artikeln, die ich für die Zeitschriften schrieb.
Diese »Duplizität« war wirklich recht erfreulich. Williams and MacElroy zahlte meine laufenden Rechnungen: das Haus, die Hypothek, Instandhaltungskosten, das Dienstmädchen, den Rasen, den Gärtner, Versicherung, Wagenreparatur, Wasser und Strom, den Kunden-

dienst für die elektrischen Geräte, die Versicherungsprämien und die monatlichen Zahlungen für unsere Altersversorgung, die Kleidung meiner Frau und ihren verdammten Psychoanalytiker, Dr. Leibman, die Kleidung meiner Tochter Ellen und ihr sträflich hohes Schulgeld im Radcliffe sowie ein wenig psychoanalytische Beratung, zu der Florence sie hin und wieder überredete (»Geh zu Dr. Leibman und unterhalte dich ein bißchen mit ihm; du wirst sehen, wie verständnisvoll er ist«). Und schließlich all die täglichen Dinge wie Lebensmittel und Getränke. Mit andern Worten, alles.

Das bedeutete, daß ich mir meine Artikel aussuchen und sie so schreiben konnte, wie es mir paßte. Sie brauchten mir nicht einmal Geld einzubringen, doch taten sie es, und zwar ganz schön. Außerdem war es eine große Annehmlichkeit, jederzeit dieses laufende Konto zur Verfügung zu haben. Aber da W. and MacE. alles zahlte, einschließlich der Ferienreisen, diente die andere Arbeit eher meinem Seelenheil. Viel mehr Menschen, als man annehmen möchte, deichseln ihr Leben auf diese Art. Ich habe einmal irgendwo gelesen, daß der Dichter Wallace Stevens leitender Angestellter bei einer Versicherungsgesellschaft in Hartford, Connecticut, war oder ist (lebt er noch?).

Somit war ich also gewissermaßen zwei Personen. Eigentlich sogar nicht nur zwei: Mein Namensregister war reichlich kompliziert. Ich war der älteste Sohn eines Mannes namens Seraphim Topouzoglou, der in Anatolien geboren war; sein älterer Bruder, Stavros Topouzoglou, der erste unseres Stammes, der den Atlantik überquerte, ließ ihn nach Amerika kommen. Stavros landete 1899 auf Ellis Island und nahm sofort nach seiner Ankunft den Namen Joe Arness an. Als er einige Jahre später seinen jüngeren Bruder Seraphim – meinen Vater – herüberkommen ließ, veranlaßte er ihn, sich ebenfalls Arness zu nennen. Und man brauchte kein Genie zu sein, um zu erkennen, daß man mit dem Namen Seraphim geschäftlich nicht vorankommen konnte – jedenfalls nicht in Amerika. So verwandelte mein Vater seinen Vornamen in Sam – Sammy für den Kreis von treuen Kunden, die sich im Laufe der Jahre um diesen lebhaften und zuvorkommenden kleinen Griechen scharten –, Sam Arness, Orientteppiche.

Ein Mann, der seinen Familiennamen aufgegeben hat, ist niemals ganz frei von dem Gefühl, einen Treubruch begangen zu haben. Daher versuchte Sam Arness, sein Vergehen später wiedergutzumachen, indem er seinen Erstgeborenen Evangelos nannte. Das bin ich. Meine Schulzeugnisse lauteten auf Evangelos Arness. Doch meine Mitschüler machten zu meiner großen Erleichterung sehr rasch Eddie daraus. Bei meiner Heirat stand auf dem Trauschein Edward

Arness. Als ich nach dem Krieg ins Werbegeschäft kam – und zwar sehr schnell, denn ich hatte eine Menge nachzuholen –, fanden die Leute in der Agentur, Arness klänge doch ein wenig verdächtig, besonders für die sehr wichtigen Etats, auf die ich loszusteuern schien. So wurde Arness in Anderson umgewandelt. (Mr. Finnegans Idee. Ich war sein Liebling, und so löste er höchstpersönlich mein Namensproblem. Natürlich fühlte ich mich außerordentlich geschmeichelt.) Als ich bei meiner Arbeit für die Zeitschriften wieder vor der gleichen Frage stand, griff ich auf Arness zurück, aber ich konnte mich immer noch nicht für Evangelos begeistern, und Eddie war mir zu abgedroschen. Diesmal hatte Florence eine Idee: Evans. Evans Arness wurde mein Pseudonym. Mit einem Wort: In einer Stellung war ich Eddie Anderson, in der anderen Evans Arness; meine Frau nannte mich »Ev«, meine Mutter »E«, mein Vater nannte mich »Evangeleh!«, wenn er mich nicht »Shakespeare« nannte.
Ist es da ein Wunder, daß das Drama meines Lebens irgendwie mit der Frage verbunden war, welches Gesicht ich des Morgens aufsetzen sollte? Aber es war gar nicht so schwer, denn bis ich Gwen begegnete, kamen meine diversen Persönlichkeiten alle wunderbar voran.
Das war die Lebensordnung, die ich aufs Spiel setzte, als ich an jenem Abend im Brown Derby zum Telefon ging und Gwen anrief.
Als ich ihr sagte, ich käme zu ihr, sagte sie weder ja noch nein. Was bei Gwen Kälte zu sein scheint – nun, es ist wohl tatsächlich Kälte. Aber, sagte ich mir, während ich zu unserm Tisch im Derby zurückging, täuschen nicht die meisten Menschen mehr Wärme vor, als sie empfinden? Und geben sie nicht auch vor, besser zu wissen, was sie wollen, als sie es in Wirklichkeit tun? Wenn Gwen unschlüssig ist, dachte ich, oder wenn sie wirklich nicht weiß, was sie empfindet, wie es ja den meisten von uns fast ständig ergeht, sagt sie einfach überhaupt nichts. Das ist zwar keine Lösung für das Problem der zwischenmenschlichen Beziehungen, aber immer noch besser als der Honig, den wir anderen uns gegenseitig um den Bart schmieren, sooft wir miteinander in Berührung kommen.
Wieder am Tisch angelangt, ließ ich meiner Phantasie freien Lauf. Ich sagte Florence und den Bennetts, es hätte sich etwas Schwerwiegendes im Büro ereignet, spielte ihnen ein großes Theater vor und tat, als sei ich ehrlich beunruhigt und niedergedrückt, ein Opfer meiner Pflicht Williams and MacElroy gegenüber. Dann legte ich ihre drei Eintrittskarten auf den Tisch und sagte: »Geht schon vor, ich treffe euch im Biltmore-Theater, sobald ich wieder alles im Gleis habe (Gleis! In welchem Gleis?). Unterschreibe die Rechnung für mich, Florence. Auf Wiedersehn.«

Es war mir egal, ob man mir glaubte oder nicht. Dale Bennett, der den Mund voll von *pot au crème chocolat* hatte, sah reichlich mißtrauisch und verärgert aus. Florence sagte mir später, er sei mit vollem Recht erbost gewesen, denn schließlich hätte ich ihn ja gedrängt (Ich hätte ihn gedrängt! Wann hatte ich ihn jemals gedrängt?), uns bezüglich unserer Investitionen zu beraten, und als er gerade in Fahrt geriet, sei ich davonstolziert, als ginge mich die ganze Sache überhaupt nichts an.

Wie dem auch sei, ich entkam. Das war das einzige, was mich in diesem Augenblick interessierte. Ich war draußen und auf dem Weg zu Gwen. Ehe ich losfuhr, tat ich das Verdeck wieder hinunter (ich hatte es hochklappen müssen, um Florences Frisur zu schützen). Was für eine Erleichterung, ganz allein im offenen Wagen durch die Straßen zu fahren und mir das kühle Kohlenmonoxyd um die Ohren wehen zu lassen! In der Rekordzeit von zehn Minuten war ich bei Gwens Apartment-Haus angelangt.

Zu meiner Überraschung empfing sie mich sehr herzlich. Es war mir zur Gewohnheit geworden, jedesmal, wenn wir zusammenkamen, sofort mit ihr ins Bett zu gehen, wahrscheinlich, um ihr und mir selbst zu bestätigen, daß noch alles zwischen uns in Ordnung war. Aber sie war so weich und liebevoll, daß wir einfach dasaßen und uns unterhielten. Sie sei fest entschlossen, fortzugehen, erklärte sie mir. Und als ich protestierte, sagte sie sanft: »Eddie, du hast dir dein Leben auf eine gewisse Weise eingerichtet. Wenn du heute abend über diesen Punkt hinausgehst, machst du dir alles kaputt. Und du bist nicht der Mensch dafür. Also lassen wir's dabei bewenden, was meinst du? Es war schön, ich habe Freude an dir gehabt und du an mir.«

Sie wandte das sogenannte männliche Verfahren an. Mit andern Worten, sie sagte mir genau das, was ich mir wenige Stunden zuvor selbst gesagt hatte.

Doch aus irgendeinem Grund glaubte ich, ihr etwas vormachen zu müssen, und ich fing an, große Reden zu schwingen und mich untröstlich zu stellen. Wahrscheinlich hatte ich so lange Zeit hindurch so viel Theater gespielt, daß ich meine wahren Gefühle schon gar nicht mehr kannte. Wünschte ich mir zum Beispiel wirklich und wahrhaftig, daß sie nicht fortgehen solle? Ich sagte es immer wieder im Brustton der Überzeugung, aber würde ich sie in einem Monat wirklich noch vermissen? Oder selbst in einer Woche? Oder benahm ich mich einfach so, wie ein ehrlicher Mann sich meiner Meinung nach in solch einer Situation benehmen sollte, so, wie ich in den Augen aller, einschließlich meiner selbst, erscheinen wollte? Ich wußte es tatsächlich nicht mehr.

Sie blickte plötzlich auf ihre kleine Reiseuhr, sagte erschreckt »Oh!« und sprang auf. Das Flugzeug ging um Mitternacht, und sie hatte noch nicht einmal angefangen, ihre Koffer zu packen. Ich lag auf ihrem Bett und beobachtete sie. Und ich begann, die Fassung zu verlieren. Mir war, als ob mein Leben mich verließe. Ich lag da und sah zu, wie mein Gefühlsleben dahinschwand. Und ich schien nicht fähig, etwas anderes zu tun als ohnmächtig zuzusehen.
Sie merkte, wie es um mich stand, und kam zu mir, legte die Arme um mich und sagte, daß sie mich liebe, daß es aber an der Zeit sei, Schluß zu machen. »Du wirst mir in sechs Monaten dankbar sein«, sagte sie, und dann: »Eddie, Eddie, bitte nicht, Eddie, hör auf.«
Kurz darauf war ich in ihr und sagte ihr nach all den Monaten zum erstenmal, was ich ihr wirklich sagen wollte. Immer war ich vorsichtig gewesen, hatte nie von meinen Gefühlen gesprochen und Gwen nie gesagt, daß ich sie liebte; ich hatte das Wort stets vermieden, weil ich glaubte, es gäbe ihr einen Vorteil mir gegenüber, den ich niemandem zugestehen wollte (was für einen Vorteil?). Oder weil es meine Stellung schwächen würde (welche Stellung?). Bei all den Spielen, die wir miteinander getrieben hatten – nie hatte ich das große Wort gebraucht. Und auch sie nicht, fiel mir plötzlich ein; ich nehme an, wir wollten beide ein letztes bißchen für uns selbst behalten. Aber jetzt sprach ich es aus. Ein ums andre Mal. Ich sagte auch: »Du bist das einzige auf der Welt, das mir wirklich wichtig ist, weißt du das nicht?« Und dann, während ich noch auf ihr lag, in ihr war, versetzte ich ihr plötzlich mit voller Kraft einen Schlag ins Gesicht, nicht im Zorn, sondern um sie von dem zu überzeugen, was ich ihr sagte – oder wollte ich mich selbst davon überzeugen? Als ich sie schlug, brach etwas in ihrem Innern zusammen; irgend etwas löste sich, und sie begann, sich an mich zu klammern. Sie weinte auch und zeigte sich zum erstenmal, seit ich sie kannte, ohne jenes letzte bißchen Reserve. Es ist wahr, ich bin ein Südländer, aber ich habe mich selbst dazu erzogen, mich keinen übertriebenen Gefühlsäußerungen hinzugeben. Schon als Kind habe ich es mir abgewöhnt zu weinen. Doch in jener Nacht weinte ich und verprügelte sie grausam. Woraufhin sie ihre Reiseuhr und den Mitternachtsflug vergaß.
Ruhig und eng aneinandergeschmiegt lagen wir da. Jeder von uns hing seinen Gedanken nach. Rückblickend erinnere ich mich genau, was mir in dieser Stunde durch den Kopf ging, aber selbst heute schäme ich mich noch, wenn ich daran denke. Ich war damals solch ein gottverdammter Snob. Denn während ich sie zärtlich in den Armen hielt, fragte ich mich: Wie kannst du so vernarrt in dieses Mädchen sein? Wie kannst du für diese Person soviel aufs Spiel

setzen? Ich hielt mich für etwas viel Besseres als sie. Und so wunderte ich mich bereits wenige Minuten nach diesem hemmungslosen Gefühlsausbruch, daß ich jemals ihretwegen so verzweifelt gewesen war; denn ich glaube, insgeheim pflichtete ich dem bei, was man im Büro über sie gesagt hatte. In meinen Augen war sie besudelt. (Ein typisches Wort des griechischen Mittelstandes.) Es ist mir peinlich, mich jetzt daran zu erinnern. Schließlich hatte ich selbst es ja auch reichlich wild getrieben.

Geistig fühlte ich mich ihr weit überlegen, tatsächlich viel zu gut für sie! Denn sie war ein Mädchen ohne jede Bildung, und es gab Wörter, von denen sie nicht wußte, wie man sie aussprach. Selbst seelisch glaubte ich aus edlerem Holz zu sein: Ich war ein Idealist und seit frühester Jugend ein Anhänger des Liberalismus, jetzt natürlich Antikommunist, aber immer noch sehr fortschrittlich, und ich hatte eine gewisse Einstellung zum Leben, war ein Menschenfreund und zutiefst optimistisch, während Gwen eigentlich nichts weiter als eine kleine Hure war, ständig in Abwehrstellung und von Natur aus zersetzend (ich hielt mich für einen konstruktiven, sie hingegen für einen destruktiven Menschen), niemals frei von Mißtrauen – Gwen, die alles verspottete und immer in Opposition war, ganz gleich, worum es sich handelte, sie war aus Prinzip dagegen. Alles in allem ein Ungeheuer in der Gestalt einer schönen jungen Frau.

Es verwirrte mich, daß ich noch vor wenigen Minuten wahrhaftig geglaubt hatte, ohne dieses Mädchen nicht leben zu können. Wie war es möglich, daß ich einen solchen Menschen so nötig brauchte? Was war mit mir los?

Ein paar Stunden später war ich wohlbehalten zu Hause, lag, wieder im altgewohnten Trott meines Doppellebens, bequem auf meiner Seite des Bettes und hörte Florence zu, die mir heftige Vorwürfe machte, weil ich nicht ins Biltmore gekommen war. Ich entschuldigte mich, bloß um sie zum Schweigen zu bringen und schlafen zu können. Das körperliche Zusammensein mit Gwen und all die übermäßige Erregung hatten mich erschöpft. Aber Florence sprach weiter, über »Camelot« und die Kunst von Alan J. Lerner im Vergleich zur Kunst von T. H. White, dem Verfasser des ursprünglichen Buches, das Florence gelesen hatte und das, soweit ich aus ihren Reden ersehen konnte, ihr besser gefiel. Armes Ding, dachte ich, schon halb im Schlaf, armes Ding. Das letzte, was ich sie sagen hörte, war: »Ev? Schläfst du?«, worauf ich nicht mehr antwortete, denn ich schlief tatsächlich.

Am nächsten Morgen, auf dem Weg ins Büro, versuchte ich, mir vorzumachen, daß mein Abstecher in den Gefühlsüberschwang nichts weiter zu bedeuten habe. Gwen, sagte ich mir, ist jetzt offiziell meine Geliebte. Ich werde irgendwie für sie sorgen müssen. Aber was die Zukunft anbelangt – wer weiß. Auf jeden Fall, sieh dich vor!

Sie war meine Geliebte. Ich konnte mir nicht vorstellen, daß sie mehr von mir erwarten würde, obgleich ich sehr viel mehr gesagt und Worte wie »immer« und »auf ewig« gebraucht hatte – Worte, die ich im allgemeinen selbst Florence gegenüber sorgsam vermied. Bei jedem Mädchen, das mir je über den Weg gelaufen war, hatte ich stets betont, daß alles im Leben nur vorübergehend sei. Ich hatte mir sozusagen immer eine Hintertür offengelassen, um entkommen zu können, falls die Lage zu Hause oder anderswo zu schwierig werden sollte. Um ganz ehrlich zu sein, ich hatte sogar immer ein versiegeltes Kuvert mit fünfhundert Dollar in einer verschlossenen Schublade meines Schreibtischs liegen, um jederzeit die nötigen Mittel zur Hand zu haben, wenn ich plötzlich verschwinden wollte. Die Freiheit war ein Fetisch für mich.

So ging es jetzt darum, Gwens Leben so zu organisieren, daß es sie befriedigen würde, ohne letztlich meine Freiheit zu gefährden. Ich mußte der Tatsache ins Auge sehen, daß ich ihr gesagt hatte: »Du gehörst zu mir, und ich will nicht ohne dich leben.« Zum Teufel, in Wirklichkeit hatte ich ihr in der Erregung jenes Augenblicks noch viel mehr gesagt. »Du hast tatsächlich die Beherrschung verloren«, sagte ich mir, während ich in den Parkplatz des Büros einbog. »Du hast sogar zu ihr gesagt: ›Ich möchte, daß du eines Tages meine Frau wirst‹, was gar nicht stimmt. Du hast nicht die leiseste Absicht, sie zu heiraten.«

Und das hatte ich auch wirklich nicht! Denn, mein Gott, ich hatte Florence gern. Ich liebte sie sogar, und das Arrangement, das wir miteinander hatten, war recht zufriedenstellend. Außerdem stand einfach finanziell viel zuviel auf dem Spiel. Ich sollte mich lieber vorsehen, wenn ich so in Erregung gerate, dachte ich. Eines Tages könnte jemand meine Worte für bare Münze nehmen. Deshalb ist Gemütsbewegung etwas so Riskantes. Ich hatte eigentlich geglaubt, schon längst darüber hinaus zu sein.

Wir trafen uns zum Mittagessen. Gwen war sehr zurückhaltend, sehr gesetzt. So ruhig, so sanft und beherrscht, daß es mich überraschte. Und mich einen Augenblick lang mißtrauisch machte. Doch dann fingen wir an zu sprechen, und sie sagte einige Dinge, die zu hören ich mich schon lange gesehnt haben muß.

Ja, sie liebe mich, sagte sie. Aber sie verachte das, was ich täte. Meinen Beruf. Sie sagte, es sei eine niederträchtige Arbeit. Sie könne es einfach nicht länger mitansehen. Sie liebe mich zu sehr, um mitan-

zusehen, daß ich mich genauso benähme wie all diese andern Leute bei Williams and MacElroy. Denn ich sei in Wirklichkeit anders als diese Leute, sagte sie. Ich dürfe nicht mein Leben damit verbringen, Lügen über die Produkte irgendwelcher Firmen zu erfinden. Und für Männer zu arbeiten, die ich verachtete.
»Ja«, sagte ich. Und in diesem Augenblick tat ich es wirklich. Ich gönnte es mir, all den Haß und die Geringschätzung zu fühlen, die ich jahrelang hinuntergeschluckt hatte.
Während Gwen sprach, erwachte mein schlummernder Stolz. Wo war er gewesen? Es war ein gutes Gefühl. Und das hatte sie fertiggebracht mit ihren Worten. Ich blickte sie an und empfand Erstaunen, Bewunderung, ja sogar Dankbarkeit.
Da erzählte ich ihr zum erstenmal von meinem andern Leben: für welche Zeitschriften ich arbeitete, welche Art von Artikeln ich schrieb, wieviel sie mir bedeuteten. Sie habe diese Zeitschriften nie gelesen, sagte sie. Dann sah sie mich mit einem seltsamen Blick an und meinte, es wundre sie, daß es mir durch all diese Monate unserer engen Beziehungen hindurch gelungen sei, etwas vor ihr zu verbergen, woran mir offensichtlich soviel läge. (Ich hatte ihr gesagt, dies sei vielleicht der einzige Bereich meines Lebens, in dem ich mir selbst vollkommen treu sei.) Wie kam es, fragte sie sich, daß sie nicht die leiseste Ahnung gehabt hatte? Ich sagte ihr, daß ich diese Artikel unter einem Pseudonym schriebe; aber auch Eddie Anderson sei natürlich nicht mein wirklicher Name. Ich erzählte ihr von Evans Arness und Evangelos Topouzoglou und allem übrigen. Doch sie hörte nicht zu. Sie sah mich an und überlegte sich wieder, wie es möglich war, daß ich ein ganzes andres Leben und einen anderen Namen – oder sogar zwei – vollkommen geheimhalten konnte.
Ich tat sehr befriedigt und erklärte ihr, daß die anatolischen Griechen – genau wie alle anderen alteingesessenen Minoritäten – dazu neigten, verschwiegen zu sein. Und in meinem Fall käme noch das Grundprinzip der Geschäftswelt hinzu: Verrate nie mehr, als du unbedingt mußt, um das Geschäft, um das es sich dreht, zum Abschluß zu bringen. Spiel Poker bei allem, was du tust!
Ich erzählte ihr, daß die Zeitschrift, bei der ich ein laufendes Konto besäße, mich beauftragt habe, einen langen Artikel über einen neuen Mann zu schreiben, der gerade anfinge, sich im politischen Leben einen Namen zu machen. Es handle sich um einen gewissen Chet Collier, und ich solle ihn zu Fall bringen, wenn möglich, ohne daß er etwas davon merkte. Das war meine Spezialität. Ich pflegte mit dem Objekt Freundschaft zu schließen, sein Vertrauen zu gewinnen und es zum Sprechen zu bringen. Dann schrieb ich meinen Artikel. Wochen darauf fand der Mann zu seiner großen Überraschung in

irgendeiner Zeitschrift meinen Angriff auf ihn. Und er konnte nichts dagegen tun, denn jedes Zitat war wortgetreu; er hatte sie alle selbst überprüft. Dafür hatte ich gesorgt!

Mit dem Auftrag für den Artikel über Chet Collier kamen zwei Aktendeckel mit Material, das der Verlag für mich zusammengestellt hatte. Da ich jedoch immer darauf bestand, bei jedem neuen Objekt selbst die notwendigen Ermittlungen anzustellen, waren auch ein Posten für eine Hilfskraft und Reisespesen für zwei vorgesehen. Reisen war immer meine erste Bedingung und gehörte auch zu meinem Abkommen mit Williams and MacElroy. Es gab Zeiten in meinem Leben, da ich glaubte, Los Angeles und meine persönliche Situation nur ertragen zu können, indem ich mich hin und wieder für kurze Zeit davon befreite. Und auf diese Art hatte ich eine plausible Ausrede, wenn ich mich plötzlich davonmachen und das Ganze für eine Weile hinter mir lassen wollte. Florence bestand manchmal darauf, mich zu begleiten, besonders nach New York (Einkäufe, Theater, Kultur). So bedurfte es oft meines ganzen Scharfsinns, um die Dinge so zu deichseln, daß ich allein fahren konnte. Jetzt mußte ich, ohne Florences Verdacht zu erregen, eine Möglichkeit finden, mich mit Gwendolyn in New York zu verkriechen.

Ich sagte Florence, ich würde mich bei Mr. Collier einquartieren, sein Haus läge unweit von Weston, in Connecticut, und da er ein ausgesprochen maskuliner Typ sei, würde ich wahrscheinlich sehr viel Zeit mit Trinken und Männergesprächen verbringen. Florence ließ meine Gründe gelten. Dann mußte ich sie noch in einem anderen Punkt hinters Licht führen. Sie nahm natürlich an, daß ich fliegen würde. Ich wollte jedoch mit der Bahn fahren, um mit Gwen zwei Tage und drei Nächte in einem Privatabteil des transkontinentalen Luxuszuges zu haben. So mußte ich diese Vorbestellung selbst machen und meine Sekretärin (mit der Florence täglich telefonierte) die Flugkarten besorgen lassen, die ich dann später einlösen würde. Es klappte alles. Gwen und ich verbrachten zwei Tage und drei Nächte in ununterbrochenem intimem Beisammensein unter der wohltuenden Obhut eines netten alten Negers, dem ich statt am Ende der Reise schon am Anfang zwanzig Dollar gab. Er sorgte dafür, daß es uns an nichts fehlte, wir uns um nichts zu kümmern, faktisch nicht ein einziges Mal das Abteil zu verlassen brauchten. Somit konnten wir uns während jener Tage und Nächte ausschließlich uns selbst widmen, uns gegenseitig auskundschaften, besonders unsere Schlafgewohnheiten, denn bis dahin hatten wir noch nie eine Nacht zusammen verbracht. Während der ganzen Fahrt zogen wir nur zweimal die Jalousien hoch, und beide Male war es dunkel: eine Nacht von sechzig Stunden.

Ich erinnere mich an das erste Mal: Der Zug hatte gehalten, und wir wachten eng ineinander verschlungen auf, fühlten uns wunderbar und beschlossen nach einigem Hin und Her, daß wir es riskieren könnten, den Bann zu brechen. So zogen wir also die Jalousien hoch und sahen, daß wir irgendwo in Colorado waren. Die würdevollen alten Männer der Eisenbahnlinie gingen hin und her, sahen die Achsen nach und überwachten das Aufladen der Forellen aus den Bächen der Rocky Mountains, die wir, wie sich herausstellte, am nächsten Morgen zum Frühstück bekamen. Als wir zum zweiten Mal hinausblickten, hatten wir gerade Erie in Pennsylvanien verlassen. In New York quartierten wir uns im Algonquin ein. Für Mr. Evans Arness war bereits ein Apartment reserviert; man wußte, daß er nach New York kam, um wieder etwas zu schreiben, doch über was oder wen, das wußte niemand. Selbst der Fahrstuhlführer, der sonst über absolut alles unterrichtet war, wußte es nicht. Hingegen berichteten ihm die Zimmerkellner, daß Mr. Arness sehr intensiv arbeite und daß seine Sekretärin, die das kleine Einzelzimmer neben ihm hatte, die Nacht mit ihm verbrachte. Das sprach sich natürlich herum. Doch nicht sehr weit, denn es war nichts Außergewöhnliches: Mr. Arness hatte es schon zuvor mit anderen Sekretärinnen so gehalten. Es war selbstverständlich, daß ein so bedeutender Mann wie er ständig betreut sein wollte.
Wir verbrachten die ersten Tage im Algonquin damit, das gesammelte Material auszuwerten. Die Republikanische Partei, so schien es, durchsuchte das Land nach vielversprechenden Männern, von denen sie sich wirklich etwas erhoffen konnte. Chet Collier war die Hoffnung der Republikaner von West-Connecticut. Ich las einmal und dann noch einmal all seine öffentlichen Ansprachen, das zweite Mal mit einem Bleistift in der Hand, um Stellen für Zitate zu markieren. Ich konnte mir nicht vorstellen, daß es jemanden gäbe, der sich von einem Geist wie diesem etwas versprechen könnte. Aber schließlich hatte es ja auch einen Goldwater gegeben. So gewann ich nach und nach die Überzeugung, daß irgend jemand tatsächlich all diese Dinge gesagt hatte. Dann dämmerte mir, daß ich mit diesem Mann meinen Spaß haben könnte. Die Herausgeber der Zeitschrift hatten gewußt, was sie taten, als sie mich wählten. Nicht etwa, daß sie jemals versucht hätten, meine Einstellung oder Verhaltensweise zu beeinflussen; das brauchten sie nicht. Sie wußten, daß meine Reaktion auf Mr. Collier die eines Falken auf ein Küken sein würde. Als wir hinausfuhren, erzählte ich Gwen von Chet Collier. Er hatte dieselbe Universität besucht wie ich. Doch ich war einer der kleinen Pinscher gewesen, während Chet ein Star der athletischen Mannschaft war, sogar eine All-New-England-Meisterschaft gewonnen

hatte, worin, weiß ich nicht mehr. Er war auch ein DKY gewesen, und Delta Kappa Ypsilon war das beste Haus auf jenem Campus. Ich hingegen war Tellerwäscher im Zeta-Psi-Haus gewesen, in einer Zeit, da es noch keine Geschirrspülautomaten gab. Meine Kleidung roch vier Jahre hindurch nach Spülwasser. So war ich immer noch, aus diesen und andern Gründen, von ungestilltem Rachedurst erfüllt.

Chet hatte sich nicht verändert; das merkte ich, sobald ich ihn sah. Er hatte nicht einen einzigen Zweifel bezüglich seiner Person. Anderen gegenüber bewies er die freundliche Duldsamkeit eines Menschen, der seiner eigenen Überlegenheit gewiß ist. Er hatte nichts zu fürchten, fühlte sich niemals wirklich bedroht und war daher jedem Menschen gegenüber teilnahmsvoll und aufgeschlossen. Körperlich war er in bester Verfassung, sah immer aus, als käme er gerade vom Tennisplatz. Er trank übermäßig, aber ich glaube nicht, daß er überhaupt wußte, was ein Katzenjammer ist. Seine Martinis waren die besten, die ich jemals getrunken habe. Er fuhr einen englischen Zweisitzer (genau wie ich), zog überhaupt englische Wagen vor und sagte das in allen seinen Reden. Ferner sagte er, sie seien besser, weil sie sorgfältiger hergestellt seien, und sie seien sorgfältiger hergestellt, weil die Engländer noch eine gewisse Tradition von handwerklichem Können hätten, und das wiederum käme daher, daß die Gewerkschaften dort nicht so allmächtig seien (was natürlich nicht stimmt) und daß sie nicht von Gangstern beherrscht würden wie die unsrigen (Blödsinn). Außerdem, sagte er, seien die Engländer schon von alters her ein zutiefst religiöses Volk. Was dies mit der besseren Qualität der Wagen zu tun haben sollte, weiß ich nicht. Chet selbst spielte jeden Sonntagmorgen Golf.

Er nannte Amerika das verwöhnte Kind der Welt und meinte, wir müßten den Gürtel enger schnallen. Gleichzeitig wog er selbst an die zweihundert Pfund, obwohl, das muß ich zugeben, das meiste davon über der Taille war. Er sprach viel über den letzten Krieg und sagte, das sei das einzige Mal gewesen, daß sein Land einem einheitlichen Ideal gedient habe. Immer wieder stellte er seine Heldentaten im Krieg heraus und veranschaulichte die Pointen seiner Reden mit kleinen symbolischen Bildern aus seinen Erlebnissen an der Front. Er sagte, das Leben sei im Grunde genommen brutal, der Mensch im wesentlichen räuberisch und von Natur aus grausam, und die moderne Gesellschaft habe all dies bemäntelt, aber keineswegs geändert. Er sagte, ein Mann sollte in regelmäßigen Abständen sein Leben riskieren – und zwar im wahrsten Sinn des Wortes –, damit er die Dinge wieder so sehen könne, wie sie wirklich sind. Er hatte rotes Haar, das sich bereits lichtete, und einen roten Bart, der sich nicht lichtete. Während wir sprachen, schob er ununterbrochen seine Geschlechtsteile von einer Seite der Hose zur andern, ungeachtet der Tatsache, daß Gwen dicht hinter mir stand, ihre scharfen kleinen Augen sich nichts entgehen ließen und ihr scharfer kleiner Bleistift alles notierte, auch das.

Man mußte ihn sehen, um ihn für möglich zu halten. Ich hatte geglaubt, so etwas gäbe es nicht mehr. All dies romantische Gewäsch brachte er mit einem Gebaren von Wohlwollen und Langmut gegenüber der Blindheit seiner Mitmenschen hervor.

Seine liebste Zielscheibe war, wie nicht anders zu erwarten, der liberale Intellektuelle, und er reihte mich natürlich sofort in diese Kategorie ein. Ich glaube, er war enttäuscht, daß ich kein Jude bin, denn er fragte mich gleich zu Anfang danach, und dann ein paar Stunden später noch einmal, weil er vergessen hatte, ob ich nun eigentlich einer sei oder nicht. Ich wies ihn darauf hin und fragte, ob ihm das denn so wichtig sei. Er brach in hemmungsloses Gelächter aus und sagte zu Gwen, ich sei äußerst diplomatisch, nicht wahr? Warum fragte ich ihn nicht einfach, ob er ein Antisemit sei? Dann begann er, über mich hinweg mit Gwen zu reden, und fragte sie, was, in aller Welt, sie mit einem so widerlichen Kerl wie mir anfinge? Er ließ jetzt plötzlich seinen ganzen Charme auf sie los. Das war ein Kompliment für Gwen, und es verfehlte nicht sein Ziel. Wenn er jedoch geglaubt hatte, er könne sie in Verwirrung bringen, so wurde er bald eines Besseren belehrt: Sie war ebenso kühl und zurückhaltend, wie er eindeutig und drängend war. Nach einer Weile ging mir seine Art, so über meinen Kopf hinweg mit ihr zu sprechen, auf die Nerven. Er merkte es sofort, und daraufhin fing er an, von Zeit zu Zeit mit ihr zu reden, als sei ich überhaupt nicht da. Ich muß sagen, der Schweinehund amüsierte sich königlich.

Eigentlich war der Zweck der Unterredung nur der, daß ich sehen wollte, zu welchen politischen und moralischen Phantastereien er sich von mir verleiten lassen würde. Ich hatte es 'raus, mir lebendigen Stoff für meine Berichte zu verschaffen, indem ich mein Untersuchungsobjekt ärgerlich machte und immer gerade dort bohrte, wo ich nicht bohren sollte. Für gewöhnlich sind Menschen, die man interviewt, so ängstlich darauf bedacht, einen möglichst günstigen Eindruck zu machen, daß man sie schon nach kurzer Zeit dazu bringen kann, so ziemlich alles zu sagen, was man von ihnen hören will. Man bringt ihnen zuerst ein wenig Freundschaft entgegen, stellt dann all die indiskreten Fragen, die man sich nur ausdenken kann, und beobachtet, wie die armen Kerle sich ducken und zaudern, nach Möglichkeiten suchen, einen zufriedenzustellen und sich beliebt zu machen. Bald geben sie sich geschlagen und hoffen nur noch, daß

man sie nicht für allzu schlecht, für allzu abweichend vom Rest der Welt halten wird.
Aber nicht Chet Collier. Er liebte es, anders zu sein – es war bei ihm schon fast ein unwiderstehlicher Drang. Selbst wenn er vorgab, einem in irgend etwas beizupflichten, fand er, so schnell er konnte, einen strittigen Punkt. Nachdem wir etwa eine halbe Stunde mit dieser Art Unterhaltung zugebracht hatten, fragte Gwen ihn plötzlich und unerwartet: »Mr. Collier, interessiert es Sie überhaupt nicht, was wir über Sie denken?«
»Ganz und gar nicht«, erwiderte er lachend. Natürlich suchte ich nach einem nervösen Unterton in seinem Lachen, aber es gab keinen. Ich erinnere mich, daß Gwen ebenfalls lachte, und er sprach zu ihr, wieder über mich hinweg: »Ich wußte, was ich zu erwarten hatte, als ich mich zu dieser Unterredung bereit erklärte. Ich will nicht, daß er gut über mich schreibt – das würde mich eine Menge Wählerstimmen kosten.« Und noch mehr von diesem nicht sehr spaßhaften Unsinn. Schließlich sagte er zu Gwen: »Kommen Sie, wir gehn ein bißchen in die Sonne und sehn nach, was die Tiere machen.« Damit nahm er sie beim Ellbogen und führte sie hinaus. Ich folgte ihnen.
Etwa zu diesem Zeitpunkt entdeckte ich einen gewissen Widerstreit in meinen Gefühlen für diesen Mann. Ich selbst bin nie imstande gewesen, spontan zu lachen, obwohl ich es mir immer gewünscht habe. Doch ich unterdrückte dieses Gefühl – Neid oder sogar Bewunderung? –, so rasch ich konnte. Es war nicht richtig; ich durfte diesen Menschen in keiner Weise bewundern.
Wir gingen rings um sein Weideland. Unweit der vorderen Eingangstür stand neben unserem Mietwagen ein Ford-Farmall-Traktor. Es gab keinen Rasen, nur wild wachsendes Gras. Und Schlamm. Collier hatte hohe, schwere Stiefel an, ich meine Straßenschuhe. Gwens Fußkleidung war streng italienisch – mit den dünnsten Sohlen, die man sich nur vorstellen kann. Er schickte jemanden ins Haus, ihr ein Paar Galoschen zu holen, und hob sie selbst hinein. Sie waren viel zu groß, und sie sah sehr niedlich damit aus. Mir ließ er keine derartige Aufmerksamkeit zukommen.
Die Bäume, unter denen wir spazierengingen, waren sehr alt. Ebenso das Haus und die Nebengebäude. Es war drinnen recht kühl gewesen – er wahrte damit den Stil englischer Landedelleute –, beinahe kalt für meinen Geschmack. Ich fragte mich, ob Süd-Kalifornien vielleicht mein Blut verdünnt habe. Jedenfalls war mir die Sonne sehr willkommen. Auch die Tiere vor dem Haus empfanden sie sichtlich als eine Wohltat. Gwen zählte acht Katzen und sechs Hunde aller Art, reinrassige sowie Promenadenmischungen. Es wim-

melte von diesen Tieren, sie spazierten umher, fraßen, stritten sich, wie es ihrer Natur entsprach, paarten sich, vermehrten sich und säugten ihre Jungen. Es gab junge Hunde, und es gab junge Kätzchen. Die Szene glich einem Bild von Breughel. Hier waren die Tiere ebenso zu Hause wie die Menschen.
Collier führte uns um das Haus herum zu ein paar Käfigen, in denen er wilde Tiere hielt. Es gab dort ein Wiesel, das er gerade am Tag zuvor gefangen hatte. Wir sahen zu, wie er das Tier in eine größere Behausung brachte. Ferner gab es einen Rotluchs mit einer verletzten Pfote, den er aus der Falle eines benachbarten Bauern befreit hatte, einen jungen Jaguar, den ein Freund ihm aus Caracas geschickt hatte, und einen großen, struppigen Falken, der aussah, als sei er bereits längst über die Blüte seines Lebens hinaus (Collier sagte, das sei er auch), und, meinte ich, sicherlich ganz froh war, nicht mehr in Freiheit zu leben (Collier blinzelte Gwen zu und sagte, ich übertrüge meine eigenen Gefühle auf den Vogel).
Wieder ertappte ich mich dabei, daß ich ihn beneidete. Ich hatte immer gern eine Menge Tiere um mich haben wollen, doch Florence hatte mit Recht bemerkt, daß sie unsere Bewegungsfreiheit einschränken würden. »Nimm an, wir wollen plötzlich einmal wegfahren? Was würden wir mit ihnen tun?« Was tat Collier mit ihnen, wenn er wegfuhr? Wahrscheinlich blieben sie einfach da und fraßen einander auf. Ich wollte ihn eben fragen, als ich bemerkte, daß er seine Lederjacke ausgezogen hatte (die Sonne war hinter ein paar Wolken verschwunden, und es war plötzlich kühl geworden) und sie Gwen um die Schultern legte. Der Schweinehund hatte es auf mein Mädchen abgesehen!
Ich war inzwischen so weit, daß ich ihn hätte umbringen können. Dabei war das erst der Anfang.
Er kam auf Dinge zu sprechen, von denen er wußte, daß sie mich empören würden. Und mich veranlassen würden, ihn in meinem Artikel in Grund und Boden zu verdammen.
Zunächst fing er mit den Juden an. Er sagte, er glaube, die meisten amerikanischen Juden schämten sich ihres Judentums. Was meinte ich dazu?
Ich sagte, ich sei andrer Meinung.
Er sagte, die Juden fänden diejenigen Mädchen ihrer Rasse am hübschesten, die den christlichen Mädchen am ähnlichsten seien.
Was meinte ich dazu?
Unsinn, sagte ich. Es schien, daß wir die Rollen gewechselt hatten und jetzt ich derjenige war, der ausgefragt wurde.
Er sagte, die Juden heirateten immer Mädchen, die möglichst unjüdisch aussähen, wobei sie diejenigen mit niedlichen kleinen Stups-

nasen am liebsten hätten; und wenn die Mädchen keine solchen Nasen hätten, ließen ihre Väter sie ihnen eiligst anoperieren, und bei dieser Gelegenheit werde dann auch gleich der Schnurrbart auf ihrer Oberlippe entfernt. Was meinte ich dazu?

Das sei dummes Gerede, sagte ich.

Er sagte, er billige die Black Muslims. Ich auch?

Ich entgegnete, nein, ich nicht.

Er sagte, er könne nicht verstehen, wie die große Menge der Neger es fertigbrachte, so geduldig zu sein. Daß er, wenn er ein Neger wäre, längst zur Gewalt gegriffen hätte, ich nicht?

Nein, erwiderte ich.

Er sagte, nur mit ihren Fäusten könnten sie sich beim Weißen Respekt verschaffen; sie müßten buchstäblich darum kämpfen, wenn nötig mit Gewehren. Sei ich darin seiner Meinung?

Ganz und gar nicht, sagte ich.

Er sagte, er glaube nicht an all dies Gewäsch von Gewaltlosigkeit, denn jeder Fortschritt in der Geschichte sei mit Blutvergießen verbunden – sehen Sie sich doch die Geschichte Amerikas an –, und sei ich nicht zumindest darin seiner Meinung?

Ich sagte, nein, ganz und gar nicht. Der gemeine Kerl hatte tatsächlich einen Mordsspaß an der ganzen Sache.

Nun, sagte er, glaubte ich wirklich, daß all dieses Singen von Lobliedern, diese zu Politikern gewordenen Pfarrer und diese langen Massenmärsche irgend etwas zuwege bringen würden?

Ich sagte, ja, bestimmt.

Er brach in schallendes Gelächter aus und sagte, ich würde noch mein blaues Wunder erleben, aber ich verdiente es nicht besser, und er werde mir nur noch eine letzte Frage stellen: Wolle ich wirklich und wahrhaftig, daß der Neger in unserem Land vollkommen gleichberechtigt sei? Ich solle mein Gewissen erforschen und ihm sagen, wolle ich das tatsächlich?

Ich sagte, ich wüßte nicht, was er damit meinte. Aber natürlich wußte ich es genau.

Er wandte sich Gwen zu und sagte: »Kommen Sie, ich möchte Ihnen etwas zeigen.« Dann ging er mit ihr davon. Was mir eine Chance gab, mich zusammenzureißen und mich zur Geduld zu mahnen; ich würde es ihm später heimzahlen – mit meiner Schreibmaschine.

Er zeigte uns seine beiden Rennwagen, einen Porsche und einen alten, sehr gut erhaltenen Maserati. Inzwischen sprach er nur noch mit Gwen.

»Wieso sprechen Sie eigentlich nur mit meiner Sekretärin und nicht mit mir?« fragte ich ihn.

»Nun, Sie interessieren sich doch nicht für Rennwagen, oder?«

Ich erwiderte, nein, sie aber auch nicht.
»Mag sein«, sagte er, »aber sie interessiert sich für mich.«
Wir lachten alle. Zum Teufel, worüber lachte ich eigentlich?
Etwas später holte er seine lange Lederpeitsche und stellte seine Fertigkeit zur Schau, indem er einen alten Ölkanister herumtanzen ließ. (Er muß gewußt haben, daß ich ihn mit diesem Peitschenkunststückchen lächerlich machen würde.) Und dann seine Pistole. Ob ich nicht Lust hätte, mich ein bißchen im Schießen zu üben? Ich sagte nein, ich hielte nichts von Schußwaffen.
Daraufhin wandte er sich an Gwen und sagte: »Oh, unser Freund hält nichts von Schußwaffen.« Er tat alles, was er nur irgend konnte, um mich zu reizen.
So schaltete ich ihn einfach aus. Ich begann, im Geiste den Artikel zu schreiben. Das tröstete mich. Der Schweinehund war ein Scharlatan, und ich würde ihm die Maske abreißen und den ganzen Schwindel ans Tageslicht bringen. Nur aus einem Grunde war er imstande, so zu leben, wie er es tat: Sein Vater hatte ihm ein Vermögen hinterlassen. Unter all diesem romantischen Gebaren schlummerte die Seele eines biederen Bürgers, der von seinen Zinsen lebte. Er hatte noch nie einen Pfennig mit eigener Arbeit verdient. Bei all diesem Landleben, das er so stolz vor uns zur Schau stellte, war und blieb er doch ein kleiner Bourgeois, ebenso verachtenswert auf seine Art wie die Salonkommunisten Hollywoods auf ihre.
Ich kam wieder zu mir. Collier und Gwen blickten mich an. Als er bemerkte, daß ich abermals zuhörte, sagte er zu Gwen: »Miss Gwen, finden Sie nicht, daß die Leute mir für das Interview zumindest ein unvoreingenommenes und ehrlich gesinntes Individuum hätten schicken können?«
Gwen sagte, ich sei ehrlich gesinnt. Wieso war ich eigentlich überrascht, daß sie mich in Schutz genommen hatte? Sie standen dort Seite an Seite. Ich sah, wie sie ihn auf eine gewisse Art anblickte, und wußte, daß er ihr gefiel.
Ich nehme an, es war seine Offenheit. Und irgendeine Art von männlicher Überschwenglichkeit. Sein Schritt war federnd, seine Haltung furchtlos. Den Männern trat er kampfbereit entgegen, den Frauen, als seien sie seine selbstverständliche Beute. Er gab zu, daß er ein Schürzenjäger sei, und sagte: »Schreiben Sie das für ihn auf, Miss Gwen: nach eigenem Geständnis ein Ehebrecher, ein Mann, der in den verworfenen neuen Vororten lebt, nicht zur Arbeit geht, sondern seine Zeit damit verbringt, daß er redet, das Land bebaut, trinkt, liest und den Frauen seiner Nachbarn nachstellt. Oh, ich habe die Politik vergessen!« Er blinzelte mir zu. »Und ich belüge mich nicht. Und dann will ich Ihnen noch etwas verraten. Schreiben Sie es für

ihn auf, Miss Gwen, mein Lieblingsautor ist Kipling. Wie finden Sie das?« Er wandte sich mir zu. »Besser, als Sie es sich hätten ausdenken können, nicht wahr? Kommen Sie, ich lese Ihnen etwas vor.«
Und ich will verdammt sein, wenn er's nicht tat! Er holte einen Gedichtband von Kipling heraus, servierte uns seine knochentrockenen Martinis und hielt uns bis lange nach Einbruch der Dunkelheit dort fest. Er zündete nur eine Lampe an, so daß wir nichts weiter tun konnten als zuhören, wie er rhythmisch und in einem altmodischen Singsang die Verse las; es war schön auf seine Art, aber wer liest heute noch dieses Zeug – und auf diese Art und Weise? Er las sogar *»Boots«*.
Dann brachte jemand Tee und einen Nußkuchen herein, von dem er behauptete, er habe ihn selbst an diesem Morgen gebacken; in Erwartung meines Besuchs, sagte er, nur, um mich zu überraschen und mir Gelegenheit zu geben, zumindest etwas Gutes über ihn zu sagen, falls der Kuchen mir schmeckte. »Nur zur Erholung von dem übrigen Quatsch«, sagte er, »eine freundliche, häusliche Note.«
Ich aß den Kuchen und sagte nichts. Doch im stillen fragte ich mich: Stellte er das ganze Interview auf den Kopf, versuchte er, so ungewöhnlich zu scheinen, daß man ihn aus purer Ungläubigkeit für ganz gewöhnlich halten mußte?
Wir tranken alle drei eine ganze Menge. Collier verlor nach und nach die Selbstbeherrschung. Er setzte sich, meiner Anwesenheit kaum gewahr, neben Gwen auf das Sofa. Ich glaube, er hätte keinerlei Hemmungen gehabt, es dort, in meiner Gegenwart, mit ihr zu treiben, und hätte es vielleicht sogar versucht, nur konnte er nicht erkennen, was Gwen empfand. Gewiß, sie rückte nicht fort (ich wußte, diese Genugtuung würde sie ihm nicht geben), aber sie blickte ihn kühl und abschätzend an, als wolle sie etwas ergründen; was, war nicht klar.
In diesem Augenblick sagte ich: »Komm, Gwen, laß uns gehen«, und er brüllte: »Nein, Sie schlafen heute hier, wir fangen ja grade erst richtig an.«
Aber ich hatte genug. »Komm, Gwen«, sagte ich abermals und nahm ihre Sachen auf.
Irgendwie gelang es uns, dort fortzukommen. Ich konnte es nicht abwarten, über ihn herzuziehen, und ich nahm an, Gwen würde sich zusammen mit mir an seiner Leiche laben.
Aber sie mochte ihn leiden. Ich meine nicht körperlich, obwohl ja bei Frauen bekanntlich alle Gefühle – Sex, geistige Faktoren und so weiter – sich in einem einzigen großen Ragout vermischen. Was immer die Zutaten gewesen sein mögen, sie mochte ihn leiden.
Schmeichelte es ihr, daß er scharf auf sie war?

Sie fragte, weshalb ich ihn nicht leiden könne.
»Aus tausend Gründen«, erwiderte ich. »Er ist voreingenommen und fanatisch, vom politischen, sozialen und philosophischen Standpunkt aus ein Reaktionär, ein arroganter Sexualprotz mit seinen verdammten, sich ewig paarenden Tieren und den Phallussymbolen überall – Peitschen, Pistolen, Rennwagen – und diesen vorgetäuschten Allüren eines Landedelmanns. Und dann noch Kipling! Das ist genau, wo er hingehört – zu den Khaiber-Schützen Seiner Majestät!«
Das alles schrie ich ihr ins Gesicht, doch sie sah mich nur gelassen an und sagte: »Ja, ich verstehe, was du meinst. Sicherlich hast du recht. Aber mir gefällt er.«
Ich sagte, nur, weil er scharf auf dich ist, und sie erwiderte, ja, das mache Spaß, ihr zumindest mache es großen Spaß. Natürlich ging ich in die Luft. Zum Teufel, sagte ich, der Mann ist nichts weiter als ein dreckiger Bock, hast du ihn dir nicht genauer angesehn? Wir waren inzwischen wieder im Algonquin – und ich war so aufgebracht, daß ich sie im Zorn nahm. Als wir fertig waren, sagte sie: »Vielen Dank, Chet Collier!« Es sollte ein Scherz sein, aber ich konnte es nicht komisch finden.
Am nächsten Tag kehrten wir nach Kalifornien zurück, diesmal per Flugzeug.
Ich war wütend auf sie, ohne eigentlich zu wissen, warum. Plötzlich zweifelte ich an gewissen Dingen, die ich noch nie zuvor in Zweifel gezogen hatte: an meiner Urteilskraft, meinen stabilen Grundsätzen, meinem Geschmack, meiner Stellung in der Welt.
Zum Beispiel sagte ich, Collier sei aus Vorurteilen zusammengesetzt (ich fing jetzt an, meinen Artikel zu schreiben), und Gwen entgegnete, ich sei es, der Vorurteile habe; ich hätte den Artikel schon im voraus geschrieben, sei mit einer vorgefaßten Meinung zu dem Interview gegangen und hätte dem Mann keinerlei Chance gegeben. Ich hätte ihn im voraus verurteilt, und das sei's ja wohl, was man Vorurteil nenne, nicht wahr? Und ich tobte.
Eines Nachmittags zog ich über Colliers sexuelle Angeberei her, wie er ständig seine Ware pries, mit seinem *macho* prahlte und mit seinen *cohones* rasselte (wir waren gerade in Gwens Wohnung zusammengewesen und drauf und dran, es noch einmal zu tun), als Gwen zu kichern anfing und meine Mannessäule in sich zusammenfiel.
»Verdammt noch mal, worüber lachst du?« fragte ich.
»Du tust doch genau dasselbe.«
»Einen Teufel tu ich.«
Sie machte mich auf den laufenden Kommentar aufmerksam, mit dem ich häufig unseren Liebesakt begleitete. Sie sagte, was willst du

eigentlich, das ist doch ganz natürlich und ja auch sehr nett, die meisten Männer tun das, reden irgendwas dabei und wollen hinterher so was wie ein Kompliment hören – nur natürlich, sagte sie. Nur ginge es bei mir manchmal bis zur Prahlerei.

»Zum Teufel, wann hast du mich jemals prahlen hören?« fragte ich, langsam in Wut geratend.

»Nun«, erwiderte sie ruhig, »du fragst zum Beispiel immer: ›Kommst du noch mal, Liebling?‹ Nennst du das keine Prahlerei? Willst du mir damit nicht beweisen, wie gut du's kannst? Und dieser herablassende Babyton, den du mir gegenüber anschlägst: ›Kommst du noch einmal, mein Süßes?‹« Dabei ahmte sie meine Stimme nach.

Das brachte mich wirklich in Harnisch. Das gemeine Weibsbild! Ich konnte danach eine Woche lang nicht mit ihr zusammensein. Eine Frau sollte so etwas nicht tun! Das männliche Ego ist ohnedies nicht sehr widerstandsfähig. Man sollte es stützen, anstatt es herabzusetzen. Gwen hat genug Erfahrung, um das zu wissen, dachte ich; demnach tut sie es absichtlich. Ja, so ist's. Sie hackt aus irgendeinem Grund auf mir herum.

Einige Tage später las ich ihr vor, was ich geschrieben hatte, und sie tat gelangweilt, stand einmal auf, um das Fenster zu öffnen, und dann holte sie sich eine Nagelfeile und fing an, ihre Fingernägel zu bearbeiten. So gab ich es schließlich auf. Als ich ihr Vorwürfe machte, erwiderte sie, Chet Collier interessiere sie nicht, nur ich. Und was zum Teufel passe ihr nicht an mir? fragte ich. Sie sagte, meine ganze Lebensweise. Worauf ich wütend wissen wollte, was es an meiner Lebensweise auszusetzen gäbe.

Sie sagte, ich solle doch endlich einmal meinen Worten getreu leben. »Befolge das, was du predigst«, sagte sie. »Ich habe es zum Beispiel verdammt satt, dich dauernd über den Mittelstand herziehn zu hören. Ich weiß nicht einmal, was diese Bourgeoisie ist, über die du redest; und außerdem ist das nur ein Überbleibsel aus deinen linken Zeiten oder so was Ähnliches. Wer lebt denn bürgerlicher als du, mit deinen Versicherungen, deinen Cocktails um sieben, deinem Abendessen um halb acht und deiner ehrbaren, bürgerrechtsfreundlichen Frau; und mit dem gleichen Haarschnitt vom Typ des gehobenen Angestellten, den deine Freunde tragen, und den gleichen Freunden in gehobener Stellung mit den gleichen Anzügen und dem ganzen verdammten Drum und Dran – zum Beispiel deinem Rasen, vergessen wir ja nicht deinen Rasen! Und dann meckerst du herum und beklagst dich über den Mittelstand. Du sprichst über Salonkommunisten – bist du selbst nicht auch einer? Ich meine, wenn du deinen Mund halten und es genießen würdest, könnte ich es allenfalls er-

tragen. Du machst doch bei dem allgemeinen Schwindel mit; warum gibst du dann vor, besser zu sein? Du sitzt da und kassierst zweimal im Monat dein Gehalt – und zwar einen schönen, dicken Scheck – von einem Unternehmen, dessen einzige Funktion darin besteht, den Leuten Dinge zu verkaufen, die sie nicht brauchen, und du hilfst dabei mit, indem du Lügen über diese Dinge erfindest, und weißt das ganz genau und glaubst, du kannst alles dadurch wiedergutmachen, daß du ein paar Zeitschriften wie die *Nation* abonnierst. Du schimpfst dauernd über das System – was, zum Teufel, ist das System, wenn nicht du selbst? Ich meine, warum bist du nicht einfach ein Banause wie alle andern und genießt es? Du würdest dir das Leben verdammt viel leichter machen. Das ist mein Rat!«
»Was hast du mir sonst noch zu sagen?« stachelte ich sie wütend an. »Was noch?«
»Noch vieles«, sagte sie. »Schwindler sind wir alle, nur bist du ein vorsichtiger Schwindler; warum bist du also nicht nett zu deinen Mitschwindlern? Sie sind nicht schlimmer als du, nur anders. Sie kaufen ihre Schlipse im selben Laden, mischen sich ihre Getränke auf die gleiche Art, kaufen alljährlich einen neuen Wagen genau wie du und haben alle nebenbei ihre kleinen Freundinnen, mit denen sie's ebenso treiben wie du mit mir. Und sie machen ihnen vor, daß sie sie vielleicht eines Tages heiraten werden, und in Wirklichkeit denken sie ebensowenig daran wie du, als du mir damals in jener Nacht all diesen Quatsch erzählt hast. Sie halten sich einfach an die Spielregeln, und das tust du ja auch.«
Ich explodierte. »Wenn's dir nicht paßt, verdammt noch mal, wozu bist du dann hier?«
»Weil ich nicht anders und nicht besser bin«, sagte sie. »Wie sollte ich's auch sein? Ich bin ja auf euch Schwindler angewiesen, wenn ich mir mein Brot verdienen will. Und du bist zumindest...«
»Ein klein wenig besser als die andern?«
»Das wollte ich nicht sagen. Nicht besser, nur hast du *mich ein wenig lieber.* Du hast irgendeine Angst in dir, deshalb klammerst du dich ein bißchen mehr an mich.«
Sie beugte sich vor und berührte meine Wange. »Und du kannst manchmal auch sehr nett sein...«
Ich schob ihre Hand fort und sagte: »Laß das. Rede erst mal zu Ende.«
»Nein«, erwiderte sie, »jetzt bist du mir böse. Und das will ich nicht. Du bist gar nicht so schlecht, obwohl du mich die ganze Zeit an der Nase 'rumgeführt hast. Nur bist du im Grunde auch nicht anders als wir alle, und darum kann ich's nicht ertragen, wenn du immer so tust, als seist du allen anderen Gott weiß wie überlegen.«

»Ich halte mich gar nicht für so verdammt überlegen...«
»Nun, dann sag mir gefälligst, was du daran auszusetzen hast, daß Collier so gesund und durchtrainiert ist? Sieh dir deine Taille an. Ich meine, mir ist das egal, aber manchmal, wenn du so über mir auf deine Ellbogen und Knie gestützt bist, hängt alles an dir in schlaffen Falten und Wülsten herunter, und darum sag ich dir doch nicht, daß ich dich körperlich abstoßend finde. Denn Männer, die in der Stadt leben und den ganzen Tag im Büro hocken, sind nun mal nicht anders. Aber was gibt's an Colliers Kraft und Gesundheit auszusetzen? Mir macht's Spaß, ihn anzusehen, und es hat mir offen gestanden auch Spaß gemacht, als er mich angefaßt hat.«
»Wann hat er das getan?« fragte ich rasch. Ich hatte es nicht bemerkt.
»Jedesmal, wenn du nicht hingesehn hast.«
»Und warum zum Teufel hast du das zugelassen?«
»Weil ich neugierig war. Er hat mich auch geküßt.«
»Wann?«
»Als du auf die Toilette gegangen bist, ist er zu mir 'rübergekommen und hat mich geküßt.«
»Und du hast's zugelassen?«
»Ja.«
»Warum hast du mir nichts davon gesagt?«
»Weil ich's nicht wollte! Bin ich dazu verpflichtet? Außerdem wußte ich, daß du glauben würdest, du müßtest den starken Mann markieren und mich verteidigen oder Gott weiß was, und dann wäre ihm wahrscheinlich nichts anderes übriggeblieben, als dir den Schädel einzuschlagen. Außerdem war's für mich nichts weiter als...« Sie schien zu zögern.
»Was?«
»Nein, um ehrlich zu sein, es war eigentlich ganz schön.«
»Hat er dir die Zunge in den Mund gesteckt?«
»Nein, er weiß, wie man vorzugehen hat.«
»Was heißt das?«
»Du weißt genau, was ich meine. Er legte nur seine Lippen auf meine. Er war sehr sanft, berührte nur ganz leicht meine Zungenspitze mit seiner Zungenspitze.«
»Noch einmal: Was heißt, er weiß, wie man vorzugehen hat?«
Das Mädchen hatte manchmal eine Art zu sprechen, die direkt aus der Gosse stammte.
»Stell dich doch nicht so an«, sagte sie. »Die richtigen Schritte zur richtigen Zeit.«
»Und was soll das heißen?«
»Das weißt du ganz genau. Es soll heißen, er ist 'rumgekommen, hat

Erfahrung und weiß, welches Tempo er anschlagen muß und wann er welche Schritte tun kann, ohne alles zu verderben, du eingebildeter Pedant; ich will damit sagen, er ist zu klug, um zu rasch vorzugehn; er weiß, mit wem er's zu tun hat und was er sich leisten kann, du eingebildeter Pedant, und er gab sich Mühe, nicht schneller scharf zu werden, als er mich scharf machte, und du, ich kann dir sagen, er war weiß Gott scharf wie nur irgend etwas, kerzengerade, du eingebildeter Kerl, du weißt genau, was für Schritte, also warum tust du so überlegen? Und zwing mich nicht, es dir zu sagen, wenn du nicht willst, daß ich dir weh tue. Denn mir macht's nichts aus, du Lügner. Viele schöne Dinge hast du mir erzählt, als ich damals meine Sachen packte, um das Mitternachtsflugzeug zu nehmen; aber hinterher war's vergessen: Kein Wort von all dem, was du mir in jener Nacht gesagt hast! Kein Wort! Völlige Stille! Gut, ich geb mich damit zufrieden. Denn im Augenblick bist du das Beste, was ich habe. Aber fordre mich nicht heraus. Wer, zum Teufel, glaubst du, daß ich bin? Deine Frau? Ich habe dir nicht das Recht gegeben, mich zu kritisieren. Schön, er hat es auf mich abgesehn, na und? Zumindest hat er mir keine Lügen aufgetischt, daß er mich liebt und so. Wenn's dich interessiert, ich hätte gar nichts dagegen, es mal mit ihm auszuprobieren. Ich bin dir keine Rechenschaft schuldig. Wir leben ja schließlich nicht mehr im vorigen Jahrhundert. Glaub mir, ich bin glatt dazu imstande. Benimm dich weiter so, und ich tu's!«

Ich war bereits draußen.

Wäre ich nicht weggegangen, ich hätte sie umgebracht.

Ich konnte mir nicht erklären, was plötzlich in sie gefahren war. Es hatte als eine vollkommen ruhige und normale Unterhaltung begonnen. Aber wahrscheinlich hatte sie – genau wie ich – Groll und Zorn in sich hineingefressen und so getan, als sei alles in Ordnung, bis ihr der Kragen platzte!

An diesem Abend saßen Florence und ich nach dem Essen im Wohnzimmer und sahen uns einen politischen Kommentar des CBS an, als Irene, das Hausmädchen, hereinkam und sagte, jemand vom Büro wolle mich sprechen.

Ich stand auf und ging zum Telefon, hielt aber plötzlich auf halbem Weg inne. Es war bestimmt Gwen. Ich setzte mich einen Augenblick hin. Irene wartete, und ich bat sie zu sagen, ich käme gleich. Dann ging ich zur Bar und goß mir, nur um Zeit zu gewinnen, einen Whisky ein. Ich sagte mir: Halt. Denk nach. Eine Frau, die soviel an dir auszusetzen hat und dich so verachtet, hast du das nötig? Ich trank die Hälfte meines Whiskys.

Es gab noch eine andere Überlegung, keine sehr noble, aber ich muß gestehn, sie ging mir durch den Kopf. Der Zuschuß für eine Mitarbeiterin, den die Zeitschrift mir gezahlt hatte, war eine Woche zuvor abgelaufen. Wenn Gwen diese Woche und in der Folgezeit ein Gehalt bekommen sollte, so würde ich es aus eigener Tasche zahlen müssen. Wenn ich ihr das sagte und ihr kein Geld mehr gab, würde sie vermutlich ihre Koffer packen und nach New York zurückgehen. Mit andern Worten ... mit andern Worten ...

Mit andern Worten, was zum Teufel hatte das damit zu tun? Ich leerte mein Glas. Einerseits haßte ich sie. Andererseits war ich vollkommen verrückt nach ihr. Noch nie hatte ich jemanden so begehrt. Und noch nie hatte mich jemand so in Wut versetzt – und derartig aus der Fassung gebracht. Und auf keinen Fall konnte ich diese Verachtung noch länger über mich ergehen lassen. Ich ging ans Telefon. Gwen schien sanft und zahm. Du lieber Himmel!

Sie sagte, es täte ihr leid. Ihre Stimme klang, als habe sie getrunken. Ich bestrafte sie mit Schweigen.

»Eddie ... Eddie ... bist du noch da?«

»Ja«, sagte ich.

»Du bist das einzige, was ich habe, Eddie.«

Aus heiterm Himmel!

»Wieso das?«

»Weil niemand sonst mich ertragen kann, Daddy.« Dann sagte sie: »Ich könnt's verstehn, wenn du nichts mehr von mir wissen wolltest.«

Ich erwiderte nichts.

»Weißt du, ich hab mir überlegt, vielleicht wär's eine ganz gute Idee, wenn ich mich sozusagen in zwei teilen würde, weißt du, wenn ich einen Teil der Zeit deine Mitarbeiterin wäre oder eine Art Sekretärin, die alles für dich schreibt, was du geschrieben haben willst, und all die Ermittlungen anstellt, die du brauchst. Keine Bemerkungen, keine Erörterungen, keine eigene Meinung. Genau wie wenn ich für einen andern Mann arbeiten würde. Und dann, ganz getrennt davon, unser Zusammensein. Glaubst du, das ginge, Eddie?«

Ich sagte nichts.

»Eddie, bist du noch da? Du bist alles, was ich habe, Eddie.«

»Das bezweifle ich.«

»Bitte vergiß, was ich dir gesagt habe. Ich weiß, du kannst jetzt nicht reden, weil du zu Hause bist. Und ich mach auch schon Schluß. Soll ich morgen kommen, wie du's mir gesagt hast, Eddie?«

»Ja«, sagte ich und hängte ein.

Noch nie hatte ich sie so sprechen hören. Ich wußte nicht, daß sie dazu fähig war.

Als ich in das andre Zimmer zurückkam, blickte Florence auf. »Ich wünschte, das Büro würde dich abends in Ruhe lassen«, sagte sie.

3

Es wird immer behauptet, man könne das Leben nicht in einzelne Gebiete aufteilen. Doch eine Zeitlang kamen wir mit der von Gwen vorgeschlagenen Ordnung tatsächlich sehr gut zu Rande.

Dann wurde Florence mißtrauisch.

Eines Abends erwarteten wir die Soloffs nach dem Essen zum Bridge. Wir waren bereits bei der Nachspeise, und der Plattenspieler war bei der letzten Platte des Stapels angelangt, den wir für jede Mahlzeit auflegten. Florence räusperte sich den ganzen Apfelauflauf hindurch, und so wußte ich, daß sie mir etwas zu sagen hatte. Doch ich war nicht sonderlich erpicht darauf, es zu hören. Ich war den ganzen Nachmittag mit Gwen am Strand gewesen und hätte mich gern noch wenigstens zehn Minuten ausgeruht, ehe das Spiel begann. Ich bin ohnedies selbst in allerbester Form ein miserabler Bridgespieler, denn ich kann mich beim besten Willen nicht konzentrieren. Florence hingegen ist verdammt gut. Und das war der einzige Grund, weshalb ich hin und wieder spielte. Es gab ihr die Möglichkeit, ihre Kunst zu zeigen.

Aber an diesem Abend hatte sie mir vorher noch etwas zu sagen. Über Drambuie und Pfefferminzlikör rückte sie schließlich damit heraus.

»Liebling«, sagte sie, »du hast angefangen, Selbstgespräche zu führen.«

»Ich habe schon immer Selbstgespräche geführt.«

»Ja, das tun wir wohl alle. Aber ich glaube nicht, daß du dir klarmachst, wie schlimm es bei dir geworden ist.«

»Ach, Florence, tu mir den Gefallen und laß mich in Ruhe.« Ich war einigermaßen erleichtert, daß dies alles war, was sie auf dem Herzen hatte.

»Weißt du auch, daß du dauernd mit den Lippen zuckst?«

Ich verbrachte jetzt die meiste Zeit in heftigem Disput mit mir selbst, aber ich wußte nicht, daß es mir anzusehen war. »Ellen hat es auch bemerkt«, setzte sie hinzu. »Es ist doch nichts Besonderes im Büro geschehen, oder?«

»Nein, nicht daß ich wüßte.«

»Jedenfalls ist irgend etwas mit dir los. Hat Dr. Massey dir nichts gesagt?«

»Was soll er mir gesagt haben?« Massey war unser Zahnarzt.

»Ich war heute bei ihm, um mir die Zähne nachsehen zu lassen, und er erzählte mir, er habe wieder Spuren in deinem Mund entdeckt, aus denen zu ersehen sei, daß du mit den Zähnen knirschst. Hat er dir bei deinem letzten Besuch nichts davon gesagt?«

»Mag sein. Jetzt, wo du mich daran erinnerst.«

»Er sagte, man fände das heutzutage sehr häufig. Die unsicheren Zeiten und all das. Aber ich hatte geglaubt, unser Leben sei so frei von inneren Spannungen, daß ...«

»Ist es auch, ist es auch«, unterbrach ich sie hastig.

»Evans«, sagte sie mit ihrer ruhigen Stimme, »ich habe meinen Satz nicht beendet.«

»Ich weiß auch so, was du sagen wolltest.« Diese Bemerkung machte sie immer wütend.

»Siehst du nicht ein, wie anmaßend das ist, mein Lieber?« fragte sie in sehr langmütigem Ton.

»Ich glaube, die Soloffs sind eben vorgefahren«, sagte ich.

»Evans, es ist zwanzig nach acht, und die Soloffs kommen nicht vor halb neun; damit kannst du dich also nicht aus der Affäre ziehn.«

Zehn Minuten sind eine lange Zeit, dachte ich. »Florence, möchtest du noch einen ...«

»Du unterbrichst mich dauernd mitten im Satz«, sagte sie, mich selbst mitten im Satz unterbrechend. »Es macht mir nichts aus, solange wir allein sind, aber wenn wir Besuch haben, besonders Leute wie die Soloffs, die alles beobachten und schreckliche Schwätzer sind ...«

»Warum zum Teufel laden wir sie überhaupt ein, wenn sie solch schreckliche Schwätzer sind?«

»Weil sie sehr gut Bridge spielen; und du hast es schon wieder getan.« – »Was?«

»Mich mitten im Satz unterbrochen. Und es geht die ganze Nacht so.«

»Du meinst, wenn ich schlafe, unterbreche ich ...«

»Du knirschst mit den Zähnen und hältst Selbstgespräche. Es ist eine Art privater Krieg, den du führst, sagt Dr. Leibman. Neulich hast du im Schlaf gesagt: ›Ich hasse sie.‹ Du haßt mich doch nicht, Evans, oder doch?«

»Natürlich nicht.«

»Wer ist es dann, den du so haßt?«

»Wie soll ich das wissen?«

»Wer soll es wissen, wenn nicht du?«

»Vielleicht der Sandmann.«

»Letzte Nacht hast du stundenlang dagelegen, an die Decke gestarrt und die Lippen bewegt. Was hast du getan?«

»Nachgedacht. Ist das eine Sünde?«

»Natürlich nicht, aber offen gestanden, manchmal kann ich tatsäch-

lich hören, wie du mit den Zähnen knirschst«, erwiderte sie lachend. »Und einmal hast du mit der Faust um dich geschlagen. Da bin ich buchstäblich aus dem Bett gesprungen.« Die Erinnerung daran schien sie ungeheuer zu amüsieren.
»Florence, ich tu's nicht absichtlich.«
»Aber warum knirschst du jetzt plötzlich mit den Zähnen, hast Alpträume und hältst den ganzen Tag Selbstgespräche?«
»Florence, worauf willst du eigentlich hinaus?«
»Du weißt, worauf ich hinaus will. Ich wünschte wirklich, du tätest es, Evans. Ev!«
»Ich kann Dr. Leibman nicht ausstehn.«
»Versuch es nur mal eine Zeitlang. Dr. Leibman könnte dir helfen.«
»Dr. Leibman kann mich mal ...«
»Das wird er bestimmt nicht tun. Aber Ev, hör zu. Wirklich, Liebling, wirklich. Oh, verflixt, das sind die Soloffs.« Diesmal waren sie's.
Florence warf einen letzten prüfenden Blick in den Spiegel. »Jedenfalls bitte ich dich, wenn möglich heute abend auf deine Lippen zu achten. Die Soloffs könnten denken, du gibst mir Zeichen.« Sie lachte. Florence hatte das Lachen eines kleinen Mädchens, ein wirklich liebenswertes Lachen. »Ich meine, wenn du unbedingt das ganze Spiel hindurch Selbstgespräche halten mußt, ist das vermutlich dein gutes Recht ...«
»Genau. Es ist mein gutes Recht. Und außerdem ist es die einzige Art, wie ich einen ganzen Abend mit dem Soufflé verbringen kann.« Das war mein Lieblingsname für Mrs. Soloff, eine große, aufgedunsene Frau.
Florence mußte lachen. »Pssst!« sagte sie. »Es klingelt. Versuche nur, es dir nicht allzusehr anmerken zu lassen. Und irgendwann, du Ungeheuer, solltest du mir wirklich erzählen, was vorgeht. Und wen du haßt. Offen gestanden, mir ist es angenehmer, als wenn du jemanden lieben würdest. Solange ich's nicht bin. Bist du sicher, daß ich's nicht bin, die du haßt?«
»Ganz sicher.«
»Dann komm her«, sagte sie, auf ihre Wange deutend. Ich küßte sie. In dieser Sekunde kamen die Soloffs herein und ertappten uns auf frischer Tat.
»Oh, wir stören«, sagte das Soufflé. Mr. Soloff tat nie den Mund auf, außer wenn er beim Bridge reizte. Er war Anwalt für Verleumdungsklagen bei einer großen Filmgesellschaft, ein sehr vorsichtiger Mann. Doch das Soufflé machte seine Schweigsamkeit doppelt und dreifach wett.
»Ja«, sagte Florence, »allerdings stört ihr.« Dann küßte sie beide

flüchtig, und wir ließen uns zu den üblichen fünf endlosen Robbern nieder.
Die Soloffs gewannen den ersten. Wir verloren an die achthundert Punkte. Ich spielte erbärmlich, noch schlechter als sonst. Aber ich achtete auf meine Lippen. Wir legten eine kurze Pause ein. Das Soufflé mußte auf die Toilette, und Mr. Soloff wollte schnell einmal telefonieren. Das gab Florence Gelegenheit, mir zuzuflüstern: »Liebling, wenn du den ganzen Abend so schlecht spielen willst, solltest du vielleicht *doch* lieber Selbstgespräche führen.«
Beim zweiten Robber reizte sie in der ersten Runde vier Pik. Ich ging sofort auf sechs. Florence wäre fast aufs Ganze gegangen, tat es aber nicht, weil sie meinen Bridgekünsten mißtraute. Den Regeln nach hätte sie es tun müssen. Und ich hatte tatsächlich die richtigen Karten. »Vielen Dank, Partner«, sagte sie, als ich die Karten auf den Tisch legte. Ich ging, wie das Ritual es verlangte, zu ihr hinüber, warf einen Blick auf ihr Blatt und sagte: »Sehr gut, Partner«, womit ich jeder weiteren Verantwortung für diese Runde enthoben war. Dann rannte ich die Treppe hinauf und wählte Gwens Nummer. Sie war nicht zu Hause. Oder antwortete nicht. Ich ging hinunter zur Bar.
»Wo zum Teufel ist das Frauenzimmer?« fragte ich mich. Dann sagte ich mir: »Du hältst schon wieder Selbstgespräche.« Und dann: »Verdammt noch mal – ich werde heute den ganzen Abend Selbstgespräche halten. Sonst ersticke ich. Alles, was ich zu den anderen sage, ist leeres Gewäsch.«
(»Möchte jemand einen Whisky? Nein?«)
Nun, *ich* werde mir einen genehmigen! Aber lieber nicht zu stark, Eddie. Gut, das hilft. Warum zum Teufel hat Massey Florence von meinem Zähneknirschen erzählt? Wo bleibt seine berufliche Schweigepflicht? Jeder Mensch knirscht heutzutage mit den Zähnen.
(»Groß-Schlemm! Sehr gut, Partner. Oh, Verzeihung. Natürlich, Mr. Soo, Sie haben vollkommen recht, sechs gereizt, ein Überstich. Richtig.«)
Ja, du mich auch! Aber hör zu, Evans, Eddie, Evangelos, was immer dein Name sein mag, es stimmt, was sie gesagt hat. Du verlierst langsam die Selbstbeherrschung. Wie heute nachmittag zum Beispiel. Zum Teufel, ich konnte nichts dafür; das war Gwens Idee. Dinge dieser Art gehen meistens vom Mädchen aus. Aber es am Strand zu tun, am hellichten Nachmittag! Was ist das bei mir, ein innerer Zwang, gegen das Gesetz zu verstoßen? Oder habe ich es darauf abgesehen, erwischt zu werden? »Vizepräsident von Williams and MacElroy wegen anstößigen Benehmens zu Gefängnisstrafe verurteilt.« Mr. Finnegan wäre begeistert! Nun, ganz so schlimm war es

wohl nicht. Die nächsten Leute waren zwanzig Meter entfernt. Mindestens. Und überhaupt, es war ihre Schuld. Sie deckte unsere untere Hälfte mit einem Badetuch zu. Aber sag das dem Richter. Herr Richter, unsere Unterkörper waren ganz und gar mit einem Badetuch zugedeckt. Marke Chorpenning de Luxe; wir verwalten den Werbeetat dieser Firma. Warum stelle ich mir immer vor, daß man mich verhaften und vor Gericht stellen wird? Und außerdem waren die nächsten Leute gut fünfundzwanzig Meter entfernt, lagen auf dem Rücken, das Gesicht der Sonne zugewandt und die Augen fest geschlossen. Dachten sicherlich, was sie darum geben würden, noch einmal jung zu sein. Nicht, daß ich es wäre. Aber sie ist wie ein wildes Fohlen, und bei ihr fühle ich mich jung.
(»Oh, Verzeihung ... ich sage ... ich sage ... gut, ein Ohne.«)
In Wirklichkeit habe ich drei, aber wenn ich drei sage, muß ich spielen. So wird Florence mir voraussichtlich eine Farbe nennen und dann so dankbar für meine Unterstützung sein, daß sie gar nicht merkt, daß ich schon wieder nach oben gehe. Sie sagt also, gib acht, daß kein Sand 'reinkommt. Aber das waren auch ihre letzten Worte. Dann war nur noch ihr Ächzen zu hören, o mein Gott, und dazu die Sonne und das Meer und die kühle Brise und ihr schimmerndes Gesicht und das fliegende Haar ...
(»Gut, Partner, ich glaube, ich werde dich spielen lassen. Drei Herz? Ich sage vier.«)
Wer kann mir einen Vorwurf machen? Wer kann mir jemals einen Vorwurf machen? Ihr seidiges Haar war vom Wind zerzaust, die Nase ein klein wenig rot von der Sonne, ihre Augen glühten vor Begeisterung über diesen Verstoß gegen Sitte und Gesetz, und sie selbst zerschmolz unter mir.
(»Oh, nichts zu danken, Partner. Ich dachte mir, daß mein Blatt dir gefallen würde.«)
Liebe kleine dumme Florence. Man sollte meinen, daß sie inzwischen gemerkt hätte, daß ich bei diesem schönen Spiel keinen anderen Ehrgeiz habe, als immer auf dem Tisch zu liegen.
(»Nun, Partner, ich nehme an, das schaffst du spielend. Kann ich, wenn ich von einem gewissen Ort zurückkomme, irgend jemandem etwas zu trinken bringen? Möchten Sie einen Whisky, Mrs. Soof? Nein? O. K.«)
Eines Tages sage ich bestimmt Soufflé, und das, mein Lieber, wird das Ende dieser Bridgeabende sein. Aber keine Angst, es finden sich immer wieder irgendwelche Kartenfreunde. Früher ist mir bei dieser Treppe nie die Luft ausgegangen. Das Sonderbare ist, daß ich seit dem Tag, an dem sie mir die Meinung gesagt hat, sie nur noch mehr begehre. Hat schon einmal jemand die Beziehung zwischen

Haß und sexueller Anziehungskraft untersucht? Ich wünschte wahrhaftig, irgend jemand würde es tun und mir das Resultat mitteilen. Der Teufel soll sie holen, wenn sie jetzt nicht zu Hause ist. Sie hat mir gesagt, ich solle sie später anrufen. Keine Antwort. Verdammt noch mal, wo ist sie? Wahrscheinlich im Kino – hoffe ich. Hör auf, dir Gedanken zu machen. Geh lieber 'runter. Das ist's, was ich so liebe – wenn sie die Beherrschung verliert, wenn sie völlig hiflos ist, ihr Inneres sich verkrampft, das feste kleine Hinterteil auf- und niedergeht – und dann dieses leichte, letzte Beben. Ich dachte, sie würde überhaupt nicht mehr aufhören. Glaub mir, es ist das Schönste, was es gibt. Das steht außer Frage... Und als diese ächzende Klage, dieser Liebesgesang aus ihrer Kehle drang, dort am Strand, am hellichten Tag... Was? Nein, niemand konnte es hören! Bei dem Lärm der Brandung und allem! Aber wirklich, was soll das alles, will ich denn unbedingt verhaftet werden? Und verlor sie hinterher das Bewußtsein? Sie lag da, als sei sie ohnmächtig. Ohhh, ich habe weiß Gott die Beherrschung verloren. Wie bei der Gesellschaft neulich abends. Reiner Wahnsinn!
(»Sehr gut, Partner!« – »War das nicht wunderbar gespielt, Mrs. Soof?«)
Nun, sag's schon, du altes Biest! Aber wirklich, Eddie, du solltest dich mehr vorsehn! Komm in fünf Minuten 'rauf ins Badezimmer! Du lieber Himmel! Das war *deine* Idee. Und noch dazu auf dem Fliesenfußboden. Während Florence unten über moralische Aufrüstung sprach. Ich weiß nicht mehr, ob sie dafür oder dagegen ist. Ich will sagen, irgend etwas ist irgendwo aus dem Gleis geraten. Kein Wunder, daß du mit den Zähnen knirschst.
(»Nun, ich weiß, ich habe dir eine gute Unterstützung mitgebracht, aber, wie Mrs. Soof ganz richtig sagt, du hast sehr geschickt gespielt.«)
Zum Teufel, ich muß geben. Gut, ich werde passen, ganz gleich, was ich habe. Und wie kommt sie auf diesen Blödsinn mit dem Vorurteil?
(»Oh! Falsch gegeben – ich bitte um Entschuldigung! Die Karten werden anscheinend langsam klebrig.«)
Mag sein, daß ich in allen anderen Dingen lüge, nur nicht, wenn ich einen seriösen Artikel für eine seriöse Zeitschrift schreibe. Eddie lügt, aber Evans nicht. Nenne mir einen Menschen, der mehr dazu beigetragen hat, Schwindeleien im öffentlichen Leben aufzudecken. Doch, ich weiß einige. Aber nicht viele. Oder es so geschickt angestellt hat. Literarischer Mord ist meine Spezialität.
(»Bedaure, Partner, aber ich passe.«)
Und ich bin nicht wie diese Leute hier. Wirklich nicht? Wozu spielst du dann die ganze Zeit Karten mit ihnen? Nicht die ganze Zeit. Zwei-

mal im Monat. Kann ich was dafür, wenn Florence ...? Zum Teufel mit Florence!
(»Bedaure. Kann dir nicht helfen, Partner. Passe.«)
Mein Gott, es hilft nichts, diesmal muß ich spielen. Zähneknirschen. Zuckende Lippen. Alpträume. Ich habe Angst, abends einzuschlafen. Die kleine Hure hat mich wahrhaftig fertiggemacht. Vielleicht entziehe ich ihr einfach das Gehalt. Ganz im Ernst. Ich bezahle sie aus eigener Tasche – und wozu? Damit sie mich beleidigt? Also hör ich eines Tages einfach auf zu blechen, und sie wird den Wink verstehen. Wenn dich der Schuh drückt, schmeiß ihn weg.
(»Bedaure, Mrs. Soof. Ich habe nicht gemerkt, daß Sie meine Karten sehen können.«)
Gwen taugt sowieso nicht viel. Was hat sie jemals zuwege gebracht? Nichts. Deshalb muß sie alles 'runtermachen, was andere zuwege bringen. Es ist leicht zu spotten. Wir leben im Zeitalter der Nörgler. Eunuchen in einem Harem. Vielen Dank, Brendan Behan. Das war wirklich ein Mann! Was würde er in deiner Lage tun? Mit beiden Schluß machen. Schön, vorläufig genieße ich von beiden das Beste. Obwohl genießen vielleicht nicht ganz das richtige Wort ist. Ich tanze auf einem Seil, Mancini. Ja, zeigt mir einen Mann, der etwas bewerkstelligen kann, ich meine TUN! Ich wäre lieber ein erstklassiger Mechaniker als Chefredakteur der *New York Review of Books*. Diese Hure. Möcht wissen, wo sie heute abend ist. Ich bin vernarrt in sie. Einfach weg. Völlig aus dem Häuschen. Yeh, yeh! Gut, genieße es, solange du kannst, und dann machst du dich eines Tages auf und davon. Das wird sie lehren, dich anzugreifen. Ich bin ein Spießbürger und ein Banause, was? Nun, ich pfeif auf dich, mein Kind. Würde die wirkliche Miss Gwendolyn Hunt sich erheben und bitte die folgende Frage beantworten? Was kannst du eigentlich, ich meine, abgesehen davon, daß du deine Mitmenschen 'runtermachst? Ich werde es für dich beantworten. Huren!
(»Ooh! Verzeihung, Mrs. Soof. Natürlich warte ich nächstes Mal, bis Sie gespielt haben, ehe ich meine schwache Karte abwerfe. Ich danke Ihnen.«)
Ja, das ist alles, was du kannst – huren! Sie hat nicht einmal was Anständiges gelernt. Grundschule: 69. Dann die Reifeprüfung am Kopulations-Gymnasium, gefolgt von einem akademischen Grad, den sie sich mühsam Tropfen um Tropfen am Samenseminar erarbeitet hat. Hure! Wie kommt sie dazu, mich zu kritisieren?
(»Entschuldigen Sie, Mrs. Soloff. Nein, ich gebe Florence wirklich keinerlei Zeichen mit den Lippen. Das ist nur mein nervöser Tick. Haben Sie nicht bemerkt, daß ich immer wieder aufspringe, um auf die Toilette zu gehen? Es tut mir wirklich aufrichtig leid, aber Sie

irren sich. Wirklich. Nein, es ist nichts Ernstes, aber ... kein Grund, sich zu entschuldigen. Vielen Dank.«)

Du liebe Güte! Florence wird mir schöne Vorwürfe machen!

So ging das Spiel den ganzen Abend. Kurz nach elf, als ich wieder einmal die Karten abgelegt hatte, bekam ich Gwen endlich an den Apparat, und ihre Stimme klang ganz normal, brav und treu. Das will natürlich nichts heißen, im Gegenteil. Aber ihr Ton war wirklich liebevoll. Und sie sagte mir, wo sie gewesen war (in einem Film der Neuen Welle) und mit wem (einem schwulen Friseur, der ihr den ganzen Klatsch über die Filmstars erzählt). Und es klang alles sehr plausibel, nur vielleicht ein wenig zu ehrlich. Bei ihr weiß man das nie. Ich bat sie, morgen zu kommen, denn ich hätte Arbeit für sie. Und sie sagte, ja, sie werde kommen, gute Nacht, mein Schatz, ich liebe dich. Ich liebte sie auch, erwiderte ich.

Wir gewannen den Soloffs etwa zwanzig Dollar ab. Florence sagte, kurz bevor sie das Licht ausmachte, wir seien wirklich gut aufeinander eingespielt, und ich könnte ein blendender Spieler sein, wenn ich mich nur mehr konzentrieren würde. Ich sei wieder den ganzen Abend mit den Gedanken woanders gewesen, sagte sie, aber abgesehen von dem einen Zwischenfall hätte ich meine Lippen besser im Zaum gehalten.

Von der Spannung des Wettkampfes erschöpft, schlief Florence ein. Ich hingegen lag noch lange wach und dachte an meinen Freund Pat Henderson. Pat, der Witz des ganzen Büros, hatte es nicht über sich bringen können, sich von seiner Frau zu trennen. Seine Freundin arbeitete in unserem Atelier, und man hatte ihr allerseits geraten, sich nicht mehr um Pat zu kümmern, ihn aufzugeben. Als Pat dann eines Tages zu einer wichtigen Kundenbesprechung nach New York fuhr, schrieb er vom Hotel aus an beide – und vertauschte die Kuverts. Das war die Hand aus dem Weltraum, die Pat zu Hilfe kam.

Ich dachte immer noch an Pat, als ich endlich einschlief.

Ehe ich mich's versah, war ich der Wächter des Bollwerks, das die Flut zurückhielt. Es war ein riesiger Haufen von allem, was ich nur herbeischleppen konnte, um den steigenden Wassermassen Einhalt zu gebieten: Bretter, alte Türen, Eßzimmertische und andere Möbelstücke, einige davon mir seltsam vertraut; und dazu kam der ganze Schutt der Überschwemmung – entwurzelte Bäume, die aufgetriebenen, ineinander verschlungenen Körper von Haustieren und von Menschen, unter denen ich einige zu erkennen meinte, die ich aber liegenlassen mußte (ich konnte ihnen nicht helfen; ich war selbst zu sehr gefährdet), und umgekippte Häuser, darunter auch dasjenige, in dem ich als Kind gewohnt hatte – und dieses ganze wacklige Gefüge hob und senkte sich mit den schweren Wogen, die es nicht mehr zurückhalten konnte. Ich sah, wie das Wasser hier und dort durchbrach, und lief hin, um das Loch zu verstopfen; doch kaum war es mir gelungen, den drohenden Einsturz aufzuhalten, als ich bereits an einer anderen Stelle einen neuen Durchbruch entdeckte, zu dem ich eilen mußte; unterwegs flüsterte ich mir allerlei irreführende gute Nachrichten zu (»Hör auf, Selbstgespräche zu halten!«), und dann steckte ich verzweifelt nicht meinen Finger, sondern meinen ganzen Körper in die Bruchstelle, und wieder gelang es mir noch mit knapper Mühe und Not, die Katastrophe zu verhüten, aber nicht für lange, denn überall kam jetzt das Wasser durch, ich hatte nichts, womit ich die Risse hätte zustopfen können, und wußte auch nicht, wohin ich mich zuerst wenden sollte (»Hör auf, mit den Zähnen zu knirschen!«); alles stürzte nieder, nieder und nieder, und ich stand da, geschlagen, in Tränen aufgelöst, um mich herum das Dröhnen des Unheils, und ich wußte, daß etwas Wichtigeres als mein Leben auf dem Spiel gestanden hatte, obwohl ich im Traum nicht sagen konnte, was es war; ich spürte nur, daß mit dem Damm auch alles andere, all meine Hoffnung vernichtet worden war, und es gelang mir gerade noch, den Ton zu ersticken, mit dem meine Scham hervorgebrochen wäre, einen Ton, den Florence bestimmt gehört hätte.

Dann war ich wach. Ich wollte Florence wecken, ihr alles sagen. Denn ich konnte die Situation nicht mehr ertragen. Aber im letzten Augenblick riß ich mich zusammen, stand auf, schleppte mich zum andern Ende des Zimmers und ließ mich dort in einen Sessel fallen. Meine Hand hatte tatsächlich schon auf ihrer Schulter gelegen, um sie wachzurütteln. Der Anblick ihres Gesichts, in das zarte Rosa des Schlafes getaucht, so vertrauensvoll und so friedlich, hatte etwas in mir geweckt, das ich beim Namen nennen konnte: Es war Widerwillen vor mir selbst – Widerwillen vor dem, was ich war und was ich tat. Ich hatte mein ganzes Leben in feigem Wankelmut verbracht, mich niemals mit ganzem Herzen für etwas eingesetzt, hatte weder jemals ganz zu Florence noch wirklich zu jemand anderem gehört. Wieder war ich nahe daran, Florence zu wecken. Ich mußte mich zwingen, in dem Sessel sitzen zu bleiben. In mir regte sich etwas, das ich nur schwer unterdrücken konnte, etwas, das versuchte, die ganze Ordnung meines Lebens niederzureißen. Und verdammt noch mal, das würde ich nicht zulassen! Ich war in Schweiß gebadet, aber noch war ich nicht bereit für diesen Schritt. Doch der Impuls ließ mich nicht los, saß wie ein Hund an meiner Kehle, und ich atmete schwer, als hätte ich gerade eben eine Meile im Laufschritt zurückgelegt.

Dann muß ich wieder eingeschlafen sein, obgleich ich mich nicht erinnern kann, die Bewußtseinsgrenze überschritten zu haben. Ich hörte Stimmen, die wie die Schreie eines aufgebrachten Pöbels klangen. Jetzt kauerte ich in einem Hotelzimmer, hatte die Tür mit allem verrammelt, was sich in dem Zimmer befand – mit jedem greifbaren Stück, einschließlich eines Teils der von der Flut angeschwemmten Trümmer –, und ich wartete auf das Schreckliche, das geschehen würde, ohne daß ich es verhindern konnte. Ich wußte, daß die Palastwache ermordet worden war, denn die Stimmen des Pöbels kamen den Korridor entlang, näher und näher, waren schon fast bei mir angelangt. Wieder fühlte ich, daß das, was auf dem Spiel stand, nicht etwas so Geringfügiges wie dieses oder jenes Mädchen war; es war etwas, das meine ganze gottverdammte Existenz betraf, etwas wie die Träume meiner Jugend oder das, was man Ehre nennt, dieses Ding, das ständig bedroht ist – Ehre oder meine dahinschwindende Selbstachtung, eines jener Wörter, die man heutzutage nie gebraucht, weil sie nicht zu unserer Lebensweise zu gehören scheinen. Dann vernahm ich, unabhängig von den Schreien der Auflösung, die wie Banner von den brennenden Straßen emporgeschleudert wurden, eine Stimme, die aus größerer Nähe zu mir drang. Obwohl ich sie als diejenige meines größten Widersachers erkannte, war es gleichzeitig die freundlichste Stimme von allen. Sie brachte mir in einem sanften, kummervoll warnenden Ton die gefürchtete Nachricht, daß die Schotten geborsten seien und daß das, was jetzt käme, sehr unangenehm für mich sein werde. Ich sah, daß die Überschwemmung bereits bis zu mir gelangt war; das Wasser strömte unter der Tür herein und begann das Zimmer zu füllen. Ich war vollkommen durchnäßt und zitterte vor Kälte; Florence rüttelte mich, um mich aufzuwecken, und sagte: »Was tust du hier, du dummer Kerl, komm wieder ins Bett, Baby. O Ev, Liebling, ich wünschte, du würdest nur ein paarmal zu ihm gehen; er könnte dir bestimmt helfen, ganz bestimmt, aber reden wir jetzt nicht davon, komm nur wieder ins Bett, du bist ja ganz naß.« Damit nahm sie mich beim Arm und zwang mich sanft, mich wieder hinzulegen. Und den Rest dieser Nacht hatte ich keine Träume mehr.

Als ich am nächsten Morgen aufwachte, war Florence bereits fortgegangen. Ich frühstückte allein und las dabei die Sportnachrichten. Dann fuhr ich ins Büro. Es war nichts Wichtiges in der Post. Ich war so munter und kampflustig wie eh und je. Gegen Mittag war ich wieder zu Hause.

Gwen und ich reihten die einzelnen Abschnitte aneinander, die, wie ich hoffte, den endgültigen Entwurf für den Collier-Artikel ergeben würden. Dabei wurde ich nach und nach ärgerlich auf Gwen, denn ich hatte den Verdacht, daß sie mich geschickt dahin bringen wollte, milder mit Collier zu verfahren, als ich es eigentlich vorhatte. Ich fragte sie in äußerst sachlichem Ton, ohne von der Seite, an der ich

arbeitete, aufzublicken, ob der Artikel ihr gefiele. Was nicht sehr nett von mir war, denn ich wußte, daß ich sie damit zwang, mir etwas Unangenehmes zu sagen.
Sie antwortete ebenso unpersönlich und ebenso kühl: »Nein, ich bin mit keinem einzigen Punkt darin einverstanden.« Eine Zeitlang fuhren wir schweigend mit unserer Arbeit fort. Wir beide hatten uns dazu erzogen, keine Reaktionen zu zeigen. Aber mein Gesicht glühte. Und als sie mich anblickte, sah ich, daß sie Angst hatte. Sie schloß die Tür, kam zu mir, küßte mich und sagte: »Aber ich liebe dich.«
Was dann geschah, ist mir unbegreiflich; ich weiß nur, daß man es bestimmt nicht Liebe nennen kann; eher war es das Gegenteil. Aber was immer es gewesen sein mag, ich stürzte mich auf sie und nahm sie – dort, in meinem eigenen Arbeitszimmer. Es war heller Wahnsinn, denn das Haus war voll von Menschen: Ellen, die beiden Dienstboten und der Mann, der die Fernsehantenne reparierte – nur Florence war nicht da. Aber selbst wenn sie dagewesen wäre, hätte das nichts an den Dingen geändert. Und mittendrin fragte ich mich: Versuche ich vielleicht, erwischt zu werden, will ich, daß man mich auf frischer Tat ertappt? Wie mein Freund Pat, der den richtigen Brief schrieb und ihn ins falsche Kuvert tat? Aber während der ganzen Zeit sagte ich kein Wort und ließ keinen Ton vernehmen. Ich umklammerte sie blind, als sei unser Geschlechtsverkehr das einzige auf der Welt, dessen ich absolut sicher war.
Ausgerechnet diesmal hinterließ Gwen ihre Spuren auf meinem Rücken, und zwar nicht an den Schultern, wo sie mich mit hohlen Händen hielt, sondern unten, in der Gegend meiner Gürtellinie, wo sie sich verbissen mit den Nägeln festgeklammert hatte. Als wir uns schließlich voneinander lösten, hatte ich dort kleine, leicht blutende Kratzer.
Wir waren beide in Schweiß gebadet. Gwen faßte sich schnell und setzte sich wieder an die Schreibmaschine. Aber ich war zu verwirrt von dem, was geschehen war. Ich griff hastig nach einem Bademantel, ging hinunter zum Schwimmbassin und sprang hinein. Das lauwarme Wasser entspannte meine Nerven. Nach einer Weile kletterte ich über den Seitenrand hinauf, ließ mich auf eine Matratze fallen und schlief, das Gesicht nach unten, sofort ein.
Und so fand mich Florence. Sie kam heran, sah mich und sah – oder sah auch nicht – die Spuren auf meinem Rücken. Ohne mich weiter in meinem Schlaf zu stören, ging sie ins Haus, die Treppe hinauf und stieß auf Gwen, die, eine Nagelfeile in der Hand, an der Schreibmaschine in meinem Arbeitszimmer saß. Gwen bemerkte nicht gleich, daß Florence im Türrahmen stand und sie beobachtete, während sie die kurzgefeilten Nägel an ihrem Oberarm ausprobierte.

Noch nicht zufrieden, fing sie wieder an zu feilen, und das war, wie sie mir später erzählte, der Augenblick, in dem sie Florence sah. Sie wechselten ein paar freundliche Worte, dann ging Florence den Korridor hinunter in ihr Zimmer.

Als ich schließlich aufwachte und ins Haus ging, um mir etwas zu trinken zu holen, war Gwen fort. Florence fragte ganz beiläufig, ob ich ihr wohl einen Gefallen tun würde. Sie sagte, vielleicht sei es ein Vorurteil, aber Gwen mache ihr den Eindruck eines Flittchens, und sie wäre mir sehr dankbar, wenn das Mädchen die Arbeit für mich im Büro statt zu Hause erledigen könnte. Ich tat ebenso gleichgültig und sagte, natürlich. Dann fragte sie: »Sie arbeitet doch nicht mehr lange für dich, oder?« – »Sie ist nur für den Collier-Artikel engagiert«, erwiderte ich. Und ich fragte mich, wieviel Florence wohl wußte und was sie sich dabei dachte. Denn wenn sie die Spuren auf meinem Rücken gesehen und sie mit der Nagelfeile in Verbindung gebracht hatte, so hätte sie von Rechts wegen einen höllischen Krach schlagen müssen.

Daher ließ ich mich auf keinerlei Risiko ein. Ich sagte ihr, Gwen sei mir offen gestanden keine große Hilfe bei den Ermittlungen, und deshalb sei ich eigentlich ganz froh, daß sie am kommenden Wochenende aufhören werde. Und außerdem, wenn ihre Gegenwart Florence lästig sei, würde ich natürlich dafür sorgen, daß sie nie wieder ins Haus käme. Florence schien befriedigt. Da es sich ja nur noch um ein paar Tage handle, sagte sie, sei es gar nicht so wichtig.

Dann bat ich Florence, mir einen Gibson zu mischen. Das war ihre Spezialität, und ich wußte, daß es ein zuverlässig gutes Zeichen sein würde, wenn sie es tat. Der Gibson, den sie mir servierte, war ein Gedicht! Ich war wieder einmal mit heiler Haut davongekommen.

Zweifellos waren meine Tage mit Gwen gezählt. Aber ich wollte den Augenblick der Trennung so weit wie nur irgend möglich hinausschieben. Daher wurde ich außerordentlich vorsichtig. Wenn wir ans Meer fuhren, brachte ich sie jetzt viel weiter hinaus, zuerst zu dem Stück Strand nördlich von Malibu, dann nach Zuma und schließlich sogar bis zur Küste von Ventura.

Durch all die Gefahren, die uns drohten, und besonders durch die Erkenntnis, daß unsere gemeinsame Zeit bald vorüber sein würde, kamen wir einander noch näher und waren verliebter denn je. Am Ende eines langen Nachmittags, eines vollkommenen Nachmittags, an dem das Meer nicht der mürrische, schmutzige Pazifik war, sondern ein See – nicht voll von Tang und Abfällen, sondern klar und rein –, standen wir Hand in Hand in dem stillen Wasser, und Gwen sah mich unendlich liebevoll und zugleich tieftraurig an und fragte: »Eddie, was wird mit uns?« Das Wasser um uns herum bewegte sich, plätscherte und schlug kleine Wellen, als wollte es uns daran erinnern, daß nichts stillsteht, daß nichts Menschliches von Dauer ist und daß unser Leben nichts ist und daß selbst das Meer, in seiner eigenen Geschichte, einmal nicht war und auch eines Tages wieder verschwinden wird. Und ich sagte ihr: »Gwen, ich brauche dich.« Sie blickte mich zärtlich an: »Ja, das weiß ich.« Dann lächelte sie mir zu, und ich erwiderte ihr Lächeln, und wir wußten beide, daß ich ihre Frage nicht beantwortet hatte.

Ein Mensch zollt seinen unsterblichen Momenten zu der Zeit, da er sie erlebt, keine Anerkennung. Doch wir taten es an diesem Nachmittag, ohne es zu wissen. Wir machten Aufnahmen, die sich später als die wichtigsten unseres Lebens herausstellen sollten. Damals war es für uns kaum mehr als eine verliebte Spielerei. Ich hatte meine Nikon dabei, und ich postierte sie auf einen Felsen, stellte sie auf Gwen ein, setzte den Zeitverschluß in Betrieb und lief dann schnell zu ihr, um mit aufs Bild zu kommen. Diese ersten Fotos lassen nicht viel erkennen: meistens einfach zwei gute Freunde, ohne irgendeine wirkliche Andeutung dessen, was zwischen uns vorging. Doch gegen Ende des Films taten wir das, was höchstwahrscheinlich viele Paare tun, wenn sie närrisch glücklich sind. Ich weiß nicht, ob sie es war, die etwas sagte, oder ich; wahrscheinlich hatten wir es beide gar nicht nötig. Es kam uns ganz natürlich vor, unsere Badeanzüge auszuziehen und uns so zusammen zu fotografieren. Jedesmal lief ich zum Apparat, um die Brennweite und Belichtungszeit zu prüfen, dann rannte ich zurück und stellte mich neben sie in Positur. So feierten wir uns, diesen Augenblick in der Zeit, all das, was wir an diesem Tag empfanden. Wie ein Land zur Feier eines wichtigen Ereignisses in seiner Geschichte eine Gedenkmarke herausgeben könnte. Dann machten wir ein paar komische Aufnahmen – zumindest fanden wir sie komisch –, auf denen ich ihren Busen beäugelte und ähnliches. Sie war damals ungeheuer stolz auf ihren Busen. Ich glaube nicht, daß sie es heute noch ist. Die Brüste einer Frau sind etwas Zeitbedingtes wie Blumen; sie ändern sich. Ich kann mich an keine Frau erinnern, abgesehen von Gwen gerade zu jener Zeit, die vollkommen zufrieden mit ihrem Busen war. Jede andere, die ich gekannt habe, fand irgendeinen Fehler an ihm. Zu spitz, zu rund, zu üppig, zu schlaff, zu sehr nach außen schielend, zu sehr nach innen schielend, zu große Brustwarzen, zu kindlich – immer irgend etwas. Das menschliche Ego!

Jedenfalls waren wir an diesem Nachmittag in höchster Ekstase, waren wie zwei Tiere in einer tierischen Verschwörung gegen die Menschheit. Nie wieder war es so gut zwischen uns wie an jenem Tag.

Es war gar nicht so leicht, die Filme entwickeln und abziehen zu lassen. Schließlich fand Gwen ein »Mitglied der Schwesternschaft«, wie sie es nannte, das sich dazu bereit erklärte. Ich vermute, sie meinte damit die Schwesternschaft der Mädchen, die es mit den Männern trieben. Dieses Mitglied war Berufsfotografin. Das konnte man an den guten Abzügen erkennen. Gwen weigerte sich, mir ihren Namen zu verraten. Aber sie war wirklich hervorragend. Ich fragte Gwen, was dieses Mädchen über mich gesagt habe, und sie erwiderte: »Sie findet dich nett. Aber sie sagt, ich sähe fabelhaft aus.« Damals beneideten alle Mädchen Gwen um ihre Figur. Das gab ihr diesen elastischen Schwung beim Gehen. Gwen brauchte keinen Analytiker, um ihr Selbstbewußtsein zu stärken. Ihr genügte ein Spiegel.

Dieses Mitglied der Schwesternschaft leichtlebiger Mädchen stellte für jeden von uns einen schönen kleinen Bilderband zusammen, weil, wie sie zu Gwen sagte, ein vollkommener Augenblick ja auch ein Kunstwerk ist. Ich bewahrte mein Album in der verschließbaren Schublade auf, in der ich auch das bewußte Kuvert mit den fünfhundert Dollar liegen hatte. Ich vermute, jeder Mensch hat solch eine Schublade, die er abschließen kann. Jeder, außer Florence. Es verstieß gegen ihren Ehrenkodex, in der Ehe Geheimnisse zu haben, und daher brauchte sie kein verschließbares Fach. Ich weiß es, weil ich nachgesehen habe.

Ich hingegen mußte unbedingt solch eine Schublade haben. Ich beschäftigte mich ständig mit meiner Vergangenheit. Nichts fesselt mich so sehr wie der Verlauf meines eigenen Lebens. Noch heute habe ich ein Bild des ersten Mädchens, das ich geküßt habe, die erste Anzeige, die ich aufgesetzt habe, sowie die Rede, die ich nach der Schlußprüfung an der Albert Leonard Junior High School gehalten habe, eine Rede mit dem Titel »Columbus, der erste Amerikaner!« Ich besitze tonnenweise Fotos, Liebesbriefe, Zuweisungsschreiben, geheiligt und profan – alle Arten von schändlichen Andenken, die Florence verwirrt und schockiert hätten. All dies hielt ich unter Verschluß. Denn die wichtigste Vorbedingung unseres Arrangements war Takt. Verletze keine Gefühle und laß das Heim unangetastet. Das vor allem!

Bis zu dieser Geschichte hatte ich alles sehr geschickt gehandhabt. Die ganze rebellische Seite meines Lebens hatte ich sorgsam unter Schloß und Riegel in jener Schublade aufbewahrt. Und ich hatte auch das psychische Äquivalent, ein Geheimfach in meinen Gefühlen, das ich ebenfalls zuschließen konnte, sowie ich das Haus betrat. Dieses Fach war mit einem Motto beschriftet: »Gleichgültigkeit schützt!« Das war nach meiner damaligen Ansicht das Geheimnis:

innerlich unbeteiligt zu bleiben. Die Tatsache, daß ich meinen Harem auflöste, war das erste Gefahrenzeichen. Das bedeutete, daß ich Gwen nicht gleichgültig gegenüberstand. Es hätte mir als Warnung dienen sollen. Das nächste bedenkliche Anzeichen war, daß ich eines Tages nach Hause ging und alles aus der Schublade räumte, was nichts mit Gwen zu tun hatte. Natürlich warf ich nichts fort; ich machte ein großes Bündel, versiegelte es, klebte es zu, tat Scotch-Film drüber und goß Wachs auf die Stellen, wo die Bindfäden sich kreuzten. Dann legte ich es in den großen Metallschrank hinter Mr. Finnegans Büro, in dem ich auch die anderen Privatpapiere hatte, die ich nicht zu Hause aufbewahren wollte.

Daher fand unser Mädchen Irene an dem Tag, da ich vergaß, die Schublade abzuschließen, darin nichts weiter als ein paar kurze Briefe von Gwen, die sehr wenig verrieten, und eine wunderschön abgezogene und wunderschön gebundene Sammlung von Strandkunst, die alles verriet.

Ich wachte an diesem Morgen vollkommen benommen auf. (Wenn das in meinen Schulzeiten geschah, pflegte mein Vater mich anzublicken und zu sagen: »Hallo, Shakespeare! Wach auf!« Dann lachte er, schüttelte den Kopf und blickte sich suchend nach einem Augenzeugen seines Kummers um; wenn er einen fand, deutete er auf mich und sagte: »Hoffnungsloser Fall!«) An jenem Tag fragte ich mich von dem Augenblick meines Erwachens an: Wer bin ich und was tue ich, wohin soll ich gehen, was soll ich versuchen, und wozu all die Verstellung? Ich stand auf; das ganze Haus schlief noch, und so wanderte ich umher, machte mir Kaffee – der bitter schmeckte –, ging in den Garten hinaus, überlegte mir, daß ich das Gras mähen könnte, beschloß, es nicht zu tun, hatte das Gefühl, als warte ich auf etwas, wußte aber nicht, auf was, nahm mir die *Times* von Los Angeles vor, legte sie wieder fort, dann gab ich's auf. Ich setzte mich unten in den Salon, ein sehr dunkles, sehr teuer eingerichtetes Zimmer, saß dort in Shorts und meinem ältesten Bademantel und starrte etwa eine Stunde lang regungslos vor mich hin. Alles schien fade und unwirklich, ohne jede Würze, wie man so schön sagt, nicht wert, daß man sich dafür erhob und in Bewegung setzte. In dem Bestreben, irgendeine Art Verlangen in mir zu wecken, ging ich schließlich hinauf und besah mir die Strandfotos. Sie munterten mich ein bißchen auf. So nahm ich mir vor, zu duschen und sie mir dann noch einmal anzusehen. Ich legte die Bilder wieder sorgsam in das Schubfach, das ich jedoch nicht abschloß, denn ich würde sie ja in wenigen Minuten wieder herausnehmen. Dann ging ich in die Duschkabine und ließ etwa zehn Minuten lang das heiße Wasser über meinen Körper laufen. Warum fühle ich mich gleich wohler, wenn ich mir diese Fotos betrachte? fragte ich mich. Wahrscheinlich, weil wenigstens das einen Wirklichkeitswert für mich hat. Vielleicht bin ich nicht das, was ich mir in meiner Jugend erträumt habe, aber in dieser Beziehung existiere ich zumindest. Die Bilder beweisen es. Singend verließ ich den Duschraum, und Ellen, die mich hörte, kam in mein Zimmer. Sie sah so frisch und hübsch aus, so verdammt hoffnungsvoll, ohne auf etwas Besonderes zu hoffen, einfach, weil sie jung war, daß ich beschloß, mit ihr zu frühstücken. Was ich auch tat. Dann gingen wir über die Blumenwege hinter dem Haus. Als wir zum Schwimmbassin kamen, sah das Wasser aus, als könne man es trinken; und so zog ich mich bis auf die Unterhosen aus, Ellen bis auf Büstenhalter und Schlüpfer, und wir sprangen hinein. Das erfrischte mich so wunderbar, daß ich, ehe ich's mich versah, auf dem Weg zu Gwen war. Ich besuchte sie oft frühmorgens vor dem Büro, einfach, um den Tag gut zu beginnen. Danach entschloß ich mich, mein Gesicht ein Weilchen den geschickten Händen von Jerry, dem Friseur, zu überlassen. Und als ich in Jerrys großem Sessel saß und fühlte, wie das erste heiße Handtuch meine Haut berührte, fiel mir ein: Mein Gott, ich habe vergessen, die Schublade abzuschließen!

Irene, das Hausmädchen, muß einen schweren moralischen Kampf ausgefochten haben. Sie war eine gute alte Seele, beglückt in den Klauen der abessinischen Baptistenkirche. Zu dem Abkommen mit Irene gehörte, daß irgend jemand sie jeden Sonntagmorgen zu dieser Kirche – am andern Ende der Central Avenue – bringen und auch wieder dort abholen mußte, andernfalls wäre sie nicht bereit gewesen, sonntags zu arbeiten. Sie hatte ihre festen ethischen Prinzipien. Aber das schwierigste moralische Dilemma ist die Entscheidung zwischen zwei sittlichen Forderungen, in diesem Fall zwischen Ehre (es war eindeutig eine persönliche Schublade, selbst wenn sie in dem Augenblick nicht verschlossen war; Irene hatte kein Recht, sie auch nur zu öffnen) und Loyalität ihrem Geschlecht gegenüber, wozu in erster Linie gehörte, Ehemänner auf dem Pfad der Tugend zu halten. Irene muß lange gezaudert haben. Ich erfuhr erst später, was sie schließlich dazu veranlaßte, Florence die Bilder zu geben. Aber sie tat es. Sie war letztlich überzeugt davon, daß dies das Richtige sei. Ich habe mein ganzes Leben lang Schwierigkeiten mit Menschen gehabt, die das Richtige taten.

Aber Irene kannte Florence nicht. Und wohlgemerkt, Florence hatte sie gern. Irene war ehrlich und fleißig, und außerdem war es schwierig – und ist es wohl auch immer noch –, gute Mädchen zu bekommen. Irene tat das Rechte, war auf ihrer Seite, verteidigte die Familie und bekämpfte Ehemänner, die fremdgingen (wie der ihre es ständig getan hatte). Doch all das half ihr nichts: Florence setzte sie

noch am selben Morgen auf die Straße. Sagte ihr, sie solle ihre Koffer packen und machen, daß sie 'rauskäme, und schickte sie binnen einer Stunde mit einem Taxi fort. Florence hätte nie ein Mädchen im Haus geduldet, das herumschnüffelte.
Nachdem Irene fort war, blieb Florence allein mit den Bildern zurück. Ich vermute, sie hat sie aufmerksam und lange betrachtet. Unter irgendeinem Vorwand kam ich mittags eilig nach Hause. Florence empfing mich an der Tür, teilte mir mit, daß Irene fort sei, und sagte mir, weshalb. Dann sah sie mich an, und ich wußte, daß ich diesmal nicht entkommen würde.
Sie machte sich noch eine Weile im Haus zu schaffen. Aber ich rührte mich nicht, denn ich hatte keine blasse Ahnung, was ich ihr sagen sollte. Der Blick in unsern Augen, Gwens und meinen, auf jenen Bildern war unmißverständlich. Wer jemals den absolut feindseligen Blick gesehen hat, den ein Kater annimmt, wenn er es mit der Katze treibt, der weiß, was ich meine: Einige dieser Bilder waren nicht verspielt. Und zweifellos konnte Florence nicht umhin, sich zu fragen: Wie lange ist es her, seit er mich so angesehen hat? Bestimmt hatte sie auch meinen Pint betrachtet, mußte es getan haben. Auf einem der Fotos hielt Gwen ihn in der Hand. Wozu, um alles in der Welt, habe ich diese Aufnahme gemacht? Ich muß vollkommen von Sinnen gewesen sein.
Dann hörte ich Florence fortfahren. Zu Dr. Leibman, nahm ich an. Mir war reichlich elend zumute, und ich hatte auch ein wenig Angst. So begann für mich jetzt ein Nachmittag qualvoller Erwägungen. Aber während ich die Stunden damit zubrachte, meine Seele zu erforschen, war Florence viel praktischer. Sie gab sich nicht mit Dr. Leibman ab. Wenigstens vorläufig nicht. Sie ging geradenwegs zu ihrem Anwalt, Arthur Houghton. (In Wirklichkeit war Arthur unser beider Anwalt. Aber wenn die Dinge sich zuspitzten, wurde er ihr Anwalt. Er setzte auf den Gewinner.) Sie hielten eine »Vorbesprechung« ab. Arthur beruhigte sie, indem er ihr von einigen interessanten Präzedenzfällen für Scheidungsabkommen erzählte. Im Licht dieser Besprechung, die ungeheuer tröstlich für sie war, erkannte Florence, daß sie eine verdammt starke Waffe in der Hand hatte: Wenn sie erst einmal mit mir fertig war, würde mir an materiellen Besitztümern nichts weiter verbleiben als die bewußten Bilder von Gwen und mir, und auch die nur, weil Florence sie nicht haben wollte. Florences Vater ist pensionierter Rektor einer Universität in Neu-England (derjenigen, die ich besucht habe) und außerdem Seniorchef einer großen Anwaltsfirma, der auch Arthur Houghton angehörte. Florence sagte später in einer Anwandlung von guter Laune und allgemeiner Zuversicht, sie habe es den Partnern jener Anwalts-

firma schon immer verübelt, daß sie einander so ähnlich und mir so wenig ähnlich sähen. Doch in der augenblicklichen Situation entdeckte sie plötzlich, daß sogar das Aussehen dieser Männer ihr gefiel. Wie dem auch sei, sie erfuhr auf jeden Fall, daß sie gut beschützt war. Das gab ihr Vertrauen. Und war der Grund für die verblüffende Veränderung in ihrer Haltung mir gegenüber, als ich sie das nächste Mal sah.

Ich ging an diesem Nachmittag nicht ins Büro. Und ich rief auch Gwen nicht an, um ihr die Neuigkeit mitzuteilen. Ich saß einfach neben dem Schwimmbassin und sagte mir, daß dies vielleicht der Augenblick sei, auf den ich schon seit Monaten gewartet hatte. Natürlich! Kein Italiener, kein Spanier und ganz gewiß kein Franzose würde sein Heim, die Ersparnisse seines ganzen Lebens und außerdem noch seine Frau um einer kleinen Hure willen aufgeben. Und kein Grieche des Altertums oder der Neuzeit würde sich wegen solch einer Lappalie, so begehrenswert sie auch sein mochte, die geringsten Unannehmlichkeiten bereiten. Der Grieche würde sich einfach mit der Tatsache abfinden, daß ein Mann viele Dinge im Leben aufgeben muß, um am Hauptsächlichen festzuhalten. Mit diesem Gedanken schlief ich ein.

Traumlos schlummerte ich neben dem Schwimmbassin, als ich plötzlich merkte, daß Florence über mir stand. Ganz bewußt verharrte ich in einer Art Halbschlaf, denn ich war noch nicht bereit, ihr gegenüberzutreten. Aber sie hielt ein volles Glas in der Hand – immer ein gutes Zeichen –, und es war mein Lieblingsgetränk, ein trockener Gibson. Sie stellte ihn auf das Tischchen neben dem Liegestuhl und sagte leise: »Wir essen in einer halben Stunde zu Abend, Liebling, und ich habe den Eindruck, daß das neue Mädchen wunderbar kochen kann!« Dann ging sie fort.

Was, zum Teufel, war geschehen? Ich hatte eher einen Baseballschläger als einen Gibson in ihrer Hand zu sehen erwartet. Hätte Gwen das auch getan? Nie im Leben. Ich ging hinein und mischte mir noch einen – und zwar doppelt so stark. Dann sagte ich mir, da dies vielleicht mein letztes Abendessen in diesem Haus sein würde, sollte ich mich eigentlich in Gala werfen. Ich ging hinauf ins Schlafzimmer. Dort sah ich, wie die Dinge lagen.

Am Fuß unseres Bettes stand ein großes Sofa. Florence hatte es zum Schlafen zurechtgemacht. Sie kam gerade aus dem Zimmer, als ich hineinging, und ich sagte in dem aufbegehrenden Ton eines Kindes: »Soll ich etwa darauf schlafen?« – »Natürlich nicht, Liebling«, erwiderte sie. »Ich schlafe dort.«

Was immer zwischen ihr und Arthur Houghton und bei ihrer darauffolgenden Unterhaltung mit Dr. Leibman geschehen sein mochte, das Ergebnis war erquickend. Unser Essen an jenem Abend wurde zu einer Art Feier.

Wir hatten anscheinend wirklich Glück mit der neuen Köchin. Florence hatte ihr klugerweise gesagt, sie solle ihre eigenen Lieblingsspeisen kochen. Nun, diese Köchin, wieder eine stattliche, ältere Negerin, hatte die letzten zwanzig Jahre bei einer jüdischen Familie zugebracht. Und sie servierte an diesem Abend Sauerbraten, Kartoffelpuffer, Rotkohl und Apfelmus. Wunderbar! Dazu tranken wir Burgunder, den Florence ausgewählt hatte; ich machte ihn selber auf und schenkte ihn liebevoll ein. Wir zündeten Kerzen an. Und der Hi-Fi spielte Strauß.

Ellen, die mit uns aß, muß gewußt haben, daß irgend etwas Schwerwiegendes geschehen war. Aber ich glaube, was sie so sichtlich verwirrte, war eher die Art und Weise, wie diese Krise gehandhabt wurde. Denn Florence hatte Klasse. Sie gab sich, als wollte sie sagen: Das Leben hat nun einmal seine Höhen und Tiefen, und die Tiefen muß man bekämpfen, anstatt sich von ihnen unterkriegen zu lassen. Sie wollte offensichtlich allen Beteiligten während dieser schwierigen Zeit das Leben so angenehm wie möglich machen.

Ich konnte nicht erkennen, was Ellen dachte oder empfand. Der junge Mann, mit dem sie verabredet war, platzte mitten in unseren Nachtisch hinein, und Ellen schien recht erleichtert, als sie ihn sah. Sie kam zu mir herüber, gab mir einen Gutenachtkuß, und dann blickte sie mich sonderbar an, als wolle sie mir etwas sagen, fände aber im Augenblick nicht die richtigen Worte. Sie lief hinaus, ohne sich von Florence zu verabschieden. Der Stimmung des Abends entsprechend versuchte ich, dies zu bemänteln, und sagte: »Ich glaube, sie hat irgendwelche Probleme mit ihrem Freund.« Doch Florence hatte es gar nicht bemerkt. Sie war ausschließlich mit unserem eigenen Problem beschäftigt.

Wenn Natur und Gesellschaft jemals eine kompromißlose Frau ohne Spitzfindigkeiten oder Heuchelei hervorgebracht haben – eine bekümmerte Frau, ja, das wohl, aber gerade und ehrlich, ungeachtet ihres Kummers –, so war Florence diese Frau. Man kann erst ein endgültiges Urteil über einen Menschen fällen, wenn man gesehen hat, wie er sich in Augenblicken der Krise verhält, besonders, wenn er verletzt worden ist. An diesem Abend, während das Blut noch aus der tiefen Wunde floß, die ihr am Morgen beigebracht worden war, und der Schmerz sie noch innerlich zerriß, zeigte Florence ihre Klasse.

Wir saßen im Wohnzimmer, tranken Drambuie und grünen Pfefferminzlikör. Sie hatte meine Zigarre angezündet und blies ihren nicht inhalierten Zigarettenrauch zur Decke empor, und eine Zeitlang war es vollkommen still. Dann griff sie ganz bewußt nach meiner Hand und lächelte mir in schlichter Freundschaft zu. Ich empfand plötzlich eine tiefe Liebe zu ihr. Offensichtlich wollte sie mir zeigen, daß sie meinen Schmerz verstand. Und mir Zeit geben, mich zu sammeln. Denn sie sagte: »Warum gehst du nicht zu Bett, Liebling, und schläfst dich richtig aus? Du bist doch bestimmt vollkommen erschöpft. Und ich nehme an, du wirst heute nacht viel besser schlafen. Ich glaube nicht, daß du mit den Zähnen knirschen oder Selbstgespräche führen wirst, denn jetzt gibt es doch nichts mehr zu verbergen, nicht wahr? Geh hinauf. Wir reden morgen oder vielleicht auch erst in ein, zwei Tagen. Geh schlafen.«

Und ich beschloß, genau das zu tun. Ich war verdammt dankbar für ihre Rücksicht und Großzügigkeit. Während ich die Treppe hinaufstieg, dachte ich: Du hast Gwen immer noch nicht angerufen, du hast seit heute früh nicht mit ihr gesprochen, und wenn du bis morgen wartest, ehe du mit ihr sprichst, nun, du kennst das Luder: Es ist sehr gut möglich, daß sie bis dahin nicht mehr da ist. Sie brauchte nur eine winzig kleine Pause, und sie würde sich über all die schändlichen, unbilligen und demütigenden Dinge in unserem Abkommen klarwerden. Und dann würde sie das nächste Flugzeug nach New York nehmen.

Von mir aus kann sie zum Teufel gehn, dachte ich. Meine ganze Zukunft steht jetzt auf dem Spiel. Ich lasse mich nicht überrumpeln. Ich werde meinen eigenen Weg gehen, wie es mir paßt, und lasse jeden anderen seinen Weg gehn, wie es ihm paßt. Und jetzt werde ich als erstes ein Bad nehmen, ein langes, langes, heißes Bad!

Ich schüttete eine Menge Badesalz ins Wasser. Florence legte mir einen frischen Schlafanzug zurecht. Als ich endlich herauskam – ich hatte mir wirklich Zeit gelassen –, saß Florence, eine Zigarette in der Hand, auf der Chaiselongue und sah sich auf unserem Fernsehapparat im Schlafzimmer einen Bericht des CBS an, schaltete jedoch, sobald ich hereinkam, den Apparat aus. Und wir waren allein. Völlig allein. Dann begann sie, sehr sanft zu sprechen. »Offen gestanden, Liebling, zuerst, als ich dich sah, hätte ich dir am liebsten eine 'reingehauen. Ich hätte dich umbringen können. Aber es ist immer besser, ein wenig Zeit vergehen zu lassen und mit Menschen zu sprechen, denen man vertrauen kann...« Dann erzählte sie mir, was Arthur Houghton und Dr. Leibman gesagt hatten. Einen Teil davon hörte ich mir an. Aber dann verlor ich das Interesse, weil ich merkte, daß sie mich wie einen »Kranken« behandelte, so behutsam mit mir umging, wie man es mit einem Menschen tut, der verrückt ist oder im Begriff, es zu werden, und bei dem man jedes Wort auf die Waagschale legen muß. Und sie hatte recht! Ich hatte mich tatsächlich wie ein Irrer benommen. Als ich mich wieder auf ihre Wellenlänge einstellte, sagte sie gerade: »So dachte ich also, es tut weh, es tut verteufelt weh, aber eigentlich ist Evans der leidende Teil, nicht ich. Und dann wurde mir plötzlich so vieles klar, deine Selbstgespräche und das Zähneknirschen, o Gott! Und du tatst mir so leid, denn offensichtlich weißt du wirklich nicht mehr, was du tust. Und ich ahnte, wen du gemeint hast, als du im Schlaf sagtest: ›Ich hasse sie!‹ Das ist es, was mir die meiste Hoffnung gibt. Du hast sie gemeint, nicht wahr? Ich will dich nicht ausfragen« – sie ging weiß Gott behutsam mit mir um –, »ich weiß, du haßt es, ausgefragt zu werden, aber beantworte mir nur diese eine Frage, und ich verspreche dir, daß ich dir keine andre mehr stellen werde.«

»Ja, ich habe sie gemeint.«

»Natürlich«, sagte Florence, »und das zeigt mir, was in dir vorgeht. Dort auf dem Nachttisch steht ein Whisky für dich, Liebling. Ich weiß, wie schwer es für dich sein muß, mit deiner alten Frau im Bett zu liegen und dich dabei wahrscheinlich nach einer anderen zu sehnen. Ich habe mir das oft gedacht, wenn ich dich beobachtete, wie du dort so auf dem Rücken lagst« – ich war inzwischen auf dem Bett –, »zur Decke blicktest und die Lippen bewegtest. Erinnerst du dich an die Nacht, als du sexuell so erregt warst? Ich wußte, es war nicht meinetwegen. Nun... ich will dich heute abend nicht weiter ausfragen und quälen. Vielleicht auch noch nicht morgen oder in der allernächsten Zeit. Ich *weiß*, unter was für einem ungeheuerlichen Druck du gestanden hast. Doch letzten Endes, Liebling, nicht jetzt, aber eines Tages, wirst du dich entscheiden müssen. Denn es ist doch eigentlich ganz einfach, nicht wahr, einfach sie oder ich? Ich weiß, wie schwer es dir fällt, dich zu entscheiden, aber ich fürchte, diesmal wirst du es müssen. Denn schließlich muß ich mir irgendwie mein Leben einrichten, wenn nicht mit dir, dann mit... nun, eben irgendwie anders.«

Sie zog an ihrer Zigarette, blickte schräg zur Decke hinauf, blies den Rauch aus und sagte: »Als mir die ganze Sache zum Bewußtsein kam, weißt du, die Fotos und all das, was sie in sich schlossen« – sie hüllte mich jetzt in die Decke ein –, »war ich zuerst sehr, sehr böse. Liegst du gut? Schön! Aber jetzt bin ich nicht mehr böse.«

Sie ging fort und sprach vom Badezimmer aus. »Ich bin nicht ärgerlich, denn du hast es alles ganz allein tragen müssen, ohne jemanden, der dir hilft oder mit dem du hättest sprechen können. Das war das erste, worauf Dr. Leibman mich aufmerksam gemacht hat, als ich heute nachmittag bei ihm war. Du siehst, er ist nicht gegen dich; eigentlich sogar eher auf deiner Seite. Ich kann jetzt erkennen, was er schon vor Monaten erkannt hat. ›Betrachten Sie ihn als einen

kranken Menschen‹, sagte er. Oh, ich weiß, das Wort hat einen schlechten Beigeschmack, aber ich meine natürlich nichts dergleichen. Betrachte es als ein gutes Wort, das aufrichtige Besorgnis von seiten deiner Freunde ausdrückt. Es ist sogar ein liebevolles Wort – nur ein wenig krank –, siehst du, wie es klingen kann?«
Sie blickte mich um die Kante der Badezimmertür herum an. Sie war gerade dabei, sich auszuziehen, und sie lächelte und sagte: »Ich möchte dir helfen.« Dann zog sie den Kopf zurück. Sie hatte ihr aufrichtigstes, herzlichstes und wohlerzogenstes Lächeln aufgesetzt. Ich fragte mich, wie eine Frau so etwas fertigbringen konnte. Ich meine, nachdem sie gerade an diesem Morgen die Bilder gesehen hatte.
Sie fuhr jetzt vom Badezimmer aus fort: »Es ist verhängnisvoll und außerdem irreführend, zu glauben, daß man jeweils nur einen Menschen körperlich lieben kann.« Sie schob den Kopf durch die Öffnung der Badezimmertür, und sie war jetzt nackt. Im Badezimmer brannte nur die kleine rosa Lampe auf dem Frisiertisch, und Florence sah aus – nun, genauso, wie sie wohl auszusehen hoffte. Und sie sprach weiter: »Die Menschen unserer westlichen, christlichen Kultur geben vor, zu glauben, daß man jeweils nur eine Person körperlich lieben kann. Vielleicht ist eure Kultur, die mehr dem Heidentum gleicht, viel ehrlicher? Und vielleicht bekennen sich die Menschen unserer Gesellschaft« – all dies vom Badezimmer aus, während ein Wasserhahn lief und dann zugedreht wurde – »zu einem Gebot, das sie in Wirklichkeit gar nicht befolgen?« Sie steckte einen Augenblick den Kopf heraus, dann ein wenig mehr, und während sie dort stand und auf meine Antwort wartete, wurde mir klar, wie lange es her war, seit ich sie nackt gesehen hatte, daß ich – vielleicht aus einem verworrenen Gefühl der Loyalität Gwen gegenüber – es fast vermieden hatte, sie nackt zu sehen. Sie lächelte mir vertrauensvoll zu und verschwand wieder aus meinem Blickfeld. Ihre Brüste – die ich mir schon eine ganze Weile nicht mehr betrachtet hatte – waren größer als die von Gwen. Und wieder sprach sie vom Badezimmer aus: »Zum Beispiel könnte ich jetzt nicht mit dir zusammensein. Und ich glaube, trotz deiner mehr orientalischen Kultur und Herkunft könntest du es auch nicht mit mir. Oh, ich weiß, du hast's versucht, aber es war schon seit langem nicht mehr so, wie es eigentlich sein sollte, findest du nicht? Ich will sagen, ich habe gewußt, daß du in Gedanken woanders warst. Du bist zu ehrlich, Liebling, um etwas so Wichtiges wie das verbergen zu können.«
Als sie jetzt ins Schlafzimmer zurückkam, trug sie ein Nachthemd, von dem sie wußte, daß es mir gefiel: keine Spitzen, nichts von diesen albernen »Gucklöchern«, keinerlei Rüschen oder sonstige Ver-

zierungen und auch keine Schleifchen oder Bänder, die immer aussehen, als wollten sie sagen »bitte mach mich auf« – es war einfach eine Frau in einer Hülle aus schönem, weichem Stoff, nicht zu lang und nicht zu eng, die jetzt auf mich zuschritt. »Ich muß dir mitteilen«, sagte sie, »daß sowohl Arthur Houghton als auch Dr. Leibman mir dringend geraten haben – der eine vom juristischen, der andre vom ärztlichen und psychischen Standpunkt –, ich solle auf keinen Fall heute nacht im selben Zimmer mit dir schlafen, möglichst nicht einmal im selben Haus. Unsinn, sagte ich, er ist ein Mensch. Und er ist trotz allem mein Mann. Ich habe einmal gesagt, ›in guten und in schlechten Zeiten‹, und es war mir Ernst damit. Aber verzeih mir« – sie war beim Sofa stehengeblieben –, »wenn ich heute nacht einfach nicht näher zu dir kommen kann.«

Sie stieg in das Bett, das sie sich auf dem Sofa zurechtgemacht hatte, und ich lag auf dem Rücken in unserem Bett und sagte keinen Ton. Dann hörte ich sie weinen. Nicht laut, denn Florence ist in jeder Lebenslage zurückhaltend. Aber der Schmerz machte sich Luft, das war unvermeidlich.

»Florence«, sagte ich.

»Oh, es ist nichts, Liebling. Ich habe mir nur gerade überlegt, was ich tun soll, und ich dachte: Nun, ich werde warten, bis er sich entschließt, bis er gewählt hat, ganz gleich, wie lange es dauert. Und dann dachte ich, schließlich bin ich ja auch nur ein Mensch, und ich werde eines Tages auch ein wenig menschliche Wärme brauchen. Man kann auf diesen Bildern, so vulgär sie auch sind, erkennen, daß dich wirklich etwas mit diesem Flittchen verbindet – verzeih, Liebling, ich wollte das Wort nicht gebrauchen, sondern wollte dir nur sagen, daß ich so lange warten werde, wie ich kann. Ich werde mein möglichstes tun. Das verspreche ich dir. Übrigens, wie läßt man solche Bilder entwickeln und abziehen?«

»Sie hat eine Dunkelkammer«, log ich. Ich konnte Florence nicht die Wahrheit sagen, denn es hätte sie noch schwerer getroffen, wenn sie gewußt hätte, daß andre diese Bilder gesehen hatten.

»Wer?«

»Gwen.«

Dann war es wieder still, und nach einer Weile konnte ich sie leise weinen hören. Ich überlegte mir, wie schwierig es in solch einer Lage für sie war, ihren Prinzipien von Anstand und Gerechtigkeit treu zu bleiben, und wie ehrlich sie sich darum bemühte. Sie lag allein dort auf dem Sofa und weinte, und in dem Ton schwang solch eine Sehnsucht, solch ein Hunger.

Nun, es mußte geschehen. Sie hatte sicherlich nicht die Absicht gehabt, mich zu verführen, das weiß ich bestimmt. Aber das Verlangen dieser Frau und ihr gottverdammtes Bemühen, sich so korrekt zu benehmen, wie sie es auf Grund ihrer Prinzipien und ihrer Kultur von sich erhoffte und erwartete – das warf mich um. Ich glaube, kein Mann der Welt, wenn er ein Herz im Leibe hat, könnte einfach dort liegen und sich einem so starken, so reinen Verlangen wie diesem verschließen. Jene Tränen waren ihre dahinschwindende Lebenshoffnung.

Mittendrin sagte sie: »Evans, Evans, was wird aus uns?« – »Es wird alles gut werden, Liebling«, versicherte ich, und mir war Ernst damit.

Später fragte sie: »Evans, was willst du von mir?« Ich sagte: »Dich, Liebling. Ich will dich.«

Während dieser ganzen Zeit war ich leidenschaftlich erregt. Irgend jemand sollte einmal die Beziehung zwischen Mitleid und Erotik untersuchen. Wir waren uns seit Jahren nicht mehr so nah gewesen. Und hinterher, als ich gerade dachte, was für ein Lump ich sei (gleich nachdem es vorüber war, hatte ich angefangen mir zu überlegen, was Gwen wohl tun mochte; ich hatte sie den ganzen Tag nicht angerufen), wachte Florence, die eingeschlafen war, wieder auf, und während wir so dalagen, wie wir es früher stets getan hatten, ihr Bein über dem meinen und ihr Kopf an meiner Schulter, sagte sie zärtlich: »Weißt du, Evans, ich habe das ganz sichere Gefühl, daß du letztlich wieder zur Vernunft kommen wirst. Uns verbindet so vieles, das kann man doch nicht einfach aufgeben. Du mußt das einsehen. All dies ist vor uns schon Millionen Ehepaaren widerfahren.« Sie küßte meine Wange und lächelte. »Daher haben die Menschen Mittel und Wege gefunden, mit Situationen dieser Art fertig zu werden. Das ist Zivilisation im wahren Sinne des Wortes, Liebling, diese erprobten und zuverlässigen Formeln. Und es gibt auch eine für die Situation, in der wir uns befinden. Ich werde weiterhin deine Frau sein; es wird jetzt eine Pause geben, das weiß ich, aber ich vertraue darauf, daß sie nur vorübergehend sein wird. Ich brauche nur einen Blick auf diese Bilder zu werfen, um zu erkennen, daß sie durch und durch ein Flittchen ist, Liebling, verzeih. Ich weiß, daß auch du eines Tages wie durch einen Blitz erkennen wirst, was jeder andre jetzt erkennt, wenn er sie nur ansieht. Ich meine, sie ist dir nicht ebenbürtig. Evans, armer lieber Evans, das ist in Wirklichkeit alles so dumm, aber wenn ich dir bei dieser Sache nicht helfe, wie soll ich dir dann überhaupt jemals helfen können? Nur bitte, laß es mich bald wissen, ja? Bald? Gut. Sagen wir also, wir haben ein Abkommen. Ich habe nie geglaubt, daß ich's könnte, aber – nur, Evans, bitte, Evans.« Sie schlief einen Augenblick ein, dann: »Bitte, Evans... Evans... wenn du's wirklich willst, triff sie, wenn's das ist, was du wirklich...

Oh, ich weiß nicht, was ich rede. Triff sie nicht, das ist's, was ich eigentlich sagen wollte. Liebe sie nicht. Liebe mich.«
Ich sagte, ich wollte sie nicht sehen, es sei alles vorbei, vollkommen vorbei.
Sie nahm den Kopf von meiner Schulter, blickte mich an und murmelte: »Du brauchst das nicht zu sagen.« Und dann lächelte sie. »Aber es ist gut, es zu hören, und ich hoffe, es ist wahr. Jedenfalls war es doch schön heute nacht? War's das nicht, Ev? Wie in alten Zeiten?«
»Ja«, sagte ich, »wie in alten Zeiten!«
Sie küßte mich und lächelte ein wenig boshaft, als sei sie es jetzt, die einer andern den Liebhaber wegnahm. Und dann schlief sie ein, lächelnd wie eine Braut und so glücklich, wie ich sie seit langer, langer Zeit nicht mehr gesehen hatte.

4

Florence war in einen leichten Schlaf gesunken, aber ich lag da, als hätte mir jemand einen Schlag auf den Kopf versetzt. Ich befand mich am Startpunkt eines psychischen Slaloms, fing gerade an hinunterzugleiten, ohne jedoch voraussehen zu können, wie schnell und wie unwiderruflich die Abfahrt werden würde. Noch wußte ich nicht, daß es keine Markierungszeichen – und nur sehr kurze Abstände – gibt zwischen dem, was man normales Verhalten nennt, und dem, was als Geisteskrankheit angesehen wird. Inzwischen bin ich zu der Überzeugung gelangt, daß diese beiden Bezeichnungen sinnlos sind. Es gibt lediglich Menschen in verschiedenen Entwicklungsstadien, die samt und sonders eine Fortsetzung dessen sind, was schon die ganze Zeit über unbemerkt vorhanden war.
Diese Nacht mit Florence war meine erste Begegnung mit dem wirklichen Dilemma der »Duplizität«. Ich spreche dabei nicht von einem Arrangement, von der Methode, mit einer Frau gut Freund zu bleiben, während man vorübergehend ein Verhältnis mit einer anderen hat. Was mich so bestürzte, während ich dalag und auf Florences gleichmäßige Atemzüge lauschte, war die Erkenntnis, daß die beiden Liebesakte – der mit Gwen auf meinem Weg zur Arbeit an diesem Morgen und der mit Florence in der Erregung dieser Nacht – vollkommen selbstverständlich und sonderbar gleichwertig schienen. Das erschütterte mich. Es war nicht die Tatsache, daß ich an ein und demselben Tag mit zwei Frauen Geschlechtsbeziehungen gehabt hatte – das hatte ich schon oft getan, ohne irgendwelche Gewissensbisse dabei zu empfinden. Aber diesmal war ich aus wirklicher Liebe

kurz hintereinander mit zwei verschiedenen Frauen zusammengewesen, und ich war meiner Herkunft und Erziehung nach nicht darauf vorbereitet, das für möglich zu halten.

Ich ertrug es nicht, noch länger so dazuliegen, mit Florences Kopf auf meiner Schulter und ihrem Bein über meinem. Ganz vorsichtig begann ich, mich frei zu machen. Ich verspürte für den Augenblick keinerlei Wunsch nach weiteren Gesprächen mit Florence und war daher sorgsam darauf bedacht, sie nicht zu wecken. Sie murmelte ein paarmal, während ich mich von ihr löste. Dann schlief sie wieder fest, und ich war draußen auf dem Korridor.

Ich wollte hinuntergehen und mir eine Tasse Kaffee machen, aber ich hörte Bartók. Das bedeutete, daß Ellen und ihr Freund irgendwo dort unten im Dunklen saßen. Also konnte ich es nicht. Ich hätte gern gewußt, wie weit sie gingen. Bartók näherte sich einem seiner komplizierten Höhepunkte, und ich fragte mich, ob das bei ihnen wohl auch der Fall sei. Nein. Florence hatte mir noch vor zwei Wochen versichert, daß Ellen unberührt sei.

Auf jeden Fall waren sie mit irgend etwas intensiv beschäftigt, denn ich hörte keine Stimmen. Ich saß auf der Treppe. Zurück ins Schlafzimmer wollte ich nicht, hinunter konnte ich nicht, und so blieb ich einfach dort sitzen, wo ich war.

Der Penis, überlegte ich mir, ist der ehrlichste Teil des Mannes. Ich vermute, mit der Muschel ist es bei der Frau dasselbe, obwohl ich mir dessen nicht annähernd so sicher bin. Über den Penis weiß ich besser Bescheid. Das Wunderbare an ihm, das, was ihn so absolut moralisch macht, ist die Tatsache, daß er keinerlei Anspruch auf Moralität erhebt.

Zum Beispiel, dachte ich, würde der Penis niemals das Wort »müßte« gebrauchen. Und auch niemals das Wort »sollte«. Das einzige, was der Bursche kennt, ist: »Ich will.« Oder, um genauer zu sein: »Ich will *jetzt.*« Nichts von all diesem idiotischen »Auf immer und ewig«. Was mehr Menschen zum vorzeitigen Verfall geführt hat als irgendein anderes Gefühl. Und auch zu Freveltaten an ihren Mitmenschen männlichen und weiblichen Geschlechts. Das meiste Übel wird im Namen des Guten getan.

ICH WILL!

Wenn man sich's recht überlegte, drückten diese Worte genau die Menschlichkeit aus, die ich verloren hatte. Ich wußte einfach nicht mehr, was ich wollte, konnte keine Wahl treffen, erstickte in ungelösten Duplizitätsproblemen. Ich tat nichts einfach deshalb, weil ich es tun wollte. Das schlichte, reine, eindeutige, menschliche, offenherzig kindliche »ich will« – wo war es geblieben?

Längst dahin. Ich saß dort oben auf der Treppe und dachte: längst verschwunden. Ich hatte das Geschick verloren, das Talent erstickt. Ich wußte nicht mehr, was ich wollte, glaubte nur, daß ich dies tun *müßte* und das tun *sollte*, und man *erwartete* von mir, daß ich so und so handelte, und es war meine *Pflicht*, diese Sache zu Ende zu führen, und es wurde von mir *verlangt*, daß ich – stets! – die Wünsche anderer *erfüllte*. Ich wußte nicht einmal, ob ich Gwen überhaupt noch begehrte. Ich hatte sie nicht angerufen, dachte, daß ich es eigentlich tun sollte, nahm an, daß ich es nicht tun würde, überlegte, daß es vielleicht schon zu spät dafür war, hoffte, daß es so wäre, wünschte mir, daß es nicht so wäre, und so ging alles endlos im Kreis herum.

Das schlimmste von allem war eine ganze andere Reihe von Imperativen, denen ich mich freiwillig unterworfen hatte. Dies waren die »Zweckdienlichen Dinge«. Wiederum nicht das, was ich wollte, sondern das, was zu einem gewissen Zeitpunkt in irgendeiner Lebenslage nützlich war. »Zweckdienlichkeit«. Das Wort, das auf dem Grab unserer Generation geschrieben steht: Man tat, was zweckdienlich war.

Besonders ich.

Aber das schlichte, ungeschminkte ICH WILL? Was war damit geschehen?

Längst dahin!

Dieses »du sollst«. Es bringt einen um, dieses »du sollst«.

Schön, um wieder auf den Penis zu sprechen zu kommen. Der einäugige Peter ist frei von »du sollst«. Und »du mußt«. Und von all den Schwierigkeiten, die daraus entstehen. Der Aufrechte hat ein Auge oben auf seinem Kopf; er entdeckt das, was er haben will, zielt und stürmt geradewegs darauflos. Und es gibt auch noch etwas, weswegen ich ihn respektiere: Man kann ihn nicht zwingen, sich zu erheben und so zu tun, als ob. Wenn er nicht will, kann man ihn schlagen und schelten, er tut es trotzdem nicht. Der Konquistador liegt da und schmollt. Ein weicher Pinsel ist ein Vorwurf für seinen Besitzer. Er sagt, du lügst, mein Junge. Später, wenn die falsche Gelegenheit längst vorüber ist, erwacht der Schwengel zum Leben und blickt sich um; dann stellt er sich auf, hübsch und gerade wie eine Tulpe, und fragt in komödiantenhaftem Ton: »Na, wolln wir mal?« Nicht, daß die Manneszier sehr energisch wollen muß. Aber sie muß ehrlich ein bißchen wollen. Andererseits braucht sie aber nicht dieses alberne »Niemand außer dir«. Ihre diesbezügliche Meinung könnte etwa folgendermaßen ausgedrückt werden: Anführungszeichen auf. Du neurotischer Schweinehund, weshalb mußt du vorgeben oder fordern, daß jedes Verlangen vollkommen, komplett und für immer sei? Oder ausschließlich? Die Frauen haben sich all diesen ganzen Quatsch mit dem »für immer« und dem »nur du« über die

Jahrhunderte hinweg ausgedacht, um sich für die Zeit ihres Verblühens zu schützen. Man kann es den Frauen nicht übelnehmen. Sie verblühen rasch. Aber warum spielst du Theater? Anführungszeichen zu.

Nun, man sagt, ein Steifer hat kein Gewissen. Doch geben wir es zu: Er ist der ehrlichste Teil von uns Männern. Und der demokratischste. Er macht keinen Unterschied zwischen arm und reich, und er kennt auch keine Rassenschranken. Unsere Brüder in den Südstaaten behaupten, daß sie immer und überall Unterschiede zwischen Weißen und Farbigen machen. Aber der Wonnestengel hat sich nie um diese Rassenschranke gekümmert, dafür gibt es Millionen von Zeugen.

Florence gegenüber war der Schwengel in jener Nacht ehrlicher, ritterlicher, gütiger und menschlicher, als ich bereit war, es zu sein. Er hatte Mitleid mit Florence, reagierte auf ihr offensichtliches und dringendes Bedürfnis. Und während mein Geist noch mit Widersprüchen und Hemmungen kämpfte, fand der Vogel sein Nest, gab nicht vor, daß er für immer dort bleiben würde, trat jedoch ein, brachte sein Opfer dar und zog sich zurück, um sich auszuruhen. Liebe und Güte sind die edelste Mischung.

Unten hatte die Musik gewechselt. Ich nahm an, daß Ellens intellektueller Freund heimgegangen sei. Sowie er aus dem Haus ist, kehrt Ellen wieder zu ihren üblichen Gewohnheiten zurück. Meine alten Jazzklassiker kommen zum Vorschein, Ellen selbst kommt zum Vorschein.

Ich ging auf Zehenspitzen die Treppe hinunter, denn ich wollte absolut sicher sein, daß Roger fort sei: Mir war in dem Augenblick nicht danach zumute, mich gönnerhaft behandeln zu lassen oder Mißfallen zu erregen. Ich blickte vom Eßzimmer aus durch die dunkle Anrichte in die hell erleuchtete Küche. Und dort sah ich Ellen. Sie tanzte vor sich hin – tap, tap auf einem Fuß, dann tap, tap auf dem andern. Ich wußte bestimmt, daß sie allein war, denn sie hielt ein riesiges Stück Schokoladentorte zwischen den Zähnen. Und sie genoß den Beat. Weder der Watusi noch die Schokoladentorte sind Bilder, die sie Roger präsentiert.

Ich beobachtete sie aus der Dunkelheit, und plötzlich schien sie zu spüren, daß jemand da war. Sie blieb stehen und spähte regungslos und aufmerksam wie ein Reh in meine Richtung, sah mich aber nicht. Zu jener Zeit hatten gerade die Vergewaltigungen von Brentwood stattgefunden, zwölf innerhalb von drei Monaten, und der Mann war immer noch nicht gefaßt. Witze über Notzucht machten die Runde. Ellen sah verängstigt aus. Sie ging auf mich zu. Plötzlich schrie sie auf. Es war gemein von mir, aber ich rührte mich nicht. Dann sah sie, daß ich es war, und sagte: »Oh, Daddy«, stürzte sich

in meine Arme, und ich war von oben bis unten mit Schokoladenguß beschmiert. Ich sah, daß sie weinte und es offenbar auch getan hatte, während sie tanzte und die Schokoladentorte aß. »Was hat er dir angetan?« fragte ich sie. »Ich bring ihn um, den Schweinehund!«
»Wen?« fragte Ellen.
»Den intellektuellen Fritzen.«
Sie brach in schallendes Gelächter aus. Als ich sie fragte, weshalb sie lache, erwiderte sie: »Weil du ihn so haßt.«
»Ich hasse ihn nicht«, sagte ich. »Ich habe nur eine gewisse Abneigung gegen ihn.«
»O Daddy, sei nicht so edel. Es wär mir gar nicht recht, wenn du nicht eifersüchtig wärst.«
Dann sah ich, daß Ellen getrunken hatte. Ich ging in die Küche und kostete an ihrem Glas: Es war Wodka, pur, und das ist nicht weiter schlimm, aber sie war regelrecht beschwipst, beschwipst genug, um bayrische Schokoladentorte mit Wodka zu mischen. Junge Menschen haben wahrhaftig einen guten Magen.
Plötzlich sagte sie: »Mein Gott, ich kann es nicht mehr aushalten. Ich werde es dir sagen.«
»Wenn es etwas über Roger ist, sag's mir lieber nicht«, erwiderte ich.
Sie lachte wieder; diesmal merkte man ihr eindeutig den Wodka an – achtzehn Jahre war sie alt –, und sie sagte: »Nein, es hat nichts mit Roger zu tun. Es hat mit dir zu tun.« Sie schwieg einen Augenblick, dann fuhr sie fort: »Aber sei mir nicht böse, Daddy. Ich kann es nicht ertragen, wenn du mir böse bist.«
»Baby, warum sollte es etwas geben, was du mir nicht sagen kannst?« fragte ich.
»Warte, bis du hörst, was es ist«, entgegnete sie. Sie zog sich am Küchenbüfett empor und legte sich auf die Seite, wobei ihre fraulich runden Hüften, wie ich zum erstenmal bemerkte, höher standen als ihre Brust. »Versprich mir, daß du mir nicht böse sein wirst.«
»Ich werde es nicht sein«, sagte ich, »bestimmt nicht.«
»Doch, du wirst es sein«, erwiderte sie und fing an, es mir zu erzählen. Und ich wurde tatsächlich ärgerlich.
Irene, das Mädchen, war mit den Bildern von Gwen und mir zu ihr gekommen, und Ellen hatte ihr natürlich gesagt, sie solle sie sofort dorthin zurücklegen, wo sie sie gefunden habe. Doch ein wenig später fühlte Ellen sich bewogen, ihr zu sagen: »Zeigen Sie sie meiner Mutter.« Was Irene auch prompt tat.
»Warum, zum Teufel, hast du das getan?«
»Wahrscheinlich war's falsch von mir«, sagte sie. »Aber du sahst so verdammt glücklich mit dem Mädchen aus. Und, Daddy, mit Mami

siehst du immer so jammervoll aus. Selbst wenn ihr euch zulächelt. Seit der Zeit, wo ich angefangen habe, über andre Dinge als mein Spielzeug, Bonbons und ähnliches nachzudenken, von dem Tag an, wo Mami und du zwei getrennte Wesen für mich wurden, habe ich mich gefragt, warum ihr wohl zusammenbleibt.«
»Es gibt gute Gründe dafür«, sagte ich.
»Es gibt nur einen Grund«, erwiderte sie. »Mich. Ich habe dich mein ganzes Leben lang mit Mami gesehen, und nie hast du ihr solch einen Blick zugeworfen. Gewiß, du hast den Arm um sie gelegt und all das, besonders wenn du wußtest, daß ich euch beobachtete. Und ich weiß, daß ihr Hand in Hand schlaft. Aber ich spreche von den wirklichen Dingen – wie diese Bilder. Zuerst war ich empört, das gebe ich zu, denn ein paar davon sind regelrecht schweinisch. Aber als ich sie mir noch einmal vornahm, sah ich, wie – mein Gott, sie ist hübsch, wirklich hübsch. Und dann dachte ich mir, eines Tages, bald, wird er das meinetwegen aufgeben. Ich wollte nichts tun, was Mami verletzen könnte, so lieb ich dich habe. Aber ich hab's satt, Daddy. Wie ich Roger heute abend gesagt habe: Ist dieses das wunderbare Ding, über das wir lesen, von dem die Dichter uns sagen, es sei so vorübergehend, daß wir nicht einen Augenblick davon verlieren dürfen? Der gute alte Roger – wir haben uns heute abend gekabbelt wie ein altes Ehepaar, und ich sagte, verdammt noch mal, Roger, geh weg, ich will dich nicht mehr sehn. Wir haben all die Nachteile der Ehe und keinen einzigen von ihren Vorteilen. Ich war so wütend auf ihn, daß ich seinen Bartók aus dem Fenster geworfen habe. Er liegt noch draußen, nur ist Roger so pedantisch, daß er ihn wahrscheinlich aufgehoben hat, ehe er fortgefahren ist.«
Meine Neugier gewann die Oberhand: »Hast du jemals etwas mit Roger gehabt? Ich meine, richtig?«
»Nein.«
»Nun, eigentlich bin ich ganz froh darüber.«
»Es liegt nicht an mir. Es liegt an ihm. Er will's nicht.«
»Ich meine, ich bin froh, daß du noch ...«
»O Daddy, das mach ich doch nur Mami vor. Ich bin schon mit verschiedenen Jungen zusammengewesen. Schließlich bin ich ja im Radcliffe! Daddy, hast du das wirklich geglaubt?«
»Weiß es Roger?«
»Roger! Er ist mein fester Freund; ich könnte es ihm nicht sagen. Aber ich bin achtzehn, Daddy, und manchmal habe ich – wie es in den Büchern heißt – ein sehr starkes Verlangen. Als ob du nicht wüßtest, wie das ist! Auf jeden Fall, sowie Roger draußen war, habe ich all diese alten 78er Dixielandplatten von dir aufgelegt. Keine Angst, ich geh vorsichtig damit um. Ich habe sie mir angehört und

gedacht, so war also Daddy einmal. Und was ist geschehen, Daddy, weißt du es? Ich liebe diese alten 78er. Roger haßt sie. Für ihn gibt's nur Miles Davis. Er sagt, alles übrige von diesem Zeug sei weiß.«
»Was soll das heißen?«
»So, wie die Weißen sich mit Vorliebe den Neger vorstellen – weißt du, irgendwie primitiv und tierisch. Auch das hat mich wütend gemacht. Ich sagte: Willst du etwa behaupten, daß du nicht weiß seist? Du Scheusal! Mach, daß du rauskommst. Und ich bin tatsächlich auf ihn losgegangen. Du streitest nicht mit mir, und du liebst mich nicht. Nur habe ich ein andres Wort gebraucht. Wozu dann überhaupt die ganze Geschichte? Geh weg, sagte ich, geh weg. Gib mir noch einen Schluck Wodka; komm, Daddy, sei nett, es ist spät, und wenn ich noch etwas trinke, kann ich so richtig gut schlafen. Danke. Eine endlose Reihe von kleinlichen Streitigkeiten, während dort draußen die ganze Welt auf einen wartet. Und so war mir auch an dem Tag mit Irene zumute; plötzlich sagte ich: ›Zeig sie ihr. Mach Schluß mit dem Theater!‹ Es hat Irene in Angst und Schrecken versetzt. Und dann mußte Mami sie natürlich rausschmeißen. Aber ich schick ihr Geld, bis sie eine neue Stellung hat.
Und hinterher hab ich euch beide beim Abendessen beobachtet. Es war, als ob gar nichts geschehen sei. Ihr wart genau wie immer. Keinerlei Lebenszeichen. Aber ich dachte im stillen, Daddy ist nicht so; er hat noch Leben in sich, genau wie diese 78er, vielleicht nur ein wenig, aber doch immerhin etwas. Das war's, weshalb ich zu dir kam und dich küßte, bevor ich ins Kino ging. Dann kam mir genau in der Mitte von ›Wild Strawberries‹ dieser schreckliche Gedanke. Ich erinnerte mich an die Fotos und dachte: *Sie* könnten Kinder haben.«
Ellen war ein Adoptivkind. Florence und ich hatten sie angenommen, als wir erkannten, daß wir keine eigenen haben würden. Wir gingen zum besten Arzt und unterzogen uns all den üblichen Untersuchungen: der Tubendurchblasung, den Abstrichen und Proben, der Spermazählung und was es sonst noch gibt, und der Arzt sagte: Es scheint ziemlich aussichtslos, aber versuchen Sie es weiter, man kann nie wissen. Und das taten wir, doch nichts geschah. Ich vermute, es liegt an Florence – oder besser, ich weiß, daß es an ihr liegt. Ich habe einmal eine Fernsehschauspielerin geschwängert und einmal die Frau meines besten Freundes. Beide haben eine Abtreibung vornehmen lassen. Aber davon habe ich Florence natürlich nichts gesagt. Ich habe mich einfach zusammen mit ihr diesen ganzen blödsinnigen Tests unterzogen.
»Bist du mir böse, Daddy?« Ich hatte die ganze Zeit über nichts gesagt.

Ohne etwas zu erwidern, sah ich Ellen an. Ein Adoptivkind ist zu Anfang genau wie ein eigenes. Eines Tages greift es nach deinem Daumen und schließt seine ganze Hand darum, und du verliebst dich, vergißt vollkommen, daß es nicht dein leibliches Kind ist. Du bist einfach weg! Von da ab bestimmt das Wohl des Kindes alles, was man unternimmt. Man denkt nicht mehr an Europa, Asien, Afrika; man verbringt die Sommerferien an einem Ort, wo das Kind Spielgefährten hat. Und, mein Gott, ich liebte Ellen – während ihrer Babyzeit, als kleines Mädchen und als Halbwüchsige. Aber ungefähr mit siebzehn fing sie an, *nicht* wie unser Kind auszusehen, sondern wie eine Fremde, die irrtümlicherweise in unser Haus geraten war. Und das Schreckliche war, daß damit alles anders wurde. Wir sahen für sie genau wie zuvor wie Daddy und Mami aus, aber sie sah für mich jetzt anders aus. Und als ich sie an diesem Abend anblickte, wirkte sie älter und – es ist mir peinlich, es zu sagen – gröber, als ich sie je gesehen hatte.

»Jedenfalls möchte ich dir sagen, Daddy, tu's nicht mehr meinetwegen. Ich will nicht der Grund dafür sein, daß ihr zusammenbleibt.«

Schweigen.

»Denn wenn du an all die Möglichkeiten denkst, die es auf der Welt gibt«, fuhr sie fort, »an all das, was sein *könnte*, ist es dann nicht ein Jammer, Daddy?«

Ich sagte nichts. Sie kam vom Büfett herunter und legte die Arme um mich.

»Warum gehst du nicht mit dem Mädchen fort? Sie macht dich glücklich.«

»Ellen«, sagte ich, »ich glaube nicht, daß irgend jemand wirklich beurteilen kann, was für einen anderen Menschen gut und richtig ist. Und du weißt eigentlich nicht das geringste über deine Mutter und mich, nicht das geringste.«

Sie spülte das Glas aus, um keine Spuren zu hinterlassen.

»Ellen«, sagte ich, »ich bin dir nicht böse.«

Sie küßte mich auf die Wange und sagte: »O. K., Daddy.« Aber es klang tief betrübt.

Dann ließ sie mich allein in der Küche. Ich aß bayrische Schokoladentorte. Süßigkeiten trösten mich.

Ich wanderte eine Weile von einem Zimmer zum andern, und schließlich ging ich zum Telefon und wählte Gwens Nummer.

»Hallo«, sagte ich.

»Eddie, hast du einen Unfall gehabt?«

»Nein. Hab ich dich geweckt?«

»Was hast *du* geglaubt? Wie spät ist es?«

»Etwa vier.«
»Ist was passiert?«
»Ja, aber ich kann jetzt nicht sprechen.«
»Etwas mit Florence?«
»Ja, ich habe ziemliche Schwierigkeiten.«
»Oh.«
»Wir können uns ein paar Tage nicht sehn. Ich ruf dich morgen an und erkläre dir alles. O. K.?«
»O. K.«
»Ich häng jetzt ein.«
Sie sagte nichts.
»Aber ich will morgen unbedingt mit dir darüber sprechen. Ich habe wirklich ein Problem.«
Sie schwieg. Ich sagte auf Wiedersehen und legte den Hörer auf.
Bei Gesprächen dieser Art bestand immer die Gefahr, daß Florence oben am Nebenapparat mithörte.
Als ich Gwen am nächsten Morgen vom Büro aus anrief, sagte mir die Telefonistin, sie habe das Flugzeug nach New York genommen. Am selben Nachmittag erhielt ich im Büro ein Telegramm: »Jetzt hast Du kein Problem.« Abgesandt in New York. Keine Unterschrift.
Ich konnte mich nicht auf Zephyr-Zigaretten konzentrieren. Nach einer Weile ging ich in mein Büro, und Sylvia, meine Sekretärin, teilte mir mit, daß Mrs. Anderson angerufen und gesagt habe, ich würde zu Hause eine Nachricht vorfinden. Das klang ein wenig verdächtig. Aber was immer es zu bedeuten hatte, mir war im Augenblick nicht danach zumute, mich weiter darum zu kümmern. Ich setzte mich an meinen Schreibtisch, machte mir aus einem Gummiband eine Schleuder, bog eine Anzahl Papierklammern zurecht und begann zu schießen. Ich schoß auf Zephyr-Plakate; ich schoß mit zahlreichen Volltreffern auf Bilder von mir selbst mit verschiedenen prominenten Persönlichkeiten. Florence und Ellen verschonte ich. Die wirklich schweren Klammern schoß ich auf die eigenhändig unterschriebenen Bilder von Mr. Finnegan. Dann wandte ich mich um und begann, aus dem Fenster heraus auf die Menschheit im allgemeinen zu schießen. Erst als Sylvia sich räusperte, merkte ich, daß sie mich beobachtete.
»Was gibt's, Sylvia?«
»Nun ... darf ich vorschlagen, daß Sie sich den Rest des Nachmittags frei nehmen?«
»Warum?«
»Nun ... Mrs. Anderson ...«
»Was hat sie gesagt?«

»Oh, eigentlich nichts Besonderes, nur –«
»Bitte, Sylvia, machen wir uns doch nichts vor. Sie wissen genau, daß meine Frau sehr vieles gesagt hat, was Sie mir verschweigen, stimmt's?«
»O nein, Sir, nur ...«
»Verbinden Sie mich mit Mrs. Anderson.«
»Das kann ich nicht –«
»Sie wissen, wo sie ist; verbinden Sie mich mit ihr, Sylvia.«
»Sie können in diesem Augenblick nicht mit ihr sprechen, Mr. Anderson. Sie ist mit ihrem Wagen unterwegs.«
»Mit andern Worten, Sie wissen, wo sie ist.«
»Mr. Anderson, wenn Sie glauben, daß es mir Spaß macht, so zwischen Ihnen und Mrs. Anderson zu stehen, dann irren Sie sich gewaltig –«
»Allerdings glaube ich, daß es Ihnen Spaß macht, und ich irre mich nicht gewaltig; und jetzt werde ich Ihrem Rat folgen, nach Hause gehn und ihren Brief lesen.«
Auf dem Zettel stand nur: »Ich bin auf ein paar Tage nach Palm Springs gefahren. Werde bei den Bennetts wohnen.« Kein Gruß.
Das neue Mädchen wußte nichts, außer daß die gnädige Frau gesagt habe, sie werde einige Tage fortbleiben, werde sie aber jeden Morgen anrufen, um ihr zu sagen, was sie für mich zum Abendessen vorbereiten solle. Heute abend würde es eine meiner Lieblingsspeisen sein: Tamale – eine mexikanische Fleischpastete mit Mais.
Hin und wieder geschieht in Süd-Kalifornien ein Wunder: Der Tag wird rauh und naßkalt wie wirkliches Wetter. Er erinnert einen an den Osten und läßt einen etwas empfinden, die verschiedenartigsten Dinge – Sehnsucht, Kummer, Lust zu arbeiten, Lust, die Stadt zu verlassen –, aber auf jeden Fall irgend etwas! Solch ein Wunder geschah an diesem Tag. Es ging ein kühler, feuchter Wind, der mich an Neuengland erinnerte. Er wehte sogar Blätter ins Schwimmbassin. Ich hatte noch nie bemerkt, daß unsere Bäume Laub abwarfen.
Und das schlechte Wetter war auch der Grund, daß ich mich erbärmlich, das heißt, menschlich fühlte. Es ist nicht wirklich menschlich oder natürlich, ständig optimistisch oder freundlich zu sein oder irgend jemand den größten Teil der Zeit zu mögen oder uns stets mit unsern Mitmenschen zu vertragen. Ich finde, es ist nur natürlich, unfreundlich und selbstsüchtig zu sein, häßlich und widerspenstig, nur mit unseren eigenen Problemen beschäftigt. Der unnatürlichste Ton von allen, die ich kenne, ist die Stimme der Telefonistin im Beverly Hills Hotel. Sie ist immer freundlich!
Als ich Olga Bennett schließlich erreichte, war ihre Stimme übertrieben heiter. Im Hintergrund hörte man Töne der Geselligkeit.

Ganz zufrieden, ihre Ehemänner einmal loszusein, tranken die Frauen Cocktails.
»Was trinkst du?« fragte ich Florence, als sie an den Apparat kam.
»Eine Blutige Marie«, sagte sie.
»Mit dem Blut des Ehemanns gemischt?«
»Evans, wir fühlen Nachsicht und Liebe für die ganze Menschheit. Selbst für Ehemänner!«
»Was ist geschehen?« fragte ich.
»Warte einen Augenblick, Liebling, ich geh an den andern Apparat.« Ich hörte Lachen und Geplauder, dann nahm Olga wieder den Hörer auf und sagte: »Evans... sie kommt gleich«, und nach einer kurzen Pause: »Sei nett zu Florence, hörst du?« Woraus hervorging, daß Florence ihr die ganze Geschichte erzählt hatte. In diesem Augenblick kam Florence wieder in die Leitung, und Olga sagte mit zuckersüßer Stimme: »Ich verschwinde! Macht's gut!« und hängte ein.
Noch ehe Florence etwas sagen konnte, fragte ich: »Was hat Leibman gesagt?« Ich wußte, wer für ihre plötzliche Abreise verantwortlich war.
»Ach, weißt du«, erwiderte Florence, »er sagt eigentlich nie etwas. Er saß nur da, sah mich an und lächelte, was wundervoll war, denn damit rückte alles in die richtige Perspektive. Aber dann fragte er: ›Was haben Sie jetzt vor?‹, und inzwischen weiß ich, daß er mich mit solchen Fragen zum Nachdenken zwingen will. Daher war ich lange Zeit schweigsam, und schließlich sagte er nur eines – daß wir die endgültige Lösung noch nicht kennen, aber auf jeden Fall sei es sehr zweifelhaft, daß die Art von Wiederannäherung, die wir letzte Nacht hatten, eine wirkliche Wiederannäherung ist. Kannst du das verstehen, Evans?«
»Und dann riet er dir, nach Palm Springs zu fahren?«
»Nein, das war meine Idee. Du weißt, daß Olga mich eingeladen hatte, und als ich heute morgen aufwachte, war ich wütend, nicht über dich, sondern über mich selbst. Und obwohl Dr. Leibman eigentlich nichts gesagt hat, kenne ich ihn inzwischen gut genug, um zu wissen, daß er ärgerlich mit mir war – und vielleicht auch ein klein wenig schockiert!«
»Das ist natürlich eine Katastrophe.«
»Evans, wenn wir überhaupt eine Chance haben, so liegt sie darin, daß du zu Dr. Leibman gehst. Ohne das schaffen wir es nicht.«
Ich erwiderte nichts darauf.
»Evans?«
»Ich höre.«
»Wohlgemerkt, das ist nicht seine Idee. Er hat genügend Patienten,

und es ist ganz gegen seine Gewohnheit, beide Eheleute zu behandeln. Es ist ausschließlich meine Idee. Evans?«
»Ich höre.«
»Das will nicht heißen, daß ich jetzt sofort darauf bestehe, denn wenn du eines Tages zu ihm gehst, sollst du es aus freien Stücken tun. Aber du mußt wissen, daß das, was letzte Nacht zwischen uns gewesen ist, im Grunde genommen nichts an den Dingen ändert. Es ist höchste Zeit, daß wir uns ein für allemal über unsere Beziehung klarwerden. Ich glaube, wir könnten ein gutes Leben zusammen führen, aber, wie Dr. Leibman ganz richtig sagt, ich darf keinen Augenblick glauben, daß ich ohne dich nicht auskommen kann. Denn das stimmt nicht. Ich kann es. Und ehe ich jemals wieder so gedemütigt werde, sagt Dr. Leibman, sollten wir lieber –«
»Er scheint doch eine ganze Menge geredet zu haben.«
»Evans, mit Sarkasmus kommen wir nicht weiter, und außerdem ist deine Feindseligkeit –«
»Hör zu, Florence, ich habe mir gedacht, ich geh ein Weilchen fort, vielleicht auf eine Woche nach New York, um meine Eltern zu besuchen, noch einmal mit Collier zu sprechen und ...«
Das war das erste, was ich darüber hörte. Ich hatte nicht vorgehabt, das zu sagen.
»Ich finde das eine sehr gute Idee«, sagte Florence. »Auf die Art kommst du von uns beiden fort und ...«
»Ja, genau«, erwiderte ich.
Formt eure Söhne nicht nach meinem Vorbild.
»Und es gibt dir die Möglichkeit ...«
»Nachzudenken«, sagte ich hilfreich.
»Richtig. Evans, ich habe viel nachgedacht. Auf dem Weg hierher hätte ich beinahe einen Unfall gehabt. Ich war in Gedanken ganz woanders, und plötzlich befand ich mich auf der falschen Seite der Autostraße. Dieser Schreck war genau das, was ich brauchte. Ich erinnerte mich an Dr. Leibmans Worte: ›Sie dürfen sich nie sagen, daß Sie ohne ihn nicht leben können.‹«
Dr. Leibman war allgegenwärtig in meinem Leben.
Ich glaube, ich ging lediglich aus einer Art Groll gegen ihn nach New York. Denn sobald ich allein im Haus war, hatte ich eigentlich gar keine Lust mehr dazu. Ellen war wieder mit Roger zum Bergman-Festival in die Akademie der Schönen Künste gegangen, und ich hatte eine Maispastete ganz für mich allein. Später saß ich im Wohnzimmer und trank. Ich hatte mich telefonisch für den Flug um elf vormerken lassen, aber ich war unschlüssig. Ich trank und überlegte hin und her, was ich tun sollte. Vor mir stand ein Bild von Florence, in Silber gerahmt, auf dem ihre Augen besonders schön

waren – groß, strahlend, edel und gütig, voll von einem Schmerz, mit dem sie ihre Umwelt nicht belasten wollte. Ich blickte auf dieses Bild und auf Florence, auf ihre Nase mit dem hohen Sattel und der richterlichen Strenge (ich glaube, ich verzieh ihr nie, daß der Bruder ihres Urgroßvaters dem Obersten Gerichtshof angehört hatte). Dann betrachtete ich prüfend ihre Stirn – hoch, glatt, die Haare straff zurückgekämmt. Florence hatte nichts von Koketterie an sich. Und ich überlegte mir, daß sie sich wahrscheinlich nur deshalb so völlig Dr. Leibman zugewandt hatte, weil sie bei mir kein Verständnis fand.

Ich erinnerte mich an all das, was sie für mich getan hatte, wie sie mich unterstützt hatte, als ich noch in den Anfängen steckte; an die Loyalität und Geduld, die sie an mich verschwendet hatte, an die schrecklichen Dinge, die ich ihr angetan, und wie sie mir zwanzig Jahre lang stets zur Seite gestanden hatte. Sie verdient Aufrichtigkeit, dachte ich, sie verdient zu wissen, woran sie ist und was sie zu erwarten hat. Mit anderen Worten, sie verdient einen wirklichen Ehemann.

Dann kam mir ein Gedanke, der mich überraschte. Es ist vollkommen richtig von Dr. Leibman, ihr zu sagen, daß sie ohne mich auskommen kann, denn es könnte sein, daß sie es muß. Ich nahm ihr Bild und küßte es, wie ein Gläubiger eine Ikone küssen würde. Das Bild, das lächelte, fragte: »Warum das?«, und ich antwortete mit der beherrschten Stimme eines Mannes, der weiß, daß er zuviel getrunken hat: »Nur so.« Dann schwor ich mir, daß ich ihr gegenüber wie ein Freund handeln und so sein würde, wie ein Freund sein sollte – aufrichtig. Wenn ich mich selbst nicht retten konnte, wenn ich schon zu tief vertrickt war, so konnte zumindest sie sich retten. Ich packte eine Reisetasche, ließ ein Taxi kommen und erreichte gerade noch den Elf-Uhr-Flug.

Ich war betrunken, als ich ins Flugzeug stieg, und nach einem Whisky weigerte sich die Stewardeß, mir noch mehr zu trinken zu geben. Noch nie zuvor war mir das passiert. Es war ein böiger Flug. In den schlimmsten Augenblicken, in denen die Maschine hin und her geworfen wurde wie ein Sechs-Meter-Boot am Montauk Point, glaubte ich, sie würde auseinanderbrechen, und es hätte mir nichts ausgemacht, wenn es so gewesen wäre.

Am nächsten Morgen rief ich vom Algonquin aus die Redaktion der Zeitschrift an und sagte den Leuten, daß der Artikel gut werden würde, daß ich aber noch einmal mit Chet Collier sprechen müßte. Sie erklärten sich einverstanden; das bedeutete, daß sie den Flug bezahlen würden. Derlei Dinge waren jetzt wichtig für mich. Den Rest des Tages tat ich nichts mehr, außer daß ich in der Stadt umherwanderte und Gwen suchte. Ich hatte nichts zu lesen mitgebracht, und so kaufte ich mir ein Buch über die Sexualbräuche der primitiven Völker, vermutlich nur, um zu sehen, ob dies irgendein Licht auf die Dinge werfen würde. Ich entdeckte, daß bei den Papuas ein Mann, wenn er das fünfundvierzigste Lebensjahr erreicht hat, in sexueller Hinsicht tun und lassen kann, was er will, ohne daß jemand Kritik an ihm übt. Wahrscheinlich nehmen sie an, daß er ohnedies bald sterben wird, und so verzeihen sie ihm jegliche Verirrung, denn ein Mann, der so lange gelebt hat, verdient es, mit Nachsicht behandelt zu werden. So gestärkt setzte ich meine Suche fort, diesmal in Gwens Lieblingslokalen in Greenwich Village, und als ich gegen Mitternacht durch das Fenster eines Cafés namens Figaro blickte, entdeckte ich sie unter einer Gruppe junger Leute, mit denen sie jedoch offenbar nur zufällig zusammengetroffen war.

Schließlich sah sie mich. Sie blieb noch ein paar Minuten sitzen, ließ sich nichts anmerken und blickte auch nicht mehr in meine Richtung. Dann sah ich an ihrem Gebärdenspiel, daß sie sich unter dem Vorwand, müde zu sein, verabschiedete. Ich ging ein Stück die Straße hinunter, um außerhalb des Blickfelds zu sein, und gleich darauf war sie bei mir.

Ihre ersten Worte waren: »Ich habe dich vermißt.« Das hatte ich erkannt, sobald ich sie sah.

Sie begann mir zu erklären, daß sie vorläufig im Chelsea wohne, bis sie eine ständige . . . Dann brach sie ab. Wir schwiegen. Es gab nichts, worüber wir Lust hatten zu reden.

Wir standen auf dem dunklen Pflaster jener Seitenstraße, ohne einander anzublicken. Ein Taxi kam vorbei. Ich half ihr hinein, stieg selber ein und sagte dem Chauffeur: »Zum Chelsea.« Gwen rührte sich nicht. Wir sprachen auf dem ganzen Weg kein Wort, umarmten uns nicht, saßen Seite an Seite wie zwei Verdammte.

Ihr Zimmer war außergewöhnlich klein. Jedem Widerstreben zum Trotz stürzten wir übereinander her. Es war, als wollten wir sichergehen, daß wir weder Zeit noch – später – die Energie haben würden, auch nur ein einziges Mal während dieser langen Nacht über irgend etwas nachzudenken.

Als sie schließlich einschlief, hielt ich ihren Körper von Kopf bis Oberschenkel an mich gepreßt. Und jedesmal wenn ich selbst einschlief, schreckte ich kurz darauf wieder hoch, um mich zu vergewissern, daß sie noch da war.

Als ich am Morgen aufwachte, war sie bereits auf und fertig angezogen, und sie sagte, sie habe beschlossen, mich zu verlassen. Es bedurfte keiner Erklärung.

Offensichtlich suchte sie nach einem Weg, sich – nicht geographisch oder mit Worten, sondern wirklich und wahrhaftig – zu befreien, das, was in ihr war, zu zerstören, damit es ein für allemal vorüber sei.

Ich fragte sie – recht kleinmütig –, warum wir es nicht weiterhin so halten könnten wie bisher.

Sie sagte: »Wenn ich stark wäre, könnte ich so weitermachen. Aber dafür bin ich nicht mehr stark genug.«

Mittlerweile kämpfte ich schon nur noch um Tage, um Stunden. Ich hätte ihr alles gesagt, was sie hören wollte, um sie noch eine weitere Woche festhalten zu können. Und für einen weiteren Monat hätte ich meine Seele verkauft.

Ich erzählte ihr, daß ich Collier noch einmal besuchen wolle – ein letztes Interview, um gewisse Punkte zu überprüfen –, und fragte, ob sie mitkommen würde.

Sie sagte nein.

Eigentlich sollte sie es tun, entgegnete ich, um zu beenden, was sie angefangen habe.

Doch sie meinte, es hätte keinen Sinn.

Daraufhin sagte ich ihr, ich wüßte, daß wir verschiedener Meinung über den Mann seien, aber der Widerstreit in unseren Gesichtspunkten, ihrem und meinem, sei ein Antrieb für mich; tatsächlich hätte ich eingehend über all das nachgedacht, was sie über Collier und mich gesagt habe, und ich müsse zugeben, daß sie gewisse Zweifel, wirklich ernste Zweifel, in mir geweckt habe; und in Wirklichkeit (ich suchte in rasender Eile nach neuen Argumenten) ginge es mir bei dem Interview gar nicht so sehr darum, etwas über Collier herauszufinden, als vielmehr, mich selbst zu ergründen.

Ich rief Collier auf der Stelle an. Er hatte keine Zeit, mich zu empfangen, bis ich beiläufig erwähnte, daß Gwen mitkommen würde.

»Siehst du«, sagte ich, »er empfängt mich nur, wenn du dabei bist.«

Sie erwiderte nichts darauf, und ich nahm das als stillschweigende Einwilligung.

Ich war fest entschlossen, daß diese Begegnung mit Collier nicht so verlaufen sollte wie die früheren, bei denen er groß angegeben hatte und ich überhaupt nicht dazu gekommen war, irgend etwas von all dem zu sagen, was ich ihm eigentlich hatte sagen wollen. Ich war entschlossen, ihm gegenüber ganz offen und ehrlich zu sein – um Gwen zu beeindrucken.

Gleich nach unserer Ankunft erbot ich mich, ihn meinen ganzen Entwurf lesen zu lassen. Ich nahm an, er würde dies als einen Beweis meiner Aufrichtigkeit ansehen. Collier fragte mich, ob ich etwas ändern würde, falls er nicht damit einverstanden sei.

Ich sagte, nein, natürlich nicht.

Worauf er erwiderte: »Was hat es dann für einen Sinn, daß ich es lese?«
Den Rest des Nachmittags unterhielt er sich mit Gwen. Anscheinend hatte er viel an sie gedacht. Und es spielte auch noch irgend etwas anderes dabei mit. Ich vermute, es muß sein Wunsch nach Rache gewesen sein: Da ich im Begriff war, ihn mit meinem Artikel zu vernichten, würde er versuchen, mir mein Mädchen abspenstig zu machen.
Gelassen wie immer, teilnahmslos, als hätte sie nichts bemerkt, saß Gwen still in einem Sessel zwischen uns. Sie rauchte und trank und schien tief in Gedanken versunken. Irgend etwas ging in ihr vor, doch man konnte nicht sagen, was es war. Wenn sie bemerkte, daß Collier jetzt ausschließlich mit ihr sprach, so ließ sie es nicht erkennen.
Ungeachtet der Tatsache, daß der Mann mich völlig ignorierte, beharrte ich auf meinem Vorhaben. Ich befragte ihn über einige Punkte in meinem Artikel. Er sagte, sie seien richtig. Dann erkundigte ich mich nach seiner Meinung über einige der von mir geäußerten Ansichten. Er sagte, das sei doch alles von vornherein festgelegt gewesen und daher vollkommen uninteressant. Selbst das Ermittlungsmaterial, das die Zeitschrift mir zur Verfügung gestellt habe, sei zweifellos sorgfältig nach einem gewissen Gesichtspunkt ausgewählt worden.
»Ich möchte, daß Sie mir nur einen einzigen Satz vorlesen«, sagte er, »der Ihren Redakteur überraschen wird.«
Ich stand auf. »Komm, Gwen, wir gehen.«
Sie rührte sich nicht. Dann sagte sie: »Ich glaube, ich bleibe hier.« Sie wandte sich an Collier und fragte: »Darf ich?«
»Gern«, erwiderte er.
»Gwen«, wiederholte ich, »wir gehen.«
»Sie haben doch gehört, was sie gesagt hat«, warf Collier ein, »sie bleibt hier.«
»Sie ist mit mir gekommen, und sie geht mit mir«, sagte ich gereizt. »Gwen.«
Collier brach in Gelächter aus. »Hören Sie zu, mein Junge«, sagte er, »haben Sie jemals etwas von den Bürgerrechten der Einzelperson gehört? Sie schreiben doch so gern darüber. Fragen Sie die Dame, was *sie* möchte.«
Gwen stand auf und kam zu mir.
»Geh, Eddie«, sagte sie. »Ich bleibe hier.«
Ich drehte mich schnell um, nahm Hut und Mantel und ging hinaus. Auf halbem Weg über den Hof zu meinem Mietwagen verlor ich die Beherrschung. Ich ließ Hut und Mantel fallen, rannte zurück ins

Haus, ging auf Collier zu und stürzte mich auf ihn. Collier konnte kaum seinen Augen trauen. Dann stieß er einen Seufzer aus, einen tiefen Ton der Erleichterung – ich kann mich gut daran erinnern –, wie ein stummes Dankgebet. Und dann machte er sich über mich her. Ich bin zwar nur 1,67 groß, aber ich hatte im College Boxen gelernt. Ich glaube, wenn ich mit ihm im Ring gewesen wäre und wir die schweren Boxhandschuhe angehabt hätten, wäre es mir vielleicht gelungen, ihn mir ein oder zwei Runden lang vom Leibe zu halten. Doch dieser Mann war Angehöriger einer Kommandotruppe gewesen. Er zerlegte mich auf eine Art, von der ich nicht wußte, daß sie existierte. Und es geschah so rasch, daß ich es nicht beschreiben kann. Mein Mund füllte sich mit Blut, meine Augen schwollen an, und er brach mir das Nasenbein. Hätte Gwen nicht eingegriffen, wäre es noch viel ärger gewesen. Aber sie ging tatsächlich beißend und kratzend auf ihn los, beschimpfte ihn mit sämtlichen Namen aus ihrem Vorrat von Gossenflüchen, trat ihn in die Hoden, schlug ihm die Nägel ins Gesicht, preßte ihm die Finger in die Augen und zwang ihn damit, von mir abzulassen, während sie sagte: »Wagen Sie es nicht, noch einmal Hand an ihn zu legen, Sie Schweinehund; rühren Sie ihn nicht noch einmal an, denn, ich schwöre bei Gott, ich komm mit einer Pistole und bring Sie um!« Worte, die man nicht glaubt, wenn man sie nicht selber hört.

Gwen brachte mich zum Wagen. Meine Augen waren blind vor Blut. Ich konnte gerade noch Collier erkennen, der neben uns ging, sich halb entschuldigte und halb zum zehntenmal erklärte, daß ich angefangen hätte. Ich war beinahe bewußtlos und blutete aus Mund, Nase und Augenwinkeln. Dann beugte Gwen sich über mich, wickelte mich in ihren Mantel ein und sagte mir, ich solle mich hinlegen – ich befand mich auf dem Rücksitz – und mich ruhig halten.

Sie fuhr mich ins Chelsea und ließ einen Arzt kommen, der mir eine Schlafspritze gab. Als ich aufwachte, war Gwen bei mir im Bett und hielt mich in ihren Armen. Es war die schlichteste und reinste Liebe, die sie mir je gezeigt hatte. Dann schlief ich wieder ein.

Als ich das nächstemal aufwachte, war es wieder Abend, und ich war hungrig. Ich ging zum Spiegel im Badezimmer und betrachtete mir mein Gesicht. Es sah schlimm aus, aber nicht so schlimm, wie ich es mir vorgestellt hatte. Gwen ließ Essen aus einem mexikanischen Restaurant unweit des Chelsea kommen, eine große Portion *Paella* und zwei Flaschen gut gekühlten chilenischen Wein. Es war eine phantastische Mahlzeit, aber es wurde nichts dabei gesprochen.

Als wir fertig gegessen hatten, blieben wir sitzen, wo wir waren, und lauschten auf den Wind, der den Kehricht über den Parkplatz hinter dem Hotel trieb. Es gab für uns keinen Ausweg mehr.

Das Telefon klingelte. Sie nahm den Hörer auf und sagte: »Ich bin jetzt nicht zu sprechen.«
»Wer war das?« fragte ich. Sie antwortete nicht. Ich wußte, wer es war.
Ich hatte genug. Es war vorüber.
Am nächsten Morgen flog ich nach Los Angeles zurück.
Als letztes hatte sie mir gesagt: »Ich glaube, Eddie, du kannst wirklich nicht mehr von all dem loskommen, was dein Leben ausmacht; du bist zu tief verstrickt.«
Ich hatte nichts darauf erwidert.
Sie bat: »Sei jetzt mein Freund, Eddie; wenn es so ist, sag es mir. Es war nicht meine Schuld.«
»Ja«, sagte ich, »ich bin zu tief verstrickt.«
Sie küßte mich dort, wo meine Wangen brannten. Und das war alles.
Ich ging vom Flughafen aus direkt ins Büro von Williams and MacElroy und erklärte den Leuten dort mein zerschundenes Gesicht: Ich sei in New York überfallen und ausgeraubt worden. Sie schüttelten den Kopf über New York. Man kann dort nicht mehr leben, sagten sie. Das war noch vor den Geschehnissen in Watts.
Ich erledigte die Post, die sich angesammelt hatte. Zephyr befand sich in einer Krise. Ich behob sie. Man war mir dankbar.
Dann rief ich Florence an und sagte ihr, sie solle nicht erschreckt über mein Aussehen sein, man habe mich in New York überfallen. Sie empfing mich mit Kerzenlicht und Wein, gab mir meine Lieblingsspeisen und legte meine Lieblingsplatten auf: Schuberts Quartett in C-Dur und Francks Pianoquintett. Ich schlief friedlich ein, während die Musik noch spielte. Es war erstaunlich, wie mein kaputtes Gesicht alles in Ordnung brachte.
Mitten in der Nacht wachte ich auf und beschloß: Was immer es gewesen war, das mich mein Leben lang von einem Mädchen zum andern getrieben hatte, ich würde es fortan beherrschen. Es störte mich, diesem unbekannten Etwas auf Gnade oder Ungnade ausgeliefert zu sein. Wenn es Erotik war, was ich bezweifelte, nun, so dringend brauchte ich sie nicht. Ich schwor mir, sie abzutöten. Ich beschloß, ein guter Ehemann zu sein.
Als erstes mußte ich Florence davon überzeugen, daß es mir wirklich Ernst damit war. Das konnte ich, wie ich sofort erkannte, am schnellsten dadurch erreichen, daß ich ihrem Vorschlag folgte und ein paarmal zu Dr. Leibman ging. Was ich auch wirklich tat.
Ich muß die Probe bestanden haben, denn er sah sich imstande, mich meiner Frau zu empfehlen. Nach seiner Meinung war ich jetzt wirklich ernsthaft entschlossen, unser Zusammenleben zu einem Erfolg zu machen, ein guter Ehemann und ein ehrbarer Mensch zu sein.

Doch er konnte nicht wissen – und auch ich selbst brauchte elf Monate, um es herauszufinden –, daß ich tatsächlich »zu tief verstrickt« war, daß, wie die Türken sagen, schon zuviel geschrieben worden war.
Aber ich tat, was ich konnte.
Es fehlten noch elf Monate bis zu meinem Unfall. Während dieser elf Monate versuchte ich es wirklich.

5

Jetzt kam die Zeit der Festung.
Florence und ich bauten sie gemeinsam. Oder besser, sie hatte schon einen Teil davon gebaut, forderte mich auf hereinzukommen, und wir beendeten sie gemeinsam. Wir lebten elf Monate innerhalb ihrer Mauern, und Florence erreichte, daß ich sie gelten ließ, mich sogar wohl darin fühlte. Auf ihre Art war die Festung vollkommen.
Gleich am Abend meiner Heimkehr begann Florence damit. Der ehemalige Kommandosoldat Chet Collier hatte zünftige Arbeit geleistet: Seine Schläge hatten mein Gesicht verändert. Man konnte nicht einmal sagen, daß es nicht gut aussah, nur eben anders. Besonders meine Augen. Die Öffnungen waren kleiner, so wie die eines Tieres, das aus einer tiefen Höhle guckt. Und sie hatten einen flehenden Blick.
Florence sprach darauf an. Sie machte es mir so behaglich, daß ich zum erstenmal in meinem Leben dankbar war, ein Heim zu haben. Ich war jetzt vierundvierzig, und man sollte annehmen, daß ich irgendwann in all den Jahren froh gewesen wäre, ein Heim zu haben. Das Haus meiner Eltern war für mich immer ein Ort, dem ich so rasch wie möglich entkommen wollte. Und nach dem ersten Jahr ging es mir mit dem Heim, das ich mit Florence teilte, nicht anders. Ich konnte es morgens nicht erwarten fortzukommen.
Doch jetzt brachte Florence mich tatsächlich dazu, Freude an einer Lebensweise zu finden, von der ich nie geglaubt hätte, daß ich sie überhaupt ertragen könnte. »Ich verdiene das alles gar nicht«, sagte ich. »Es ist nicht eine Frage des Verdienens«, entgegnete sie. »Wir sind mit knapper Not davongekommen, Liebling, und ich bin so erleichtert, daß du glücklich zurückgekehrt bist. Wir hätten dich um ein Haar verloren.«
Einige Tage später, als ich mich wieder wohl zu fühlen begann, fing sie an, von ihrem Festungsideal zu sprechen.
»Zugegeben, Liebling«, sagte sie, »wir hatten uns eigentlich ein anderes Ziel gesetzt. Wir dachten, die Arbeit bei der Agentur würde

lediglich ein Mittel zum Zweck sein. Und statt dessen scheint es das Endgültige zu sein. Ist's nicht so?«

Ich sagte nichts.

»Also sind wir enttäuscht. Stimmt's? Wir sind es. Geben wir es zu. Ich erinnere mich an den Tag, als du zum Klassendichter gewählt wurdest, nachdem vier Jahre lang niemand außer mir die geringste Notiz von deiner Existenz genommen hatte. Ich erinnere mich, wie du in Woolsley Hall vor dem gesamten College aufstandst, um dein Gedicht vorzulesen. Ich hörte nicht ein Wort, denn ich sah immer nur dein Gesicht, Gott segne dich. An diesem Tag gehörte dir die Welt. Und heute scheint es wie eine Art grotesker Witz. All das Talent und all die Schulung – wie hast du gearbeitet! –, um schließlich Zigaretten zu verkaufen. Ich weiß, schon allein damit, daß ich es ausspreche, bringe ich dich in Verlegenheit. Aber jetzt, nur dieses eine Mal, werde ich alles aussprechen.«

Ich muß ein Gesicht gemacht haben, als erwartete ich, geschlagen zu werden, denn sie lachte, küßte mich und sagte: »Liebling, ganz so schlimm wird es nicht werden. Als erstes möchte ich dir eine Frage stellen: Ist das nicht der natürliche Lauf des Lebens? Ist es nicht so, Ev? Sag's mir.«

»Ich glaube, ja.«

»Kein Mensch erreicht, was er sich erträumt hat, Baby; wem ist das jemals gelungen?«

»Niemandem, nehm' ich an.«

»Mir soll's recht sein, wenn du nicht jeden Tag von allem entzückt bist. Solange du es nicht an mir ausläßt. Mach mich nicht zum Sündenbock.«

»Das war nicht meine Absicht.«

»Nein, aber manchmal vergißt du, wer ich bin, Baby. Ich bin das Mädchen, das der Meinung war, du seist jemand, als du der Meinung warst, du seist niemand. Erinnerst du dich, wie du vom Zete-Haus zum Postamt zu gehen pflegtest, ohne jemals den Kopf zu heben, wie du quer über die Straße gingst, um der Möglichkeit auszuweichen, daß jemand dich nicht grüßen könnte? Ich bin das Mädchen, das dich dazu brachte, den Kopf zu heben und die Menschen anzusehen; erinnerst du dich an mich? Ich bin es, die dir gesagt hat, es sei nicht wichtig, wie du deinen Schlips trügest, und die Tatsache, daß du Ausländer seist oder es zu sein glaubtest, sei nicht von Bedeutung, und selbst deine Pickel, auch die würden verschwinden, was sie ja schließlich getan haben, nicht wahr, Baby? Und vor allem, daß die Meinung deines Vaters über dein Tun und Lassen unwichtig sei, denn wenn du schon gegen jemanden rebellieren willst, rebelliere ein wenig gegen ihn. Aber wage es nicht, mich zu einer von diesen

Hollywood-Frauen zu stempeln. Wenn du nicht wärst, wäre ich nicht hier. Es war nicht mein Wunsch, in diesem spanischen Renaissancehaus zu wohnen. Ich brauche nicht die drei Wagen. Ich benutze nicht einmal das Schwimmbassin. Ich bin hier, Baby, weil du hier bist.«

»Möchtest du dieses Haus aufgeben?« fuhr sie fort. »Gut, verkaufen wir es. Ziehen wir um. Sehnst du dich nach der Zeit, da du für eine Sache kämpfen konntest? Nun, es gibt noch etwas sehr Wichtiges, aber du willst ja nichts in der Frage der Bürgerrechte tun. Ich habe dich immer wieder darum gebeten. Aber du willst es nicht. Also laß es bleiben. Das ist deine Angelegenheit.«

Sie beruhigte sich – es dauerte ein Weilchen –, und dann sagte sie: »Gut, da wir nun einmal hier sind und es so aussieht, als ob es bis an unser Lebensende so bleiben wird – das wird es doch, nicht wahr? –, da dies so ist, will ich dir offen sagen, daß ich ganz froh bin, daß Williams and MacElroy dich für den ›Unentbehrlichen Eddie‹ halten. Denn das bestreitet unsern Lebensunterhalt, so daß du es dir hin und wieder erlauben kannst, einen Artikel über Chet Collier zu schreiben. Und, Ev, das Leben wird dir wieder rosiger erscheinen, wenn deine Arbeit über Mr. Collier veröffentlicht wird und man dir dazu gratuliert. Viele Menschen haben es sehr viel schlechter, mein Lieber.«

»Das weiß ich.«

»Aber du vergißt es immer wieder.«

»Mag sein.«

»Laß uns als erstes unsere Niederlagen eingestehen. Dann laß uns aufhören, darauf zu hoffen, daß die Welt unsere Probleme lösen wird. Laß uns anfangen, in uns selbst nach einer Lösung zu suchen. Ziehen wir uns zurück und errichten wir einen Wall um uns herum, einen undurchdringlichen Wall, eine Festung mit Mauern, so stark, daß sie alles fernhalten, was uns in unserer Umgebung mißfällt. Und laß uns drinnen, wo wir den Lauf der Dinge bestimmen können, alles wenigstens annähernd so haben, wie wir uns das Leben wünschen. Das wird unsere Festung sein. Ich bin bereit, bis zum Ende meines Lebens innerhalb jener Mauern zu bleiben. Baby, denn ich liebe dich. Wirklich. Wart einen Augenblick. Ich will dir etwas zeigen.«

Florence hatte ein Buch von einem Mann namens Hesse gelesen. Es heißt *Siddhartha*, spielt in Indien und handelt von der Suche eines gutaussehenden und begabten jungen Mannes nach all den Dingen, die einen bleibenden Wert im Leben haben. Es ist auch seine Suche nach Eintracht mit dem Universum. Und nach Frieden. In der Entwicklung dieses jungen Mannes gab es, wie sich herausstellte, eine

Zeitspanne, in der die zügellose Seite seines Wesens ihn beherrschte, statt umgekehrt. Ich vermute, dies war der Grund, weshalb Florence es für eine gute Idee hielt, das Buch mit mir zusammen zu lesen. Mit der Zeit und nach großen inneren Kämpfen und Leiden gewann dieser Siddhartha schließlich Gewalt über die gottlose Seite seiner selbst. Er kam jedoch mit knapper Not davon. Er verliebte sich in eine schöne Kurtisane, die ihn fast zugrunde richtete. Aber er rettete sich. Am Ende war er einsam und allein, doch er hatte gelernt, all die Gegebenheiten der Außenwelt, so rauh und feindselig sie auch sein mochten, mit Gleichmut, ja selbst mit einem Gefühl der Liebe hinzunehmen. Die in diesem Buch enthaltene Philosophie mied alles, was äußerlich und materiell war, und legte den Hauptwert auf das innere, geistige Leben. Sicherlich verstand ich das damals nicht allzugut und verstehe es auch jetzt immer noch nicht. Aber ich verstand sehr wohl, was Florence damit für uns bezweckte.

Ich entdeckte, daß Florence, abgesehen von ihren Besuchen bei Dr. Leibman, dreimal in der Woche Joga-Unterricht bei einem Swami nahm, der in einer »Klause« an der Küste unweit von Santa Barbara lebte. Doch ich will mich auch darüber nicht lustig machen, denn diese elf Monate, in denen wir sowohl von diesem Mann und seiner Denkungsart als auch von dem Buch *Siddhartha* beeinflußt wurden, waren die friedlichsten unseres gemeinsamen Lebens.

Florence begann, innerhalb der Mauern unserer Festung eine Welt der »wirklichen« Dinge zu schaffen, der inneren Dinge, die von Dauer sind. Sie sagte, wir könnten nicht ändern, was außerhalb unserer Festung gottlos und erschreckend sei. Wir lebten in einer gewissen Zeit an einem bestimmten Ort, und wir hingen für unser täglich Brot von einem gewissen Unternehmen ab, dem gegenüber wir gewisse fest umrissene Verpflichtungen hätten.

Doch wir müßten um unser Haus herum eine Art seelischen Zaun errichten, sagte sie, und dieser Zaun würde an der Grundstücksgrenze beginnen. Tatsächlich legten wir auf dieser Linie ein schmales Randbeet von herrlichem Immergrün und Rhododendron an, um die Stelle zu markieren, an der die Außenwelt aufhörte und unsere innere Welt begann. Innerhalb dieser Hecke von Immergrün war unser Reich. So machte ich mich mit Florence an die Ausführung dieses Plans; es war das erste Mal in unserem Leben, daß wir etwas gemeinsam unternahmen.

Da meine Verabredungen mit Gwen fortfielen, hatte ich jetzt plötzlich sehr viel überflüssige Zeit. Ich beendete meinen Arbeitstag so früh wie möglich und eilte nach Hause. Dort entledigte ich mich als erstes meiner Stadtkleidung und zog etwas Loses und Weiches an. Anfangs war es eine alte Hose und ein Sporthemd. Später ging ich

zu einem kurzen, leichten Morgenmantel über. Bald war ich so weit, daß ich nichts ertragen konnte, was mich irgendwie einengte. Ich änderte sogar meine Straßenkleidung, verzichtete auf Gürtel und Schlipse, trug tagsüber im Büro weite, bequeme Hosen, leichte Jakken und Hemden mit offenem Kragen.
Dann sagte Florence: »Tu nichts, weil du beunruhigt oder ängstlich bist. Innerhalb der Festung besteht kein Grund für Unruhe oder Angst. Tu nur, was du gern tust. Such dir all die Dinge heraus, die dir wirklich Freude machen, und widme ihnen deine Zeit und damit dein Leben. Verbringe auf diese Art täglich so viele Stunden wie nur irgend möglich in Harmonie mit deiner innersten Natur.« Sie fragte mich, ob es etwas gäbe, was ich schon immer hatte tun wollen und bisher nicht getan hatte. Jetzt, sagte sie, solle ich das alles tun, ganz gleich, was es sei.
Nachdem ich in unserem Garten hinter dem Haus Tomaten – meine Lieblingsfrucht – angebaut und mir eine Sammlung all der Bücher angelegt hatte, die ich für den Rest meines Lebens lesen wollte, entdeckte ich, daß ich irgendeinen Platz brauchte, an dem ich vollkommen allein sein konnte. So beschloß ich, ein winziges Zimmer – ein Fort innerhalb der Festung – zu bauen; es lag über dem Badehaus, blickte jedoch nicht auf das Schwimmbassin, sondern über das Stück Land, auf dem meine Tomaten wuchsen. Dort brachte ich die neuen Bücher unter und errichtete Regale für die laufenden Zeitschriften und all die Stapel von alten Nummern, die sich angesammelt hatten. Ich stellte sowohl ein Sofa als auch einen Sessel hinein, um es mir in jeder nur erdenklichen Lage bequem machen zu können, und außerdem ein paar von diesen neuen, extra hellen Lampen, denn meine Augen waren nicht mehr so gut wie einst.
Ferner ließ ich mir eine Stereoanlage einbauen. Einer der größten Fehler von Florence war, daß sie sich keine Musik anhören konnte. Sie sagte zwar, sie hätte Freude daran, aber sobald ich irgendein Quartett oder eine Oper auflegte, fing sie an zu reden. Unterhaltung war ihr wichtiger als Beethoven. Ich hingegen konnte stundenlang daliegen und zuhören, konnte träumen und meine Gedanken wandern lassen. So verbrachte ich ganze Nachmittage. Und zum erstenmal schien mein Leben reich und ausgefüllt.
Oft schlief ich in diesem kleinen Zimmer ein. Und verdammt oft, allzuoft, träumte ich, wenn ich einschlief, von Gwen. Ich hatte noch keine Macht über meine Träume.
Und es gab noch etwas anderes, über das ich keine Macht hatte: Ich konnte kein Eheleben mit Florence führen. Ich weiß nicht warum, ich konnte es einfach nicht. Vielleicht war es das Alter. Oder vielleicht war es irgend etwas Körperliches. Nein, ich bin nicht so dumm, das

zu glauben; natürlich hatte es einen psychologischen Grund, aber ich wußte nicht, wie ich es ändern sollte. Florence konnte tun, was sie wollte, wenn ich mit ihr zusammen war, erreichte ich keine Erektion. Höchstens hin und wieder so eine halbe Sache, mit der nichts anzufangen war. Florence benahm sich fabelhaft: Wir sprachen ganz offen über diese Frage, und sie sagte, ich solle mir keine Gedanken darüber machen. Dr. Leibman habe ihr erklärt, daß ich mich in einem Stadium der innerlichen Wandlung befände; sie verstünde das und wolle nichts von mir, was ich nicht mit ganzem Herzen tun könne; natürlich hätte ich noch einen weiten Weg zu gehen, bis ich zu ihr zurückfinden würde. Aber sie werde auf mich warten.
In jeder anderen Beziehung waren wir uns so nah wie nie zuvor. Sogar unsere persönlichen Einkäufe machten wir jetzt gemeinsam. Wenn es in früheren Zeiten etwas gegeben hatte, was ich haßte, so waren es Einkäufe. Ich pflegte mir meine Hemden, Socken und Unterwäsche von Sylvia, meiner Sekretärin, besorgen zu lassen. Und für die Anzüge hatte ich einen Schneider, der mir nach meinen Maßen und einer Reihe von Fotos jeweils zwei Anzüge machte, und es waren immer die gleichen: ein dunkelblauer für den Abend und ein brauner Straßenanzug.
Doch nun kaufte Florence meine Kleidung. Wir entschieden gemeinsam, daß nicht Blau oder Braun, sondern Grau mir am besten stünde; vielleicht mit ein wenig Farbe in meinen Schlipsen, aber graue Anzüge, graue Wildlederschuhe und zartgraue Hemden. Das gestattete Florence, sich farbenfreudig zu kleiden, doch immer so, daß es mit meinen grauen Tönen harmonierte. Und stets war an ihrer Gesamterscheinung irgend etwas Graues zu finden.
Jetzt fing ich an, mich für die Kunst der weiblichen Kleidung zu interessieren; während zuvor mein Augenmerk einzig und allein der Entdeckung des entscheidenden Reißverschlusses gegolten hatte, nahm ich nun zum erstenmal wirklich wahr, was Frauen trugen. Ich begleitete Florence, wenn sie ihre Kleider kaufte, und wußte – wie sie sagte – sehr bald, was ihr am besten stand, welche Vorzüge sie betonte und was sie abzuschwächen oder sogar zu verbergen suchte. Sie begann tatsächlich, auf meinen Rat zu hören. Und es machte mir wirklich Spaß.
Unsere Freunde nannten uns mit der Zeit nur noch das »goldene Paar«. Und zwar nicht, weil wir beide täglich fünf Minuten unter der Höhensonne verbrachten und in der Tat goldfarben aussahen, sondern weil die Leute fanden, daß wir eine ideale Ehe führten. Die Frauen stellten mich ihren Männern gegenüber als den vollkommenen Ehemann hin. Wenn die Männer daraufhin mit verständlichem Groll verächtliche Bemerkungen über meine lockere Vergan-

genheit und so weiter machten, sahen sich die Frauen wahrhaftig bemüßigt, mich zu verteidigen! Sie meinten, offenbar sei das früher einmal eine Notwendigkeit für mich gewesen, und aller Wahrscheinlichkeit nach seien diese Dinge wohl auch aus purer Eifersucht wild übertrieben worden, wie es ja in solchen Fällen fast immer geschähe. »Aber«, sagten sie, »sieh ihn dir jetzt an!«

Natürlich wurden wir ständig zu Abendgesellschaften eingeladen. Bei unserer Ankunft blieb Florence, die zuerst eingetreten war, mit dem Rücken zu mir in der Halle stehen, während ich ihr den Mantel abnahm und ihn dem Mädchen übergab. Dann gingen wir in den Wohnraum oder – im Sommer – in den Garten und saßen Seite an Seite auf einem Sofa oder auf einer Gartenbank. Ich sagte dem Gastgeber oder dem Butler, was wir beide trinken wollten; es war stets dasselbe – ein Manhattan –, aber dennoch fragte ich Florence jedesmal. Alle wußten, daß wir beim Essen am liebsten nebeneinander saßen. Und so hieß es regelmäßig: »Nun, wir werden euch beide jetzt für ein Weilchen trennen müssen; könnt ihr es ertragen?« Wir zögerten, erhoben Einwände, landeten aber schließlich einander gegenüber. Sie beobachtete, was ich aß; ich beobachtete, was sie aß. Wir versuchten beide, die Kalorien einzuschränken. Ich hatte stets eine kleine Silberdose mit Sacharin für uns dabei. Mir war eine Zigarre pro Tag gestattet. Florence trug sie in ihrer Handtasche, damit sie nicht in meiner Brusttasche zerdrückt werde. Sie gab sie mir am Ende der Mahlzeit.

Wir verabschiedeten uns immer ein klein wenig früher als die anderen Gäste, woraus natürlich geschlossen wurde, daß wir es nicht ertragen konnten, noch eine Minute länger physisch getrennt zu sein. Ich half Florence in den Wagen, und wir fuhren unter Zurücklassung einer großen Zahl von unzufriedenen Ehefrauen davon.

Wenn zu Hause das Geschlechtsleben uns nicht zusammenführte, so gab es andere Dinge, die uns dafür entschädigten. Wir gewährten uns gegenseitig noch einen letzten Whisky vor dem Schlafengehen, und wenn es nicht zu spät war, vergnügten wir uns noch mit einer gemütlichen Doppelpatience, während wir den Scotch mit Soda tranken. Dann gingen wir gemächlich die Treppe hinauf, sie in ihr Ankleidezimmer und ich in meines. Wir ließen uns Zeit beim Ausziehen, hingen jeder seinen eigenen Gedanken nach, und nach einer Weile trafen wir uns dann im Schlafzimmer, Auge in Auge mit der allmählich zutage tretenden Realität unserer Beziehung. Florence hatte sich ein paar verführerische Nachthemden gekauft, eleganter, als sie sie sonst zu tragen pflegte, und auch einige ganz schlichte, wie ich sie am liebsten hatte. Aber weder das eine noch das andre half etwas. Und mittlerweile erwarteten wir auch nichts mehr. Ich hatte nicht mehr das Gefühl, etwas erklären zu müssen, und es wäre mir wohl auch kaum möglich gewesen. Statt dessen lasen wir; das heißt, ich las, und sie hörte zu. Wir befaßten uns lange Zeit mit *Siddhartha*, und es war erstaunlich, wieviel besser wir es beim zweitenmal verstanden. Aber abgesehen davon, daß wir den Sinn des Buches Seite um Seite, Absatz um Absatz ergründen mußten, lasen wir in Wirklichkeit so lange daran, weil Florence stets nach kurzer Zeit einschlief. Ich hingegen lag noch lange wach und fragte mich: Was geschieht? Was wird geschehen?

Manchmal dachte ich dabei an Gwen. Aber ich versuchte, es nicht zu tun, und allmählich gelang es mir, diese Gedanken zu unterdrücken. Es hatte keinen Sinn.

Wenn auch zwischen Florence und mir keine körperliche Verbindung mehr bestand, so mußte ich doch zugeben, daß es uns jetzt zum erstenmal möglich war, Freunde zu sein. Ich liebte Florence. Sie war meine treue Freundin. Tatsächlich lernte ich jetzt eine Florence kennen, die anders war als das Mädchen, das ich geheiratet hatte, wie auch ich anders war als der Junge, mit dem sie sich heimlich im obersten Stockwerk ihres Elternhauses getroffen hatte. Zumindest gab es jetzt Freundschaft zwischen uns.

Es war eine Lebensweise.

Da wir so oft eingeladen wurden, mußten wir uns revanchieren, und bald hatten wir an jedem Abend der Woche etwas vor, aßen entweder auswärts oder hatten Gäste bei uns – das heißt, an jedem Abend außer einem: Einen Tag in der Woche fasteten wir. Das war vermutlich der orientalische Einfluß. Ich machte es mir ein bißchen leichter, indem ich nach einem frühen Mittagessen am Montag zu fasten anfing und vor einem späten Mittagesen am Dienstag – also genau nach vierundzwanzig Stunden – damit aufhörte. Florence ließ drei Mahlzeiten aus. Es ist erstaunlich, wie ich mit der Zeit begann, mich auf diesen Hungertag zu freuen. Es war wohl so etwas wie ein Triumph.

Jede Kleinigkeit diente dazu, uns einander näherzubringen. So hatten wir zum Beispiel verabredet, daß ich Florence jeden Tag zu ganz bestimmten Zeiten anrufen würde. Zum erstenmal um etwa zwanzig vor elf, kurz bevor sie zu Dr. Leibman ging. Dann wieder gegen vier Uhr, wenn sie von ihren Einkäufen und ihrer Jogastunde oder -sitzung, oder wie immer man das nennt, zurück war. Sie ihrerseits rief mich immer unmittelbar nach dem Mittagessen an, um sich zu vergewissern, daß ich mich an meine Diät gehalten hatte. Die anderen Männer im Büro zogen mich damit auf und behaupteten, sie kontrolliere mich.

Bald waren sämtliche Einzelheiten in unser beider Leben aufeinander abgestimmt. Sogar unsere Werke der Nächstenliebe: Wir beschlossen, einen Nachmittag in der Woche der freiwilligen Krankenhausarbeit zu widmen. Ich nahm mir jeden Mittwoch nach dem Essen bei W. & MacE. frei. (Es war der gleiche Nachmittag, den ich mir immer für Gwen freigehalten hatte. Wieviel Zeit hatte ich jetzt, da ich sie nicht mehr sah!) Wir fuhren hinaus zur Nervenheilanstalt der ehemaligen Kriegsteilnehmer, unweit von Sawtelle, auf dem Weg zum Strand (auch das weckte Erinnerungen!), und bemühten uns, den Patienten dort, so gut wir konnten, das Leben ein wenig zu erleichtern, indem wir ihnen vorlasen oder uns ihre erschütternden, verworrenen Erzählungen anhörten. Ich muß gestehen, manchmal fand ich, daß diese armen geistesgestörten Kerle eigentlich ganz vernünftig redeten. Trotz meiner grauen Anzüge und meines Gebarens von Wohlhabenheit hatte ich oft das Gefühl, daß es gar nicht so weit von der obersten bis zur untersten Stufe unserer Gesellschaft war. Vermutlich wußte ich in meinem tiefsten Inneren, daß ich mit knapper Not einem ähnlichen Schicksal entronnen war. Und Florence wußte es auch. So könnte man sagen, daß wir mit unseren Besuchen eine Art Lösegeld zahlten.

Zu unserer großen Überraschung entdeckten wir, daß wir uns beide schon seit langem gewünscht hatten, besser Französisch lesen und sprechen zu können. So begannen wir, zweimal in der Woche während der Mittagszeit gemeinsam französischen Unterricht zu nehmen; der Mann kam zu uns ins Haus, was die ganze Sache sehr viel hetter machte. Florence ließ uns Essen servieren, irgend etwas Leichtes, wie zum Beispiel Seezungenfilets nach Hausfrauenart, und während wir aßen, schwatzten wir alle auf französisch drauflos – sicherlich die beste Art, eine Sprache zu erlernen.

Jetzt regelten wir auch zum erstenmal gemeinsam unsere Finanzen. Bis dahin hatten wir unseren beiderseitigen Besitz getrennt und voreinander geheimgehalten. Ich hatte keine Ahnung, wieviel Geld Florence besaß. Doch jetzt, in dieser neugeschaffenen Harmonie, bei der materielle Dinge keine so schrecklich große Rolle mehr spielten, wurden wir freimütig, was Geld und Grundbesitz, Versicherungen, Lebensrente und alles übrige betraf. Tatsächlich hielten wir eine Sitzung mit unseren Anwälten ab, und dabei konnten wir zum erstenmal vollkommen offen darüber reden, wieviel jeder von uns hatte. Nachdem wir unsere ganze finanzielle Lage eingehend geprüft hatten, übertrug ich ihr aus steuerlichen Gründen einen beträchtlichen Teil meines Besitzes (später sollte ich das noch schwer bereuen). Ich war mir meiner Unfähigkeit, ihr körperliche Liebe zu geben, so schmerzlich bewußt, daß ich ihr gern alles andere geben wollte. Zu einem gewissen Zeitpunkt hätte ich ihr von mir aus mein *gesamtes*

Vermögen abgetreten, nur wurde mir erklärt, daß dies vom steuerlichen Standpunkt aus nicht ratsam sei.
Die Höhe ihres Vermögens war für mich eine angenehme Überraschung, und als jetzt unser beider Besitz in einem Portefeuille vereint war, stellte sich heraus, daß wir für den Rest unseres Lebens gesichert sein würden.
Tatsächlich fanden wir beide, daß wir genügend hatten, um mit gutem Gewissen ein wenig leichtsinnig sein zu können. So kauften wir uns anderthalb Morgen Land, nicht in Palm Springs, wo es sündhaft teuer gewesen wäre, sondern in Indio, nur eine halbe Stunde weiter entfernt. Dort wollten wir dem winterlichen Regen und dem Smog von Los Angeles entgehen und uns die wirkliche, alles durchdringende Hitze verschaffen. Wir entwarfen selbst das Haus und saßen abends stundenlang – zeitweilig unter einer Höhensonne – über den Plänen. Es sollte winzig werden, nur für uns beide. Und wir wollten es so stabil bauen, daß es uns bis an unser Lebensende dienen würde. Wir beschlossen, es mit den modernsten und teuersten Materialien zu isolieren, um es sowohl im Sommer als auch im Winter bewohnen zu können. Alles so, daß wir beide immer eine sichere Bleibe haben würden, ganz gleich, was auf der Welt geschah.
Alles in allem war dies eine der glücklichsten Zeiten unseres Lebens. Florence sagte sogar oft, für sie sei es die allerglücklichste. Das ist der Grund, weshalb die späteren Geschehnisse solch ein Schock für sie waren.
Wir taten alles gemeinsam. Zum Beispiel ließen wir meine Augen untersuchen, und ich bekam Bifokalgläser. Dann ließen wir ihre Augen untersuchen, und auch sie brauchte neue Gläser. Keiner von uns beiden trug gern eine Brille bei sich; wir haßten Ausbuchtungen in unseren Taschen. So ließen wir uns beide mehrere Brillen machen: eine für das obere, eine für das untere Stockwerk, eine für den Wagen und eine für das Haus in Indio.
Dann unterzogen wir uns beide einer ärztlichen Untersuchung und beschlossen, auch dies zur regelmäßigen Gewohnheit zu machen. Ich erfuhr bei dieser Gelegenheit, daß ich eine vergrößerte Milz hatte, daß jedoch vorläufig deswegen kein Grund zur Sorge bestünde. Es bedeutete lediglich, daß ich auf gewisse Dinge beim Essen verzichten mußte. Wenn wir bei irgendwelchen Freunden zum Abendessen eingeladen waren, rief Florence daher im Laufe des Vormittags dort an und erklärte der Gastgeberin mit sanfter Stimme, was ich essen durfte und was nicht. Florences Untersuchung zeigte, daß sie ewig leben würde. Mir kam es vor, als habe ihre Leistungsfähigkeit ein wenig nachgelassen. Sie wurde leicht müde. Doch der Arzt sagte dazu nur, daß sie ja schließlich nicht mehr zwanzig sei. Wir wurden

beide von demselben Arzt untersucht. Und für ihn bestand kein Zweifel, daß die Tatsache, daß wir eine so ideale Ehe führten, sehr viel mit unserer ausgezeichneten und entspannten körperlichen Verfassung zu tun hatte.

In der Tat war ich jetzt so entspannt, daß ich im Kino und unmittelbar nach dem Abendessen einschlief – selbst wenn dieses Abendessen bei anderen Leuten stattfand. Zweimal schlief ich sogar während des Essens ein. Es wurde zu einem Witz in unserem Abendzirkel: das goldene Paar, das immer so schläfrig war – von einem Übermaß an ehelichem Liebesleben, nahm man an.

Ich war nicht nur physisch entspannt, ich war auch psychisch entspannt: Es gab für mich keinerlei Streitigkeiten mehr – nichts und niemand konnte mich aus der Ruhe bringen. Selbst im Büro nahm ich die Haltung eines gütigen Brahmanen ein, dessen Blick immer weit in die Zukunft gerichtet war und der sich nicht mit weltlichen Problemen befaßte. Ich begann den Eindruck zu erwecken, daß es mir im Grunde ganz egal war, welches von zwei völlig entgegengesetzten Verkaufsprogrammen der Kunde wählte. Es kümmerte mich nicht mehr. Und obwohl immer noch eine gewisse abergläubische Vorstellung fortlebte, daß meine Gegenwart allein genügte, um einer wichtigen Sitzung mit irgendwelchen Kunden eine günstige Wendung zu geben, wurde auch über mich gemurrt. Mr. Finnegan rief mich sogar eines Tages in sein Büro und sagte mir, der neue Werbechef von Zephyr habe sich darüber beklagt, daß ich zweimal während der kürzlich abgehaltenen Sitzungen eingeschlafen sei, und in Anbetracht des Werbeetats von fünfeinhalb Millionen Dollar, den Williams and MacElroy für Zephyr verwalte, sei Zephyr der Meinung, daß man von dem für diesen Etat verantwortlichen Geschäftsführer doch wohl zumindest erwarten könne, daß er wach bleibe.

So versuchte ich es also. Aber ich glaubte nicht, daß es im ewigen System der Dinge von Wichtigkeit sei. Und wenn ich heute auf all das zurückblicke, scheint mir, daß etwas viel Mutwilligeres dabei im Spiel war. Ich hatte einen Teil meines Ichs lebendig begraben, und nun kämpfte er dort unten, wehrte sich mit Händen und Füßen und schlug um sich. Doch ich war entschlossen, diesen Teufel zu besiegen. Nie wieder wollte ich auch nur für eine Minute die Beherrschung über mich selbst verlieren.

Es gab ein paar Mißtöne; genaugenommen drei, wenn man den größten mitzählt, nämlich das, was letztlich meine Impotenz genannt wurde. Nach ein paar Monaten hatten Florence und ich uns mit der Tatsache abfinden müssen, daß ich aus irgendwelchen Gründen – Alter, Kreislaufstörungen, unzulänglich arbeitende Geschlechtsdrüsen oder was immer – vorzeitig impotent geworden war. Es verursachte weniger Aufregung, als man annehmen sollte. Welcher Frau wäre es nicht lieber, daß ihr Mann impotent ist, als daß er mit einer anderen auf und davon geht?

Als nächstes kam die Geschichte mit dem Flugzeug. Das ereignete sich folgendermaßen:

Jeden Morgen schloß ich genau um zehn vor elf meine Bürotür zu, breitete eine Zeitung auf dem Boden aus, legte mich auf den Rücken, um mich zehnmal langsam aufzusetzen und mich wieder zurücksinken zu lassen, dann drehte ich mich um und stemmte mich zwanzigmal auf den Armen in die Höhe. Und dabei erblickte ich eines Morgens, während mein Kopf auf und nieder ging, eine Anzeige: FLIEGEN – 5 Dollar. Nun, ich unterbrach meine Gymnastik, las den Rest, und statt zu einer Versammlung des Ausschusses für die Altersversorgung der Büroangestellten zu gehen, fuhr ich hinaus zum Sun Valley und schlug fünf Dollar auf den Kopf. Ich hatte während des Krieges Heerestransporte geflogen, doch nachdem ich mehrmals um ein Haar Bruch gemacht hätte, schwor ich mir, nie wieder zu fliegen, es sei denn mit regulären Fluglinien. Aber mit diesen fünf Dollar wurde wieder die ganze Freude am Fliegen in mir wach. Ich begann, mir drei- oder viermal in der Woche ein Flugzeug zu mieten. Dann tat ich eines Tages das einzige während der ganzen Zeit unserer Festung, wovon ich Florence nichts sagte: Ich leistete eine Anzahlung auf eine Cessna 172 und stieg, sooft ich konnte, damit auf. Rückblickend scheint mir, daß ich damit irgend etwas am Leben erhalten wollte. Denn wenn ich mit meiner Maschine in der Luft war, hielt ich Selbstgespräche und sagte Dinge, die ich auf der Erde nicht sagen oder auch nur denken konnte. O ja, ich hatte einige verrückte Momente in jenem Flugzeug. Ich erinnere mich, daß ich zum Beispiel einmal mit Gwen sprach, sie verfluchte und ihr sagte, daß ich genau wüßte, was sie mit Chet Collier tat (denn ich war sicher, daß sie jetzt bei ihm war: Die Anziehungskraft war zu augenfällig gewesen). Ich beschrieb, was sie taten, und schrie Verwünschungen gegen sie in den Himmel. Dann tauchte ich, sie immer noch beschimpfend, in einer Wolke unter, und später weinte ich, denn ich sehnte mich nach ihr. Doch schließlich drehte ich um und flog zurück, und bis ich niederging, hatte ich mich wieder völlig in der Hand. Ich liebte dieses Flugzeug.

An dem dritten Mißton war Florence schuld. Ich gewann Freude an Glücksspielen. Als Florence unsere neue Lebensordnung plante, meinte sie, wir sollten einen Abend in der Woche getrennt verbringen. Sie ging immer noch jeden Montag zu ihren Bürgerrechtsversammlungen. Doch selbst nachdem ich James Baldwin auf einer Gesellschaft kennengelernt und überraschend nett gefunden hatte, brachte ich es nicht fertig, ein wirkliches, aufrichtiges Interesse an den Schwierigkeiten anderer zu nehmen. Ich weiß, das klingt abscheulich, aber es ist nun einmal so. Wenn daher Florence und einige der anderen Frauen montags zu den Bürgerrechtsversammlungen gingen, spielten wir Männer Poker. Und zwar mit dem Segen der Frauen, denn alle Verluste wurden von uns getragen, und alle Gewinne gingen an den Nationalverband für die Förderung der Farbigen.

Ich war ein miserabler Pokerspieler. Ein guter Spieler spielt eine Hand unter dreien. Vielleicht. Ich hingegen mußte jede Hand spielen. So verlor ich eine ganze Menge, und Florence fing an, sich Sorgen zu machen. Tatsächlich schlug sie vor, daß ich vielleicht statt des Pokers lieber dem Kochkurs für Feinschmecker beitreten sollte, an dem einige der anderen Ehemänner teilnahmen. Aber, verdammt noch mal, es hat alles seine Grenzen. Schließlich mußte Florence sich mit dem Gedanken trösten, daß meine Verluste, wenn sie auch beträchtlich waren, ja für andere Männer einen Gewinn bedeuteten, der letztlich einer guten Sache zugeführt wurde. Sie bat Arthur Houghton, unseren Rechtsanwalt, er möge sich erkundigen, ob meine Verluste nicht demnach von der Steuer abziehbar seien.

So vergingen die Monate. In der einen Woche entdeckten wir für unsere freien Abende ein wundervolles fremdländisches Restaurant. Die Woche darauf gingen wir vielleicht zu meinem Schneider, denn Florence war zu dem Schluß gekommen, daß ein etwas weicherer Schnitt mich in meinem Aussehen mehr dem Typ von Mann ähnlich machen würde, der zu werden ich mich bemühte. Wir nahmen beide Tennisstunden bei einem reizenden Mädchen, einer früheren Meisterspielerin, die uns von den Bennetts empfohlen worden war. Florence fühlte sich bei ihr wohler als bei einem Mann. Und wir schlugen wirklich über die Schnur, indem wir uns alle neun Folianten des Oxford-Weltatlas kauften.

Nach und nach hörte ich fast vollkommen auf, das Wort »ich« zu gebrauchen. Ich sagte: »Wir gingen dorthin«, »wir haben das gern«, »wir sehen das und das«, »wir tragen Grau«. Mein früheres Ich, dasjenige, das schuld an all den Schwierigkeiten gewesen war, verschwand zusehends. Es verschmolz mit Florence und würde allmählich, so hofften wir, sogar mit etwas noch Größerem als Florence – mit dem Universum – verschmelzen. Die materiellen Dinge des Lebens wurden mir immer gleichgültiger. Ich trug jetzt einen Mittelscheitel und lange Koteletten, denn Florence meinte, es verleihe mir ein durchgeistigteres Aussehen. Ich kaufte Lithographien und Drucke der modernen Meister und sogar einige Originalgemälde junger Künstler, von denen noch niemand je etwas gehört hatte, die aber, wie Florence mir versicherte (sie hörte auch an der Universität von Los Angeles Vorlesungen über moderne Malerei), eines Tages berühmt werden würden. Überdies, erklärte sie, seien diese Käufe ausgezeichnete Investitionen. Und sie verhülfen uns zu einem mannigfaltigeren Portefeuille. Schließlich könne man ja nicht wissen, was noch kommen würde.

An unserem Hochzeitstag ging ich mit Florence zu dem besten Juwelier von Beverly Hills. Einundzwanzig Jahre zuvor, als wir heirateten, hatte ich mich geweigert, einen Ehering zu tragen. Da wir damals nicht sehr gut bei Kasse waren, konnten wir uns für Florence nur einen schmalen Silberring leisten. Doch nun, da wir es uns erlauben konnten, nun, da wir uns so eng verbunden fühlten, kaufte ich für uns an diesem Jahrestag zwei gleiche schwere Goldbänder.

Wir trugen sie, als wir den Laden verließen. Florence sagte, es sei das erste Mal in einundzwanzig Jahren, daß sie sich richtiggehend verheiratet fühle.

So vergingen also die Monate, elf an der Zahl. Ich war so friedlich und beherrscht wie noch nie in meinem ganzen Leben. Und wenn ich darüber nachdachte, glaubte ich, glücklich zu sein.

Und dann, eines Morgens, als ich mit meinem Triumph TR 4 zur Arbeit fuhr und mich, soweit ich mich entsinnen kann, vollkommen ausgeglichen und zufrieden fühlte, drehte ich plötzlich, aus Gott weiß was für einem Drang heraus ... oder war es eine Hand aus heiterem Himmel, die das Lenkrad meines kleinen schwarzen Wagens herumriß und ihn gegen die Seite jenes riesigen Lastzugs schleuderte, der mir in rasendem Tempo entgegenkam?

Das war mein Unfall. Er änderte mein Leben.

6

Florence war nicht der erste Mensch, der mich im Krankenhaus besuchte. Zur Zeit des Unfalls fuhr Florence gerade auf der Kalifornischen Bundesstraße Nr. 1 in Richtung Norden nach Santa Barbara, zu ihrer Sitzung mit dem Swami. Bei ihrer Ankunft vor der Klause kam ihr ein goldblonder englischer Romanschriftsteller mittelmäßiger Qualität entgegen und überbrachte ihr die Nachricht. Florence machte sofort kehrt, doch es wurde zwölf, bis sie beim *Cedars of Lebanon* eintraf. Mittlerweile war der Mann von der Versicherungsgesellschaft schon dagewesen und wieder fortgegangen.

Er fand mich auf der Unfallstation und fragte mich aus, noch ehe ich bei klarem Bewußtsein war. Ich sagte ihm die reine Wahrheit: daß ganz plötzlich eine Hand aus dem Weltraum herunter in mein Lenkrad gegriffen und meinen kleinen Triumph seitlich gegen den rasenden Lastzug geschleudert habe. Er versuchte, meinen Bericht zu erschüttern; doch ich versicherte ihm ein ums andre Mal, daß es sich genauso zugetragen habe, und schließlich ging er fort. Später hörte ich, daß er einige Freunde von mir aufgesucht hat, um zu erfahren, ob ich schon immer »verschroben und überspannt« gewesen sei. Vermutlich hat das den Anstoß zu dem Gerücht gegeben – das bald in unserem Kreis die Runde machte –, daß ich einen Gehirnschaden erlitten hätte. Übrigens habe ich diese Behauptung nie widerlegt, denn ich bin nach meinem Unfall tatsächlich nie wieder derselbe gewesen.

Ich sagte Florence, ich wüßte sehr gut, daß eine Hand aus heiterem Himmel nur in Comic strips plausibel klingt. »Aber, verdammt noch mal, Florence«, fuhr ich fort, »*ich* habe das Steuer des Wagens nicht auf den Laster zugelenkt. Ich hatte keinen Grund, mich umzubringen.«

Die Krankenschwester stieß gerade in diesem Augenblick wieder eine große Spritze in meine Armvene, und ich entsinne mich, daß ich im stillen dachte: Das hat ja doch keine Wirkung. Warum geben sie mir nicht ein richtiggehendes Betäubungsmittel? Das ist aber auch alles, woran ich mich erinnere, denn diese »unwirksame« Ladung bemächtigte sich meiner und machte mich für fast vierundzwanzig Stunden kampfunfähig.

Am nächsten Morgen tat ich eines jener hinterhältigen Dinge, die Rekonvaleszenten zu tun pflegen. Ich wachte auf, hörte, daß der Arzt am Fuß des Bettes mit Florence sprach, öffnete aber nicht die Augen. Er sagte ihr, ich hätte zwar sechs gebrochene Rippen, ein schwer verstauchtes Genick sowie alle möglichen Quetschungen und Fleischwunden, doch sei nichts von alledem besorgniserregend, ebensowenig wie, nach aller Wahrscheinlichkeit, meine starke Gehirnerschütterung. Zweifellos hätte eine Schädelblutung stattgefunden. Aber soweit er es beurteilen könne, sei sie weder stark noch ausgedehnt und daher wahrscheinlich nicht weiter gefährlich. Daraufhin senkte Florence die Stimme und fragte ihn, ob ich irgendeinen Gehirnschaden erlitten hätte. Er erwiderte, daß er sich in dieser Hinsicht lieber noch nicht festlegen wolle.

Während der folgenden Woche schlief ich fast ständig, oder ich gab vor zu schlafen. Dann verfrachteten sie mich in einem Krankenwagen nach Hause. Und dort begann ich das glückliche Leben eines Rekonvaleszenten.

Rekonvaleszenz!

Den größten Teil der meinigen verbrachte ich in einem Liegestuhl neben unserem Schwimmbassin. Ich wurde immer noch mit Drogen gefüttert und hatte keine Schmerzen. Das Wetter war herrlich, und so genoß ich jede Minute. Das Leben zog nicht an mir vorüber, es fand sich bei mir ein: Meine Besucher kamen aus dem Haus – das etwa fünfzig Meter vom Schwimmbassin entfernt auf einer kleinen Anhöhe stand – quer über den Rasen zu mir herunter, unterhielten sich eine streng begrenzte Weile mit mir, wünschten mir gute Besserung und gingen wieder fort. Sie trugen eine betont heitere Miene zur Schau. Dann wandten sie sich ab und stiegen in Begleitung von Florence wieder den Hang hinauf. An ihrem Gang und an der Art, wie sie sich immer wieder umblickten, erkannte ich, daß sie sehr besorgt waren. Tatsächlich sah ich erheblich schlechter aus, als ich mich fühlte. Ein Stück meiner Kopfhaut war bloßgelegt worden, und mein ganzer Kopf war in Bandagen gehüllt. »Jetzt bin ich auch ein Swami«, sagte ich zu Florence. Sie lachte gezwungen.

Ich fand das alles herrlich. Es hat mir schon immer Freude gemacht, Geschenke zu erhalten, und jetzt bekam ich eine Menge – einige stammten von Leuten, von denen ich nicht wußte, daß sie etwas für mich übrig hatten, und sogar von solchen, die ich immer für ausgesprochen feindselig mir gegenüber gehalten hatte. Besonders interessant waren die Begleitschreiben. Ich analysierte sie für Florence. Sie meinte, ich sei zu zynisch. Und die Wahl der Geschenke! Mein Bruder Michael schickte Obst nach Kalifornien; er war schon immer ein Original, mein Bruder Michael! Meine Eltern schrieben mir einen Brief; das heißt, meine Mutter schrieb mir einen Brief, und mein Vater setzte seinen Namen darunter. Seine Handschrift war weiß Gott zittrig geworden. Ich hatte viel Zeit zum Nachdenken, und ich entsinne mich, daß ich zu dem Schluß kam, die einzig sichere Methode, die Zukunft eines Menschen vorauszusagen, läge darin, daß man seine Handschrift untersucht. Man kann – mit sehr wenig Sachkenntnis – daraus ersehen, was kommen wird. Haben nicht die meisten von uns schon irgendwann einmal einen alten Brief von einem Freund zur Hand genommen, den er kurz vor einem Schlaganfall oder einem Herzinfarkt geschrieben hatte, und sich dabei gedacht: Wie war es möglich, daß ich es nicht habe kommen sehen? Ich erinnere mich, daß ich mir das Gekritzel meines Vaters ansah und dabei eine Vorahnung hatte, die sich bald darauf als richtig erweisen sollte.

Mein literarischer Agent, Mike Weiner, besuchte mich. Die Reaktion auf den Artikel über Chet Collier sei »beispiellos« gewesen, und die Zeitschrift habe eine »hochinteressante neue Aufgabe« für mich. Also machen Sie, daß Sie gesund werden, sagte Mike.

Mr. Finnegan kam in seinem Rolls-Royce vorbei. Er steckte mir eine kleine Flasche mit meinem Lieblingsschnaps zu und sagte: Machen

Sie sich keine Sorgen, lassen Sie sich Zeit – und was man in solch einem Fall sonst noch zu sagen pflegt. Dann ging er, mit Florence plaudernd, langsam und würdevoll wieder den Hang hinauf.
Offensichtlich waren meine Besucher überzeugt davon, daß ich einen Gehirnschaden erlitten hatte. Sie sahen mich so ganz besonders wohlwollend an. Wenn ein Mensch im Leben besiegt worden ist, können seine Mitmenschen es sich leisten, freundlich zu sein. Schließlich ist ja der Wettkampf vorüber. Sie haben überlebt und somit gewonnen. Daher schwelgen sie in Güte. Ich war überrascht über diese plötzliche Besorgnis und Großzügigkeit, denn vorher schien mich niemand besonders gern zu mögen. Doch jetzt überschüttete man mich förmlich mit der Milch der frommen Denkungsart.
Das machte mich mißtrauisch. Ein Kranker neigt zu Paranoia. Ich saß neben dem Schwimmbassin, sah sie kommen und gehen: Ihre Neugier war mit Anteilnahme getarnt, sie setzten eine feierlich besorgte Miene voll christlicher Nächstenliebe auf, wenn sie vom Haus herunter auf mich zukamen, gaben sich heiter und unbekümmert, wandten sich dann um und gingen mit gesenkten Köpfen, in trauervoller Haltung neben Florence wieder den Hang hinauf. Sie können es wirklich kaum erwarten, mich abzuschreiben, dachte ich. Wenn ich das Zuschlagen ihrer Wagentüren hörte, wußte ich, daß sie, sobald sie aus unserer Auffahrt heraus waren, meinen Zustand mit weit größerer Offenheit erörtern würden. Und ich wußte auch, daß sie über Gehirnschäden sprechen würden.
Während ich dort auf meinem Liegestuhl saß und das schöne blaue Wasser unseres Schwimmbeckens betrachtete, drängte sich mir immer wieder eine bestimmte Erinnerung auf.
Vor Jahren habe ich einmal eine Ferienreise zu den Bahama-Inseln gemacht. Ich habe keine besondere Vorliebe für Schnorcheltauchen, aber ich lag stundenlang auf der Oberfläche dieses vollkommen klaren Wassers und beobachtete durch das Glas die Fische unter mir. Nirgends wird die Natur des Lebens deutlicher als unter der Meeresoberfläche. Alles ist dort unten zu sehen – und so einfach, so unwiderlegbar, ohne jede Romantik und auch ohne Christentum. Kein Fisch liebt seinen Bruder oder gibt vor, es zu tun. Es gab da diese Schwärme von Fischen – ich glaube, man nennt sie Schafskopfsbrassen – mit kleinen, runden, dem Grasen angepaßten Zähnen. Die Köpfe am Boden, zogen sie weidend gleich einer Schafherde langsam auf dem Meeresgrund dahin. Sie erinnerten mich an die großen grasenden Herden, die ich in Afrikafilmen gesehen hatte. Und ebenso, wie in Afrika um die großen Herden von Antilopen, Gnus und Zebras herum Löwen zu finden waren, gab es hier um

diese Schwärme von Fischen herum Barrakudas. Nur habe ich die Barrakudas niemals zuschnappen sehen. Ich habe gehört, daß sie täglich vier-, fünf- oder zwanzigmal soviel fressen, wie sie wiegen. Aber solange ich sie auch beobachtete, ich sah niemals einen Fang. Und eines Tages entdeckte ich, warum. Es geschieht zu rasch. Ich lag an diesem Tag wieder auf dem Wasser und beobachtete durch mein Glas einen Schwarm dieser grasenden Fische. Einer von ihnen hatte Schwierigkeiten: Es war nur ein leichtes Wanken, eine schwache Flosse, kaum erkennbar. Doch alle dort unten erkannten es. Das will nicht heißen, daß sie sich umwandten und ihn ansahen. Fische tun das nicht. Doch sie taten etwas, das ich nie vergessen habe. Sie rückten allesamt ganz langsam, aber sicher von ihrem leicht wankenden Gefährten ab. Vermutlich meinte es keiner von ihnen irgendwie böse. Nur wußten sie verdammt genau, was kommen würde. Ich sah es nicht und kann es daher nicht beschreiben, aber der Barrakuda muß blitzschnell zugeschnappt haben. Im Bruchteil einer Sekunde hielt er diesen wankenden kleinen Fisch wie eine Kornähre quer im Maul. Dann ein Schütteln, ein Biß, ein Knirschen – der grasende Fisch war in zwei geteilt, und ein anderer Barrakuda bekam die Hälfte ab. Der Schwarm war inzwischen ein Stückchen weitergezogen, und die Fische grasten mit gesenkten Köpfen, als ob nichts geschehen sei. Das Leben nahm seinen gewohnten Gang.

Mein Chef, Mr. Finnegan, besuchte mich ein zweites Mal. Mit ihm kam der Mann, der an meine Stelle getreten war, als ich den Unfall hatte. Sie sagten: Sie sehen gut aus, Eddie, viel besser als das letztemal. Aber ich bemerkte, daß, wenn ich mit einem sprach, der andere mich scharf beobachtete. Sie schätzten meine Aussichten ab, denn sie mußten sich über ihren nächsten Schritt klarwerden. Ich war an diesem Tag nicht ganz sicher, daß Mr. Finnegan mir wirklich eine rasche Genesung wünschte. Schließlich war er ja auch nur ein Mensch und außerdem ein Geschäftsmann. Wenn in einem großen, gutgehenden Unternehmen wie Williams and MacElroy jemand von seinem Posten abwesend ist und alles auch ohne ihn tadellos zu klappen scheint, taucht selbstverständlich die Frage auf: Wozu dieses Gehalt bezahlen? Ich hätte gern gewußt, ob Mr. Finnegan das auch dachte.

Er sah mich wie ein Taxator an. Hatte er wirklich keinerlei Hintergedanken, als er, über ein Hortensienbeet gebeugt, mir ganz beiläufig mitteilte, daß mein Assistent sich sehr gut auf meinem Platz bewährte? Und als dieser Bursche sagte: »Es eilt nicht mit Ihrer Rückkehr, Eddie, lassen Sie sich Zeit«, war es da unrecht von mir, mißtrauisch zu werden? Wurde ich zu einem Paranoiker, oder sah ich die Dinge nur deutlicher als zuvor?

Das Seltsame an der ganzen Geschichte war, daß ich nicht einmal wußte, ob ich die Stellung überhaupt wiederhaben wollte. Und so beschloß ich, mir einen Spaß zu machen. Statt vorsichtshalber den Mund zu halten, bis ich sicher war, ob ich zurückgehen wollte oder nicht, platzte ich heraus: »Macht euch keine Sorgen, ich komme nicht wieder.» Das hatten sie natürlich nicht erwartet. Sie saßen eine Weile wie vom Donner gerührt da und sagten nichts. Waren sie bestürzt, weil ich ihre Gedanken erraten hatte? Mr. Finnegan blickte meinen Assistenten vorwurfsvoll an; offensichtlich gab er ihm die Schuld an dem, was er, Mr. Finnegan, gedacht hatte.
Dann sah ich, wie Mr. Finnegan plötzlich erschrak, wie er sich überlegte, was er mit diesem Kerl auf einem so wichtigen Posten anfangen sollte, wenn ich nicht wiederkäme. Und ich sah, wie mein Assistent erschrak und sich fragte: Kann ich wirklich Eddies Arbeit tun? Will ich diese Verantwortung überhaupt auf mich nehmen? Bin ich nicht besser aufgehoben, wo ich bin?
Sie blickten sich an und sagten nichts. Sie wußten nicht, was sie sagen sollten, denn das, was sie wirklich dachten, konnten sie nicht sagen. Eine ganze Weile herrschte Schweigen. (Ich saß da und genoß es.) Schließlich sagte Florence mit jener ruhigen, beherrschten Stimme, mit der sie jeder schwierigen Situation zu begegnen pflegt: »Eddie, wir binden dich an nichts, was du jetzt sagst. Er macht nur Spaß, meine Herren.« Ich ließ undeutlich vernehmen, daß es mir vollkommen Ernst damit sei. Ich genoß mein neues Spielchen viel zu sehr, als daß ich es so ohne weiteres hätte aufgeben wollen. Doch sie gingen alle erleichtert lachend fort und unterhielten sich noch darüber, während sie den Hang zum Haus hinaufstiegen.
Sobald der Rolls-Royce fort war, kam Florence wieder heruntergeeilt und sagte mir mit ihrer freundlichsten und sanftmütigsten Stimme: »Eddie, ich glaub nicht, daß du jetzt irgendeine Entscheidung treffen mußt. Sie brauchen dich in der Firma. Dieser Zigarettenetat ruht auf dir. Und, zum Teufel, Eddie, wenn du dich erst einmal genügend erholt hast, sieh dir den Haufen Rechnungen auf meinem Schreibtisch an... aber denk jetzt nicht daran. Du sollst dich jetzt nur ausruhen, Eddie.«
Nun, ich hatte ein nettes Spielchen entdeckt, und ich spielte es von da ab, sooft sich die Gelegenheit bot. Statt mir meine Gedanken und Worte sorgfältig zu überlegen, wie ich es zuvor immer getan hatte, platzte ich jetzt mit allem heraus, was mir gerade in den Sinn kam. Endlich gönnte ich es mir, bei jeder Gelegenheit so zu reden, wie mir zumute war. Ich merkte, daß ich niemanden beleidigen konnte. Alle Welt legte mir gegenüber eine erstaunliche Geduld an den Tag. Ich konnte zum Beispiel irgendeinem Besucher sagen, daß ich keine

Lust hätte, ihn zu sehen. Er lächelte und ging fort. All die Energie, die ich in früheren Zeiten an Heucheleien verschwendet hätte! Doch jetzt gestattete mir mein »Gehirnschaden«, alles ganz offen auszusprechen: meine Neigungen, meine Abneigungen, meine Wünsche. Und all das verdankte ich nur einem kleinen Autounfall.

Ich saß dort neben meinem Schwimmbassin wie ein geistesgestörter König; hinter mir, auf einer kleinen Anhöhe, stand mein Schloß. Und den Hügel herab kamen Fruchtsäfte, das Mittagessen und gelegentlich ein Whisky. Und ein Strom von Besuchern, die – voll von der Milch der frommen Denkungsart – einer nach dem anderen sich näherten, um nach einer Weile erschreckt, bestürzt und voll von Mitleid wieder hinaufzugehen. Wie konnte man einem Menschen böse sein, der einen schweren Gehirnschaden erlitten hatte?

Wahrscheinlich nutzte ich es zu sehr aus. Doch ich hatte mein Leben lang sorgfältig jedes Wort erwogen, hatte nie gesagt, was ich eigentlich sagen wollte, sondern immer nur das, was ratsam war – wer will mir da einen Vorwurf machen, daß ich das alles jetzt genoß? Und die meisten meiner Opfer genossen es ebenfalls. Sie wetteiferten, wie ich später erfuhr, mit Geschichten über mein schreckliches Benehmen. Und ihr Drang, mir meine Sünden zu vergeben, war unerschöpflich. »Gehirnschaden«, flüsterten sie einander zu, während sie, die Wangen noch von meiner letzten Grobheit gerötet, davonfuhren. »Schwerer Gehirnschaden.«

Und die arme Florence sah mit einem nervösen Lachen diesem ganzen bizarren Schauspiel zu, ohne etwas dagegen tun zu können. Doch sie erhielt ihre Belohnung: Alle beglückwünschten sie zu ihrer Geduld. Sie verstünden nicht, wie sie es ertragen könne. Manche schickten ihr hinterher Blumen.

Doch selbst ihr riß langsam die Geduld. Einmal ertappte ich sie dabei, wie sie hinter meinem Rücken auf meinen Kopf deutete. So deutete ich das nächstemal, als ich jemandem einen Hieb versetzte, selbst auf meinen Kopf. Da dämmerte es Florence zum erstenmal, daß ich sie alle zum Narren hielt. Sie schalt mich und sagte, wenn ich ihre Freunde beleidigte, würde sie niemanden mehr zu mir lassen. Und am selben Nachmittag fragte sie den Arzt in meiner Gegenwart, ob ich wirklich einen Gehirnschaden erlitten hätte. Er verstand den Wink und sagte, nein, er wisse jetzt ganz sicher, daß nichts dergleichen geschehen sei.

Doch ich war nicht gewillt, auf meine neuerworbenen Privilegien zu verzichten. Ich machte ein ungläubiges Gesicht und fragte ihn, wie kommt es dann, daß mein Kopf dauernd nach einer Seite kippt? Und weshalb ist der Schmerz in meiner linken Schläfe immer noch nicht verschwunden? Sind Sie ganz sicher, daß meine Schädeldecke

dort keinen Riß hat? Er holte die letzten Röntgenbilder hervor, die ich mit einer Handbewegung abtat. Ganz bestimmt sei irgend etwas nicht in Ordnung, sagte ich.
Dann machte Florence ihre Drohung wahr. Sie hielt die Leute fern. Niemand kam mehr, mich zu besuchen. So begann die zweite Etappe meiner Rekonvaleszenz.
Es fing damit an, daß ich eines Nachmittags Mr. Finnegans ganze Flasche austrank. Das ist eine Menge Alkohol für einen Menschen, der wochenlang fast ausschließlich von verlorenen Eiern und Spinat gelebt hat. Es warf mich um. Und ich schlief ein. Als ich aufwachte, war ich ein Nichts.
Mein Vater brachte mir einmal als Kind ein Spielzeug mit, das ich abgöttisch liebte. Es sah aus wie ein wilder kleiner Krieger. Es hatte eine Lanze und einen Schild. Und gewaltige Stulpenstiefel. Aber kein Gesicht. Es hatte alles, nur kein Gesicht. Und wenn Erwachsene mich fragten, was es sei, pflegte ich zu sagen: »Das ist ein Nichts!« Und sie lachten.
Nun, plötzlich wachte ich auf und war genau das. Einen Augenblick lang war ich reichlich verwirrt. Doch dann erinnerte ich mich, daß ich im Radio gehört hatte, wie die Reporter auf vollkommen fremde Leute zugingen und binnen weniger Minuten alles über sie erfuhren, indem sie ihnen einfach eine Reihe von Fragen stellten. So beschloß ich, das ebenfalls zu versuchen.
»Mein Herr, warum nennt man Sie ein Nichts?«
»Weil ich das bin.«
»Womit verbringen Sie Ihre Zeit?«
»Mit nichts.«
»Sind Sie ein Geschäftsmann?«
»Nein.«
»Was sind Sie dann?«
»Nichts.«
»Was lieben Sie, mein Herr?«
»Nichts.«
»Nicht einmal sich selbst?«
»Das am wenigsten von allem!«
»Was hassen Sie dann also?«
»Nichts.«
»Sind Sie Grieche?«
»Ich beherrsche nicht einmal die Sprache.«
»Sind Sie Amerikaner?«
»Beinahe, aber nicht ganz.«
»Sind Sie gläubig?«
»Nein.«

»Glaubenslos?«
»Natürlich nicht. Ich bin ein Nichts.«
»Warum lächeln Sie unentwegt?«
»Tu ich das?«
»Ja, Sie lächeln mich dauernd an; zumindest glaube ich, daß es ein Lächeln ist. Was ist das dort? Da, wo eigentlich Ihr Gesicht sein sollte?«
»Nichts.«
Und so war es tatsächlich. Das Nichts stand einfach da, mit einem »Nichts«-Lächeln auf seinem Gesicht. So ging der Reporter weiter durch die Menge, um sich ein zugänglicheres Objekt zu suchen.
Ich begann, mich einer Waffe zu bedienen, die Kinder zu gebrauchen pflegen: Schweigen. Ich beantwortete keine Fragen und äußerte keine Wünsche. Ich schien nichts zu wollen, mir war weder warm noch kalt, ich war weder hungrig noch gesättigt, weder für noch gegen. Es war mir gleichgültig, was ich zum Abendessen bekam. Ich wollte keine Gäste, aber ich machte auch keine Einwände, wenn sie kamen. Ich beleidigte niemanden mehr, saß schweigend da und lächelte nichtssagend, weder freundlich noch feindselig.
All dies tat ich nicht bewußt und auch nicht, um irgend etwas damit zu erreichen. Ich erholte mich zusehends, aber das Resultat meiner erfolgreich beendeten Rekonvaleszenz war keine Heilung; es war eine Verwandlung. Ich entdeckte mit Schrecken, daß das, was als Phantasie begonnen hatte, Wirklichkeit geworden war. Ich war ein Nichts. Ich fragte mich: Will ich zu Williams and MacElroy zurückkehren? Natürlich nicht. Will ich irgend etwas von dem, was sonst zu meinem Leben gehört? Florence? Das Haus? Das ganze Drum und Dran? Selbst meine Identität? Will ich sein, wer ich bin? Wäre ich lieber jemand anderes, wenn sich das machen ließe?
Es gab einen Wachtraum, den ich immer wieder hatte. Eigentlich ist »hatte« nicht ganz das richtige Wort: In Wirklichkeit beschwor ich ihn herauf. Es war ein Wunschbild, wie viele Menschen es in der einen oder anderen Form haben.
Ich lag in meinem Liegestuhl und blickte auf das Titelblatt der *Times* von Los Angeles. Es stand nichts darauf. Dann wandte ich die Seiten um, eine nach der anderen. Nichts! Bis ich etwa auf Seite achtzehn eine kleine, aber sehr wichtige Notiz fand. Eddie Anderson, Vizepräsident von Williams and MacElroy, war aus seinem Heim in Los Angeles verschwunden, ohne eine Spur zu hinterlassen. Die Polizei hatte energische Nachforschungen angestellt, aber niemand wußte, wo Mr. Anderson war. Nicht einmal seine Frau. Doch ich wußte, wo er war. Er war aus eigenem Antrieb verschwunden und befand sich allein in einer Stadt, in der er nie zuvor gewesen war.

Für gewöhnlich war es Seattle. Er kannte niemanden dort. Niemand kannte ihn. Er konnte den ganzen Tag durch die Straßen wandern, ohne daß irgend jemand sich ihm näherte. Oder mit ihm sprach. Er wohnte allein in einem winzigen möblierten Zimmer, in dem es sehr warm war. Lange Zeit hindurch tat er einfach überhaupt nichts. Er hatte ja seine bewußten fünfhundert Dollar, und die würden eine ganze Weile reichen. Er blieb zu Hause, teilte seinen Tag ein, wie es ihm paßte, aß, wann und was er wollte, las, dachte nach, bummelte umher. Er hatte keinerlei Verpflichtungen. Niemand erwartete etwas von ihm. Alles war still. Es gab keine Telefonanrufe aus seinem Büro, denn er hatte kein Büro und keine Arbeit. Sein altes Leben war wie ausgelöscht; nichts war verblieben. Nicht die geringste Spur! Eddie Anderson hatte die seltene Gelegenheit ausgenutzt, einen Schlußstrich zu ziehen und noch einmal von vorn anzufangen. Er hatte getan, wovon andere Menschen träumen, was sie aber niemals tun.

»Warum weinst du, Evans, was ist los?«

Florence stand neben mir.

»Nichts«, sagte Nichts.

»Bitte, Evans, sag es mir.«

»Es ist wirklich nichts. Ich bin ganz zufrieden.«

»Ist es dieses Flittchen, denkst du immer noch an sie?«

»Nein, ich habe seit langem nicht mehr an sie gedacht, Florence.«

Das stimmte. Aber Florence muß mich auf einen Gedanken gebracht haben, denn als ich mich das nächste Mal in Seattle befand, war Gwen ebenfalls dort. Sie wohnte mit mir in einem etwas größeren, sehr, sehr warmen Zimmer mit einem doppeltbreiten Bett, einem Zweiflammenherd, unter dem ein kleiner Kühlschrank stand, und sonst nur noch ein paar einfachen Möbelstücken. Diesmal hatte ich eine Stellung, eine Arbeit im Freien, in der Nähe von Puget Sound (ich hatte den Puget Sound noch nie gesehen); es gab keinen Smog. Der Wind war rein, und wenn ich nach beendeter Arbeit nach Hause kam, ging ich mit Gwen ins Bett. Danach aßen wir zu Abend und gingen wieder ins Bett. Später las ich bis tief in die Nacht. Hunderte von Büchern. Ich las die ganze gottverdammte Sammlung, die ich mir in der Festung zugelegt hatte – wie das alles nach Seattle kam, ist mir schleierhaft. Morgens machte ich mir Kaffee. Gwen war schon fortgegangen – wohin, das weiß ich nicht –, denn am frühen Morgen bin ich gern allein; ich will nichts andres als absolute Stille und meine Zeitung. Nach und nach verlor ich das Aussehen eines Nichts; ich bekam wieder ein Gesicht – ein neues. Die Sorgenfalten hatten sich geglättet; die Zeichen der inneren Unruhe waren verschwunden – es gab nichts, worum man sich Sorgen machen mußte.

So lebte ich etwa zwei Wochen lang so oft wie möglich in Seattle. Für Florence saß ich einfach dort unten auf meinem Liegestuhl, willenlos und ohne Appetit, beleidigte jetzt niemanden mehr, war aber auch nicht zu beleidigen. Ich lächelte wie Buddha (sagte Florence) und bewahrte meine Ruhe. Florence fand bald, daß ich das Buddhaprinzip ein wenig zu weit trieb. Einmal schrie sie mich an: »Sag irgendwas!«

Doch Nichts sagte nichts.

Schließlich geriet Florence in Verzweiflung. Ich glaube, mehr als alles andere war es der wachsende Haufen von Rechnungen, der sie dazu trieb, etwas zu unternehmen. Und wohl auch die Tatsache, daß mein Zustand sich weder zu bessern noch zu verschlechtern schien. Ich hatte offensichtlich nicht den geringsten Wunsch, meine Rekonvaleszenz zu beenden. Daher beschloß Florence, sie für mich zu beenden. Eines Tages brachte sie unseren Arzt mit, und sie spielten mir eine sorgsam in Szene gesetzte, sehr hübsche Komödie vor: Unter scherzhaften Bemerkungen erklärte der Arzt, wenn ich Lust hätte, mich noch ein paar Tage auszuruhen, so solle ihm das recht sein, aber vom ärztlichen Standpunkt aus sei alles mit mir in bester Ordnung. Er hatte die letzten Röntgenbilder dabei und zeigte mir, daß keine Spur von dem feinen Riß zu entdecken war, auf den ich immer noch hoffte. Ich sei also so gut wie neu und könne ruhig wieder ins Salzbergwerk gehen, haha! »Nichts« nickte und sagte: »Meinetwegen.« Der medizinische Gelehrte lachte, versuchte, noch einen Witz anzubringen, erhielt als Belohnung ein »Nichts«-Lächeln und ging daraufhin, lebhaft mit Florence plaudernd, wieder den Hang hinauf.

Ein paar Minuten später begann der zweite Akt dieses sorgfältig inszenierten Schauspiels der Auferstehung: Florence kam quer über den Rasen, in den Händen ein Tablett mit Manhattan-Cocktails, einer kleinen Schale Haselnüssen, Thunfischmayonnaise mit feingeschnittenen Zwiebeln und einer kleinen Dose Kaviar, die sie seit Weihnachten aufgespart hatte. In trauter Zweisamkeit tranken wir unseren Manhattan, genau wie in den Zeiten der Festung.

Nach dem dritten Cocktail fragte sie mich sanft, wann ich wieder mit der Arbeit anfangen würde? Meiner neuesten Gewohnheit gemäß erwiderte ich ohne viel zu überlegen: Niemals! Sie trank einen Schluck und fragte, was das heißen solle? Ich sagte sofort – wiederum, ohne mir Zeit zum Nachdenken zu lassen, denn ich wußte genau, wenn ich nachdachte, so würde ich irgendeine halbe Lüge hervorbringen oder die Wahrheit abschwächen: »Das soll heißen, daß ich niemals wieder mit dieser Arbeit anfangen werde.« Darauf sagt Florence impulsiv: »Gott verdamme sie!« – »Wen?« fragte

ich, obgleich ich ganz genau wußte, wen sie meinte. Florence wandte sich ab, um ihre Tränen zu verbergen, und sagte: »Diese kranke, dreckige Hure!« (Es wäre sinnlos gewesen, sie darauf hinzuweisen, daß Gwen keine Geschlechtskrankheit hatte.) »Seit der Geschichte mit dem Mädchen«, fuhr sie fort, »bist du nicht wiederzuerkennen.« Es hatte keinen Sinn, sie an die elf Monate der Festung zu erinnern, in denen ich wahrhaftig nicht wiederzuerkennen gewesen war.
Da Florence solch offensichtliche Qualen litt, war ich nun derjenige, der sich geduldig zeigte. Ich erklärte ihr sehr sanft den wahren Sachverhalt, daß dies alles nichts mit dem Mädchen zu tun habe, daß ich lediglich über die Dinge nachgedacht hätte. Florence schien das gelten zu lassen; auf jeden Fall bemühte sie sich, es zu tun. Noch nie hatte sie so gelassen und dabei gleichzeitig so verängstigt ausgesehen. Ich fragte mich, wie die Tatsache, daß ich nicht zu meiner Arbeit zurückkehren wollte, diese Frau derart in Angst und Schrecken versetzen konnte.
Mit sehr beherrschter, sehr ruhiger Stimme sagte sie: »Nun, Liebling, dann sag mir, wenn du nicht zu deiner Arbeit zurückkehren wirst, was *gedenkst* du zu tun?«
»Nichts«, platzte ich heraus.
Worauf sie lachte. Und auch ich lachte ein wenig. Es war solch eine Erleichterung, die Spannung zu lockern. Nach ihrer Reaktion zu schließen, hatte ich etwas absolut Albernes gesagt. Aber dann versuchte ich zum ersten- und letztenmal in vielen langen Jahren, ihr zu vermitteln, was sich nicht vermitteln läßt. »Bitte bekomme keinen Schreck«, bat ich sie, »aber ich muß dir sagen, daß mir mein Leben mißfällt. Mir mißfällt, was ich daraus gemacht habe. Mir mißfällt, was ich bin. Mir mißfällt die Art, wie ich lebe. Mir mißfällt mein Heim, Liebling – bitte, das geht nicht gegen dich, ich habe gelogen. Aber ich komme mir vor, als säße ich hier in einer Falle, einer Falle, die sich öffnete, als ich den Autounfall hatte. Ich habe mir oft gedacht, das war kein reiner Zufall. Vielleicht habe ich einfach versucht, auf diese Art aus der Falle herauszukommen, denn ich wußte nicht, wie ich es sonst anstellen sollte. Ich glaube, dieser Unfall war ein Glück für mich. Er hat mir eine Atempause gewährt, einen kleinen Ausflug in ein anderes Land, ein paar kurze Minuten, in denen ich zum erstenmal in meinem Leben nachgedacht habe.«
Dann hielt ich inne, denn ich sah in ihren Augen kein Verständnis, ja sogar das Verschwinden jeglichen Wunsches, mich zu verstehen. Nur Schrecken! »Evans«, sagte sie, »laß uns vernünftig sein, Liebling. Sag mir, was willst du jetzt wirklich tun?«
Ich erkannte, daß es zwecklos war. Sie tat sicherlich ihr möglichstes,

aber sie hatte solche Angst. Vermutlich, daß ich sie verlassen würde? Zum Teufel, dachte ich, es kommt ja doch, wie es kommen muß, wozu also das ganze Theater?
»Schön«, sagte ich schließlich, »wahrscheinlich hast du recht. Ich gehe morgen ins Büro.«
»Liebling«, entgegnete sie, »nimm dir noch das Wochenende und geh Montag.«
»Meinetwegen«, sagte ich in echter »Nichts«-Art, und sie küßte mich, und ich küßte sie; wir tranken noch einen Cocktail, dann noch einen und noch einen. Florence legte Platten auf. Natürlich mußten es einige der Schlager sein, die Gwen und ich immer gespielt hatten. Ich lag da und erinnerte mich an jenen Abend, als ich bei Gwen war und sie Spaghetti kochte; sie trug eine Schürze und weiter nichts, sie stand am Herd, ich trat von hinten an sie heran, und die Spaghetti fielen nicht *al dente* aus.
Ich hatte lange nicht mehr an Gwen gedacht. Nur manchmal in Seattle. Doch in den letzten Tagen waren meine erotischen Lebensgeister wieder erwacht. Wenn Florence sich jetzt neben mich aufs Sofa legte, mußte ich mich auf den Bauch drehen. Das Sofa war in Wirklichkeit zu schmal für uns beide. Für Gwen und mich wäre es breit genug gewesen, auch für Florence und mich vor zwanzig Jahren. Die Größe eines Sofas ändert sich tatsächlich, überlegte ich mir, und es ist ein ganz guter Maßstab für den Stand der Dinge, ob es einem zu groß oder zu klein erscheint. Ich legte den Kopf auf Florences Schulter und schlief ein.
Als ich ein paar Stunden später aufwachte, schlief Florence. Ich betrachtete ihr Gesicht, das jetzt nicht mehr so eisern beherrscht war wie während ihres Wachseins. Es sah zart und verängstigt aus. Ich hatte tiefes Mitleid mit ihr und mit der ganzen unglücklichen Menschheit, die so verzweifelt darum ringt, irgendeine Art Ordnung, Sinn und Stetigkeit im Leben zu wahren, es aber nicht erreicht, es niemals erreicht und bis zum Augenblick des Todes immer neue Fehlschläge erleidet. Ich beugte mich vor und küßte Florence, und sie lächelte im Schlaf, strahlend wie ein Kind. Dann faßte ich einen Entschluß: Ich würde bei Williams and MacElroy mein Bestes tun. Gwen war seit langem fort! Seattle war albern! Ich war kein Nichts! Und ich schuldete Florence Jahre und Jahre der Liebe und Treue.
Am Montag ging ich wieder ins Büro. Auf meinem Schreibtisch standen Blumen, meine Lieblingszigarren – ein Kistchen mit fünfzig – und ein Eiskübel. Und es kam ein Strom von Besuchern mit vielen guten Wünschen. Doch auf meinem Schreibtisch lagen auch die letzten Verkaufsziffern von Zephyr, und die waren nicht sehr ermutigend. Die reine Zigarette hatte Schwierigkeiten. So nahm, nach den

Geschenken und Besuchen und den guten Wünschen über das Haustelefon, alles sehr rasch seinen alltäglichen Lauf. Es war an mir, wieder einmal ein Wunder zu vollbringen. Irgend etwas stimmte nicht. Zephyr war die vorletzte unter ihresgleichen. Die Stammfirma brachte vier Zigarettensorten heraus: eine gewöhnliche, eine Filterzigarette, eine Mentholzigarette und Zephyr – die reine Zigarette, die alles in sich vereint. Von diesen vier Sorten waren zwei führend auf ihrem Gebiet. Die dritte stand an zweiter Stelle. Aber nur knapp an zweiter Stelle. Zephyr war die vorletzte.
Man sagte später von mir, ich sei, als ich zurückkam, nicht mit dem Herzen bei der Sache gewesen. Das ist nicht wahr: Ich habe mich ebenso ernsthaft wie immer bemüht. Aber ich tat etwas Unverzeihliches: Ich sagte die Wahrheit. Nach einer Woche schickte ich den Zephyrleuten einen Bericht (zu schnell für eine gründliche Untersuchung, meinten später alle; ich hatte mich beeilt, die Wahrheit zu sagen, um zu vermeiden, daß sie von Zweckdienlichkeit verschleiert werde). Der Kernpunkt meines Berichts war, daß meine »reine« Kampagne versagt hatte und daß es an der Zeit war, zuzugeben, daß die Zephyridee überholt sei. Ich riet, die Marke aufzugeben. Zum erstenmal in meinem Leben gab ich einen völlig negativen Bericht ohne irgendeine Empfehlung ab. Mein letzter Satz, den niemand je vergessen oder verzeihen sollte, lautete: »Meine Herren, wir haben es mit einem hoffnungslosen Fall zu tun.«
Die Erschütterung, die meine Bombe hervorrief, wurde von jedem Seismographen vom Wilshire Boulevard bis zur Madison Avenue registriert. Es war ein offenes Geheimnis: Williams and MacElroy hatten den Zephyretat nicht mehr fest im Griff. Man begegnete den Zephyrleuten beim Mittagessen mit den Direktoren anderer Agenturen. Sie wollten neue Vorschläge hören. Inzwischen unterzogen sie, wie sie sagten, meinen Bericht einer wohlwollenden und sorgfältigen Prüfung. Doch in Wirklichkeit stand ihr Urteil bereits nach fünf Sekunden fest. Und ihre Reaktion drückte sich in vier Worten aus: »Zum Teufel mit ihm!«
Sie ließen eine angemessene Zeit verstreichen – eine Woche etwa –, dann baten sie mich in ihr Büro. Nach dem üblichen Austausch von Witzen und Klatsch räusperte sich der Chef und sagte, sie hätten besonders eingehend über meinen Bericht nachgedacht, denn sie hätten eine hohe Meinung von meiner Urteilskraft; und sie dankten mir für meine Offenheit. Man brauche sich ja nur die Verkaufsziffern anzusehen, um zu erkennen, daß es wahrhaftig höchste Zeit für Offenheit sei. Nichtsdestoweniger hätten sie beschlossen, die Marke Zephyr beizubehalten.
Sie lehnten sich zurück, blickten mich an und warteten. Ich wußte,

daß es jetzt an mir war, zu sagen, ein Mann, der kein Vertrauen auf die Zukunft eines Artikels habe, sei gewiß nicht der Richtige, um diesen Artikel zu propagieren. Doch inzwischen hatte ich den Mut verloren. Ich wußte, wie ernst die Lage in Wirklichkeit war. So drückte ich mich und sagte, ich würde mir die Sache durch den Kopf gehen lassen, und sie würden von mir hören. Dann eilte ich zurück in mein Büro, um mit Mr. Finnegan zu sprechen.
Er wußte über alles Bescheid und war wütend auf mich. Williams and MacElroy liefen Gefahr, einen Jahresetat von über fünf Millionen zu verlieren. Er rief sofort, noch in meiner Gegenwart, Zephyr an und sagte, daß der Standpunkt von Williams and MacElroy in diesem Fall nicht mit demjenigen ihres Geschäftsführers, Mr. Eddie Anderson, übereinstimme. Außerdem sei Mr. Anderson nicht mehr für den Zephyretat zuständig. Er, Finnegan, wolle sich sofort mit ihnen zusammensetzen, um ihre Probleme zu erörtern. Sie erwiderten, gewiß, gewiß, das sei sehr freundlich, doch sie hätten sich inzwischen anderweitig orientiert und wollten – Mr. Finnegan unterbrach sie und erklärte mit feierlicher Stimme, er hätte es ihnen bei der kommenden Sitzung mitteilen wollen, aber eigentlich könne er es ihnen ja genausogut gleich jetzt am Telefon sagen: Er selbst werde den Etat übernehmen und ihm seine ganze langjährige Erfahrung zugute kommen lassen.
Wie lange braucht man, um etwas aufzubauen; und wie rasch geht es in die Brüche! Obgleich die Zephyrleute sich mit Mr. Finnegan zusammensetzten, war es zu spät. Mein Memorandum hatte den Etat zugrunde gerichtet. Sie versuchten zwar, höflich zu sein, mußten aber schließlich doch Farbe bekennen. Angesichts der ständig wechselnden Lage, sagten sie, hätte unser Mangel an Elastizität bezüglich der Zephyrwerbung sie bedenklich gestimmt. Ungeachtet ihrer besorgten Anteilnahme an meiner Krankheit (man sehe sich die Geschenke an, die sie mir gesandt hatten) müßten sie doch den Mißerfolg von Zephyr der Tatsache zuschreiben, daß ich es versäumt hätte, die Werbemethoden dem sich ständig ändernden Markt anzupassen. Mit andern Worten, es muß auf dieser Welt immer einen Sündenbock geben, und in diesem Fall hatte man mich dazu ausersehen. Selbst meine Position in der Firma wurde sehr rasch ungewiß. Niemand war sicher, wie es um mich stand. Und man fing wieder an, über »Gehirnschaden« zu sprechen.
Viele Leute waren schwer verärgert, daß ich immer noch ein Gehalt bezog. Und was sie alle miteinander rasend machte, war meine gottverdammt gute Laune. Nichts schien mich zu bekümmern. Schließlich fragten einige meiner Kollegen Mr. Finnegan, ob meine Anwesenheit bei den Sitzungen des Überprüfungsausschusses wirklich

notwendig sei. Als Aktionär gehörte ich diesem Ausschuß an, der über jeden einschneidenden Beschluß der Firma zu entscheiden hatte. Vor meinem Unfall war ich eines seiner geachtetsten Mitglieder gewesen, vielleicht sogar dasjenige mit dem schärfsten Urteilsvermögen und der beißendsten Zunge. Jetzt saß ich da und riß Witze, als ob ich in Gedanken ganz woanders sei. Ich muß sagen, Mr. Finnegan war wirklich nachsichtig mit mir. Doch letztlich gab er mir zu verstehen, daß ich den Sitzungen nicht mehr beizuwohnen brauchte. Von dem Augenblick an waren meine Tage bei Williams and MacElroy gezählt.

Florence sagte, ich dürste förmlich nach Mißerfolg. Und sie könne das beim besten Willen nicht begreifen.

Einen Tag nachdem Mr. Finnegan Zephyr übernommen hatte, bewies ich meine Klasse, indem ich in das kalifornische Büro der Zeitschrift ging und mit den Leuten dort zu Mittag aß. Sie waren hocherfreut, mich zu sehen. Und voll des Lobs über meinen Artikel. Natürlich habe Chet Collier mit einem Prozeß gedroht. Und mit noch schlimmeren Dingen, sagten sie lachend. Falls ich ihm jemals begegnen sollte, wäre es vielleicht ganz gut, wenn ich ein paar Freunde dabeihätte. Aber das sei bei einem so guten Artikel nicht anders zu erwarten. Evans Arness hatte seinen Ruf als der führende Verfasser von »Werken der Gerechtigkeit« gefestigt.

Eine weitere dicke Aktenmappe mit Ermittlungsmaterial und Zeitungsausschnitten lag für mich bereit. Wieder war die Zielscheibe ein politischer Kandidat, diesmal in Kalifornien selbst. Man hoffte, daß ich mich sofort über diesen Burschen hermachen und ihn zerpflücken würde, wie ich es mit Collier getan hatte. Ich spürte, wie das »Nichts«-Gefühl mich überkam, doch ich unterdrückte es. Schließlich hatte ich Florence versprochen, mein möglichstes zu tun. Sie bemerkten sofort, daß ich nicht ganz bei der Sache war. Statt der angespannten Aufmerksamkeit, die ich früher in solch einem Fall an den Tag zu legen pflegte, saß ich einfach da und durchblätterte geistesabwesend das Ermittlungsmaterial, während sie versuchten, mir Begeisterung einzuflößen. Ich schien nicht sehr aufmerksam zuzuhören. Plötzlich sagte ich, daß ich das Mädchen gern kennenlernen würde, das die Ermittlungen angestellt hatte.

Sobald wir ins Büro zurückkehrten, brachten sie sie herein: ein blitzäugiges junges Ding, vielleicht drei- oder vierundzwanzig, das offensichtlich sehr, sehr große Bewunderung für mich hegte. Sie saß da, blickte mich an, und ich blickte sie an, bis sie die Augen senkte. Auf diesem selben Stuhl hatte Gwen gesessen, und ich dachte an sie, an Gwen, die jetzt seit langem fort war und es mit irgendeinem anderen trieb. Ich saß da, sah flüchtig das Ermittlungsmaterial dieses Mädchens durch, überlegte mir, wie es Gwen wohl gehen mochte, und achtete nicht auf das, was gesprochen wurde. Ich fragte mich, ob Gwen noch an mich dachte; wie aus der Ferne hörte ich Stimmen, die mir auseinandersetzten, was man von mir haben wollte – praktisch eine Kopie des anderen Artikels. Ich hörte Sätze wie: »Du liebe Güte, was Sie mit diesem Burschen anstellen werden!« und: »Erinnern Sie sich an Colliers Wagen? Nun, dieser Kerl hat Motorboote: Katamarane, Rennboote, was Sie wollen.«

Ich blickte unverwandt das Mädchen an und dachte dabei an Gwen. Plötzlich standen Tränen in meinen Augen. Ich glaube, außer ihr bemerkte es niemand. Das Gespräch kam aus immer weiterer Ferne. Ich dachte daran, wieviel Schwung Gwen hatte, wie schick gekleidet, gepflegt und selbstsicher sie hier sitzen würde, in diesem selben Büro, genau, wie sie es einst getan hatte, und ich wünschte mir, daß sie es auch jetzt täte. Und plötzlich hörte ich Gwens Stimme: »Stell selbst Ermittlungen über den Burschen an. Vertraue nicht auf andere«, und ich sagte zu dem versammelten Redaktionsstab: »Meine Herren, zunächst möchte ich Gewißheit haben, daß ich mit dieser Sache ganz von vorn anfangen kann – verzeihen Sie, Miß, ich erkenne es an, wie schwer Sie gearbeitet haben, aber ...« Sie lächelten alle, sichtlich erleichtert, daß dies mein einziger Einwand war, und sagten, natürlich, selbstverständlich, geht in Ordnung, und so weiter. Das Mädchen erklärte, sie habe zu Hause noch eine Menge Zeitungsausschnitte und Notizen, falls ich Interesse hätte, sie mir anzusehen.

Warum nicht, erwiderte ich.

Sie stammte aus New York und bewohnte jetzt hier anderthalb Zimmer in einem Apartmenthaus, »Oase« genannt. Überall, auf dem Tisch, den beiden Stühlen und der Couch, lagen Haufen von Büchern mit Papierstreifen zwischen den Seiten, Zeitschriften, in die andre Zeitschriften gesteckt waren, Schreibmaschinenpapier, Stenoblocks, Bleistifte, Federhalter, Büroklammern und – das habe ich nie vergessen – ausgerechnet im Bett eine Heftmaschine. Das Mädchen hatte sich wirklich ihr Gehalt verdient! Wir konnten tatsächlich nur auf dem Bett arbeiten. Und das taten wir. Normalerweise wäre dies eine ideale Situation für mich gewesen. Das Mädchen trieb einen Heldenkult, hatte alles gelesen, was ich je geschrieben hatte. Sie berichtete mir ausführlich, was ihr besonders gut gefiel – so ziemlich alles. Und sie bekam ihre Belohnung, obwohl mir heute noch schleierhaft ist, wie das mit dem ganzen Zeug auf dem Bett überhaupt möglich war.

Es schien wie etwas, das wir schon oft zuvor getan hatten. Und das hatte ich ja auch – mit Gwen: Liebe auf dem Trümmerfeld des Ermittlungsmaterials. Einen Augenblick war ich leidenschaftlich erregt. Dann erstarb ich wie ein schadhaftes Radio. Ich pumpte und pumpte, aber ich kam nicht. Das arme Kind wußte nicht, was zum Teufel sie von der ganzen Sache halten sollte. Nach einer Weile hörte ich einfach auf und lag regungslos da. Wir sahen uns an, mein Glied war immer noch steif, aber nichts geschah. Schließlich sagte ich: »Verzeih mir.« Ich stand auf. Es hatte keinen Sinn. Dies war kein Akt der Liebe oder Zuneigung oder auch nur eines plötzlichen Verlangens. Es war ein Fall von Verwechslung der Persönlichkeit.

Als ich die Treppe hinunterging, pfiff ich nachdenklich vor mich hin. Es überraschte mich, daß ich mich nach all diesen Monaten immer noch so sehr nach Gwen sehnte. Und was den Artikel betraf, wozu mir etwas vormachen? Nicht allein, daß ich ihn nicht schreiben wollte. Ich hätte es auch nicht gekonnt, selbst wenn es mir gelungen wäre, mir einzureden, daß ich es wollte. Ich war auf einem Punkt angelangt, wo ich mich von allem Vergangenen lösen mußte.

So rief ich die Redaktion der Zeitschrift an und sagte, ich hätte kein Interesse, den Artikel zu schreiben.

Sie waren bestürzt und erklärten, ich dürfe sie nicht im Stich lassen, denn sie hätten diesen Auftrag jetzt monatelang eigens für mich reserviert.

Ich erwiderte, ich hätte den Artikel ja bereits geschrieben; nur die Namen hätten sich geändert. Verwenden Sie die andre Geschichte, sagte ich; setzen Sie den Namen Blanton statt Collier ein und machen Sie aus Rennwagen Motorboote.

Reden Sie keinen Unsinn, sagten sie. Ich müsse es einfach tun; niemand könne das so schreiben wie ich. Und man gab mir auch durch die Blume zu verstehen, daß ich mein Konto bei der Zeitschrift schon reichlich überzogen hätte. So mußte ich mich wieder auf meine Krankheit berufen. Ich entgegnete, daß ich mich immer noch ziemlich schwach fühlte, noch gar nicht recht auf der Höhe sei (meine Stimme nahm einen mitleiderregenden Ton an) und daß ich unter Übelkeit und Schwindel litte. Ob sie nicht bemerkt hätten, wie blaß ich unter meiner Sonnenbräune war?

Sie mußten zugeben, daß ich tatsächlich nicht sehr gut aussähe, und nahmen mir das Versprechen ab, nicht zu arbeiten, ehe ich vollkommen wiederhergestellt sei. Was ich feierlich versprach.

Ich verließ die Telefonzelle. Es war drei Uhr dreißig, und ich war ein freier Mann. Wie man so schön zu sagen pflegt: Ich hatte mich auf den Weg gemacht, wenn ich auch nicht wußte, wohin er mich letztlich führen würde.

Eines stand fest: Meine Rekonvaleszenz war vorüber.

7

Ich stand auf der Straße; wo, wußte ich nicht genau. Es war sehr heiß. Irgendwo über mir schien die Sonne: Es gab eine Stelle in der dichten Decke von Smog, die heller war als der Rest. Meine Augen brannten. Ich konnte die Industrieabfälle riechen. Ich spürte sie auf der Zunge. Es lag irgend etwas Unheildrohendes in der Luft. Ich brauchte einen Zufluchtsort und dachte an unser kleines Haus in Indio. Das würde kühl und sicher sein. Aber der Weg war zu weit. Und ich wollte ohnedies nicht dorthin.

In manchen Städten geht man in eine Bar und trinkt etwas, um gegen die Kälte gefeit zu sein. In Los Angeles geht man in eine Bar, um der trüben, warmen Brühe zu entkommen, in der die Leute leben und die sie einatmen.

Das Innere der Bar war wundervoll dunkel und kühl. Ich hatte bereits meinen ersten Wodka mit Sodawasser getrunken, ehe meine Augen sich so weit an die Dunkelheit gewöhnt hatten, daß ich meine Umgebung erkennen konnte. Erst da sah ich die Männer, die rechts und links von mir an der Bar standen. Was taten sie hier am hellichten Tag, mitten in der Woche? Jeder von ihnen blickte starr vor sich hin, ohne seinen Nachbarn zu beachten. Sie alle sahen wie ehrbare Repräsentanten wohlhabender Firmen aus. Hatten auch sie ihre Stellung aufgegeben?

Ich hatte keine Lust, nach Hause zu gehen. Genau wie die übrigen Männer an der Bar schien ich mir nichts sehnlicher zu wünschen, als dort zu stehen und mich wie ein großer Sprengkörper an einer kurzen Zündschnur zu fühlen. Wenn jemand ein flammendes Streichholz in diesen Raum fallen läßt, dachte ich, fliegt das ganze Lokal in die Luft.

Ich ging zum Musikautomaten und entdeckte eine Platte von Al Hirt. Als sie zu spielen begann, zeigte niemand Gefallen an meiner Wahl; andererseits erhob auch niemand Einspruch.

Die Bar war im hawaiischen Stil dekoriert, doch es waren keine Hawaiier in Sicht. Ich trank noch einen Wodka und ging fort.

Es war erst vier Uhr. Wenn ich jetzt nach Hause ginge, würde ich Florence vieles zu erklären haben.

Draußen war es noch heißer als zuvor. Meine Augen begannen zu tränen. Ich konnte das beizende Zeug in der Luft schmecken. Irgendwie mußte ich ihm entrinnen.

Ein Taxi kam vorbei. Ich hielt es an und nannte dem Fahrer den Flughafen, auf dem ich meine Cessna 172 stehen hatte.

Die Mechaniker freuten sich, mich zu sehen. Sie hatten nicht gehört, daß man mir den Zephyretat entzogen hatte. Für sie war ich nur der Mann, dem die Cessna gehörte. Das einzige, worauf ich trotz aller Absonderlichkeit während meiner Rekonvaleszenz sorgsam geachtet hatte, war die pünktliche Ratenzahlung für meine Cessna. So rollten die Männer sie bereitwillig heraus, als ich sie darum bat.
Als ich durch den Smog hindurch war, befand ich mich in zweihundertfünfzig Meter Höhe und überflog gerade den Strand von Santa Monica. Ich wandte mich nach Norden. Zu meiner Rechten konnte ich den ganzen giftigen Dunst sehen. Ein Teil davon hatte eine gelbliche Färbung. Schwefel.
Nördlich der Malibu Colony wurde der Smog ein wenig dünner. Ich ging im Steilflug nieder und überquerte Zuma Beach in siebzig Meter Höhe. Dann beschloß ich, hinauf in die Cañons zu fliegen. Hier war die Luft vollkommen klar. Die Sonne stand im Westen schräg über mir. Die Berge waren auf einer Seite dunkel, auf der anderen strahlend hell. Ich erblickte ein Rudel Hirsche; die meisten schliefen noch. Sie äsen bei Nacht und ruhen tagsüber im Gebüsch. Ich überflog sie in geringer Höhe, und schon waren sie auf den Beinen und liefen davon. Es war ein herrliches Schauspiel: Über manchen Stellen lag tiefer Schatten, und dort konnte man sie nicht sehen. Dann jagten sie wieder die sonnenbeschienenen Hänge hinauf, über die Rücken der Anhöhen hinweg und auf der anderen Seite hinunter. Ich drehte um und flog nach Süden. In der Innenstadt von Los Angeles ragten einige Gebäude aus dem Smog hervor, unter ihnen der Turm, in dem Williams and MacElroy ihre Büros hatten. Ich begann, diesen Turm in gefährlich langsamem Flug zu umkreisen. Immerfort. Und dabei fragte ich mich abermals: Hatte eine Hand meinen Wagen gegen die Seite jenes Lastzugs geschleudert? Lächerlich! Warum behauptete ich es dann immer wieder? Nun, weil es sich meinem Willen entzog, was immer es auch gewesen sein mag. Ich war es nicht. Ich öffnete die Tür auf meiner Seite und lehnte mich weit hinaus. Ich wartete. Das Flugzeug umkreiste den Turm. Ich sagte: »Wer immer du bist, die Hand meines Feindes oder die Hand meines Freundes, los, komm her!«
Inzwischen ertönten aus dem Bordfunkgerät pausenlos die Ermahnungen und wüsten Beschimpfungen der Bodenstation. Doch ich kümmerte mich nicht darum. Ich wollte einfach herausfinden, ob die »Hand« angesichts dieser wunderbaren Gelegenheit sich wieder zeigen, vielleicht die Höhenruder des Flugzeugs blockieren oder mich hinausbefördern würde, was in Anbetracht meines prekären Gleichgewichts nicht weiter schwer gewesen wäre.
Natürlich war es albern. Ich umkreiste fortwährend den Turm und

wartete, daß etwas geschähe. Dabei rief ich: »Evangeleh!« (Das ist der Name, mit dem mein Vater mich ruft.) »Evangeleh! Warum willst du dich umbringen? Evangeleh, sag mir! Worin hast du Verrat an dir selbst geübt?« Keine Antwort. Kein Zeichen, kein Sturz, nichts!
Dann sah ich neben mir einen Hubschrauber der Polizei. Sie bedeuteten mir winkend, ich solle mich entfernen, und brüllten mich über Funk an. Mir wurde klar, daß ich bei all dem Tumult dort oben an diesem Tag keine Antwort auf meine Fragen erhalten würde. Besonders, wenn ich selbst wie ein wahnsinniger Prophet laut und lärmend in den abgedroschensten Bibelsprüchen danach verlangte. Wenn es überhaupt noch einmal kam, so würde es unvermutet kommen.
Man erwartete mich auf der Landebahn. Die Beamten des Flughafens waren eigens für mich aus dem Bürogebäude herbeigekommen. Sei stellten mir eine Menge entsetzlicher Dinge in Aussicht. Ich schenkte ihnen mein allerbestes »Nichts«-Lächeln und stieg in ein Taxi.
Auch zu Hause erwartete man mich: Florence und Dr. Leibman. Es herrschte jene schreckliche Ruhe, die diese beiden einer hysterischen Situation gegenüber an den Tag zu legen pflegten. Sie standen sogar auf, als sie mich sahen. Dr. Leibman grinste mich an und war charmant; Florence war charmant, und auch ich war charmant. Aber ich wußte, und sie wußten, wie die Dinge standen. Ich hätte sofort dreinschlagen sollen! Wofür, zum Teufel, hielten sie mich? Für einen armen Irren? Doch gerade in diesem Augenblick stiegen einige Polizisten in Zivil aus dem schönen, blitzblanken Wagen der Funkstreife und kamen zu Fuß die Auffahrt herauf. Als Florence sie sah, sagte sie: »Keine Sorge, Liebling, ich rede mit ihnen.« Dann eilte sie davon. Und ich stand da, allein mit Dr. Leibman.
Er schenkte mir sein gewinnendstes Lächeln. Ich erwiderte es mit meinem ausgesuchtesten »Nichts«-Lächeln, und damit waren wir quitt. Dann sagte er, setzen Sie sich, möchten Sie nicht etwas trinken, als ob es sein Haus wäre. Ich sagte, gern, was haben Sie, als ob es seine Bar wäre. Er lachte, und ich sah die Zwischenräume zwischen seinen scharfen, kleinen Zähnen. Dann war es eine ganze Weile still. Ich merkte, daß er mich aufmerksam beobachtete. Als ich es nicht mehr ertragen konnte, steuerte ich auf das Schwimmbassin los. Aber Leibman blieb mir auf den Fersen. »Wie entkomme ich diesem Kerl?« sagte ich laut. Ich setzte mich. Er setzte sich. Offenbar halfen zarte Andeutungen nichts bei ihm. Jetzt wandte er sich um und sah mich an. Er schien zu warten, daß ich den Anfang machte.

Allmählich fühlte ich mich ausgesprochen unbehaglich. Abgesehen von allem anderen, war es entsetzlich heiß. Ich begann zu schwitzen und zog mein Hemd aus. Er schien immer noch darauf zu warten, daß ich etwas sagte. Aber ich konnte länger warten als er.
»Florence meinte, Sie wollten mit mir sprechen«, log er. Dann grinste er. Ich entledigte mich meiner Hosen, schlüpfte aus meinen Mokassins und sprang ins Wasser.
»Nun«, sagte Dr. Leibman, als ich auftauchte, »da sind Sie ja wieder!«
»Sind Sie immer noch hier?« fragte ich.
»Ja. Und ich warte.«
»Da können Sie lange warten. Ich habe Ihnen nichts zu sagen.«
»Sagen Sie irgend etwas«, erwiderte er lächelnd.
Von dieser Perspektive aus konnte ich die Lücken zwischen seinen Zähnen noch deutlicher sehen. Er erinnerte mich an irgend jemanden.
»Fangen Sie einfach mit irgend etwas an. Was haben Sie zum Beispiel augenblicklich für Probleme?«
»In diesem Augenblick ist mein einziges Problem, wie ich Sie am schnellsten loswerden kann.«
Damit tauchte ich unter. Als ich wieder heraufkam, lachte er und sah genauso aus wie einer von diesen kleinen jüdischen Jungen, die auf unserer Straße zu spielen pflegten. Ich konnte ihn nicht ernst nehmen.
»Erzählen Sie mir, was Sie in diesem Augenblick denken«, sagte er.
»Nichts.«
»Nichts? Es ist unmöglich, nichts zu denken.«
Ich hielt mich am Rand des Schwimmbassins fest. Er schob gemächlich seinen Stuhl längsseits. Plötzlich sagte er: »Was? Wie bitte?« Ich hatte kein Wort gesagt.
»Was wollten Sie eben sagen?«
»Ich wünschte, Sie würden abhauen!« erwiderte ich grob.
»Ah«, sagte er, als hätte er eine große Entdeckung gemacht. »Gut! Jetzt sagen Sie mir, mein Freund, warum Ihre Haltung mir gegenüber so feindselig ist. Ich möchte gern etwas darüber hören.«
Ich begab mich auf den Grund des Schwimmbeckens. Der Kerl hat mich in der Zange, dachte ich. Hier unten kann ich nicht lange bleiben, und dort oben steht er und wartet auf mich. Sie haben mich im letzten Loch, das es auf der Welt noch für mich gibt, in dem, das voll von Wasser ist.
Als ich wieder auftauchte, rief ich: »Florence!« Ich hielt mich in der Mitte des Schwimmbassins und schrie unentwegt: »Florence! Florence! Florence!« bis sie den Mann fortholte.

Während sie den Hang hinauf auf das Haus zugingen, redete er unentwegt auf sie ein. Ich blieb im Schwimmbassin, bis ich seinen Wagen fortfahren hörte. Als ich herauskletterte, kam Florence gerade wieder herunter.
»Nun«, fragte ich, »was hat er für eine Diagnose gestellt?«
»Diagnose!« sagte sie und fing an zu lachen, als sei dies weiß Gott ein seltsames Wort für eine so sonnenklare Angelegenheit.
»Wie bist du die Polizisten losgeworden?« fragte ich.
»Ich habe ihnen versprochen, daß du keinen Wagen mehr fahren wirst!«
»*Du* hast ihnen versprochen!«
»Ja.« Ihre Stimme konnte einen sehr kategorischen Ton annehmen, wenn sie Widerstand erwartete. »Was deine Heldentaten in der Luft betrifft, damit ist es vorbei. Und das habe nicht *ich* veranlaßt, Liebling. Die Leute von der Zivilluftfahrtbehörde haben angerufen, noch ehe du überhaupt zu Hause warst. Sie wollten dir mitteilen, daß du Startverbot hast, bis alles vollkommen geklärt ist. Und daß die Sache auch noch andere, ernstere Folgen haben wird.«
Ich sprang wieder ins Schwimmbassin.
Für gewöhnlich kann ich nicht sehr lange unter Wasser bleiben. Doch jetzt kreiste ich wie ein Seehund auf dem Grund umher. Als ich schließlich heraufkam, sah ich Florence den Hügel hinauf aufs Haus zugehen. Ich folgte ihr mit den Blicken und sagte mir: »Warum quälst du diese Frau? Um Himmels willen, trenn dich von ihr. Geh nach Seattle. In ihrem tiefsten Inneren sehnt sie sich wahrscheinlich sogar danach, daß du verschwindest. Sie würde vielleicht ein paar Tage lang Tränen vergießen, und dann wäre alles vorüber.« Ich konnte den Anblick von Florences Kummer nicht ertragen. So tauchte ich wieder unter. Der Boden dieses Schwimmbeckens gefiel mir von Mal zu Mal besser.
Armes Ding, dachte ich, die Tränensäcke unter ihren Augen waren heute morgen schlimmer denn je. Sie hatte sich angewöhnt, sie »deine Tränensäcke« zu nennen, womit sie sagen wollte, daß ich die Ursache dafür sei. Ich wußte, daß sie jedesmal, wenn sie sie abends mit *Spread and Sparkle* oder *Wipe and Wonder* betupfte, mir die Schuld gab. Und man kann nicht einmal sagen, daß sie unrecht hatte. Wenn ich meine Frau wäre, hätte ich auch Tränensäcke.
Damals, als ich mit Gwen nach New York fuhr, um Collier aufzusuchen, hatte Florence mir beim Abschied gesagt, sie würde sich während meiner Abwesenheit die Falten im Gesicht entfernen lassen.
»Was bezweckst du damit?«
»Findest du, daß ich im jetzigen Zustand gut aussehe?«
»Du siehst aus wie ... nun ...«

»Wie eine Ehefrau. Ich weiß. Und das, Evans, hat sich als schleichender Tod erwiesen. Ich verdiene es nicht, daß man mich Nacht um Nacht als Frau ignoriert. Also werde ich etwas dagegen unternehmen. Selbst wenn es dir egal ist, wie ich aussehe, mir ist's nicht egal.«

Als ich zurückkam, hatte sie es tatsächlich getan. Es wird direkt hinter den Ohren gemacht. Einfach ein oder zwei kleine Nähte. Ich sagte ihr, sie sähe viel besser aus, und das stimmte. Aber es wirkte auf mich nicht so, wie sie gehofft hatte. Und das veränderte Aussehen hielt nicht lange an. Meistens kommt der Schmerz sehr bald irgendwo anders zum Vorschein. So waren es jetzt also meine Tränensäcke unter ihren Augen.

Als ich wieder einmal auftauchte, um Luft zu holen, sah ich, daß Florence über den Rasen auf mich zukam; und sie trug ihr Löwenfell. Natürlich nicht sichtbar, aber doch deutlich vorhanden. Nachdem sie sich entschlossen in einem der Metallstühle niedergelassen hatte, sagte sie: »Evans, ich möchte mit dir sprechen.«

Jedesmal wenn sie diesen speziellen Satz in diesem speziellen Tonfall aussprach, kam ich mir vor wie ein Dienstbote, der entlassen werden soll. Sie saß auf ihrem Stuhl, blies den nicht inhalierten Rauch seitlich durch die Lippen, und ich konnte nicht umhin zu denken: Hoffentlich gibt sie mir eine gute Empfehlung.

Dann sah ich sie an und erkannte, wie unfair das von mir war. Denn dies war eine verängstigte Frau. Sie sprach zu einem Ehemann, der gerade wieder versucht hatte, sich das Leben zu nehmen, diesmal in einem Flugzeug. In ihrem Ton lag keine Feindseligkeit, nur panischer Schrecken.

»Es tut mir so leid, Florence«, sagte ich.

»O Liebling, darum geht es nicht; ich wünschte nur ...«

Sie konnte nicht sprechen.

»Was, mein Liebes?«

»Ich wünschte, du würdest mich nur dieses eine Mal als deine Freundin betrachten. Ich bin nicht gegen dich, Ev; mein einziger Wunsch auf der Welt ist, dir zu helfen.«

»Ich weiß.«

»Komm heraus und setz dich zu mir.«

Ich tat es.

»Evans, mein Lieber, du hast mir gesagt, du willst mich nicht, du willst dieses Haus nicht, dir mißfällt die Art, wie wir leben. Ich habe die Unterhaltung nicht vergessen. Aber jetzt möchte ich dich fragen – bitte, denk daran, daß ich dich als Freundin frage –, was *willst* du?«

»Ich weiß es nicht.«

»Willst du sie?«
»Wen?«
»Wen!«
Ich sagte nichts. Schweigen ist meine Stärke.
»Evans, ich bin deine Freundin. Du kannst sie haben, wenn es das ist, was du wirklich willst, wenn das dich glücklich macht. Evans, hab keine Angst vor der Wahrheit.«
»Ich glaube, das ist es nicht.«
»Evans, ich bin deine Freundin.«
Ich hatte gute Lust, wieder ins Schwimmbassin zu springen. Sie muß es geahnt haben, denn sie sagte: »Spring jetzt nicht wieder ins Wasser. Du bist solch ein verdammter Kindskopf.«
So saß ich also auf trockenem Land, meines derzeitigen Elements beraubt, schweigend, vierundvierzig Jahre alt und vollkommen verbiestert, ohne zu wissen, was ich wollte. Ich fragte mich, ist es das, was man einen Zusammenbruch nennt? Denn irgend etwas Grundlegendes war zweifellos in die Brüche gegangen. Ich war außerstande, zu handeln oder nicht zu handeln, zu gehen oder nicht zu gehen; ich konnte nur mit Mühe reden. Ich hatte Lust, mich auf den Grund des Schwimmbassins sinken zu lassen, weiter nichts. Aber falls dies ein Zusammenbruch war, so war er nicht unangenehm. Ich existierte einfach, ohne Willen, ohne Wunsch oder Widerstand, sogar ohne mein eigenes Gewicht. Ich schwebte.
»Florence«, sagte ich.
»Ja, Evans?«
»Nichts.«
Man sagt von der Giraffe, daß sie keine Stimme hat, daß, wenn ihr Kopf im Maul des Löwen steckt, sie nicht einmal gegen ihre eigene Ermordung protestieren kann.
»Willst du nicht einmal wieder mit Dr. Leibman sprechen?«
»Ich habe es ja getan – dreimal. Für 50 Dollar pro Stunde.«
»Er ist ein sehr vernünftiger und verständnisvoller Mensch. Und er ist auch gütig.«
»Ich will mit jemand reden, der ungezügelt und zersetzend, skrupellos und blutdürstig ist.«
Ich sah sie an und lächelte.
Sie lächelte ebenfalls; es war das Lächeln eines Engels. Und wiederum dachte ich: Wie komme ich dazu, diese Frau zu quälen? Ich sollte einfach verschwinden. Nach Seattle gehen. Wirklich! Es ist nicht notwendig, das Leben dieser unschuldigen Frau mit dem deinigen zu verflechten. Befreie sie! Bevor du sie langsam, aber sicher umbringst.
»Ich möchte mich jetzt gern ein bißchen ausruhen«, sagte ich.

»Gut, ich werde dafür sorgen, daß niemand dich stört. Möchtest du ein Kissen oder etwas zu trinken, ein bißchen Saft oder sonst was, Ev? Sag's mir.«
»Nein, ich lege mich nur hin und schlafe ein Weilchen. Ich bin müde und möchte nicht mehr reden.«
Ich ging zu ihr, küßte sie auf die Wange und sagte: »Es tut mir leid, daß ich so bin. Es ist nicht deine Schuld. Bitte glaube nicht, daß es irgend etwas mit dir zu tun hat. Du bist wundervoll.«
Sie ließ so etwas wie ein Keuchen hören, drückte mich mit aller Kraft an sich und versuchte, mich auf den Mund zu küssen. Doch das konnte ich nicht, es war mir einfach unmöglich. Aber ich umarmte sie und sagte: »Ich danke dir. Es gibt auf der ganzen Welt keine bessere Frau als dich. Dies alles ist einzig und allein meine Schuld.«
»Weißt du, Evans, ich bringe es nicht fertig, einen Menschen einfach im Stich zu lassen. So bin ich nicht geschaffen. Und nun leg dich hin und schlaf.«
Sie wandte sich um und ging den Hügel hinauf. Sie sah jetzt besser aus.
Ich ließ mich hinfallen, wo ich war, drehte mich auf den Bauch und schlief sofort ein. Das ist eine Fähigkeit, die ich habe: Ich kann jederzeit schlafen. In den Zeiten, da Florence und ich noch genügend Interesse füreinander hatten, um uns zu streiten – in den ersten Monaten oder vielleicht auch während der ersten ein, zwei Jahre unserer Ehe –, hatten wir ein paar schreckliche Szenen, die sie manchmal die ganze Nacht vor Wut zittern ließen. Doch mich schläferten sie ein. So saß sie dann, nach einer weiteren Runde lechzend, aufrecht im Bett, aber es gab niemand, mit dem sie hätte kämpfen können. Einmal wurde sie so wütend, daß sie hinunterging, um ein Küchenmesser zu holen; sie wollte mich tatsächlich umbringen! Doch als sie zurückkam, schlief ich. Und einem schlafenden Menschen kann man so etwas nicht antun. Wenn wir schlafen, sehen wir Gott sei Dank alle unschuldig aus. Der Schlaf ist ein unschätzbarer Verbündeter, besonders, wenn man im Unrecht ist.
Sie versuchten, mich zum Abendessen zu wecken. Doch ich ließ es nicht zu. Ich wußte, daß ich in wachem Zustand der Lage nicht gewachsen war.
So brachten sie mich nach oben. Ich zog mich im Gehen aus und fiel, ohne Pyjama und ohne meine Zähne zu putzen, in das große, schöne Doppelbett.
Ich wünschte mir eine lange Waffenruhe! – Aber es kam anders. Dies war die Nacht, in der unsere Ehe in die Brüche ging.
Ich weiß nicht, wann, zu welcher Stunde es geschah. Irgendwann in

der leblosen Dunkelheit der Nacht wachte ich auf. Florence lag schlafend und schwer atmend neben mir. Ich entsinne mich, daß ich die Geräusche der elektrischen Geräte hörte, die sich ein- und abschalteten, dieses einfroren und jenes heizten, surrten, sich drehten, knackten, zu laufen anfingen und wieder aufhörten. Es sind die anheimelnden, friedlichen Geräusche all jener braven kleinen Motoren, die dazu geschaffen wurden, still ihre Arbeit zu tun, während wir ruhen. Ich entsinne mich, daß ich auf sie horchte, dann muß ich wieder eingeschlafen sein, denn mit einmal merkte ich, daß ich es mit ihr, mit Florence tat. Und ich konnte es mit einemmal wieder. Eben begann ich, mich langsam zu bewegen, als ich plötzlich aufwachte. Und sie wachte auf. Wir sahen uns an. Und ohne mir klarzuwerden, wie schrecklich es war, tat ich etwas Schreckliches. Ich blickte sie an und erkannte, daß es Florence, meine Frau war, und nicht Gwen, die es in meinem Traum gewesen war, und ich machte einen Rückzieher. Dann wandte ich mich jäh von ihr ab und blieb auf dem Bauch liegen.

Sie lag wortlos da und blickte zur Decke. Ich wagte kaum zu atmen. Und diesmal konnte ich nicht wieder einschlafen. Es war die längste Nacht meines Lebens. Jetzt war kein Zweifel mehr möglich!

Am nächsten Morgen schien nach außen hin alles seinen gewohnten Gang zu nehmen. Wir lasen beide gern die neuesten Nachrichten, während wir unseren Kaffee tranken. Wir hatten beide gern eine unzerknüllte Zeitung, und so ließen wir uns jeden Morgen zwei Exemplare der *Times* von Los Angeles bringen. Und nun saßen wir uns wie immer am Gartentisch gegenüber, beide im Schlafrock, beide vorübergehend sicher hinter der Zeitung verschanzt.

Florence sah angegriffen aus. Sie trug ihr rosafarbenes Negligé, das ihr sehr gut steht, wenn sie sich wohl fühlt. Aber Rosa ist eine trügerische Farbe, und an diesem Morgen betonte es ihre Blässe.

Während des ganzen Frühstücks sprachen wir kein Wort. Ich glaube, Florence traute sich nicht mehr, zu irgend etwas Stellung zu nehmen oder von sich aus eine klare und eindeutige Reaktion zu zeigen, ohne zuvor mit Dr. Leibman gesprochen zu haben – was sie um 9 Uhr 20 tun würde. Um halb neun ging sie hinauf, um sich anzuziehen. Ich blieb noch ein Weilchen sitzen. Wir waren am Scheideweg angelangt.

Es war wieder ein blendend heller, grauer Tag. Ich ging ebenfalls hinauf, um meine Sonnenbrille zu holen.

Da ich barfuß war, hörte Florence mich nicht. Sie stand vor dem großen Wandspiegel und musterte über die Schulter hinweg die Rückseite ihrer Oberschenkel. Unter der Haut hatten sich zahllose kleine Fettpolster gebildet, und sie glichen jetzt mehr denn je einem

Waffeleisen. Ich fühlte mich irgendwie schuldig, als hätte ich imstande sein sollen, es aufzuhalten oder ihr zumindest zu versichern, daß es nichts ausmache. Aber ich hatte es nicht getan, denn tatsächlich machte es sehr viel aus.

Jetzt versuchte ich, mich unbemerkt hinauszuschleichen, doch sie sah mich im Spiegel und zog rasch den Rock hinunter, als sei ich ein Fremder. Ich ging zur Tür, aber sie rief mich zurück.

»Vergiß nicht, daß wir heute abend eingeladen sind«, sagte sie.

»Du lieber Himmel, bei wem?«

»Wenn du nachdenkst, wird dir einfallen, daß die Bennetts eine Willkommensparty veranstalten. Für dich. Erinnerst du dich jetzt?«

»Ich glaube ja. Müssen wir wirklich hingehn?«

Sie erwiderte nichts. Schließlich drehte ich mich um und ging hinaus. Ich hatte einen Menschen tödlich verletzt.

Nach kurzem Zögern ging ich wieder ins Schlafzimmer. »Florence«, sagte ich, »es tut mir leid.« Sie malte sich gerade die Lippen.

»Wenn es dir wirklich leid täte, würdest du versuchen, es zu ändern. Aber das tust du nicht. Also erwarte nicht, daß ich dir glaube. Ich nehme an, du bist nicht mehr Herr über das, was du sagst, fühlst oder tust.« Damit war sie draußen.

Ich ging hinunter zum Schwimmbassin. Aber selbst dort fühlte ich mich jetzt nicht sicher. Wie lange konnte ich schließlich auf dem Grund bleiben? Einen Augenblick lang dachte ich daran, in ein türkisches Bad zu gehen. Einmal bin ich drei Tage im Luxor geblieben. Doch ich brachte nicht die Energie auf, es zu tun. So zog ich mich aus, legte mich aufs Sprungbrett und wartete, daß es geschähe. Ich war jedem auf Gnade oder Ungnade ausgeliefert, konnte jetzt nur noch auf ein Wunder hoffen. Vielleicht würde irgendeine schreckliche Katastrophe eintreten und mich retten! Vielleicht würde entweder Florence oder ich ums Leben kommen, vielleicht würde es ein Erdbeben oder einen Krieg geben. Ich konnte jetzt verstehen, weshalb der Krieg vielen Menschen so willkommen ist. Er befreit sie aus irgendeiner hoffnungslosen persönlichen Lage. Tatsächlich läßt er alles Persönliche belanglos erscheinen. Er ist sogar noch besser als ein türkisches Bad. Er entschuldigt alles, löscht alles aus. Ach, wenn doch ein Krieg ausbrechen und mich retten würde! dachte ich. Wenn doch nur jemand versehentlich eine Atombombe losgehen ließe! Dann könnte ich mich in unserem Luftschutzkeller in Indio verkriechen.

Mit diesem Gedanken schlief ich ein.

Als ich aufwachte, war Florence von ihrer Sitzung mit Leibman zurückgekehrt und saß auf einem Armsessel neben dem Schwimmbassin. Der Blick, mit dem sie mich ansah, war furchterregend: entweder mörderisch oder selbstmörderisch – ich konnte nicht sagen, was von beidem. Und das Erschreckendste daran war, daß sie ihr übliches, vollkommen beherrschtes Lächeln aufsetzte, sowie sie merkte, daß ich wach war. Sie war freundlich. Leibman tut wirklich etwas für sein Geld, dachte ich. Er hatte an diesem Morgen in aller Eile eine sehr erfolgreiche Flickarbeit geleistet. Trotz meiner Abneigung gegen seine Person bewunderte ich ihn. Wie lange würde es anhalten? Bis sie ihn morgen genau um 9 Uhr 20 wiedersah. Er hielt sie von einem Tag zum andern in Gang; was immer er tat, reichte genau für vierundzwanzig Stunden!

»Gehst du nicht ins Büro?« fragte sie leichthin, als ob es ihr im Grunde ziemlich gleichgültig sei.

»Wie bitte?«

»Ich fragte, ob du nicht ins Büro gehst? Es ist viertel vor zehn.«

»In welches Büro?«

Sie wandte sich ab und blickte in die andere Richtung. Offensichtlich versuchte sie, irgend etwas zu bezähmen, denn einen Augenblick lang zitterte sie am ganzen Körper. Ich sagte mir im stillen: Hör auf, dieses Spiel mit ihr zu treiben, sag ihr, wie die Dinge stehen, bring's hinter dich.

»Nein, ich habe Schluß gemacht.«

»Oh, das ist interessant.«

»Findest du?«

»Wann hast du das beschlossen?«

»In diesem Moment; aber eigentlich war es schon seit langem vorauszusehen.«

»Was wirst du also jetzt anfangen?«

»Keine Ahnung.«

»Bist du sicher, daß du weißt, was du tust?«

»Weiß man das überhaupt jemals?«

»Evans, das ist reinster Quatsch! Du lieber Himmel! Ja, man weiß das; die Menschen wissen im allgemeinen, was sie tun!«

Dann gewann sie wieder ihre Selbstbeherrschung. Offensichtlich hatte Dr. Leibman ihr gesagt, sie solle sich jeder Herausforderung gegenüber ruhig verhalten und abwarten, wie sich die Dinge entwickeln würden. Mein Gott, dachte ich, wenn ich ihr Analytiker wäre, würde ich ihr raten, mich über den Haufen zu schießen.

»Hör zu«, sagte sie, »hast du es ihnen schon gesagt? Ich meine ...«

»Nein, aber ich werde es tun ... Ich bin fest entschlossen. Ich mache Schluß.«

»Womit?«

»Mit allem.«

»Auch mit mir?«

»Ich weiß es nicht. Vielleicht. Vielleicht mit allem. Ich bin mir noch nicht im klaren darüber.«
»Und was meinst du, was ich jetzt tun soll?«
»In welcher Beziehung?«
»Was mein Leben betrifft. Ich muß ja schließlich leben.«
Ich sagte nichts.
»Über mich hast du dir keine Gedanken gemacht, stimmt's?«
»Ich glaube nicht. Nein.«
»Es tut mir leid, dich mit solchen Kleinigkeiten belästigen zu müssen, aber – was soll ich zum Beispiel davon halten, was letzte Nacht geschehen ist?«
»Letzte Nacht?«
»Schön, ich werde mich präziser ausdrücken. Vor deinem Unfall nahm ich an, es sei irgend etwas Physisches: dein Kreislauf, deine Geschlechtsdrüsen oder dein Nervensystem. Aber jetzt – nun, es ist alles da, nicht wahr? Aber es ist nicht für mich da. Ich will sagen, mit wem hast du mich letzte Nacht verwechselt?«
Ich antwortete ihr nicht.
»Schweigen. Auch gut. Aber ich habe es satt. Das geht nun schon dreizehn Monate so. Ich weiß nicht, was du dir vorgestellt hast. Wahrscheinlich hast du geglaubt, daß ich warten würde, bis du gefunden hast, was immer du suchst. Oder wen immer.«
»Ich bin in der Zeit mit keiner Frau zusammengewesen, Florence.«
»Das ist wahrscheinlich eine Lüge, aber wenn es stimmt, so ist es deine Sache. Ich werde nicht mehr deine Hand und meine spielen. Du bist ein Mensch, der nur an sein eigenes Wohl denkt. Und es ist höchste Zeit, daß ich anfange, an mein Wohl zu denken.«
Sie ging den Hang hinauf und ins Haus.

8

Ich blieb an diesem Nachmittag so lange wie möglich auf meiner kleinen Festung. Doch gegen fünf Uhr hatte ich keine andere Wahl: Ich mußte zurück ins Haus. Florence saß unter der Trockenhaube. Auf dem Bett lag ein Abendkleid, und daraus entnahm ich, daß sie mit mir kommen würde. Nur um sicherzugehen, fragte ich: »Was soll ich heute abend anziehen?«
»Ruf Olga Bennett an«, sagte sie; und dann: »Verdammt noch mal, Evans! Hör auf, dich wie ein Kindskopf zu benehmen. Wenn ich in einem kurzen Kleid gehe, ziehst du einen dunkelblauen Anzug an. Und da diese Party zur Feier deiner Genesung stattfindet, könntest du dich eigentlich bemühen, pünktlich zu sein.«

Auf dem Weg zu den Bennetts waren wir nicht gerade gesprächig. Aber Florence brachte eine Bitte vor: »Wenn ich bedenke, wie du dich während deiner Rekonvaleszenz benommen hast, finde ich es enorm großzügig von Olga und Dale, daß sie überhaupt eine Gesellschaft für dich geben. Aber Dale betrachtet dich als einen seiner intimsten Freunde. Wenn es in unserem Kreis noch jemanden gibt, der dich in Schutz nimmt, so ist er es. Ich weiß, das bedeutet dir nichts. Aber Olga ist nun einmal meine beste Freundin. Daher wünschte ich, du würdest heute abend nicht ausfällig werden. Glaubst du, daß du das fertigbringen wirst? Als Abschiedsgeschenk für mich?«

»Abschiedsgeschenk?«

»Nun, wir haben uns doch getrennt, nicht wahr? Seien wir uns doch zumindest darüber im klaren.«

Ich erwiderte nichts.

»Schweigen? Schön. Mal sehen, wie es dir gefällt, wenn das Blatt sich wendet.«

Schluß der Unterhaltung.

Intimer Freund – was für eine seltsame Redensart das ist, dachte ich im stillen. Ich kannte Dale Bennett seit siebzehn Jahren, hatte an zahllosen Sonntagen in seinem Garten Tennis gespielt, hatte in regelmäßigen Zeitabständen mit ihm und Olga, seiner Frau, zu Abend gegessen. Aber waren wir wirklich intime Freunde?

Wir hatten uns kurz nach dem Krieg kennengelernt, als Williams and MacElroy ein Zweigbüro an der Westküste aufmachten. Damals hätte ich geschworen, daß meine Tätigkeit in der Werbebranche nur vorübergehend sein würde. Ich sah mich eifrig nach etwas um, das zu einem wirklichen Lebensberuf für mich werden könnte. Ein paar Jahre lang interessierte ich mich für Filme und spielte mit dem Gedanken, Drehbuchautor zu werden. Es schien nicht weiter schwer – besonders, wenn man die Leute sah, die sich damit ihren Lebensunterhalt verdienten.

Aber es war gar nicht so leicht. Während jener zwei Jahre verkaufte ich eine einzige Erzählung. Sie nannte sich *Der rote Pfeil* und war aus einigen meiner Kriegserlebnisse auf den Philippinen hervorgegangen. Dale Bennett, der damals gerade einen Filmpreis bekommen hatte, wurde beauftragt, mit mir zusammen ein Drehbuch daraus zu machen. Das war – wie man mir allgemein versicherte – ein unerhörter Glücksfall, denn es gab mir Gelegenheit, bei dem damals besten Mann der Branche mein Handwerk zu erlernen. Ich muß jedoch irgendeine Vorahnung gehabt haben, denn ich hielt an meiner Stellung im Werbegeschäft fest und schrieb das Drehbuch nebenbei. Dale arbeitete sowieso am liebsten bei Nacht.

Er ist etwa fünf Jahre älter als ich, und er nahm sich meiner sofort mit väterlichem Interesse an. Ich meinerseits brachte ihm unumschränkte Ehrerbietung entgegen, sagte zu allem ja und amen. Seit frühester Kindheit hatte ich die Erfahrung gemacht, daß ich bei Menschen, auf deren Wohlwollen ich angewiesen war, damit am besten fuhr. Dale und ich waren immer einer Meinung. Dafür sorgte ich. Wenn ich anderer Meinung war, behielt ich es für mich. Das war das Arrangement für unsere gemeinsame Arbeit.

Doch sosehr Dale sich auch bemühte, er konnte die grundlegenden Schwächen des *Roten Pfeils* nicht beheben, und schließlich kam er zu dem Schluß, daß er der Filmgesellschaft empfehlen müsse, das Manuskript ad acta zu legen. In seiner Grabrede bemerkte er, daß ich noch viel zu lernen hätte, was den Aufbau einer Erzählung betraf. Er redete mir nicht zu, mich weiter auf diesem Gebiet zu betätigen. Als wir unsere Schreibtische in dem uns zugeteilten Büro ausräumten, sagte ich, daß meine Geschichte von Anfang an nichts getaugt habe. Das hätte ich jetzt erkannt, log ich. Womit ich die ganze Schuld für den Mißerfolg auf mich nahm und mir ein für allemal Dales Zuneigung erwarb.

Damit begann also unsere sogenannte Freundschaft. Im Grunde genommen stimmten wir weder in unseren politischen Anschauungen noch in unserem Geschmack oder unseren Vorurteilen, ja nicht einmal in unseren Ansichten über das Wetter überein. Sogar Gwen, die ich ihm einmal vorstellte, fand er reizlos.

Als Dale älter wurde, blieben seine Drehbücher hinter dem Geschmack der Zeit zurück. Daher war es ihm in den vergangenen Jahren oft schwergefallen, annehmbare Aufträge zu bekommen. Doch in allerletzter Zeit hatte sich das zu seinen Gunsten geändert, und zwar aus einem sehr seltsamen Grund. Die Gesellschaft, die er an diesem Abend gab, hatte wenig mit der Feier meiner Genesung zu tun. In Wirklichkeit wollte Dale einen Spekulationserfolg feiern, den er an der Börse mit einer Firma erzielt hatte, die Antibabypillen herstellte. Er war mit einem Kauf von zehntausend Aktien zu – soviel ich weiß – je zwei eingestiegen. Vor einer Woche, als er beschloß, »Eddies Auferstehung« zu feiern, standen die Aktien auf sechsundsiebzig und waren noch im Steigen begriffen, was ihm auf dem Papier einen Gewinn von nahezu einer dreiviertel Million einbrachte. Und das Sonderbare an der Geschichte war, daß Dale, den man letzthin allgemein als einen altmodischen Schreiberling angesehen hatte, jetzt nach diesem Börsenerfolg plötzlich wieder wie vor fünfzehn Jahren einer der gesuchtesten Drehbuchautoren der ganzen Filmindustrie war.

»Was für ein Film steht auf dem Programm?« fragte ich.

»Du brauchst keine Konversation zu machen«, meinte Florence. »Wir sind gleich da.«
»Ich mache keine Konversation«, log ich. »Ich bin nur neugierig.«
»Das bezweifle ich. Aber selbst wenn ich es wüßte, dürfte ich es dir nicht verraten. Es soll eine Überraschung für dich sein, hat Olga gesagt.«
Schluß der Unterhaltung.
Fast alle Hollywoodpartys gipfeln in der Vorführung eines Films, der für gewöhnlich noch nicht in der Öffentlichkeit gezeigt worden ist. Er rettet den Abend, wenn die Gesprächsthemen erschöpft sind. Sobald ich das Haus der Bennetts betrat, wurde das Geheimnis enthüllt. Der Film, den wir sehen würden, war *Ein Schrei vom Kirchturm,* schon vor seiner Uraufführung eine *cause célèbre.* Sein Regisseur war der wabbelige Koloß von einem Mann, der, von zahlreichen Leuten umringt, im Wohnzimmer auf dem Sofa thronte.
Dale kam herbeigestürzt und begrüßte mich begeistert. »Auf diese Gelegenheit haben wir beide seit langem gewartet.« Er führte mich quer durch den Raum und machte mich mit Gottfried Hoff bekannt. Dale und ich hatten seit über zehn Jahren von Gottfried Hoff gesprochen, aber ich hatte ihn nie persönlich kennengelernt. Als ich ihn jetzt aus der Nähe sah, erinnerte er mich an das gestrandete Wrack eines großen Ozeandampfers.
Etwa ein Jahr nachdem wir die Arbeit an meinem Manuskript aufgegeben hatten, nahmen Dale und ich zum erstenmal Notiz von Hoff; Dale hatte mich zu einer literarischen Party mitgenommen, und dort sahen und hörten wir ihn, wie er, vollkommen betrunken, mit lauter Stimme verkündete, daß alle Amerikaner Kulturbanausen seien – was doppelt niederträchtig klingt, wenn es mit einem deutschen Akzent hervorgebracht wird. Er sprach zu einer Gruppe von linksgerichteten Intellektuellen, die andächtig seinen Worten lauschten. Ich war vor nicht allzulanger Zeit vom Pazifik zurückgekehrt, wo ich eine Menge unserer Jungen in einem Krieg hatte sterben sehen, den einer seiner Landsleute entfacht hatte. So war er mir vom ersten Augenblick an unsympathisch gewesen. Dale, der 1941 in London gewesen war, hätte Hoff am liebsten auf der Stelle umgebracht. Er schwor, daß wir uns noch an ihm rächen würden.
Ein gemeinsamer Gegner ist ein starkes Band. Mehr als alles andere hielt uns über die Jahre hinweg unser feindseliges Interesse an Hoff zusammen. Wenn wir uns eine Weile nicht sahen, dachte ich nicht mehr an Hoff, bis Dale mich mit irgendeinem Klatsch über ihn anrief. Dale verlor ihn nie aus den Augen.
Wir begannen damit, daß wir alles über Hoffs Vergangenheit zu erfahren suchten. Er hatte in den zwanziger Jahren und auch noch

Anfang der dreißiger einige gute Filme in Deutschland gemacht. Dann setzte er sich (laut Dale) in weiser Voraussicht der Ereignisse rechtzeitig vor Hitlers Machtübernahme nach Südkalifornien ab. Dort genoß er die Kriegsjahre. (Ich arbeitete mich währenddessen mühsam von Hollandia über Biak und Tacloban nach Luzon durch. Dale duckte sich vor V 1 und 2.) Hoff machte ein paar Filme, verwandte jedoch den größten Teil seiner Energie darauf, zu Partys zu gehen und Huldigungen entgegenzunehmen. Und er hatte auch die schönsten Mädchen. Jahrelang gehörte es zum guten Ton unter den einheimischen Damen, mit Gottfried Hoff geschlafen zu haben. Seine Arroganz schien eine unwiderstehliche Anziehungskraft auf Frauen auszuüben. Und sein unfehlbarer Erfolg verschärfte noch unseren Durst nach Rache.

Natürlich war Hoff nicht wie andere emigrierte Künstler nach Deutschland zurückgekehrt. »Der Kerl hat's viel zu gut hier«, sagte Dale einmal zu mir. »Ein Haus auf den Klippen des Pazifik, ein japanisches Dienerehepaar, eine Frau, die eine absolute Sklavin ist, von der Art, wie man sie heute nicht mehr findet, und so viele Mädchen, wie er verkraften kann. Dieser deutsche Schweinehund hat weiß Gott den Krieg gewonnen.«

Jetzt, auf Olgas Party, ritt er wieder auf seinem Lieblingsthema herum: die Ungerechtigkeiten, die man hierzulande gegen sein Talent, seine Arbeit, seine Person begangen hatte. Offensichtlich litt er an außerordentlich hohem Blutdruck. Sein Gesicht war mit Schweiß bedeckt und dunkelrot. Seine Frau, die etwas anhatte, das man nur als ein kleines schwarzes Zelt bezeichnen kann, saß neben ihm und wischte ihm mit einem Taschentuch die Stirn ab. Sie sprach kein Wort, lächelte nicht und ließ auch sonst keinerlei Gemütsbewegung erkennen. Ihr Gesichtskreis beschränkte sich ausschließlich auf Hoff.

Dale beugte sich über die Rückenlehne des Sofas, nahm das leere Glas aus Hoffs Hand und ersetzte es durch ein volles. Die stumme Bitte in Mrs. Hoffs Augen, er möge ihrem Mann nichts mehr zu trinken geben, sah er nicht oder wollte sie nicht sehen. Hoff sprach über die schändliche Behandlung, die man ihm während der Dreharbeiten für den *Schrei vom Kirchturm* hatte angedeihen lassen. Dales Bruder schrieb für den *Hollywood Reporter*, und so versorgte Dale mich regelmäßig mit den neuesten Geschichten über Hoffs Streitigkeiten mit seinem Produzenten. Als Hoff dem Produzenten zum erstenmal seine Fassung des vollendeten Films vorführte, brachte er seinen kleinen Affen mit und erklärte, er wolle die instinktive Reaktion des Tieres auf den Film beobachten. Da der Produzent bekannt dafür war, daß er zur Premiere eines jeden seiner

Filme seine Frau mitbrachte, die ihrerseits bekannt dafür war, daß sie, wie er es nannte, sich von ihrem »Instinkt« leiten ließ, war er natürlich bitterböse über Hoffs Streich. (Selbst Dale konnte Hoff hierfür seine Bewunderung nicht versagen.) Nachdem der Film abgelaufen war, nahm der Produzent Hoff und sein Äffchen beiseite und teilte dem Meister offiziell mit, daß er mit der Zusammenstellung des Films ganz und gar nicht einverstanden sei. Das hatte Hoff nicht nur erwartet, sagte Dale, sondern offensichtlich auch gewünscht: wieder ein internationaler Kulturskandal, wieder eine Gelegenheit, die Vereinigten Staaten öffentlich zu schmähen.

Hoff berief am nächsten Tag eine Pressekonferenz ein. Die Vertreter der ausländischen Presse erschienen vollzählig und waren hocherfreut: Sie würden abermals in die Welt hinausposaunen, wie Hollywood das Werk dieses einzigartigen Genies zuschanden machte. Hoff beendete die Konferenz mit der Erklärung, daß er unter diesen Umständen keine Hoffnung auf den Film setze und ihn sich nie wieder ansehen werde.

Wie Dale es fertiggebracht hatte, Hoff umzustimmen, war Dales Geheimnis. Jedenfalls war er jetzt hier und würde heute abend zum erstenmal seinen verstümmelten Film zu sehen bekommen.

»Wie hast du das erreicht?« fragte ich Dale flüsternd. (Wir standen unmittelbar hinter dem Sofa, auf dem Hoff saß.)

»Ich habe es für dich getan«, antwortete Dale mit normaler Stimme. Ich entsann mich, daß Hoff halb taub war. »Allein für dich.«

Man bat uns zu Tisch. Mrs. Hoff machte sich an die mühselige Arbeit, ihren Mann auf die Füße zu stellen.

»Ich habe dich neben ihn gesetzt«, sagte Dale. »Sorg dafür, daß sein Glas immer voll ist. Wenn er sieht, was dieser Produzent mit seinem Film angestellt hat, geht er in die Luft. Ich möchte, daß der Ausbruch den Vorbereitungen entspricht.«

Dann nahm er an der einen Seite Hoff, an der anderen mich beim Arm und führte uns in den Eßraum.

Ich bemerkte sofort, daß die meisten Gäste Bescheid wußten. Im Verlauf der Mahlzeit lauschten sie Hoffs Erzählungen mit scheinbar verständnisvollem Interesse und machten derweil bissige Bemerkungen, die knapp unterhalb seiner Hörschwelle lagen. Es wurde zu einem Spiel, zu sehen, wie weit man dabei gehen konnte, ohne geschnappt zu werden. Von Mrs. Hoff nahmen sie keinerlei Notiz.

Florence hatte erkannt, was vor sich ging, und ich sah, daß sie offenbar reichlich schockiert darüber war. Doch ihre höflichen Bemühungen, das Thema zu wechseln oder der ganzen Sache eine freundliche Färbung zu geben, blieben ohne Erfolg. Die übrigen Gäste wollten sich nicht von ihrem Spaß abbringen lassen.

Ich saß direkt neben dem Opfer und bekam alles mit: das wollüstige Grinsen der Sadisten, die Bemerkungen, die für Hoff bestimmt waren, die Bemerkungen, die ihm entgingen. Ein verwundetes Tier, von räuberischen Bestien belagert. Zu meiner Überraschung begann ich, Mitleid mit dem Mann zu haben. Wahrscheinlich, weil er der Unterlegene war. Doch er war so selbstgefällig, so egozentrisch, daß er überhaupt nicht merkte, was gespielt wurde.

Dale blickte auf Hoffs leeres Glas; dann sah er mich an. Ich gab vor, es nicht zu bemerken. Schließlich sagte er: »Eddie, Mr. Hoff hat nichts zu trinken.« Als ich ihm widerwillig gehorchte, fühlte ich mich beschämt. Mrs. Hoff warf mir den gleichen flehenden Blick zu, den sie vorher Dale zugeworfen hatte. Aber es war zu spät. Ich füllte das Glas.

Und auch mein eigenes. Von diesem Augenblick an hielt ich Drink um Drink mit Hoff Schritt.

Irgendwann zwischen dem Brie und dem *Omelette surprise* geschah das Unvermeidliche: Die Verhöhnung des Mannes war immer dreister geworden, und plötzlich konnte ich es nicht mehr mitansehen. »Ach, hört doch endlich damit auf«, sagte ich.

Die Unterhaltung am Tisch ging noch einen Augenblick weiter, ehe die Leute sich klarwurden, daß ich etwas Unerhörtes getan hatte. Dann wurde es vollkommen still. Und ich sagte noch einmal, jetzt direkt zu Dale: »Was meinst du, Dale, laß uns aufhören.«

Dale blickte mich eine ganze Weile an. »Was sagtest du, lieber Junge?« Seit fünfzehn Jahren nannte er mich »lieber Junge«, und vermutlich hatte ich es schon immer als gönnerhaft empfunden, hatte aber nie ein Wort darüber verloren.

»Ich sagte, lassen wir es, Dale.«

»Lassen wir was, lieber Junge?«

»Du weißt verdammt genau, was«, erwiderte ich.

»Nein, ich weiß es wirklich nicht. Drück dich etwas präziser aus, falls du dazu imstande bist. Aber überlege es dir gut, ehe du damit fortfährst.«

»Ich habe es mir schon eine ganze Weile überlegt, und da ich der Ehrengast bin und dieses Schlachtfest zu meiner Unterhaltung dienen soll, bitte ich dich, das Opfer laufenzulassen.«

»Ich versteh nicht ganz, was ...«

»O doch, du verstehst es. Ich will, daß ihr aufhört, dieses Berliner Schwein für die Schlachtbank zu mästen. Du weißt verdammt genau, was du tust.«

»Und was ist das?«

»Es gibt ein Wort dafür.«

»Und wie heißt dieses Wort?«

»Du kennst es.«
»Nein, ich kenne es nicht. Ich möchte, daß du es aussprichst.«
»Nun, mir kommt es wie Sadismus vor.«
»Ach, wirklich?«
»Allerdings.«
»Und das gefällt dir nicht.«
»Nein, das gefällt mir ganz und gar nicht.«
Dale Bennett wandte sich an Hoff und fragte, auf mich deutend: »Gottfried, fühlen Sie sich wie ein Schwein, das zur Schlachtbank geführt werden soll?« Das ganze Zimmer lachte.
Für den Augenblick war die Spannung gelockert. Hoff, der Schuft, sagte: »Mein lieber Freund.« (Er sprach zu mir.) »Seien Sie nicht kindisch. Was sagen Sie da?« Ich fand den Ausdruck »lieber Freund« ein wenig übertrieben, und da er bereits des öfteren erklärt hatte, daß alle amerikanischen Männer Kinder seien, lag mir nicht besonders viel an dieser Bezeichnung.
So sagte ich im stillen, auch du kannst zum Teufel gehen, mein Lieber, und beschloß, den Mund zu halten, für den Rest des Abends ein »Nichts« zu sein und möglichst früh nach Hause zu gehen.
Florence verließ als erste den Tisch, gefolgt von meinem Agenten Mike Weiner, der neben ihr gesessen hatte.
Ich bemerkte, daß Bennett mich abschätzend ansah. Vermutlich versuchte er, sich klarzuwerden, womit er mir am besten zu Leibe rücken könnte. Als wir aufstanden, sagte er so ganz nebenher: »Da wir schon einmal von Sadismus sprechen, lieber Junge, was hast du in letzter Zeit mit Florence angestellt?«
»Wieso?« fragte ich auf echte »Nichts«-Art.
»Weil sie entsetzlich aussieht. Du mußt wissen, lieber Junge, wir haben sie sehr viel lieber als dich, und ich finde, nachdem du jetzt offiziell von deinem Unfall genesen bist, solltest du vielleicht hin und wieder auch einmal an sie denken.«
Wir verloren uns in dem Gedränge auf der Treppe. Die Gäste wurden in den Hobbyraum geführt, einen großen Keller, im Stil einer Wildwestkneipe ausgestattet, mit einer langen Bar an einem Ende und dem Eingang zum Schwimmbassin am anderen. Es gab in dem Raum vielerlei Spielzeug für Erwachsene, darunter eine Reihe von Spielautomaten, einige altmodische Filmvorführapparate mit Handkurbeln, die nackte Mädchen aus einer längst vergangenen Epoche zeigten, ein Brett zum Pfeilwerfen, mit Castros Kopf als Zielscheibe. Auf den Fußboden der Bar waren die Porträts der besten Freunde des Hausherrn gemalt. Mich hatte man mit einer riesigen Zephyrzigarette in der Hand dargestellt.
Einige der Männer ließen sich sofort in der Bar zur unvermeidlichen

Pokerpartie nieder. Unter ihnen befand sich Hoff, der mittlerweile kaum noch aus den Augen sehen konnte. Selbst in nüchternem Zustand war er als leichte Beute bekannt.
Bennett folgte mir. Als ich mich hinsetzte, setzte er sich neben mich. »Jetzt ist der Augenblick für dein berühmtes Schweigen gekommen«, sagte ich mir.
»Lieber Junge«, murmelte Bennett, »ich kann nicht umhin, mich zu fragen, weshalb du dir solche Sorgen um Hoff machst.«
Ich sah, daß eine Anzahl Leute sich um uns scharte. Streitigkeiten sind schließlich immer noch unsere beste Unterhaltung. Dales Rede war jetzt größtenteils für seine wachsende Zuhörerschaft bestimmt. »Schließlich ist er nichts weiter als ein Kulturkommunist mit der Mentalität und dem Gebaren eines SA-Mannes. Er lebt seit 1940 hier, hat ein Vermögen damit verdient, daß er uns in seinen Filmen runtermacht; wir haben hundertmal über all diese Dinge gesprochen, Eddie, und waren uns darin vollkommen einig.«
Ich schwieg.
Dale lächelte. »Was sagst du?« Alle warteten, daß ich irgend etwas erwidern würde. Nach einer Weile fuhr Dale fort: »Ich hatte allen Grund anzunehmen, daß du hocherfreut sein würdest, zu sehen, wie er endlich seinen verdienten Lohn bekommt.«
Ich lächelte mein »Nichts«-Lächeln und pfiff leise vor mich hin.
»Was ist also geschehen, Eddie?«
Mittlerweile erstickte ich beinah an meinem Schweigen. Ich hatte mich während meiner Rekonvaleszenz daran gewöhnt, mit allem herauszuplatzen, und ich hatte nicht vergessen, was für ein herrliches Gefühl das war.
In diesem Augenblick erschienen neue Gäste, die erst nach dem Essen eingeladen waren. Dale mußte sie begrüßen gehen.
»Ich wünschte, es stünde mir frei«, sagte Emily Adams, die bekannteste Filmkritikerin der Stadt, »Ihnen die Namen von einigen der Mädchen zu nennen, die dieser Mann zugrunde gerichtet hat. Wenn Sie einige der internen Dinge wüßten, die ich weiß, würden Sie es sich nicht gönnen, ganz so mitfühlend zu sein.«
Ich war im Begriff, diesem Weibsbild etwas zu sagen, was den Abend endgültig zum Platzen gebracht hätte, aber ich bezwang mich gerade noch zur rechten Zeit, stand auf und machte mich aus alter Gewohnheit auf die Suche nach Florence.
Sie saß mit einem Mann zusammen, den ich noch nie gesehen hatte. Florence bestritt die ganze Unterhaltung, und ihr neuer Verehrer hörte ihr andächtig zu. Ich erkannte sofort, welches Ziel sie verfolgte.
Da Florence beschäftigt war, setzte ich mich neben unsere Gast-

geberin und sagte: »Olga, bitte hilf mir. Dein Mann will einen Kampf mit mir heraufbeschwören, und ich habe wirklich keinerlei Verlangen danach.«

»Dann geh und entschuldige dich bei ihm.«

»Weswegen?«

»Eddie, was ist los mit dir? Hast du den Verstand verloren? Du hast Dale in Gegenwart der ganzen Gesellschaft und in seinem eigenen Haus einen Sadisten genannt. Erwartest du, daß jemand so etwas stillschweigend hinnimmt? Seit deinem Unfall hast du jeden, der dich besucht hat – selbst viele von Florences besten Freunden –, ungestraft beleidigen können, hast ihnen jede Bosheit gesagt, die dir gerade in den Sinn kam. Aus Treue zu Florence haben wir alle ein Auge zugedrückt. Aber der Unfall ist vorüber, Eddie. Das ist der eigentliche Zweck dieser Party: einen Schlußstrich zu ziehen. Von jetzt an zählt alles, was du sagst. Finde dich mit den Dingen ab oder halt den Mund. Daß Florence dir alles verzeiht, will nicht heißen, daß auch wir anderen es tun müssen. Wenn ihr nicht so gute alte Freunde wärt, hätte Dale dich jetzt schon längst draußen hinter dem Haus vorgenommen. Ich würde Dale nicht achten, wenn er dir bei der nächsten derartigen Bemerkung nicht eine gehörige Tracht Prügel verabreichte. Ich habe *diese* Seite von dir gründlich satt. Und allen anderen ergeht es ebenso. Ich habe es satt, dich über unsere Stadt und ihre Menschen herziehn zu hören. Du lebst hier in einem Paradies, und wenn du es für die Hölle hältst, meckre nicht darüber; geh woanders hin!«

Sie stand auf und wandte sich zornig von mir ab, doch dann besann sie sich eines Besseren. »Eddie, Dale ist der beste Freund, den du hier hast. Versuch doch, vernünftig zu sein.« Sie nahm mich bei der Hand und zog mich zu der Gruppe hinüber, in der Dale sich befand. Ich hatte tatsächlich vor, mich bei ihm zu entschuldigen.

Emily hatte sich inzwischen offenbar ohne viel Widerstand bereitgefunden, Einzelheiten über Hoffs Geschlechtsleben zum besten zu geben. Olga versuchte, Dales Aufmerksamkeit auf sich zu lenken, um ihn wissen zu lassen, daß ich ihm etwas zu sagen hätte.

»O Emily«, sagte Dale, »liebe Emily, Sie drücken sich so vornehm aus. Ich bin sicher, das ist der Grund für den Erfolg Ihrer Artikel. Aber wir sind ja heute abend unter uns, also lassen Sie uns offen reden. Mr. Hoff hat ganz entschieden eine Vorliebe für die leichte Sorte, und zwar aus dem einfachen Grund, weil er keine anderen mehr bekommen kann. Seine letzte Eroberung war, soviel ich weiß, ein armseliges kleines Ding namens Gwen – Hunter, oder so ähnlich –, mit einem Loch, so groß wie der Eingang zur U-Bahn, Ecke 42. Straße und Broadway. Mindestens ebenso viele Leute sind dort

ein und aus gegangen, und der Eintrittspreis – wenn ich den Vergleich noch ein wenig weiterführen darf – war auch nicht viel höher. Olga, wolltest du mir etwas sagen? Und wer ist das dort neben dir?«
Olga war jetzt nicht mehr so erpicht darauf, uns zusammenzubringen.
Gwen hatte Hoff natürlich nie zu Gesicht bekommen.
Dale stand auf und bahnte sich einen Weg durch die Menge. Ich wartete auf ihn.
Gerade in diesem Augenblick kam ein Dienstmädchen die Treppe herunter und sagte zu Olga: »Mrs. Bennett, der Film ist fertig.«
Normalerweise hätte Olga es nicht eilig gehabt, ihre Gäste in den Vorführraum zu bringen. Doch jetzt blickte sie abschätzend von Dale zu mir, dann hob sie sich auf die Zehenspitzen und rief laut: »Bitte alle nach oben! Der Film fängt an!«
Die Pokerspieler, die gerade begonnen hatten, Hoff zu schröpfen, ließen ein Murren hören. Aber Olga ließ nicht locker: »Schnell, schnell, alle miteinander!« Sie zog mich zur Treppe und rief über die Schulter: »Dale, Liebling, willst du bitte Mr. Hoff mitbringen?«
Mir kochte das Blut in den Adern. Olga ließ keinen Augenblick meine Hand los.
Dale setzte Hoff in die vorderste Reihe, und jeder versuchte, einen Platz in seiner Nähe zu ergattern, um seine Reaktion genießen zu können.
Das Licht ging aus.
Es dauerte nicht lange, ehe der Spaß begann. Die Musik zum Vorspann war nicht die von Hoff gewählte. »Das ist nicht meine Musik«, murmelte er. Dann, in eindringlicherem Ton: »Was haben sie mit meiner Musik gemacht? Das kann ich nicht dulden!« Alle lachten. »Dies ist Schmalz!« rief er mit immer stärker werdendem deutschem Akzent. »Jiddisches Schmalz!«
Er war schwer zu ertragen, dieser Mr. Hoff.
»Meine künstlerische Vision braucht nicht solch sentimentales Zeug!« sagte er mit seinem Knackwurstakzent. Schallendes Gelächter antwortete ihm. Der Abend versprach, ein voller Erfolg zu werden.
Dann begann der Film selbst. Er war weitgehend geändert und außerdem mit einem Prolog versehen worden, der die Parallele mit der biblischen Geschichte unterstrich. »Das stinkt!« sagte Hoff. »Dreck!« Dann kam über den Tonstreifen eine Verbeugung vor dem organisierten Frömmlertum; sie wurde in salbungsvollem Ton von einem berühmten Fernsehschauspieler vorgetragen, dessen Stimme unverkennbar war.
»Ich scheiße auf den Schweinehund«, knurrte Hoff.

Ich muß gestehen, mir war ebenso zumute.
Aber anderen nicht. Neben dem Gelächter gab es vereinzelte Zischlaute. Emilys Stimme drang durch den Lärm: »Mr. Hoff, bitte seien Sie still; es gibt Leute, die sich den Film gern in Ruhe ansehen möchten.«
In diesem Augenblick entdeckte Hoff, daß man eine seiner Lieblingsszenen herausgeschnitten hatte: Es war eine Schwenkaufnahme von 360 Grad, ein Stück mexikanischer Wüste, übersät mit Leichen, Skeletten, Schädeln und anderen Symbolen des Todes, die – wie Hoff den Vertretern der ausländischen Presse erklärt hatte – das »Ödland der Kultur unserer Zeit« verkörpern sollten.
»Wo ist meine Schwenkaufnahme?« brüllte das betrunkene Genie. Er war aufgestanden und sprach jetzt direkt zu den im Raum versammelten Menschen. Sie reagierten wiederum feindselig: »Bitte seien Sie still ... setzen Sie sich ... pssst!«
Aber Hoff war nicht zu beruhigen. »Was habt ihr mit meiner Schwenkaufnahme gemacht?« brüllte er sie an. Dann stürmte er, laut jammernd, in den Projektionsraum, wo er mit erregter Stimme den Filmvorführer beschuldigte, einen Filmstreifen ausgelassen zu haben.
»Dale, bitte schicken Sie diesen Mann sofort nach Hause«, sagte Emily; das goldene Kreuz, das sie auf ihrem Busen trug, tanzte auf und ab. »Mir gefällt der Film; ich habe keine Lust, hier zu sitzen und ...«
Hoff kam wieder in den Saal gestürzt. »Ich werde ihn verklagen!« verkündete er drohend. »Wenn es in diesem Land noch Recht und Ordnung gibt, werde ich diesen dreckigen kleinen Krämer auf die Knie zwingen.« Einige Leute meinten, er habe »jüdisch« gesagt. Ich habe es nicht gehört.
»Von wem spricht Hitlers Opfer?« flüsterte ein Mann Olga zu.
»Von seinem Produzenten, glaube ich«, erwiderte sie leise. Dann wandte sie sich mir zu und sagte: »Und du hast Mitleid mit diesem Mann, Eddie?«
Der Hauptdarsteller, ein jesusähnlicher Mexikaner, war jetzt auf der Leinwand erschienen. Hoff hatte beabsichtigt, ihn zum erstenmal in dem erhabenen Augenblick zu zeigen, da er die Geldwechsler aus dem Tempel (einer mexikanischen Kleinstadtkathedrale) jagt. Anscheinend hatte der Produzent die Strafpredigt des Helden vollkommen umgeschrieben. Wie Dale mir berichtet hatte, erzählte man sich, der Produzent habe zu Hoffs Originalfassung bemerkt: »Mr. Hoff scheint sagen zu wollen, daß jeder, der Geld hat, schon allein deswegen ein schlechter Mensch ist. Ich glaube nicht, daß diese Ansicht in Amerika sehr viel Beifall finden wird.« Und damit hatte er

wahrscheinlich recht. »Außerdem entsinne ich mich«, fuhr er fort, »daß Mr. Hoff versucht hat, so viel wie möglich herauszuschinden, als wir die Frage seines Gehalts erörterten. Er verlangte sogar einen Sekretärinnenposten für seine Frau, die noch nicht einmal ihren Namen in leserlichem Englisch schreiben kann. Nach außen hin verachtet Hoff das Geld, aber in Wirklichkeit ist er ein gerissener Geschäftsmann, der sehr gut seine Interessen zu wahren weiß.«

Was immer daran wahr sein mag, der Produzent hatte die Rede vollkommen umschreiben lassen und hatte bei der neuen Version selbst Regie geführt. »Auf daß Jesus christlicher und nicht gar so sehr wie ein Erzkommunist erscheine«, hatte er gesagt.

Als die umgeschriebene Szene an die Reihe kam, stellte Hoff sich in den Projektionsstrahl, fuchtelte mit den Armen und schrie durch die Wand hindurch den Vorführer an: »Dieser Dreck stammt nicht von mir! Weg damit! Sofort!« Eine Flut von Gelächter und boshaften Bemerkungen antwortete ihm.

»Worüber lacht ihr?« fragte Hoff, sich jetzt ans Publikum wendend. »Worüber lacht ihr, ihr Schweine?« (Es war nicht zu leugnen, er hatte Mut.) »Das hier ist eine Entweihung!« fuhr er fort. »Wo ist eure Menschlichkeit? Man hat ein Stück meines Lebens vernichtet, ihr Mörder!«

Jetzt fiel die Maske der Leichtfertigkeit. Hoff sah sich einem Raum voll höhnender Menschen gegenüber. Und er tat das einzige, was er tun konnte, um die Filmvorführung aufzuhalten: Er nahm einen Brieföffner von dem Zeitschriftentisch, stürzte zur Leinwand und zerfetzte sie.

Dann bahnte er sich, mit beiden Händen winkend, einen Weg durch die spottende Menge, deren Beleidigungen er entgegennahm, als seien es Komplimente. Irgend jemand stellte ihm einen Fuß und brachte ihn zu Fall. Er stand auf, lächelte und machte eine tiefe, dankbare Verbeugung. Allein deswegen mußte man ihn einfach ein wenig gern haben. Dann verließ er das Haus; seine Frau folgte ihm schweigend und mit gesenktem Kopf; ihre Miene schien zu sagen, daß sie nie etwas Besseres von Amerikanern erwartet habe.

Das Licht ging an. Der Vorführer kam heraus, besah sich die Leinwand und riet Olga, man solle ein Bettuch nehmen und es mit Reißnägeln befestigen.

Die Menschen, die am meisten gelacht hatten – die gutmütige Mehrheit –, steuerten auf die große Kellerbar zu. Die Hasser blieben. Plötzlich herrschte angespannte Stille im Raum.

Mir war unbehaglich zumute. Ich war ganz allein in den vordersten Reihen. Olga war mit dem Filmvorführer hinausgegangen. Ich sah mich nach Florence um. Sie war verschwunden und mit ihr der

Mann, der sich ihr angeschlossen hatte. Alle, die geblieben waren, hatten sich im hinteren Teil des Raums versammelt. Sie unterhielten sich in eindringlichem Ton. Ich hörte nicht, was gesprochen wurde, konnte es mir aber ungefähr denken.
Mein Kopf dröhnte. Ich hatte viel zuviel getrunken, und das rächte sich jetzt. So saß ich da, das Gesicht in die Hände gestützt, und hatte nur den einzigen Wunsch, daß man mich vergessen möge.
Doch Dale Bennett hatte mich nicht vergessen.
»Eddie, was ist deine Meinung?«
»Worüber?«
»Du hast Hoff vorhin in Schutz genommen. Was hältst du jetzt von ihm?«
Dale wollte mich auf die Knie zwingen.
Ich schwieg.
»Los, Eddie«, beharrte Dale. »Was ist deine Meinung?«
»Hoff ist auch nicht schlimmer als irgendeiner von uns. Ich finde, es ist hier überall das gleiche.«
Dale nahm das ruhig auf. »Was meinst du mit *hier*, Eddie?«
»Genau, was ich gesagt habe.«
»Meinst du hier in Amerika, hier in Kalifornien, hier in der Filmindustrie oder hier in diesem Raum – wo hier?«
Ich stand auf und steuerte auf den Ausgang zu. »Ich geh nach Hause«, sagte ich.
Sie fielen wie wilde Tiere über mich her. Es klang wie ein einziger langer und verworrener Satz aus vielen Kehlen: Dieser unmoralische Schuft hat seinen verdienten Lohn bekommen ... kein Wunder, daß wir Schwierigkeiten haben, wenn so verkommene Subjekte wie er unsere Filme machen ... europäische Dekadenz ist hier nicht gefragt; deshalb geht bei uns niemand mehr ins Kino ... unsere Filmindustrie ist auf amerikanischen Prinzipien aufgebaut ...
Mein Kopf hämmerte, als stünde ich unmittelbar vor einem Schlaganfall.
Eigentlich hatte ich gar nicht den Wunsch, Hoff zu verteidigen. Ich wollte nur nicht klein beigeben, und genau das versuchten sie zu erreichen.
Um meinen schmerzenden Kopf zu schonen, setzte ich mich in ihre Mitte und sprach in aller Ruhe zu ihnen. Ich wählte sorgfältig meine Worte, versuchte aber dennoch, die Wahrheit zu sagen. Warum auch nicht, dachte ich mir; ich bin sowieso mit ihnen fertig.
»*Ich* finde, daß keiner von uns es sich leisten kann, den ersten Stein zu werfen«, sagte ich. »Ich selbst habe ein recht munteres Leben geführt, aber zumindest einen Teil davon habe ich mit einigen der recht munteren Frauen geführt, die jetzt hier anwesend sind. Ist's

nicht so? Entsinnst du dich, Betty?« Ich sprach zu der Frau eines Fernsehproduzenten, von der jeder wußte, daß sie allerhand erlebt hatte; ich erzählte niemandem etwas Neues. Selbst jetzt, nahe der Vierzig, stand sie immer noch auf der Agenda einiger Junggesellen. »Weißt du noch, Betty?«

Dann wandte ich mich einer der anderen Frauen zu; damals, als ich sie kannte, war sie ein schlankes kleines Ding, aber jetzt sah sie wie ein Feldwebel aus. Ich wollte auch sie an irgendeine Geschichte erinnern, doch dann sagte ich: »Schön, nennen wir keine weiteren Namen. Ich glaube, wir alle ziehen es vor, manches zu vergessen, also reden wir lieber nicht darüber. Jedenfalls habe ich eine Menge von euch Frauen hier sehr gut gekannt; jetzt erinnert ihr euch daran, nicht wahr? Wir haben alle dasselbe Spiel getrieben, und daher kenne ich eure Schlafzimmergeschichten und weiß genau, wer es mit wem, wann, wo und wie oft getan hat. Es tut mir leid, daß ich Namen genannt habe, Betty. Aber vielleicht sollten wir heute abend nicht so schrecklich moralisch tun. Oder vielleicht sollten wir es doch; wahrscheinlich müssen wir alle dieses Theater spielen – ihr Frauen zum Beispiel euren Männern gegenüber –, denn wenn wir uns jeden Tag so sehen müßten, wie wir wirklich sind, wer könnte das ertragen? Ich will damit nur sagen, daß ich finde, wir sollten den anderen Witzfiguren – wie zum Beispiel diesem Hoff – mit ein wenig Toleranz begegnen. Denn ich glaube nicht, daß irgendeiner von uns besser ist als er.«

Sie waren wütend. Doch niemand sagte etwas, nicht einmal Emily. Als wir seinerzeit nach Kalifornien übersiedelten, blieb Florence zunächst noch in New York, um den Haushalt aufzulösen und die Möbel zu verkaufen. So hatte ich Gelegenheit, das Angebot zu prüfen. Ich ging den gleichen Weg wie jeder andere. Und eine der Haltestellen, bei der wir alle anlangten, hieß Emily. Sie fing damals gerade an, sich emporzuarbeiten, und sie tat es auf die wohlbekannte Art, nur verwischte sie die Spuren geschickter als die meisten. So war jetzt auch sie mit einmal schweigsam.

Der Film rettete die Situation. Der Vorführer hatte das Bettlaken aufgespannt, und die Abenteuer des Jesus *au sombrero* rollten wieder ab. Die *Rurales* hetzten ihn durch die Kakteen, und *El Jefe* war ein Schweinehund namens Pilotes – womit natürlich Pilatus gemeint war. Plötzlich zeigte jeder großes Interesse für den Film.

Dales Reaktion war die seltsamste von allen. Er saß einfach da und musterte das Gesicht seines intimen Freundes. Sein Blick war starr auf mich gerichtet. Ich wußte, es war Zeit zu gehen. Ich stand auf und nickte ihm zu.

Er rührte sich nicht.

So wäre auch all das vorüber gewesen, hätte mich nicht, als ich eben den Raum verlassen wollte, gerade noch an der Tür der Ehemann jener Betty eingeholt, deren Namen ich idiotischerweise in aller Öffentlichkeit genannt hatte. Er war Fernsehproduzent, und unmittelbar hinter ihm kam sein Agent, ein Italiener, der früher einmal Ringkämpfer oder so etwas Ähnliches gewesen war. Der Produzent packte mich bei den Aufschlägen, wie man es in seinen Fernsehspielen zu tun pflegt, womit in diesem Fall einmal das Leben die Kunst nachahmte. Er schüttelte mich und sagte, meine Andeutungen (Andeutungen?) über Betty, seine Frau, hätten ihm ganz und gar nicht gefallen. So entschuldigte ich mich. Aber ich muß dabei gelächelt oder vielleicht sogar gelacht haben. Das machte ihn erst richtig wütend. Er weigerte sich, meine Entschuldigung anzunehmen. Außerdem stand, wie gesagt, sein Agent direkt hinter ihm, und das verleiht Kraft. Er erklärte, meine Behauptung sei eine schändliche Lüge, oder mein Leben sei eine Schande – oder so etwas Ähnliches; ich hörte inzwischen schon nicht mehr richtig zu. Man hätte mir dies alles schon viel zu lange durchgehen lassen, tobte er. Und so weiter – er fand überhaupt kein Ende. Ich konnte mir nicht erklären, weshalb er sich bewogen fühlte, all diese hochtrabenden Reden vom Stapel zu lassen; in Wirklichkeit brauchte er mir ja eigentlich nur ein paar Ohrfeigen zu versetzen, und damit wäre die Ehre seiner Frau öffentlich wiederhergestellt. Ich war sogar bereit, eine gelinde Tracht Prügel von ihm einzustecken, denn, verdammt noch mal, er war im Recht. Aber er fuhr fort, mich abzukanzeln, und mein Kopf schmerzte wie ein weher Zahn. So ballte ich schließlich meine linke Hand zur Faust und stieß sie ihm genau in die Nase. Er taumelte nach hinten, direkt in die Arme seines Agenten, der seinen Klienten sanft niedersetzte und auf mich losging. Tatsächlich rächte er Bettys Ehre so gründlich, daß sie ihn später dafür persönlich belohnte, und zwar auf die Art, wie sie es am besten verstand.

Während der ganzen Zeit lief der Film. Jetzt drehten sich einige Leute auf ihren Sitzen um und beobachteten den Kampf – wenn man es überhaupt so nennen kann, denn ich setzte mich kaum zur Wehr. Sie sahen zu, als sei es – zumindest für den Augenblick – das interessantere der beiden Schauspiele. Und sie versuchten ebensowenig, ihm Einhalt zu gebieten, wie sie versucht hätten, einen Film aufzuhalten. Denn schließlich widerfuhr es ja nicht ihnen. Sie fühlten keinen Schmerz. Diese Leute, dachte ich, sind geschulte Zuschauer. Mord ist für sie ein Publikumssport.

Doch dann erkannte ich, daß einige von ihnen bereit gewesen wären dazwischenzutreten. Aber Dale Bennett hielt sie zurück. Er stand einem Tribunal der Gerechtigkeit vor.

Der Agent, der auf mich einschlug, wußte nicht, wen er verprügelte oder weshalb. Bettys Ehre kümmerte ihn nicht. Und er hatte nichts gegen mich. Er führte lediglich aus, was er für den Willen der Allgemeinheit hielt. Das war sein Beruf; er vertrat alle diese Menschen. Und er tat, was sie aus gewissen gesellschaftlichen Gründen nicht selbst tun konnten: die zehn Prozent schmutzige Arbeit.
Plötzlich merkte ich, daß der Agent zu keuchen begann. Ich nahm alle meine Kraft zusammen und versetzte ihm einen Hieb gegen den Kopf. Vielleicht hat es ihm nicht sehr weh getan, aber es traf ihn offensichtlich unerwartet, denn er wich einen Augenblick überrascht zurück; das ermöglichte es Mike Weiner, der gerade den Raum betrat, mir zu Hilfe zu kommen. Und mir, mich aus dem Staub zu machen. Ich habe nie erfahren, was zwischen Mike und dem Italiener geschah. Doch die Affäre endete in angemessener Form: zwei Agenten, die für ihre Klienten kämpften.
Ein Hammer schlug in meinem Kopf. Ich wußte nicht mehr, wo ich den Wagen geparkt hatte. Ich konnte nur an eines denken: an Dales kalte Augen, die alle in jenem Raum davon abgehalten hatten, ihren humanitären Gefühlen zu folgen. Die Menschen hatten regungslos dagesessen, bereit, ungerührt meiner Ermordung zuzusehen.
Die kühle, feuchte Luft tat mir gut. Zum Teufel mit der ganzen Bande, dachte ich. Sie werden mich nicht umbringen, keiner von ihnen, weder mit ihren bewußten oder unbewußten Wünschen noch durch ihre Gleichgültigkeit. Denn der einzige, der mich umzubringen vermag und es voraussichtlich auch eines Tages tun wird, bin ich selbst. Und auch nicht in meinem Triumph oder in meiner Cessna. Auf irgendeine unsichtbare Art, viel stiller, aber um so tödlicher und schrecklicher. Wie zum Beispiel meine vierzehn Jahre Schweigen, Dale gegenüber. Das ist Selbstverrat. Das ist Selbstmord. Mich selbst zu verleugnen! Und letzte Nacht, das mit Florence: Auch da habe ich mich selbst verleugnet. Auch das ist Selbstmord.
Plötzlich sah ich den ganzen Zwischenfall mit Florence in einem völlig anderen Licht: Als ich mich auf den Bauch drehte und die Tatsache, daß ich noch am Leben war, zu leugnen suchte; als ich das unterdrückte, da tat ich nur, was ich seit Jahren getan hatte: Ich verleugnete meine eigene Persönlichkeit, indem ich mir sagte, daß ich das und das nicht empfinden *durfte* und daß ich so und so empfinden *mußte,* obgleich ich es offensichtlich nicht mehr tat oder konnte. Und vor allem, indem ich mir sagte, diese Sache mit Gwen oder wem immer darf nicht sein und ist daher auch nicht. Ich verleugnete mich selbst und brachte mich damit auf eine Art ums Leben, die viel tödlicher und endgültiger war als der Unfall. Sie hatten mich lebendig aus meinem Triumph herausgeholt. Aber ich hatte

so lange das Leben in mir erstickt, daß ich nach ein paar weiteren Monaten endgültig tot gewesen wäre. Ich war wirklich mit knapper Not davongekommen.

Jetzt fiel mir ein, wo ich den Wagen gelassen hatte. Aber er war nicht da. Vermutlich war Florence damit nach Hause gefahren. Ich wußte nicht, wie ich es anstellen sollte, ein Taxi zu bekommen, es sei denn, ich ginge wieder in das Haus der Bennetts, um mir eins zu bestellen. So dachte ich mir: Es sind nicht einmal zwei Kilometer; ich gehe zu Fuß. Aber ich war recht wacklig auf den Beinen. Die Polizisten sagten später, als sie mir begegneten, sei ich auf dem Mittelstreifen des Crescent Drive gegangen und hätte irgend jemandem, der nicht zu sehen war, mit der Faust gedroht. Sie versuchten, mich auszufragen, um herauszufinden, wer ich war, aber ich wußte es nicht. Sie durchstöberten meine Taschen. Ich trage keine Papiere bei mir. Als sie mich fragten, wohin ich ginge, sagte ich, ich müsse eine Katastrophe finden, die mich retten würde. Auf ihre Frage, wo mein Zuhause sei, erklärte ich, daß ich keins hätte. Und während der ganzen Zeit sagte ich immer wieder: »Ich habe Schluß gemacht, ich habe hier mit allem Schluß gemacht!« Die Polizisten waren wirklich geduldig mit mir. Sie sagten beinahe entschuldigend, es sei wohl besser, wenn sie mich zur Wache brächten, bis ich mich ein wenig beruhigt hätte, und hinterher irgendwohin zur Beobachtung. Im Wagen, auf dem Weg zum Polizeirevier, schlief ich. Später war ich in einem Raum mit ein paar anderen Männern, und dort schlief ich ebenfalls. Plötzlich rief jemand mit lauter Stimme: »Anderson? Ist hier ein Edward Anderson?« Ich verriet mich, wie man mir später erzählte, indem ich sagte: »Nein, er ist nicht hier.« – »Das ist er«, sagte Florence.

Als wir zu Hause ankamen, weckte Florence mich. Sie sagte, ich müsse als erstes meinen Bruder Michael in Westchester anrufen. Er habe den ganzen Abend versucht, mich zu erreichen; es sei dringend. Inzwischen hatte sie ihn am Apparat. Michael war gerade im Begriff, ins Krankenhaus zu gehen. Er sagte mir, mein Vater hätte Lungenentzündung. Man hätte es rechtzeitig entdeckt, nur sei in diesem Alter alles ernst. Aber er ist voll von Wunderdrogen, also mach dir keine Sorgen. Es gab jedoch noch etwas anderes: Die Arteriosklerose meines Vaters, sagte er, sei weiter fortgeschritten, und damit hätten sich auch seine Halluzinationen gesteigert. Während der letzten Tage hatte er sich fest eingebildet, ich sei draußen auf dem Korridor, und hatte wiederholt nach mir gefragt. Hin und wieder hatte er zu mir gesprochen, als sei ich bei ihm im Zimmer. Einmal hatte er sogar Michael gebeten hinauszugehen, damit er unter vier Augen mit mir reden könne. Offenbar wollte er mir etwas Drin-

gendes sagen. Michael, dem meine Stellung und meine Tätigkeit sehr imponierten, fragte, ob es mir möglich sei, umgehend nach New York zu kommen, aber nur, wenn es mir keine Ungelegenheiten bereite; es wäre wunderbar, wenn ich es einrichten könnte. Wenn nicht, solle ich mir jedoch keine Sorgen machen, denn es bestünde keine akute Gefahr, zumindest vorläufig noch nicht – und so weiter. Schön, dachte ich, da habe ich meine Katastrophe. Weiß Gott nicht eine, die ich mir gewünscht hätte! Aber sie war da.
Ich ließ mir einen Platz in dem ersten Flugzeug reservieren, das noch nicht ausgebucht war; es ging um zwölf Uhr ab. Inzwischen war bereits die Sonne aufgegangen. Der Smog schien wie fortgeblasen. Ich ging hinunter zum Schwimmbassin – es sollte mein Abschiedsbesuch sein, aber das wußte ich nicht. Ich zog mein Hemd aus, legte mich aufs Sprungbrett und schlief ein.

9

Nicht für lange. Ellen rüttelte mich. Ich fühlte, daß sie verängstigt war, und dachte als erstes: Es ist etwas mit Florence geschehen. »Wie schlimm ist es?« fragte ich, noch halb im Schlaf.
Ellen ließ nicht locker, bis ich vollkommen wach war. Sie sagte mir, Sylvia, meine Sekretärin, sei da. Es war der Tag im Monat, an dem sie zu Florence kam, um mit ihr unsere Abrechnungen zu machen. »Ich wußte nicht, ob ich Mami wecken soll«, sagte Ellen, »daher ging ich leise an ihre Tür und öffnete sie nur einen Spalt. Mami gibt so sonderbare Laute von sich, Daddy.«
Ich lief, so schnell ich konnte, die Treppe hinauf. Florence weinte im Schlaf. Ein rauhes Schluchzen drang aus ihrer Kehle. Noch nie hatte ich Florence so weinen hören. Sie war seit jeher ängstlich darauf bedacht gewesen, andere Menschen nicht mit ihrem Kummer zu belasten.
Florences Vater, ein außerordentlich strenger Mann, verachtete ihre Mutter, die eine Tränenliese war. Florence, das einzige Kind ihrer Eltern, strebte danach, das zu sein, was ihr Vater sich gewünscht hatte. Da sie kein Junge sein konnte, lernte sie, sein Lob zu ernten, indem sie nie erwähnte, was sie quälte. Die Erleichterung eines Seufzers war ihr fremd. Und wann immer sie glaubte, daß sie zusammenbrechen würde, stürzte sie hastig davon, um hinter eine Tür zu kommen, die sie abschließen konnte.
Die Geräusche, die sie hervorbrachte, weckten sie auf. Als sie merkte, daß ich neben ihr stand, drehte sie sich um und preßte das Kissen gegen ihren Mund.

Ich nahm sie in die Arme und hielt sie fest. Sie spannte jeden Muskel ihres Körpers an, zwang sich, ruhig zu sein und stillzuliegen. Ich glaubte, sie sei wieder eingeschlafen, aber es war nicht so.

»Ev?«

»Ja.«

»Was habe ich falsch gemacht?«

»Du hast nichts falsch gemacht, Baby; es ist meine Schuld, nicht deine.«

»Was habe ich falsch gemacht?« beharrte sie. »Denn ich liebe dich mit jeder Faser meines Seins, und du scheinst es nicht zu wissen.« Wieder stiegen ihr Tränen in die Augen; sie wandte das Gesicht ab. Nach einem Augenblick fuhr sie fort:

»Gestern abend habe ich einen Mann nach Hause gefahren. Wenn du mich fragst, ich weiß nicht einmal seinen Namen. Als er mich berührte, erstarrte ich. Er wurde wütend und sagte, ich hätte ihn an der Nase herumgeführt, nur drückte er es anders aus. Bitte hol mir ein Kleenex, Ev. Mein Gott, ich hasse es, mich so aufzuführen.«

Als ich mich neben sie setzte, zog sie mich zu sich herunter und hielt meinen Arm fest, so daß ich mich nicht rühren konnte. »Ich werde auf dich warten, Ev«, flüsterte sie. »Ich verlange nichts von dir. Ich will dir nur sagen, daß ich dich nie aufgeben werde.«

Ein aufrichtiger Mensch ist ständig Verwundungen ausgesetzt. Uns anderen ist es egal. Florence lieferte sich mir auf Gnade und Ungnade aus, indem sie mir sagte, daß sie niemals mit einem anderen Mann fortgehen könnte, und es ablehnte, mir auch nur damit zu drohen. Wir anderen lieben diejenigen, die uns lieben, aber Florence läßt sich von moralischen Grundsätzen leiten. Sie blieb aus moralischen Grundsätzen bei mir, und als sie mich schließlich verließ, tat sie auch das aus moralischen Grundsätzen.

Jetzt drehte sie sich um und blickte mich an. »Nur, Ev, hilf mir ein wenig, willst du?«

»Ich werde es versuchen«, log ich. »Sylvia ist unten«, sagte ich, um sie abzulenken.

»Mein Gott, ich hatte ganz vergessen, daß sie heute kommt. Ich muß wohl aufstehn, meinst du nicht?«

»Ich glaube ja. Aber ich kann ihr auch sagen, sie soll morgen wiederkommen.«

»Nein, tu das nicht. Wieviel Zeit hast du noch?«

»Ich muß um elf aus dem Haus.«

Sie setzte sich auf und sah auf die Uhr. »Du lieber Himmel, es ist zehn nach neun. Ich muß aufstehn. Bestimmt sehe ich grauenvoll aus.«

»Mach dir keine Sorgen wegen Sylvia; sie kann warten.«

»Es gibt ein paar Dinge, die du unbedingt erledigen mußt, bevor du ... ich sollte mich lieber beeilen.«
Sie stieg aus dem Bett und ging ins Badezimmer. »Sag Sylvia, ich komme gleich.«
Als ich wiederkam, hatte Florence einen ziemlich streng geschnittenen Morgenrock angezogen. Aber auch das half nichts. Sie sah bekümmert und verängstigt aus. »Ev«, sagte sie, hab jetzt bitte ein wenig Geduld mit mir. Ich habe dich seit etwa sechs Monaten kein einziges Mal mit Geldfragen belästigt, stimmt's? Aber jetzt muß ich es. Sylvia und ich haben für dich eine Art Kontoauszug vorbereitet. So leid es mir tut, du mußt unbedingt vor deinem Abflug noch einige Dinge regeln ...«
Sie ging wie jeden Morgen zum Fenster, um zu sehen, wie das Wetter war, und was sie dort sah, ließ sie innehalten.
»Hat Ellen mich weinen hören?« Ich wußte nicht, was ich darauf antworten sollte. »Sie ist unten am Schwimmbassin und blickt zu den Schlafzimmerfenstern hinauf.«
»Ja, ich glaube, sie hat es gehört. Aber das ist nicht weiter schlimm, Baby.«
»Doch, gerade heute ist es schlimm. Ich wünschte, sie ... Ev? Willst du mir einen Gefallen tun? Ich brauche dringend deine Hilfe ...«
»Natürlich, Baby, natürlich.« Ich muß schleunigst hier weg, dachte ich im stillen.
»Wir müssen uns beeilen«, sagte sie. »Erinnerst du dich, daß Ellen vor drei Tagen übers Wochenende zu den Becks nach Balboa gefahren ist?«
»Ja, natürlich«, log ich. Sie wendet sich an einen Mann, der gar nicht mehr hier ist, dachte ich.
»Gestern morgen fiel mir ein, daß sie vielleicht gern zu deiner Genesungsparty kommen würde. Deshalb rief ich dort an und bekam Jenny Beck an den Apparat. Du weißt, wer Jenny ist.«
»Eine von ...« Ich wußte es nicht.
»Richtig. Eine von Ellens Klassenkameradinnen im Radcliffe. Jenny platzte heraus, daß Ellen nicht da sei und auch gar nicht dagewesen sei. Dann wurde ihr klar, daß sie damit vielleicht irgend etwas ausplauderte, und so begann sie, Ausflüchte zu machen und zu lügen. Ich fragte, ob ich mit ihrer Mutter sprechen könne. Diese arme Frau mußte mir notgedrungen die Wahrheit sagen, nämlich, daß überhaupt niemals von einem Besuch die Rede gewesen sei.«
»Wo war Ellen?«
»Sie wollte es mir nicht sagen. Als Roger sie nach Hause brachte ...«
»Soll das heißen, daß sie die drei Tage mit Roger zusammengewesen ist?«

»Nein. Ich komme gleich darauf zu sprechen. Sie kam hier an, als ich gerade im Begriff war, zum Polizeirevier zu gehen, um dich herauszuholen; etwa um fünf Uhr morgens. Wahrscheinlich war ich ein bißchen schroff mit ihr. Aber schließlich bin ich ja auch nur ein Mensch. Und außerdem war es mein gutes Recht, sie zu fragen, weshalb sie mich belogen hat und wo sie drei Tage lang gewesen ist, findest du nicht?«
»Vermutlich, ja, gewiß.«
»Weißt du, was Ellen mir geantwortet hat? Es ginge mich einen Dreck an, wo sie gewesen sei. Wörtlich! Und damit stolzierte sie ins Haus, ohne sich auch nur von dem jungen Mann zu verabschieden.«
»Und was hatte er dazu zu sagen?«
»Er weiß auch nicht, wo sie war. Er sagte, er habe im Bett gelegen und geschlafen, als ihre Majestät anrief und ihn bat – nein, sie bat nicht, sie forderte –, er solle sie vor dem Mersey abholen. Mersey ist nicht, wie du annehmen könntest, der Name eines Flusses in England. Es ist ein ziemlich verrufenes Lokal im Elendsviertel der Stadt. Frag mich nicht, wie sie dorthin gekommen ist. Als dieser arme Junge sie dort abholte –«
»Warum hat sie sich nicht ein Taxi genommen?«
»Ja, das habe ich mich auch gefragt. Deshalb tat ich etwas, was ich eigentlich nicht hätte tun sollen. Als sie in ihr Zimmer stürzte, warf sie ihre Sachen auf den Tisch in der Halle, und ich öffnete ihre Handtasche. Ihr ganzes Barvermögen betrug vierunddreißig Cent. Und ein paar mexikanische Pesos.«
»Wo ist sie gewesen?«
»Genau das sollst du herausfinden.«
»Oh.«
»Sie weigert sich, mit mir zu sprechen. Das Kind ist mir vollkommen entglitten, Ev. Ich habe versagt. Und das quält mich zu Tode. Sie hat sich so rasch verändert. Es ist erschreckend, wie fremd sie mir geworden ist. Manchmal, wenn ich ins Zimmer komme, steht sie auf und geht hinaus. Das ist doch kein Zufall, oder?«
»Es könnte sein«, log ich.
»Jedesmal wenn sie zu den Ferien nach Hause kommt, denke ich, diesmal werde ich es schaffen; diesmal werde ich sie kennenlernen; ich werde die Verbindung zwischen uns wiederherstellen. Aber eh man sich's versieht, sind die Ferien vorüber. Guten Morgen, gute Nacht, bitte reich mir die Butter, und fort ist sie. Und wir haben kaum miteinander gesprochen.«
»Aber Florence, Liebling, du mußt dir deswegen keine Vorwürfe machen; alle jungen Menschen machen solche Zeiten durch. Was hat Leibman dazu gesagt?«

»Hältst du mich zum besten?«
»Keineswegs. Warum glaubst du das?«
»Er sagt, wir haben sie adoptiert; jetzt ist sie an dem Punkt angelangt, wo sie uns adoptieren will. Das mag stimmen, aber was nützt es mir? Er sagt außerdem, tun Sie nichts Endgültiges; halten Sie durch.«
»Ich glaube, damit hat er nicht ganz unrecht.«
»Nein, Ev, damit würden wir uns geschlagen geben. Wir müssen verhindern, daß sie sich noch weiter von uns entfernt. Meiner Meinung nach ist dies genau der richtige Augenblick, um einige Dinge klarzustellen. Ich weiß, ich habe ihr gegenüber versagt, aber...«
»Du hast nicht versagt, Florence.«
»Ich darf mich nicht geschlagen geben. Mir scheint, wenn wir ihr das jetzt durchgehen lassen – nun, ich finde, daß ich als Mutter ein Recht habe, zu wissen, wo sie gewesen ist und, verdammt noch mal, mit wem sie schläft, wenn es jetzt dazu gekommen ist. Aber wenn du glaubst, du kannst es nicht, dann muß ich eben –«
»Nein, ich werde mit ihr reden.«
»Bitte, Ev, versuche, mir in dieser Sache zu helfen; es würde mich umbringen, wenn ich das Kind verliere.«
»Ich werde mit ihr sprechen, Florence; nimm es nicht so schwer.«
»Ich versuche nur, die Dinge so zu sehen, wie sie sind. Gib mir einen Kuß, Ev.«
Ich tat es. Ihr Gesicht war ganz spitz vor Besorgnis. Ich küßte sie noch einmal.
»Verlaß mich nie, Ev«, flüsterte sie. »Ich werde auf dich warten, Ev. Ich tue mein Bestes.«
»Das weiß ich, Baby. Es ist besser, wenn ich jetzt zu Ellen gehe.«
»Ich habe Angst. Wir müssen unbedingt noch diese andere Sache erledigen, und es ist mir schrecklich, über Geld zu reden; ich weiß, du hast es nicht gern. Aber ich bin am Ende meiner Weisheit angelangt. Es ist einfach kein Geld mehr da, nichts auf unserem gemeinsamen Konto und – nun, ich werde dir alles schwarz auf weiß geben. Sylvia und ich haben es sorgfältig ausgerechnet.«
Ich ging zur Tür.
»Bitte, Evans, beeile dich. Ich will nichts weiter als die schlichte Wahrheit. Das kann nicht allzu lange dauern.«

»Ist mit Mami alles in Ordnung?«
»Ja, natürlich. Es war nur ein schlechter Traum.«
»Sie hat dich gebeten, mit mir zu reden, stimmt's?«
Ich beugte mich vor und küßte sie auf ein Augenlid.
Als Ellen noch klein war, ging ich jeden Abend in ihr Schlafzimmer,

um ihr gute Nacht zu sagen; ich küßte ihr ein Auge zu, dann das andere; sie sagte, gute Nacht, Daddy, ich sagte, gute Nacht, mein Engel, dann ging ich auf Zehenspitzen hinaus, schloß die Tür, und damit war für sie der Tag offiziell zu Ende.

Als ich das jetzt tat, warf sie sich mir in die Arme und sagte: »O Daddy, ich wußte, daß du auf meiner Seite sein würdest.«

»Auf deiner Seite?«

»Hat sie dir nicht gerade eben erzählt, was letzte Nacht geschehen ist?«

»Ja, einiges davon.«

»Ich habe nicht die Absicht, mir das noch länger gefallen zu lassen.«

»Was, mein Engel?«

»Es gibt gewisse Dinge, die ich vielleicht dir sagen will, und es gibt gewisse Dinge, die ich vielleicht ihr sagen will, und es gibt gewisse Dinge, die ich vielleicht keinem von euch beiden sagen will.«

»Schon gut, mein Engel, beruhige dich.«

»Ich muß dich um etwas bitten, Daddy, wirst du es tun?«

»Natürlich. Was möchtest du?«

»Nun, es gibt etwas sehr Großes, um das ich dich bitten werde; aber würdest du zuerst ins Haus gehen und mir einen Wodka holen? Ich habe Angst, selbst zu gehen, denn sie könnte mich sehen, und wenn sie wieder anfängt, so mit mir zu reden wie letzte Nacht, würde ich wahrscheinlich einfach –«

»Was ist letzte Nacht geschehen?«

»Ich bin keine Verbrecherin, und sie ist kein Richter, und ich habe ein Recht –«

»Sie hat sich lediglich um dich gesorgt, mein Engel.«

»Ich will nicht mehr auf diese Art abgekanzelt werden. Bitte, Daddy, holst du mir den Wodka? Denn ich möchte dir etwas sagen, und ohne den Wodka bringe ich es nicht fertig.«

Ich küßte sie noch einmal und ging den Hang hinauf, auf das Haus zu. Auf halbem Weg blickte ich zurück. Ellen hatte sich nicht gerührt. Sie war Genievra, in einem weißen Kleid neben jenem leuchtend blauen Becken. Das Bild eines jungen Mädchens in Amerika, das alles hat, eine Illustration für *Life*. Und dennoch lag jetzt, mit ihren neunzehn Jahren, eine Last auf ihr, als ob ihre Geschichte bereits geschrieben und das, was von ihrem Leben übrigblieb, vom Schicksal bestimmt sei. Was war geschehen?

Als ich Ellen zum erstenmal sah, war sie von der kuppelförmigen Decke einer italienischen Renaissancekirche herabgestiegen, ein Engel mit Haaren aus gelocktem Gold und dem unschuldigsten Gesicht aller Himmelsbewohner. Das Gesicht ist immer noch da, obgleich sie die eindeutig aggressivste Frau geworden ist, die ich je gesehen habe. Sie kann jeden Mann bekommen, den sie haben will, und bekommt ihn auch, indem sie ihm einfach ihre Unschuld darbietet.

Ellen war der Talisman unserer Ehe. Nach vier krisenreichen Jahren kamen Florence und ich zu dem Schluß, daß ein Kind uns vielleicht vor einer Trennung bewahren könnte. Schon auf dem Heimweg vom Adoptionsbüro begannen wir, Ellen zu verziehen. Mit neun Monaten wußte sie bereits genau, daß sie nur ein weinerliches Gesicht zu machen brauchte, um alles zu bekommen, was sie wollte. Und mit drei Jahren war sie ein Engel mit der absoluten Macht eines Diktators. Wir waren uns nicht klar, wie schnell das alles ging, bis wir bemerkten, daß einige unserer Freunde ihr nicht mit der gleichen aufrichtigen Bewunderung gegenüberstanden wir wir. Florence eilte mit ihr zu Dr. Leibman. Aber Ellen konnte niemanden ertragen, der nicht zu allem ja und amen sagte. Was immer Dr. Leibman für Fehler haben mag, das tut er nicht. Er sagte Florence, das Kind hätte ganz eindeutig gewisse psychologische Probleme, und er könne ihr nur helfen, wenn sie regelmäßig zur Behandlung käme. Doch Ellen wollte nicht.

Es war mir klar, daß ich sie sträflich verzogen hatte. Aber ich kümmerte mich nicht darum. Und auch Florence machte es nichts aus. Denn der Talisman hatte sich als wirksam erwiesen: Wir blieben zusammen.

Sylvia und Florence schreckten auf, als ich eintrat; es war beinah, als führten sie irgend etwas gegen mich im Schilde.

»Nun?« fragte Florence.

»Wir fangen gerade an zu sprechen«, sagte ich.

Sie blickten beide auf die Uhr. »Sie sollten sich lieber beeilen«, sagte Sylvia. Sie hielt einen Haufen Papiere in der Hand.

Ich schenkte den Wodka ein und ging wieder in den Garten. Ich kann das jetzt nicht alles erledigen, dachte ich. Ich habe hier Schluß gemacht, in zwei Stunden geht mein Flugzeug; ich werde fliegen; ich werde mich nicht zurückhalten lassen.

Ellen leerte mit einem Zug das halbe Glas. »Daddy, bitte setz dich«, sagte sie. »Und dränge mich nicht; ich brauche deine Hilfe.«

»Ich muß vor zwölf am Flughafen sein«, sagte ich.

Ich habe das Schiff verlassen, dachte ich; jetzt ist jeder auf sich selbst gestellt.

»Dräng mich nicht, Daddy; du mußt mir helfen. Es ist wirklich wichtig.«

»O. K., mein Engel.« Ich setzte mich.

»Ich will nicht mehr hier leben.«

»Was?«

»Ich geh für immer weg.«

»Warum?«
»Ich will, daß du es ihr sagst. Ich kann nicht mit ihr reden.«
»Langsam, Baby, langsam.«
»Ich warne dich, wenn du mich zwingst, mit ihr zu reden, bin ich imstande, ihr Dinge zu sagen, die sie bis an ihr Lebensende nicht vergessen wird.«
»Sie hat dich nur gefragt, wo du die drei Tage –«
»Du lieber Himmel, Daddy, du hast ihr seit weiß Gott wie langer Zeit nicht die Wahrheit gesagt. Wieso erwartest du von mir, daß ich ihr gegenüber offen bin?«
»Hör zu, Baby –«
»Ich will nichts hören. Jedesmal, wenn ich anfange, mit ihr zu reden, tut sie, als ob ich sie um *Erlaubnis* fragte. Sie sagt, ja, du darfst, oder nein, du darfst nicht, und ich habe nicht die Absicht, jemanden um Erlaubnis zu fragen. Ich möchte lediglich ohne großes Theater hier fortkommen.«
»Es würde sie umbringen, wenn du hier ausziehst.«
»Auf die Art hat sie *dich* während all dieser Jahre nach ihrer Pfeife tanzen lassen. Schön, ich kann auch weinen; soll ich dir zeigen, wie es ist, wenn ich einen hysterischen Anfall bekomme?«
»Ellen, hör zu, sie ist augenblicklich in einer sehr schlechten Verfassung; sie hat es wirklich schwer gehabt. Ich habe ihr schrecklich zugesetzt ...«
»Dann bleib *du* hier und kümmre dich um sie ...«
»Laß nur ein wenig Zeit verstreichen; geh zurück ins Radcliffe, und –«
»Ich geh nicht mehr dorthin.«
»Ich dachte, du willst morgen abfliegen.«
»Ich gehe wieder an die Ostküste, aber ich gehe nicht ins Radcliffe.«
»Ellen, ich sage dir allen Ernstes, ich will nicht, daß du Florence das antust; nicht in diesem Augenblick. Hörst du?«
Sie stand auf. »Ich höre.«
Sie ging um das Schwimmbecken herum und setzte sich auf die andere Seite.
»Baby, laß uns auf ein paar Minuten ins Wasser springen; es wird uns beiden guttun.«
»Ich kann nicht.«
»Warum nicht?« fragte ich. »Ach, das.«
»Nicht ganz. Ich habe vorgestern einen Abort gehabt. Das war's, wo ich gewesen bin, in Tiajuana. Sollte ich ihr das etwa sagen?«
»Ist alles in Ordnung?«
»Natürlich. Es ist gar nichts dabei. Gestern war ich ein wenig erschöpft und schläfrig; deshalb bin ich dortgeblieben – sie haben so

eine Art Kabinen – und habe fast den ganzen Tag geschlafen. Erwartest du, daß ich ihr das sage?«
»Nein. Ich erwarte, daß du es mir sagst.«
»Du hättest ein großes Trara um die Sache gemacht.«
»Woher weißt du, daß ich dir nicht vielleicht vorgeschlagen hätte, das Kind zu bekommen? Von wem war es?«
»Ach, von einem Jungen, den ich bei den Chaucer-Vorlesungen kennengelernt habe.«
»Es war also nicht Roger?«
Sie lachte. »Roger ist nur mein ständiger Freund.«
»Ellen, wenn du nicht in die Schule zurückgehst, wo beabsichtigst du zu leben?«
»Wo ist nicht wichtig. Die Frage ist, wie.«
»Schön, wie? Laß uns darüber sprechen.«
»Nein. Du kannst mir nicht helfen, und sie kann mir nicht helfen. Ich muß mir ganz allein über eine Menge Dinge klarwerden. Ich weiß nicht einmal, wer ich bin. Ich weiß nur, daß ich nicht so bin, wie du glaubst. Deshalb habe ich es auch nie gemocht, daß du mich Engel nennst.«
»Warum hast du mir das nicht gesagt?«
»Weil das die Art ist, wie du mich gerne sehen möchtest. Ich bin auch nicht so, wie Mami mich gerne sehen möchte. Ich hasse Radcliffe. Ich interessiere mich nicht für Bücher, Politik, Wissenschaft, Bürgerrechte oder ähnliches.
Aber es gibt etwas, das Mami nicht ist, und es gibt etwas, das du nicht bist und das ich sein kann: ein ehrlicher Mensch. Ich werde eine andere Lebensweise finden. Ich gehe nur mit Jungen ins Bett, in die ich verliebt bin, und ich werde nie mit einem Mann ins Bett gehen, weil ich gesetzlich dazu verpflichtet bin oder nur aus Zeitvertreib oder weil es einfacher ist, als ihm zu erklären, weshalb ich nicht will. Ich werde auch nie einen Mann bitten, bei mir zu bleiben, wenn er es nicht von sich aus tut.«
»Aber meine liebe Erfinderin, an all das haben andere auch schon gedacht. Ich selbst hatte früher einmal diesen Vorsatz.«
»Dann sag mir, was geschieht? Warum spielt ihr alle Theater? Ist es nicht besser, zu sein, was immer man ist, ganz gleich wie armselig?«
»Ellen, du übertreibst.«
»Das bezieht sich auch auf dich. Zuerst nahm ich an, Mami und du blieben meinetwegen zusammen. Aber inzwischen habe ich erkannt, daß ich nur eine bequeme Ausrede bin. Und wenn ich dir früher gesagt habe, bleibt nicht meinetwegen zusammen, jetzt sage ich dir nichts, Daddy, gar nichts.«

Eine Fliege ließ sich auf meinem Arm nieder. Ich schlug heftiger als nötig nach ihr.

»Evans!« Florence stand im Türrahmen. »Du solltest jetzt lieber raufkommen. Wir haben nicht mehr viel Zeit.«

»Bin schon unterwegs«, rief ich zurück.

Florence winkte Ellen fröhlich zu. »Ermüde ihn nicht zu sehr, Ellen; laß noch ein wenig für mich übrig.« Sie lachte und ging zurück ins Haus.

»Baby, wann fährst du ab?«

»Heute nachmittag, so bald wie möglich.«

»Ich muß auch nach New York. Mein Vater hat Lungenentzündung.«

»Oh, das tut mir leid.«

»Es ist nicht weiter gefährlich, aber er hat jetzt so sonderbare Zustände, redet mit mir, ohne daß ich bei ihm bin, verlangt dauernd nach mir und – na ja, jedenfalls wollte ich vorschlagen, daß du mit der gleichen Maschine fliegst wie ich.«

»Wann?«

»Der Zwölf-Uhr-Flug der United Airlines.«

»Gut, wenn ich noch einen Platz bekomme.«

»Dann können wir weiterreden.« Ich ging auf das Haus zu.

»Wirst du die unangenehmen Dinge für mich erledigen – mit ihr?«

»Ich werde es versuchen. Sie wird mich fragen, wo du die letzten drei Tage gewesen bist. Nun, in Übereinstimmung mit deinem jüngsten Vorsatz, Test Nummer eins: Soll ich ihr die Wahrheit sagen?«

»Ich habe beschlossen, daß dies die letzte Lüge meines Lebens sein wird.«

»Und du möchtest lieber, daß ich sie ausspreche?«

»Wenn ich nicht mit dir und deiner Frau in diesem Haus leben würde, brauchte ich überhaupt nicht zu lügen. Es tut mir leid.«

»O. K. Ich muß mich beeilen. Sie hat eine Menge Papiere über meine finanzielle Lage und so weiter. Nun gut, ich werde irgend etwas erfinden.«

»Viel Glück.«

»Übrigens«, ich wandte mich noch einmal um, »wenn du nicht ins Radcliffe zurückgehst, wohin gehst du dann? Hast du etwas dagegen, daß ich frage?«

»Ich habe nichts dagegen, solange du nicht versuchst, mich zurückzuhalten. Ich habe einen neuen Freund; seine Eltern sind verreist, und ...«

»Wir müssen dir als erstes ein Pessar beschaffen ...«

»Ein Pessar! Das ist köstlich.« Sie lachte.

»Nun ... Verlaß dich nicht auf einen Jungen. Ein Mädchen sollte sich selbst vorsehn.«

»Ich weiß, Daddy. Du bist fabelhaft.«
»Ich habe auch meine Probleme.«
»Das kann man wohl sagen. In mancher Beziehung ist sie eine wundervolle Frau. Sie ist die Tugend in Person, nicht wahr? Trotzdem quält sie dich zu Tode. Daddy ...«
Ellen sprang auf und küßte mich. »Verzeih, Daddy, es ist mir schrecklich, so mit dir zu reden, wie ich es getan habe. Ich weiß, damit kommen wir nicht weiter.«
Ich wandte mich ab und ging eilig den Hang hinauf.
Meine langjährige Erfahrung im Lügen hat mich gelehrt, daß man sich so nah wie möglich an die Wahrheit halten soll. Das ist das beste System, denn diese Art der Unwahrheit hält am ehesten den Tatsachen stand, die im Lauf der Zeit unweigerlich ans Tageslicht kommen.
»Sie ist nach Tiajuana gefahren«, sagte ich Florence.
»Tiajuana! Dieses schmutzige kleine Nest! Wozu?«
»Einfach, um die Welt einmal von einer anderen Seite zu sehen, nehm ich an.«
»Das kann man dort weiß Gott.«
»Und um nachzudenken.«
»Mußte sie ausgerechnet nach Tiajuana gehen, um nachzudenken?«
»Du weißt, wie junge Menschen sind.«
»Mit wem war sie dort?«
»Ganz allein.«
»Was hat sie dort gemacht, so ganz allein?«
»Sie ist umhergebummelt, aber meistens hat sie in ihrem Hotelzimmer gelegen und sich Gedanken über ihr Leben gemacht.«
»Was für Gedanken über ihr Leben?«
»So allerlei. Du weißt doch. Junge Leute!«
»Wenn sie nachdenken wollte, hätte sie sich weiß Gott einen schönen Ort dazu aussuchen können. Und zu welchem Schluß ist unsere Lebensforscherin gelangt?«
»Das hat sie mir nicht gesagt.«
»Weshalb, um alles in der Welt, konnte sie mir das nicht sagen?«
»Vielleicht hast du einen schlechten Augenblick erwischt.«
»Es war ein vollkommen gerechtfertigter Augenblick. Schließlich hat sie mich angelogen – ach, reden wir nicht mehr davon. Wir haben einfach keine Zeit ... Hast du schon gepackt?«
»Nein. Noch nicht.«
»Wie lange brauchst du dazu?«
»Oh, etwa zehn Minuten.«
»Lächerlich. Rechnen wir zwanzig. Kannst du das schaffen? Ich helfe dir.«

»Natürlich, leicht.«
»Nun gut, Sylvia, damit bleibt uns ungefähr knapp eine halbe Stunde. Setz dich, Evans. Bitte geben Sie mir Blatt Nummer eins, Sylvia.«
Sylvia reichte ihr einen dünnen Bogen. Es war an diesem Tag alles in dreifacher Ausfertigung geschrieben. Florence steckte mir das Papier in die Hand.
»Das ist für dich. Du kannst es natürlich behalten. Es ist eine Liste deiner Aktiven. Laß mich dir rasch die Zahlen vorlesen. Unterbrich mich, wenn du irgendwelche Fragen hast. Da ist also in erster Linie dein Konto bei der Bowery Savings Bank in New York. Das Guthaben ist natürlich immer noch das gleiche wie damals, abgesehen von den Zinsen, die dazugekommen sind. Die Zahl auf der letzten Zeile deines Sparbuchs ist jetzt 7809,43 Dollar. Das nächste ist dein laufendes Konto mit einem Saldo von 17 122,92. Williams and MacElroy haben dir während der ganzen Zeit deiner Krankheit weiterhin dein volles Gehalt gezahlt, ohne auch nur ein Wort darüber zu verlieren. Mr. Finnegan muß dich wirklich schätzen. Gut! Du hattest in unserem Safe – jetzt befinden sie sich hier in diesem Kuvert – drei Staatsanleihen, Serie ›G‹, mit einem Fälligkeitswert von je zehntausend Dollar. Und ferner hast du deine Aktien, die du seinerzeit auf gut Glück und meiner Meinung nach voreilig gekauft hast, ohne dich irgendwie beraten zu lassen. Sie haben dir keinen Gewinn gebracht. Klondike Airlines war zum Beispiel eine absolute Katastrophe. Ich hatte dir gesagt, du solltest sie nicht kaufen. Eine Fluggesellschaft, deren einziger Zweck darin besteht, das Ödland von Kanada nach möglichen Uraniumlagern auszukundschaften, war von vornherein lächerlich. Nun, reden wir nicht von vergangenen Dingen. Du hast sechshundert Aktien zu 19 gekauft. Jetzt stehen sie auf 2, und es gibt keine Käufer. Die übrigen Papiere, die du besitzt, haben sich ganz gut gehalten, entsprechen aber auch nicht der allgemeinen Marktlage. Auf jeden Fall haben Sylvia und ich ausgerechnet, daß dein gesamtes Aktien-Portefeuille annähernd 15 900 Dollar wert ist, und somit betragen deine persönlichen Aktiven insgesamt – wir sind beide nicht sehr gut im Addieren, aber nach unserer Rechnung sind es 67 132,35 Dollar. Irgendwelche Fragen?«
»Wir sind reich«, sagte ich. Es war weit besser, als ich angenommen hatte.
»Freu dich nicht zu früh. Du hast Aufstellung drei noch nicht gesehen! Als nächstes kommt Aufstellung zwei, die Liste unserer gemeinsamen Besitztümer. Dazu gehört dieses Haus, das jetzt zu zwei Dritteln bezahlt ist; der Bungalow in Indio, von dem ich geglaubt hatte, er sei voll bezahlt, aber inzwischen hat sich herausgestellt,

daß noch zwei Raten ausstanden – eine für das Grundstück und eine für den Bauunternehmer –, die ich inzwischen bezahlt habe und die in Aufstellung drei angeführt sind. Ferner die drei Wagen, die Stereoanlage, Bücher, Schallplatten, *objets d'art* und so weiter. Du findest alles auf dieser Liste. Hier, nimm das, Evans. Nimm diesen Bogen und sieh ihn dir an. Jetzt gleich. Du findest unten, wo es hingehört, unser gemeinsames laufendes Konto, von dem ich den gesamten Haushalt sowie alle übrigen gemeinsamen Ausgaben bezahle. Wie du sehen kannst – dort, Evans, siehst du's? –, ist es fast auf dem Nullpunkt angelangt: 103,23 Dollar.
Jetzt kommt Aufstellung drei. Evans, mir macht das ebensowenig Spaß wie dir. Tatsächlich tue ich es nur, weil du es nicht tust. Wenn du also nichts dagegen hast...«
»Was habe ich angestellt?«
»Es ist einfach dieser duldsame Ausdruck auf deinem Gesicht. Weshalb tust du so überlegen? Entschuldigen Sie, Sylvia. Jetzt nimm bitte Aufstellung drei und sieh sie dir genau an. Wenn du Zweifel hast, sag es uns. Wir sind keine Buchhalter, aber wir haben unser Bestes getan. Hier.«
Sie gab mir den Bogen.
»Dies ist der Kernpunkt unserer Zusammenkunft. Es ist die Aufstellung der Beträge, die ich während der letzten sechs Monate von meinem persönlichen Konto auf unser gemeinsames Konto eingezahlt habe. Also ist es praktisch das, was du mir schuldest. Ich habe Geld für Ausgaben vorgeschossen, für die nach unserer grundlegenden Vereinbarung *du* aufzukommen hast. Einstweilen habe ich alles bezahlt, weil ich dich während deiner Krankheit nicht mit diesen Dingen belästigen wollte. Aber jetzt muß ich dich bitten, es mir zurückzuerstatten. Ich habe nichts mehr auf meinem eigenen laufenden Konto. Wenn ich mir heute nachmittag auch nur eine Haarklemme kaufen wollte, müßte ich das Kapital angreifen. Und, Sylvia, als wir heirateten, haben wir uns geschworen, niemals das Kapital anzugreifen. Was ich besitze, ist das Erbteil meines Vaters, und wir haben beschlossen, es für Notfälle aufzuheben, falls irgend etwas passieren sollte. Verstehen Sie?«
Sylvia wußte nicht, ob ein Kommentar von ihr erwartet wurde oder nicht.
»Stimmt's, Evans?« fragte Florence.
»Genau.«
»Ich danke dir. Jetzt laß uns Aufstellung drei Posten für Posten durchsehen. Die erste Eintragung sind 3000 Dollar Hypothek auf dieses Haus. Ich habe sie bezahlt, was natürlich praktisch das gleiche ist, wie wenn wir das Geld auf ein Sparkonto getan hätten. Der

nächste Posten von 8200 Dollar sind Haushaltskosten – Lebensmittel und so weiter – während der letzten sechs Monate. Das habe ich ausgelegt. Ich weiß, es kommt dir übertrieben vor. Aber ich wünschte, du würdest einmal einen Monat lang versuchen, selbst einzukaufen. Der nächste Posten ist meine Kleidung. Ein ziemlich hoher Betrag, 4753,50 Dollar. Die meisten Rechnungen findest du hier zusammengeheftet – bitte, Sylvia, geben Sie sie mir, vielen Dank –, du kannst sie in Ruhe überprüfen. Natürlich wirst du das nicht tun, aber wenn du es tätest, würdest du sehen, daß die meisten aus der Zeit vor deinem Unfall stammen, als alles noch wunderbar glatt ging. Nach deinem Unfall habe ich meine persönlichen Ausgaben eingeschränkt, ebenso wie jetzt auch die Haushaltskosten. Übrigens gibt es Belege für alle diese Posten, falls du glaubst, wir machen dir etwas vor. Als nächstes kommt die Rechnung der Autowerkstatt – 385,86. Ich halte diese Leute für unehrlich und finde, wir sollten uns nach einer anderen Werkstatt umsehen. Aber das bleibt natürlich dir überlassen. Der nächste Posten sind Rechnungen für Elektrizität, Wasser, Telefon etc. – 1142 Dollar in sechs Monaten. Ebenfalls alles einzeln aufgeführt und unbestreitbar. Schließlich brauchen wir ja Licht und Gas, nicht wahr? Und auch das Telefon. Wir könnten höchstens den Nebenanschluß am Schwimmbassin aufgeben; meinst du, wir sollten das tun? Evans?«

»Was?«

»Ich habe vorgeschlagen, den Nebenanschluß fürs Telefon am Schwimmbassin aufzugeben. Was sagst du dazu?«

»Ich weiß nicht ... schön, warum nicht, ja, eine gute Idee.«

»Versuch noch einen Augenblick bei der Sache zu bleiben; es dauert nicht mehr lange, Evans, und es führt alles zu dem, was ich von dir möchte: nämlich, daß du mir zurückerstattest, was ich ausgelegt habe. Also bitte, konzentriere dich. Die nächsten drei Posten sind Ausgaben für Ellen: Schulgeld, achtzehnhundert – meiner Meinung nach sehr hoch; Kleidung, zweitausendzweihundert – nicht allzuviel, zumindest für Beverly Hills; und ihr Taschengeld von zweihundert pro Monat; ich würde dringend empfehlen, es auf hundertfünfundzwanzig herabzusetzen – es wird ihr ganz gut bekommen, und außerdem bedeutet es eine gewisse Ersparnis. Hast du etwas dagegen?«

»Nein ... nun ... ja ... doch, ich bin dagegen.«

»Gut, Sylvia, bitte machen Sie eine Liste: Fragen, die noch zu klären sind. Natürlich haben wir jetzt keine Zeit, irgendwelche Einzelheiten zu erörtern, wenn du dein Flugzeug erwischen willst, Evans. Haben Sie es notiert, Sylvia?«

»Ja, Mrs. Anderson.«

»Der nächste Posten ist groß, aber es blieb mir nichts anderes übrig, als ihn zu zahlen: 6268,49 Dollar, um den Bungalow in Indio fertigzustellen. McDonough hat mir versichert, daß dies die letzte Rechnung ist. Sie ist sehr hoch, weil der Atombunker erst hinterher hinzukam und daher im ursprünglichen Kostenvoranschlag nicht berücksichtigt worden war. Aber McDonough hat versprochen ... was ist los?«
»Nichts«, sagte ich.
»Dann möchte ich wissen, warum du so überlegen lächelst?«
»Du weißt ja, ich bin überzeugt davon, daß wir diesen Bunker nie benutzen werden.«
Florence brach in hysterisches Gelächter aus.
»Lies die Zeitungen!«
»Das tue ich.«
»Ich meine, lies sie wirklich. Und wenn du nichts dagegen hast, werden wir ein andermal darüber sprechen. Sylvia, setzen Sie es auf die Liste. Obwohl natürlich der Bunker Gott sei Dank bereits fertig und vollkommen eingerichtet ist. Einschließlich der Vorräte. So. Nun ... laß uns sehen. Wo war ich stehengeblieben?«
»Mädchen und Halbtagsgärtner«, sagte ich. »Sechs Monate, 3600 Dollar.«
»Richtig. Jetzt kommen die kleineren Posten, die du selber durchsehen kannst: Getränke 420,99; Tennisklub 200; Zeitungen und Bücher 320; Instandhaltung des Schwimmbassins 480; und dann, ach ja: 600 Dollar für wohltätige Zwecke. Ich habe da schon manches gestrichen. Das einzige, was man meiner Meinung nach heutzutage noch unterstützen sollte, ist der Bürgerrechtskampf. Unseren Beitrag dazu werde ich auf keinen Fall streichen.«
»Es sieht fast so aus, als ob wir selbst bald auf Wohltätigkeit angewiesen sein werden«, sagte ich.
»Richtig. Haha. Gestern habe ich weitere zweitausend Dollar – die letzten, die ich auf meinem Konto hatte – für die laufenden Haushaltskosten auf unser gemeinsames Konto eingezahlt. Das schuldest du mir ebenfalls. Ich versuche, die Ausgaben so weit wie möglich einzuschränken, aber Beverly Hills ist teuer, das ist nicht zu leugnen. Dann kommt noch – wir sind fast fertig, Liebling – die letzte Rate für das Grundstück in Indio, 3800 Dollar. Und hier sind die letzten beiden Posten. Wenn du ein Wort dagegen sagst, schrei ich! Ich versichere dir, wir verdanken es einzig und allein Dr. Leibman, daß wir jetzt hier im selben Zimmer sitzen. Ich will gern an allem anderen sparen, nur nicht an ihm. Vielleicht einmal weniger in der Woche. Aber du weißt, was geschieht, wenn ich nicht jeden Tag zu ihm gehe.«

»Was würdest du anfangen«, fragte ich, »wenn dein Mann nicht das nötige Geld dafür verdiente?«
Sie hob den Arm und machte eine Geste, um mir anzudeuten, daß sie sich die Pulsadern durchschneiden würde.
»Entschuldigen Sie, Sylvia.«
»Ich geh mir eine Tasse Kaffee holen«, sagte Sylvia.
»Tun Sie das«, erwiderte Florence. »Charlotte wird Ihnen behilflich sein.«
Sylvia ging hinaus.
»Sie ist eine wunderbare Sekretärin«, sagte Florence. »Ich hatte vollkommen vergessen, daß sie im Zimmer war.«
»Wie spät ist es?«
»Du hast noch zehn Minuten Zeit. Wo gehst du hin? Evans!«
Ich war aufgestanden. »Ich will nur sehen, ob Ellen schon gepackt hat. Sie wollte das Abendflugzeug nehmen. Ich habe sie überredet, mit mir zusammen nach New York zu fliegen.«
»Oh, das ist herrlich, Evans.« Sie schien ungeheuer erleichtert.
»Ja«, sagte ich, »dann können Ellen und ich unsere Unterhaltung fortsetzen, und ich schreibe dir darüber.«
»Du bist doch sowieso in wenigen Tagen zurück, oder?«
»O ja, natürlich... Ich will mich nur vergewissern, daß sie noch einen Platz bekommen hat...«
»Evans, noch eine Sekunde, dann sind wir mit diesem gräßlichen Bogen fertig. Ich mache ganz rasch. Leibman. Fünfzig pro Sitzung. Fünfmal in der Woche. Sechsundzwanzig Wochen. Macht genau 6500 Dollar. Dann bist du selbst damals zu ihm gegangen, dreimal fünfzig, einhundertfünfzig. Und jetzt die Gesamtsumme – siehst du, dort? –, 44 222,78 Dollar, die ich von meinem Konto auf deins gezahlt habe. Geld, das tatsächlich ausgegeben worden ist. Das stellt jedoch nicht unseren wirklichen Lebensstandard dar. Das Haus in Indio ist ja eine einmalige Sache. Und auf Grund deines Gesichtsausdrucks habe ich soeben beschlossen, daß ich in Zukunft Dr. Leibman von meinem eigenen Geld, das heißt, vom Kapital bezahlen werde, denn ich betrachte das als einen immer wiederkehrenden Notfall. Jetzt geh. Aber komm zurück! Denn ich möchte, daß wir diese Dinge noch in Ordnung bringen. Tatsächlich wäre es mir am liebsten, wenn du mir das Geld jetzt gleich, ehe du fortfährst, zurückzahlen würdest. Sylvia hat die Scheckbücher mitgebracht und auch die Pfandbriefe, falls du sie brauchst. Gut, mein Lieber, das ist alles! Jetzt kannst du gehen.«
Ich rannte die Treppe hinauf. Von allem, was ich gehört hatte, waren mir zwei Zahlen im Gedächtnis geblieben. Guthaben, etwa 67. An Florence zu zahlen, ungefähr 44. Damit bleibt mir etwas über zwan-

zig, was mir auf mindestens ein Jahr hinaus die Möglichkeit geben sollte, mir meinen Weg zu suchen, ohne arbeiten zu müssen. Es war nicht ganz so schlimm, wie ich gefürchtet hatte.

Ellen war gerade beim Packen. Sie kam auf mich zu und zog mich in ihr Zimmer. »Daddy«, flüsterte sie, »was hast du gesagt?«

»Daß du nach Tiajuana gefahren bist.«

»Zu welchem Zweck?«

»Um nachzudenken. Das hast du doch getan, nicht wahr?«

»O Daddy, wie klug du bist! Nun, ich nehme an, man bekommt Übung darin?«

Ellen fing an, mir ein wenig auf die Nerven zu gehen. »Hast du noch einen Platz im Flugzeug bekommen?«

»Alles erledigt. Soll ich deine Sachen packen?«

»Nein.« Ich ging zur Tür.

»O. K. Vielen Dank. Komm, gib mir einen Kuß!« Ich küßte sie. »Gut, beeilen wir uns«, sagte ich, während ich bereits die Treppe hinunterrannte.

Als ich das Zimmer betrat, sprachen Florence und Sylvia leise miteinander. Ich hatte abermals das Gefühl, daß es eine Art Verschwörung war, irgend etwas, das sich gegen mich richtete oder mir zumindest nicht gefallen würde.

»Was ist los?« fragte ich.

»Ich habe noch etwas vergessen, Mr. Anderson«, sagte Sylvia. »Es ist die Bundeseinkommensteuer. Und die für den Bundesstaat Kalifornien.«

»Wieviel macht das aus?« fragte Florence.

»Die Bundessteuer ist zweimal sechs, das macht zwölftausend. Aber nächsten Monat ist eine weitere Zahlung fällig.«

»Stellen Sie den Scheck aus«, sagte ich und dachte im stillen: Noch zwanzig Minuten, und ich bin draußen. »Stellen Sie ihn aus.«

»Und ...« sagte Sylvia mit unsicherer Stimme.

»Was noch?« fragte ich. »Stellen Sie einfach die Schecks aus, Sylvia.«

»Die kalifornische Steuer ...«

»Laßt uns nicht den Staat Kalifornien in Geldverlegenheit bringen!«

»Und ...«

»Sagen Sie es ruhig, was noch? Sie werden mich vielleicht nie wieder in solch zahlungsfreudiger Stimmung antreffen. Los, raus mit der Sprache!«

Florence lachte.

»Er hat recht, Sylvia. Nutzen Sie die Gelegenheit aus.«

»Nun, es ist die Rechnung des Steuerberaters für das vergangene Jahr. Er hat heute angerufen und danach gefragt.«

»Stellen Sie den Scheck aus.«
»Es sind 1250...«
»Stellen Sie den Scheck aus.«
Florence sagte: »Evans, beruhige dich und laß das Mädchen nachdenken.«
»Alles in allem?« fragte ich. »Wieviel ist es alles in allem, Sylvia?«
»Evans!« Florence lachte nervös.
»Wo sind meine Aufstellungen eins, zwei und drei?« wollte ich wissen.
»Sie sitzen darauf, Mr. Anderson.«
Ich stand auf, und da lagen sie, vollkommen zerdrückt. »Ich wollte nur sehen, wieviel Geld ich in Aktiven habe. Oder hatte.«
Sylvia hatte alles zusammengezählt. »Die Gesamtsumme, Aufstellung drei und Zusätze, beläuft sich auf 58 422,40«, sagte sie.
»Das ist eine ganz schöne Summe«, sagte ich, »aber ist es wirklich alles?«
»Ja«, sagte sie entschlossen, »ich glaube ja.«
»Sind Sie sicher? Ich möchte nicht, daß jemand oder etwas vergessen wird.«
»Ja, Sir. Ich bin sicher.«
»O. K.«, sagte ich, »wenn ich jetzt einmal die Sache in die Hand nehmen darf, möchte ich folgendes vorschlagen: Sie stellen die Schecks aus, und ich unterschreibe sie. Ist das klar? Sie haben die Pfandbriefe mitgebracht, nicht wahr?«
»Ja, Mr. Anderson.«
»Gut. Ich werde sie unterschreiben, dann könnt ihr sie verkaufen.«
»O Evans.« Florence lächelte schwach.
»Hier bitte«, sagte Sylvia.
»Danke. Setzen Sie währenddessen einen Brief an meinen Börsenmakler auf und bitten Sie ihn, alles zu verkaufen, einschließlich der Klondike-Aktien. Ist damit alles gedeckt? Mal sehen, dann bleiben mir...« Ich versuchte, es mir auszurechnen. »Dann verbleiben...?« fragte ich.
»Dann verbleiben...« fragte Sylvia.
»Dann verbleiben mir?« fragte ich.
»Dann verbleiben Ihnen«, sagte Sylvia, »ungefähr...«
»Ungefähr 9000 Dollar. Abzüglich der nächsten Steuerquote. Also brauche ich mein Sparkonto vorläufig nicht anzurühren.«
»Zumindest nicht bis zum nächsten Monat«, sagte Sylvia. »Die Bundessteuer...«
»Das wollte ich gerade sagen. Aber kommt nicht bis nächsten Monat genügend von Williams und...«
Dann fiel mir ein: »Mein Gott, ich werde ja die Stellung aufgeben.«

»Was ist los, Liebling?« fragte Florence.
»Ich habe nur ein wenig vorausgeblickt.«
»Ich weiß«, erwiderte sie. »Und ich glaube, das solltest du auch.«
»Ja-a«, sagte ich, »aber nicht zuviel ...«
»In ein paar Tagen, sobald du zurück bist, sprechen wir über all diese Dinge. Bringen wir jetzt erst einmal das hier in Ordnung.« Sie deutete auf die Stelle, wo ich den Pfandbrief der Serie »G« zu indossieren hatte. Ich tat es. Dann legte sie mir den nächsten vor.
»Beeilen Sie sich, Sylvia«, sagte Florence, »er hat nicht viel Zeit.« Ich unterschrieb einen weiteren Pfandbrief. Sylvia zog den Brief an meinen Makler aus der Maschine und legte ihn vor mich auf den Tisch. Ich unterzeichnete den letzten Pfandbrief. Sylvia begann, einige Zahlen aufzuschreiben. Ich schob die drei Pfandbriefe beiseite und nahm den Brief zur Hand.
»Damit bleiben Ihnen auf Ihrem Sparkonto und Ihrem laufenden Konto insgesamt 8709,95«, sagte Sylvia. »Die Steuern, die Sie nächsten Monat zu zahlen haben, belaufen sich auf 7200 Dollar. Dann kommen später noch die Arzt- und Krankenhausrechnungen, die, wie Dr. Arnstein uns gesagt hat, etwa dreitausend ausmachen werden – obgleich das noch nicht genau feststeht. Das ist alles, Mr. Anderson.«
»Ich schulde mehr, als ich besitze!« sagte ich, während ich triumphierend den Scheck unterschrieb.
»Ja«, sagte Sylvia. »Es sei denn, Sie haben irgendwelches Geld, von dem ich nichts weiß.«
»Das würde ich Ihnen nicht antun, Sylvia.«
»Evans, sieh nicht nur die düstere Seite der ganzen Sache. Ich weiß, wie dir zumute ist. Du hast sechzehn Jahre lang hier in Kalifornien gearbeitet, und du hast jetzt weniger als zu dem Zeitpunkt, da du hier angefangen hast ...«
»Mach dir deswegen keine Sorgen, Florence.«
»Das kann ich nicht ändern.«
»Ich fühle mich sehr wohl.«
»Nein, das ist nicht wahr.«
»Doch, bestimmt!«
»Nein, das tust du nicht! Aber laß mich jetzt bitte zu Ende reden. Überlege dir einmal: Wir besitzen dieses Haus; es ist zu zwei Dritteln bezahlt, und das bedeutet eine Menge Geld. Wir haben den Bungalow in Indio, und das ist die beste Investition, die wir machen konnten. Ich könnte, falls irgend etwas geschehen sollte, den Rest meines Lebens dort verbringen. Wenn du mich jemals beim Wort nehmen willst, brauchst du es nur zu sagen. Wir verkaufen alles, gehen dorthin und leben von den Zinsen meines Kapitals. Denn das

haben wir nicht angerührt, Evans. Vergiß das nicht! Es ist noch voll da und ist mindestens soviel wert wie an dem Tag, als mein Vater es mir hinterlassen hat, wenn auch der Dollar an Kaufkraft eingebüßt hat. Wir würden uns einfach dort vergraben, wir zwei allein, würden unsere Ausgaben auf ein Minimum beschränken, würden lesen, nachdenken und die herrliche Sonne genießen.«

Es erinnerte mich an die Festung. Ich stand auf. »Ich muß packen.«

»Dann geh«, sagte Florence. Plötzlich wandte sie sich an Sylvia. »Sind Sie sicher, daß alles geregelt ist, Sylvia?«

»Ja, Mrs. Anderson.«

Florence blickte mich an und sagte: »Danke, Liebling. Vielen Dank. Ich weiß, ich sorge mich zu sehr um Geldsachen. Aber nach dem, was du mir gesagt hast – Sylvia, würden Sie mir vielleicht ein Glas Wasser holen?«

»Ja, Mrs. Anderson.« Sylvia ging hinaus.

»Ich wollte das nicht vor ihr sagen. Aber du kannst es mir nicht übelnehmen, daß ich beunruhigt bin, nicht wahr? Nachdem du mir neulich gesagt hast, daß du deine Stellung aufgeben willst. Aber jetzt, da du siehst, was auf dem Spiel steht, denkst du vielleicht anders darüber. Ich will sagen, diese Entscheidung hat recht schwerwiegende Folgen, findest du nicht? Aber im Grunde genommen habe ich mir nie ernste Sorgen um dich gemacht, denn ich weiß genau, daß du mit deiner Energie und deinem Ehrgeiz nicht lange untätig sein könntest; das liegt nicht in deiner Natur. Ich weiß, daß du bald zu deiner Arbeit zurückkehren wirst; und du wirst mit mehr Begeisterung denn je dabeisein.«

»Ich muß packen.«

»Hast du etwas dagegen, wenn ich mit hinaufkomme und wir uns unterhalten, während du packst?«

»Florence, ich habe nur noch wenige Minuten Zeit.«

»Gut. Schließlich bist du ja in ein paar Tagen wieder da. Ich bin sicher, daß es deinem Vater gutgeht.«

»Wie kommst du darauf?«

»Es muß ihm einfach gutgehen, Liebling.« Sie trat dicht an mich heran und küßte mich. »Ich danke dir, Evans, daß du alles so rasch erledigt hast. Mir ist jetzt viel wohler. Wirklich. Ich weiß, ich mache mir zuviel Sorgen um diese finanziellen Angelegenheiten. Aber Geld ist nicht nur Geld. Es bedeutet Freiheit«, sagte sie, »denn wenn du es nicht hast, mußt du alle möglichen gräßlichen Dinge tun, nur, um deine Rechnungen zu bezahlen. Evans? Hörst du zu?«

»Ich muß packen«, sagte ich, einen Fuß auf der Treppe.

In diesem Augenblick kam Sylvia mit einem Glas Wasser aus der Küche. »Mr. Anderson«, sagte sie.

»Haben Sie noch etwas vergessen? Stellen Sie den Scheck aus!« Sie lachte. »Oh, nichts dergleichen. Ich wollte Ihnen nur die Liste der Telefonanrufe geben.« Sie lief zu ihrer Aktentasche und holte einen gelben Bogen heraus.
»Übrigens, Evans«, sagte Florence, »ich habe mir eben überlegt, daß ich Mr. Finnegan anrufen werde.«
Ich lief bereits die Treppe hinauf. Als sie das sagte, blieb ich stehen.
»Wozu?« Ich hätte sie umbringen können.
»Ich will ihm danken, daß er sich so großzügig dir gegenüber gezeigt hat, ihm sagen, daß du nach New York gefahren bist und warum, und daß du in wenigen Tagen wieder im Büro sein wirst ...«
»Bitte, ruf Mr. Finnegan nicht an«, sagte ich.
»Gut, Liebling, gut.« Ihre Stimme klang enttäuscht. »Ich wollte nur ...«
»Tu es nicht!« sagte ich und rannte die restlichen Stufen hinauf. Ich zog mich rasch aus und durchstöberte meine Taschen. Ich hatte etwa dreiunddreißig Dollar. Dann erinnerte ich mich an die fünfhundert unter dem Papier in meiner verschlossenen Schublade. Ich holte sie heraus. Zehn Fünfziger. Gut. Ich muß das Flugbillett bezahlen. Damit würden mir noch dreihundert und etwas bleiben. Angenommen ... angenommen ... was? Mein Gott, wie schnell es passiert! Ich war pleite. Nicht nur sozusagen, sondern regelrecht. Einen Augenblick lang saß ich wie gelähmt auf dem Bett. Dann überflog ich die Liste der Telefonanrufe. Mike Weiner, mein Agent, hatte eine Nachricht hinterlassen. Ich solle ihn anrufen. Dringend. Ich tat es. Irgendwie mußte ich unbedingt etwas Geld in die Hand bekommen. Vielleicht hatte die Zeitschrift eine Arbeit in New York für mich; damit wäre zumindest mein Flug bezahlt, und wenn die Sache mir nicht gefiel, brauchte ich sie ja nicht anzunehmen.
Das Schicksal meinte es gut mit mir. Sie hatten einen Auftrag für mich – eigentlich zwei, aber einen im besonderen –, den ich in New York bearbeiten sollte. Es handle sich um einen portorikanischen Politiker namens Rojas, sagte Mike, anscheinend sehr interessant. Ich hörte nicht einmal zu. Mir war plötzlich egal, von welchem Gesichtspunkt aus ich die Sache anpacken sollte.
»O. K.«, sagte ich zu Mike, »einverstanden!« Ich würde auf eigene Rechnung nach New York fliegen und mir dort die Reisekosten ersetzen lassen. »Bitte, lassen Sie mir wie immer im Algonquin ein Zimmer reservieren.« Sie würden mir auch das Hotel bezahlen, dachte ich und hängte ein.
Ich blickte auf die Uhr, zog mich an, packte und trank einen doppelten Whisky.

10

Alkohol übt auf mich eine unerwünschte Wirkung aus: Er macht mich nüchtern. Daher gehe ich ihm möglichst aus dem Wege.
Doch an diesem Morgen brauchte ich einen Drink. Während ich meine Koffer packte, überkam mich die völlig unlogische Angst, daß irgend etwas im letzten Augenblick meine Abreise verhindern werde.
Florence war so erleichtert, daß ich die Verantwortung für Ellen übernommen hatte, so beglückt über die Bereitwilligkeit, mit der ich Aufstellung Nummer drei gebilligt und die Schecks unterschrieben hatte, daß sie uns selbst zum Flughafen fahren wollte. Aber ich bestand darauf, ein Taxi zu bestellen. Ich wußte verdammt genau, wenn sie jemals so weit mitkam, würde ganz bestimmt irgend etwas schiefgehen, und ich würde nicht imstande sein, mich davonzumachen.
Lächerlich? Natürlich. Einem nüchternen Mann käme so etwas überhaupt nicht in den Sinn. Daher nahm ich, sobald die Tür des Taxis sich hinter uns geschlossen hatte, einen großen Schluck aus der Flasche, die ich unter meinem Regenmantel versteckt hielt. Das machte mich nüchtern. Soweit hast du es zumindest geschafft, dachte ich; du sitzt in einem Taxi, wir sind aus der Auffahrt heraus, hier ist der Sunset Boulevard, und wir befinden uns auf dem Weg zum Flughafen. Wozu also die ganze Aufregung?
Am Schalter der Fluggesellschaft überkam mich abermals ein Gefühl der Panik. Die Menschen, die sich für unseren Flug eintrugen, gefielen mir nicht. Sie sahen alle aus wie Verlierer, die sich gerade noch im letzten Augenblick aus dem Staube machten. Und das Benehmen der Leute hinter dem Schalter war irgendwie sonderbar. Als sie uns mitteilten, daß die Maschine mit einiger Verspätung abfliegen würde, fanden sie das offenbar sehr komisch. Es handle sich nur um eine kurze Verzögerung, sagten sie, einen kleinen mechanischen Defekt, irgend etwas an einem Kompaß. Das klang verdächtig. Ich ging auf die Herrentoilette und nahm abermals einen Schluck aus meiner Flasche.
Es lag jedoch etwas Beruhigendes in der Art, wie sie schließlich die Tür des Flugzeugs schlossen. Ich hörte das Einschnappen eines schweren Riegels, dann wurde von innen versperrt. Da empfand ich erstmals eine gewisse Zuversicht, daß wir es schaffen würden.
Sogar die Musik in der Kabine wurde abgestellt.
Doch dann geschah eine ganze Weile gar nichts.

Ich bemerkte, daß die Maschine noch nicht einmal zur Hälfte besetzt war. Warum wohl? fragte ich mich. Hatte das Flugzeug irgendeinen Schaden, den man uns verschwieg? Ellen ging nach vorn, um sich Zeitschriften zu besorgen, und ich holte wieder verstohlen meine Flasche hervor.

Kurz darauf wurde die Treppe fortgerollt, und damit war das Flugzeug endlich von der Umwelt abgeschnitten. Ohne irgendein besonderes Signal setzten wir uns langsam in Bewegung.

Am Ende der Startbahn blieb die Maschine stehen, machte eine Drehung, räusperte sich ein paarmal und begann Anlauf zu nehmen. Dann kam jener verwegene, schlagartige Start, den nur die Düsenmaschinen zustande bringen. Wir sahen tief unter uns die rauchige Stadt. Einen Augenblick später waren wir über dem Meer.

Plötzlich erkannte der Pilot, daß wir in die falsche Richtung flogen: Das Flugzeug beschrieb eine scharfe Kurve und drehte dem Pazifischen Ozean den Rücken zu. Ich erblickte wieder die Sierra Madres. Wir gingen auf Ostkurs. Endlich hatten wir es geschafft!

Ich trank wieder einen Schluck, diesmal zur Feier meines Entkommens.

Auch Ellen schien erleichtert. Sie hatte eine entschlossene Miene aufgesetzt. Natürlich, dachte ich; schließlich ist sie ja entschlossen, eine völlig neue Lebensweise zu erfinden. Ich nahm nicht etwa an, daß es ihr gelingen würde. Aber wie bei allem anderen kommt es auch hierbei nur auf das Bestreben an. Ob man schließlich das gewählte Ziel erreicht oder nicht, ist gar nicht so wichtig.

In meinem nüchternen Zustand gelangte ich jetzt zu der Überzeugung, daß es die Ordnung meines alten Lebens gewesen war, die mich langsam zur Verzweiflung gebracht hatte. Wirklich glücklich war ich nur während jener Monate gewesen, als ich mit der Art von Frau zusammen war, die meine Erziehung mich zu meiden gelehrt hatte, einer Frau, zu der ich kein Vertrauen hatte und auch keins haben konnte, von Natur aus unzuverlässig, unberechenbar in allem, was sie tat, absolut egoistisch, rachsüchtig, eine einsame, erbärmliche Hure, die sich an Zersetzung weidete und deren Lebensinhalt das Geschlechtsleben war. Sie hatte mich glücklich gemacht. Das Eheleben à la mode hatte mich nahezu umgebracht.

Daher beschloß ich jetzt, unter der ernüchternden Wirkung des Alkohols, mein altes Leben zu zertrümmern, und zwar so gründlich, daß niemand, nicht einmal ich selbst, imstande sein würde, es wieder zu flicken.

Mit Gwen war jeder Pulsschlag aus meinen Adern verschwunden. Denn selbst wenn wir in aller Öffentlichkeit kindische und schamlose Dinge getan hatten, so zeugten sie von irgend etwas, vielleicht nicht sehr klar oder elegant, aber sie zeugten von uns. Gewiß, wir hatten uns wie gottverdammte Narren benommen, aber die gottverdammt närrische Seite unseres Wesens war der lebendige Teil von uns, die vernünftige der tote.

Wenn ich nicht erkenne, was mir not tut, dachte ich, verdiene ich nicht zu leben.

Ich begann über Gwen nachzudenken – wo sie sein mochte, was sie wohl tat und mit wem. Ich wußte, man kann nicht zu der Straße zurückkehren, auf der man vor über einem Jahr etwas Wertvolles hat fallen lassen, und erwarten, es immer noch dort vorzufinden.

Aber ich gehöre zu den Menschen, die auf gut Glück zum Bahnhof gehen und fest damit rechnen, auf dem richtigen Gleis den richtigen Zug zum gewünschten Ziel anzutreffen, der nur auf sie gewartet hat.

Sicherlich war Gwen inzwischen mit jemand anderem zusammen – aber schließlich ist ja jeder mit irgend jemand anderem zusammen. Und, wie die Türken sagen, wer weiß, was geschrieben steht. (Allah. Ich hatte ihn in letzter Zeit nicht mehr zu Rate gezogen.) Vielleicht war mein Name dort für ein zweites Mal vermerkt. *(Inshallah!)* Also stürze dich hinein. Keine Sorge, du verlierst bestimmt. Es wird schlecht enden. Laß es darauf ankommen. Vielleicht steht der Zug gerade da, und du kannst ein paar Stationen mitfahren. Mehr, zum Teufel, kann man nicht erwarten.

Ellen langte herüber und griff nach meiner Hand.

Plötzlich hörte ich in der Stille ein vertrautes Lachen: Chet Collier befand sich im Flugzeug. Nachdem jetzt das Leuchtzeichen für die Sicherheitsgurte erloschen war, hatte er sich als erster von seinem Sitz erhoben und steuerte auf den hinteren Teil der Kabine zu.

Ich hob rasch die *Los Angeles Times* vor mein Gesicht. Er ging, immer noch leise lachend, an mir vorüber. Es muß ein großartiger Witz gewesen sein, zweifellos einer seiner eigenen. Er amüsierte sich immer noch darüber, als er unter leutseligem Händeschütteln in den Herrenwaschraum ging.

Ich ließ langsam die Zeitung sinken und saß, nach hinten horchend, regungslos da. Mein Herz hämmerte. Ich fühlte mich gedemütigt von meinem Verhalten. Ein Mann von vierundvierzig, der sich hinter der *Los Angeles Times* versteckt! Alle Welt hatte mich zu meinem schonungslosen Bericht über diesen Kerl beglückwünscht. Was hatte die Zeitung vor meinem Gesicht zu bedeuten? Ich hörte Chet aus der Toilette kommen. Er unterhielt sich angeregt mit den Mädchen, die mit großer Geschäftigkeit in der Anrichte das Mittagessen vorbereiteten. Der Schweinehund benahm sich immer, als ob er gerade einen Zehnkampf gewonnen hätte. Offenbar hatte mein Artikel seinem Selbstvertrauen keinen Abbruch getan.

Bevor er zu unserer Reihe kam, schlüpfte ich vom Mittelsitz auf den Platz, der unmittelbar neben dem Gang lag, und als er vorbeiging, griff ich nach seinem Hosenbein und hielt ihn fest. Er wandte sich um; ich sah, daß sein Gesicht vom guten Leben schwerer geworden war.
»Oh«, sagte er, »mein Mörder.«
»Offenbar habe ich das Ziel verfehlt«, erwiderte ich. »So leid es mir tut, Sie sehen verdammt gut aus.«
»Es freut mich, daß ich nicht dasselbe von Ihnen behaupten kann. Ich habe gehört, Sie haben einen Autounfall gebaut.« Seine Augen wanderten zu Ellen. »Reisen Sie mit diesem Mann?« fragte er sie. Ellen nickte.
»Sind Sie jemand, bei dem ich ihm ins Gehege kommen kann?«
»Ich bin seine Tochter«, sagte sie. Er schnitt eine Grimasse, und sie lachte. Sie mochte ihn auf Anhieb leiden, genau wie Gwen.
»Wissen Sie, was ich tun werde?« sagte er zu ihr. »Ich werde Ihnen für ein Weilchen Gesellschaft leisten.«
»Ach, sieh mal einer an!« war alles, was ich zu sagen wußte.
»Verzeihung«, sagte er mit einer tiefen Verbeugung, schlüpfte an mir vorbei und setzte sich zwischen Ellen und mich. Dann klingelte er nach der Stewardess. »Ich werde uns etwas zu trinken bestellen. Diese Begegnung muß gefeiert werden.«
»Lassen Sie, ich hole die Getränke«, sagte ich.
»Sie brauchen sich nicht bei mir lieb Kind zu machen. Das nützt nichts.« Er wandte sich an Ellen. »Haben Sie den schändlichen Artikel gelesen, den er über mich geschrieben hat?«
»Ich weiß nicht einmal, wer Sie sind«, erwiderte Ellen.
»Sehen Sie, Sie haben mich nicht nach seiner Beschreibung erkannt. Ich bin Chet Collier.«
»Ich fand den Artikel ausgezeichnet«, sagte Ellen, oblgeich ich den Verdacht hatte, daß es sie Überwindung kostete.
»Er war nicht über mich.«
»Hören Sie zu«, sagte ich. »Ich gestehe, als ich zum erstenmal zu Ihnen kam, war ich voreingenommen. Aber bei näherer Betrachtung fand ich alle meine Vorurteile bestätigt.«
Er achtete nicht auf mein Gerede, sondern lächelte Ellen zu, legte den Kopf schief und sah sie abschätzend an. »Sie sind sehr hübsch«, erklärte er. »Kaum zu glauben, daß Sie seine Tochter sind.«
»Ich bin ein Adoptivkind«, sagte Ellen.
»Das hätte ich mir fast denken können. Sind Sie ihm bereits auf die Schliche gekommen?«
»Auf die Schliche gekommen? Was soll das heißen?«
»Haben Sie ihn durchschaut?«

Ellen lächelte. Sie wußte nicht, was sie sagen sollte.
Chet tätschelte ihre Hand. »Antworten Sie mir nicht darauf«, sagte er.
Die Stewardess stand neben uns. »Eunice«, sagte er zu ihr, »ich möchte, daß Sie dieser reizenden jungen Dame genau das Getränk bringen, nach dem ihr in diesem Augenblick am meisten zumute ist.«
»Was soll es sein, Miss?« fragte dic Stewardess.
»Ich weiß nicht recht«, sagte Ellen. »Es ist noch ziemlich früh.«
Obwohl Chet nicht stand, sondern saß, schien er sich liebevoll besorgt über sie zu beugen.
»Sie nehmen ...«, sagte er, als ob er sich die Sache eingehend überlegte, »Sie nehmen das gleiche wie ich, einen ganz leichten Drink, harmlos wie Milch. Eunice, bringen Sie uns zwei doppelte Dubonnet frappés auf Eissplittern mit einem kleinen Schuß Absinth und ...«
»Mr. Collier, wir sind im Begriff, das Essen zu servieren.«
»Keine Widerrede, Eunice, tun Sie, was ich Ihnen gesagt habe.«
»Daddy, was möchtest du trinken?« fragte Ellen.
»O ja«, sagte Chet, »vergessen wir ihn nicht.«
»Ich möchte einen doppelten Canadian Club«, sagte ich zu dem Mädchen. Ich wußte nicht, was ich mit diesem Mann anfangen sollte. Es war genau wie letztes Mal: Ich konnte sagen, was ich wollte, er ließ sich nicht aus der Ruhe bringen.
Jetzt musterte er mich. »Sie haben schon zwei gehabt«.
»Stimmt.«
»Mehr als zwei. Mein Gott, Mensch, was ist mit Ihnen geschehen? Sie sehen miserabel aus. Ist es der Unfall, oder ...« Er wandte sich wieder an Ellen. »Wissen Sie, daß Ihr Vater und ich einmal einen kleinen Zusammenstoß hatten?«
»Wer hat gewonnen?« fragte Ellen.
»Meine Liebe«, sagte Chet, »es war ein Kinderspiel. Ich schäme mich jedesmal, wenn ich daran denke, was ich damals mit Ihrem Vater angestellt habe. Obwohl er völlig sinnloserweise mit der Schlägerei angefangen hat, war es überflüssig, ihm das Nasenbein zu brechen und die Augen blau zu schlagen.« Er wandte sich mir zu. »Haben Sie es mir verziehen?«
»Nein«, erwiderte ich.
»Ich habe Ihnen auch nicht verziehen«, sagte er, »nichts von alledem.« Dann wandte er sich wieder an Ellen. »Ich bin froh, daß Sie hier sind. Mein Gott, was ich mir alles ausgedacht hatte! Was ich Ihrem Vater antun wollte, wenn ich ihm begegnete! Und da sitzt er nun! Was könnte ich ihm antun, ohne mich selbst in Verlegenheit

zu bringen? Sehen Sie sich nur diese Jammergestalt an!« Er schüttelte in gespieltem Mitleid den Kopf.
Ellen lachte.
»Worüber lachst du, Ellen?« fragte ich.
»Ich weiß es wirklich nicht«, sagte sie, offenbar erstaunt über meine Frage. »Er ist komisch.«
»Das ist meine Manier, mit dieser Situation fertig zu werden«, sagte er. Dann wandte er sich an mich. »Wie gedenken Sie mit dieser Situation fertig zu werden?«
»Ich warte ab, daß sie vorübergeht.«
»Aber jetzt, da wir uns endlich begegnet sind, habe ich nicht die Absicht, auf Ihre Gesellschaft zu verzichten. Es gibt hier im Flugzeug keine andere Unterhaltung.«
Die Stewardess brachte die Getränke. Er reichte Ellen ihr Glas. »Hier, probieren Sie, ob es Ihnen schmeckt.«
»Es ist wunderbar«, sagte sie.
»Und wie ist Ihr Whisky, Sie Wüterich?«
»Ganz gut.« Wie lange wirst du dir diesen Quatsch noch anhören? fragte ich mich.
»Um Himmels willen, stürzen Sie ihn nicht so herunter! Was ist mit Ihrem Vater los?« fragte er Ellen. Er schaute mich einen Augenblick nachdenklich an; dann sagte er: »Übrigens haben Gwen und ich uns oft ausführlich über Sie unterhalten. Macht das Thema Sie vielleicht nervös?«
»Nervös ist nicht ganz das richtige Wort.«
»Gut. Wissen Sie, mein Kind«, sagte er, sich wieder an Ellen wendend, »ich hatte vor einiger Zeit ein Intermezzo mit einer jungen Dame, sie hieß Gwen Hunt – stört es Sie, daß ich in Gegenwart Ihrer Tochter ...?«
»Allerdings stört es mich! Verdammt noch mal, was glauben Sie eigentlich, wieviel von diesem Blödsinn ich mir noch gefallen lassen werde?«
»Das frage ich Sie. Wieviel von diesem Blödsinn *werden* Sie sich gefallen lassen? Sie haben eineinhalb Jahre Zeit gehabt, über unsere letzte Begegnung nachzudenken. Und es gibt gewisse Parallelen.« Er wandte sich an Ellen. »Sie müssen wissen, meine Liebe, ich hatte ein Verhältnis mit dieser jungen Dame, die auch eine intime Freundin Ihres Vaters gewesen war ...«
Ich langte hinauf und klingelte nach der Stewardess.
»Langsam, langsam«, sagte Chet, »damit erreichen Sie nichts. Und es ist auch wirklich nicht nötig. Ich werde nichts sagen, was die Vorstellung trüben könnte, die dieses Kind von Ihnen hat, so lächerlich wirklichkeitsfremd sie auch ist.«

Ich sah, daß Ellen endlich begriffen hatte. Es war höchste Zeit! Sie blickte mich gespannt an, als warte sie auf Verhaltungsmaßregeln. Die Stewardess stand neben uns.
»Ja, Mr. Collier?«
»Ach ja, Eunice, Mr. Arness möchte wissen, ob ein Polizist an Bord ist.« Eunice kicherte. »Warum lachen Sie? Es gibt Polizisten bei der Untergrundbahn. Sollten die Reichen nicht eigentlich den gleichen Schutz genießen?«
»Miss, ich möchte noch einmal dasselbe«, sagte ich. Ich hatte mich entschlossen, es einfach irgendwie durchzustehen.
»O nein, Sie haben genug gehabt«, sagte Collier. »Er hatte einen Doppelten, nicht wahr, Eunice?«
»Ja«, sagte sie; dann zu mir: »Wir dürfen nur zwei Drinks pro Passagier servieren.«
»Aber ich kann noch einen bekommen«, sagte Collier, »denn ich habe nur Wein getrunken. Jetzt passen Sie genau auf, Eunice. Ich möchte einen Teil Dubonnet zu fünf Teilen Gin. Die Atmosphäre hier scheint sich gewandelt zu haben, und ich will auf alles vorbereitet sein.«
»Ich will noch ein Glas«, sagte ich. Aber Eunice war bereits fort. Collier wandte sich an Ellen, die ihn jetzt nicht mehr amüsant fand. »Diese junge Dame wurde meine Geliebte, und im Verlauf unserer intimen Beziehungen berichtete sie mir über alle Einzelheiten ihres Verhältnisses mit Ihrem Vater, über all die Lügen, die er ihr in der Hitze des Gefechts aufgetischt hat.«
Ellen stand auf. »Entschuldigen Sie mich«, sagte sie, schlüpfte an Collier vorbei und ging in den vorderen Teil des Flugzeugs.
»Was, zum Teufel, wollen Sie damit erreichen?« fragte ich.
»Wieso? Worüber regen Sie sich auf?«
»Worüber ich mich aufrege!«
»Ich war die Zurückhaltung in Person. Ihre niedliche kleine Adoptivtochter hat sogar sicher den Eindruck gewonnen, daß ich Sie ganz gut leiden kann. Sie hat keine Ahnung, was ich wirklich empfinde.« Er trieb jetzt kein Spiel mit mir.
»Sie wissen genau, daß mir nichts andres übrigbleibt, als um Hilfe zu rufen.«
»Keine Angst, ich werde Sie nicht wieder verprügeln. Aber das will nicht heißen, daß ich mit Ihnen fertig bin. Bis an Ihr Lebensende werden Sie meine Krallen zu spüren bekommen. Sie haben meinen Namen vor zahllosen Menschen beschmutzt, die nicht Bescheid wissen und daher blind glauben, was Sie über mich gesagt haben.« Er bewegte langsam den Kopf von einer Seite zur anderen. »Aber das ist das wenigste«, sagte er, »das allerwenigste.«

Ein Ausdruck des Schmerzes zog plötzlich über sein Gesicht. »Zuerst war ich entschlossen, Sie zu verklagen. Aber das lohnt sich nicht. Ich will nur Ihr Blut fließen sehen, alles andere ist mir egal.«
Die Stewardess brachte seinen Drink.
»Wenn Sie jetzt einen Whisky wollen«, sagte er, »können Sie ihn von mir aus haben. Ich möchte mit Ihnen reden. Über etwas anderes. Nun?«
»Nein, ich will jetzt keinen.«
Er leerte auf einen Zug das halbe Glas. Die undurchdringliche Maske war verschwunden, und ich sah sein wirkliches Gesicht. Die Eindringlichkeit des Schmerzes, den ich jetzt darauf entdeckte, bestürzte mich. Er schien mich mehr denn je zu hassen, doch gleichzeitig schien er mir auch zum erstenmal zwar nicht in Freundschaft, aber im Erleben nahe zu sein.
Ohne den Blick von mir zu wenden, schüttelte er wieder langsam den Kopf. »Aber das ist nicht der Grund, weshalb ich Sie hasse, Eddie; es hat nichts mit dem zu tun, was Sie geschrieben haben.«
Ich holte meine Whiskyflasche hervor und nahm einen Schluck.
»Es gibt eine Frage, die ich mir immer wieder stelle, wenn ich einem deutschen Juden begegne.« Collier sagte dies sehr langsam. »Einem deutschen Juden, der das Konzentrationslager überlebt hat. Und zwar: Wie hat er es zuwege gebracht? Sein Vater, seine Mutter, seine Schwestern, seine Brüder, seine Vettern, seine Freunde – alle sind umgekommen. Aber diese –« er hielt inne und kostete das nächste Wort aus – »Überlebenden, sie sind fett und rosig wie Corned beef. Und es geht ihnen großartig. Wie bringen sie das fertig? Verstehen Sie, was ich damit sagen will?«
»Nein«, sagte ich. »Was wollen Sie damit sagen?«
»Daß ich Sie hasse, weil Sie ein Mörder sind und überlebt haben. Verstehen Sie es jetzt?«
»Nein.«
»Denn Sie hätten es beinah getan, Eddie.«
»Beinahe was getan?«
»Sie hätten sie beinahe umgebracht. Und vielleicht haben Sie es. Es ist schwer, so etwas genau festzustellen.«
»Langsam, langsam. Übertreiben Sie nicht. Sie hatte eine recht bewegte Vergangenheit. Ich war der letzte einer langen Reihe.«
»Aber sie hat sich den anderen nicht ausgeliefert. Ihnen hat sie das Beste geboten, was sie besaß, und Sie haben es genommen.«
»Nun, das würde wohl jeder von uns tun.«
»Das möchte ich bezweifeln. Sehen Sie mich an, wenn ich mit Ihnen spreche«, fauchte er. Ich gehorchte. »Manche überleben es nicht, aber Sie sind *immer* mit heiler Haut davongekommen. Ich weiß über

Sie Bescheid. Der Weg, der hinter Ihnen liegt, ist mit Leichen bedeckt.«
»Na, hören Sie mal...«
»Die Frage ist nur, wie haben Sie es fertiggebracht, das alles zu überleben?«
»Jetzt reicht's!«
»Und die Antwort darauf ist, daß Sie nicht einer der Gefangenen, sondern einer der Aufseher sind. Sie gehören zu den Menschen, die überleben, indem sie die andern opfern. Und die schließlich wohlhabend, angesehen, glücklich werden... Sie wissen ja, als lieber Vater für die liebe Tochter und all dieses scheinheilige Getue – das ganze ehrbare Theater.«
»Sie wissen überhaupt nichts von mir.«
»Ich weiß alles von Ihnen. Sie hat mir jede Einzelheit erzählt.«
»Wo ist sie jetzt?«
»Wozu wollen Sie das wissen? Um ihr den Rest zu geben?«
Ich erwiderte nichts. Er sprach langsam und mühselig weiter: »Sie war völlig am Ende, als sie zu mir kam. Sie aß kaum etwas, und das, was sie aß, konnte sie nicht bei sich behalten. Sie konnte nicht schlafen, nicht einmal nach dem Geschlechtsakt. Aber wenn sie schlief, träumte sie die grauenvollsten Dinge. Von Ihnen!«
Ich dachte an Florence, die meinetwegen im Schlaf geweint hatte. Chet sprach weiter. »Nacht um Nacht lag ich neben diesem leidenden Menschenkind. Sie zitterte und bebte am ganzen Körper. Und ich hielt sie in meinen Armen – das war alles, was ich für sie tun konnte; Nacht um Nacht hielt ich sie in den Armen, während sie im Traum Sie anflehte. Verstehen Sie jetzt, wie mir zumute ist?«
Ich verstand es.
»Ich möchte wetten, Sie haben noch nie in Ihrem Leben um eines anderen Menschen willen eine schlaflose Nacht verbracht.«
Ich sagte ihm nicht, wie nah er damit der Wahrheit kam.
»Ahnen Sie überhaupt, was Sie ihr angetan haben?«
»Ach, hören Sie doch endlich auf!«
»Warum sollte ich? Letzten Endes müssen die Überlebenden sich verantworten. Ich habe Ihnen gesagt, Sie sollen mich ansehen, wenn ich mit Ihnen spreche! Ich werde Ihnen sagen, was Sie ihr angetan haben: Sie haben sie davon überzeugt – wie, das weiß ich nicht –, daß sie nicht gut genug für Sie sei. In ihren Augen waren Sie der große Mann, der gute Mann, ehrbar, gebildet, beruflich und privat eine hochangesehene Persönlichkeit – und sie war der letzte Dreck. Stimmt's? Ich habe ihr immer wieder gesagt, sie sei mehr wert als tausend Schwachköpfe wie Sie, aber...«
Ich stand auf. Die Leute begannen, sich nach uns umzudrehen.

»Wohin gehen Sie? Haben Sie nicht gehört? Es gibt keine Polizisten im Flugzeug. Setzen Sie sich. Und sagen Sie mir, habe ich vielleicht unrecht?«
Darauf wußte ich keine Antwort. Natürlich hatte er recht.
»Warum schweigen Sie? Haben Sie nichts zu Ihrer Rechtfertigung zu sagen?«
Die Leute musterten uns neugierig.
Ich ließ mich wieder auf den Sitz fallen.
»Ich habe Sie durchschaut, nicht wahr? Sie hinterlassen keine Spuren, wenn Sie jemanden ermorden. Aber ich habe Ihr Opfer in den Armen gehalten. Ich weiß, was Sie sind.«
»Schließlich hat sie mich verlassen«, sagte ich.
Er bemerkte die Leute, die uns ansahen, und fixierte sie so lange, bis sie sich abwandten. Dann schwieg er eine Weile.
Ich erinnerte mich an Florence, wie sie an jenem Morgen in meinen Armen gelegen hatte, an das heisere Schluchzen.
»Ich möchte Ihnen noch etwas anderes sagen.« Sein Ton war jetzt gemäßigt. »Sie hat all die Lügen geglaubt, die Sie ihr aufgetischt haben, daß Sie sie brauchten – das haben Sie ihr doch gesagt, nicht wahr? Los, antworten Sie.«
»Ja, das habe ich ihr gesagt.« Ich bemühte mich, leise zu sprechen. Die Umsitzenden hörten uns jetzt zu, ohne den Kopf zu wenden.
»Und daß Sie nicht ohne sie leben wollten. Haben Sie ihr das gesagt?«
»Ja.«
»Und daß Sie mit ihr zum erstenmal in Ihrem Leben wirklich glücklich seien. Haben Sie das gesagt?«
»Richtig«, flüsterte ich, bemüht, ihn zu leiserem Sprechen zu veranlassen.
»Kann man es ihr dann verübeln, daß sie geglaubt hat, Sie würden früher oder später Ihre Frau verlassen? Kann man das? Antworten Sie!«
Seine Stimme wurde immer erregter.
»Nein«, erwiderte ich in ängstlichem Flüsterton. »Man kann es ihr nicht verübeln.«
»Das war's, worauf sie gewartet hat. Wußten Sie das?«
»Ja.«
»Sie haben ihr sogar gesagt, sie sei die einzige, die für Sie all das wollte, was Sie selber wollten. Erinnern Sie sich, daß Sie ihr das gesagt haben? Ja oder nein?«
»Ja, ich erinnere mich.«
»Wußten Sie, daß sie immer noch auf Sie gewartet hat? Als sie bei mir war?«

»Nein.«
»Jedesmal, wenn das Telefon klingelte, fuhr sie in die Höhe; wenn ein Telegramm kam ... es tat mir weh, ihr Gesicht anzusehen, wenn der Bote an der Tür sagte: ›Ein Telegramm!‹ Verstehen Sie jetzt, wie mir zumute ist?«
»Ja.«
»Sie waren jede Nacht in meinem Bett!«
Ich nahm wieder einen Schluck aus meiner Flasche.
»Es gibt Tage, an denen ich Sie umbringen möchte«, sagte er. »Nehmen Sie nächstes Mal lieber eine Pistole. Es ist menschlicher.«
Vielleicht war es die Wirkung des Whiskys, vielleicht auch das, was er über Gwens Alpträume gesagt hatte, sowie die Erinnerung an meine eigenen Erfahrungen mit Florence. Jedenfalls sagte ich plötzlich, nicht zu ihm selbst, sondern zu ihm als Gwens Beschützer und sogar als Florences Beschützer: »Es tut mir leid, verzeihen Sie mir.«
»Das werde ich nie tun«, entgegnete er. »Ich werde erst zufrieden sein, wenn Sie tot sind.«
Damit war er am Ende angelangt, oder zumindest glaubte ich es, denn er lehnte sich zurück und blickte nach vorn. So saßen wir eine Weile schweigend Seite an Seite. Es blieb uns kein anderer Ausweg. Schließlich wandte er sich wieder mir zu. »Ich möchte Sie etwas fragen.« Er schien ein wenig unsicher; offenbar fiel es ihm schwer, die Frage vorzubringen. »Sie müssen hin und wieder über mich nachgedacht haben. Glauben Sie, daß es mir möglich ist, jemanden zu lieben?«
»Ja, jetzt glaube ich es.«
»Sie irren sich«, sagte er. »Jetzt kann ich es nicht. Jetzt nicht mehr. Aber damals, an jenem Tag, an dem Gwen Sie zum Flughafen brachte und dann zu mir kam, damals und während der nächsten drei Monate konnte ich es; ich habe es auch wirklich getan. Da habe ich entdeckt, was Liebe ist.«
Er sah mich an, aber sein Blick war nicht mehr so herausfordernd wie zuvor. »Sie haben gesehen, wie ich mir mein ganzes Leben vollkommen planmäßig zurechtgelegt hatte. Frauen waren mir nicht weiter wichtig. Wer braucht sie schon? Sie wissen selbst, was Frauen bedeuten: eine Last, ewige Aufregung, unnötige Komplikationen, eine ganze Reihe von leicht zu durchschauenden Schlichen und Intrigen. Aber dieses Mädchen sprach nie ein unaufrichtiges Wort. Sie war nicht darauf aus, mich einzufangen, sie versuchte nicht einmal, mir zu gefallen. Von allen Frauen, mit denen ich je zusammengewesen bin, ist sie die einzige, bei der ich mir nicht in der Sekunde, nachdem ich mit ihr fertig war, wünschte, sie möge verschwinden. Verstehen Sie das?«

Er sprach jetzt im Flüsterton. »Und zum erstenmal in meinem Leben, Sie Schweinehund, habe ich daran gedacht – zum Teufel, was heißt, daran gedacht –, ich habe sie angefleht, mich zu heiraten.« Er blickte mich wieder an, ein wenig schief, mißtrauisch, als habe er mir etwas verraten, das ich eines Tages gegen ihn gebrauchen könnte.

»Warum haben Sie sie dann nicht geheiratet?« fragte ich.

»Ich habe es Ihnen doch eben gesagt. Jeden Tag schöpfte ich neue Hoffnung; jede Nacht sah ich, daß es aussichtslos war. Ich konnte nicht die kläglichen Reste heiraten, die Sie übriggelassen hatten. So verließ ich sie.«

Er schien sich zu überlegen, ob er mir vertrauen konnte oder nicht. Anscheinend kam er zu dem Schluß, daß er es konnte.

»Nein, das ist nicht wahr«, sagte er. »Ich habe sie nicht verlassen. Sie hat mich verlassen. Ich bekam ihre Anfälle und Alpträume satt, hatte keine Lust mehr, jede Nacht mein Bett mit Ihnen zu teilen. So sagte ich mir eines Tages aus einer plötzlichen Laune heraus, zum Teufel mit der ganzen Geschichte, rief eine alte Freundin an und fragte sie, ob sie Lust hätte, mit mir zum Mill Reef Club in Antigua zu fahren. Ich wollte einfach ein paar nette Tage verleben. Das Meer dort unten ist unbeschreiblich schön. Aber es war ein Fehlschlag. Ich mußte dauernd an Gwen denken, schrieb ihr täglich; schließlich schickte ich das andere Mädchen fort und versuchte es noch zwei Tage allein; dann gab ich es auf. Ich beschloß, meinen Aufenthalt abzubrechen, eilte nach Hause, und als ich dort ankam, war sie fort. Verschwunden.«

»Das ist ihre Art.«

»Nun, damals konnte ich es mir nicht erklären. Ich dachte mir, vielleicht hat sie erfahren, daß ich mit einem anderen Mädchen zusammen war. Aber das war nicht der Grund. Verdammt noch mal, sie verschwand auf fast ein Jahr.«

Er blickte mich wieder auf diese sonderbare Art an, dann griff er in seine Tasche und holte ein Notizbuch und einen Bleistift hervor. Er schrieb etwas auf eine der Seiten, riß sie heraus und gab sie mir. Ich las: 166 West 12th Street. Watkins 2-3479.

»Warum geben Sie mir das?« fragte ich.

»Das ist ihre Adresse.«

»Ja, aber warum ...?«

»Ich möchte, daß Sie alles übrige selbst herausfinden. Sie hatten doch vor, sie zu besuchen, nicht wahr?«

»Ja, das hatte ich vor.«

»Gehen Sie zu ihr und überzeugen Sie sich, was Sie angestellt haben.«

Offenbar hatte er beschlossen, nichts weiter zu sagen, denn er stand auf und ging ein paar Schritte den Gang hinunter, doch dann kam er zurück. Er beugte sich über die Rückenlehne des leeren Sitzes.
»Sie hat jetzt einen anderen«, sagte er.
»Das habe ich mir gedacht.«
»Es ist nicht so, wie Sie es sich vorstellen. Sie ist mit meinem Bruder Charles zusammen.«
»Sind sie verheiratet?«
»Ich warne Sie, sehen Sie sich vor. Denn so, wie Ihr Gehirn funktioniert, werden Sie ihn höchstwahrscheinlich falsch einschätzen, und das könnte gefährlich sein. Charles ist ein naiver Mensch, noch nicht ganz erwachsen, aber – nun, Sie werden ja sehen.«
»Sie sind nicht verheiratet?«
»Ich will Ihnen sagen, wie ich erfahren habe, daß sie wieder in New York ist. Ich bekam einen Telefonanruf von meiner Schwester, einer Frau, mit der ich im allgemeinen nicht spreche – sie gehört zu der UN-Gruppe von weißen Niggerfreunden. Sie sagte: ›Stell dir vor, Charles hat dieses Mädchen nach Hause gebracht, um es Mutter vorzustellen. Er wollte Mutters Segen. Er wird das Mädchen heiraten.‹ Nun, meine Schwester ist in der Welt herumgekommen und weiß Bescheid. Sie kann Gwens Lebensgeschichte von ihrem Gesicht ablesen. Und sie kennt natürlich unseren Bruder Charles; er glaubt immer noch an das, was die Nonnen ihn gelehrt haben. Den ›Mord der unschuldigen Kinder‹ nannte meine Schwester es.«
»Aber ich war anderer Meinung«, fuhr Chet fort. »Ich überlegte mir die Sache und kam zu dem Schluß, daß Charles vielleicht genau das ist, was Gwen jetzt braucht. Nicht Sie. Nicht mich. Einen Mann wie Charles. Das Wunderbare an Gwen ist, daß sie trotz allem, was sie erlebt hat, trotz ihrer zahllosen Liebesabenteuer immer noch etwas an sich hat, was die Männer dazu veranlaßt, sie zu ihrer Mutter zu bringen. Sie hat jene mexikanische Gabe, ihre Unschuld wiederherzustellen, wie die Frauen es dort unten tun. Erinnern Sie sich, wie es ist, wenn sie anfängt zu kommen? Sie sagt jedesmal: ›Da!‹, als sei sie überrascht, ›da!‹, als habe sie es noch nie zuvor erlebt. Bei den meisten Frauen wird es bald zu etwas Alltäglichem. Aber dieses Mädchen – es fährt mit dem Schwamm über die Schiefertafel, und sie ist wieder unbeschrieben. Ich glaube nicht, daß irgend jemand sie jetzt anrühren könnte.«
Er blickte mich an und versuchte, in meinem Gesicht zu lesen.
»Was denken Sie?«
»Nun, ich bin froh, daß sie jemanden hat, der gut zu ihr ist.«
»Sie sind ein Lügner«, sagte er. »Sie sind es immer gewesen und werden es auch immer sein.«

Auf seinem Weg durch den Gang kam er an Ellen vorbei. Er sagte etwas zu ihr, aber ich konnte nicht hören, was. Sie lächelte und blickte mich an.
Ich nahm die *Los Angeles Times* und hielt sie vor mein Gesicht.

11

Auf dem Wege von der Maschine zum Flughafengebäude mußte Ellen mich stützen. Sie betrachtete die Tatsache, daß ihr Vater mittlerweile ziemlich betrunken und recht wacklig auf den Beinen war, lediglich als ein praktisches Problem, das sie sehr schnell löste, indem sie mich auf einen Stuhl pflanzte und den Gürtel meines Mantels um einen Pfosten band. »Bleib hier sitzen und rühr dich nicht«, sagte sie; dann ging sie, unser Gepäck zu holen.
Entgegen der Meinung sämtlicher Sachverständiger bin ich zu dem Schluß gelangt, daß Kinder nicht sehr feinfühlig sind. Ich habe sie unbekümmert zwischen den Ruinen ihrer Häuser spielen sehen. Ich habe beobachtet, wie sie ihre Eltern eine Woche nach deren Tod vergessen hatten. Kinder fühlen sich nicht verpflichtet zu trauern; daher tun sie es nicht. Sie sind dem Mißgeschick gegenüber egoistischer und somit aufrichtiger als Erwachsene.
Ich schlief, als Ellen zurückkam. Sie band mich los, umfaßte mich und half mir zum Taxi. Niemand fühlte sich beschämt. In diesem Augenblick begann ich, Ellen gern zu haben, wie sie war, statt sie als meinen »Engel« zu lieben.
Während der Fahrt im Taxi fragte sie mich über Gwen aus. Vermutlich war sie jetzt damit beschäftigt, die Einzelheiten ihrer neuen Lebensweise auszuarbeiten, und daher faszinierte sie jedes abwegige Verhalten von seiten einer Frau.
Im Algonquin erwartete mich mein Appartement. Aber für Ellen war kein Zimmer frei. Ich fragte, ob es nicht möglich sei, in meinem Wohnzimmer ein Klappbett für sie aufzustellen. Offenbar nahmen sie an, Ellen sei meine Freundin, denn sie brachten zwar das Klappbett herein, aber niemand kam, um es zurechtzumachen.
Im Wandschrank entdeckte ich die Karte mit dem Zimmerpreis. Das Appartement kostete fünfunddreißig Dollar pro Tag. Ein Glück, daß ich beschlossen hatte, den Artikel über Rojas zu schreiben. Hätte ich die Kosten selber tragen müssen, wäre ich in einer Woche blank gewesen. Heutzutage können sich nur noch die Angestellten großer Firmen ein gutes Leben leisten.
Kaum hatte ich dem Hoteldiener sein Trinkgeld in die Hand gedrückt, da klingelte das Telefon. New York arbeitet schnell. Es war

ein Fotograf namens Manny Stern. Er sagte, er sei in der Bar und habe mich auf meinem Weg zum Empfangspult erblickt. Ob er heraufkommen könne? Ich sagte, nein. Daraufhin entwickelte sich folgende Unterhaltung: Manny: Mein Artikel über Collier sei das Gespräch von New York. Ich: Das freue mich außerordentlich, aber er könne nicht heraufkommen. Manny: Man habe ihm die Reportage über Rojas zugewiesen, und ob das nicht wundervoll sei? Ich: Gewiß, das sei sehr schön, aber nein, er könne nicht heraufkommen. Manny: Er habe bereits zwei Wochen lang an der Sache gearbeitet und ein paar sensationelle Aufnahmen gemacht. Ich: Natürlich werde ich sie mir sehr gerne ansehen, aber nicht heute abend. Jetzt verzichtete er auf die indirekten Anspielungen und erklärte: »Hör zu, ich bring' eine Flasche Whisky mit, und wir trinken noch einen Schluck zusammen. Was ist deine übliche Marke?« – »Canadian Club«, sagte ich, »aber nein, nein lieber nicht.« Er lachte. »Ich verstehe, du hast ein Mädchen bei dir!« – »Ja«, entgegnete ich, »meine Tochter. Und ich möchte nicht, daß sie die menschliche *Ordure* zu Gesicht bekommt, die in New York City zu finden ist.« Manny lachte abermals und meinte, ich könne ihn nicht beleidigen; er wisse nicht, was *Ordure* bedeute, aber wenn es Scheiße heißen solle – nun, man habe ihm schon schlimmere Namen gegeben. Darauf wußte ich nichts mehr zu sagen und hängte ein.
Ursprünglich hatte ich vorgehabt, sofort zu meinem Vater ins Krankenhaus zu fahren. Aber es war schon kurz vor halb elf, und ich befand mich nicht in der geeigneten Verfassung. Daher rief ich meinen Bruder Michael an. Er schien überrascht, daß ich in New York war. »Ich weiß, wie viele Verpflichtungen du hast«, sagte er respektvoll, »um so mehr erkenne ich es an, daß du gekommen bist.«
Manchmal brachte er mich wirklich zur Raserei. »Was hat dich veranlaßt zu glauben, daß ich nicht kommen würde, um meinen eigenen Vater zu sehen?« Darauf wußte er keine Antwort. Aber ich wußte sie. Was veranlaßt Michael, überhaupt zu denken, was er denkt? Gloria, seine Frau. Gloria und ich lagen in ständiger Fehde. Wir waren so unversöhnlich, daß wir sogar miteinander sprachen, das heißt, wir bemühten uns nicht, unsere Abneigung zu verbergen. Doch Michael ist die Güte in Person. Entweder das, oder er ist ein Feigling, der einen Konflikt nicht anzuerkennen wagt und daher immer so tut, als liebe jeder jeden. Oder es gibt noch eine dritte Möglichkeit: Vielleicht glaubt er, daß die Leute nachsichtiger gegenüber seiner Frau sein werden, wenn sie sehen, wie nachsichtig er ist.
Ich nahm an, daß Gloria am Nebenapparat mithörte, und sagte daher: »Gloria? Bist du da?«
Sie antwortete mit ihrer tiefen Stimme: »Hallo, Eddie.«

Ich sagte ihnen, ich sei schrecklich müde und würde am nächsten Morgen in aller Frühe ins Krankenhaus kommen.
»Sagen wir gegen zwölf«, meinte Gloria. »Das ist besser.«
»Komm, wann du willst«, sagte Michael.
»Lieber um zwölf, Michael«, sagte sie.
»Wie geht es dir, Gloria? Was macht deine Gesundheit?« fragte ich.
»Warum fragst du danach?«
»Oh, ich wollte nur wissen, wie es dir geht.«
»Mir geht es ausgezeichnet«, sagte sie. »Also bleibt es dabei, morgen um zwölf, einverstanden?«
Ich wollte ihr gerade eine Bosheit sagen, aber in diesem Augenblick klopfte es laut an meine Tür; Michael hörte es am anderen Ende der Leitung, entschuldigte sich hastig, daß er mich so lange aufgehalten habe, und hängte ein. Gloria wartete, bis ich aufgelegt hatte.
Ich öffnete die Tür. Herein kam eine Flasche Canadian Club, gefolgt von Manny Stern.
»Ich habe dir deinen Canadian Club gebracht.«
»Vielen Dank, auf Wiedersehen.«
»Das ist keine sehr nette Begrüßung«, sagte Manny. »Wir werden zumindest ein Glas zusammen trinken.«
»Schön, ein Glas, aber nicht mehr.«
»Großartig. Ein lausiges Glas!«
»Bestell Eis«, sagte ich. »Dies ist meine Tochter Ellen. Ich geh' ins Badezimmer...«
Als ich die Tür schloß, hatte Manny bereits den Zimmerkellner am Apparat. Manny ist der Inbegriff des zeitgenössischen Menschen, der schon mit einem Telefon in der Hand geboren ist. Was andere als mechanisches Zubehör betrachten, ist für ihn ein fester Bestandteil seines Körpers. Er trägt irgendwo ein Tonbandgerät, das er anstellen kann, ohne daß jemand es merkt. Man weiß nie, wann er etwas aufnimmt. Und außer der Leica M3 und der Nikon F, die er immer um den Hals hängen hat, benutzt er eine Minox, die so klein ist, daß er sie in der hohlen Hand verbergen kann. Damit macht er Aufnahmen von all dem, was man nicht aufgenommen haben will. Ständig kommt er mit skandalösen Tonbändern und sensationellen Fotografien an, die er sich ohne Wissen der Opfer verschafft hat. Es gibt nichts Verbotenes, was dieser Mann nicht getan hat, keinen noch so versteckten Platz, wo seine Linsen, sein Tonband oder seine Finger nicht eingedrungen sind. Er stiehlt – nicht Geld oder Juwelen, aber Briefe, Aufzeichnungen, Beweisstücke, einen Lippenstift, den eine Ehefrau in der Wohnung des falschen Ehemannes vergessen hat, und so weiter. Und man trifft ihn überall, ganz gleich, ob er erwünscht ist oder nicht.

Er ist auch der anpassungsfähigste Mann, dem ich je begegnet bin. Das beweist schon allein sein Name: In New York kennt man ihn als Manny Stern; so heißt er wirklich. Als er jedoch entdeckte, daß im Nachkriegseuropa seine Identität ein Handikap war, färbte er sich das Haar hellblond, ließ sich ein wenig die Nase stutzen und nannte sich dort Manfred von Stern. Es brachte ihm den gewünschten Erfolg. Er wurde überall freundlich aufgenommen und konnte in all den Ländern, wo ein Jude nicht willkommen ist, ungestört seiner Arbeit nachgehen. Das »von« gestattete ihm, seinen Preis zu verdoppeln.
Außerdem besitzt Manny ein ungewöhnliches Sprachtalent, und auch das ist natürlich eine große Hilfe. Wenn er nicht zuviel redet und sein Haar stets frisch gefärbt hält, bringt dieser New Yorker Jude es fertig, in Berlin als Pole, in Frankreich als Elsässer, in England als Südafrikaner und in Rio als Argentinier deutscher Abstammung zu gelten. Überall dort, wo das *Jet set* verkehrt, ist er nicht nur willkommen, sondern sogar sehr gesucht; besonders von den Frauen. Das mag zum Teil daran liegen, daß er leicht hermaphroditisch ist. Er drängt sich niemals auf, aber er ist bereit, jedem der beiden Geschlechter zu dienen, wenn es ihm zum Vorteil gereicht. Dies wiederum verschafft ihm mancherlei Informationsquellen, zu denen er sonst keinen Zugang hätte. So kennt er stets die jüngsten Klatschgeschichten und ist auf der Höhe, was die neuesten Sitten, Gewohnheiten, Tänze und Gruppierungen betrifft. Er ist ein Vorbote der Bräuche auf allen Gebieten des menschlichen Verhaltens. Und auch einer der ganz großen Kuppler. Immer wieder bringt er die unwahrscheinlichsten Leute im Bett zusammen; das ist eine Art von Hobby für ihn.
Ich sollte diesen Schweinehund nicht mit Ellen allein lassen, dachte ich.
Als ich wieder ins Wohnzimmer kam, war der Fußboden mit Fotografien übersät. Ellen kauerte auf allen vieren davor und sah sie sich aufmerksam an.
»Heb sie auf«, sagte ich zu Stern.
»Schon gut, worüber regst du dich so auf?«
Es klopfte an der Tür. Das Eis.
»Gib mir einen Vierteldollar«, sagte Stern.
»Ich hab' nur einen halben.«
»Dann gib mir den.«
Ich blickte wider Willen auf die Fotos.
»Da hast du deinen ganzen Artikel«, sagte Manfred von Stern, während er mit eleganter Geste dem Etagenkellner das viel zu hohe Trinkgeld gab.

»Vor morgen fang' ich nicht mit dem Artikel an.«
»Wer hat das von dir verlangt? Mein Gott, Eddie, was ist los mit dir? Du bist wahrhaftig vollkommen durchgedreht, genau wie man mir gesagt hat.«
»Was hat man dir gesagt?«
»Hast du dies hier gesehen?« fragte er, mit der Zehenspitze auf ein Bild deutend. Er schenkte gerade den Whisky ein. »Da hast du den Mann ganz privat.«
»Ich will diese Bilder nicht sehen.«
»Warum siehst du sie dir dann an? Ich habe deine Arbeit schon zu drei Vierteln getan, aber du brauchst sie dir nicht anzusehen. Ellen, möchten sie einen Whisky?«
»Darf ich, Daddy?«
»Nein.«
»Du liebe Güte, Eddie, was bist du für ein Scheusal geworden! Ich habe gehört, du hast einen Nervenzusammenbruch gehabt. Ich habe in meinem Leben schon ein Dutzend gehabt, aber ich habe mich deshalb nicht verändert. Du hingegen bist unerträglich geworden. Hier!« Er gab Ellen ein Glas.
»Heb sie auf, Manny. Ich will mir in dieser Sache selbst ein Urteil bilden. Vielleicht gefällt mir der Mann.«
»Oh, er ist auf Beute aus wie jeder andere Politiker auch. Er baut sich bereits mit unsichtbarem Geld – sozusagen mit den Pfennigen seiner Wähler – ein hübsches kleines Haus. Ich fliege demnächst 'runter nach Ponce und fotografiere diese bescheidene kleine Villa am Meer; natürlich hat er sie auf den Namen seines Bruders eingetragen. Keine Sorge, ich werde dir auch das Bild verschaffen. Dies wird eine ganz große Sache, Eddie ...«
Mannys Whisky hatte meine Laune gehoben. »Heute abend bietet sich dir die beste Gelegenheit«, fuhr er fort. »Seine Lieblingstochter heiratet, und er gibt eine große Gesellschaft. Jeder, der ihm verpflichtet ist, und jeder, dem er verpflichtet ist, wird anwesend sein, nicht zu reden von seiner Frau, seinem Vater und seiner Mutter, ihrem Vater und ihrer Mutter, seiner Geliebten und deren Eltern sowie ihren drei Brüdern. Mit dieser ganzen Sippschaft, dem Alkohol und der Musik kann alles mögliche passieren.«
»Ich bin heute abend nicht in Stimmung für dramatische Ereignisse.«
»›Ich bin heute abend nicht in Stimmung ...‹ – mein Gott, was für ein Ekel! Dies ist für dich die einzige Möglichkeit, den Kerl zu beobachten, ohne daß er weiß, wer du bist. Wenn du etwas auf Tonband aufgenommen haben willst, berühr dein Ohr; wenn du etwas fotografiert haben willst, zwinkre mit den Augen. Ich werde ihnen

sagen, du seist mein Assistent. Sie erwarten mich sowieso. Ich habe ihnen bereits eine ganze Reihe von Aufnahmen gegeben – natürlich nur die schmeichelhaften. Sie hoffen, durch mich eine kostenlose Berichterstattung über die Hochzeit zu bekommen. Und das werden sie auch. Aber gleichzeitig wird Manny sich einen Haufen Material verschaffen, von dem sie nichts ahnen. Sieh dir dies hier an und sag mir, ob du schon jemals so etwas gesehen hast. Über eine Stunde habe ich auf dem Dach des gegenüberliegenden Hauses gehockt, bis er sich entschloß, zu Bett zu gehen. Doch noch ganz geschmackvoll, nicht wahr?«

Er lachte leise über seine eigene Schlauheit.

»Niemand hat den Mut, einen Portorikaner anzugreifen. Die Nigger können sich weiß Gott so ziemlich alles erlauben. Sie bringen jeden um, der ihnen in die Quere kommt, und die Zeitungen berichten über die Farbe ihrer Schuhe, aber nicht über die Farbe ihres Gesichts. Doch die Portorikaner sind die wahrhaft Unantastbaren. Man braucht Mut, wie du ihn hast, um diesen Auftrag auszuführen. Und heute abend kannst du mehr erfahren, als du während der Interviews eines ganzen Monats erfahren wirst, wenn der Mann erst einmal weiß, wer du bist.«

Ich goß mir noch einen Whisky ein.

»Ist es nicht das beste, ihn zu beobachten, solange er nicht weiß, wer du bist?« fragte er. »Hab ich recht, ja oder nein?«

»Ja, du hast recht.«

Kurz bevor ich fortging, nahm ich Ellen ins Schlafzimmer und versuchte, sie zu überreden, mit uns zu kommen. Sie sagte, nein, sie bliebe lieber da.

»Was hast du vor?«

»Ich werde meinen Freund anrufen.«

Um Himmels willen, dachte ich, laß dich nur nicht wieder schwanger machen! Aber wie sagt man das seiner Tochter?

»Warum bleibst du heute abend nicht einfach hier, mein Engel, und ruhst dich aus? Ohne jemanden zu sehen? Und morgen besorge ich dir als erstes das, was du brauchst.«

Ellen lachte laut.

»Wie fein du dich ausdrückst!« sagte sie. »Das klingt, als gingen wir zu Saks, Fifth Avenue. Kann man bei Saks solche Dinge kaufen?«

Die Veranstaltung fand im spanischen Teil von Harlem statt. Mr. und Mrs. Alberto Rojas hatten einen großen Ballsaal gemietet und fungierten dort als Gastgeber für etwa dreihundert Personen. Alles war äußerst gesittet und korrekt, richtiggehend formell. Man hatte

ein Orchester engagiert, das mit ein wenig Ermutigung sogar annehmbare Musik hätte hervorbringen können. Aber es tanzten nur ein paar Zwölfjährige. Alle maßgebenden Personen saßen, nach Familien geordnet, rings um die Peripherie der Tanzfläche.
»Warum sitzen sie alle so stumpfsinnig da?« fragte ich Manny.
Man warte darauf, daß das Brautpaar den Anfang mache, erklärte er. Dann ging er mit mir zur Familie Rojas hinüber und stellte mich vor.
Rojas war mir auf Anhieb sympathisch. Er machte den Eindruck eines energischen, lebensbejahenden Politikers, nicht mehr und nicht weniger bestechlich als jeder andere. Ich war so restlos von ihm angetan, daß ich ihm sagte, weshalb ich gekommen war. »Verdammter Idiot!« zischte Manfred, der mich als seinen Assistenten vorgestellt hatte.
Inzwischen hatten Braut und Bräutigam den Tanz eröffnet, und andere Paare folgten ihnen. Rojas bestellte mir einen Drink, den ich eigentlich gar nicht wollte. Wir vereinbarten, daß wir am folgenden Abend bei ihm zu Hause mit unseren Unterredungen beginnen würden. Dann stellte er mich seiner Frau vor. Sie nickte und lächelte, schien jedoch nicht ganz bei der Sache. Nach einer Weile machte Rojas sich davon und ließ mich mit ihr allein. Er ging auf ein sehr hübsches Mädchen zu, das ich nach Sterns Bildern als seine Geliebte erkannte. Sie war in Begleitung von Vater, Mutter, zwei Onkeln und drei Brüdern. Rojas verbeugte sich vor ihnen, dann führte er das Mädchen auf die Tanzfläche, legte den Arm um sie und begann mit ihr zu tanzen.
Stern forderte eine von Rojas' Töchtern auf, hielt sich so nah wie möglich neben Rojas und seiner Freundin und machte eifrig von seiner Minox Gebrauch. Er ertappte mich dabei, daß ich ihn beobachtete, und blinzelte mir zu. Ich blickte Mrs. Rojas von der Seite her an. Sie sah ihrem Mann zu, wie er mit diesem Mädchen tanzte, und der Ausdruck von Wehmut und Sehnsucht auf ihrem Gesicht sagte mir, daß sie Bescheid wußte. Jetzt beugte sie sich vor, um einen verstohlenen Blick auf die Angehörigen des Mädchens zu werfen, die ihrerseits gerade in diesem Moment einen verstohlenen Blick auf sie warfen, um zu sehen, wie sie die Sache aufnahm. Als ihre Augen sich begegneten, lächelten sie einander zu, als ob Rojas und das Mädchen die Neuvermählten und sie die Schwiegereltern seien. Sie nickten beifällig und sagten durch Gebärden, was für ein hübsches Paar. Es gibt wahrhaftig die seltsamsten Arten von Arrangements, dachte ich im stillen.
Mrs. Rojas senkte die Augen auf ihre Hände. Ihre Finger waren kurz, die Nägel lang, spitz zugefeilt und mit leuchtend rotem Lack

bemalt, der bereits abzublättern begann. Sie war eine untersetzte Portorikanerin mittleren Alters, rundlich und schwerfällig wie alle diese Frauen, deren ganzes Leben sich praktisch innerhalb ihrer vier Wände abspielt. Als sie spürte, daß ich sie ansah, blickte sie auf. Ich lächelte ihr zu, doch sie reagierte nicht darauf.

»Eine nette Party«, sagte ich.

»Gefällt es Ihnen? Das freut mich. Haben Sie die Braut kennengelernt?«

»Nein. Aber sie ist sehr hübsch.«

»Ja, gewiß.« Sie blickte auf die Tanzenden. Ich sah, daß sie ihren Mann und seine Geliebte, nicht das Brautpaar beobachtete.

»Ich möchte mit Ihnen sprechen«, sagte ich.

»Mit mir? Wozu?«

»Nun, ich muß einen Artikel über Ihren Mann schreiben, und dazu möchte ich natürlich wissen, was seine Frau über ihn – das heißt, über seine Arbeit – denkt.«

»Werden Sie Gutes über ihn schreiben?«

»Ich glaube wohl. Allerdings habe ich ihn ja gerade erst kennengelernt und kann es daher noch nicht beurteilen.«

»Sie werden sehen, er ist ein guter Mensch.«

»Jedenfalls sehe ich, daß er ein guter Tänzer ist.«

»Ja«, sagte sie mit einem Blick auf die Tanzfläche. Dann merkte sie, daß ich sie beobachtete, und blickte verstohlen auf mein Gesicht. Aber ich hatte meine Maske aufgesetzt, und sie konnte nicht erkennen, daß ich etwas wußte.

»Sicherlich sind Sie es auch.«

»Was bin ich auch?«

»Eine gute Tänzerin.«

»Vielleicht vor der Geburt der Kinder...«

»Wie viele haben Sie?«

»Sechs. Ich hatte acht, aber zwei sind gestorben.«

»Das nimmt eine Frau sicherlich sehr mit. Ich meine, es erfordert ihre ganze Zeit und Kraft.«

»Was sollte ich auch sonst mit meiner Zeit anfangen? Hören Sie zu, Mister, Sie brauchen nicht hier zu sitzen und mit mir zu reden.«

»Das weiß ich. Aber ich möchte es.«

»Warum? Ich bin nur eine alte verheiratete Frau. Soll ich Ihnen jemand zum Tanzen besorgen? Es sind viele junge Mädchen da.«

»Ich würde gern mit Ihnen tanzen.«

»Mit mir? Sind Sie verrückt? Warum wollen Sie mit mir tanzen?«

»Warum tanzen Menschen überhaupt?«

»Sie wissen genau, warum. Wozu fragen Sie?«

Ich lächelte sie an. Aber ihr Gesicht blieb unbeweglich.

»Mister«, sagte sie, »ich weiß, Sie wollen etwas, aber Sie sagen nicht, was Sie wollen.«
Ich entschied, daß es besser sei, offen mit ihr zu reden. »Nun«, sagte ich, »ich habe viel über Politiker geschrieben, besonders über solche, die im Kommen waren. Offensichtlich hat Ihr Mann vieles, was für ihn spricht. Er sieht gut aus, und die Menschen fassen sofort Vertrauen zu ihm. Sie folgen ihm, weil er ein geborener Führer ist. Aber ich habe oft beobachtet, daß diese Politiker – genau wie Ihr Mann – anfangs die besten Absichten hatten, und ein paar Jahre später waren sie dann doch ebenso große Gauner wie alle anderen. Ihr Mann findet offensichtlich Freude an seiner Macht. Ich will sagen, er ist stolz darauf, daß die Menschen ihm folgen. Und da dachte ich mir vorhin im stillen, daß ich an Ihrer Stelle wahrscheinlich ein wenig Angst haben würde. Haben Sie das? Angst vor dem, was die Zukunft Ihnen und Ihrer Familie bringen wird?«
Sie hatte nicht erwartet, daß ich so offen sprechen würde.
»Ja«, sagte sie, »ich habe Angst.«
»Das kann ich sehr gut verstehen, und dennoch ...« Dann sagte ich mir, halt jetzt den Mund, laß sie sprechen.
»Aber ich habe Vertrauen zu Alberto, denn er ist ein guter Mensch. Im Grunde ist er für die Leute. Und er ist ein guter Ehemann.« Sie blickte wieder auf die Tanzfläche. Dann wandte sie sich um; als sie sah, daß ich sie anblickte, lächelte sie mir zu, wie man einem Freund zulächeln würde, und fragte: »Möchten Sie wirklich tanzen?«
Ich sprang auf. »Ja, wirklich.«
»Andale burro!« rief sie und machte sich daran, ihre Füße wieder in die spitzen Schuhe zu zwängen, die viel zu klein für sie waren.
»Ich habe ein paar Whisky getrunken«, murmelte ich. »Wenn ich daher etwas Falsches gesagt habe ...«
»Nein, Sie haben vollkommen recht ... ich bin tatsächlich besorgt. Aber erwähnen Sie das bitte nicht in Ihrem Artikel.«
Wir machten unsere Sache gar nicht so schlecht. Zuerst torkelte ich noch ein wenig. Aber die kleine portorikanische Matrone spornte mich an. Es war ihr so wichtig, eine gute Figur auf dem Tanzboden zu machen, daß ich mich mehr anstrengte, als ich es normalerweise getan hätte. Selbst Rojas nickte uns anerkennend zu. Und Stern war derart beeindruckt, daß er sich entschloß, seine Kamera vorübergehend von Rojas und seiner Geliebten abzuwenden und uns zu fotografieren.
Die Musik hörte auf. Es war sehr heiß im Saal. Um uns ein wenig abzukühlen, gingen wir auf einen kleinen Balkon, der die 116. Straße überblickte.

Anscheinend hatte ich wirklich zuviel getrunken, denn ich tat jetzt etwas sehr Törichtes. Ich fragte Mrs. Rojas: »Glauben Sie, daß wir ihn eifersüchtig gemacht haben?«
Sie blickte mich an. Jetzt wußte sie, daß ich erkannt hatte, was los war. »Nein«, sagte sie.
»O Gott, es tut mir leid«, murmelte ich verlegen.
»Ich frage mich nur«, sagte sie, ohne mich anzusehen, »ist es so augenfällig, daß jeder es merkt?«
»Nein, das glaube ich nicht«, log ich.
»Sagen Sie mir die Wahrheit?« fragte sie. »Oder wie zuvor?«
»Nein, ich bin Schriftsteller, und ich sehe vieles, was andere nicht sehen – hoffe ich.«
»Sind alle Schriftsteller solche Lügner wie Sie?« Sie lachte über mein bestürztes Gesicht. Dann lächelte sie mir beinahe liebevoll zu. »Ich kann Ihnen sagen, was ich glaube«, fuhr sie fort. »Ich glaube, jeder sieht, was Sie sehen – vielleicht sogar noch mehr.«
»Mag sein«, erwiderte ich. »Das kann ich nicht beurteilen.«
»Und ich werde Ihnen noch etwas sagen. Die Männer verstehen es natürlich und erwarten auch nichts anderes. So sind sie nun einmal. Aber die Frauen sind noch viel schlimmer. Sie tun, als sei es eine Sünde, spielen die Entrüsteten, und dabei wünscht sich jede von ihnen, die Stelle dieses Mädchens einzunehmen.« Sie deutete auf die Tanzfläche. »Diese *Ramera*«, sagte sie, »diese *Puta*!« Sie ließ einen langen spanischen Wortschwall los, dann besann sie sich und erklärte mir: »Ich will damit sagen, daß diese Hure zwei Jahre lang auf ihre Chance gewartet hat. Aber ich wußte, was kommen würde, denn mein Vater hatte eine nach der anderen. Und ich sah meine Mutter, wie sie fett wurde, als er sie nicht mehr gebrauchte. Sehen Sie mich nicht an.«
»Es tut mir leid«, sagte ich.
»Ich war eifersüchig auf meinen Vater und diese Mädchen, aber gleichzeitig bewunderte ich ihn, denn er war ein *Macho*. So ist nun einmal das Leben, oder nicht? Die Frau wird sehr schnell alt. Der Mann muß beweisen, daß er ein *Macho* ist. Aber Alberto ist ein verdammt guter Mann. Er mag haben, wen er will, er wird niemals zulassen, daß mir jemand weh tut.«
Ich empfand Bewunderung für sie. Nein, zum Teufel, es war keine Bewunderung; es ist gönnerhaft, jemand zu bewundern, der sich in solch einer unglücklichen Lage befindet. Ich hatte einfach Mitleid mit ihr. Und ich dachte mir im stillen, ich will verdammt sein, wenn ich es mit dem, was ich schreibe, noch schlimmer für sie mache.
»Ich möchte Ihnen etwas zeigen«, sagte ich. Ich führte sie wieder an unseren alten Platz, holte Sterns Aktentasche mit den Fotogra-

fien unter dem Tisch hervor und ging mit ihr in eine ruhige Ecke des Saals. Dort öffnete ich die Mappe und zeigte ihr, eines nach dem anderen, die Bilder – die schlimmsten von allen. Sie sprach kein Wort. Gleichzeitig unterrichtete ich sie über meine Arbeitsmethode; ich sagte ihr, daß ich mich immer als erstes mit den Leuten anzufreunden und ihr Vertrauen zu gewinnen suchte; dann sei es nicht mehr schwer, sie zum Reden zu bringen; später, wenn ich alles niedergeschrieben hätte, bereuten sie dann allerdings meistens, mir soviel gesagt zu haben. Und diese Bilder, die sie hier sähe, würde ich für den Artikel über ihren Mann benutzen.

Sie hielt während dieser ganzen Rede den Kopf gesenkt, blickte auf Mannys Aufnahmen und sagte nichts. Aber ich sah, daß sie schwer atmete. Dann begann sie, die Fotografien zu zerreißen. Sie war wirklich eine außergewöhnliche Frau!

Die Musik hörte auf zu spielen, und die Leute kehrten zu ihren Tischen zurück. Einige von ihnen bemerkten, was am andern Ende des Raumes geschah. Stern vermißte seine Aktentasche und blickte sich suchend um. Dann sah er mich, wie ich regungslos dastand, während diese Frau seine kostbaren Fotos in tausend Stücke riß. Mit einem empörten Schrei kam er auf uns zu. Er packte Mrs. Rojas und versuchte, sie fortzuziehen. Aber sie biß ihn in den Arm und versetzte ihm einen Stoß, der ihn geradenwegs auf seinem zwiegeschlechtigen Hintern landen ließ.

Jetzt kam auch Rojas herbeigerannt, und ihm gelang es, seine Frau von der Mappe mit den Bildern wegzuziehen. Stern rappelte sich auf und schrie mich an: »Warum, zum Teufel, läßt du das zu? Bist du vollkommen von Sinnen?«

»Zulassen?« sagte ich. »Ich habe sie ihr gegeben.« Ich ergriff eines der Bilder und begann, es zu zerfetzen.

Inzwischen war Rojas' Geliebte auf dem Schauplatz erschienen und fand unter den verstreuten Fotografien eine, die ihr besonders gut gefiel. »Oh, wie schön!« flötete sie. »Alberto, Liebling, darf ich sie behalten?«

Damit war Mrs. Rojas' Geduld am Ende angelangt. Sie riß sich von ihrem Mann los und stürzte sich auf das Mädchen. *»Callejera!«* schrie sie. *»Puta!«*

Ihre kurzen, dicken Finger mit den spitzen Nägeln krallten sich in das Gesicht ihrer Rivalin und hinterließen blutige Spuren. Daraufhin ging die Mutter des Mädchens, eine große, klobige Frau, mit einem wilden Kriegsgeschrei auf Mrs. Rojas los, und wenige Sekunden später wälzten sich die beiden mit fliegenden Haaren auf dem Boden. Mr. Rojas mußte natürlich seiner Frau zu Hilfe kommen, woraufhin die drei Brüder seiner Geliebten jetzt ihm zu Leibe rückten.

Doch er war, wie Mrs. Rojas gesagt hatte, wirklich ein *Macho*, und er blieb ihnen nichts schuldig.
Bald waren auch Mr. Rojas' alter Vater – über siebzig, aber stark wie ein Baum –, der Priester des Pfarrbezirks, der Bläser des Orchesters sowie Rojas' Leibwächter – ein mörderischer kleiner Bursche, der sein Geschäft verstand – in den Kampf verwickelt. Irgend jemand rief die beiden Polizisten herauf, die unten am Hauseingang standen. Damit wurde die Sache offiziell.
Ich beobachtete mit größter Genugtuung dieses herrliche, schmachvolle Schauspiel, das Chaos, das so viel ehrlicher war als die Ordnung zuvor.
Stern schrie dicht an meinem Ohr: »Ich werde dich verklagen, ich werde dich verklagen!« Doch plötzlich muß er sich klargeworden sein, daß dies hier einen viel besseren Bericht ergeben würde als alles, was er bisher aufgenommen hatte; und schließlich, was war schon dabei, er hatte ja zu Hause noch die Negative. So holte er seine Minox hervor und begann, die Heldentaten von Alberto Rojas unter seinen Wählern zu fotografieren.
In diesem Ausgenblick tat ich etwas, womit ich der Zeitschriftenwelt ein für allemal entsagte: Ich griff nach der langen Kette, an der Manfred von Sterns Miniaturkamera hing, und riß sie los. Dann wirbelte ich sie vier-, fünfmal über meinem Kopf herum und schmetterte die Minox mitsamt ihrem ganzen kostbaren Inhalt gegen den nächsten Pfeiler. Das war das Ende von Evans Arness. Er ging den gleichen Weg wie Eddie Anderson.
Inzwischen war es Rojas gelungen, seine Frau von seiner Geliebten fortzuziehen; aber es kostete ihn Mühe, sie festzuhalten, denn ihre Blutgier war noch längst nicht gestillt. Das ist das Ende dieses Arrangements, sagte ich mir. Der Tumult war jetzt so groß, daß nur noch der Pfeifenton der Polizisten herauszuhören war, die Verstärkung herbeizurufen suchten. Ich bedankte mich bei Mr. und Mrs. Rojas – die mir nicht viel Aufmerksamkeit schenkten – für ihre Gastfreundschaft und bemühte mich, ihnen verständlich zu machen, daß ich den Artikel nicht schreiben und daher auch am nächsten Abend nicht zu ihnen kommen würde.
Als ich die Treppe hinunterging, fuhr ein Polizeiauto vor. Ich schlüpfte in die Bar nebenan und bestellte einen Canadian Club. Durch das Fenster sah ich einen völlig hysterischen Manfred von Stern, der mitten auf der Hauptstraße des spanischen Harlem stand und einem Taxi winkte. Als er aus meinem Blickfeld verschwand, gehörte für mich diese Episode bereits einer fernen Vergangenheit an. Ich wußte, daß er am nächsten Morgen in aller Frühe im Büro der Zeitschrift sein würde, und überlegte mir, daß ich ihm vielleicht

zuvorkommen und kündigen sollte, ehe man mir den Laufpaß gab. Doch dann entschied ich, es sei nicht der Mühe wert, und dachte nicht weiter darüber nach.
Als oben wieder die Musik zu spielen begann, trat ich auf die Straße. Es war einer jener erfrischenden, regnerischen Abende, die man den ganzen Winter über in Paris und London, aber nur gelegentlich in New York und niemals in Kalifornien findet. Ich schlenderte langsam dahin und sagte mir: Schön, jetzt hast du endlich, was du wolltest: Chaos. Ich hatte keine Arbeit, keine Einkommensquelle, nichts, was mich vertrauenswürdig machte. Wenn man es umgekehrt betrachtete, zum Beispiel von Florences Gesichtspunkt aus, war ich so eindeutig unzuverlässig, daß ich nicht mehr als Ernährer gelten konnte. So oder so – ich war frei!
Und blank. Sie werden mir nicht ersetzen, was ich für den Flug ausgelegt habe, dachte ich. Und ganz gewiß werden sie nicht meine Hotelrechnung bezahlen.
Ich durchsuchte meine Taschen, um zu sehen, wieviel Geld ich noch hatte. Es waren ganze dreihundert Dollar. Gar nicht so schlecht. Auf jeden Fall fühlte ich mich reicher als an jenem Morgen. Da hatte ich nur siebenundsechzigtausend Dollar besessen. Tatsächlich kam ich mir so wohlhabend vor, daß ich unterwegs in einen kleinen Blumenladen ging, der gerade geschlossen wurde, einen Ansteckstrauß von Rosenknospen kaufte und dem Mann einen Dollar Trinkgeld gab, mit dem Auftrag, die Blumen persönlich zu Mrs. Rojas zu bringen und ihr auf spanisch den Ausdruck meiner Bewunderung zu übermitteln.
Da es jetzt keinen Grund gab, irgend etwas zu tun, gab es auch keinen Grund, irgend etwas nicht zu tun. Ich war zu betrunken und zu glücklich, um über irgendwelche moralischen Fragen nachzudenken. Ich wollte mich nur von augenblicklichen Regungen und Wünschen leiten lassen. Ich wünschte mir, zum andern Ende von Manhattan zu gehen und Gwen zu besuchen. War es vernünftig? Würde ich ihr willkommen sein? Würde sie allein oder überhaupt zu Hause sein? Ich hielt mich nicht mit diesen Fragen auf, denn was auch immer die Antwort sein mochte, ich war entschlossen, von der 116. Straße im östlichen Teil der Stadt zur 12. Straße im westlichen zu gehen, wo Gwen wohnte. »Meine Herren«, sagte ich laut, »ich habe gewisse Experimente mit Schein und Wirklichkeit, mit Beruf versus Leistung gemacht. Jetzt will ich eine Sachverständige in gesellschaftlicher Regelwidrigkeit und allgemeinem Betrug zu Rate ziehen, die in der 12. Straße wohnt. Folglich, wie Mrs. Rojas sagen würde, ›*Andale burro!*‹«
Ich war jetzt auf dem Höhepunkt meines Rausches angelangt, ließ

mich von ihm treiben, bekämpfte ihn nicht. Ich lockerte meinen Schlips und knöpfte den Mantel auf. Dann nahm ich meinen Hut und stülpte ihn auf den Kopf eines anderen Betrunkenen, der auf dem Bürgersteig vor einem Schnapsladen schlief. Ob er dagegen protestierte, daß der Laden geschlossen war, oder wartete, daß er morgens geöffnet werde, war nicht zu erkennen. Dann ging ich in das letzte noch offene Geschäft der Straße und kaufte mir eine Zigarre für 85 Cents.

Zwischen der 116. Straße, Ecke Lexington Avenue, und der 96. Straße, Ecke Fifth Avenue geschah folgendes: Ich beschloß, mich in Zukunft nicht mehr um die Meinung anderer zu kümmern, sondern zu tun, was mir beliebte. Ich entschied, daß ich anderen gegenüber schon mehr als meine Pflicht und Schuldigkeit getan hatte. Ich hatte meiner Familie, meinen Mitmenschen, der Gesellschaft und dem allgemeinen Wohl meine Opfer dargebracht. Ich kam zu dem Schluß, daß ich in Wirklichkeit einen viel zu großen Teil meines Lebens im Dienste anderer verbracht hatte, indem ich sie überzeugte, für mich gewann, in ihrem eigenen Interesse betrog, die Produkte verkaufte, die sie herstellten, die Ideen verkaufte, die sie verkauft haben wollten. Und indem ich, was meine private Sphäre betraf, anderen eine Lebensweise ermöglicht hatte, die ihren, nicht aber meinen Wünschen entsprach. Ich hatte mich sogar um »unserer Lebensweise« willen bereit gefunden, einem Haufen von anonymen Japanern als Zielscheibe zu dienen. So beschloß ich jetzt, mich in Zukunft dem Egoismus zu weihen. Von nun ab würde ich ein netter, ruhiger, egoistischer Versager sein, ein selbstzufriedener, asozialer Simpel, ein verantwortungsloser, aalglatter, unverbindlicher, schweigsamer Außenseiter. Und wenn es ihnen nicht paßte, *andale burro!*

An der 96. Straße überquerte ich die Fifth Avenue und steuerte auf den Park zu.

Schließlich ist Florence auf Lebenszeit gesichert, dachte ich. Außerdem hat sie ihren teuren Dr. Leibman – weiß Gott teuer zu 50 Dollar pro Sitzung. Aber sie hat die fünfzig, also mach dir keine Sorgen um sie. Und Ellen steht jeglichem Problem, das nicht sie selbst betrifft, so wunderbar gleichgültig gegenüber. Daher strotzt sie förmlich von geistiger Gesundheit. Mein Vater und meine Mutter? Was hat mich auf die Idee gebracht, daß ich jedermanns Hüter sei? Ich liebte sie, und zum Teufel mit ihnen. Was ist so heilig an Eltern? Ich würde einfach lernen müssen, so zu leben, wie die Tiere es tun: Seite an Seite, ohne daß sich eines für das andere verantwortlich fühlt. Mit einem Wort, ich würde nichts tun, weil ich es tun sollte oder müßte. Sollte! Müßte! *Andale burro!*

Um es genauer auszudrücken, ich brauchte keine Häuser, Gärten,

Schwimmbassins, kein Büro, keine Sekretärin, keine Sprechanlage und auch nicht drei Wagen oder tausend Platten und Bücher. Ich brauchte nicht mehr Kleidung, als ich besaß. An jenem Abend hatte ich sogar das Gefühl, daß ich keine Nahrung mehr brauchte, daß ich mich von der feuchten Luft und den nächtlichen Sehenswürdigkeiten ernähren konnte. Mein Körper schien leichter, schlanker, elastischer, jedem Ansturm gewachsen.
Bei den Tennisplätzen, im dunkelsten Teil des Parks, machte ich dreißig Kniebeugen.
Mir gegenüber lagen die mit Zinnen versehenen Gebäude von Central Park West – eine Kulisse von Türmen und Senkscharten. Die meisten Fenster waren dunkel. Die gediegene Mittelklasse hatte einen weiteren Tag bewältigt. Herzlichen Glückwunsch! Nun ruhten sie wohlbewahrt in ihren verschlossenen Kästen auf jenen aufgestapelten Regalen und schliefen den Schlaf von Königen. Alles war in bester Ordnung. Oder zumindest wollte es so scheinen. Niemand stürzte sich, während ich hinsah, aus einem Turmfenster oder von einer nach Osten blickenden Terrasse. Alle lagen sie dort oben, brav und friedlich, wie ihre Lebensweise es verlangte, bis zum Morgen jeder Schwierigkeit enthoben. Wenn die Sonne über dem Carlyle emporstieg und die Wecker das Radio anstellten, würden sie erfrischt aus ihren Betten springen, bereit, mit ihrer Arbeit fortzufahren, ihren Obliegenheiten nachzugehen, ihre Verpflichtungen zu erfüllen und die Welt einen weiteren Tag in Gang zu halten.
Lebt wohl, alle miteinander!
Andale burro.
Vor dem Majestic dachte ich an Florence. Wahrscheinlich wachte sie jetzt gerade nach der ersten Stunde des »guten« Schlafes auf und nahm zwei Nembutals, die ihr den zweiten Schlaf bescheren würden, nicht mehr so gut wie der erste, natürliche Schlaf, aber immerhin besser als nichts. Und ich sagte: Leb wohl, Baby.
Vor dem Institut für Ethische Kultur rief ich mir die guten Zeiten unseres gemeinsamen Lebens ins Gedächtnis zurück, so wie ein Mensch es zu tun pflegt, dessen Ehepartner gestorben ist. Ich erinnerte mich, wann und wo wir uns kennengelernt hatten, und als ich am Christlichen Verein Junger Männer vorbeiging, dachte ich an unser erstes intimes Beisammensein – es war am Ufer eines Sees, um uns herum quakten die Frösche. Und ich sagte: Lebe wohl, kleines Baby! Ein wenig später, kurz vor der National City Bank, jener Bank, die im Jahre neunundzwanzig meinen Vater vernichtet hatte, sagte ich jener ganzen guten alten Zeit Lebewohl. Ich grollte niemandem mehr, denn man grollt nur einem Gefängnis, und ich war frei!

An der 47. Straße, Ecke Eighth Avenue, ging ich in eine Bar und trank einen Whisky. Und im Port Said, an der 28. Straße, trank ich noch einen. Ich wußte, daß ich in nüchternem Zustand mein Vorhaben niemals ausführen würde. Ohne dieses anhaltende Trinken würde ich ganz gewiß nicht zur 12. Straße gehen, um gewisse Körperteile meines Mädchens von dem Eisblock zu befreien, auf dem sie eineinhalb Jahre lang unterkühlt und unberührt gelegen hatten (unberührt?). Ohne die Unterstützung dieses letzten Whisky würde ich höchstwahrscheinlich kehrtmachen und mich ganz vernünftig in meinem eigenen kleinen Kasten im Algonquin schlafen legen.

Ich holte den Zettel heraus, den Chet mir gegeben hatte. Als ich bei Gwens Haus ankam, klingelte ich. Keine Antwort. Ich notierte mir die Nummer ihrer Wohnung: 3 V. V für Vorderhaus. (Mein Gehirn funktionierte noch ganz gut!) Dann ging ich wieder hinaus und ließ die Blicke über das Gebäude schweifen. Ihre Fenster waren dunkel. Ich beschloß zu warten, überquerte die Straße und setzte mich auf einen Hydranten. New York bietet keine anderen Sitzgelegenheiten. Eine Minute später war ich eingeschlafen.

Ich bin hellseherisch, wenn ich schlafe. Plötzlich wachte ich auf und sah Gwen in Begleitung eines vierschrötigen jungen Mannes die Straße entlangkommen. Ich sprang so jäh auf die Füße, daß ich einen Augenblick lang dachte, sie müßten mich gesehen haben. Sie hatten jedoch offenbar nichts bemerkt, denn sie stiegen die Stufen zu Gwens Haustür empor, blieben dort stehen und unterhielten sich sehr ernst. Manchmal schien es, als blickten sie mich an. Aber ich stand im Dunkeln, und sie konnten mich nicht sehen.

Ihr Gespräch drehte sich um das übliche Problem: Geht der Mann mit dem Mädchen hinauf, oder geht er nach Hause? Anscheinend waren sie noch nicht auf dem Punkt angelangt, wo es selbstverständlich ist, daß der Mann mit hinaufkommt. Ich erkannte, daß dieser Bursche unerfahren war, denn ein Mann mit Erfahrung wäre direkt hinaufgegangen. »Frage nie, mein Freund«, sagte ich laut, »geh einfach die Treppe 'rauf. Dann muß sie dir folgen.«

Anscheinend war Gwen nicht scharf auf diesen Burschen. Denn wenn sie es gewesen wäre, so hätte sie ihn, wie ich Gwen kannte, die Treppe hinaufgezogen. Die meisten Mädchen geben nach, weil es einfacher ist, weil sie nicht enttäuschen wollen, weil sie nichts Besseres zu tun haben, weil der Mann darauf besteht oder weil er einen hungrigen Eindruck macht; und es ist ihnen ohnedies gar nicht so schrecklich wichtig. Aber Gwen gibt niemals nach. Wenn ihr danach zumute ist, geht sie – genau wie ein Mann – darauf aus. »Und dann«, setzte ich laut hinzu, »hat sie Kraft für zehn.«

Diesmal war es ringsum still, und sie hörten den Betrunkenen, der auf der anderen Straßenseite Selbstgespräche hielt. Aber sie kümmerten sich nicht darum. Der Stümper – ein Bulle von mindestens zweihundert Pfund, noch größer als sein Bruder Chet (wenn es der war, für den ich ihn hielt) – schien zu glauben, daß vernünftiges Argumentieren ihn zum Ziele führen werde. Mit seiner Gelehrtenbrille und seinem korrekten Stirnrunzeln stand er da und redete auf sie ein. Gwen machte einen ziemlich unbeteiligten Eindruck.

»Ich glaube, du gefällst ihr nicht, mein Junge!« sagte ich laut. Das müssen sie bestimmt gehört haben, denn sie drehten sich um und sahen einen Augenblick zu dem Betrunkenen hinüber. Dann nahm Gwen Charles bei der Hand – wahrscheinlich hatte sie einfach das Gerede satt – und ging mit ihm ins Haus. »Das hast du nur dir selber zuzuschreiben!« sagte ich mir.

Aber eigentlich war ich ganz zufrieden. Nicht über das, was sie getan hatte, sondern über das, was sie nicht getan hatte. Sie hatte ihn nicht einfach widerspruchslos hereingelassen.

»Und jetzt, du gottverdammter Idiot, geh in dein Hotel zurück und lies *Siddharta* oder irgendein anderes Taschenbuch, das dir von der Herrlichkeit des geistigen Lebens berichtet.«

Oben in der Wohnung ging das Licht an. Zuerst in dem Zimmer mit zwei Fenstern (vermutlich das Wohnzimmer, dachte ich) und dann in dem Zimmer mit einem einzigen Fenster (vermutlich das Schlafzimmer; mein Gehirn funktioniert tatsächlich!). Ich trat vor, um besser sehen zu können, was dort oben geschah, und wäre um ein Haar unter einen Lieferwagen der *Daily News* geraten.

»Gib acht; sie werden dich überfahren, wenn du ihnen Gelegenheit dazu gibst«, sagte ich mir.

Als der Lastwagen sich entfernte, sah ich, daß im Schlafzimmer der Rolladen heruntergelassen wurde. So, das wäre erledigt, dachte ich. Geh nach Hause!

Mir war schwindlig; ich wankte zurück, bis meine Fersen anstießen. Dann ließ ich mich langsam niedersinken. An dieser Stelle stand ein Telefonhäuschen; so saß ich dort auf der Bordkante – oder vielleicht auch in der Gosse –, mit dem Rücken gegen die Zelle gelehnt. Und da war ich nun, ein Aktionär und Vizepräsident von Williams and McElroy, der Mann mit halbem Besitztitel – wenn auch nur durch Heirat – an einer Luxusvilla plus Schwimmbassin in Los Angeles, die männliche Hälfte des goldenen Paares! Ich hockte in der Gosse und dachte darüber nach, wie kurz letztlich der Abstand zwischen oben und unten ist. Bei dieser Überlegung schlief der große Mann ein.

Abermals weckte mich mein achter Sinn. In der Wohnung ging gerade das Licht aus. Dann wurde der Rolladen hochgezogen und das

Fenster weit geöffnet. Ich konnte mich nicht entsinnen, daß Gwen früher solch eine Frischluftfanatikerin gewesen war. »Wahrscheinlich benötigt er das für den Kraftaufwand«, sagte ich. »Ein Koloß wie der verbraucht bei der körperlichen Anstrengung bestimmt eine Menge Sauerstoff.« Gott sei Dank hatte ich meine Figur bewahrt. Solch ein Riesenkerl schwitzt sicherlich wie ein Schwein, dachte ich.

Ich merkte selbst, wie albern ich wurde, und so beschloß ich, nach Hause zu gehen. Ich stand auf. Das leichte Nieseln hatte sich jetzt in regelrechten Regen verwandelt. Ich ging in das Telefonhäuschen und blickte, an die Wand gelehnt, auf das gegenüberliegende Haus. Dann sah ich einen Polizisten die Straße entlangkommen. Und ich in einer Fernsprechzelle! Ich konnte mich an keine einzige New Yorker Nummer erinnern, die ich hätte wählen können. So holte ich den Zettel und einen Zehner aus der Tasche und wählte Gwens Nummer. Wahrscheinlich hatte ich das ohnedies tun wollen. Ich hörte, wie das Telefon in ihrer Wohnung klingelte. Und gerade als der Polizist an der Zelle vorbeikam, wurde der Rolladen im Schlafzimmer heruntergelassen, und das Licht ging an. Gwen kam an den Apparat. Sie sagte: »Hallo, hallo.« Dann war es eine ganze Weile still.

»Wer ist dort?« fragte sie.

Der Polizist war weitergegangen; eigentlich hatte ich nur darauf gewartet. Aber ich konnte mich nicht entschließen einzuhängen. Statt dessen sagte ich leise: »Was für eine schöne Stimme sie hat!« Sie hörte es und muß mich für einen jener harmlosen Irren gehalten haben, die mitten in der Nacht irgendwelche Leute anrufen und ihnen etwas zuflüstern, denn sie legte rasch den Hörer auf. Aber mit diesen wenigen Worten war mir alles wieder in Erinnerung gekommen: ihre Stimme – es war die gleiche schöne Stimme, so weich und mädchenhaft. Es war die mädchenhafte Stimme meines Mädchens!

Ich schämte mich jetzt meines lächerlichen und kindischen Benehmens. So beschloß ich abermals, mich auf den Heimweg zu machen. Ich blickte noch ein letztes Mal zu dem einzelnen Fenster empor. Es war jetzt wieder dunkel, und der Vorhang bewegte sich leicht. Was mochte dort oben vor sich gehen? Nimmt er wohl die Brille ab? fragte ich mich.

Ich werde sie stören, dachte ich, während ich wieder Gwens Nummer wählte. Ich werde den Akt unterbrechen. Vielleicht kriegt er ihn dann hinterher nicht wieder hoch.

Man hätte mich in dieser Nacht einsperren sollen.

Niemand antwortete. Aber ich gab nicht nach. Mit großer Befriedigung erkannte ich, daß ich wahrscheinlich tatsächlich irgend etwas

unterbrach. Als sie schließlich den Hörer aufnahm, klang ihre Stimme verändert.
»Hallo, Gwen?« sagte ich so unbefangen und freundlich, wie ich nur konnte. »Hallo, Gwen, hier spricht Eddie!«
Seit meiner Kindheit hatte ich stets meinen Namen am Telefon verkündet, als sei mein Anruf ein großes Ereignis. Trotzdem gab es jetzt eine lange Pause.
»Störe ich dich gerade bei irgend etwas?« fragte ich.
»Nein«, sagte sie, »es ist O. K.«
Wieder wurde der Rolladen heruntergelassen, und das Licht ging an.
»Wie ist es dir ergangen?« fragte sie.
»Oh, gut, gut.«
»Wo bist du?«
»Hier in New York. Im Little Club, einer Art Restaurant. Ich bin nach New York gekommen, um einen Artikel zu schreiben.«
»Oh«, sagte sie.
Oh, was? dachte ich. Oh, was, Baby?
»Verzeih, es ist ein wenig spät, um anzurufen«, sagte ich; »aber ich habe es schon mehrmals versucht, und du warst nicht zu Hause.«
»Ja. Ich meine, ja, ich war fort, und es ist wirklich ziemlich spät. Warum rufst du mich nicht morgen an?«
Oh, du willst also mit mir sprechen, dachte ich. Schön, das ist alles, was ich wissen wollte.
»Gut, ich rufe dich morgen an«, sagte ich.
»O. K., morgen.«
Du willst nicht in seiner Gegenwart mit mir sprechen, dachte ich.
»Du bist nicht böse, daß ich dich angerufen habe?«
Mal sehen, was sie darauf antworten wird.
»Nein, warum sollte ich?«
Sie ließ sich nicht in die Enge treiben. Eines ihrer ausweichenden »Nein, warum?«
»Ich muß dich nämlich dringend um etwas bitten...«, sagte ich. Sehr gut! Ein Hilferuf stimmt sie immer weich!
Ich hörte Flüstern. Dann stieg Charles offenbar aus dem Bett und ging ins Nebenzimmer. Denn als sie wieder sprach, schien sie weniger auf der Hut. Nun, dachte ich, wenn sie in seiner Gegenwart auf der Hut ist, bedeutet das, daß sie etwas empfindet, wovon er nichts wissen soll.
»So«, sagte sie. »Wie geht es dir?«
Stell dich hilflos, sagte ich mir; bitte sie wieder um ihren Beistand.
»Ach, ich weiß nicht«, sagte ich. »Du kennst mich ja; ich weiß meistens erst Monate später, wie es mir geht. Es sei denn, jemand sagt es mir.«

»Oh, hör auf, dich wie ein kleines Kind zu benehmen, Eddie; du weißt, wie es dir geht, also wie geht es dir?«
Ich mußte lachen. Gwen klang jetzt weniger mädchenhaft und mehr wie Gwen. Dann bemerkte ich das Wohnzimmer. Dort waren die Rolläden nicht heruntergelassen worden, und ich sah Charles, der in Netzhemd und Unterhosen dicht beim Fenster stand. Mein Gott, dachte ich, behält er seine Unterwäsche an, wenn er mit ihr ins Bett geht?
»Eddie?«
»Ja.«
»Du warst so still. Ich dachte, du seist nicht mehr da.«
»Ich habe mir eben überlegt, ob ich dich geweckt habe; das täte mir leid.«
»Ja, ich war tatsächlich gerade am Einschlafen.«
Charles erschien wieder am Fenster, eine Bierflasche in der Hand. »Das tut mir aufrichtig leid«, sagte ich. »Geh wieder schlafen. Ich wollte dich nur um deine Hilfe bitten.«
»Oh.«
»In einer etwas heiklen Angelegenheit.«
»Ist sie schwanger?«
War Gwen eifersüchtig? Charles trank sein Bier. Hol dir lieber noch eins, mein Junge, dachte ich; es kann noch ein Weilchen dauern. Ich warf eine Münze ein.
»Eddie?«
»Ja.«
»Du verschwindest immer wieder.«
»Nein, ich bin da. Du kannst es dir ja denken: Erinnerungen. Verzeih. Es handelt sich um meine Tochter Ellen, und es ist nicht das, was du glaubst. Erinnerst du dich an Ellen?«
»Ja, ich erinnere mich an Ellen.«
»Nun, sie ist mittlerweile erwachsen geworden.«
Gwen erwiderte nichts. Ich sah, daß Charles ihr vom Nebenzimmer aus etwas sagte, aber ich konnte über die Straße hinweg nicht hören, was. Doch was ich hörte, obwohl sie offensichtlich die Sprechmuschel zuhielt, war jener berühmte Refrain aller untreuen Frauen: »Nur ein guter alter Freund.« Jetzt sagte er etwas anderes, und ich dachte, hol dir noch ein Bier, du Rindvieh, denn der »gute alte Freund« wird vielleicht noch eine ganze Weile an der Strippe sein. »Eddie«, sagte Gwen, »ich meine, wir sollten jetzt lieber Schluß machen. Es wird langsam spät.«
»Gut«, sagte ich, »ich erzähl dir alles, wenn wir uns sehen.«
»Wann wird das sein?« fragte sie.
Mein Gott, dachte ich, das ist ein sonderbares Arrangement da oben!

»Nun, wann paßt es dir?« fragte ich.
»Es müßte ziemlich spät am Nachmittag sein.«
»Ja, am Morgen kann ich auch nicht. Ellen wird eben noch einen Tag warten müssen.«
»Ist sie krank oder sonst was?« fragte sie. »Ich meine, warum kommst du damit zu mir?«
Langsam wurde es ein wenig schwierig.
»Ich sage es dir morgen nachmittag. Um wieviel Uhr?«
»Um sechs«, erwiderte sie. »Gute Nacht.«
»Warte, warte«, rief ich.
»Eddie«, murmelte sie, »mir ist gerade der Gedanke gekommen, daß du betrunken bist.«
Ich schwieg. Was hätte ich auch darauf antworten sollen?
»Eddie!«
»Was – oh, verzeih, ich mußte gerade an etwas denken ...«
»Eddie, woher hast du eigentlich meine Telefonnummer?«
»Ich bin Chet Collier im Flugzeug begegnet. Er hat sie mir gegeben.«
»Also weißt du auch, wo ich wohne.«
»Hier steht 116, West 12th.«
»Dann bis morgen.« Sie hängte ein, machte das Licht aus und zog die Rolläden hoch. Ich blieb noch eine Weile dort und blickte zu den Fenstern hinauf. Dann ging ich zur nächsten Ecke und hielt ein Taxi an.
Im Algonquin erwarteten mich drei Mitteilungen. Sie enthielten alle die gleiche Nachricht: Manny Stern habe angerufen.
Als ich hinaufkam, war Ellen nicht da. Aber ich fand einen Zettel von ihr: »Dein Freund, Mr. Collier, hat angerufen, und da Du fort warst, erklärte er sich bereit, mit mir vorliebzunehmen. Er zeigt mir *sein* New York.« Darunter zwei Zeilen in einer anderen Handschrift: »Es kann spät werden. Aber keine Sorge, ich passe auf sie auf. Ihr getreuer Diener Chet.«
Es war drei Uhr vorbei.
Ich war zu müde, um mir irgendwelche Gedanken zu machen.

12

Ich hing an einer Wand; man hatte mich mittels einer Leiste an meinem Rücken dort oben aufgehängt, fest und sicher, aber mit dem Kopf nach unten und meinem ganzen Mechanismus in rettungslosem Wirrwarr. Ich war von Anfang an eine Enttäuschung gewesen. Für wen? Es war niemand in dem langen, rechteckigen Raum. Aber von der gegenüberliegenden Wand starrte mich die ganze Zeit über ein riesiges Auge an! Und über diesem Auge wölbte sich in finsterer Mißbilligung eine wohlbekannte Braue. Irgend etwas wurde von mir erwartet, das ich nicht erfüllte. Doch was konnte ich schon tun, auf den Kopf gestellt und außerstande, meine Lage zu ändern? Und jenes durchdringende Auge brachte meinen Mechanismus nur noch mehr durcheinander. Erbarme dich, bat ich, hör auf, mich so anzusehen! Gib mir eine Chance. Aber das Auge hatte recht. Es mangelte mir an etwas Wesentlichem, und ich konnte nichts dagegen tun.

Ich war drauf und dran, wieder in Schluchzen auszubrechen. Das pflegte ich als Kind zu tun, doch es hatte mir nichts geholfen. Das Auge hatte sich nicht erweichen lassen. Und was nützte es mir jetzt, die Decke über den Kopf zu ziehen und mich unter dem Laken zu verstecken? Mein Rat: Schweig still und finde dich damit ab. So ist's nun mal für dich. Ertrage es.

Das tat ich. Und mit der Zeit spürte ich, wie die Glut jenes Auges nachließ; ich wußte, daß ich in einem Bett lag und daß dieses Bett im Hotel Algonquin stand. Und ich fror. Trotz der Decke über meinem Kopf zitterte ich vor Kälte. Außerdem hatte ich rasende Kopfschmerzen und einen würgenden Brechreiz. Aber ich befand mich in Sicherheit. Ich war keine schlecht funktionierende Uhr, und ich war nicht hilflos an eine Wand genagelt. Der Nachtmahr war vorüber. Was, zum Teufel, ging in mir vor?

Zum erstenmal hatte ich diesen Alptraum anläßlich einer schweren Grippe gehabt. Eine Woche lang lag ich mit hohem Fieber im Bett. Und während dieser Woche steckte ich jeden Abend, sobald meine Mutter das Licht ausgemacht und das Zimmer verlassen hatte, den Kopf unter die Decke und wartete. Aber so tief ich mich auch unter die Laken verkroch, der Alptraum fand mich doch. Er kam jeden Abend, versetzte mich immer von neuem auf eine mir unerklärliche Weise in Angst und Schrecken, so daß ich fassungslos zu schluchzen begann. Als die Grippe vorüber und das Fieber gesunken war, schlief ich ohne Angst. Doch bei der nächsten Fieberkrankheit kam der Alptraum wieder. Ich hing abermals verkehrt herum und schlecht funktionierend an der Wand, der Gegenstand einer schrecklichen, aber verdienten Mißbilligung.

Ich wuchs heran, ging auf die Universität, zog in den Krieg und kehrte zurück, beglich die Rechnung mit meinem Vater, ging meinen eigenen Weg, nicht seinen, und hatte nie wieder diesen bösen Traum. Bis jetzt. Was war geschehen?

Der Brechreiz verstärkte sich. Ich kam gerade noch mit knapper Not ins Bad.

Jedesmal, wenn ich mich übergebe, betrachte ich mir hinterher mein Gesicht im Spiegel. Eine verständliche Neugier, denn ich glaube, so ähnlich werde ich wohl aussehen, wenn ich tot bin. Und so blickte ich auch diesmal geraume Zeit auf jene aschgraue Skulptur, an der ich mein ganzes Leben lang gearbeitet hatte. Das Antlitz im Spiegel flehte immer noch um Gnade: »Erbarme dich. Urteile nicht so hart über mich. Gib mir eine Chance.«

»Zum Teufel mit dem ganzen Blödsinn«, sagte ich laut, setzte eine grimmige Miene auf und ging mit langen Schritten durch den Vorhang zwischen den beiden Zimmern.

Ellen war zurückgekehrt. Auf dem Fußboden neben dem Sofa, auf dem sie schlief, lag ein Zettel mit großen Druckbuchstaben: »Weck mich bitte nicht. Kuß, Ellen. P. S. Dein Freund ist nicht dein Freund. Nimm Dich in acht!«

Draußen war es noch dunkel. Fünf vor sechs. Die Straßen genossen die letzten Minuten der Stille. Eines erkannte ich in jenem Traum: das Auge. Das Licht, das in ihm brannte, war mir vertraut. Der funkelnde Blick meines Vaters hatte meine Kindheit beherrscht.

Ich gehe *jetzt* zu dem Alten, sagte ich mir; zum Teufel mit Gloria und ihrem »Komm-um-Zwölf«! Ich ging ins Schlafzimmer und zog mich an.

Auch an die Uhr erinnerte ich mich. Sie hatte bei uns im Eßzimmer gehangen, war länglich, von der Form eines Sarges, und sie war tatsächlich mittels einer großen Querleiste auf der Rückseite an der Wand befestigt gewesen. Ich hatte oft unter Anleitung meines Vaters auf einen Stuhl steigen und das alte, ewig reparaturbedürftige Ding von der Wand holen müssen, um es behutsam hinauszutragen und in den Kofferraum des Wagens zu legen, damit es zum Uhrmacher gebracht werden konnte.

Mein Vater liebte diese Uhr, aber er traute ihr nicht. Wenn er wirklich wissen wollte, wie spät es war, rief er die Auskunft an. Damals, in jenen guten alten Tagen, konnte man noch kostenlos die Uhrzeit erfahren. Mittlerweile hat die Telefongesellschaft sich eines Besseren besonnen: Heute nimmt sie zehn Cent dafür. Ich glaube, mein Vater hätte auch den Zehner bezahlt. Er liebte Pünktlichkeit. Und wenn er dann wußte, was die Uhr nicht wußte, stieg er selbst auf einen der Eßzimmerstühle und stellte den Minutenzeiger, wobei er die ganze Zeit über die Uhr in seinem anatolischen Argot beschimpfte.

Er gestattete niemand anderem, sie aufzuziehen oder zu stellen. Manchmal tat ich es heimlich. Ich rief die Auskunft an und ließ mir die genaue Zeit sagen. Dann kletterte ich hinauf und stellte den Minutenzeiger, bevor mein Vater nach Hause kam. Einmal verriet mich Michael, der damals noch ein kleiner Junge war und es nicht böse meinte. Ich entsinne mich, wie mein Vater die Augenbrauen hochzog, bis sie ganz steif waren, mich drohend anstarrte und mir energisch verbot, die Uhr auch nur noch ein einziges Mal zu berühren. Ich tat es nie wieder. Das Wort meines Vaters war für uns damals göttliches Gebot.

Als ich auf dem Bahnhof ankam, wartete der Zug bereits auf mich. Ich löste eine Fahrkarte nach Stamford, und wir dampften los – 125. Straße, Mount Vernon, Columbus Avenue, Pelham, New Rochelle –, die von meinem Vater und Millionen anderer Vorortsbewohner tausendmal befahrene Strecke. Und als ich durch diese altbekannte Gegend fuhr, erwachte in mir die Erinnerung an mein Leben mit diesem Mann.

Nun, Leben ist eigentlich nicht das richtige Wort; ich sah ihn kaum mehr als eine Stunde am Tag. Frühmorgens blieb ich einfach in meinem Zimmer im zweiten Stock, bis ich hörte, daß er in das Taxi stieg, mit dem er täglich zum Bahnhof fuhr. Dann raste ich die Treppe hinunter, verschlang mein Frühstück und legte den ganzen Weg zur Schule im Laufschritt zurück. Ich kam oft zu spät, aber es lohnte sich, wenn ich dadurch vermeiden konnte, morgens meinem Alten unter die Augen zu kommen.

Doch es gab keine Möglichkeit, ihm abends aus dem Weg zu gehen. Und so war die abendliche Heimkehr meines Vaters für uns drei – meine Mutter, Michael und mich – der kritische Punkt des Tages. Je näher der Augenblick rückte, an dem er durch die Haustür hereinkommen würde, um so unruhiger wurden wir. Es gab zwei Faktoren, die ausschlaggebend für seine Stimmung waren: wie der Vormittag mit den Kunden in seinem Laden – Sam Arness, Orientteppiche – verlaufen war und wie es ihm am Nachmittag mit den Buchmachern in Aqueduct oder Belmont ergangen war. Man sah es, sobald er das Haus betrat. Wenn er einen guten Tag gehabt hatte, brachte er Obst mit. Er liebte Pfirsiche, Birnen und reife Aprikosen, Pflaumen und jegliche Art von Melonen. Und mehr als alles andere liebte er die hellen Trauben ohne Samen, besonders die kleinen süßen.

Sowie er nach Hause kam, rief er als erstes die Mitglieder seines Bridgezirkels an, um eine Verabredung für das abendliche Spiel zu treffen. Erst dann ließ er sich in dem Armsessel am oberen Ende des Eßzimmertischs nieder und widmete sich seiner Familie. Er schenkte sich einen *Oozou* ein, verdünnte ihn mit Wasser und verlangte »irgend etwas zu knabbern«. Meine Mutter hatte wohlweislich alles vorbereitet. Sie brachte ihm eilends ein Tablett mit kleinen Appetitanregern: manchmal Sardinen, stets Pistazien, fettwangige griechi-

sche Oliven, weich wie Pflaumen, und etwas von dem sauren, salzigen Hartkäse, der in jenem Teil des türkischen Hochlands hergestellt wird, aus dem mein Vater stammte, und nach der Provinz *Caesari Payneer* benannt ist.
Nachdem er damit den ersten Hunger gestillt hatte, wandte er seine Aufmerksamkeit mir zu. Er hatte sich inzwischen einen zweiten *Oozou* eingeschenkt, und in seinen Augen brannte jenes drohende Licht. Er zog die Braue hoch, blickte mich abschätzend an und frage: »Was hast du heute getan, mein Junge?«
Nie habe ich die panische Angst vergessen, die diese Frage in mir weckte. Meine Lippen wurden innerhalb weniger Sekunden vollkommen trocken und klebten zusammen. Wenn ich sie schließlich gewaltsam öffnete, um etwas zu sagen, verursachte die kleisterähnliche Masse, die sich zwischen ihnen gebildet hatte, einen schnalzenden Laut.
»Nichts«, sagte ich.
»Nichts?« wiederholte er und musterte mich mit jenem schrecklichen Auge, das mich in heillose Verwirrung stürzte. »Nichts?« Dann wartete er, seelenruhig seine Pistazien knackend, auf eine Erklärung. Wenn ich nichts sagte, weil ich nichts sagen konnte, fuhr er fort: »Wie soll aus dir jemals ein Geschäftsmann werden, mein Junge?« Ich weiß, es war als Scherz gemeint, doch mir kam es nicht scherzhaft vor. Immer, wenn ich an meinen Vater denke, erinnere ich mich in erster Linie daran, daß er enttäuscht von mir war.
Das Auge starr auf mich gerichtet, die Brauen steif wie orientalische Krummsäbel, ein Gott an Bosheit wie auch an Macht, fuhr er mit seiner Stichelei fort, indem er fragte: »Wieviel Geld hast du heute verdient?«
Wie konnte man einem Jungen, der gerade mit der höheren Schule begann, solch eine Frage stellen? Er blickte mich durchdringend an, und meine Lippen waren so trocken, daß ich ihm nicht antworten konnte. Doch er trank ungerührt seinen *Oozou*, knabberte an dem harten Ziegenkäse und wartete.
»Wieviel Geld?« brachte ich schließlich hervor.
»Ja«, sagte er. »Geld. Du hast doch sicher schon davon gehört. Wieviel?«
»Nichts.«
»Was soll dann später werden?« Er knackte eine Pistazie.
»Wann?« fragte ich mit einem Versuch zu lachen, denn es konnte nur ein Scherz sein; er hatte am Abend zuvor mehr oder weniger den gleichen Spaß mit mir getrieben.
»Wann? Wenn ich alt bin! Ich hoffe, irgend jemand wird mich ernähren. Aber wer?«

»Ich werde es tun!« erklärte ich in einem Ausbruch von verzweifelter Energie und Entschlußkraft. »Ich werde dich ernähren, wenn du alt bist; mach dir keine Sorgen, Vater!«
»Wirst du, mein Junge?« sagte er. »Wirst du das?« Er beugte sich vor, nahm meine Wange zwischen die Knöchel seines Zeige- und Mittelfingers und drückte so fest zu, daß er ein dunkelrotes Mal auf der rosa Haut zurückließ. Dann schüttelte er meinen ganzen Kopf, bis mir schwindlig wurde. Ich lächelte immer noch, als sei das Ganze wirklich nur ein Scherz.
»Gut!« sagte er. »Gut! Und nun, mein Junge, erkläre mir, warum du keinen Unterricht im Maschinenschreiben nimmst, obwohl ich dir gesagt habe, daß du es tun sollst? Ich habe dir auch gesagt, du sollst Kurzschrift lernen, aber es wird kein Wort davon erwähnt. Shakespeare, ja, aber nichts von Kurzschrift! Wird Shakespeare mich im Alter ernähren? Ich sehe hier Bücher aller Art...« Meine Mutter war inzwischen mit dem Essen hereingekommen. »Thomna, ich sehe hier Bücher aller Art, nur keine Lehrbücher für Kurzschrift. Ich habe dir tausendmal gesagt, Thomna, laß den Jungen einen kaufmännischen Kursus durchmachen. Keine Antwort! Teilnehmer besetzt. Aber ich weiß genau, was hier vorgeht.«
Er sah meine Mutter eine ganze Weile schweigend an, dann sagte er: »Thomna, du solltest mir nicht entgegenarbeiten. Du wirst es eines Tages einsehen – aber dann ist es zu spät!«
Meine Mutter hatte natürlich längst die einzig richtige Taktik erkannt. Schweigen. Sie sagte nichts, lächelte nur, ebenso wie ich es tat, und stellte ihm das Essen vor die Nase. Sie wußte, das würde ihn ablenken, und wir würden es abermals irgendwie schaffen, bis die Zeit für seine Bridgepartie gekommen war.
Aber mein Vater hatte noch einen weiteren Hieb für mich parat. Er legte sich selbst und meiner Mutter auf, er legte meinem jüngeren Bruder Michael auf und dann mir. Als er mir den Teller reichte, sah er mich mit einem Ausdruck tiefster Enttäuschung an – mein Gott, es tat weh! – und sagte: »Mach dir keine Sorgen, mein Junge, ich erwarte nichts von dir, Shakespeare! Ich erwarte nichts. Ich brauche nichts.« Dann kam seine abschließende Bemerkung; er richtete sie an sich selbst, an seine Vorfahren, seine Tradition und seine Götter – an alle, die Zeugnis ablegen würden von dem Mißgeschick, das er mit seinem ältesten Sohn erlitten hatte; ihnen allen verkündete er seinen Urteilsspruch: »Von ihm ist nichts zu erwarten!« Damit wandte er sich seinem Abendessen zu.
Wenn man gerecht sein wollte, konnte man es dem alten Mann vielleicht nicht einmal verübeln. Schließlich entsprach ich nicht dem, was man ihn gelehrt hatte, von einem Erstgeborenen zu erwarten.

Wie hatte ich es fertiggebracht, nicht dem Weg meines Vaters zu folgen? Woher hatte ich die Kraft, den Mut, die Schlauheit oder was immer sonst es war genommen? Ich wußte nur, daß es jetzt, über drei Jahrzehnte später, an der Zeit war, es mir als Verdienst anzurechnen. Vielleicht hatte ich es nur durch die Taktik des Ausweichens zuwege gebracht. Aber unter den Bedingungen, die ich mir jetzt im Zug nach Stamford ins Gedächtnis zurückrief, war es für einen so jungen Menschen eine bemerkenswerte Tat. Wie war es mir gelungen, mich bei all dem Druck und den Demütigungen, denen ich täglich ausgesetzt war, selbst dem kaufmännischen Kursus in der Oberschule zu entziehen? Wie hatte ich es fertiggebracht, von einem Tag zum andern zu leben, die Streitfrage zu vermeiden, jeglicher entscheidenden Gegenüberstellung auszuweichen und trotz seiner ständigen Kontrolle standhaft meinen eigenen Weg zu gehen, bis ich schließlich einen Kurs eingeschlagen hatte, der dem von ihm geplanten vollkommen entgegengesetzt war?

Ich stieg in Stamford aus dem Zug, ging die Stufen am Seitenausgang des Bahnhofs hinunter und überquerte die große Hauptverkehrsstraße. Da geschah es abermals: ich ging über die Straße, ohne nach links oder rechts zu blicken, als ob ich das Schicksal herausfordern wollte. Fast hätte mich ein Wagen überfahren. Als ich bei der gegenüberliegenden Bordschwelle ankam, hämmerte mein Herz, und der Schweiß brach mir aus allen Poren.

Während ich dort stand, sagte ich laut: »Irgend jemand versucht immer noch, dich umzubringen.«

Ich betrat das Krankenhaus und ging geradewegs auf die Herrentoilette. Eine Zeitlang stand ich regungslos über den Waschtisch gebeugt und besah mein Gesicht im Spiegel. »Das Gesicht deines Feindes«, sagte ich zu mir selbst. Es hatte mich in letzter Zeit große Überwindung gekostet, in den Spiegel zu sehen. In ruhigem Zustand war mein Gesicht einigermaßen normal – gewiß, die Augen blickten ein wenig unsicher, es wirkte im ganzen leicht abgespannt, aber gesetzt, sogar würdevoll, ziemlich melancholisch. Doch wenn es lebendig wurde, erschreckte es mich. Es schien in Stücke zu brechen. Zum erstenmal verstand ich die Kubisten.

Im sechsten Stock bog ich in einen Gang ein, und dort waren sie alle versammelt: Die Sippschaft hatte sich eingefunden, um mit eigenen Augen zu sehen, was mit meinem Vater geschah. Ich trat einen Schritt zurück und spähte wie ein Dieb um die Ecke; ich wollte genau wissen, wer dort war und was mich erwartete. Mein Bruder Michael sprach mit meiner Mutter. Er schien sie zu trösten. Gloria war nirgends zu sehen. Aber auf den Korbstühlen des Krankenhauses, die an der Wand entlang aufgestellt waren, saßen vier Männer in den Sechzigern: meine kleinen Onkel, die jüngeren Brüder meines Vaters. Wenn sie hier sind, muß es meinem Vater ziemlich schlecht gehen, dachte ich mir.

Die Katastrophe von 1929 hatte meinem Vater nicht nur das Rückgrat gebrochen; sie hatte auch als Folge davon das Band zwischen den Brüdern zerrissen. Es war nichts Besonderes geschehen, nichts, was man als einen Bruch bezeichnen könnte, aber in den mehr als dreißig Jahren, die seither vergangen waren, hatten diese vier Männer und mein Vater kaum miteinander gesprochen. Deshalb nahm ich an, daß nur die Nähe des Todes diese vier veranlaßt haben konnte, zum Stamfort General Hospital zu kommen.

Vor 1929 war das noch anders gewesen. Die Brüder sahen sich regelmäßig. Ihre Geschäfte florierten, und sie hatten alle in jenen glücklichen Tagen Geld in der Tasche. Das verdankten sie meinem Vater. Er hatte ihnen zum Start verholfen.

Das Geschäft meines Vaters ging so gut, daß es praktisch von allein lief. Die auswärtigen Käufer kamen wie auf einem Leitstrahl zu Sam Arness, Orientteppiche. Und sie brachten dicke Brieftaschen mit. Mein Vater ging mit ihnen in den Pavillon d'Orient oder den Bosporus zum Lunch, gab ihnen zu essen und zu trinken, bis sie ganz benommen waren. Hinterher brachte er sie in den Laden, und sie kauften für die neuen Millionäre in Sacramento, Kansas City und Omaha die teuersten Stücke, ohne lange nach dem Preis zu fragen, denn dazu blieb ihnen keine Zeit, wenn sie pünktlich zum Rennen nach Belmont kommen wollten. Das waren Zeiten! *Inshallah!*

Doch nach dem Börsenkrach, der meinen Vater um seine ganzen Ersparnisse brachte, änderte sich sein Leben. Wie durch einen Zauber gebannt verbrachte er die Tage in seinem Laden, lag stundenlang regungslos auf den Stapeln von Teppichen, die zusehends unter ihm dahinschwanden. Ich erinnere mich, daß er mir zu sagen pflegte: »Wir essen unser Kapital auf, Evangeleh!« Doch ich, der Universitätsstudent, der Besucher aus einer höheren intellektuellen Sphäre, hatte damals kein Mitleid mit ihm. So saß er, den Kopf in die Hände gestützt, Woche um Woche inmitten seines sich ständig verringernden Warenlagers und wartete auf die Einkäufer. Aber diese Zugvögel waren verschwunden, niemand wußte wohin. Sie kamen nicht mehr in den Laden meines Vaters, weder in jenem Jahr, noch in den folgenden. Und um die Unkosten zu decken, mußte er seine Vorräte mit Verlust, zur Hälfte ihres Wertes, zu jedem Preis, den man ihm bot, an Syrier und Armenier auf dem New Yorker Engrosmarkt verkaufen.

Vor dem Zusammenbruch war mein Vater die Stütze der ganzen Sippschaft gewesen. Jedem hatte er geholfen. Als erstes mußte er seinem älteren Bruder Stavros helfen, demjenigen, der sie alle aus der Türkei nach Amerika hatte kommen lassen. Stavros, einst ein vielfacher Millionär, hatte sein gesamtes Vermögen mit Bakkarat und Frauen durchgebracht.

Doch vor allem hatte mein Vater seinen vier jüngeren Brüdern geholfen, den »Kleinen«, die jetzt hier wartend auf den Korbstühlen saßen. Er hatte sie überredet, eigene Geschäfte zu gründen. Sie waren nicht sehr unternehmungslustig und hatten lange gezögert, aber mein Vater gab ihnen laufend Waren für zwanzig-, dreißig- oder vierzigtausend Dollar in Kommission, damit sie selber Handel treiben und Geld verdienen konnten.

Doch nach dem Börsenkrach, nach seinem eigenen Ruin, konnte er diesen Jungen nichts Gutes mehr tun. Er hatte kein Geld, das er ihnen hätte leihen, keinen Überschuß an Waren, den er ihnen hätte zur Verfügung stellen können. So ließen sie sich nicht mehr bei ihm blicken. Vielleicht konnte man es ihnen nicht einmal so sehr verübeln; der Anblick des Herzbluts meines Vaters, das sich über den ganzen Betonfußboden seines Ladens ergoß, war nicht sehr erheiternd. Aber sie kamen nicht einmal vorbei, um ihm ein freundliches Wort zu sagen.

Ich entsinne mich, daß ich versuchte, meinem Vater eine Lehre zu erteilen – ihm, der jetzt keine Lehre, nur Hilfe und Mitgefühl brauchte –, indem ich ihm sagte: »Papa, mir ist aufgefallen, daß deine Brüder dich nicht mehr besuchen.« Und ich erinnere mich genau an seine Antwort: »Sie warten, Evangeleh; sie werden zu meinem Begräbnis kommen.« Und ein andermal sagte er mir: »Die Menschen kommen zum Geld, Evangeleh.«

Und nun hatten sie sich also im sechsten Stockwerk des Stamford General Hospital eingefunden, um irgendeinem alten Ritus beizuwohnen. Denn obgleich sie in den weißen Korbstühlen jenes makellosen Wartezimmers saßen – einer Art heiligen Stätte der Neuzeit, in der Krebsfälle mitfühlend, aber wissenschaftlich bekanntgegeben werden –, machten sie den Eindruck, als hockten sie vor einem Lagerfeuer in einer düsteren Höhle im anatolischen Wald, umgeben von dem dunklen, undurchdringlichen Dickicht der Bräuche, bereit, die Gebeine meines Vaters zu verzehren, um damit ihr eigenes Leben zu verlängern. Ihr Gesichtsausdruck veränderte sich von einem Augenblick zum andern: Bald trugen sie die Miene von geübten Stammestrauernden zur Schau (sie versäumten nie eine Beerdigung), bald hatten sie das obszöne zeitgenössische Aussehen von Männern, die ihre Tage in Hotelhallen verbringen, dabei schmutzige Witze austauschen und auf bereitwillige Witwen lauern, die sie ansprechen können. Einer von ihnen, der jüngste, wollte gerade einen Aschbecher in seiner Tasche verschwinden lassen, als ich auf sie zutrat; dann sahen sie mich und stießen alle einen zeremoniellen anatolischen Schrei aus, so etwas wie ein langgezogenes »Ooooh!«, das die vier Jungen besonders gut hervorbrachten.

Die »Jungen«, dachte ich. Jetzt mindestens sechzig, glücklich impotent und damit endlich aus allen Schwierigkeiten heraus. Sie lebten zusammen in einer Wohnung, dank Mietskontrolle und Sozialversicherung aller Sorgen enthoben. Vor langer Zeit hatten drei von ihnen geheiratet. Einer war sogar Großvater, obgleich er nicht mit seinem Sohn verkehrte und seinen Enkel niemals gesehen hatte. »Sie wollen etwas von mir«, pflegte er zu erklären. Alle drei Ehen waren von kurzer Dauer; die kürzeste – diejenige, die mit der Schwangerschaft geendet hatte – hielt eine Woche. Die längste ein Jahr. Keine der Neuvermählten war den hohen griechischen Ansprüchen in bezug auf Frauen gerecht geworden. Hauptsächlich konnte keine von ihnen so gut kochen wie meine Großmutter Vasso, die Mutter der Jungen. Sobald das dem jeweiligen Ehemann klarwurde, kehrte er eilends nach Hause zurück.

»Ooooooh!« äußerten sie frohlockend, und dann noch einmal, in einer etwas höheren Tonlage, »oooooh!« Es ist im wesentlichen ein Laut der Huldigung, dem Erscheinen eines Retters vorbehalten, das heißt, eines jeden in der Familie, von dem sie annehmen, daß er ein beträchtliches Bankkonto besitzt. Einer von ihnen riß mit einer raschen Bewegung den Aschbecher aus der Hand seines jüngeren Bruders und stellte ihn wieder auf den Tisch. Dann fielen sie alle über mich her und küßten mich, wie es in ihrer Heimat Sitte ist. Ich glaube, wenn ich meine Hosen heruntergelassen hätte, so hätten sie auch das geküßt, was sich ihnen da präsentierte, so groß ist die Macht des Geldes über sie. Natürlich ahnten sie nichts von dem derzeitigen Stand meines Bankguthabens. Sie wußten nur, daß ich die Tochter eines großen Mannes, des Rektors einer Universität, geheiratet hatte, daß ich unweit von Beverly Hills lebte und einen Swimming-pool besaß. Folglich mußte ich reich sein.

Weshalb sorgen sich die Bedürftigen stets um die Gesundheit der Wohlhabenden? Die Jungen gratulierten mir jetzt überschwenglich zu meinem blendenden Aussehen und meiner offensichtlich blühenden Gesundheit. Man schrieb es zum großen Teil dem guten Klima von Kalifornien zu. Dann folgten äußerst optimistische Schätzungen bezüglich meiner voraussichtlichen Lebensdauer. Ich hatte mein Gesicht kurz zuvor unten im Spiegel betrachtet und wußte, daß ich miserabel aussah. Wie stellte ich das nur an? Und ich begann wahrhaftig, es ihnen zu glauben. Ich spielte, wie man es von mir erwartete, den großen Mann der Familie!

Meine Fragen über das Befinden meines Vaters verursachten jedoch eine völlig andere Reaktion. Wie in einer Szene des expressionistischen Theaters holten sie plötzlich ihre Masken von berufsmäßigen Leidtragenden hervor. Mit vielen klagenden Andeutungen, Seufzern, Zungenschnalzern und Achselzucken berichteten sie über seinen jähen Verfall und seinen nahe bevorstehenden Tod. Sie wurden schließlich so dramatisch, daß ich nur noch sagen konnte: »Um Himmels willen, so schlimm kann es doch nicht um ihn stehen.« Ohne auf ihre Antwort zu warten, drängte ich mich an ihnen vorbei und umarmte meine Mutter.

Sie war glücklich, mich zu sehen. Ich bin der Älteste, und sie gehört der alten Welt an. Ihr ist wohler, wenn ich in Reichweite bin. Das Telefon tut nicht die gleichen Dienste.

»Geht es dem alten Herrn wirklich so schlecht?« fragte ich, mit einer Kopfbewegung auf die Jungen deutend, meinen Bruder Michael. Er schwieg. »Keinem Menschen kann es so schlecht gehen, es sei denn, er ist tot«, sagte ich. Ich sah meine Mutter an, während ich mich hinunterbeugte, um sie zu küssen. Sie war erschreckend gealtert.

Gerade in diesem Augenblick kam Dr. Furillo um die Ecke. Er war in Begleitung eines römisch-katholischen Priesters. »Der Arzt«, sagte einer der Jungen in einem Ton, wie er ihn normalerweise dem griechischen Erzbischof vorbehalten hätte. Dr. Furillo stellte uns dem Geistlichen vor. »Dies ist Pater Draddy«, sagte er, den Arm um die Schulter des Priesters legend. »Er war hier bei einem Kranken, der seinen Beistand brauchte, und ich habe ihm von Ihrem Vater erzählt. Er meinte, vielleicht wäre es ratsam, ihn zu besuchen.«

»Das wird die Dinge später sehr viel leichter machen«, sagte Pater Draddy. Ohne unsere Erwiderung auf seinen Vorschlag abzuwarten, wandte er sich um und ging mit einem jungenhaften Lächeln in das Zimmer meines Vaters.

»Er ist jung, aber sehr tüchtig«, sagte Dr. Furillo.

»Aber wir sind keine Katholiken«, erwiderte ich.

»Ich weiß. Sie sind griechisch-orthodox.«

»Eigentlich sind wir gar nichts«, sagte ich. »Überhaupt nicht religiös.«

»Das sagen die meisten Menschen bis zu einem gewissen Augenblick«, entgegnete Dr. Furillo. »Sie sind Michaels Bruder, der bekannte Autor?«

»Ja.«

»Es ist mir eine Ehre, Sie kennenzulernen. Ich bin Dr. Furillo. Ich behandle Ihren Vater.« Wir gaben uns die Hand.

»Ist er ...?« fragte ich.

»Es besteht keine unmittelbare Gefahr«, sagte er. »Gehören diese Herren zu Ihnen?«
Die Jungen waren herangekommen und blickten über Dr. Furillos Schulter. »Wir sind die Brüder des Verstorbenen«, sagte einer von ihnen. Ganz wider Willen brachen alle in Gelächter aus. Der älteste der Jungen versetzte seinem Bruder einen leichten Schlag auf den Hinterkopf. Dieser duckte sich in gespielter Unterwürfigkeit und watschelte von dannen.
Dann hörten wir, wie jemand schrie: »Ich weiß, meine Frau hat Sie zu mir geschickt. Sie sind Priester, also sagen Sie mir die Wahrheit! Sie kommen auf Veranlassung meiner Frau, nicht wahr?«
Das war mein Vater auf Zimmer 612. Seine Stimme hatte weiß Gott nichts von ihrer Kraft verloren. Der ganze Korridor kannte jetzt seine Einstellung. Wir hörten ein leises Murmeln von Pater Draddy, dann wieder meinen Vater: »Ich weiß Bescheid über die Geistlichkeit. Der griechiche Erzbischof in meiner Heimat war ein Dieb. Man hätte ihn ins Gefängnis stecken sollen. Nur sein Bart rettete ihn. Dann verheiratete er meinen Bruder. Was? Ja, er verheiratete ihn mit seiner Tochter. Er glaubte, mein Bruder hätte Geld... Was?«
Pater Draddys Antwort war nur als undeutliches Gemurmel zu hören. Dann fuhr mein Vater fort: »Sagen Sie meiner Frau, wenn ich einen Priester brauche, laß ich einen holen. Und jetzt schicken Sie mir meinen Sohn Evangeleh herein. Ich will meinen Sohn Evangeleh sehen!«
Pater Draddy kam lächelnd aus dem Zimmer. Er war nicht nachtragend. Ich wollte hineingehen, aber Dr. Furillo zog mich beiseite; an der anderen Hand hielt er meine Mutter. »Das einzig Wichtige«, sagte er mir, »... ist diese Dame Ihre Mutter?« Ohne mich loszulassen, wandte er sich an sie und sagte: »Mrs. Arness, Sie dürfen sich über nichts aufregen, was Ihr Mann jetzt sagt. Er ist nicht mehr Herr seiner Gedanken und Worte. Vergessen Sie das nicht.«
»Seine Stimme klingt sehr lebendig«, sagte ich. »Was hat er eigentlich?«
»Zur Zeit? Ein Lungenödem. Wasser in der linken Lunge. Aber das ist so gut wie behoben. Tatsächlich könnte er bald aus dem Krankenhaus entlassen werden. Doch das Ödem ist in Wirklichkeit ein Symptom für etwas anderes.«
»Für was?« fragte ich. »Bitte, seien Sie ganz offen mit mir.«
»Ihr Vater«, sagte Dr. Furillo, »hat eine weit vorgeschrittene Arteriosklerose. Das bedeutet, schlicht ausgedrückt, daß sein Gehirn nicht mehr die Nahrung bekommt, die es braucht. Zeitweise ist er im Besitz seiner vollen Geisteskräfte, redet sogar ganz vernünftig. An anderen Tagen – Sie werden es selber sehen – neigt er zu

äußerster Paranoia. Unglückseligerweise ist augenblicklich Ihre Mutter die Zielscheibe seiner Angriffe. Nächste Woche könnten Sie es sein. Er hat Halluzinationen. Ich will damit sagen, er bildet sich gewisse Dinge ein – nein, das ist nicht richtig. Ich will sagen, er *sieht* gewisse Dinge. Buchstäblich. Er sieht etwas, das gar nicht vorhanden ist. Das Gehirn funktioniert auf Grund von ganz einfachen chemischen Vorgängen, das wissen Sie ja.« Er zögerte. »Verzeihen Sie, Mrs. Arness«, sagte er, nahm mich allein beiseite und fuhr fort: »Ich werde ganz offen mit Ihnen sein. Das Gehirn Ihres Vaters verfällt zusehends. Das wird sich sehr bald auf die lebenswichtigen Organe auswirken. Zum Beispiel auf die Blase. Oder die Nieren. Urämie. Wir müssen jeden Augenblick darauf gefaßt sein. Außerdem verliert er nach und nach jegliche Kontrolle. Man kann sich beispielsweise nicht mehr darauf verlassen, daß er seine natürlichen Bedürfnisse auf eine zivilisierte Art verrichtet. Verstehen Sie, was ich meine?«

»Ist das alles, was Sie mir zu sagen haben?«

»Das ist alles. Es tut mir leid.«

Dann ging ich in das Zimmer meines Vaters. Ich hatte ihn seit über einem Jahr nicht mehr gesehen, und mir fiel als erstes auf, wie schmal sein Gesicht geworden war. Seine Augen hatten einen unnatürlichen Glanz.

Eine Krankenschwester richtete gerade sein Bett. Er machte eine leise Bemerkung, die ihr ein reichlich obszönes Lachen entlockte. Mir war, als beobachtete ich ein Liebespaar. Dann hob er den Kopf und sah mich.

Was immer mein Vater mir bedeuten mochte, ich konnte sehen, daß ich ihm alles bedeutete. Ich war für ihn das große Wunder, die Antwort auf seine Gebete. »Oh, mein Junge«, sagte er, und dann noch einmal etwas leiser: »Oh, mein Junge!« Er versuchte, sich aufzusetzen; seine Augen funkelten, die Brauen waren gestrafft. »Das genügt«, sagte er zu der Schwester, »gehen Sie!«

»Ich bin noch nicht ganz fertig, Mr. Arness. Aber wenn Sie schön still liegen, dauert es nicht mehr lange.«

»Siehst du, was geschieht, wenn man sein Geld verliert? Selbst dieses Mädchen wagt es, mir zu widersprechen.« Er sah mich unverwandt an. Seine Augen hatten einen sonderbar starren Blick, den ich noch nie an ihm bemerkt hatte. »Komm her, mein Junge«, murmelte er. »Miss Costello, dies ist der berühmte Mann. Seine Sekretärin bekommt hundertfünfundzwanzig Dollar pro Woche. Stellen Sie sich das vor!«

»Ach, Sie sind also derjenige, welcher!« sagte Miss Costello. »Er spricht die ganze Zeit nur von Ihnen.«

»Er sieht mir ähnlich, finden Sie nicht? Dies ist das große Tier, dessen Artikel ich Ihnen in den Zeitschriften gezeigt habe. Erinnern Sie sich? Er besitzt drei Wagen!«

»Natürlich«, sagte Miss Costello, »ich gratuliere... Ist Ihnen jetzt wohler?« fragte sie, auf das frisch gemachte Bett deutend.

»O ja, jetzt wird alles gut. Du kommst gerade zur rechten Zeit, mein Junge.«

»Bleiben Sie nicht zu lange«, sagte Miss Costello im Hinausgehen. »Er braucht Ruhe.«

Als ich mich hinunterbeugte und meinen Vater küßte, strömte von ihm der scharfe, penetrante Geruch der Bettlägerigen aus.

»Wie geht es dir, Pa?« fragte ich.

»Wie es mir geht? Ich hab' kein Geld, das sagt dir alles. Und sie lebt liederlich wie eine Hure. Hast du ihn draußen gesehen?«

»Wen, Pa?«

»Ihren Liebhaber.«

»Nein.«

»Natürlich, wenn du kommst, versteckt er sich. O mein kluger Junge, du bist meine einzige Hoffnung.«

»Gut, Pa, ich bin ja jetzt bei dir.«

»Siehst du, warum ich dir immer wieder gesagt habe, geh vorsichtig mit deinem Geld um? Denn wenn man kein Geld hat, verlieren sie den Respekt. Hab' ich dir das gesagt?«

»Ja, Pa. Sehr oft.«

»Du siehst, man schickt mir sogar den Priester! Sie können es nicht erwarten, daß ich sterbe, damit sie sich über mein Geld hermachen können.«

»Aber Pa, du hast doch selbst gesagt, du hast kein Geld.«

»Ja, aber das wissen sie nicht.«

»Du hast gerade eben gesagt, sie hätten den Respekt vor dir verloren, weil du kein Geld auf der Bank hast.«

»Ja. Jetzt verstehst du, was ich dir gesagt habe, nicht wahr? Du hast von Kalifornien aus alles mitangesehen. Das ist's, was ich ihr immer gesagt habe: Er sieht von Kalifornien aus, was du mir antust, sagte ich, und er wird sofort kommen. Schick lieber vorher den Evangeleh, aber warum werden deine Haare grau, mein Junge?«

»Ich werde alt, Pa.«

»Du bist noch ein junger Mann, fängst eben erst an. Du wirst ein vielfacher Millionär, das weiß ich. Das, was mir passiert ist, wird dir nie passieren. Sag mir, wieviel hast du letztes Jahr verdient? Ehrlich?«

»Oh, im letzten Jahr habe ich ungefähr fünfundsechzigtausend Dollar versteuert.«

Er kicherte vor sich hin. »Schlau!« sagte er, »sehr schlau!« Dann ahmte er meine Ausdrucksweise nach. »Ich habe ungefähr fünfundsechzigtausend Dollar versteuert. Schlau! O mein Gott! Aber wieviel hast du verdient, hm? Du gerissener Kerl! Sag mir die Wahrheit, ha-ha!«

»Das ist's ungefähr, was ich verdient habe, Pa.«

»Sehr schlau! Sag's nicht mal deinem Vater. Gut! Du hast recht! Es geht niemanden etwas an, wieviel Geld du hast. Du brauchst es mir nicht zu sagen. Weißt du, was sie tut?«

»Nein, Pa.«

»Sie nimmt den Schweinehund mit in den Keller und zeigt ihm meine Bücher. Ich hab' ihr tausendmal gesagt, ich will nicht, daß jemand über meine Geschäfte Bescheid weiß. Aber sie nimmt ihn mit in den Keller und zeigt ihm alles.«

In dem Keller des alten Hauses, in dem wir seit 1926 gelebt hatten, bewahrte mein Vater sämtliche Papiere seines längst eingegangenen Ladens auf. Meine Mutter, die das große Haus einfach nicht mehr allein bewirtschaften konnte, war vor einem Jahr trotz aller Widersprüche meines Vaters mit ihm in eine kleine, moderne Wohnung in der Nähe meines Bruders Michael gezogen. Aber mein Vater hatte sich immer noch nicht damit abgefunden. Er sagte jedem, der es hören wollte, daß es nur vorübergehend sei; an dem alten Haus müßten einige Dinge geändert werden. Michael zahlte ihm zuliebe Elektrizität und Telefon weiter und brachte den alten Mann hin und wieder auf einen Tag hinaus.

»Woher weißt du, daß sie mit ihm in den Keller geht, Pa?«

»Evangeleh, sei nicht frech! Ich bin alt, aber ich bin kein Narr; ich weiß genau, was vorgeht. Sag mir, hast du letztes Jahr hunderttausend verdient?«

»Nein, Pa.«

»Sehr schlau, sag's niemandem, nicht einmal deinem Vater. Du kannst nie wissen, wer zuhört; es ist nicht mehr wie früher; heut' hat niemand mehr Respekt, niemand. Ist er dort draußen?«

»Wer?«

»Was ist los mit dir, Evangeleh? Um Himmels willen, ich bin dein Vater. Sie bringt ihn in mein Haus. Abends sitze ich an einem Ende des Wohnzimmers, er sitzt am andern und wartet, bis ich einschlafe. Wenn ich die Augen zumache, stehen sie beide auf und gehen hinaus. Zusammen, hörst du, wie die Hunde... Sie wissen genau, daß ich nicht von dem Stuhl aufstehen kann. Zu schwach. Warum? Weil sie mir nicht die Medizin gibt, die der Arzt mir verschrieben hat. Sie will, daß ich schwach bleibe. An manchen Tagen hab' ich nicht die Kraft, die Zigarette aus dem Mund zu nehmen. Einmal ist sie mir brennend in den Schoß gefallen; sieh dir meine Hosen im Schrank an; sie haben ein großes Loch. Ich rufe: Thomna, Thomna, ich verbrenne. Keine Antwort. Sie ist oben, mit ihm. Ich konnte ihr Lachen hören. Sie ist zweiundsiebzig Jahre alt, und sie treiben es wie die Hunde. Wie kann sie vergessen, was ich für sie getan habe? Ich habe sie nach Amerika gebracht. Sie hatte schon einiges hinter sich, aber ich habe sie trotzdem geheiratet. Wie kann sie das vergessen? Wie die Hunde!«

Mein Vater weinte. Ich griff nach seiner Hand und drückte sie.

»Danke, Evangeleh«, sagte er. »Ich bin froh, daß du hier bist. Tausendmal hab' ich ihr gesagt, hol Evangeleh, das ist alles, worum ich dich bitte. Er wird sehen, was du mir antust. Aber sie hat dich nicht kommen lassen.«

»Michael hat mich angerufen, Pa.«

»Ja, Michael, aber nicht deine Mutter, stimmt's? Ich hab' ihr gesagt, du bist zweiundsiebzig, du solltest dich schämen, den Iren hierher, in mein eigenes Haus zu bringen. Und sie antwortet mir lächelnd: ›O Seraphim, Seraphim.‹ Lächelnd! Sie lächelt jetzt andauernd, hast du das nicht gemerkt?«

»Nein, Pa.«

»Du wirst es sehen. Sieh dich vor, wenn die Frauen anfangen, immerfort zu lächeln. Aber du brauchst dir keine Sorgen zu machen. Du hast eine Menge Geld. Wenn jemand Geld hat, respektieren sie ihn. Wie geht's Frances?«

»Florence, Pa.«

»Natürlich. Eine gute Frau. ›O Seraphim, Seraphim‹, und immer lächelnd. Ich hab' tausend Dollar für ihre Zähne bezahlt. Abendkleider, zwei Pelzmäntel. Welcher Ire würde das tun? Und das ist jetzt der Dank. ›O Seraphim‹, sagt sie lächelnd, ›es ist niemand hier, Seraphim. Sieh nach! Wo ist er?‹ Zeig du mir, wo er ist, sage ich. Ich weiß nicht, wo du ihn versteckt hältst. Einmal hab' ich ihre Hand genommen und gesagt: ›Thomna, Liebling, wie kannst du mir das antun?‹ Das war das letztemal; nie wieder werde ich sie Liebling nennen!«

Seine Augen wurden wieder feucht. Ich sah, daß jetzt ein weißer Ring um seine Augäpfel lag und seine Pupillen wolkig waren.

Er schwieg eine Weile, dann fuhr er fort: »ich muß hier 'raus, Evangeleh. Sie versuchen, mich umzubringen. Mit Gift. Ich esse hier nichts vom Teller; nur Weißbrot aus dem Paket; ich esse Tip Top. Aber nichts, was sie kochen. Sag der Schwester, sie soll was zu essen bringen; probier du es. Ich glaube, sie tun etwas hinein, damit mein Gehirn nicht funktioniert. Weißt du, manchmal fühl ich mich so sonderbar. Wirst du das Essen probieren?«

»Natürlich, Pa.«
»Guter Junge, Evangeleh. Weißt du, wenn sie dich erst einmal hier haben, bist du erledigt! Ich sehe alles. Nachts bringen sie die Toten 'raus. Und morgens haben sie schon wieder neue Kunden. Das ist ihre Methode! Schließ die Tür zu, Evangeleh!«
»Aber Pa, was soll das?«
Da geschah etwas Sonderbares. Nach all den Jahren überkam ihn abermals jene schreckliche Wut, in die er stets geriet, wenn er seinen *Oozou* getrunken hatte, jener Zorn, der mich als Kind in Angst und Schrecken zu versetzen pflegte. Und er schrie mit zitternder Stimme: »Evangeleh, SCHLIESS DIE TÜR ZU!« Er hielt die Augen starr auf mich geheftet, bis ich mich umwandte, zur Tür ging und einen Stuhl unter die Klinke schob; mein Herz hämmerte. Ich war jetzt vierundvierzig und er achtzig, krank, beinahe am Ende angelangt; aber wenn ihm das Blut so ins Gesicht stieg und er am ganzen Körper zu zittern begann, empfand ich trotzdem die gleiche Angst wie früher; irgend etwas in mir war ihm immer noch gehorsam.
Nachdem die Tür jetzt »zugeschlossen« war, ging ich wieder an sein Bett. Er lag auf der Seite und langte unter die Matratze. Es kostete ihn sichtlich große Mühe, aber als seine Hand wieder zum Vorschein kam, hielt sie etwas umklammert.
»Komm her, ganz nah!«
»Was ist das, Pa?«
»Komm näher.«
»Ja, Pa.«
»Evangeleh, liebst du deinen Vater?«
»Ja, Pa.«
Er griff mit seiner freien Hand nach der meinigen und drückte sie so fest, wie seine Kräfte es ihm erlaubten. Und dabei sagte er: »Hol mich hier 'raus, Evangeleh!«
Jetzt öffnete er die geschlossene Hand.
»Sieh her!« sagte er. Ich sah eine kleine schwarze Brieftasche. »Zuerst gehen wir nach Hause, und ich ziehe mich anständig an. Dann nehmen wir ein Taxi nach New York. Ich habe genügend Geld dafür. Wir fahren zum Empire State Building; dort ist meine Bank, aber sag das niemandem. Ich habe im Tresor Wertpapiere, Versicherungspolicen, Aktien, alles mögliche. Hier ist der Schlüssel.« Er öffnete die Brieftasche, und ich sah darin einen einzelnen kleinen Schlüssel. »Ich zeige dir alles, was ich besitze. Dann sprechen wir mit Mr. Meyer über einen Kredit, verstehst du ...«
Ich wußte nicht, was ich sagen sollte.
»Aber Pa, der Arzt meint, du solltest lieber hierbleiben, zumindest noch für eine Weile.«

»Das ist *ihr* Arzt, Evangeleh.«
»Aber Michael sagt...«
»Was geht das Michael an? Ein vierzigjähriger Mann, der auf seine Frau hört und noch nicht einmal ein eigenes Haus besitzt. Und Dr. Furillo? Ich habe mit seinem Vater Pinokel gespielt, habe diesen kleinen Italiener tausendmal besiegt. Der Dummkopf konnte kaum die Karten unterscheiden. Wie hat er es fertiggebracht, seinen Sohn zu einem Arzt zu machen, kannst du mir das erklären?«
Ich gab mich geschlagen. »O. K., Pa«, sagte ich.
Er drückte mir mit aller Kraft die Hand.
»Danke Evangeleh, danke. Also morgen, ja? Morgen in aller Frühe machen wir uns davon. Du kommst mit einem Taxi. Wir fahren nach Hause, ich nehm ein schönes Bad, zieh meinen blauen Anzug an, ein hübsches Hemd, einen vornehmen Schlips, putz' meine Schuhe, laß mir die Haare schneiden. Du wirst sehen, ich bin noch nicht am Ende!«
»Pa, der Arzt...«
»Evangeleh, beantworte mir eine Frage: Wird irgend etwas besser, wenn ich hierbleibe? Ich muß Geld verdienen. Du weißt, sie ist aus meinem Haus ausgezogen! Sie sagt, zu groß, zuviel Arbeit. Es war nicht zuviel Arbeit, als ich Geld hatte.«
Seine Augen füllten sich mit zornigen Tränen.
»Jetzt hat sie diesen Kerl bei sich; hat kein Interesse mehr, für mich zu sorgen. Das ganze letzte Jahr habe ich Konserven gegessen. Selbst die Suppe war aus der Büchse! Ich sagte zu ihr: ›Thomna, warum essen wir plötzlich jeden Abend Konserven?‹ Sie konnte mir nicht in die Augen sehn. Dadurch hab' ich herausbekommen, was dort vor sich ging. Sag mir, hast du irgendwelche Schwierigkeiten mit Frances?«
»Florence, Pa. Woher weißt du das?«
»Ich weiß es. Tausendmal hab' ich dir gesagt, heirate ein griechisches Mädchen. Ich hab' es dir gesagt. Sie geben sich damit zufrieden, zu Hause zu bleiben.«
»Ja, Pa, das hast du mir immer gesagt, und das hast du selbst auch getan. Deshalb darfst du nicht diese schrecklichen Dinge über Mutter sagen, denn sie sind nicht wahr.«
»Du wirst es sehen.«
»Sie hat nur für dich gelebt, Pa.«
»Früher einmal.«
Seine Augen füllten sich wieder mit Tränen. Er sah todunglücklich aus. Zum erstenmal in meinem Leben hatte ich wirklich Mitleid mit ihm. Er fühlte es.
»Du bist ein guter Junge, aber du kennst die Frauen nicht.«

»Aber Pa, Florence gibt sich nicht mit anderen Männern ab. Das ist's nicht, was mir Sorgen macht.«
»Woher willst du das wissen? Ich will dir keinen Floh ins Ohr setzen, aber hast du dir einmal überlegt, wo sie in diesem Augenblick ist?«
»Ich nehme an, sie ist zu Hause.«
»Nimm das ruhig an. Und mit wem? Überleg dir das ebenfalls. Selbst deine Mutter . . .«
Irgend jemand versuchte, die Tür zu öffnen. Dann ertönte ein Klopfen. Ich wollte aufmachen, aber er hielt mich zurück und flüsterte: »Sie sollen sich ruhig ein bißchen Sorgen machen!«
Er öffnete die Brieftasche und holte abermals den kleinen Schlüssel hervor, den einzigen Schlüssel, der ihm geblieben war.
»Morgen zeige ich dir alles, was ich besitze. Du bist ein guter Sohn.«
Er zog mich an sich und küßte mich. Sein Atem hatte bereits etwas vom leicht säuerlichen Geruch des Todes.
Ein erneutes Klopfen an der Tür.
Von draußen kam die Stimme der Krankenschwester: »Mr. Arness, es ist Zeit für Ihre Alkoholabreibung!«
Mein Vater lächelte. »Die Alkoholabreibung«, sagte er und nickte mir zu. Ich zog den Stuhl unter der Türklinke fort.
»Er liebt seine Alkoholabreibung«, sagte die Schwester, als sie ins Zimmer kam. Mein Vater strahlte wie ein zufriedenes Baby. »Sie böser Junge«, sagte die Schwester, während sie die Decke fortzog. Kein Mensch, nicht einmal der leidenschaftlichste Liebhaber, hat sich jemals erwartungsvoller umgedreht. Mein Vater war immer noch ein sinnlicher Mann.
Er hatte mich vollkommen vergessen.
Ich sah noch eine Weile zu. Was immer ich bin, sagte ich mir, stammt von diesem Mann. Ob ich es will oder nicht.
Ich erinnerte mich, wie oft ich bestürzt gewesen war, wenn ich irgendwelche der weniger reizvollen Eigenschaften meines Vaters an mir selbst entdeckte. Jetzt wußte ich: Wenn ich ihn verstehen könnte, würde ich mich selbst verstehen. Dort lag das Geheimnis, bei jenem schrecklichen alten Mann, der zufrieden lächelte, während die Schwester seinen Körper mit dem kühlen Alkohol benetzte. Seine Wesensart war mein Schicksal; das, was er selbst war; das, wozu er mich gemacht hatte.
Weshalb lag mir selbst jetzt noch so verdammt viel daran, es diesem Mann recht zu machen? War es möglich, daß ich bei allem scheinbaren Widerstand gegen ihn tatsächlich meine ganze Kraft dafür eingesetzt hatte, all das zu erreichen, was *ihm* wichtig war? Für wen hatte ich gelebt – für diesen Mann oder für mich?

Kann die Zukunft sich von der Vergangenheit unterscheiden, wenn der Zement einmal gegossen ist? Vielleicht konnte ich mich nicht mehr ändern. Vielleicht war ich jetzt, mit vierundvierzig, wie Gwen gesagt hatte, schon zu tief verwickelt. Der Beton hatte sich erhärtet, und wahrscheinlich konnte ich die Struktur meines Wesens nur ändern, indem ich alles sprengte, so daß nichts als Schutt übrigblieb. Was war, wenn ich das Alte zerstörte und dann nicht die Zeit, die Kraft oder das nötige Material haben würde, um etwas Neues aufzubauen, etwas, das mich glücklich machte? War ich bereit, dieses Risiko einzugehen?

Meine Mutter stand im Korridor und sah mich an, als ich aus dem Zimmer trat; sie war eine Heilige, ein Musterbeispiel der Geduld. Ich nahm sie in die Arme und küßte sie.

13

Ich führte meine Mutter in eine Ecke der Glasveranda, setzte mich neben sie und hielt ihre Hand. Abgesehen von dem Geplapper der Lautsprecheranlage des Krankenhauses war es vollkommen still. So saßen wir eine ganze Weile. Schließlich fragte ich: »Seit wann befindet er sich in diesem Zustand?«

»Oh, Eee«, seufzte sie. So sagte ich nichts mehr. Sie reckte sich empor und küßte meine Wange.

In diesem Augenblick erschienen die Jungen im Türrahmen, um sich zu verabschieden. Gleichzeitig wollten sie sich vergewissern, daß sie nichts Unrechtes getan hatten und daß ihnen das Unrechte, das sie *gedacht* haben mögen, verziehen wurde. Sie standen stotternd im Türrahmen wie vier ausgediente Varietékünstler, deren Akt ein Mißerfolg gewesen war und die, auf ein wenig Applaus hoffend, sich noch eine Weile auf der Bühne herumdrückten.

Wenn meine Mutter sich Menschen gegenübersieht, mit denen sie nichts zu tun haben will, wendet sie ein sehr einfaches Mittel an: Sie dreht an einer kleinen Kontrollvorrichtung aus Bakelit, die sie irgendwo unter ihrer Kleidung trägt, und schaltet die Welt aus. Mit der ihr eigenen ausgesuchten Höflichkeit blickte sie jetzt auf die vier Jammergestalten im Türrahmen und lächelte wohlwollend. Doch gleichzeitig fummelte sie mit der Hand an ihrer Brust herum, und ich wußte: was auch immer sie ihr mitzuteilen hatten, es würde ungehört verhallen. Nachdem sie den Lautstärkeregler ihres Gehörapparats wunschgemäß eingestellt hatte, sah sie mich an, als wolle sie mir versichern, daß die elektronische Tür, die sie eben geschlossen hatte, nicht mich betraf.

Schließlich sagte ich den Jungen ein paar nette Worte, aus denen sie erkannten, daß ich ihnen nicht die Schuld am Zustand meines Vaters gab. Außerordentlich erleichtert stießen sie einander leise an und trollten sich von dannen.

Meine Mutter stellte den Ton wieder lauter und fragte: »Was wollten sie?«

»Vergebung«, sagte ich.

»Was haben sie getan?«

»Das habe ich sie nicht gefragt.«

Sie lachte. Damit war das Eis ein wenig gebrochen. Doch ich wartete, daß sie den Anfang machte. Nach einer Weile sagte sie: »Ich kann es nicht, Eee, ich kann es nicht mehr.«

»Du brauchst es nicht mehr zu tun, Mutter.«

Das war alles, was sie zu sagen wußte. So saßen wir schweigend da, Verbündete in einem Krieg, der vor langer Zeit geführt worden war; der Streitpunkt war vergessen, der Feind geschlagen, und wir waren Sieger ohne Beute. Ich kam mir verloren vor; noch nie hatte ich diesen Feind *nicht* bekämpfen müssen. Und aus dem Leben meiner Mutter war der Mittelpunkt verschwunden, um den sich alles gedreht hatte. Sie war nach dem Brauch der östlichen Welt zu bedingungsloser Unterwürfigkeit ihrem Mann gegenüber erzogen worden und hatte getreulich alles getan, was von ihr erwartet wurde. Sie hatte sich in seine Umarmungen gefügt, seine Kinder geboren, ihm das Essen gekocht, seine Wäsche gewaschen, sein Haus geputzt, seine Gäste unterhalten, hatte ihr Los getragen, so gut sie konnte – hatte ihm ihr ganzes Leben gewidmet. Sie war ihm in allem zu Willen gewesen. Nur in einem nicht: Es war meine Mutter, die mich in meinem Entschluß unterstützte, nicht in das Geschäft meines Vaters einzutreten. Sie durchbrach für mich die Mauern des griechischen Gettos und spornte mich an, die Hand nach Amerika auszustrecken. Sie war es, die mir als Halbwüchsigem das Gefühl vermittelte, daß ich mich von meinem Vater lösen und alles tun konnte, was ich wirklich tun wollte. Sie ließ mich die einzigartigen Möglichkeiten meines Lebens erkennen.

Die einzige Beschäftigung meines Vaters bestand in jener Zeit darin, dem Gelde nachzujagen. Selbst seine Zerstreuungen – Karten und Pferde – galten im Grunde nur der Befriedigung seines besessenen Verlangens, anderen im Geldverdienen überlegen zu sein. Darin bestand sein Leben, und er steuerte mit dem Ungestüm einer Meereswelle selbstsicher und energisch auf sein Ziel zu.

Um ihr eigenes Leben zu retten, mußte meine Mutter daher lernen, wie Wasser das Wasser bekämpft. Sie erkannte sehr bald, daß sie zerschmettert werden würde, wenn sie aufstand und sich ihm frontal entgegenstellte. Wenn sie aber Widerstand leistete, wie Wasser Widerstand leistet – indem es nachgibt, den Brecher vorüberziehen läßt und dann zum gleichen Platz zurückkehrt –, so konnte sie mit Geduld und Beharrlichkeit schließlich ihr Ziel erreichen, was ihr auch wirklich gelang.

Diese Taktik gab sie an mich weiter. Sie wurde zu meiner Lebensform, ja, sogar der wesentlichste Bestandteil meiner selbst, denn schließlich sind wir ja so, wie wir leben. Von meiner Mutter lernte ich die Kunst, mich zu verstellen. Durch sie erfuhr ich von der Wirksamkeit des Schweigens. Sie gab mir meine erste Maske der Willfährigkeit. Sie lehrte mich, die Ziele, die ich am sehnlichsten zu erreichen wünschte, in einen Nebelschleier der Gleichgültigkeit zu hüllen, gelassen zu tun, mich selbst jeder Aufmerksamkeit zu entziehen und somit nicht die Aufmerksamkeit auf die Dinge zu lenken, die ich ersehnte. Von ihr lernte ich, daß ich das, was ich haben wollte, nur bekommen würde, wenn ich mich zwar zielstrebig und hartnäckig, aber still und heimlich darum bemühte. Sie lehrte mich, in einem vom Feinde besetzten Gebiet zu leben und diesen Feind zu besiegen, während ich mich seiner Oberherrschaft zu beugen schien.

Ich ging bei meiner Mutter in die Schule.

Da ich meinen Vater täglich etwa nur eine Stunde – und auch sonntags kaum länger – zu sehen bekam, drehten sich ihre Lektionen für das Überleben in seinem Haus im wesentlichen um das Abendessen und die ihm folgenden Kartenspiele.

Mein Vater hatte strenge Vorschriften für seine Abendmahlzeiten erlassen. Das oberste Gebot lautete: »Keine Konserven!« Das war unumstößlich. Alles Gemüse und Obst hatte frisch zu sein. Das zweite Gebot war, daß alles Fleisch gut durchgebraten sein mußte. Spuren von Blut waren ihm unerträglich.

Er aß gierig und mit rasender Geschwindigkeit, stillte einen Hunger, der nichts mit seinem Magen zu tun hatte. Wenn er keine Bemerkungen über das Essen machte, gab er meiner Mutter damit zu verstehen, daß er mit ihren Bemühungen zufrieden war.

Sie aß selten zur gleichen Zeit wie er. Meistens stand sie ein wenig seitlich hinter ihm, beobachtete, wie die Nahrung in seinem Mund verschwand, und legte ihm weitere ausgewählte Happen auf den Teller. Wenn alles glatt ging, hatte er innerhalb weniger Minuten das ganze Essen hinuntergeschlungen. Er gab ein paar Laute der Befriedigung von sich, während er die Soße mit einer Brotschnitte aufwischte. Aber es wurde kein Wort gesprochen.

Sobald die Mahlzeit vorüber war, stand mein Vater vom Tisch auf und steuerte sichtlich ermattet auf das Sofa zu. Damals nahm ich an, es sei seine Essensweise, die ihn so erschöpfte. Aber heute glaube ich, daß der Schlaf nach dem Essen für ihn wohl ebenso natürlich und selbstverständlich war wie für die Raubtiere der Prärien. Er streckte sich auf dem Sofa aus und war bereits nach dreißig Sekunden fest eingeschlafen.

Jetzt setzte sich meine Mutter an den Tisch und legte sich auf, was mein Vater übriggelassen hatte. Sie aß langsam und nachdenklich, mit jener matten Gleichgültigkeit, die der ängstlichen Besorgnis folgt. Sie konnte meinen Vater satt und zufrieden auf dem Sofa schnarchen hören. Damit war eine weitere Mahlzeit überstanden. Sie seufzte erleichtert.

Er wachte ebenso plötzlich auf, wie er eingeschlafen war. Wenn die Bridgepartie bei einem seiner Freunde war, hieß es: »Evangeleh! Ruf ein Taxi!« Wenn sie bei uns stattfand, waren seine ersten Worte: »Thomna, mach den Tisch zurecht!« Das »Zurechtmachen« des Tisches bestand darin, daß der runde orientalische Teppichüberwurf durch eine braune Filzdecke ersetzt wurde. Karten, Aschbecher und Bridgeblocks legte mein Vater selbst auf den Tisch. Kaum war er damit fertig, erschienen die Gäste. Sie begaben sich alle sofort ins Eßzimmer und schlossen die Türen. Das Spiel begann. Meine Mutter und ich waren allein.

Ich erinnere mich, daß ich sie an diesen Abenden oft ansah und mir überlegte, wie verlassen sie war, obgleich sie es sich nie anmerken ließ; im Grunde genommen war sie wahrscheinlich ganz froh, von der Gegenwart meines Vaters verschont zu bleiben. Obwohl ich mit zwölf noch keine Vorstellung von Sex hatte, ahnte ich, daß sie vernachlässigt war. Ich spürte ihren Kummer ebenso wie sie den meinen. Und das verband uns.

Ich entsinne mich, daß mein Vater eines Abends während des Kartenspiels nach mir rief. Meine Mutter wußte, daß ich mich für den nächsten Tag auf ein Examen vorbereitete. Wir sahen uns an. Ich antwortete nicht gleich. »Evangeleh!« rief mein Vater abermals. Sein Ton, der ohnedies immer gebieterisch war, hatte in Gegenwart seiner Freunde die Schroffheit eines Befehls, den man einem Schwachkopf erteilt. Er klang genauso erschreckend, wie er klingen sollte. Ich war im Begriff hineinzugehen, um zu sehen, was er wollte, obgleich ich es schon im vorhinein wußte: Ich sollte mit dem Fahrrad zum Delikateßladen am Bahnhof fahren, um ein halbes Pfund Virginiaschinken und ein halbes Pfund Schweizer Käse zu kaufen. Einer der Spieler hatte angedeutet, daß er gern etwas zu essen hätte.

Als ich eben hineingehen wollte, bedeutete meine Mutter mir mit einer leichten und sehr weiblichen Geste, mich auf den Boden zu hocken. Sie rief: »Er ist schon schlafen gegangen, Sam.« (Vor seinen Freunden nannte sie ihn immer Sam.) Dann ging sie selbst ins Eßzimmer; im Vorbeigehen drückte sie meinen Kopf nach unten, damit mich niemand sehen konnte. Ich saß hinter der Seitenlehne des Sofas und machte weiter meine Schularbeiten. Ich hörte, wie sie meinen Vater fragte, was er wolle. Schließlich konnte er sie ja nicht mit einem Fahrrad ins Delikateßgeschäft schicken! Und der Mann, der zuvor über Hunger geklagt hatte, erklärte jetzt, nein danke, er wolle gar nichts essen. Sie ging an den Kühlschrank und machte ihnen, so gut es ging, etwas zurecht. Dann kam sie zurück, setzte sich auf den Stuhl neben mir und lächelte.

Als ich jetzt mit ihr auf der Glasveranda im Stamford General Hospital saß, wußten wir beide, daß wir gewonnen hatten.

»Eee«, sagte meine Mutter, »ich beklage mich nicht über ihn. Ich habe immer genug zu essen gehabt, er hat sich nicht mit anderen Frauen herumgetrieben, und er ist jeden Abend nach Hause gekommen. Was hätte ich sonst noch verlangen können?«

Ich sagte nichts. Was hätte sie sonst noch verlangen können?!

»Viele Frauen haben es schlechter.« Sie seufzte. Es klang beinahe erleichtert.

Ich sah sie an; sie hielt den Kopf an die Wand gelehnt und die Augen geschlossen. Ihr ganzer Körper war entspannt, und sie wünschte sich nichts anderes, als daß man es ihr gönnte, sich auszuruhen. »Ich beklage mich nicht«, murmelte sie.

Ich erinnerte mich, daß sie diese selben Worte schon einmal gesagt hatte: Es war im Jahre 1936, einen Monat ehe ich auf die Universität ging. Mein Vater hatte schließlich herausbekommen, daß wir hinter seinem Rücken heimlich etwas unternommen hatten, daß ich nicht nur bereits immatrikuliert war, sondern noch dazu in einem College, das zur Elite der *Ivy League* gehörte.

Gerade in diesem Jahr versuchte er, wieder ein Geschäft zu gründen. Er hatte im Hinblick auf seine finanzielle Lage diesmal einen viel kleineren Laden gemietet, und dorthin brachte er die Reste seines Warenlagers. Natürlich erwartete er, daß ich jetzt, nachdem ich mit der Schule fertig war, in seine neue Firma eintreten würde. Da er nicht das nötige Kapital hatte, um auch nur annähernd so viele Leute anzustellen wie früher, hatte er tatsächlich fest mit mir gerechnet. Ich war sein ältester Sohn. Mein Vater erwartete von mir nur das, was er nach seiner Tradition mit vollem Recht von mir erwarten konnte: daß ich endlich Vernunft annehmen und meiner Pflicht nachkommen würde. Und hatte ich mich nicht außerdem, wie er sagte, mein ganzes Leben lang von den Teppichen ernährt?

»Du bist es mir schuldig!« brüllte er, als er erfuhr, was vorgegangen war. »Du gottverdammter Narr, du bist es mir schuldig!«

Doch was immer er mir ins Gesicht schrie, er stieß nur auf Schweigen und einen gesenkten Kopf. Ich hatte eine gute Schule durchgemacht.

Dann tat meine Mutter das Unerwartete. Sie versuchte zum erstenmal in ihrem Leben, ihm zu erklären, daß ich meine eigenen Wege gehen müsse, und deutete behutsam an, daß möglicherweise das Teppichgeschäft nicht mehr ganz das sei, was es einmal gewesen war. Und mehr noch: daß ein junger Mann in diesem entscheidenden Augenblick seines Lebens vielleicht doch bessere Möglichkeiten für seine Zukunft finden könnte. Während sie all dies hervorbrachte, wandte er sich von mir ab und richtete sein Augenmerk auf sie. Sie war blaß vor Angst, doch die Maske der gefügigen Ehefrau war gefallen – und zwar ein für allemal. Ich sah, wie ihm die Erkenntnis kam, daß nicht ich es war, der den unsagbar egoistischen Entschluß gefaßt hatte, auf ein College für Geisteswissenschaften zu gehen. *Sie* hatte mir die Idee in den Kopf gesetzt. Und sie hatte dafür gesorgt, daß sie dort wuchs und gedieh.

Während ich ihn beobachtete, sah ich, daß er mit rasender Geschwindigkeit zu gewissen Schlußfolgerungen gelangte: daß sie ihm auf diese Art einen Schlag versetzen, ihm weh tun wollte, daß sie zur Verräterin an der Familie geworden war. Das Gesicht hochrot vor Zorn, blickte er sie eine Zeitlang mit funkelnden Augen an. Dann versetzte er ihr mit der offenen Hand einen so heftigen Schlag quer über die Wange, daß sie zu Boden stürzte. Ich bin heute noch überzeugt davon, daß dieser Hieb schuld daran war, daß sie später das Gehör verlor.

Ich entsinne mich, daß währenddessen draußen unentwegt eine Autohupe ertönte. Die Freunde, mit denen mein Vater jeden Morgen zum Bahnhof fuhr (ein Taxi für einen allein war damals ein unerschwinglicher Luxus), warteten bereits ungeduldig auf ihn. Während er seine Jacke anzog, waren seine letzten Worte an mich: »Ich erwarte nichts von dir. Du bist ein hoffnungsloser Fall!«

Er setzte seinen Strohhut auf und ging hinaus. Wir hörten, wie er vollkommen ruhig und gelassen seine Freunde begrüßte. Er kam nie wieder auf den Zwischenfall zu sprechen, nahm niemals – zumindest in meiner Gegenwart – Notiz davon, daß ich auf ein College ging, und besuchte mich auch bis zum Tage meiner Promotion nicht ein einziges Mal. Und er bat mich auch nie wieder, in seinen Laden zu kommen. Als ich dorthin ging, tat ich es aus freien Stücken und als Besucher.

Ich meinerseits habe ihm nie verziehen, daß er meine Mutter geschlagen hat. Als er fort war, wollte ich ihr aufhelfen, aber das war nicht nötig. Sie war lediglich liegen geblieben, weil sie ihr ganzes

Leben lang erfahren hatte, daß man am Boden am sichersten ist. Und als sie jetzt aufstand und wir allein waren, sagte sie jene selben Worte: »Ich beklage mich nicht.«
In den darauffolgenden Jahren wurde meine Zukunft zu der ihren. Sie lebte durch mich. Sie kannte die Namen meiner sämtlichen Lehrer. Sie wußte, welche Vorlesungen ich hörte. Wenn ich meine Bücher mit nach Hause brachte, blätterte sie langsam und vorsichtig die Seiten um, sah sie sich an, ohne sie zu lesen. Als man mich nicht aufforderte, einer Studentenverbindung beizutreten, schmerzte sie das viel mehr als mich. Als ich im letzten Jahr schließlich einen Preis gewann und mir damit eine Art Anerkennung zuteil wurde (der Preis war ausgerechnet für ein Gedicht!), war das für sie einer der ersten vollkommen glücklichen Augenblicke ihres Lebens.
So kam es, daß ich zu dem wurde, was ich heute bin: ein gespaltener Mensch, nach außen hin nachgiebig, innerlich ein Rebell.
Mein Vater trug weder zu meiner Ausbildung noch zu meinem Unterhalt während all dieser Jahre bei. Ich war mittlerweile zu der Überzeugung gelangt, daß die Welt mir feindlich gesinnt sei. Alles, wodurch mein Vater in mir das Gefühl verstärkte, daß ich zu einer verfolgten Minderheit gehörte, die eines Tages über alle siegen würde, bereitete mir ein boshaftes Behagen.
Die Mehrzahl der Studenten stand geschlossen gegen einige wenige von uns – gegen mich und die übrigen Außenseiter des College, größtenteils Neger und Juden. Mein bester Freund war ein Klempnergehilfe, der durch irgendeinen Zufall, den er selbst nicht erklären konnte, in diese erlesene Gesellschaft geraten war. Meine anderen Freunde waren samt und sonders Einzelgänger. Wir waren ein Verein von Sonderlingen und Geächteten.
Ich arbeitete – wie die meisten von ihnen – in der Kantine, um mir mein Essen zu verdienen, und war hocherfreut darüber. Vier Jahre lang roch meine Kleidung nach Küche und Spülwasser. Ich wußte es und machte mir nichts daraus. Es bestätigte lediglich das Bild der Welt, wie ich sie sehen wollte: die minderwertigen Verbindungsbrüder; die rechtschaffenen Köche, Küchengehilfen und Studenten, die sich ihr Brot als Kellner verdienten.
Jeden Montag schickte ich meine Wäsche nach Hause, und jeden Sonnabend bekam ich sie wieder. Zwischen den sauberen Hemden, Socken und Unterhosen lagen immer irgendwelche Kleinigkeiten. In erster Linie ein oder zwei Dollar Taschengeld – was immer meine Mutter entwenden oder vom Haushaltsgeld ersparen konnte. Mein Vater wäre geplatzt, wenn er von diesem erneuten Akt der Treulosigkeit erfahren hätte. Außer dem Geld gab es einige Eßwaren – Dinge, von denen meine Mutter wußte, daß ich sie besonders

liebte: Schokoladenkekse mit Nüssen, kleine, mit Zimt gewürzte Fleischbällchen, Artischocken in Olivenöl, ein Glas griechische Oliven, ein Stück von dem alten sauren Käse, den ich so gerne aß. Und gelegentlich *baklava.* Immer irgend etwas, das mir von ihr sprach, mir sagte, daß sie mein Leben mit mir lebte und daß ich ihr Leben für sie lebte.

Es schien meinem Vater geschäftlich nicht sehr gut zu gehen. Meine Mutter erwähnte nichts in ihren Briefen, aber als ich nach Beendigung meiner Studien nach Hause zurückkehrte, bestand kein Zweifel mehr: Sein Comeback war kein Erfolg gewesen. Es ging bergab mit ihm. Und er fand jetzt seinen Standpunkt bestätigt, daß ich ihn verraten hatte und daß er von mir niemals etwas erwarten konnte. So wandte er sich Michael zu. Doch selbst Michael – der gütige, rücksichtsvolle, sanfte Michael – mußte mit der Zeit erkennen, daß es kein Geschäft in Orientteppichen mehr gab. Und auch er mußte anfangen, sich nach etwas anderem umzusehen.

Aber mein Vater wollte sich nicht geschlagen geben. Selbst als er keine Waren mehr aus Persien importieren konnte, als er kein Kapital mehr hatte und nur noch mit verzweifelten Bemühungen hin und wieder auf dem New Yorker Markt ein paar Dollar verdiente – selbst da gab er die Hoffnung nicht auf, daß die guten Zeiten wiederkommen würden. Und diese Hoffnung war es wohl, die ihm die Kraft verlieh, jeden Morgen zur selben Stunde aufzustehen und in die Stadt zu fahren, obgleich es eigentlich in New York für ihn nichts mehr zu tun gab. Selbst als er sich nicht mehr das Taxi zum Bahnhof leisten konnte, als er morgens und abends die lange Fahrt im Omnibus machen mußte, war er Sam Arness, Orientteppiche.

Ich habe diese Jahre nicht miterlebt. Vier davon war ich beim Heer, und dann ging ich nach Kalifornien, um ein guter Werbefachmann zu werden, indem ich das Lügen lernte. So war ich fünfzehn Jahre fern von zu Hause. Aber meine Mutter durchlebte jedes einzelne dieser Jahre. Sie sah, wie mein Vater geschröpft und gedemütigt, entehrt und erniedrigt wurde, sah, wie er vorgab, Waren zu haben, die er nicht hatte, wie er vorgab, ein Geschäft zu haben, das er nicht hatte.

Ich schickte meiner Mutter von Kalifornien aus jeden Monat Geld, um ihr das Leben zu erleichtern. Eine ganze Weile gelang es ihr, es meinem Vater zu verheimlichen. Doch schließlich merkte er es und bekam einen seiner üblichen Tobsuchtsanfälle, wenn auch sein Ungestüm inzwischen ein wenig nachgelassen hatte; und es blieb ihm nichts anderes übrig, als die Augen zu schließen und stillschweigend zu gestatten, daß seine Frau die monatlichen Schecks von mir und auch eine Unterstützung von Michael annahm.

Er weigerte sich standhaft, aus dem gotischen Ungetüm mit seinen achtzehn Zimmern am Long Island Sound auszuziehen, obwohl es für ihn und meine Mutter vollkommen sinnlos war, in einem so großen Haus zu wohnen. Um Heizmaterial zu sparen, schlossen sie den Boden und das zweite Stockwerk ab. Michael sagte ihm immer wieder, daß es zuviel für meine Mutter sei, all die Zimmer in Ordnung zu halten, und daß die Arbeit sie zugrunde richten würde. Aber er war nicht bereit, auch nur darüber zu reden.

»Ich höre nicht, daß sie sich beklagt«, sagte er. Und natürlich tat sie das auch nicht.

Gegen Mitte der fünfziger Jahre war meine Mutter beinahe am Ende ihrer Kräfte. Michael und ich unternahmen einen energischen Versuch, meinen Vater zur Übersiedlung in eine kleine Wohnung zu bewegen, die meine Mutter bewirtschaften konnte, ohne sich dabei so abplagen zu müssen. Dies rief seinen letzten großen Wutanfall hervor. Er verfluchte uns alle, tobte und zitterte einen ganzen Tag lang und erklärte, seine gottverdammten treulosen Söhne, die ihm nicht zur Hilfe gekommen seien, als er sie brauchte, hätten ihm nicht vorzuschreiben, wie und wo er leben sollte. An dem Haus gäbe es nichts auszusetzen!

Er deutete mit zornbebendem Finger auf meine Mutter und wollte wissen: »Hast du sie dazu veranlaßt?«

»Nein, Seraphim, ich habe nichts gesagt«, erwiderte sie.

»Hast du dich beklagt?«

»Nein, Seraphim, ich klage nicht.«

»Schick sie fort!« sagte er. Dann nahm er einen Pack Spielkarten und begann, eine Patience zu legen. Meine Mutter, die soeben ihre Verurteilung zu Gefängnisstrafe auf Lebenszeit vernommen hatte, trat zu uns und bat uns zu gehen.

Ein paar Monate später, als mein Vater sich beruhigt hatte, versuchten wir, ihr auf eine andere Art zu helfen: Wir baten ihn, er möge ihr gestatten, ein Dienstmädchen zu engagieren. Doch er schlug uns auch das ab. Er wolle keinen fremden Menschen im Haus haben, erklärte er; wir dürften nicht vergessen, daß seine »Bücher« im Keller lägen. Der wahre Grund war wiederum sein Stolz. Während er die Frage, woher meine Mutter Geld für den Haushalt nahm, stillschweigend übergehen konnte, wußte er, daß das Geld für ein Dienstmädchen von uns kommen mußte. Und alle anderen würden das ebenfalls wissen.

Selbst zu allerletzt hatte er noch – laut seiner Beschreibung – »ein kleines Büro mit einem Armenier«. In Wirklichkeit hatte er nur einen Schreibtisch und zwei oder drei Stapel von kleinen Teppichen in einem Winkel des Raums. Der Laden gehörte einem Armenier, der früher einmal als Ausbesserer für meinen Vater gearbeitet hatte und ihm jetzt aus Mitleid gestattete, seinen Laden mitzubenutzen. Der Mann erntete wenig Dank für seine Großzügigkeit: Mein Vater verachtete den Armenier und behandelte ihn niederträchtig. Jedem, der es hören wollte, erzählte er in geringschätzigem Ton, daß der Armenier nichts importierte, daß er nur »wie ein Lumpenhändler den Markt nach Ausschußware durchstöberte« und »inländische Erzeugnisse« verkaufte.

Jeder, der mit inländischen Erzeugnissen, das heißt, mit maschinengewebten Teppichen handelte, war in den Augen meines Vaters ein Verräter. Diese verdammten einheimischen Erzeugnisse hatten sein Geschäft ruiniert; in Gedanken brachte er sie sogar mit der Ausbreitung der Homosexualität in Verbindung, denn die meisten Dekorateure verlangten jetzt Auslegeware, und die meisten Dekorateure waren auch homosexuell.

Bald zahlte mein Vater weder die Miete noch seine Telefonrechnungen. Nachdem der Armenier ein paar Monate lang alle Unkosten allein getragen hatte, sagte er es uns schließlich, und wir bezahlten das Telefon. Der Armenier bestand nicht einmal auf der Miete. Mein Vater muß in vergangenen Zeiten wirklich nett zu ihm gewesen sein, denn er ließ sich von dem alten Mann beschimpfen und herablassend behandeln, nahm seine Telefongespräche entgegen und schickte ihm sogar seine Post nach Mamaroneck, wenn mein Vater ihn großspurig anrief und ihm befahl, all seine Briefe (was für Briefe?) »nach Westchester« zu senden, denn er habe heute keine Lust, in die Stadt zu kommen. »Ja, Mr. Arness«, erwiderte der Armenier. Er nannte meinen Vater immer noch »Mister«.

Als die Arteriosklerose sich bemerkbar zu machen begann, wurde mein Vater unerträglich. Er behauptete, der Armenier unterschlage seine Briefe, jage ihm die Kunden ab (er hatte mittlerweile keinen einzigen mehr!) und richte ihm nicht aus, wer angerufen habe. Der Armenier lächelte nur und tat, was meine Mutter zu tun gelernt hatte: Er ließ ihn reden und schwieg. Der arme Mann brachte es einfach nicht übers Herz, etwas gegen Mr. Arness zu sagen. Vermutlich wußte er, daß ihm eines Tages das gleiche widerfahren konnte, was jetzt seinem ehemaligen Chef widerfuhr.

Kurze Zeit darauf bekam mein Vater Schüttellähmung. Ganz unvermutet trat sie eines Tages auf. Erst der Tod ließ seine Hände ruhen. So saß er in seinem tiefen Sessel – während des Winters neben dem großen Heizkörper im Wohnzimmer, in der sommerlichen Hitze auf der vorderen Veranda, die den Long Island Sound überblickte – und zitterte hilflos den lieben langen Tag.

Zerstreuungen? Nun, hin und wieder erschienen Artikel von mir in den Zeitschriften, und die pflegte er ein ums andere Mal zu lesen. Wort für Wort. Er zeigte sie jedem, der in Reichweite kam: dem Jungen, der das Gras schnitt, dem Mann, der die Heizung raparierte, dem Dachdecker, bevor meine Mutter es aufgab, ihn kommen zu lassen, weil sie sich seine Dienste nicht mehr leisten konnte. Er fragte sie, ob sie die und die Nummer der *Partisan Review* gelesen hätten. Natürlich hatten sie nicht die leiseste Ahnung, was die PR war. Nicht die leiseste. Nun, er wußte es genau. »Absolut erstklassig«, pflegte er zu sagen.

Da die Gewohnheiten sich nicht wandeln, mußte er Karten spielen. Und da er jetzt niemand anderen mehr hatte, spielte er mit meiner Mutter. Natürlich betrachtete er sie nicht als ebenbürtigen Partner und erklärte daher, er wolle ihr lediglich das Spiel beibringen. Sie lernte es sehr rasch. Trotz ihrer schlechten Augen, ihres mangelhaften Gehörs, ihres langen Überlegens und trotz seiner Verachtung begann sie, ihn zu schlagen. Er spielte schnell, impulsiv, ungeduldig. Sie spielte langsam, fummelte zögernd an ihren Karten herum.

»Um Himmels willen«, rief er, »spiel endlich eine Karte.«

»Ja, Seraphim«, erwiderte sie, »ich spiele.« Sie tat es, und für gewöhnlich war es die richtige Karte.

So lebten sie allein dort in dem großen Haus am Sound, spielten Rommé, Stunde um Stunde, Tag um Tag, und regelmäßig schlug die Schülerin den Lehrer.

Niemals griff mein Vater zu einem Buch. Er hatte es nicht gelernt, Genuß daran zu finden. Berichte über Pferderennen und Börsennotierungen waren seine einzige Lektüre. Doch meine Mutter las gern. Ich schickte ihr all die Bücher, die mir gefallen hatten. Und so entdeckte sie mit der Zeit ein völlig neues Leben für sich selbst.

Als sie jetzt mit mir auf der Veranda im sechsten Stock des Krankenhauses saß, wußte sie, daß sie weniger an meinen Vater gefesselt war als ich. Ich würde »ihn« bis zu meinem letzten Atemzug bekämpfen. Sie hingegen hatte es durchlebt, und zwar nicht mit einem Gespenst, sondern mit dem Objekt selbst, mit der Kraft, dem Schrecken, dem Mann! Sie hatte ihre Freiheit verdient, hatte dafür bezahlt. Sie wußte, daß bald der Tag ihrer Befreiung kommen würde.

Wir fuhren mit Michael zu ihm nach Hause. Der alte Mann war nach seiner Alkoholabreibung eingeschlafen, und er würde bis zum nächsten Morgen keinen von uns vermissen.

Gloria hatte das Abendessen vorbereitet. Es gab überbackene Limabohnen und Gurkensalat. Schmale Kost, dachte ich im stillen.

Gloria war griechischer Herkunft. Ihr Taufname war Eleutheria, auf deutsch Freiheit. Aber so kann man ein Mädchen unmöglich nennen;

daher begnügten sich ihre Eltern mit einer freien Übersetzung. Man erzählte sich von ihr, sie habe in ihrer frühen Jugend eine unglückliche Liebesaffäre mit einem großen blonden Kalifornier gehabt, und in Anbetracht der Art ihrer Beziehungen zu diesem Mann könne sie sich glücklich schätzen, später einen netten, »sauberen« Jungen wie Michael bekommen zu haben. Obgleich sie immer etwas von einer Xanthippe an sich hatte, mußte ich zugeben, daß sie die richtige Frau für Michael war, denn sie war ebenso starrköpfig und mißtrauisch, wie er offenherzig und leichtgläubig war. Sie kochte und erzog die Kinder, vermehrte durch regelmäßige Einlagen die Ersparnisse ihrer Familie, machte das alles tadellos, und ich konnte sie nicht ausstehen.

Jetzt wollte Gloria wissen, ob irgendeiner von uns sich die Mühe genommen habe, nach den Kosten im Stamford General Hospital zu fragen. Keiner hatte es getan. Das war für sie ein ausreichender Anlaß: Sie schimpfte während der ganzen gottverdammten Mahlzeit. Als sie in die Küche ging, um die Nachspeise zu holen, flüsterte ich: »Mutter«, und machte an meiner eigenen Brust die kleine Bewegung, mit der sie ihr Hörgerät abzustellen pflegte.

Meine Mutter lachte. Selbst Michael lachte.

»Worüber lacht ihr?« fragte Gloria, als sie, eine Schüssel mit Zitronengelee in den Händen, eilig wieder hereinkam. »Kaum gehe ich aus dem Zimmer, fangen alle an zu lachen. Warum lacht ihr nicht, wenn ich dabei bin? Ich habe auch gern hin und wieder ein bißchen Spaß. Worum ging es?«

»Wir haben nur darüber gelacht, wie taub ich geworden bin«, sagte meine Mutter.

»Und was für ein Glück es manchmal für sie ist, taub zu sein«, setzte ich hinzu.

»Ich verstehe«, sagte Gloria.

Meine Mutter beugte sich zu ihr hinüber und küßte sie auf die Wange. Sie ging mit Gloria ebenso geschickt um wie mit allen anderen.

»Nun, irgend jemand muß ja an das Geld denken«, sagte Gloria.

»Natürlich. Und ich bin froh, daß du es tust, Gloria«, entgegnete meine Mutter. »Und jetzt, Kinder, gehe ich zu Bett, sonst schlafe ich noch hier auf dem Stuhl ein.«

»Ich begleite dich bis zu deiner Tür«, sagte ich und stand auf.

»Geleespeise ist euch offensichtlich nicht gut genug«, sagte Gloria. »Schön, uns schmeckt sie, nicht wahr, Michael?«

Michaels Antwort hörten wir nicht mehr.

»Wohin gehst du jetzt, Eee?« fragte meine Mutter, während wir den Korridor entlanggingen.

»Ich habe eine Verabredung in der Stadt. Eigentlich sollte ich spätestens um sechs in der Wohnung der betreffenden Person sein. Es ist jetzt schon fast halb neun. Bis ich einen Zug erwische und hinkomme ...«

Wir blieben an ihrer Tür stehen. Meine Mutter sah mich nachdenklich an und sagte: »Ich wollte dir schon immer etwas sagen, Eee: Ich danke Gott, daß du Florence hast. Michael hat gut geheiratet und ist auch sicherlich ganz glücklich. Aber du hast eine Frau geheiratet, die der Familie Ansehen verliehen hat. Florence hat dich zu etwas gemacht. Ich habe gestern so einen wunderschönen Brief von ihr bekommen. Sie sagt, kümmere dich um Evans. Er ist ein guter Mann. So schön geschrieben. Sie schreibt Briefe, als seien sie etwas, das man aufheben sollte. Du hast das Beste in unsere Familie gebracht, als du sie hereingebracht hast, Eee. Ich hoffe, du bist dir darüber im klaren.«

»Ich weiß, Florence ist eine gute Frau.«

»Nur einmal habe ich mir Sorgen gemacht; an dem Tag, als du zu mir gekommen bist und zum Spaß gesagt hast, du hättest vor, Florence zu verlassen. Ich nehme an, du wolltest nur sehen, was ich dazu sagen würde. Ich habe es ernst genommen. Ich sagte, tu es nicht, Eee. Ich sagte, hab' Geduld, alle feinen Menschen sind schwierig. Die leichten Mädchen sind einfach. Und ich blickte aus dem Fenster, als du fortgingst – das habe ich dir nie gesagt –, und da sah ich das Mädchen mit dem ordinären Haar, das in deinem Wagen saß und auf dich wartete. Ich habe zu Gott gebetet, daß du dir gut überlegen würdest, was du tust. Was meinst du, Eee? Wirst du es dir überlegen?«

Das war der Augenblick, es ihr zu sagen. Aber ich hatte meine Lektion zu gut von ihr gelernt. Ich sagte nur: »Gewiß, Mom, gewiß.«

Meine Mutter stellte sich auf die Zehenspitzen und küßte mich. »Ich weiß, du wirst nichts Unüberlegtes tun. Du warst immer ein guter Junge, Eee.« Sie sagte mir gute Nacht und schloß die Tür.

»Wenn du keine Geleespeise willst, was willst du dann?« fragte Gloria, als ich zurückkam.

»Gloria«, sagte ich, »könnte ich wohl irgend etwas zu trinken haben?«

»Natürlich. Hast du vielleicht geglaubt, daß wir nicht einmal etwas zu trinken im Haus haben? Wir mußten alles wegschließen«, setzte sie hinzu. »Irgend jemand hat immer wieder unsere Flaschen leergetrunken. Ich habe schon eine von diesen irischen Reinmachefrauen 'rausgeworfen, aber der Whisky nahm weiter ab.«

»Wahrscheinlich ist's Michael«, sagte ich.

»Laß gefälligst Michael in Ruhe. Ist das genug?«

»Gloria, um Himmels willen, das ist knapp die Hälfte von einem Drink.«
»Hör zu, Eddie, wenn du dich betrinken willst...«
»So ist's besser.« Sie hatte mir eine trinkbare Menge eingeschenkt. »He, stell das Zeug nicht fort.«
Sie kam zurück, pflanzte die Flasche auf den Tisch und ihr Hinterteil auf einen Stuhl.
»Gloria«, sagte ich, »ich habe eine Theorie...«
»Mach keinen Stunk, Eddie.«
»... und zwar, daß ausnahmslos alle, die ich kenne, einschließlich der alten Frau dort drinnen, nur in der Welt durchkommen, weil sie irgendeine Maske tragen und verbergen, was sie wirklich sind und fühlen. Was meinst du dazu?«
»Ich meine, daß du verrückt bist. Aber ich habe noch nie sehr viel von dem verstanden, was du mir gesagt hast.«
»Ich weiß, du kannst nicht so boshaft sein, wie du zu sein vorgibst, und...«
»Ich weiß, daß du dich betrinken wirst, und ich wünschte, du würdest es woanders tun.«
Ich beendete meinen zweiten Drink, küßte Gloria – obgleich der Geschmack bitter war –, schüttelte Michael die Hand und ging fort.

14

Mein Weg in eine Nervenheilanstalt führte über eine Reihe von Entdeckungen. Während des ganzen Abstiegs hatte ich immer wieder das wundervolle Gefühl: Endlich habe ich den Schlüssel zu allem gefunden. Doch die Erkenntnis, die alles zu erklären schien, wandelte sich von Tag zu Tag. Und je mehr ich über mich selbst erfuhr, um so abwegiger wurde mein Denken; und je seltsamer mein Denken, um so seltsamer mein Benehmen.
An jenem Tag hatte ich zum Beispiel eine niederschmetternde Entdeckung gemacht. Ich begnügte mich nicht damit, mir zu sagen: »Mein Junge, du hast die Kunst, deine wahren Gefühle zu verbergen, bereits mit der Muttermilch eingesogen, und seitdem hast du dein ganzes Leben hinter irgendeiner Maske verbracht«, sondern ich ging weiter und redete mir ein, daß alle Menschen eine Maske trügen, und zwar jeweils diejenige, die sie brauchten, um zu ihrem Ziel zu gelangen. Ich begann, jede äußere Erscheinung, selbst die von Gegenständen – von Kleidung, Autos, Lebensmittelverpackungen, öffentlichen Gebäuden, ja tatsächlich von allem, was mir unter die Augen kam –, als bloße Fassade, als Reklame anzusehen. Unsere

ganze Zivilisation wurde für mich zu einer Ansammlung von Posen und leeren Gebärden, Masken und Phantomen.
Nun, es ist nicht weiter schlimm, die Dinge so zu betrachten. Unangenehm wird es erst, wenn man sich von diesen Vorstellungen in seinem Verhalten beeinflussen läßt, wie ich es schließlich tat. Man sagt, ein Mann ist verrückt, wenn er anfängt, in einer Welt zu leben, die nicht mit der Welt der anderen übereinstimmt. Solch ein Mensch geht in allem, was er tut, von bestimmten Voraussetzungen und Spielregeln aus, während alle übrigen Menschen nach vollkommen anderen Voraussetzungen und Spielregeln handeln. Das ist der Augenblick, wo man langsam daran denken sollte, daß die Gesellschaft das Recht hat, einen Menschen einzusperren.
Ich mußte zu Fuß zum Bahnhof gehen. Doch das störte mich nicht, denn es war einer jener feuchten, kühlen Abende, wie ich sie liebe. Außerdem war die braune Papiertüte, die ich im Arm trug, so umfangreich sie aussah, in Wirklichkeit ganz leicht. Ich muß erklären, wie ich zu der Tüte gekommen war.
Michael, Gloria und ihre zwei Söhne wohnen in einem jener langgestreckten, niedrigen Mietshäuser, die heute überall in den Vororten aus dem Boden schießen. In diesen modernen Häusern gibt es keine Portiers, und jeder Mieter muß seine Abfälle zu einem Abstellraum am Ende des Parkplatzes tragen. Dieser kleine Bau, der aus Schönheitsgründen so niedrig wie möglich gehalten ist, besteht aus einer Reihe von numerierten Kästen, jeder gerade hoch genug, um eine Mülltonne aufzunehmen. Jeder Mieter hat seinen eigenen Kasten und seine eigene Tonne, was ich sehr angenehm finde, denn so ist man wenigstens nie um einen Platz für seine Abfälle verlegen.
An diesem Abend hatte Gloria, als ich fortging, mir eine große braune Papiertüte mit den Küchenabfällen des Tages übergeben und mich gebeten, sie in ihren Mülleimer zu tun. Als ich jedoch ihre numerierte Nische fand, war der Eimer voll. Und da der Kasten gerade hoch genug für die Mülltonne war, konnte ich Glorias braune Tüte beim besten Willen nicht unterbringen.
Einen Augenblick erwog ich die Möglichkeit, die Papiertüte in die Mülltonne eines anderen Mieters zu tun. Aber auf dem Vorplatz der dem Abstellraum am nächsten gelegenen Wohnung befand sich eine Gruppe von ziemlich autoritär wirkenden Leuten. Die Männer sahen wie dienstfreie Polizisten aus. Sie gaben vor, ganz unschuldig dort zu sitzen und sich an einem winzigen Transistor-Radio ein Fußballspiel anzuhören. Doch ich war überzeugt, daß sie wußten, was ich vorhatte, und ich wollte es nicht riskieren, meine Tüte vielleicht gerade in ihre Tonne zu stecken und irgendeinen Krach heraufzubeschwören.

So bog ich, immer noch die braune Tüte mit den Abfällen im Arm, in die Straße ein und ging zum Bahnhof.
Ich bin niemals die Angst vor Polizisten losgeworden. Es gibt Tage und besonders Nächte, an denen ich mir ständig ihrer Gegenwart bewußt bin. Die meisten Leute sagen, es gäbe nicht genügend. Aber an gewissen Abenden sehe ich sie überall, selbst dort, wo sie gar nicht sind. Nicht etwa, daß ich irgendein Schuldgefühl hätte. Ich habe nie in meinem Leben ein Verbrechen begangen, hatte mich sogar – bis später an jenem selben Abend – noch nie des geringsten strafbaren Vergehens schuldig gemacht. Aber ich bin mir oft wie ein Spion in einem fremden Land vorgekommen.
Die vier Jahre in jenem exklusiven College haben nicht dazu beigetragen, dieses Gefühl zu mildern. Ich kam mir dort ständig wie ein weißer Nigger vor, unsicher und von der Gemeinschaft ausgeschlossen. Nun, das war keine bloße Einbildung. Ich war es tatsächlich.
Das Sonderbare daran war jedoch, daß ich mir trotz alledem meine Anzüge in denselben Läden kaufte wie die Verbindungsbrüder. Und später, als ich aus dem Krieg zurückkam und bei Williams and MacElroy zu arbeiten anfing, ging ich in eines der besten New Yorker Herrengeschäfte, Brooks Brothers, was praktisch auf das gleiche hinauslief: Sowohl da als auch im College war es eine Tarnung. Ich wollte äußerlich anders scheinen, als mir innerlich zumute war. Ich wollte mich nicht von »ihnen« unterscheiden.
Wieder kam ein Polizist an mir vorbei. Ich hatte das Gefühl, daß an diesem Abend die ganze Polizei von New York auf den Beinen sei. Auch als ich endlich in den Zug stieg, ging ständig einer im Gang auf und ab. Man konnte wahrhaftig den Wulst seiner versteckten Pistole sehen! Ein schöner Geheimpolizist! Weshalb fuhr er in diesem Zug? Sah er mich mißtrauisch an, als er an mir vorüberging? Hatte ich bei Gloria zuviel getrunken? Ich hielt immer noch die braune Tüte im Arm. Vielleicht erregte das seinen Verdacht. Ich sollte sie lieber auf den Boden stellen, wo man sie nicht sieht. Ich hatte vollkommen vergessen, daß ich sie noch bei mir trug. Angenommen, irgend jemand würde mich danach fragen, wie konnte ich es ihm erklären?
Nach einer Weile kam dieser verdammte Geheimpolizist aus dem Raucherabteil zurück. Er trug jetzt eine Aktentasche bei sich, doch damit konnte er mich nicht täuschen. Sie sehen heute alle wie leitende Angestellte aus. Das hat die Sicherheitspolizei so eingeführt. Aber ich kenne ihre Schliche. Ich konnte es mir kaum verkneifen, dem Kerl einen Klaps auf die Stelle zu versetzen, wo sich seine Pistole abzeichnete. Doch ich beherrschte mich, lächelte ihn gelassen

an und nickte, als wollte ich sagen: »Ich weiß, wer du in Wirklichkeit bist.« Und er lächelte zurück, als wollte er sagen: »Ich weiß auch, wer du bist.«

Der Zug fuhr in den Bahnhof der 125. Straße ein. Eigentlich hatte ich nicht vorgehabt, dort auszusteigen. Aber plötzlich überkam mich der Wunsch, mir die Gegend anzusehen, wo meine Eltern gewohnt hatten, als sie nach Amerika kamen, und wo ich geboren bin. Gwen würde eben einfach ein bißchen länger warten müssen, das heißt, falls sie überhaupt noch auf mich wartete. Für den Augenblick war es mir egal.

Ich wußte, daß diese Gegend jetzt zu Harlem gehörte, doch vor vierzig Jahren war es ein Viertel für aufstrebende Weiße gewesen. Ich hatte mir schon immer gewünscht, einmal wieder dorthin zu gehen, durch die Straßen zu bummeln, auf denen ich gespielt hatte, und zu sehen, ob alles noch so war wie früher. Aber sooft ich auch im Lauf der Jahre nach New York gekommen war, nie hatte ich Zeit dafür gefunden. Alles stand auf meinem Programm, nur nichts von dem, was mich wirklich berührte. Wenn *ich* mich dafür interessierte, konnte es nicht so wichtig sein.

Daher stand ich jetzt auf, um auszusteigen, und ich war bereits am Ende des Wagens angelangt, als ich hinter mir eine Stimme hörte: »He, junger Mann, Sie haben Ihr Paket vergessen.« Der Schaffner hob die braune Tüte hoch. »Oh, vielen Dank«, sagte ich mit einem nervösen Lachen und ging eilig zurück, um sie zu holen.

Draußen auf der 125. Straße beschloß ich, ein Stück zu Fuß zu gehen. Und ich beschloß auch, die braune Tüte noch ein Weilchen mit mir herumzutragen; ich hatte mittlerweile eine gewisse Zuneigung zu dem Ding gefaßt.

Die Wirkung von Glorias Drink verflog allmählich, und das wollte ich nicht. Daher ging ich in die erste Bar, an der ich vorbeikam. Ich bestellte mir ein großes Bier für fünfzehn Cent; dann ein Glas Roggenwhisky, danach eine dreißig Zentimeter lange Bockwurst, dann noch ein Glas Whisky und noch ein Bier. Das brachte mich wieder in Schwung.

Am anderen Ende der Bar gab es einen Aufruhr. Irgend jemand war von der Straße hereingekommen und hatte einem Barmixer in aller Eile für fünfzehn Dollar einen Staubsauger verkauft. Bei näherer Betrachtung stellte sich heraus, daß der Staubsauger zwar ein bekanntes Markenzeichen, aber keinen Motor hatte. Der Verkäufer war verschwunden.

Ich blickte mich nachdenklich im Lokal um. Was, zum Teufel, hatte ich hier zu suchen, ein Fremder an einem fremden Ort, eine Maske über einer Maske?

Dabei erinnerte ich mich, wie wenig vertraut mir alles erschienen war, als ich 1945 aus dem Krieg zurückkam. Waren dies meine Mitbürger? War dies meine Heimat? Warum empfand ich, ein zweimal ausgezeichneter Soldat, so wenig Loyalität, so wenig Vaterlandsliebe? Ich hatte für dieses Land gekämpft, hatte zahllose Männer dafür sterben sehen. Doch als ich es mir jetzt ansah, fragte ich mich, warum sie hierfür in den Tod gegangen waren. Ich spreche nicht von dem Begriff. Ich spreche von dem Land, so, wie es wirklich ist.
»Aber es muß nicht alles unbedingt so sein«, sagte ich laut.
Der Mann neben mir bemerkte, ohne den Kopf zu wenden: »Nein. Das muß es nicht.«
»Ich meine, die ganze gottverdammte Geschichte.« Auch ich drehte mich nicht nach ihm um.
Die Bar hat den Platz der Kirche eingenommen. Es ist der einzige Ort in Amerika, wo die Menschen ihre Seele erforschen.
Mein Nachbar sagte: »Ich weiß genau, was du meinst.« Wir sahen uns immer noch nicht an.
Ich trank noch ein Bier mit einem Schuß Whisky. Dann überlegte ich mir: »Unsere Gesellschaft ist verrückt.« Ich meinte damit alles – die Gewohnheiten, die Kleidung, die Arbeit, die der Arbeit gewidmeten Stunden, die Art, wie Menschen miteinander sprachen, ohne sich anzusehen, die Häuser, in denen sie lebten, die Straßen, durch die sie gingen, den Lärm, die Luft, den Schmutz, das Brot –, all die elementaren Dinge. Aber was mich wirklich beunruhigte, war die Tatsache, daß dieses Land trotz des vielen Geredes über Glück im Grunde genommen vergnügungsfeindlich ist. Oh, ich weiß, wir stopfen uns andauernd etwas in den Mund – einen Drink, eine Zigarette, Bonbons. Und wir fahren ewig in der Gegend umher. Überall gibt es Musik, selbst in den Fahrstühlen, und man kann sich im Fernsehen Tag und Nacht an alten Filmen ergötzen. »Aber wohin geht man in New York, wenn man sich wirklich amüsieren will?« fragte ich.
»Was für eine Art Mädchen suchst du?« erkundigte sich mein Nachbar.
Ich sah ihn verstohlen an. Zweifellos ein Polizist in Zivil, der sich erbot, für mich den Zuhälter zu spielen. Eine Falle. Ich trank noch einen doppelten Whisky und ging, meine braune Tüte fest umklammernd, eilig hinaus.
Mein Gott, sah ich die Dinge richtig? Früher pflegte ich die Welt um mich herum nicht so zu sehen!
»Natürlich nicht. Damals hast du dazugehört. Wie konntest du sie also sehen?« sagte ich laut.
Einmal hatte ich es getan. Im College. Ich war überzeugt, daß jeder

dort mein Feind sei und daß ich meine wahren Gefühle verbergen mußte. So verhielt ich mich, als sei ich ein Spion in einem fremden Land.
Ich bog in die Lexington Avenue ein und ging in Richtung der Innenstadt. Ja, dachte ich, so war mir 1945 zumute, als die Atombombe Hiroshima vom Erdboden hinweggefegt hatte und dann, um ganz sicherzugehen, auch noch Nagasaki. Ich erinnerte mich, daß ich damals das gleiche empfand wie an diesem Abend. Nach meiner Rückkehr besorgte ich mir die Stellung bei Williams and MacElroy, setzte die Maske eines zivilisierten Mannes auf, und so vergingen zwanzig Jahre, wie bei einer jener Szenen im Film, in denen ein künstlicher Wind die Blätter vom Kalender fliegen läßt.
Es hatte angefangen zu regnen. Ich kam zur 112. Straße, wo wir vor vierzig Jahren gewohnt hatten. Es war nichts mehr da. Sechs oder sieben große Wohnhäuser einer Siedlungsgenossenschaft. Eines wie das andere. Alles leerer Schein. Anonyme Architektur.
Ein Polizist kam vorbei. Zur Abwechslung in Uniform.
»Wo sind sie alle geblieben?« fragte ich.
»Wie bitte?« Er sah freundlich aus, was todsicher eine Maske war.
»Wo ist alles?« wollte ich wissen.
»Wo ist was?«
»Alles, alle.« Ich war ziemlich verärgert und machte kein Hehl daraus.
»Zu Hause«, erwiderte er. »Und Sie sollten lieber auch nach Hause gehen, ehe Sie in Schwierigkeiten geraten.«
Damit ließ er mich stehen, ging auf einen anderen Mann zu – dem Aussehen nach ein Polizist in Zivil – und sagte etwas. Sie wandten sich beide um und sahen mich an.
Nun gut, dachte ich mir und näherte mich den beiden Polizisten. Ich hatte noch nie zuvor etwas Derartiges getan.
»Was wollen Sie damit sagen, daß ich lieber nach Hause gehen soll, ehe ich in Schwierigkeiten gerate?« erkundigte ich mich.
Der Polizist und der Beamte in Zivil sahen sich an und lachten.
»Was ist daran so komisch?« fragte ich angriffslustig.
»Machen Sie, daß Sie weiterkommen, Mister«, sagte der Schutzmann.
»Machen *Sie*, daß Sie weiterkommen. Gehn Sie Ihrer Arbeit nach und hören Sie auf, mich zu verfolgen.«
Bei Gott, sie gingen wirklich fort!
Ein dritter Mann, offensichtlich ebenfalls ein Geheimpolizist, kam heran und blieb vor mir stehen. Dieser Schweinehund wußte sich wirklich gut zu verstellen: Er sprach französisch.
»*Parlez-vous français?*« fragte er.

»Oui«, sagte ich, »also kommen Sie mir nicht auf diese Tour.«
»Comment?«
»Sprechen Sie englisch«, befahl ich. »Lassen Sie den Blödsinn bleiben... Sie alle drei.« Ich sah mich um. Die anderen beiden waren verschwunden. Aber ich wußte, sie waren bestimmt irgendwo in der Nähe und beobachteten mich. Doch dieser letzte, der Schweinehund, stand einfach da.
Ich ging fort, oder besser gesagt, ich wandte mich ab, ging in Richtung einer Bretterwand, die ein eben fertiggestelltes Mietshaus umgab, und stieß direkt auf ein Zephyr-Plakat.
Das Bild zeigte einen distinguiert aussehenden Mann in einem weißen Kittel – wahrscheinlich einen Arzt – und hinter ihm eines von jenen mageren Mannequins mit ausgestopftem Busen, das ihn mit vornehm zurückhaltender Wollust ansah und – jetzt erinnerte ich mich. Das ist mein Plakat! Ich hatte den Text verfaßt: *Die Männer, denen man vertraut, rauchen Zephyr, die reine Zigarette – rein wie ein sanfter Wind.* Unsere Antwort auf die Krebspanik.
»Reinster Quatsch!« sagte ich.
»Comment?« fragte der Geheimpolizist oder was immer sonst er war. Er machte jetzt einen netteren Eindruck.
Ich beschloß, ihm zu vertrauen. Ich lächelte ihn an, zuerst versuchsweise, dann ohne Vorbehalt. Er erwiderte mein Lächeln. Was oder wer immer er war, er hatte ein nettes Lächeln.
Ich verbeugte mich und fragte: »Was kann ich für Sie tun?«
»Vielen Dank«, murmelte er. »Könnten Sie mir bitte sagen, wo ich in dieser Stadt urinieren kann?«
Darauf wußte ich keine Antwort. Eine schwierige Frage. Rings um uns herum stand das neue Wohnviertel. Plötzlich mußte ich auch. Mein Gott, dachte ich mir, die Ehre Amerikas als Kulturstaat hängt von dieser so einfachen Frage ab. Ein zivilisiertes Land sollte wahrhaftig für einen Ort sorgen, wo ein Mensch dann und wann bequem seine Bedürfnisse verrichten kann.
Ich wandte mich dem Franzosen zu. Mittlerweile war ich ziemlich sicher, daß er kein verkappter Polizist war. Er war einfach ein Mann wie ich, in einem fremden Land. »Es ist hier genau wie in Paris«, sagte ich. »Sie suchen sich die Plakate, und wenn Sie eins finden, wie dieses *ici*, das ist der richtige Ort! Nur zielen wir hier *auf* die Plakate. *Regardez*!«
Ich holte das Ding hervor und pißte genau dorthin, wo es hieß: »Die Männer, denen man vertraut...«
Er sah mir zu. Männer interessieren sich aus Gründen des Vergleichs für die Stengel anderer Männer. Ich wartete, daß er den seinen heraushole. Einen französischen hatte ich noch nie gesehen. Dann

deutete ich auf das Mädchen mit dem ausgestopften Busen, das mit lüsternen Augen den Mann im Arztkittel ansah, und sagte: »Dies ist Ihr Ziel. Schießen Sie los!«

Dabei fiel mir ein, daß die Zephyrleute beschlossen hatten, diese Kampagne zunächst in begrenzten Gebieten auf ihre Wirksamkeit zu testen.

Nun, das war der Augenblick, in dem der wirkliche Geheimpolizist und der Schutzmann auf dem Schauplatz erschienen und uns nach einem kurzen Kampf unter ihre Obhut nahmen.

Ich genoß die Fahrt im Polizeiauto. Mir war plötzlich sogar so leicht zumute, daß ich unterwegs einschlief. Als ich aufwachte, kam ich gar nicht recht zu mir. Wir hielten gerade vor dem Gebäude des Nachtgerichtshofs. Wenige Minuten darauf standen wir vor einem Richter, den ich nicht sehr deutlich erkennen konnte. Ich stellte meine braune Tüte auf dem Tisch des Gerichtsstenografen ab und erklärte dem Richter, meiner Meinung nach gäbe es entschieden viel zu viele Geheimpolizisten in der Stadt. Dann kam mein großer Augenblick. Ich fragte: »Können Sie, Herr Richter, mir sagen, wo ein französischer Tourist, der mit der Stadt und den hiesigen Gewohnheiten nicht so vertraut ist, mitten in der Nacht an der 112. Straße, Ecke Lexington Avenue, urinieren kann?«

Der Richter sah sich offenbar in die Enge getrieben, denn er wandte sich um und flüsterte dem Geheimpolizisten, der hinter ihm stand, etwas zu. »Er weiß es auch nicht, Herr Richter«, sagte ich. »Ich habe ihn bereits gefragt.«

Der Richter deutete auf mich und befahl dem Geheimpolizisten zu meiner Rechten: »Bringen Sie ihn in mein Amtszimmer.«

»Ich rühre mich nicht hier fort, ehe Sie den Franzosen freilassen«, erklärte ich. Der Polizist, der mich festhielt, bog meinen Arm leicht nach hinten.

»Au!« schrie ich. »Hat dieser Mann das Recht, mir den Arm zu verdrehen?«

Der Richter wich wohlweislich meiner Frage aus. Er wandte sich um und sagte zu dem Franzosen: »Sie können gehen.«

»Ich glaube, der Mann hat ein Recht darauf, daß wir uns bei ihm entschuldigen«, sagte ich.

»Treiben Sie's nicht zu weit«, sagte der Polizist drohend.

»Ich finde, Sie sollten sich bei ihm entschuldigen«, beharrte ich. »Angenommen, Sie wären in Paris, und Ihnen würde so etwas widerfahren. Sie würden eine ganze Division von Luftlandetruppen der Vereinigten Staaten zu Hilfe rufen.«

Der Richter klopfte mit dem Hammer auf den Tisch. Die Polizisten brachten den Franzosen hinaus. Ich sah ihn nie wieder.

Dann war ich plötzlich in einem düsteren kleinen Zimmer irgendwo im hinteren Teil des Gebäudes. Der Richter zog seine Amtsrobe aus und zündete sich eine Zigarette an. Er wandte sich um, kam auf mich zu und fragte: »Erinnerst du dich nicht mehr an mich?«
Ich sah ihn an, und dabei fiel etwas von der Autorität und der Maske von ihm ab, und vor mir stand Beetle Weinstein oder Ben Winston, wie man ihn später kannte. »Beetle«, sagte ich. »Du liebe Güte, es ist tatsächlich der Beetle!«
»Ja«, erwiderte er, »ich bin's.«
»Du hast deine Zähne richten lassen.«
Seine überhängenden Eckzähne hatten ihm den Namen Beetle – auf deutsch Käfer – eingetragen.
»Ja«, sagte er, »und das ist noch das wenigste von allem.«
»Was, zum Teufel, tust du hier?« fragte ich.
»Was, zum Teufel, tust *du* hier?« entgegnete er. »Komm, laß uns etwas trinken.« Er schob ein paar juristische Bücher zur Seite und holte aus dem Regal jene erfreuliche viereckige Flasche hervor.
Der Whisky pulverte mich auf. »Das hab' ich schon seit Jahren tun wollen«, sagte ich.
»Was?« fragte er, sein Glas erhebend. »Auf ein gutes Gelingen!«
»Auf meine Plakate pissen!« erwiderte ich. »Sag mir, Beetle, wie hältst du es aus?«
»Wie hältst *du* es aus?«
»Hör endlich auf, meine Fragen mit Fragen zu beantworten, du kleiner Itzig! Und jetzt antworte mir auf meine gottverdammte Frage: Wie kannst du da oben sitzen und es vertreten?«
»Was vertreten?« fragte er.
»Du weißt verdammt genau, was. *Es!* Alles. Den ganzen Schwindel.«
»Geduld, mein Freund, wir können warten.«
»Quatsch, Richter. Es braucht alles nicht so zu sein.«
»Was alles?«
»All dies. *Es*!«
»Ist irgend etwas mit dir los?«
»Nein. Aber ich nähere mich einer Krise. Glaub nicht, daß ich einfach betrunken bin. Es ist verdammt viel mehr als nur das.«
»Das merke ich«, sagte er. »Verdammt viel mehr.«
»Und es nimmt kein Ende, Beetle.«
»Was ist mit dir passiert?«
»Wann?«
»Seit ich dich das letztemal gesehen habe.«
»*Es* ist mir geschehen.«
»Was heißt *es*?«
»Warst du im Krieg?«

»An dem Tag, wo Hitler Rundstedt über die polnische Grenze geschickt hat, habe ich mich gemeldet. Du nicht?«
»Nun, erinnerst du dich, wie unsinnig alles wirkte, als du aus dem Krieg zurückkamst? Ich meine buchstäblich, die ganze Zivilisation. War's nicht so, Richter?«
»Ja, so war's.«
»Nun, das war der Augenblick, wo du klargesehen hast. Danach haben sie dich mit den Beförderungen, dem Geld und dieser Amtsrobe, die du eben ausgezogen hast, wieder eingewickelt. Aber damals, im Sommer fünfundvierzig, da warst du ein oder zwei Wochen bei klarem Verstand. Entsinnst du dich? Gib mir noch einen Drink.«
»Bediene dich.«
Ich tat es. Eine Zeitlang saßen wir schweigend da. Ich atmete schwer.
»Bist du sicher, daß alles mit dir in Ordnung ist?« fragte er.
»Ich habe mich noch nie mehr im Einklang mit mir selbst gefühlt. Ich will heute abend noch zwei Telegramme abschicken. Hilf mir.«
»Gern. Was für Telegramme?«
»Ich habe zwei Berufe, und ich werde sie beide in aller Form und endgültig aufgeben.«
»Warum tust du das nicht morgen früh?«
»Morgen früh werde ich nicht so klar denken wie jetzt.«
Es klopfte an der Tür. Der Richter murmelte etwas, und einer der Geheimpolizisten kam herein. Jetzt, wo ich ihn mit anderen Augen betrachtete, war er nichts weiter als ein großer irischer Junge. Er hielt meine braune Tüte im Arm.
»Ich dachte mir, das hier würde Sie vielleicht interessieren, Richter Winston«, sagte er.
»Was ist es?« fragte der Beetle.
»Sehen Sie hinein, Sir.«
Ich sagte nichts.
Der Richter sah hinein. »Ich verstehe es immer noch nicht«, sagte er. »Was ist es?«
»Einfach ein Haufen Abfälle«, sagte der Geheimpolizist. »Aber als Shepley ihm die Tüte abnehmen wollte, hat er ihn zu Boden geschlagen.«
»Er hat einen Polizeibeamten zu Boden geschlagen?« fragte Richter Winston.
»Ja, Sir.«
»Tst, tst, tst«, machte ich.
Der irische Junge starrte mich an, dann fuhr er fort: »Ich dachte nur, es würde Sie interessieren zu sehen, was er für so kostbar hielt; verstehen Sie, was ich sagen will, Herr Richter? Ich glaube, das sagt genug.«

»Vielen Dank. Ja, Sie haben recht, es sagt genug.«
Der Geheimpolizist nickte und ging hinaus.
Der Richter blickte mich an. Er sah jetzt wieder mehr wie ein Richter aus.
»Eddie«, sagte er, »wozu trägst du das hier mit dir herum?«
»Ist es gegen das Gesetz?«
»Sei nicht so streitsüchtig! Ich wollte nur gern wissen, warum du es mit dir herumträgst.«
Ich dachte lange über diese Frage nach. In Anbetracht meiner kürzlich entdeckten Wahrheitsliebe bemühte ich mich, meine Gedanken zu ordnen und wahrheitsgemäß zu antworten. Ich fragte mich, ob ich ihm die ganze gottverdammte Geschichte erzählen sollte. Und selbst wenn ich es täte, wäre das eine ausreichende Erklärung? Schließlich sagte ich: »Ich kann nicht erklären, Herr Richter, warum ich diese braune Tüte mit Abfällen mit mir herumtrage.«
Es war eine Weile still. Dann legte er den Arm um meine Schultern und sagte: »Den ›Herrn Richter‹ kannst du dir schenken. Hör zu, vielleicht solltest du keinerlei Entscheidung treffen, auch nicht, was deine Arbeit anlangt, ehe du dich eine Zeitlang ausgeruht hast.«
Ich stand auf.
»Vielen Dank, Beetle«, sagte ich. »Aber ich habe mich noch nie so wohl gefühlt. Bei mir stimmt alles. Bei allen anderen stimmt es nicht. Und jetzt spreche ich als Angeklagter zum Richter: Wirst du mich hierbehalten?«
Er blickte mich sehr traurig und sehr besorgt an. »Nein«, erwiderte er, »ich werde dich nicht hierbehalten. Du bist frei.«
»Wie komme ich hier 'raus?«
»Ich geh' mit dir zur Hintertür«, sagte er. Dann griff er nach seiner Amtsrobe. »Ich fürchte, wenn ich das hier nicht anhabe, lassen sie mich nicht wieder rein.« Er lachte, und ich lachte ebenfalls. Aber es war ihm Ernst damit.
»Noch einen für den Weg?« fragte er.
»Nicht nötig«, sagte ich. »Ich fühle mich prima.«
»Dann einen um der alten Zeiten willen.«
»Auf die alten Zeiten, ja das gern.«
Er füllte die Gläser.
Ich war zehn Monate lang Mitglied der kommunistischen Partei gewesen. Wenn ich in ihr Hauptquartier in der 12. Straße gegangen war, um mich zum Dienst zu melden (eine Anzahl von Zeitungsleuten schrieb Reden und Artikel für die Partei), so war Bennie Weinstein der Mann gewesen, mit dem ich im 9. Stockwerk Kontakt aufgenommen hatte. Er hatte eine weiche Ader, das konnte man selbst damals erkennen, und so überraschte es mich nicht, daß ich

niemals etwas von seiner Beförderung innerhalb des Kaders hörte. Er eignete sich ganz gut für die Zeiten der Volksfront, wo jeder nett und freundlich war. Doch als nach dem Krieg alles wieder kalt und unnachsichtig wurde, war er fehl am Platz.
Als ich aus dem Krieg zurückkam, bedeutete die KP mir nichts mehr. Ich wollte die verlorene Zeit einholen und mir eine Existenz aufbauen. Was ich auch tat. Und allem Anschein nach hatte er das gleiche getan.
»Auf die alten Zeiten«, sagte er abermals, »die guten Zeiten!« Wir tranken darauf. Er stellte die Flasche wieder hinter die juristischen Bücher und führte mich hinaus. Wir gingen durch einige Korridore, an mehreren Aufsehern vorbei. Das schwarze Gewand erhielt den ihm gebührenden Tribut. Der Richter nickte und brummte, erwiderte nicht viel. Er hatte es 'raus, die Respektsperson zu spielen. Durch einige düstere Kellergänge, in denen die Unterkünfte der Gefängniswärter kaum besser oder anders als die der Gefangenen waren, gelangten wir schließlich zum Ausgang. Richter Winston (Weinstein) öffnete die Tür. Es nieselte immer noch.
»Eine scheußliche Nacht«, sagte er. Dann blickte er mich besorgt an und fragte: »Es bleibt unter uns, nicht wahr? Was die alten Zeiten und all das betrifft? Verstehst du mich?« Es war nicht einfach eine Feststellung, es war eine flehende Bitte. Wie wenig sicher fühlt er sich, dachte ich im stillen. »Weißt du«, fuhr er fort, »es sind nicht viele von uns übriggeblieben.«
»Wen meinst du mit uns?« fragte ich.
»Uns alte Rebellen«, erwiderte er.
Wir standen ein Weilchen dort und starrten in den Regen hinaus. Ich vermute, er hätte gern gewußt, was ich wohl über ihn dachte. Doch als ich es wagte, ihn anzusehen, lächelte er und sagte: »Wohin gehst du jetzt, alter Kumpel?«
»Wahrscheinlich mit einem Mädchen ins Bett«, erwiderte ich. »Wenn ich kann.«
»Wird von Jahr zu Jahr schwerer, findest du nicht?« Er lachte und setzte hinzu: »Ich wünschte, ich könnte mit dir gehen – oh, nicht nur deswegen, obwohl ich auch ganz gern mal wieder ausbrechen würde; hab's schon lange nicht mehr getan. Aber eigentlich wollte ich damit sagen, daß dieses Zusammensein mit dir so viele alte Erinnerungen geweckt hat.«
Ich dachte an seine Frau. Sie war der aggressive Teil der Familie gewesen, war zweimal nach Kuba gegangen, das erste Mal mit Clifford Odets, dessen Freundin sie in jenem Monat war, und das zweite Mal auf eigene Faust. Damals war sie dort geblieben und war die *soldadera* von einem der Männer geworden, die in den Bergen

kämpften – all dies lange, lange vor Castro. Als dieser Mann von Batista geschnappt und erschossen wurde... hatte es so geendet? Ich konnte mich nicht mehr genau entsinnen.
»Wo ist Elisabeth?« fragte ich.
»Oh, erinnerst du dich an sie?«
»Wann ist sie gestorben?« fragte ich.
»Sie ist nicht tot«, sagte er. »Wir sind immer noch zusammen. Wir sind jetzt seit nahezu dreißig Jahren zusammen.« Er senkte die Stimme. »Wußtest du, daß sie einmal die Geliebte von Clifford Odets gewesen ist?« War er stolz darauf? »Dann hat sie mit einem von diesen *campesinos* aus dem Hügelland gelebt, einem regelrechten Guerillakämpfer, der von Batista erschossen wurde! Eine Kugel amerikanischen Ursprungs genau zwischen die Augen! Wir sollten uns schämen. Schweinehunde! Aber sie hat man nicht erwischt. Frag nicht, wie sie es fertiggebracht hat, wieder ins Land zu kommen, es ist dreißig Jahre her. Du würdest nie erraten, was sie jetzt tut.«
»Was?«
»Sie macht Marktanalysen für eine Effektenemissionsbank in Wall Street. Hat natürlich die besten Tips aus erster Hand; und dazu ihre eingehenden Kenntnisse von Marx – sie hat ein kleines Vermögen verdient. Ich könnte jederzeit hier aufhören.«
»Warum tust du's nicht?«
»Und was mach' ich dann?«
»Es gibt noch vieles, wofür man kämpfen kann, glaubst du nicht?«
»Heutzutage ist nichts zu machen, mein Junge, das weißt du selbst. Wo sind sie jetzt alle? In Mexiko. Untergetaucht genau wie du und ich. Wir alle sind untergetaucht. Niemand weiß, wer wo ist. Wie du zum Beispiel. Werbung. Ein Hurenmetier. Wenn du betrunken bist, hast du Lust, es aufzugeben; wenn du nüchtern bist, besinnst du dich eines Besseren – ist's nicht so? Denn, verdammt noch mal, du sitzt dort und wartest, ebenso wie ich hier sitze und warte. Hin und wieder rebellieren wir ein wenig. Wie heute abend. Ich wette, du warst froh, daß ich und nicht jemand anders auf dem Richterstuhl saß.«
Ich erwiderte nichts.
Der leichte Regen ließ Juwelen durch die Lichtkegel der Straßenlaternen strömen. »Nun, ich glaube, ich habe dich schon lange genug aufgehalten«, sagte ich schließlich.
»Sag das nicht. Ich treff' nicht alle Tage einen meiner alten Kumpel.« Er schnallte seinen Gürtel enger. »Man wird langsam fett, wenn man tagaus, tagein auf jener gottverdammten Bank sitzt und sich den Abschaum dieser schmutzigen Gesellschaft – die Verkäufer und die Verkauften – ansieht. Mensch, ich könnte ein Buch schrei-

ben. Und ich werde es eines Tages auch tun; das verspreche ich dir, Eddie. Nimm mich beim Wort. Wirst du mich beim Wort nehmen, Eddie?«

Dann tat er etwas, das ich nie von ihm erwartet hätte: Er streckte die Hand aus und berührte meine Wange mit so viel Zärtlichkeit, wie er einem andern Mann entgegenzubringen vermochte. »Jetzt gehst du mit einem Mädchen ins Bett, nicht wahr? Du glücklicher Schweinehund.«

»Nun, ich werde sehen, was sich machen läßt.«

»Du hast es irgendwie fertiggebracht, lebendig zu bleiben. Vielleicht machen das die Weibergeschichten. Verdammt noch mal, du siehst immer noch so...« er zögerte, »so unzuverlässig und verrückt, so hungrig und wild und niederträchtig aus wie vor zwanzig Jahren. Und das ist ein Kompliment.« Er schwieg einen Augenblick, dann fuhr er fort: »Sag mir, hast du eigentlich jemals etwas mit Elisabeth gehabt? Früher? Ich weiß, du hast sie gekannt. Sag's mir ruhig. Es macht mir nichts aus.«

»Ja. Weißt du, einmal...«

»Es macht mir nichts aus«, wiederholte er.

»Schön«, sagte ich und machte Anstalten zu gehen.

»Ich nehme an, irgendwo muß das alles, diese ganze Art zu leben, doch noch existieren.«

»O sicher, das gleiche Spiel, nur andere Spieler.«

»Du solltest dir ein Paar Galoschen kaufen. Du wirst dich erkälten.«

»Gut«, sagte ich, »auf Wiedersehen.«

»Weißt du, es hat mir wohlgetan, mit dir zu reden. Ich sitze Tag für Tag dort drinnen, und ich komme mir langsam vor wie ein Vogel im Käfig. Und ... nun ... Elisabeth war gut, nicht wahr? Ich meine, im Bett?«

»Wundervoll«, sagte ich, »aber sie wollte mich hinterher nicht wiedersehen. Es war nur so eine Zufallsgeschichte, weißt du, nur einmal.«

»O gewiß, gewiß, mach dir keine Sorgen. Ich verstehe es sehr gut ... aber sie war...«

»Wundervoll«, sagte ich und machte abermals Anstalten zu gehen.

»Nun, mach's gut und sei vorsichtig.«

»Womit?«

»Ich befinde mich hier in einer heiklen Lage. Niemand hat die leiseste Ahnung, wer ich bin! Verstehst du?«

»Ich verstehe.«

»Also bleibt alles unter uns? Abgemacht?«

Ich beruhigte ihn, winkte und ging fort. Als ich mich nach ein paar

Schritten umwandte, sah ich ihn immer noch im Türrahmen stehen. Er stand allein dort und hatte mich bereits vergessen. Dann verschwand er in dem großen Gebäude mit den vergitterten Fenstern. Die schwere Eisentür fiel mit einem dumpfen Schlag ins Schloß. Ich ging in die kühle Nacht.

»AAAaaaaah!!« sagte ich laut, um mich von dem Druck der Hoffnungslosigkeit zu befreien, den Beetle Weinstein in mir zurückgelassen hatte. Alle um mich herum waren maskiert und im Sterben begriffen, starben in ihrer Verkleidung. Ich hingegen fühlte mich leicht und froh, als ich jetzt mit dem guten Whisky im Magen durch den kühlen, schimmernden Sprühregen ging. Ich hatte es durchgestanden, ich war der einzige Überlebende eines gewaltigen Schiffbruchs. Es war mir gelungen zu entkommen. Zumindest hatte ich den Untergang hinausgeschoben. Ich hatte genug vom Tod, genug von der schweigenden, allmählichen Kapitulation um mich herum. Das alles lag jetzt hinter mir. Wie weit hinter mir, das konnte ich an Beetle Weinstein sehen.

»So war ich einmal!« rief ich. Und dann: »Es muß nicht so sein!« All dies mit lauter Stimme, denn ich hatte auch genug von meinen eigenen Geheimnissen und meiner Verstellung, von meinen Masken und all den falschen Vorspiegelungen. Und plötzlich hatte ich genug von der gesamten Zivilisation unseres Landes. Mir war, als hätte das ganze Leben um mich herum überhaupt nichts mit mir zu tun. »Ich gehöre nicht dazu«, sagte ich. »Ich stehe außerhalb.«

Dann fragte ich mich: Wohin kann ich gehen? Was kann ich tun? Beginnen wir mit einer Verneinung. Zumindest weiß ich, was mir nicht gefällt, was ich nicht tun will. Denn das, was ich getan hatte, hätte mich beinahe umgebracht. Ich war mit knapper Not davongekommen.

Das einzige, was mich während all der Jahre meines Erfolgs am Leben erhalten hatte, waren meine Schandtaten, meine Schwindeleien, meine Untreue, meine »schlechte« Seite. Meine anständige, treue, zuverlässige und rücksichtsvolle Seite war eine Maske, und diese Maske hatte, wie in dem alten Märchen, mein Gesicht und meinen Mund immer fester umschlossen, bis sie mich nahezu erstickte. Wenn ich gelogen, nach Ausflüchten gesucht und meine Umwelt betrogen hatte, so war das, weil ich der Lebensweise, jener schrecklichen *Ordnung* zu entkommen suchte, die mich umzubringen drohte. Und verdammt nah daran gewesen war, es zu tun.

Während ich den Broadway entlangging, der tatsächlich so voll von den Verkäufern und Verkauften war, wie Richter Winston (Weinstein) gesagt hatte, schwor ich mir, daß ich, ungeachtet der Folgen, von jetzt ab nur noch tun würde, was mir beliebte, selbst wenn es

mir die Erkenntnis meiner Wertlosigkeit und die Verachtung meiner Mitmenschen einbrachte. Vielleicht würde ich endlich meinem wahren Ich näherkommen. Ich würde mich in Zukunft nicht mehr vor mir selbst verbergen. Ich würde nicht mehr gehorsam sein, was Konventionen und Statuten betraf, die ich nicht aufgestellt und denen ich nicht zugestimmt hatte.
Irgend etwas sagte mir, daß ich im Begriff war, sämtliche Haken aus der Wand zu reißen, an die ich mein Leben gehängt hatte. Ich kehrte in das Stadium der Oralerotik zurück. Es würde Mißbilligung und Tadel heraufbeschwören. Trotzdem war es der nächste Schritt. Das stand außer Zweifel.
Abscheu vor mir selbst rettet mir das Leben, sagte ich mir. Meine einzige Größe liegt in meinem Abscheu vor mir selbst.
Dann fiel mir eine Zeile aus der Bibel ein. Oder vielleicht war es auch nur eine freie Wiedergabe. Du mußt dein Leben verlieren, um dein Leben zu gewinnen. Wer immer das gesagt haben mag, es stimmt. Man muß sterben, ehe man wieder leben kann.
Der Turm des Paramount-Gebäudes ist das häßlichste Bauwerk, das ich je gesehen habe. Seine Uhr zeigte zehn vor eins. Ich stieg in ein Taxi.
Ich weiß, es ist vollkommen unlogisch, aber ich rechnete fest damit, daß Gwen zu Hause sein und auf mich warten würde. Denn sie ist genau wie ich, sagte ich mir. Wir sind in allem verschieden, außer in dem wesentlichen Punkt; auch sie ist eine ratlose Fremde, die sich in den Straßen dieser Nation von identischen Straßen verirrt hat. Sie ist bestimmt zu Hause, und sie wartet auf mich.
Und als ich zu ihrem Mietshaus kam, ließ der elektrische Türöffner von oben mich tatsächlich sofort ein. Die Tür zu ihrer Wohnung stand weit offen. Gwen saß auf einem Sessel und strickte. Auf dem Sofa lag, in die *Sports Illustrated* vertieft, ein Mann, den sie mir als Charles vorstellte.

15

»Ich bin ausgebildeter Ingenieur«, sagte Charles, »und das kommt mir natürlich sehr zustatten. Wie zum Beispiel gerade jetzt: Ich bin im Begriff, eine Reihe von chemischen Reinigungen einzurichten. So eine Art Selbstbedienungsläden. Ich glaube, dieses Unternehmen wird Erfolg haben, meinst du nicht, Gwen?« Gwen schien ihn nicht zu hören; so wandte er sich an mich. »Wenn Sie Zeit haben, würde ich Ihnen gern einen der Läden zeigen.«
»Ich bin nur für ein paar Tage hier«, sagte ich.

Ich saß da wie ein afrikanisches Bildwerk, ausdruckslos, rätselhaft. »Nun, sie sind genau das, was sich auf diesem Gebiet als nächstes durchsetzen wird. Eindeutig. Nein? Glauben Sie das nicht?« Dann, an Gwen gewandt: »Bist du nicht auch meiner Meinung, Gwen?« Gwens Konzentration auf ihr Strickzeug hätte wahrhaftig jeden zur Verzweiflung bringen können.

»Keine Antwort«, sagte Charles. Er lachte. »Ich freue mich sehr, Sie endlich kennenzulernen. Gwen wollte nie über Sie sprechen. Aber ich liebe Klarheit. Ich weiß, Sie haben sich früher einmal nahegestanden ...« Seine Stimme verlor sich.

Ich nickte. »Ja, das haben wir.« Wann verschwindet er? fragte ich mich im stillen.

»Aber Sie wissen ja, wie Gwen ist. Sehen Sie, kein Wort. Gwen!« Die Stricknadeln klapperten.

Charles wandte sich wieder mir zu. »Manchmal glaube ich, sie hört gar nicht zu«, sagte er. »Aber später stellt sich heraus, daß sie jedes Wort gehört hat – und sogar manche, an die man sich gar nicht erinnert.«

Ich musterte Gwen. Um ihre Lippen lag ein gespannter Zug, den ich nicht an ihr kannte. Ihre Augen waren wie die eines Kindes, das sich irgend etwas sehnlich wünscht, weiß, daß es verboten ist, und trotzdem entschlossen ist, es zu bekommen. Sie sah mich den Bruchteil einer Sekunde an, dann senkte sie den Blick.

»He, Gwen«, sagte Charles, »wir haben unserem Gast nichts zu trinken angeboten.«

Gwen stand auf, ohne ein Wort zu sagen.

Ich sah mir Charles ein wenig näher an. Er war ein kräftiger Mann, über einsachtzig groß, mit jenen schweren Muskeln, wie Sportler sie bekommen, wenn sie nicht mehr trainieren. Er hatte eine verblüffende Ähnlichkeit mit Eisenhowers Pressechef, Haggerty, hätte wahrhaftig sein Bruder sein können. Er war in Hemdsärmeln, hatte jedoch den Schlips anbehalten. In der Tasche seines Hemdes trug er ein Etui mit mehreren Farbstiften und einem winzigen Rechenschieber.

Gwen hatte nicht vergessen, wie ich meinen Bourbon trinke. Ohne mich anzusehen, reichte sie mir das Glas und machte sich wieder an ihre Strickarbeit. Als ich sie aus der Nähe sah, bemerkte ich, daß die Linie von der Nase zum Mund schärfer geworden war. Sie war nicht so hübsch, wie ich sie in Erinnerung hatte.

»Aber es war der falsche Augenblick.« Charles hatte irgendein neues Thema angeschnitten, dessen erster Teil mir entgangen war. »Es kommt einzig und allein auf den rechten Zeitpunkt an. Sie als erfolgreicher Mann wissen das besser als ich. Dann kam Gwen mir

zu Hilfe mit dieser Idee von Selbstbedienungsläden für chemische Reinigung und – nun – erinnerst du dich, Gwen?«
Schweigen. Wir saßen da wie drei versteinerte Götzen.
»Offen gestanden«, sagte Charles, um das Gespräch endlich doch in Gang zu bringen, »ich hatte mir vorgenommen, wenn ich jemals das Glück haben würde, Sie kennenzulernen, so würde ich versuchen, ein paar kostenlose Ratschläge zu bekommen. Ich brauche nämlich einen Firmennamen und einen Slogan für meine Ladenkette. Ich kann mich für nichts entscheiden.«
»An was für einen Namen haben Sie gedacht?«
»Ich hatte verschiedene Ideen. Aber Gwen meinte – es ist mir peinlich, sie Ihnen zu nennen.«
»Los, riskieren Sie es.«
»Was willst du, Eddie?« fragte Gwen unvermittelt.
Ich antwortete nicht.
»Eddie, was, zum Teufel, willst du?«
»Ich will dich sehen.«
»Nun, ich will dich nicht sehen. Am liebsten wäre mir, wenn ihr alle beide verschwinden würdet.«
Zuerst dachte ich, das Geräusch käme aus einer anderen Wohnung. Doch dann stand Gwen auf, ging durch eine Tür, die ich vorher nicht bemerkt hatte, und schloß sie hinter sich. Das Weinen eines Babys drang aus dem Zimmer.
War das die Überraschung, die Chet gemeint hatte?
Ich blickte Charles an. Er lächelte und zuckte die Achseln.
Die Tür öffnete sich, und Gwen stand da, ein Kind im Arm. »Nun, habt ihr euch entschlossen?«
Charles erhob sich. »Ich glaube, wir sollten lieber gehn«, sagte er.
Ich saß völlig benommen da. Von wem war dieses Kind?
»Ich gehe nicht«, erklärte ich.
»Charles?«
»Ja, Liebes?«
»Willst du ihn bitte hier 'rausbringen?«
»Ja.«
Sie schloß die Tür. Charles richtete sich auf. Er war ein sehr großer Mann. »Ich meine, wir sollten jetzt gehen«, sagte er mit sanfter Stimme.
»Lassen Sie mich erst austrinken.«
Gwen kam wieder durch die Tür, ging auf ein umfangreiches, in dunkelblaues Papier gewickeltes Paket zu, riß es auf und zog eine Windel heraus.
»Charles«, sagte sie, »ich möchte heute nacht gern allein sein. Komm bitte nicht zurück.« Dann wandte sie sich an mich. »Es tut

mir leid, wenn ich unhöflich war, Eddie. Aber wozu soll ich dir etwas vormachen? Adieu.« Sie drehte sich um und ging wieder ins Schlafzimmer.
Dieses letzte »Komm nicht zurück, Charles« hätte früher einmal ihre Art sein können, mir zu sagen, ich solle wiederkommen, nachdem ich ihn »losgeworden« sei. Ich bezweifelte jedoch, daß sie es heute so meinte.
Charles hatte seine Jacke angezogen und den Hut aufgesetzt. »Auf geht's.« Er kam zu mir herüber, nahm mir das Glas aus der Hand und stellte es behutsam auf den Tisch. Er war größer als sein Bruder Chet.
»Es gibt ein paar Häuser weiter eine nette, ruhige Bar«, sagte er. »Kommen Sie, ich lade Sie zu einem Drink ein. Ich möchte mich gern ein bißchen mit Ihnen unterhalten.«
»Ich weiß nicht, warum sie so unfreundlich zu Ihnen ist«, sagte er, nachdem wir uns an der Bar niedergelassen hatten. »Aber sie ist manchmal schrecklich reizbar. Ich meine, alle achtundzwanzig Tage gerät sie völlig aus dem Häuschen.«
»Dann muß sie doch auch scharf wie sonst was sein.«
»Nun«, erwiderte er, »Sie müssen es ja wissen.« Er machte ein verlegenes Gesicht.
Konnte das Kind von diesem Burschen sein?
Der Kellner kam mit unseren Drinks. Charles trank einen Alexander.
»Prost«, sagte er, »und viel Glück.«
»Sie wollen sagen, viel Unglück«, entgegnete ich. Wir lachten beide.
»Nein, das wollte ich nicht sagen.« Er sah mich prüfend an. »Verzeihen Sie, daß ich Sie so anstarre. Aber ich habe viel über Sie nachgedacht. Jedesmal, wenn ich einem erfolgreichen Mann begegne, versuche ich herauszubekommen, wie er es angestellt hat. Sie gehören zur oberen Steuerklasse, das weiß ich. Und das Bemerkenswerte daran ist, daß Sie es auf dem von Ihnen gewählten Gebiet geschafft haben. Ich habe schöpferisch tätige Menschen schon immer bewundert.«
Er brachte mich in Verlegenheit. »Sind Sie Diskuswerfer?«
»Sehen Sie! Woher wissen Sie das? In Wirklichkeit war ich Kugelstoßer. Aber trotzdem. Intuition. Ein außerordentliches Feingefühl. Gwen hat mir erzählt, Sie seien telepathisch veranlagt.«
»Sie meinte wohl eher psychopathisch.«
»Nein, bestimmt nicht. Oh, Sie halten mich zum besten.«
»Warum sehen Sie mich so an?«
»Nun, im Grunde genommen finde ich Sie sehr nett. In Anbetracht der Umstände eigentlich sonderbar. Ich bewundere Sie.«

»Suchen Sie sich lieber ein geeigneteres Objekt für Ihre Bewunderung aus.«

»Wahrscheinlich haben Sie recht. In dieser Beziehung habe ich schon oft Schwierigkeiten gehabt. Ich schließe rasch Freundschaften. Wissen Sie, lange Zeit hindurch habe ich tatsächlich geglaubt, daß ein Mensch mein Freund sei, wenn er mich nur anlächelte und mir die Hand schüttelte. Aber ich bin jetzt nicht mehr der Allerweltsgimpel, wie Chet mich zu nennen pflegt. Ich habe mich dazu erzogen, mißtrauisch zu sein. Es entspricht nicht meiner Natur, aber ich mußte es. Trotzdem, wenn man zu früh mißtrauisch wird – nun, ich glaube, das ganze Problem im Leben liegt darin, innerlich feinfühlig zu bleiben und nach außen hin hart zu sein, um sich durchzusetzen.«

»Von wem ist das Kind?«

»Es ist ihres.«

»Ja, aber von wem?«

»Das weiß ich nicht.«

»Haben Sie sie nie gefragt?«

»Wenn sie es mich wissen lassen wollte, hätte sie es mir gesagt.«

»Du liebe Güte, sind Sie denn gar nicht neugierig?«

»Gwen hat es nicht gern, wenn man sie mit Fragen belästigt.«

»Vielleicht ist es von Ihnen.«

»Sie werden es wahrscheinlich nicht glauben, aber ich habe bisher noch keine Geschlechtsbeziehungen – wie man so sagt – mit Gwen gehabt.«

»Aber Sie bleiben doch abends bei ihr.«

»Sie ist nachts nicht gern allein.«

»Sie schlafen im selben Zimmer.«

»Stimmt. Manchmal erlaubt sie es mir. Ich schlafe auf dem Klappbett, das Sie dort in der Ecke haben stehen sehen. Übrigens, woher wissen Sie das?«

»Ich bin hellseherisch.«

»Das sind Sie wahrhaftig. Oh, Sie halten mich schon wieder zum besten.«

»Stört es Sie, daß ich Sie nach all diesen Dingen frage?«

»Bis jetzt nicht.«

»Nun, wie können Sie das tun, ohne auch ...?«

»Wie kann ich was ohne was tun? Ich versteh' Sie nicht. O ja, jetzt weiß ich, was Sie meinen. Nun, sie ist ein ungewöhnlicher Mensch. Und ich bin es, auf meine Art, ebenfalls. Wie dem auch sei, wir wollen es so.«

»Soll das heißen, daß ...?«

»Sie haben jetzt genug gefragt.«

»O. K.«

»Ich hoffe, daß es eines Tages auf immer sein wird, und das übrige ist – nun, es ist ein wenig kompliziert. Aber sie ist die richtige Frau für mich.«

»Viel Glück.«

»Ich glaube nicht an Glück. Ich glaube an Geduld.«

»Ich verstehe.«

»Und an Verständnis für andere. Schön, ich weiß, verglichen mit einem Menschen wie Chet zum Beispiel bin ich ein wenig langweilig. Ich habe nicht sehr viel zu bieten. Aber eines habe ich: Ich bin entschlossen, für Gwen zu sorgen. Sie braucht jemanden wie mich. Und was mich betrifft – nun, ich war schon einmal verheiratet, also habe ich keine Eile. Sie muß noch manches innerlich verarbeiten. Und das tut sie. Haben Sie bemerkt, wie sie sich verändert hat?«

»Ja, ich glaube schon.«

»Sie hat große Fortschritte gemacht. Natürlich gibt es immer noch Tage, wo sie sich selbst gefährlich wird. Ich passe auf Fenster und Messer auf. Aber es ist nicht mehr annähernd so schlimm wie damals, als ich sie kennenlernte. Ich habe es mir zur Lebensaufgabe gemacht, sie ins Gleichgewicht zu bringen.«

»Das wird Ihnen gar nicht so leichtfallen.«

»Mag sein. Aber ich glaube an die Macht der Geduld. Vertraue einem Menschen, und es wird ein Wunder geschehen. Dieses Mädchen hat die besten Anlagen. In erster Linie ist sie hochintelligent; das haben Sie ja selbst gemerkt. Aber – nun, ich werde Ihnen ganz offen sagen, was ich denke: Sie haben ihr sehr viel Schaden zugefügt; und nach Ihnen war dann mein Bruder Chet auch nicht gerade der Richtige für sie. Als ich eines Tages zu ihr kam, traf ich ihn dort; er war böse auf sie und wurde grob; so mußte ich ihn notgedrungen verprügeln ...«

»Sie haben ihn verprügelt?«

»Es blieb mir nichts anderes übrig. Ich wollte nicht, daß er jemals wieder zu ihr käme.«

»Und?«

»Er ist nie mehr gekommen.«

»Vielleicht war Chet mit Recht ärgerlich; vielleicht hat sie ihm etwas angetan, was ...«

»Mir ist egal, was sie getan hat. Oder tut. Ich werde dafür sorgen, daß ihr in Zukunft niemand mehr weh tun kann.« Er lächelte mich sanftmütig an.

»Von wem ist das Kind?«

»Ich habe Ihnen doch gesagt, ich weiß es nicht.«

»Interessiert es Sie nicht?«

»Nicht besonders. Ist es von Ihnen?«

»Ich weiß es nicht.«
»Mir ist nur wichtig, daß es ihres ist.«
»Vielleicht weiß sie es selber nicht«, sagte ich lachend.
Plötzlich wurde er sehr streng. »Sehen Sie«, sagte er, »Sie lachen; aber Dinge dieser Art machen ein Mädchen innerlich kaputt. Bitte gehen Sie nicht mehr zu ihr.«
Ich sah ihn an. Es war ihm Ernst. »Ich möchte wirklich, daß Sie es nicht mehr tun«, sagte er.
»Das kann ich Ihnen nicht versprechen.«
Er leerte sein Glas, blickte nachdenklich auf die Tischplatte und runzelte die Stirn. »O. K.«, sagte er schließlich.
»Was soll das heißen, O. K.?«
»Ich will sagen, nun gut, wenn Sie es so wollen.«
Er musterte mich eine Weile schweigend, dann wandte er sich um, winkte dem Kellner und bat um die Rechnung.
»Hat man Ihnen jemals gesagt«, fragte ich, während er seine Jacke anzog, »daß Sie Eisenhowers Pressechef, Haggerty, ähnlich sehen?«
»Ich sehe Oscar Hammerstein ähnlich. Wissen Sie, wer das war?«
»*Oklahoma.*«
»Richtig. Und noch viele andere Stücke.« Er sah mich wieder an und sagte: »Ich glaube nicht, daß Gwen Sie jemals hätte lieben können, wenn Sie wirklich so ein Schweinehund wären, wie Sie vorgeben, es zu sein. Stört es Sie, daß ich Ihnen das sage?«
Der Kellner kam an den Tisch.
»Kann ich noch einen Augenblick mit Ihnen sprechen?« Als ich nickte, bestellte er, statt zu zahlen, noch eine Runde.
»Oscar Hammerstein ist mein Ideal«, sagte er.
»Ich wußte nicht, daß Sie ihn kennen.«
»Ich war zweiter Hilfselektriker bei der ersten Inszenierung von *The King and I.*«
»Ach nein! Das ahnte ich nicht.«
»Machen Sie sich nicht lustig über mich, Mr. Arness. So dumm bin ich nicht.« Er riß sich rasch zusammen, aber er hatte doch ein wenig von der Heftigkeit durchblicken lassen, die er nicht wahrhaben wollte. Als er fortfuhr, war sein Ton sehr sanftmütig. »Bis ich Mr. Hammerstein kennenlernte, hatte ich Schlagerkomponisten immer für leichtfertige Schwätzer gehalten. Aber ich habe Mr. Hammerstein während der ganzen Zeit der Proben aufmerksam beobachtet. Er und Mr. Rogers waren in jedem Augenblick die nüchternsten Personen des ganzen Theaters. Dabei sind sie die Keats und Shelleys unserer Zeit. Verstehen Sie, was ich damit sagen will?«
»Nicht ganz.«
»Ich meine, sie haben die Liebe besungen wie kein anderer heutzu-

tage. Trotzdem war Mr. Hammerstein ein großartiger Geschäftsmann. Und wenn nötig, konnte er verdammt ungemütlich werden. Verstehen Sie mich jetzt?«

»Allmählich.«

»Die Gefahr bei einem Mann wie mir ist, daß ein Mann wie Sie sich vielleicht einbildet, er könne mich zum Narren halten.«

»Jetzt weiß ich, worauf Sie hinauswollen.«

»Lassen Sie sich nicht davon täuschen, daß ich in so friedlichem Ton spreche und Ihnen geradeheraus sage, daß ich Sie nett finde; das will nichts heißen. Deshalb habe ich Mr. Hammerstein so aufmerksam beobachtet. Gewiß, er liebte seine Mitmenschen, aber können Sie sich deshalb vorstellen, daß er irgendeinen Mann an seine Frau gelassen hätte? Können Sie sich vorstellen, wie es einem Mann ergangen wäre, der das versucht hätte?«

»Mit anderen Worten, Sie drohen mir.«

»Ich erzähle Ihnen von Mr. Hammerstein.«

»Verzeihen Sie, aber ich werde langsam müde.«

»Ich liebe Gwen, Mr. Arness. Es wird ihr niemand mehr weh tun. Ich habe mich selbst zu einem Einmannkomitee ernannt, und das ist mein ganzes Programm.«

»Ich bin im Bilde.«

»Gut. Mein Wagen steht vor der Tür. Ist es Ihnen recht, wenn ich Sie nach Hause fahre?«

Offensichtlich wollte er sich vergewissern, wohin ich ging. Er setzte mich vor meinem Hotel ab und wünschte mir mit unverminderter Höflichkeit eine recht angenehme Nacht. Die Tatsache, daß er mich eigentlich recht gut leiden konnte, schien ihn immer noch zu verwirren.

Kurz ehe er sich verabschiedete, sagte ich: »Würde es eine Erleichterung für Sie bedeuten, wenn ich Ihnen sagte, daß ich vollkommen pleite bin?«

»In gewisser Weise, ja«, entgegnete er.

Sicher ahnt er, daß er sich auf etwas eingelassen hat, dem er nicht gewachsen ist, dachte ich, als ich zum Fahrstuhl ging. Der rosige Hauch der Klosterschule lag noch auf seinen Wangen. Nichts, was ihm je begegnet war, hatte ihn auf einen Menschen wie Gwen vorbereitet.

Ellen war nicht da. Auf meinem Bett lag ein Zettel: »Lieber Daddy, verlieren wir den Kontakt? Kuß, Ellen. P. S. Sei vorsichtig. Ich bin es auch.« Ich schrieb quer darunter: »Morgen. Ganz bestimmt.«

Ich putzte mir die Zähne und zog ein frisches Hemd an. Dann ging ich hinunter.

Vor dem Hotel, auf der anderen Seite der Straße, saß Charles in seinem Wagen. Ich sah ihn, noch ehe er mich sehen konnte, und ging rasch ins Hotel zurück. Ich wußte, wo der Lieferanteneingang war, denn ich hatte ihn schon öfters benutzt.

Als ich bei Gwen klingelte, surrte sofort der Türöffner. Die absolute Gelassenheit, mit der sie mich empfing, bedeutete entweder, daß sie auf mich gewartet hatte oder aber, daß es ihr vollkommen gleichgültig war, ob ich kam oder nicht.

»Hast du mich erwartet?« fragte ich.

»Nein, warum?«

Dieses »Nein, warum?« war ihre übliche Erwiderung. Es war die Taktik: Halte dich zurück, laß den Feind seinen Schlachtplan verraten, dann richte deine Verteidigung danach ein.

»Nein, warum was?«

»Nein, warum fragst du?« sagte sie.

»Weil ich es wissen möchte.«

»Ich hatte angenommen, daß du es noch einmal versuchen würdest.«

»Was, zum Teufel, soll das heißen?«

»Es soll heißen, daß ich den Fehler begangen habe, dich wissen zu lassen, daß Charles heute nacht nicht hier sein würde.«

»Und du wolltest mich nicht sehen.«

Sie machte das Deckenlicht aus.

»Natürlich nicht. Hattest du etwa angenommen, daß ich es wollte?«

Ich war sicher, daß sie nicht die Wahrheit sagte.

»Tut Charles immer alles, was du ihm sagst?«

»Nicht immer. Aber meistens. Schenk dir einen Whisky ein. Du siehst nicht sehr gut aus.« Sie ging in das Zimmer nebenan, in dem das Baby lag.

Ich hörte die Töne, die ein Kind hervorbringt, nachdem es getrunken hat. Ich goß mir einen Whisky ein und überlegte, wie in aller Welt ich von unserer Heldin erfahren konnte, von wem das Kind war. Ich ging ins Schlafzimmer.

»Wessen Kind ist das?« fragte ich.

»Meins.«

»Was soll das heißen?«

»Es heißt, daß ich nichts von seinem Vater will.«

»Wer ist es?«

»Er braucht es nicht anzuerkennen; er braucht es nicht zu ernähren. In Wirklichkeit ist er – abgesehen von der biologischen Tatsache – gar nicht der Vater des Kindes. Und die biologische Seite der Angelegenheit ist längst abgetan.«

Ich fand, daß das Kind mir ähnlich sah.

Sie stellte das Radio auf einen Sender ein, der durchgehend Musik brachte. Bereitete sie sich auf eine lange Nacht vor?

Es gab einen Weg, nicht nur das zu erfahren, sondern gleichzeitig auch alles andere, was sie mir verbarg.
Als sie sich jetzt über das Kind beugte, trat ich von hinten an sie heran. Ihre Brüste schienen ein wenig kleiner. Aber ihre Taille und die Hüften waren wie zuvor. Ihr Gesäß – daran erinnerte ich mich. Und an ihre Beine. Ich habe den Geschmack eines Gangsters, was Beine anbelangt. Sie müssen vollkommen sein. Ihre waren es. Sie bestanden aus vielen Kurven, und dennoch waren sie kerzengerade. Jetzt begehrte ich sie. Mein Hunger war nicht der eines jungen Mannes. Ich war seit langem mit keiner Frau zusammengewesen und hatte trotzdem nicht das Gefühl gehabt, daß mir etwas fehlte. Doch jetzt verlangte mein ganzer Körper nach diesem Mädchen.
Sie wechselte die Windeln des Babys. Ohne sich umzudrehen, fragte sie: »Wie gefällt er dir?«
Als ich mir das Kind ein wenig näher ansah, meinte ich, eine gewisse unverkennbare Ähnlichkeit zu entdecken, und dachte im stillen: Das ist mein Sohn.
Ich stand sehr dicht hinter ihr. Sie richtete sich auf und sagte: »Entschuldige.« Ihre Stimme schien sanfter als zuvor. Sie nahm das Kind von der Wickelkommode und legte es aufs Bett. Es bewegte die Arme und gluckste. Gwen deutete auf den Jungen, als wollte sie sagen: »Hier ist er, mach seine Bekanntschaft.« Sie ging zum Fuß des Bettes und beugte sich über das Metallgestell, um unsre Begegnung zu beobachten.
Was sollte ich tun?
»Er hat eine edle Stirn«, sagte ich.
»Das konnte man bei seiner Geburt weiß Gott nicht behaupten. Als ich ihn das erste Mal zu Gesicht bekam, sah er aus wie eine von diesen Witzfiguren auf Glückwunschkarten; mit einem ganz spitz zulaufenden Kopf.«
Plötzlich verstrickte sich das Kind irgendwie in seinen eigenen Gliedern und fing an zu schreien, aber mehr vor Zorn als vor Schmerz. Es starrte mich an, doch ich hatte keine blasse Ahnung, was ich tun sollte. Gwen ging zu ihm und nahm es auf. Sie tat es ohne ein Kosewort. Sie behandelte ihren Sohn mit Respekt, wie eine Frau einen Mann behandelt, der sich in Schwierigkeiten befindet. Dann legte sie ihn auf den Bauch; er hob den Kopf und blickte wie eine erboste Schildkröte um sich.
»Es ärgert ihn, wenn er irgend etwas nicht tun kann«, sagte sie. »Er ist sehr anspruchsvoll.«
»Ist es gut für ihn, den Kopf so hoch zu halten? Bei dem zarten Hals?«
»Ich bin der Meinung, er kann alles tun, wozu er imstande ist. Du

wirst sehen, nach einem Augenblick wird er müde, legt den Kopf hin und schläft ein. Paß auf. Siehst du?«
Es lag etwas Persönliches und Unabhängiges in der Art, wie sie mit dem Kind umging. »Wir brauchen keinen von euch, wir sind uns selbst genug«, schien sie zu sagen.
Ich stand unmittelbar hinter ihr, legte die Hand auf ihren Rücken, bewegte sie langsam abwärts und unter ihrem Rock wieder hinauf...
»Laß das«, sagte sie sofort, rührte sich aber nicht.
Ich umfaßte ihre Taille. Jetzt wird sich herausstellen, wie die Dinge wirklich stehen, dachte ich im stillen.
»Du hast deine Figur bewahrt«, sagte ich.
»Erst nach dem zweiten Kind fängt man an, sie zu verlieren.«
Sie bewegte sich nicht. Ich ließ die Hand unter ihren Leib gleiten. Irgend etwas an ihm verriet mir, was sie nicht sagen wollte.
Aber ich kam nicht rasch voran.
Das Baby machte ein Geräusch. Es blickte sich nach uns um.
Gwen entzog sich meiner stärker werdenden Umklammerung. Ihr Körper schwankte ein wenig. Sie setzte sich neben das Kind und liebkoste seine Stirn, die von der Anstrengung, den schweren Kopf hoch zu halten, ganz runzlig war. Es schlief ein.
»Wenn ich ihm nachher zu trinken gebe, wirst du sehen, wie besitzergreifend er ist.«
Das sagte mir genug. Ich setzte mich zu ihr aufs Bett.
»Gwen?« murmelte ich.
»Sag nichts.«
»Warum nicht?«
»Weil alles, was du sagst, falsch sein wird. Und du brauchst kein Wort zu sagen.«
Es stellte sich bald heraus, daß sie sich seit meinem Anruf am Abend zuvor nach mir gesehnt hatte. Von dem Augenblick an, wo sie meine Stimme hörte, hatte sie gewußt – so wie eine Frau es weiß, ganz gleich, was sie sagt –, daß wir nur zusammen in einem Zimmer zu sein brauchten, mit einer Tür, die sich hinter uns schloß.
Sie war für mich bereit, als ich zu ihr kam.
Jetzt werden wir die Wahrheit erfahren, dachte ich mir.
Ich ließ uns Zeit. Ich wollte nichts übereilen, weder die Verwandlung, die in uns vorging, noch das Geschlechtliche. Ich erkannte, daß ebenso wie bei mir auch in ihr etwas gelegen und heimlich gewartet hatte, irgend etwas, das sich ihrem Willen entzog, das sie durch die vielen Monate hindurch – zumindest bis zu einem gewissen Grad – an mich gefesselt hatte und das immer noch stark genug war, um die Feindseligkeit zu besiegen, die sie empfand.

Aber sie hatte recht gehabt, als sie mir sagte, ich solle nicht sprechen; der Akt der körperlichen Vereinigung war das einzige, was den Abstand und das Mißtrauen zwischen uns überwinden konnte. Selbst jetzt hielt sie irgend etwas zurück. Sie war entschlossen, mir nicht alles zu geben. Normalerweise wäre ich nach einer so langen Enthaltsamkeit sehr schnell fertig geworden. Aber dies war etwas anderes als ein bloßer Geschlechtsakt. Ich wollte ergründen, was sie mir verbarg.

Ich schob die Hand unter ihr Kreuz und hob sie hoch. Sie hatte immer noch kein Wort gesprochen, doch ich fühlte, wie ihr Körper sich mir entgegenbäumte. Ihr Blick wurde weich, ihre Haut überzog sich mit einem zarten rosa Schimmer. Die Härte, die ich an ihr wahrgenommen hatte, verschwand. Und ich sah, wie in ihren Augen jener Ausdruck erschien, an den ich mich so gut erinnerte.

Ob sie wollte oder nicht, sie war im Begriff, zu kommen.

Aber sie hatte noch nicht einen Laut von sich gegeben.

Plötzlich ließ ich nach. Ich hörte auf.

Das brachte sie zur Verzweiflung. »Hör nicht auf«, bat sie wider Willen, »hör nicht auf!«

Ich gab es ihr langsamer und langsamer.

Dann hörte ich sie flüstern: »O Gott, wie gut ist das.«

Sie sprach nicht zu mir. Es lag jetzt keine Feindseligkeit in ihrer Stimme und auch nicht in ihren Augen, aber sie sah mich immer noch nicht an.

Trotzdem konnte ich sehen, wie ihre Erregung sich steigerte.

Plötzlich begann sie, mich anzutreiben. Sie mußte es haben. Sie schien von einem verzweifelten Hunger besessen, zerrte an mir mit all der Kraft, die Frauen in diesem Moment erlangen, jener Kraft, die mich immer wieder überrascht. Sie hielt mich umklammert, vergaß alles andere, hörte nichts, sah nichts, entfernte sich von Zeit und Ort, gelangte dorthin, wo Schmerz und Lust sich begegnen, und fand schließlich die ersehnte Erlösung. Ich sah, daß ich ihr alles war, und das wollte ich sein. Genau das.

Sie war im Himmel.

Und ich sorgte dafür, daß sie dort blieb. Ich hörte nicht auf.

Dann rief sie: »Was tust du mit mir?«

Und ein wenig später sagte sie: »Bring mich nicht dahin, dich zu lieben.«

Dann gab sie sich geschlagen. Sie legte den Kopf zurück und schloß die Augen. Als sie sie wieder öffnete, sah sie mich an, und die Maske war gefallen.

Ich dachte: Ganz gleich, ob wir uns lieben oder hassen, wir hatten keine Wahl. Wir mußten einfach zusammensein. Und vielleicht ga-

ben unsere widerstreitenden Gefühle der Sache einen besonderen Reiz.
Dann dachte ich an nichts mehr, denn es war alles wieder so, wie es gewesen war. Ich erinnere mich nicht, was wir taten; ich weiß nur, daß wir uns paarten, als ob wir dem Tode nahe seien, und daß sie sich an mich klammerte, als sei ich im Begriff, sie wieder zu verlassen, und diesmal auf immer. Und soviel ich mich entsinne, weinte sie, als ich den Höhepunkt erreichte, und sagte etwas, das ich nicht verstand. Und hinterher war ich immer noch in ihr, begehrte sie ebenso leidenschaftlich wie zuvor.
So blieben wir eine Weile regungslos liegen. Schließlich lösten wir uns voneinander, aber nur gerade so weit, daß sie sich umdrehen und das Kind ansehen konnte. Wir sahen, daß es schlief.
Jetzt ergriff sie die Initiative. Und für diesen Augenblick – den schönsten Augenblick, den ein Mensch erleben kann – vergaßen wir alle Zwistigkeiten. Es gab auf der Welt nichts außer uns.
Hinterher, als der Sturm vorüber war, griff ich nach einem Kissen, schob es unter ihren Kopf und legte meinen Kopf auf die andere Hälfte. Wir lagen da, das Gesicht einander zugewandt, ich immer noch in ihr.
Wir hatten eine Stunde – nein, länger – so geschlafen, als das Telefon klingelte. Wir erwachten ohne Angst, denn jetzt konnte nichts wirklich Schlimmes geschehen. Gwen schlief noch halb, als sie sagte: »Ja, vielen Dank.« Sie sagte dies sanft und liebevoll zu Charles, der angerufen hatte, um sie zu erinnern, daß es sechs Uhr war und daß sie dem Baby zu trinken geben mußte. Wir drehten uns um und blickten auf das Kind, das noch zufrieden schlummerte. »Er kann ein Weilchen warten«, sagte sie.
Diesmal taten wir es in ruhiger Gegenseitigkeit, harmonisch abgestimmt, wie die Griechen sagen.
Wo war all die Feindseligkeit geblieben?
Der harte Ausdruck auf ihrem Gesicht war wie weggeblasen; die Furchen der Enttäuschung hatten sich geglättet. Sie war vierzehn Jahre alt. Ihre Augen waren weich wie Seide, weich wie alles Liebende in der Natur, wie all die Dinge, die weich werden, wenn ihre Zeit gekommen ist.
Ich wollte ihr sagen, wie sehr ich sie vermißt hatte, wollte ihr über die Ereignisse berichten, die dazu geführt hatten, daß ich in New York war; sie sollte alles wissen. Doch sie sagte: »Psssst!« Und ich dachte: Später – ich werde es ihr später sagen.
Das Baby war aufgewacht. Als es sie sah, fuchtelte es wild mit den Armen. Sie wusch es, wickelte es neu und sang ihm dabei ein kleines altes Kinderlied vor.

Das Kind war glücklich, mit ihr zusammenzusein. Und mich kümmerte es nicht, wessen Kind es war ...

Dann nährte sie es. Es war, wie sie gesagt hatte, sehr besitzergreifend und biß so fest zu, daß Gwen schrie: »Au, du gemeiner Kerl!« Während er trank, starrte er mich die ganze Zeit über unverwandt an.

Als er fertig war, folgte ich seinem Beispiel und probierte die Milch; sie war süßer als Kuhmilch, hatte eine Art Vanillengeschmack.

Dann gingen Gwen und ich ins Bett, zum erstenmal in Frieden und ohne das Bedürfnis, es noch einmal zu tun. Wir lagen da, ich auf dem Rücken, ihr Bein über dem meinen, ihre Hand auf meiner Brust, ihr Kopf an meiner Schulter. Und während sie so in meinen Armen lag – ich erinnere mich, daß die Uhr zehn Minuten vor sieben zeigte –, kündigte sie mir ihre Verlobung an.

»Ich habe es ihm noch nicht gesagt«, erklärte sie, »aber ich bin fest entschlossen. Ich werde Charles heiraten.«

Ich schwieg. Wir hielten uns eng umschlungen und rührten uns nicht.

»Er ist der beste Mensch, dem ich je begegnet bin. Und der einzige, dem ich je begegnet bin, der mich ohne jeden Vorbehalt liebt.«

»Willst du damit sagen, daß es ihm egal ist, was du tust?«

»Er ist für mich da, ganz gleich, was ich tue.«

»Ja-a, das mag stimmen.«

Als ich ihr beizupflichten schien, klammerte sie sich noch fester an mich. »Ich liebe ihn auf eine Art, wie ich noch nie zuvor jemanden geliebt habe«, sagte sie.

»Was für eine Art ist das?«

»Er hat mir das Leben gerettet. Wenn du es hören willst, erzähle ich es dir.«

»Ja, ich möchte es hören.«

»Als du mich verlassen hattest und nach Kalifornien zurückgingst, wollte ich ...«

»Ich habe dich nicht verlassen; du hast mich verlassen.«

»Willst du es hören, ja oder nein?«

»Gut. Ich werde nichts mehr sagen.«

»Ich wollte mich an dir rächen, und zwar sofort. Daher nahm ich ein Taxi und fuhr hinaus zu Chet. Drei Monate lang habe ich kaum ein einziges Mal sein Haus verlassen.«

»Von wem ist das Kind?«

»Das geht dich nichts an. Nun, man hätte mit einem Leichenwagen durch das Loch fahren können, das du in mir zurückgelassen hast; und Chet hat das alles nur noch schlimmer gemacht. Eines Tages sagte ich mir, ach was, zum Teufel, das hier ist doch nur wieder die

gleiche Geschichte, nichts weiter als eine Einbahnstraße. Und ich verließ ihn. Aber darüber will ich nicht sprechen. Und auch nicht über das, was dann kam. Ich nahm mir ein Zimmer in Bronx und lebte von meinen Ersparnissen; außerdem besorgte mir ein Mann, mit dem ich in Washington zusammengewesen war, eine Arbeit, die ich zu Hause machen konnte. Und so verging die Zeit.«
Sie sah das Kind an. »Dann kam ein Tag, an den ich mich gut erinnere. Es fehlten noch etwa vier Wochen bis zu Andys Geburt, und das Krankenhaus sagte, ich müsse sofort eine Anzahlung leisten. Ich hatte das Geld nicht, und so fragte ich mich notgedrungen, zu wem gehe ich, das heißt, wer ist wirklich mein Freund. An dem Tag maß ich die Menschen, die ich kenne. Dann schrieb ich Charles einen Brief und bat ihn, mir fünfhundert Dollar zu schicken. Keinerlei Erklärung. Ich kannte ihn kaum. Hatte ihn drei- oder viermal bei seinem Bruder gesehen. Und für ihn war ich nichts weiter als ein Mädchen, mit dem sein Bruder ein Verhältnis gehabt hatte. Aber zwei Tage später kam eine Postanweisung, und es wurden keine Fragen gestellt.«
»Warum, zum Teufel, hast du nicht *mich* darum gebeten?«
»Das habe ich dir ja gerade eben gesagt. Daraufhin zog ich also wieder in die Stadt. Ich hatte jetzt Andy bei mir, und es ging mir gut; ich fand wieder eine Arbeit, die ich zu Hause machen konnte, diesmal für sehr anständige Leute. Und ich fühlte – nun, sieh dir Andy an.«
Ich tat es.
»Kannst du sehen, was für ein Gefühl er mir vermittelte? Denn da waren wir nun, ohne irgend etwas. Ich hätte jemanden für ihn haben sollen. So überlegte ich mir, daß ich noch immer nicht den richtigen Weg gefunden hatte. Und daß ich jetzt, wo ich die Möglichkeit hatte, noch einmal von vorne anzufangen, lieber warten sollte, bis ich jemanden fand, den ich wirklich mochte, statt mich wieder zu verzetteln. Ich fragte mich sogar, ob ich nicht vielleicht ohne die ganze Sache auskommen könnte; ich hatte sowieso nie viel Glück damit gehabt. Ich dachte lange drüber nach, inwiefern ich anders bin als andre Menschen. Ich versuchte, den richtigen Weg für mich zu finden, verstehst du das?«
Ich verstand es.
»Dann geschah etwas, als ob es einfach so sein müßte. Ich ging nicht viel aus – nur wenn ich dachte, vielleicht ist dies der Richtige. Aber du weißt, wie schrecklich es mir ist, nachts allein zu sein. Eines Abends rief ich Charles an, nur so zum Zeitvertreib. Es endete damit, daß er hierherkam. Er blieb, aber er wollte nichts von mir, was mich überraschte, denn ich weiß, daß er mich sehr gern hat; aber

er machte keinerlei Annäherungsversuche. Hätte er es getan, hätte ich ihm sagen müssen, daß er mir in dieser Beziehung nicht gefällt.«

»Weiß er das?«

»Natürlich, denn es wurde sehr bald eine feste Freundschaft. Ungefähr drei- oder viermal in der Woche bleibt er hier und schläft in dem Klappbett da drüben...«

»Und er hat nie...?«

»Nein, nie. Ich sagte mir eines Tages – ich habe wenigstens die Hälfte von dem, was ich haben möchte, die Hälfte von etwas, womit ich zufrieden sein kann...«

»Wußte er, daß du mit anderen Männern ausgingst?«

»Natürlich. Ich sagte ihm, mit wem und wann... und...«

»Auch die Einzelheiten?«

»Alles; genau wie ich es einer Zimmergenossin erzählen könnte, verstehst du?«

»Was ist los mit ihm?«

»Nichts ist los mit ihm.«

»Was geschieht, wenn du eine Verabredung hast?«

»Er bleibt hier und paßt auf das Kind auf. Er ist närrisch mit Andy.«

»Wenn du die ganze Nacht fortbleibst...?«

»Er weiß mit der Flasche und allem Bescheid.«

»Und wenn du jemanden hierhaben willst, was...?«

»Dann sage ich Charles, er soll nicht vorbeikommen. Du hast es ja gestern abend gehört.«

»Und er?«

»Er rechnet damit, daß ich letztlich doch bei ihm bleiben werde. Und ich kann dir sagen, was ich darüber denke. Ich brauche jemanden wie Charles. Dann brauche ich von Zeit zu Zeit jemand anderen, aber das ist nicht dasselbe. Das, was Charles zu einem Menschen macht, in dessen Hände ich getrost mein Leben legen würde, macht ihn gleichzeitig – nun, um die Wahrheit zu sagen, ist es beim Sex nicht so, daß immer gerade der Schweinehund einen am meisten reizt? Oder die Neuigkeit. Eigentlich sollte ein Mädchen nicht so denken, doch ich spreche davon, wie ich wirklich bin. Ich will sagen, natürlich würde ich gern alles in einem einzigen Menschen finden, aber gibt es das? So überlegte ich mir also, daß ich zwei Menschen brauche, und ich fing an, mich nach der anderen Hälfte umzusehen. Aber hast du gewußt, daß es kaum möglich ist, in dieser Stadt einen netten Mann zu finden, der einfach auf eine anständige, freundliche Art und Weise mit einem ins Bett geht? Ich meine, man trifft sich mit jemand, es scheint alles ganz normal zu sein, fängt gut an, und das erstemal ist's vielleicht sogar sehr nett; dann kommen die Tricks.

Alkohol ist vollkommen uninteressant. Trinken kann ja jeder. So ist es für den Anfang Marihuana, dann Pillen in allen Größen und Farben, Rauschgift wie Kokain und noch schlimmer. Nach alledem kommt man zum Sex, wenn irgend jemand überhaupt noch Interesse daran hat. Aber das ödet sie bereits alle an, also ist es dann sofort zwei mit einem, dann zwei mit zwei, dann allerlei Dinge, an denen sie sich erregen, und schließlich artet das Ganze in eine widerwärtige Orgie aus.«

Sie holte tief Atem.

»Da war zum Beispiel ein Mann, den ich zuerst sehr nett fand; er ist Auslandskorrespondent für eine Zeitschrift, spricht viele Sprachen, ist überall gewesen, gut informiert und interessant in der Unterhaltung; man wußte nie, was er als nächstes tun oder sagen würde, und das gefiel mir. Er reiste dauernd kreuz und quer durch die Welt, aber das machte mir nichts aus, denn ich hatte ja Charles. So war ich also zwei-, dreimal mit ihm zusammen, und ich dachte fast, ich hätte gefunden, was ich suchte. Dann kam er plötzlich eines Abends hier mit einem Negermädchen an und verkündete, daß wir es zu dritt tun wollen. Aber zuerst will er uns zusehn. Nun, ich habe nichts gegen Neger, aber ein Mädchen ist für mich immer noch ein Mädchen; in dieser Beziehung bin ich altmodisch. Es stellte sich heraus, daß sie auch nicht wußte, in was sie sich da eingelassen hatte. Als daher dieser Kerl in Charles' Schlafrock aus dem Badezimmer kam, wurde ich wild; wir stürzten uns beide auf ihn und machten ihn fertig; er mußte für zwei Wochen nach Nassau fliegen, bis sein Gesicht so weit in Ordnung war, daß er sich wieder in seinem Büro blicken lassen konnte.

Nun, damit war der Damm gebrochen, und ich ließ mich einfach wieder treiben, hierhin und dorthin, es war mir egal; und wäre Andy nicht gewesen, ich hätte Schluß gemacht. Tatsächlich war ich eines Nachts so weit, daß mir nur die Wahl blieb, mir entweder die Pulsadern aufzuschneiden oder Charles anzurufen.

Er kam sofort, und ich weiß nicht, ob er bemerkte, daß ich praktisch am Rande des Niagara stand; er saß da wie immer und schwatzte drauflos. Dein Schweigen hat mich früher in Angst und Schrecken versetzt. Charles redet ständig; man braucht nicht immer zuzuhören, aber man weiß, daß er keine schlechten Gedanken hat, denn er sagt alles, was er denkt.

In jener Nacht erkannte ich, daß ich diesen Mann nicht verlieren durfte. So setzte ich alles auf eine Karte. Ich sagte ihm, was ich für ihn empfand, daß ich ihn liebte, aufrichtig liebte – das tat und tue ich –, aber daß ich nicht glaubte, ihn jemals auf die bewußte Art lieben zu können. Ich sagte ihm, was für ein Mensch ich bin, erzählte ihm alles, was ich getan und durchgemacht hatte, meine sämtlichen Liebeserlebnisse. Es will etwas heißen, wenn man jemandem das erzählen kann, ohne etwas zu verschweigen. Er saß ganz ruhig auf seinem Stuhl und kritzelte auf einem dieser kleinen Zeichenblocks herum, die er immer bei sich trägt. Ich sagte ihm, daß ich nicht so sein wollte, daß ich einmal vollkommen ohne all das ausgekommen sei und es vielleicht wieder fertigbringen würde. Aber ich wüßte es nicht. Ich sagte ihm, daß ich zum Beispiel nicht sicher sei, ob ich mich von dir fernhalten könnte, falls du jemals wieder auftauchen solltest. Und trotzdem hast du gesehen, wie er gestern abend war, so nett und liebenswürdig, sogar voll von Bewunderung, bemüht, sich mit dir anzufreunden. Und du mit dem hochnäsigen Lächeln auf deinem Gesicht.

Auf jeden Fall, nachdem ich an jenem Abend alles gesagt hatte, was ich ihm sagen wollte, zeigte er mir, was er auf seinen Block gekritzelt hatte: ›Charles an Gwen. O. K. in allen Punkten.‹ Irgend etwas in diesem Sinn. Er war im Krieg bei der Marine und hat eine Menge Schlachten in der Funkkabine durchgemacht, und ich denke mir, bei der Gelegenheit hat er gelernt, selbst in den gefährlichsten Augenblicken tröstende Botschaften auszusenden.«

»Nur als ein Beispiel«, sagte ich. »Wirst du ihm erzählen, was heute nacht hier vorgegangen ist?«

»Was mich betrifft, würde ich es tun. Aber er könnte ärgerlich auf dich werden, und das wäre nicht angenehm für dich.«

»Gwen, ich werde dir etwas prophezeien. Dieser Mann wird dir eines Tages mit einer Axt den Schädel einschlagen.«

»Es ist typisch für dich, daß du das annimmst.«

»Glaubst du, er kann das auf die Dauer ertragen, so wie du bist?«

»Er will mich heiraten. Es ist seine Idee.«

»So wie du bist?«

»Er sagt, ich werde nicht immer so sein. Und ich will es nicht sein. Ich will nicht auf Gnade oder Ungnade dieser Pistole zwischen deinen Beinen ausgeliefert sein. So wichtig ist mir das nicht – bei niemandem.«

»Das glaube ich dir nicht«, sagte ich.

In diesem Augenblick hörte ich, wie die Wohnungstür von außen mit einem Schlüssel geöffnet wurde, dann kam das Geräusch von behutsamen, schweren Schritten, die vor der Tür haltmachten.

»Gwen?« sagte Charles leise.

»Ich bin hier, Charles«, sagte sie, »aber hör zu!« Und Charles, der bereits die Klinke niedergedrückt hatte, hielt inne. »Es ist jemand bei mir, und ich bitte dich, jetzt nicht hereinzukommen.«

Es war eine ganze Weile still.

Dann sagte Gwen: »Charles?«
»Gut«, erwiderte er, »ich gehe.«
»Danke, Charles.«
»Ich rufe dich später an«, sagte er.
»Ja, bitte.«
Die Wohnungstür fiel zu. Dann wurde sie von außen wieder abgeschlossen.
Als ich mich ein wenig später über sie beugte, um sie zu küssen, ließ sie es nicht zu. »Ich glaube, ich werde ein bißchen schlafen«, sagte sie.
Ich ging ins andere Zimmer und zog mich an.

16

Ich ging nicht ins Hotel. Aber ich rief Ellen vom Bahnhof aus an und nannte ihr den Namen eines Arztes, den Gwen mir aufgeschrieben hatte. Dann stieg ich zwanzig Minuten vor der fahrplanmäßigen Abfahrt in den Zug nach Stamford, bedeckte mein Gesicht, so gut es ging, mit den Mantelaufschlägen und schlief ein.
Ich fand, daß der Schaffner zu grob war, als er mich weckte, um meine Fahrkarte zu sehen. Nur weil man gegen Unhöflichkeit protestiert, erregt man doch gewiß kein öffentliches Ärgernis. Aber einige der Mitreisenden sahen mich während der ganzen Fahrt nach Stamford mißtrauisch an. Ihr Starren hielt mich wach. Und dies war, wie ich jetzt rückblickend erkenne, der Anfang einer fixen Idee, die mich die ganze Woche verfolgen sollte: Ständig hatte ich das Gefühl, daß die Menschen von allen Seiten her auf mich eindrangen. Als ich vom Bahnhof zum Krankenhaus ging, hielt zum Beispiel dicht vor mir ein Rolls-Royce. Danny O'Connor, auch »Danny the Donkey« genannt, sprang heraus, verstellte mir den Weg und bedeutete mir mit dem Gebaren eines Militärpolizisten, in den Wagen von Mr. Finnegan zu steigen.
Ich hatte das Telegramm am Abend zuvor nicht abgeschickt; so war Mr. Finnegan praktisch noch mein Vorgesetzter. Er saß auf dem Rücksitz des Rolls-Royce und diktierte seiner Sekretärin, aber ich bemerkte, daß seine Augen auf mich gerichtet waren. Ich war mir nicht schlüssig, ob ich zu ihm in den Wagen steigen sollte. Daher zögerte ich einen Augenblick. Ist das ein Zeichen von Geisteskrankheit? Oder ein »sehr absonderliches« Verhalten?
Danny the Donkey tat, als hätte ich keine Wahl. Bei Williams and MacElroy war man sich darüber einig, daß Danny O'Connor etwas von einem Gangster an sich hatte.

»Was wollen Sie?« fragte ich.
»Steigen Sie ein.«
»Sie tun, als wollten Sie mich verhaften.«
Danny lachte. »Haben Sie das gehört?« rief er über die Schulter Mr. Finnegan zu. »Sind Sie verrückt?« sagte er zu mir. *»Pischer.«*
Die Geschichte war also tatsächlich bekannt geworden. Natürlich. Es gab im Nachtgerichtshof immer irgendwelche Reporter.
»Eddie!« Mr. Finnegan beugte sich aus dem Wagen. »Kümmern Sie sich nicht um diesen Idioten. Steigen Sie ein.«
»Ich bin auf dem Weg ins Krankenhaus«, sagte ich.
»Ich auch. Kommen Sie.«
»Bitte gedulden Sie sich einen Augenblick«, sagte Mr. Finnegan, als ich mich neben ihn setzte. »Ich möchte nur diese Gedanken zu Papier bringen, ehe ich sie vergesse.«
Danny the Donkey schloß die Tür hinter mir und setzte sich neben den Fahrer. Wir fuhren los.
Ich begrüßte Mr. Finnegans Sekretärin. Sie lächelte mir zu, dann wurde ihr Gesicht wieder unpersönlich.
Mr. Finnegan legte die Hand auf meinen Arm. Er gab sich liebenswürdig, steckte mir eine seiner leichten, hellen Zigarren in die Brusttasche. »Fahren wir fort, Kurtz«, sagte er.
Er diktierte einen vertraulichen Bericht für eine Gruppe von Zigarettenfabrikanten, die ihm das große Kompliment gezollt hatten, seinen Rat für die gesamte Industrie zu erbitten. Wie sehr bald jeder in der Branche wußte, hatte er sich bereit erklärt, ihnen unentgeltlich einen Tag seiner Zeit zu widmen, wenn sie fünftausend Dollar für eine der wohltätigen Stiftungen spenden würden, denen seine Frau vorstand. Die Zigarettenleute sahen sich offenbar in einer wirklich schwierigen Lage. Sie hatten eingewilligt.
Mr. Finnegans Diktat wurde sowohl von seiner Sekretärin als auch von einem Tonband aufgenommen. Er überprüfte alles zweifach, das Mechanische wie das Menschliche.
Nach einer Weile wurde mir klar, daß er in dasselbe Krankenhaus fuhr wie ich. War es möglich, daß er meinen Vater besuchen wollte? Mr. Finnegan war ein allgemein bekannter Mann mit einem allgemein bekannten Ehrenkodex, und eines der Postulate dieses Kodex' war, seine Freunde nicht im Stich zu lassen, wenn sie sich in Schwierigkeiten befanden. Hatte er mitsamt Sekretärin, Diktiergerät und Leibwache, Hofnarr oder was immer, die fast einstündige Fahrt nach Stamford unternommen, nur, weil er mir beweisen wollte, daß Williams and MacElroy mir trotz allem auch weiterhin zur Seite stand? Was er auch sonst sein mochte, er war kein kleinlicher Mensch. Er konnte rücksichtslos und unbarmherzig, aber auch überraschend

großzügig sein. Das hatte ich schon von jeher an ihm bewundert; er seinerseits hatte von Anfang an meine Bewunderung gespürt und mir die entsprechende Zuneigung entgegengebracht. Und jetzt war er gekommen, um einem Freund zu helfen.

Von allen Menschen, die ich kannte, war Mr. Finnegan meiner Meinung nach der einzige, der wirklich sein Leben lebte statt umgekehrt, wie es meistens der Fall ist. Daher hatte ich ihn auf seine Gewohnheiten eingehend beobachtet. Als ich 1945 aus dem Krieg zurückkam, war ich entschlossen, mir in Zukunft mein Leben so angenehm wie möglich zu gestalten. Ich habe viel nachzuholen, pflegte ich zu sagen; ich habe viereinhalb Jahre verloren. Warum sollte ich mein Leben nicht ebenso geschickt organisieren können, wie Mr. Finnegan es getan hatte? Er plante, wie meine Beobachtung zeigte, sorgfältig jede Minute, um möglichst viel Zeit mit dem zu verbringen, was ihm Freude machte, und möglichst wenig mit dem, was ihm unwichtig war.

Ich weiß nicht, wie er mit seiner Frau stand. Er war so freundlich zu ihr, daß ich annehmen möchte, es bestand kaum eine körperliche Beziehung zwischen ihnen. Wenn man Näheres über ihre Ehe wissen wollte, so erfuhr man es am ehesten aus dem *Harper's Bazaar*. In dieser Zeitschrift wurde von Zeit zu Zeit ihr privates Glück zur Schau gestellt – kürzlich mit Mrs. Finnegans preisgekröntem Sealyham, ein andermal in ihrem neuen Swimming-pool mit dem ballonartigen Plexiglasdach, wobei draußen deutlich der Schnee zu sehen war. Stets wurden sie so fotografiert, daß die Bilder die Überschrift unterstrichen, die ihre Ehe als eine der glücklichsten unserer Zeit bezeichnete. Und sie sahen glücklich aus, das konnte selbst der zynischste Beobachter nicht bestreiten. Ihre Beziehung basierte offenbar auf gegenseitiger Toleranz; sie hatten hingenommen, was schließlich ihr Arrangement geworden war.

Was immer sie des Nachts taten oder nicht taten, stets schlief sie mit ihren preisgekrönten Hunden in einem Seitenflügel des Hauses.

Mr. Finnegan hingegen schlief allein in seinem ungeheizten Turm, Sommer und Winter mit weitgeöffneten Fenstern. Er schlief praktisch im Freien. In *House Beautiful* war einmal eine Fotografie von diesem Turm erschienen. Und auf der gegenüberliegenden Seite war sein fast identisches Schlafgemach auf dem Hügelgelände von West Hollywood abgebildet. Der Titel wies darauf hin, daß Mr. Finnegan somit stets an seinen bevorzugten Schlafgewohnheiten festhalten konnte, ganz gleich, ob er sich gerade in seinem Zweigbüro an der Westküste oder im Hauptsitz seines Unternehmens in New York befand. Ich glaube, daß noch mehr Menschen auf Mr. Finnegans Art schlafen würden, wenn sie es sich leisten könnten.

Jeden Morgen um sieben kam Mr. Finnegans Diener, um ihn zu wecken. Doch Mr. Finnegan war bereits seit einer halben Stunde wach. Dies war – wie er öffentlich erklärt hatte – die halbe Stunde, in der er, warm in seine Daunendecke gehüllt, seine schöpferischen Überlegungen anstellte. So hatte er, bis sein Diener mit dem Morgenmantel aus Vikunja hereinkam, bereits seine Tagesarbeit getan. Und er war stolz darauf! Es war diese erste halbe Stunde, die ihm sein Geld und seine führende Stellung einbrachte. Der Rest des Tages war nicht mehr schwer.
Mr. Finnegan war in Japan geboren, hatte die ersten Jahre seines Lebens dort verbracht und hatte daher eine große Vorliebe für die Gewohnheiten jenes Landes. Jeden Morgen fuhr er von seinem kalten Turmzimmer aus mit einem Fahrstuhl in den Keller, wo er sein japanisches Badebecken mit duftendem Wasser gefüllt vorfand. Ein Glas Zitronensaft erwartete ihn. Hier hörte Mr. Finnegan sich die Nachrichten an und überflog, in dem dampfend heißen Wasser liegend, die Wirtschaftsberichte, die Kurtz für ihn in Stichworten herausgeschrieben hatte. Nach fünf Minuten wurde er in einen orangefarbenen (orange für Buddha) Bademantel gehüllt und in ein kleines Zimmer geleitet, das einen japanischen Garten überblickte. Dort nahm er sein Frühstück ein: zwei weichgekochte Eier, Roggentoast ohne Butter und heißen grünen Tee, aus Japan importiert.
Nach dem Frühstück zog Finnegan für die Fahrt in die Stadt einen Sportanzug an. Er rasierte sich nicht. Bei seiner Ankunft im Büro zog er sich als erstes wieder aus, um sich massieren und rasieren zu lassen. Auch sein Haaransatz wurde bei dieser Gelegenheit zurechtgestutzt. Nach dieser Prozedur zog er seinen Straßenanzug an, der jahraus, jahrein vom gleichen Stoff und Schnitt war: zweireihig und dunkelblau über einem weißen Hemd mit halbsteifem Kragen, doppelten Manschetten, goldenen Manschettenknöpfen mit Monogramm und einem schwarz und blau gestreiften Schlips. Alle diese Dinge kaufte er partienweise, so daß stets eine identische frische Garnitur im Ankleideraum seines Büros für ihn bereitlag. Finnegan der Geschäftsmann veränderte nie seine äußere Erscheinung. Niemand konnte von dem, was er trug, auf seine Stimmung schließen. Aber ich greife zu weit vor. Um sieben kamen seine Sekretärin – Kurtz – und der Mann, den er Donkey nannte, mit Finnegans Rolls-Royce in Mount Kisco an. Der Wagen, von einem livrierten Chauffeur gelenkt und mit Telefon sowie Diktiergerät ausgestattet, holte Kurtz und O'Connor früh um sechs vor dem New Yorker Büro ab. Sie fuhren jeden Morgen hinaus, um mit Mr. Finnegan hineinzufahren. Unterwegs diktierte er sein Tagesprogramm und die Pläne, die er in seinem Turmbett ersonnen und in der japanischen Bade-

wanne weiterentwickelt hatte. Er konzentrierte sich bis zur Ankunft im Büro vollkommen auf diese Arbeit, und niemand durfte das Schweigen brechen, wenn er es nicht tat. Danny the Donkey saß schweigend vorn neben dem Chauffeur. Kein Mensch wußte, weshalb Mr. Finnegan darauf bestand, den Donkey jeden Morgen dabeizuhaben, aber er war immer da, das schiefe irische Gesicht starr nach vorn gerichtet, eine Art Wasserspeier für den Vordersitz. Sie waren Schulkameraden in Fall River, Massachusetts, gewesen, und der Donkey hatte jetzt, mit 59 Jahren, immer noch die gleiche Akne wie damals. Seine Hauptfunktion war die eines vertraulichen Sekretärs für ganz private Dinge – oder, um es klarer auszudrücken, eines Zuhälters. Eine seiner weiteren Aufgaben bestand darin, dafür zu sorgen, daß Mr. Finnegans Lunch pünktlich serviert wurde und Mr. Finnegans Wünschen entsprach. Diese beiden Pflichten erfüllte der Donkey einwandfrei. Jeder andere Geschäftsmann in Finnegans Lage – mit zwei Büros an zwei verschiedenen Orten – hätte eine Sekretärin in Los Angeles und eine in New York gehabt. Doch Finnegan hatte in Kurtz und dem Donkey alles gefunden, was er brauchte, und so nahm er sie überall mit.

Während der Vormittag den Besprechungen mit seinen leitenden Angestellten, das heißt, der schöpferischen Planung gewidmet war, beschäftigte er sich nachmittags mit organisatorischen Fragen. Finnegan verhandelte selten persönlich mit einem Kunden. Er pflegte mit Vorliebe zu sagen, er wolle seinen Direktoren keine Konkurrenz machen. Womit er schlechthin meinte, daß keiner von ihnen Gnade in den Augen eines Kunden finden könne, nachdem dieser einmal mit Mr. Finnegan selbst verhandelt habe. Er hatte recht. Außerdem behielt er auf diese Art immer einen letzten Trumpf in der Hand. Wenn es irgendwelche anhaltenden Schwierigkeiten gab, konnte der Kunde sich mit dem Gedanken trösten: »Falls die Lage sich verschlimmert, wird Mr. Finnegan eingreifen.« Und Finnegan selbst sagte in solchen Fällen: »Keine Sorge; wenn es so weitergeht, nehme ich persönlich die Sache in die Hand.«

Um fünf begann Finnegans erste Periode der Entspannung. Diese Bezeichnung war jedoch irreführend. In Wirklichkeit war es eine Stunde – von fünf bis sechs –, in der er unter dem Vorwand der Entspannung Geschäfte auf höchster Ebene betrieb. So spielte er zum Beispiel Rommé mit dem ersten Direktor einer Firma, um deren Werbeetat er sich bemühte. Ein andermal ging er Gemälde oder *objets d'art* einkaufen und lud den Werbechef eines Industriebetriebs ein, ihn zu begleiten. Im Verlauf des Besuchs bei einem der bekannten Kunsthändler kaufte er dann irgendein Schmuckstück oder vielleicht auch ein kleines Gemälde für seinen Gast. Gleichzeitig erwähnte er ganz beiläufig die Schwierigkeiten, die dessen Firma durchmachte, und erklärte ihm mit wenigen gutgezielten Worten, wie er sich die Lösung vorstellte. Unter diesen Umständen konnten ihm nicht viele widerstehen.

Um sechs folgte die zweite Periode der Entspannung, entweder in Gesellschaft desselben Mannes oder allein. Es war die Stunde, in der er sich die Leckerbissen besah, die der Donkey ihm für diesen Tag besorgt hatte. Finnegan unterhielt einen kleinen Harem, und für gewöhnlich wandte sich der Donkey an eines dieser Mädchen. Natürlich hatte Mr. Finnegan keine Zeit, irgend jemandem lange den Hof zu machen. Sein gegenwärtiger Harem bestand aus drei reizenden jungen Dingern, die er in großzügiger Weise aushielt. Als Gegenleistung verlangte er lediglich, daß sie jederzeit für ihn verfügbar seien. »Und für seine Freunde«, setzte der Donkey manchmal hinzu.

Finnegan ließ dabei jegliches Gefühl aus dem Spiel. Diese Beziehungen gehörten im wesentlichen zu seinem Gesundheitsprogramm und hatten nichts mit Zuneigung oder gar Liebe zu tun. Mit Vergnügen, ja, das wohl. Aber schließlich bereitete es ihm auch Vergnügen, Wildbret zu essen.

Gegen sieben (während er sein sorgfältig zubereitetes Abendbrot aß) rief Finnegan seine Frau an, um sich ein Weilchen mit ihr zu unterhalten. Er erkundigte sich, ob zu Hause alles in Ordnung sei. Das war es immer. Dafür sorgte er. Hin und wieder kam zu dieser Stunde auch ein Anruf von einer seiner drei Töchter, die alle verheiratet und, wie Finnegan es nannte, »gut aufgehoben« waren. Der Mann der einen arbeitete für Williams and MacElroy; der Mann der zweiten war Offizier und diente unter einem General, einem engen Freund von Finnegan, mit dem er jedes Jahr auf Bärenjagd nach Alaska ging. Und der Mann der dritten tat eigentlich überhaupt nichts. Er war ein »Sportsmann«, der vor Bimini segelte und sein Boot in einem kleinen Privathafen liegen hatte, der Finnegan gehörte. Somit hatte Finnegan diese drei sorgsam ausgewählten Ehemänner unter ständiger Kontrolle. Wenn sie auf Abwege gerieten, sorgte er energisch dafür, daß die Zügel strammer gezogen wurden. Er billigte keine »Seitensprünge« bei seinen Schwiegersöhnen. Jeder von ihnen hatte schon irgendwann einmal die Kandare zu spüren bekommen.

Der einzige dunkle Punkt in dem sonst so idyllischen Arrangement war Finnegans Sohn, ein langsam absackender Trinker, der offenbar entschlossen war, alles zu tun, was er konnte, um den Ruf seines Vaters zu schädigen. Er allein brachte einen Mißklang in dieses vollkommene Paradies. Schließlich hatte Finnegan sich von ihm losgesagt und ihm einen gewissen Betrag als endgültige Abfindung überschrieben. Der Junge benutzte das Geld, um ein Exposé über seinen Vater drucken zu lassen, eine Schrift, die ein angesehener Verlag schon allein aus Angst vor einem Prozeß niemals herausgebracht hätte, die der Sohn aber kostenlos jedem überließ, der an ihrem Inhalt Vergnügen finden mochte.

So hatte Finnegan, abgesehen von Sean (das war der Name seines Sohnes), sein Leben in jeder Hinsicht vollkommen in der Hand. Im Gegensatz zu seinen Kollegen und Rivalen war er am Abend nicht ausgepumpt, sondern erfrischt. Denn nach dem arbeitsreichen Tag und seinem Abendessen, das er im Liegen einnahm, pflegte er eine Weile zu schlafen. Seiner jeweiligen weiblichen Gesellschaft hatte man klar zu verstehen gegeben, daß sie keinesfalls selbst einschlafen dürfe; sie habe lediglich in der richtigen Lage zu warten, bis er einschliefe, um sich dann rasch und leise davonzumachen. Unter keinen Umständen durfte sie noch dasein, wenn er aufwachte. Mr. Finnegan wünschte, als unbescholtener Ehrenmann zu erwachen.

Nach diesem kurzen Schlaf kam die Strahldusche. Und dann wieder der blaue Anzug, aber ein anderer. Die Leute, die Finnegan spät am Abend mit der gleichen Kleidung wie am frühen Morgen sahen, fragten sich verwundert, wie er es fertigbrachte, so viele Stunden so schwer zu arbeiten und trotzdem noch so frisch und gepflegt auszusehen.

Finnegan setzte seine wichtigsten Besprechungen sowie die Werbepräsentationen auf den Abend an. Erfrischt von seinem Schlaf und der Dusche, trat er Verhandlungspartnern gegenüber, deren Urteilskraft durch einen langen, ununterbrochenen Arbeitstag gemindert war und die sich nur noch danach sehnten, sich von jemand anderem sagen zu lassen, wie man das jeweilige Problem am besten lösen könne.

Diese Sitzungen endeten meistens kurz nach elf. Danach ließ er sich nach Hause fahren. Mittlerweile war er reif fürs Bett. Doch er ging stets vorher noch in das Zimmer seiner Frau, um ihr einen Gutenachtkuß zu geben. Schließlich war er ja ein guter Katholik und ein guter Ehemann. (Die Sonntage, pflegte er zu sagen, gehören meiner Frau. Sie spielte ebenfalls Golf, aber nie im selben Viererspiel wie er. Sie gingen jedoch zusammen in die Kirche und nahmen gemeinsam an sämtlichen Wohltätigkeitsveranstaltungen teil.) Was bei diesen mitternächtlichen Begegnungen mit seiner Frau geschah, wußte niemand außer Mr. und Mrs. Finnegan. Wenn der Morgen dämmerte, lag er jedenfalls friedlich schlafend in seinem ungeheizten Turm. Hatte er diesen sorgfältig geplanten Tageslauf unterbrochen, um ins Krankenhaus zu kommen und mir beizustehen?

»Haben Sie jemanden im Krankenhaus?« fragte ich ihn.
»Psst!« machte Danny the Donkey.
»Schon gut, Danny«, sagte Mr. Finnegan. »Laß den Wagen halten. Kommen Sie, Eddie, wir gehen ein Stückchen zu Fuß. Nein, ich bin hierhergekommen, um mit Ihnen zu reden.«
Der Wagen hielt. Danny öffnete die Tür.
»Kommen Sie, mein Junge, ein bißchen Bewegung kann Ihnen nichts schaden. Haben Sie zugenommen?«
Wir gingen voraus, und der Wagen folgte uns in einem Abstand von etwa fünfzehn Metern. Mr. Finnegan führte das Wort.
»Vor allem möchte ich Ihnen sagen, daß ich zu Ihnen stehe, Eddie, und das bedeutet, daß die Firma zu Ihnen steht. Ferner möchte ich Ihnen sagen, daß Sie sich in großen Schwierigkeiten befinden, Schwierigkeiten, die ich als so ernst ansehe, daß ich mir gestern erlaubt habe, Ihre Frau anzurufen ...«
Er zögerte den Bruchteil einer Sekunde und blickte nachdenklich über die Schulter. Er hatte Florences Namen vergessen und sah sich nach Kurtz um, die ihm üblicherweise den Namen irgendwie hätte zukommen lassen. Aber der Rolls-Royce war zu weit entfernt, als daß Finnegan auf ihre Hilfe rechnen konnte.
»Was haben Sie *Florence* gesagt?« fragte ich, den Namen betonend. Er machte ihn sich sofort zu eigen. »Ich habe Florence erklärt, daß es meiner Meinung nach gut wäre, wenn sie nach New York käme.«
»Und hat sie es getan?«
»Vermutlich. Ich habe sie gebeten, sofort zu kommen. Haben Sie etwas dagegen?«
Normalerweise hätte ich erwidert: »O nein, natürlich nicht« oder etwas ähnlich Angemessenes und Verlogenes. Doch jetzt sagte ich: »Warum kümmern Sie sich nicht um Ihren eigenen Dreck?«
Mr. Finnegan wußte mit Bemerkungen dieser Art absolut nichts anzufangen. Wir gingen eine Weile schweigend nebeneinander her.
»Ich möchte wiederholen«, bemerkte Mr. Finnegan schließlich, »und ich sage es Ihnen so ruhig, wie es mir unter den gegebenen Umständen möglich ist: Sie befinden sich in einer außerordentlich heiklen Lage. Williams and MacElroy steht hundertprozentig hinter Ihnen, aber ... nun ... sind Sie sich im klaren darüber, was Sie getan haben?«
»Hat es in der Zeitung gestanden?«
»Einer von diesen dreckigen Zeitungsburschen war im Nachtgerichtshof und hat natürlich den Beamten, der Sie verhaftet hat, nach Strich und Faden ausgehorcht. Tatsächlich habe ich den größten Teil des gestrigen Abends damit zugebracht, dafür zu sorgen, daß es nicht in die Zeitungen kommt. Aber keine Macht der Welt kann den eng-

stirnigen Männern und Frauen den Mund verschließen, die leider den größten Teil der Belegschaft unserer Branche ausmachen. Mehr als einer betrachtet Ihr Verhalten als einen großartigen Witz.«
Ich mußte lächeln.
»Was amüsiert Sie?« fragte er.
»Ich weiß nicht«, sagte ich, »es ist einfach komisch.«
»Zephyr ist anderer Meinung. Und es gibt keine namhafte Firma, die nicht bereits davon gehört hat oder sehr bald durch unsere Konkurrenz davon hören würde, wenn ich versuchte, Ihnen ihren Etat zu übergeben.«
»Ich verstehe«, sagte ich.
»Hoffentlich tun Sie das wirklich. Hoffentlich sehen Sie ein, wie ernst es ist.«
»Endgültig, würde ich sagen!«
»Nun, offen gestanden, wenn Sie bei irgendeiner anderen Firma wären ... aber Williams and MacElroy hat stets die menschliche Seite der Dinge in Betracht gezogen. Wir versuchen, uns auf unsere Leute einzustellen. Ich habe gehört, Ihr Vater liegt im Sterben.«
»Wer hat Ihnen das gesagt?«
»Florence.«
»Er ist krank, aber er liegt nicht im Sterben.«
»Ist das mit ein Grund für Ihr seltsames Benehmen?«
Ich schwieg.
»Finden Sie etwa nicht, daß Sie sich seltsam benehmen?«
»Mir macht es einen Heidenspaß«, sagte ich.
Er sah mich an, ich sah ihn an, und dann sagte er: »Steigen wir wieder ein.« Er drehte sich um und gab dem Fahrer ein Zeichen. Eine Sekunde später stand der Wagen neben uns.
»Sag etwas Komisches«, befahl Mr. Finnegan dem Donkey, als er in den Rolls-Royce stieg.

Florence wartete im Krankenhaus auf uns. Sie stürzte an mir vorbei auf Mr. Finnegan zu. Florence hat von jeher außerordentliche Hochachtung vor Respektspersonen gehabt. Ich sah meine Mutter ein wenig abseits stehen und ging zu ihr. Sie wußte nicht, wer Mr. Finnegan war, und war deshalb auch nicht im mindesten beeindruckt. »Sie machen jetzt viel Aufhebens um mich«, sagte sie.
»Es wird auch höchste Zeit!« Gloria, die Frau meines Bruders, stand neben uns.
»Mir geht es ganz gut«, sagte meine Mutter.
»Und es wird dir auch weiter gut gehen, Liebes«, erwiderte Gloria. Ich wußte immer noch nicht, wovon sie sprachen, und ich erfuhr es auch nicht, denn in diesem Augenblick gesellte sich Florence zu uns.

»Weshalb hast du ihm gesagt, er soll hierherkommen?« fragte ich, auf Mr. Finnegan deutend; er unterhielt sich mit Michael und einem Mann, der wie ein sehr teurer Arzt aussah.
»Ich habe ihm nichts gesagt, Liebling. *Er* hat *mich* angerufen. Und er ist hier, weil er dein Freund ist.« Dann küßte sie mich auf die Wange. »Und du, mein liebes Scheusal, brauchst jetzt wahrhaftig deine Freunde.« Sie hatte wirklich eine sanfte, schöne Stimme.
Ich fühlte mich in die Enge getrieben. »Mir geht es glänzend«, sagte ich.
»Du siehst aber nicht so aus«, erwiderte Florence. »Du siehst miserabel aus. Wo hast du deinen Schlips gelassen?«
»Du siehst nicht gut aus, Eee«, sagte nun auch meine Mutter.
»Du siehst aus, als seist du die ganze Nacht aufgewesen«, sagte Gloria.
»Damit hast du's verdammt genau getroffen«, entgegnete ich.
In diesem Augenblick kamen Michael und Mr. Finnegan in Begleitung des anderen Mannes auf uns zu.
»Eddie, ich möchte Sie mit meinem Arzt, Dr. Clifford Taylor, bekannt machen«, sagte Mr. Finnegan. »Dies ist der älteste Sohn des Patienten, Cliff, unser Mitarbeiter, Mr. Edward Anderson.«
Dr. Taylor reichte mir die Hand.
»Ich habe Dr. Taylor gebeten, uns ein wenig von seiner kostbaren Zeit zu opfern und sich Ihren Vater anzusehen«, erklärte Mr. Finnegan mir.
Dr. Taylor sagte: »Ich schlage vor, daß wir uns alle setzen.«
Er blickte in Richtung der Besucherhalle. Doch dort saßen bereits vier einzelne Personen, die alle, wie ich annahm, auf irgendwelche schlechten Nachrichten warteten. So gab es offensichtlich nicht genügend Platz für uns. »Warten Sie bitte einen Augenblick«, sagte Dr. Taylor und eilte davon.
Ich ging den Gang hinunter zu dem Zimmer meines Vaters und blickte hinein. Er saß aufrecht im Bett, und sein Aussehen erschreckte mich. Er schien ungeheuer erleichtert, mich zu sehen.
Die Krankenschwester – die strenge – war bei ihm. Sie sah mich und sagte kurz angebunden: »Nicht jetzt, bitte.«
»Halten Sie den Mund, Sie dumme Gans!« sagte mein Vater. »Komm her, mein Junge.«
»Ich übernehme nicht die Verantwortung«, erklärte mir die Schwester und ging hinaus.
»Alte Hexe!« murmelte mein Vater; dann stieß er noch ein paar türkische Flüche aus.
Wir hörten, wie die Krankenschwester draußen sagte: »Ich übernehme keine Verantwortung« und noch mehr, was wir nicht hörten,

denn ich schloß die Tür und schob einen Stuhl unter die Klinke. Dann wandte ich mich zu dem alten Mann.
»Wer ist das große Tier?« fragte mein Vater.
»Der Arzt von Mr. Finnegan, meinem Chef. Er selbst ist auch hier.«
»Es muß schlecht um mich stehen, wenn so viele große Leute kommen.«
»Wie fühlst du dich?« fragte ich.
»Ich muß hier raus, Evangeleh«, sagte er. »Es bleibt nicht mehr viel Zeit.«
Plötzlich hatte ich das Gefühl, daß ich ihn wegbringen mußte, selbst wenn es vom medizinischen Standpunkt aus sinnlos war. Um seines inneren Friedens willen. Nur deshalb.
»Worüber hat sich die Krankenschwester so aufgeregt?« fragte ich.
»Ich hab' was angestellt«, sagte er.
Draußen klopfte jemand sanft an die Tür. Noch ehe ich ihre Stimme hörte, wußte ich, daß es Florence war. »Evans?«
»Was hast du getan?« fragte ich meinen Vater.
»Ich hab' ins Bett gemacht«, erwiderte er.
»Liebling«, sagte Florence, immer noch sanft.
»Das ist Florence«, erklärte mein Vater. Er erinnerte sich ausnahmsweise an ihren Namen. »Ich dachte, sie ist in Kalifornien.«
»Das war sie auch. Mr. Finnegan, mein Chef, hat sie kommen lassen.«
»Sie glauben, daß ich sterbe, was?«
»Ev«, sagte Florence, »komm jetzt endlich. Was du tust, ist schon nicht mehr komisch. Und auch gar nicht nett.« In ihrer beherrschten Stimme lag ein kaum merklicher Anflug von Ungeduld.
»Evangeleh«, flüsterte mein Vater.
»Ja, Pa.«
»Hol mich hier raus. Sieh her, ich habe Geld für das Taxi.« Er begann, unter der Matratze nach seiner kleinen schwarzen Brieftasche zu suchen.
»Das weiß ich, Pa.«
»Hol ein Taxi. Warte, bis sie alle weg sind, dann hol ein Taxi und nimm mich mit.«
»Hör zu, Evans«, sagte Florence von der anderen Seite der Tür, »Dr. Taylor wartet auf uns. Es ist einfach unhöflich.«
»Ich muß höflich sein, Pa«, sagte ich dem Alten.
Er blickte mich vorwurfsvoll an. »Verlaß mich nicht, Evangeleh.«
»Ich komme wieder, Pa, das versprech' ich dir. Sowie ich gehört habe, was der Arzt uns zu sagen hat.«
»Ich hab's absichtlich getan. Frag Dr. Levine.«
»Was hast du absichtlich getan?«

»Ins Bett gemacht.«
»Warum?«
»Ich will, daß sie mich wegschicken. Gestern abend hab' ich wieder gehört, wie sie ihre toten Kunden weggeschafft haben. Sie glauben, ich weiß nicht, was hier vorgeht. Und dieses große Tier, das ist gar kein Arzt. Der Mann ist ein Leichenbestatter. Frag Dr. Levine!«
»Ich komme wieder, Pa.« Damit ging ich zur Tür.
Wer ist wohl Dr. Levine? fragte ich mich.
Florence war richtiggehend wütend; doch sie lächelte mich geduldig an und sagte in freundlichem Ton: »Dr. Taylor hat uns einen privaten Konsultationsraum verschafft. Komm jetzt bitte mit.«
Sie hatten sich alle bereits in dem kleinen Raum versammelt; auch die vier Jungen waren inzwischen erschienen und saßen jetzt still und lächelnd in einer Ecke.
»Ich werde mich ganz kurz fassen«, sagte Dr. Taylor, obgleich niemand ihn gebeten hatte, sich kurz zu fassen. »Ihr Vater leidet an einer Krankheit, die keinem Sterblichen erspart bleibt, und zwar an Altersschwäche.«
»Worin äußert sich das bei ihm?« fagte ich.
»Er hat eine sehr vorgeschrittene Arteriosklerose«, sagte Dr. Taylor.
»Er ist plemplem«, murmelte einer der Jungen.
»Halt den Mund«, fuhr Gloria ihn an.
Dr. Taylor tat, als habe er nichts gehört. Aber ich ertappte ihn dabei, wie er verstohlen auf seine Armbanduhr sah, etwas, das alle Ärzte so geschickt zu tun verstehen, daß kaum jemand es bemerkt. Doch Mr. Finnegan hatte es ebenfalls gesehen und sagte daraufhin: »Ich meine, Sie sollten sich alle anhören, was Dr. Taylor zu sagen hat, ohne dazwischenzureden. Es war eine große Gefälligkeit von ihm, daß er überhaupt gekommen ist.«
»Ich konnte mich freimachen«, sagte Dr. Taylor bescheiden.
»Es war wirklich sehr liebenswürdig von Ihnen«, erklärte Florence.
»Ich weiß«, fuhr Dr. Taylor fort, »daß die Angehörigen jetzt zweifellos den Wunsch haben werden, über den Gemütszustand des Patienten zu sprechen. Doch ehe Sie das tun, darf ich mich vielleicht verabschieden. Vorher möchte ich jedoch betonen, daß Ihre Hauptsorge jetzt der Frau des Kranken gelten sollte. Dieser Dame hier. Was zum Beipiel letzte Nacht geschehen ist, wird sich wiederholen, und zwar bald. Er wird immer weniger imstande sein, seine körperlichen Funktionen unter Kontrolle zu halten.«
»Er hat es absichtlich getan«, sagte ich.
Sie fingen alle an zu lachen.
»Das stimmt wirklich!« beharrte ich verzweifelt. »Er hat's absicht-

lich getan! Verdammt noch mal, warum wollt ihr das nicht glauben?« Ich wußte selbst nicht, worüber ich mich so aufregte.
»Schon gut, Evans«, sagte Florence mit jenem liebenswürdigen Lachen, mit dem sie derartigen Situationen zu begegnen pflegt.
»Er hat es absichtlich getan!« sagte ich noch einmal.
Mr. Finnegan warf mir einen prüfenden Blick zu. Ich konnte sehen, daß er Erwägungen anstellte, die sich um meine künftige Brauchbarkeit für »unsere« Firma drehten.
Dr. Taylor stand auf. Offenbar hatte er genug. Florence sagte: »Bitte, Dr. Taylor, wir möchten, daß Sie uns alles sagen, was Sie wissen. Tun Sie uns den Gefallen.«
»Nun«, sagte Dr. Taylor, während er seinen Mantel zuknöpfte, »wir wissen bisher nicht sehr viel über den Verfall des Kreislaufsystems, abgesehen davon, daß er fortschreitet, und zwar meistens sehr rasch. Nach und nach hören die Funktionen auf. Nun, darf ich offen sein . . . ?«
»O natürlich«, sagten Florence und Gloria wie aus einem Mund; sie beugten sich beide vor, um zu hören, was jetzt kam.
Dr. Taylor lächelte. Seine kleine, durch Gebärden ausgedrückte Drohung, daß er fortgehen werde, hatte Ordnung in die Versammlung gebracht. Er öffnete einen Knopf. »Ich möchte, daß Sie sich alle darüber im klaren sind, wie die Dinge stehen. Was zum Beispiel den Vorgang von gestern abend betrifft: er ist ein Symptom dessen, was man allgemein die zweite Kindheit nennt. Der alte Herr wird beharrlich versichern, er habe gewußt, was er tat, habe es absichtlich getan und so weiter. Das ist bei den meisten so. Es ist eine Art verzweifelter Versuch, sich die Handlung ins Gedächtnis zurückzurufen. Eigentlich recht mutig. Sie wollen sich damit selbst überzeugen, daß sie noch im Besitz ihrer vollen Fähigkeiten sind. Meine Freunde, das wird uns allen widerfahren, wenn wir das Glück haben, so alt zu werden wie dieser Mann. Gegen den Tod, meine Freunde, gibt es keine Medizin.«
Ich sah meine Mutter an.
Dr. Taylor fuhr eilig fort. »Er wird auch weiterhin Halluzinationen haben, wird Gegenwart und Vergangenheit verwechseln. Er wird nicht wissen, wo er ist, und ist daher auch nicht verantwortlich für das, was er tut. Die Krankenschwestern haben mir zum Beispiel erzählt, Mrs. . . .«, er nickte meiner Mutter zu, »daß er Sie auf eine recht persönliche Art angreift. Sie dürfen sich das nicht zu Herzen nehmen, Madam. Ihr Mann ist nicht mehr derjenige, der er einmal war. Er ist ein anderer Mensch. Ich habe gehört, er hat Sie des Vertrauensbruchs und der Untreue bezichtigt?«
Meine Mutter antwortete nicht.

»Nun, was ist daran so geheimnisvoll? Ja! Ja, Herr Doktor!« sagte Gloria.
»Lassen Sie sich von diesen Dingen nicht aus der Fassung bringen. Aber ich bitte Sie dringend, jetzt egoistisch zu sein. Denken Sie an sich selbst. Sie werden – und diese Ansicht werde ich jedem gegenüber verfechten –, Sie werden nicht imstande sein, ihn selbst zu versorgen. Er sollte in irgendeiner Pflegeanstalt untergebracht werden. Dort wird man sich seiner auf eine Art annehmen, wie es Ihnen nicht mehr zugemutet werden kann. Bringen Sie ihn so rasch wie möglich in ein nettes, gemütliches Heim für kranke alte Leute. Sie können ihn besuchen, sooft Sie wollen, ohne dabei von Stunde zu Stunde den schrecklichen Verfall mitansehen zu müssen, der unweigerlich eintreten wird. Habe ich zu deutlich gesprochen?«
»Ganz und gar nicht«, sagte Gloria. »Sie haben die Wahrheit gesagt.«
»Ich hoffe, Sie verstehen es so, wie es gemeint war Mrs....«, er nickte abermals meiner Mutter zu, »denken Sie an Ihr eigenes Wohl.«
Ich warf einen besorgten Blick auf meine Mutter. Sie war seit siebenundvierzig Jahren mit meinem Vater verheiratet. Es würde ihr bestimmt nicht leichtfallen, Dr. Taylors Rat zu folgen.
Dr. Taylor ging mit gewichtigem Schritt zur Tür. Dort kam Finnegan auf ihn zu und schüttelte ihm die Hand, als gratuliere er einem berühmten Schauspieler zu seinem glänzenden Abgang. Um diesen noch wirkungsvoller zu gestalten, winkte Dr. Taylor uns allen herzlich zu und zog in bester Stimmung von hinnen.
Ich drückte meiner Mutter die Hand und ging zum Zimmer 612.
»Was ist der Urteilsspruch?« fragte mein Vater.
Noch ehe ich ihm antworten konnte, kam die strenge Schwester herein, diesmal in Begleitung eines Krankenwärters, der mich barsch ersuchte, das Zimmer zu verlassen. Ohne mich weiter zu beachten, begann er, meinen Vater für die Bettdusche vorzubereiten.
Draußen wartete Finnegan auf mich. Sobald ich aus dem Zimmer kam, nahm er meinen Arm und sagte: »Begleiten Sie mich zu meinem Wagen.« Damit ging er, mich immer noch am Ellbogen haltend, auf den Fahrstuhl zu. Als wir an den Frauen vorüberkamen, sagte Florence: »Danke, Mr. F., vielen Dank!«
Dann fuhren wir hinunter und gingen, vom Donkey gefolgt, hinaus.
»Ich danke Ihnen, daß Sie Dr. Taylor gerufen haben«, sagte ich. »Das war sehr nett von Ihnen.«
»Gern geschehen«, erwiderte er. »Wenn Sie Hilfe brauchen und ich sie Ihnen zukommen lassen kann...« Er entdeckte seinen Rolls-Royce und steuerte rasch daraufIos. »Übrigens ist es nicht Ihr

Vater, um den ich mir Sorgen mache. Ihm ist kaum mehr zu helfen. Ich mache mir Sorgen um Sie.«

»Gerade darüber möchte ich mit Ihnen sprechen«, sagte ich. »Ich glaube, ich bin am Ende des Weges angelangt.«

»Unsinn! Sie haben noch dreißig Jahre vor sich, dreißig fruchtbare Jahre!«

»So habe ich es nicht gemeint. Ich fürchte, daß ich Ihrer Firma nicht mehr viel nützen kann. Und deshalb möchte ich...«

»Sie machen lediglich ein schwieriges Stadium durch«, sagte er. »Ich kenne das, habe es sogar selbst durchgemacht, obgleich es bei mir nur eine Frage von Tagen war. Manche nennen es das männliche Wechselalter; Hitzewellen und alles, was sonst noch dazugehört; es ist genau wie bei den Frauen – wir benehmen uns unberechenbar, zweifeln an allem, kriegen ihn nicht mehr hoch, verlieren das Selbstvertrauen – ich weiß, wie es ist. Außerdem leben Sie nicht vernünftig; Sie tun nichts für Ihre Gesundheit; Sie vernachlässigen Ihren Körper. Ich bin in Ihrem irrsinnig überheizten Haus gewesen; wie können Sie überhaupt schlafen? Und wann machen Sie sich jemals Bewegung? Kein Wunder, daß Sie ihn nicht steif bekommen.«

»Ich krieg' ihn steif«, erwiderte ich. »Das ist es nicht.«

»Damit fängt es an«, sagte er. »Ich weiß Bescheid.«

»Damit habe ich keine Schwierigkeiten«, beharrte ich.

»Nun, warten Sie ab«, sagte er bedeutungsvoll, »das kommt noch. Ich habe es bei den stärksten Männern beobachtet.«

»Es handelt sich nicht um meinen Körper«, erwiderte ich. »Ich kann mich selbst und die Welt einfach nicht mehr ertragen.«

»Ach, das«, sagte er.

»Mir kommt alles wie ein fauler Zauber vor.«

»Was alles?«

»In erster Linie unser Beruf.«

»Oh, sicher ist sehr viel fauler Zauber dabei. Wen kümmert das?«

»Nun, ich kann es nicht mehr ertragen.«

»Sie ertragen es immer und überall. Sie sind davon umringt.«

»Jeder Mensch kommt mir wie ein Lügner vor – Sie, ich und alle übrigen.«

»Ja, natürlich. Was glauben Sie, wie lange diese unsre Welt bestehen könnte, wenn irgend jemand die Wahrheit sagte? Wir leben auf Grund eines stillschweigenden Abkommens, uns gegenseitig nicht die Wahrheit zu sagen. Wenn zum Beispiel im Geschäftsleben jemand die Wahrheit spräche, wer würde dann seine Waren kaufen? Es sind unsere – stets wohlgemeinten – Lügen, die diese Welt zusammenhalten. Sie sagen mir nicht, was Sie wirklich von mir

denken, und ich sage Ihnen nicht, was ich wirklich von Ihnen denke.«
»Aber nachdem man das einige Jahre lang getan hat, fängt man an, überhaupt keine eigene Meinung mehr zu haben.«
»Nur so ist das Leben erträglich, finden Sie nicht? Glauben Sie, daß Ihre Frau Ihnen sagt, was sie wirklich von Ihnen hält?«
»Wahrscheinlich nicht.«
»Sie haben verdammt recht. Ganz gewiß nicht!«
»Ich möchte einen Augenblick ernsthaft mit Ihnen reden.«
»Tun Sie das nicht. Sie treiben ein sehr gefährliches Spiel. Wenn diese Art des Denkens einmal anfängt, so zahlt nach meiner Erfahrung letztlich meistens jemand mit dem Leben dafür.«
Der Donkey, der sich nahe genug befand, um unser Gespräch zu hören, brach in Gelächter aus.
»Bitte, kann ich nur einen Moment ernsthaft...«
»Lassen Sie es lieber bleiben. Das ist der Grund, weshalb ich ständig den Donkey bei mir habe. Er hält die Dinge in der richtigen Proportion.«
»Was wollen Sie damit sagen?« fragte ich.
»Haben Sie ihn jemals aufmerksam angesehen?«
Ich tat es jetzt.
Danny hatte zwei Gesichter. Eines funkelte vor Feindseligkeit, das andere zeigte den ganzen Galgenhumor des Narren, den Humor eines Menschen, der gelernt hat, eine Gesellschaft zu ertragen, in der er nicht ernst genommen, ja sogar verachtet wird, aber verachtet von Menschen, die nicht besser sind als er.
»Glauben Sie, daß Danny jemals sagt, was er über mich denkt?« fragte Finnegan. »Danny, was denkst du über mich?«
»Wenn ich es Ihnen sagte, würden Sie mich rausschmeißen«, erwiderte der Donkey.
»Richtig«, sagte Finnegan. »Wissen Sie«, fuhr er, an mich gewandt, fort, »Sie werden es nicht glauben, wenn Sie sich dieses Häufchen Zynismus betrachten, aber Danny war in seiner Jugend tatsächlich ein Idealist. Er glaubte an die Dinge. Doch ich frage Sie, woran kann man heute noch glauben? Woran glauben Sie? An Abgeschiedenheit und Vergnügen. Daran ist nicht zu rütteln. Schön! Und was noch? Sie sprechen über unsere Branche! Was würde aus dem Werbegeschäft, wenn wir die Wahrheit sagten?«
Finnegan nahm mich beiseite, dann fuhr er fort: »Lassen Sie sich ein Weilchen Zeit. Im Augenblick habe ich ohnedies keine Verwendung für Sie. Ich kann Ihnen jetzt keinen Etat übertragen. Das werden Sie verstehen. Ich werde den Leuten sagen müssen, daß Sie sich einen langen Urlaub genommen haben, um sich auszuru-

hen. Und das sollten Sie auch wirklich tun. Ich kann Ihnen nicht Ihr volles Gehalt bezahlen, aber ich werde Ihnen die Hälfte geben.«

»Ich will kein Geld«, sagte ich.

Finnegan wandte sich an den Donkey. »Hast du gehört, was er gesagt hat, Danny? Er will kein Geld.«

»Ich glaube, er ist wirklich reif fürs Irrenhaus.«

Sie lachten beide.

Wir waren beim Wagen angelangt. Der Donkey öffnete die hintere Tür.

Finnegan nahm mich auf ein letztes Wort beiseite. »Ich habe gehört«, sagte er, »daß Sie immer noch mit Gwen Hunt in Verbindung stehen.«

»Nein, das stimmt nicht.«

»Es tut mir leid, daß Sie mich anlügen. Sie waren letzte Nacht bei ihr.«

»Woher wissen Sie das?«

»Ich habe einen ganzen Stab von Leuten, die mich über jeden auf dem laufenden halten, der mir wichtig ist; und ich kann Ihnen nur sagen, mein Junge, sehen Sie sich vor. Ich mußte mich von ihr trennen. Und ich glaube, was Ihnen augenblicklich zu schaffen macht, ist dieses Mädchen. Sie stehen derartig unter ihrem Einfluß, daß Sie die wesentlichen Dinge nicht mehr von den unwesentlichen unterscheiden können. Sie ist ein zerstörerischer Mensch, achtet weder die Errungenschaften unserer Kultur noch das Gesetz Gottes.«

»Das tue ich auch nicht.«

Zum erstenmal, seit wir uns kannten, verlor Mr. Finnegan ein wenig von seiner berühmten Geduld.

»Ich hatte vor, Florence um den letzten ärztlichen Bericht über Sie zu bitten«, sagte er kurz angebunden. »Sie hatte versprochen, ihn mir zu zeigen.«

»Was wollen Sie wissen?«

»Welches waren die Schlüsse des Arztes bezüglich Ihres Autounfalls? Als Ihr Freund möchte ich das gerne wissen. Gab es irgendeinen ...?«

»Gehirnschaden?«

»Ja. Macht es Ihnen etwas aus, daß ich danach frage?«

»Ganz und gar nicht. Der Arzt hat gesagt, ich sei vollkommen in Ordnung.«

»Aber das stimmt nicht. Sie sind nicht der Mann, mit dem ich gearbeitet und den ich so gut gekannt habe. Heute morgen haben Sie sich zum Beispiel vom ersten Augenblick an sehr seltsam benommen. Glauben Sie mir, Eddie, ich mache mir wirklich Sorgen! Und

überlegen Sie sich gut, was ich Ihnen gesagt habe, besonders, was die bewußte junge Dame betrifft.«
Damit stieg er in seinen Rolls-Royce. Der Donkey schloß die Tür, und sie fuhren los.

17

Etwa zu diesem Zeitpunkt wurde mir klar, daß die Gespräche in unserem Kreis sich gar nicht um meinen Vater drehten – ihn glaubte man am Ende –, sondern ausschließlich um mich. Die Frage des Augenblicks war nicht, was mit dem alten Sam Arness geschehen sollte, sondern was bezüglich seines Sohnes zu unternehmen sei.
Ich bemerkte einen neuen Klang in der Stimme der Menschen, wenn sie mit mir sprachen. Den meisten Unterhaltungen, selbst den alltäglichsten, liegt eine gewisse Hysterie zugrunde, die darauf zurückzuführen ist, daß alle Dinge des Lebens von Natur aus gefährlich sind. Doch jetzt wurden die Gespräche in meiner Gegenwart in einem Ton von erzwungener Ruhe und wohlüberlegter Sanftmütigkeit geführt. Ich habe oft beobachtet, daß Erwachsene sich Kindern gegenüber so verhalten. Und ich habe mir schon immer gedacht, daß die Kinder den Schwindel durchschauen, sich bestimmt darüber ärgern und insgeheim beschließen, sich eines Tages an den Erwachsenen zu rächen, die sie so gönnerhaft behandeln.
Mir erging es ebenso. Ich hatte das Gefühl, daß jeder glaubte, er könne mit mir machen, was er wolle. Fremde sahen mich mißbilligend an. So nahm ich eine Abwehrstellung ein, wurde meiner ganzen Umwelt gegenüber mißtrauisch und streitsüchtig.
Michael war mir auf die Straße gefolgt und kam jetzt, nachdem Mr. Finnegan fortgefahren war, auf mich zu. Er überbrachte eine Botschaft vom Oberkommando: »Die weiblichen Familienmitglieder lassen dich bitten, zu ihnen zu kommen.«
»Wozu?«
»Sie wollen, daß wir alle zusammen zu Mittag essen und über Mutter sprechen.«
Ich machte eine anzügliche Gebärde.
»Sei nicht so, Eddie.«
»Warum nicht?«
»Was ist los mit dir?«
»Inwiefern?«
»Du bist vollkommen verändert.«
»O nein, so war ich immer. Ihr habt's nur nicht gemerkt. Komm, laß uns etwas trinken.«

Michael wollte nichts, ging aber mit mir in die Bar, vermutlich, um aufzupassen, daß ich nicht zuviel tränke. War es paranoisch, das anzunehmen? Ich goß rasch zwei Whisky hinunter und fühlte mich danach noch schlechter als zuvor.

Florence und Gloria warteten an der Fahrstuhltür im sechsten Stock. Sie waren in ein ernstes Gespräch vertieft, das sich jäh in Lächeln auflöste, als die Tür aufging und sie mich sahen.
»Gloria meint, wir sollten ein Familienessen veranstalten«, sagte Florence.
Gloria lächelte mir zu. Ich wurde tatsächlich am Gängelband geführt. »Es gibt hier ganz in der Nähe ein sehr gutes italienisches Restaurant«, sagte sie.
»Evans liebt italienisches Essen.« Das war Florence. »Vielleicht haben sie Lasagna, Ev.«
»Warum können wir uns nicht einfach auf die Glasveranda setzen und dort reden?«
»Deine Mutter braucht ein gutes Mittagessen«, erklärte Gloria. Meine Mutter, die ein wenig abseits stand, sah verwirrt, aber nicht unterernährt aus.
Ich verharrte in störrischer Teilnahmslosigkeit. Kinder verschanzen sich manchmal hinter solch einer Art Betäubung, wenn sie kein anderes Mittel gegen die Geschütze der Erwachsenen haben.
»Ev, Gloria meint es gut mit dir; ich bin deine Frau und meine es daher auch gut mit dir; also sei nett.«
»Du solltest dich ein bißchen säubern«, sagte Gloria.
»Was hast du an mir auszusetzen?«
»Nun, wo immer du letzte Nacht gewesen bist«, erwiderte Gloria in Beantwortung meiner Frage, »im Hotel warst du nicht.«
»Oh, Gloria!« sagte Florence.
Ich wandte mich meiner Mutter zu, und so entging mir der Rest dieser Unterhaltung; aber ich bemerkte, daß sie weitersprachen und mich dabei ansahen.
»Sie wollen, daß wir alle zusammen zu Mittag essen«, erklärte ich meiner Mutter, als sei es ein völlig hirnverbrannter Plan.
»Gloria ist kein schlechter Mensch«, sagte meine Mutter. »Sie ist Michael eine gute Ehefrau, hat ihm Kinder geschenkt... sei nicht häßlich zu ihr...«
Ich kann meiner Mutter nichts abschlagen. »Gut«, sagte ich. Dann, an die anderen gewandt: »Ich will mich nur ein bißchen frisch machen.« Ich ging den Gang hinunter, bis ich eine Telefonzelle fand. Gwen nahm sofort den Hörer auf, als habe sie auf meinen Anruf gewartet.

Ich erzählte ihr von meinem Vater. »Ich habe das Gefühl, sie überlegen, wie sie sich seiner entledigen können. Er bittet mich immer wieder, ihn hier 'rauszuholen.«
»Wohin möchte er?«
»Nach Hause.«
»Dann bring ihn nach Hause.«
»Du müßtest den alten Kasten gesehen haben, um zu wissen, wie unmöglich das ist. Außerdem braucht er ständige Aufsicht.«
»Warum nimmst du ihn nicht mit nach Kalifornien?«
Ich saß da und hielt geistesabwesend den Hörer in der Hand.
»Eddie?« sagte Gwen.
»Ja?«
»Mach dich frisch und geh mit ihnen zum Essen. Vielleicht hat deine Frau eine Idee.«
»O. K.«
»Und wenn du ihn dort 'rausholen willst und nicht weißt, was du mit ihm anfangen sollst, bring ihn her, bis du eine Lösung gefunden hast.«
»O. K. Ich meine, vielen Dank.«
»Ruf mich an und sag mir, was geschieht.«
Auf der Herrentoilette stieß ich auf einen schmächtigen, kleinen Mann, der aussah wie einer von jenen abgedankten Jockeis, die auf den Tribünen von Ebbets Field hinter den Pfeilern zu sitzen pflegen. Ich betrachtete mein verwüstetes Gesicht im Spiegel, und er stand am Waschbecken daneben. Ein paarmal ertappte ich ihn dabei, wie er mich ansah und lächelte, als sei ich eine Witzfigur. Ich beherrschte mich, aber meine Hände fingen an zu zittern, und er bemerkte es.
»Sie müssen es letzte Nacht ganz schön getrieben haben«, sagte er. Ich riß das Hemd auf. Zwei Knöpfe flogen durch die Gegend. Er lachte schallend. Ich spritzte mir kaltes Wasser ins Gesicht. Eine Schlägerei im Waschraum eines Krankenhauses anzufangen, das hätte mir gerade noch gefehlt!
»Sie sind der Sohn von 612, nicht wahr?« fragte er. »Ich bin Dr. Levine, der behandelnde Arzt Ihres Vaters.«
Mein Gott, dachte ich im stillen, ich werde wirklich langsam paranoisch! Mein Vater hatte oft von Dr. Levine gesprochen. Ich trocknete mir die Hände an meinem Hemd ab, er trocknete sich die Hände an meinem Hemd ab, dann begrüßten wir uns mit einem Händedruck.
»Wie steht es wirklich um ihn?« fragte ich.
»Er ist am Ende angelangt. Abgesehen davon geht es ihm gut.«
»Was, zum Teufel, soll das heißen?«

»Das soll heißen, daß manche Ärzte Ihnen eine Menge Unsinn erzählen, ihn mit Drogen füttern und Ihnen dann eine große Rechnung präsentieren werden. Aber bei Fällen wie diesem gibt es kein Zurück.«

»Was kann ich für ihn tun?«

»Machen Sie ihn, solange Sie können, so glücklich, wie Sie können. Aber erwarten Sie keine Wunder. Die gibt es nicht. Soll ich Ihnen ein Hemd leihen?«

Sein Hemd war mir zu eng, aber es sah immer noch besser aus als meines. Und seine Rasierklinge war scharf. Während ich an mir arbeitete, erzählte er mir von meinem Vater.

»Er belegt Ihre Mutter mit Schimpfnamen, die ich nicht wiederholen möchte, denn sie ist eine gute, sanftmütige Frau. Auch Ihr Vater ist ein guter Mensch. Aber manchmal geht das Leben auf diese Art zu Ende. Sehen Sie, alles, was wir tagaus, tagein an Feindseligkeit und Mißtrauen anderen Menschen gegenüber empfinden und immer wieder unterdrücken, kommt jetzt bei diesem armen Mann zum Ausbruch. Das beweist, daß er im Unbewußten schon immer so gewesen ist. Jetzt bleibt ihm keine Zeit mehr, unaufrichtig zu sein. Tatsächlich ist er jetzt ehrlicher als je zuvor in seinem Leben.«

Ich beendete meine Toilette. »So, mehr kann ich nicht tun. Ich sehe eben heute einfach miserabel aus.«

»Das ist manchmal das Ende vom Lied«, sagte Dr. Levine.

»Ich möchte Sie nur spaßeshalber etwas fragen. Werde ich auch so?«

»Sie?« Er schien überrascht, aber er sah mich irgendwie sonderbar an.

»Ich merkte, daß manche Leute im Flüsterton über mich reden, als müsse man mich mit Vorsicht behandeln. Ich bin allen Menschen gegenüber mißtrauisch geworden. Als ich Sie zum Beispiel vorhin zum erstenmal sah, glaubte ich, Sie machten sich über mich lustig, und hätte Ihnen am liebsten eine 'reingehauen. Was meinen Sie dazu?«

»Es steht mir nicht zu, etwas über Sie zu sagen«, erwiderte Dr. Levine. »Außerdem ist es durchaus möglich, daß Sie recht haben. Alle Welt spricht über Paranoia, aber die Leute verschwören sich auch gegeneinander. Der Mensch als solcher ist sehr wenig duldsam gegen jeden, der aus der Reihe tanzt. Sämtliche Gefängnisse und Heilanstalten sind gerammelt voll von Verrückten, aber ich glaube, manche von ihnen sind gar nicht so verrückt.«

»Mag sein.«

»Ich finde, diese schmale Grenze ist eines der erfreulichen Dinge im Leben.«

»Welche Grenze?«
»Zwischen Wirklichkeit und Phantasie, Verstandesklarheit und Irrsinn. Es ist nur ein kurzer Weg vom einen zum andern.«

Es wurde drei Uhr, ehe wir ins Vesuvio kamen. Als Gloria sich hinsetzte, sagte sie: »Ich weiß, du hältst mich für einen sehr gefühllosen Menschen. Aber es ist wirklich an der Zeit, den Tatsachen ins Auge zu sehen, und keiner von euch scheint das zu tun. Daher habe ich mich entschlossen, die Böse zu spielen, und mir gefällt diese Rolle auch nicht besser, als ich euch darin gefalle.«
»Ich bin ebenso besorgt um meine Mutter wie jeder andere«, sagte ich und griff nach der Speisekarte.
»Davon ist nichts mehr da«, sagte der Kellner. Er nahm mir die Karte aus der Hand und begann, fast alles durchzustreichen.
Florence machte sich von der anderen Seite her an mich heran. Sie versuchte, die Wogen zu glätten. »Als ich dich gestern abend nicht erreichen konnte, rief ich Gloria an, und sie kam in die Stadt. Wir haben gemütlich zusammen gegessen und sind hinterher ins Theater gegangen.«
Gloria folgte dem Wink, sich mir auf Umwegen zu nähern.»Wir haben ein Stück von Arthur Miller gesehen«, sagte sie mit einem Blick auf Florence.
»Incident at Vichy«, sagte Florence. »Ein großartiges Stück.«
»Ich bin ebenso besorgt um meine Mutter wie jeder andere«, beharrte ich.
Gloria deklamierte mit tönender Stimme: »Ich will nicht dein Schuldgefühl; ich will deine Verantwortlichkeit.«
»Das ist aus dem Stück von Mr. Miller«, erklärte Florence.
Ich begann, Arthur Miller zu mißtrauen. »Ich fühle mich nicht schuldig.«
»Du solltest es aber«, entgegnete Gloria.
»Schon gut, Gloria«, sagte Florence. »Laß uns lieber das Essen bestellen.« Florence ist der einzige Mensch, vor dem Gloria Respekt hat.
Der Kellner gab uns die Speisekarten zurück, auf denen jetzt fast alles durchgestrichen war. »Es ist zu spät fürs Mittagessen und zu früh fürs Abendessen.«
Florence wandte sich an meine Mutter: »Mutter«, fragte sie, »möchtest du Spaghetti mit weißer Muschelsoße?«
»Wir haben nur rote«, sagte der Kellner.
»Bestellt irgend etwas«, sagte meine Mutter.
Florence verhandelte noch weiter mit dem Kellner über rote und

weiße Soße, aber ich bekam es nicht mehr mit, denn Gloria flüsterte dicht an meinem Ohr.

»Bitte, Eddie, irgend jemand muß sich jetzt um sie kümmern.«

»Das tun wir alle.«

»Nein, du tust es nicht. Du hast es zugelassen, daß er sie sein Leben lang wie ein Dienstmädchen behandelt hat. Oh... ich möchte einen Martini... es macht mich so nervös, mit dir zu sprechen; ich fühle deine Feindseligkeit, und ich kann nicht... bitte, Herr Ober, einen Martini, den haben Sie doch hoffentlich?« Dann näherte sie sich wieder meinem Ohr. »Warum duldest du, daß er sie zu Tode quält? Er hat sie während der letzten zwei Jahre ständig beschimpft, hat sie angeschrien und sogar geschlagen. Wo warst du diese ganze Zeit über? In deinem Swimming-pool?«

Jetzt mischte meine Mutter sich ein. »Gloria, hör auf!«

»Gut«, murmelte Gloria.

Michael sagte: »Bitte sei still.«

»Ich denke nicht daran«, erwiderte Gloria in erneutem Zorn.

»Pssst!« machte Michael.

»Ich bin nicht eine von euren griechischen Frauen, denen man einfach den Mund verbietet!« Dann deutete sie auf mich. »Ich kann nicht mit ihm reden. Mit solcher Feindseligkeit werde ich nicht fertig. Wie kannst du ihn ertragen?«

Florence beugte sich vor und küßte mich auf die Wange.

Wir sprachen über gleichgültige Dinge, bis die Spaghetti kamen. Irgendwann während des Essens sagte Florence zu mir: »Deine Mutter möchte heute nachmittag gern zum alten Haus hinausfahren.«

Ehe ich wußte, was ich tat, hatte ich mich an meine Mutter gewandt und sie gefragt: »Hast du das gesagt?«

Meine Mutter nickte; dann sah sie Florence an.

Florence war errötet. »Liebling«, sagte sie, »was geht in dir vor? Du glaubst niemandem mehr.«

Das alte Haus war das einzige elterliche Heim, das ich gekannt hatte. Ich war fünf, als wir dort einzogen. In meiner Familie ging die Legende, mein Vater habe diesen Besitz (sämtliche achtzehn Zimmer) bei einem Pokerspiel gewonnen. Ich bezweifle das. Aber die beiden ersten Wagen, die wir besaßen, hatte mein Vater tatsächlich auf diese oder eine ähnliche Art erworben. Der erste war längst dahin, aber der zweite stand jetzt immer noch auf platten Reifen in der Garage. Und es gab auch noch Reste eines Motorboots, die in den Resten eines Bootshauses verrotteten.

Ich erinnere mich, daß mein Vater Michael und mich in unseren stolzen kleinen Matrosenanzügen an Feiertagen zu einer Ausfahrt in diesem Motorboot mitzunehmen pflegte. Wir fuhren meist quer über die Bucht des Long Island Sound, um andere wohlhabende Griechen zu besuchen.

Ich erinnere mich an das griechische Osterfest mit den bunten Eiern! An den vierten Juli und den Lammbraten am Spieß! Ich erinnere mich an den Namenstag meines Vaters, an dem meine Mutter mit einem bunten Taschentuch tanzte!

Nach dem Zusammenbruch – als der Name »National City Bank« bei uns zu einem Fluch wurde und mein Vater es sich zur Gewohnheit machte, lange shakespearische Soliloquien, mit Schimpfworten gespickt, an den Direktor, Mr. Charles Mitchell, zu richten – wurde das Geld für die Instandhaltung des alten Hauses außerordentlich knapp. Die Grundsteuer stieg auf das Doppelte, dann auf das Dreifache. Mit der zunehmenden Baufälligkeit wuchsen die Heizungskosten. Es gab damals noch kein Isoliermaterial: Alle vier Winde fanden mühelos Zutritt. Erforderliche Reparaturen wurden nicht ausgeführt. Ein Ende der Veranda stürzte ein, aber es lag um die Ecke, an der Seite des Hauses, und so konnte mein Vater auch das übersehen.

Meine Mutter schloß stillschweigend die beiden oberen Stockwerke, stellte die Heizkörper ab und ließ die Jalousien herunter, alles, um soviel Wärme wie möglich zu bewahren. Doch sie mochte tun, was sie wollte, das Haus wurde immer weniger bewohnbar. Mein Vater weigerte sich, die Möglichkeit eines Verkaufs zu erwägen. Und nach zwei Jahrzehnten ohne Instandsetzung war das Haus so altmodisch und baufällig, daß es nicht mehr zu verkaufen war. Das Grundstück wohl, aber nicht das Haus. Nach dem Tode meines Vaters erfuhr ich, daß er sich heimlich ein paarmal Preisangebote hatte machen lassen; doch der Betrag war so niedrig gewesen – schließlich war das Haus mehr als wertlos: es mußte abgerissen und fortgeschafft werden –, daß er die Leute ausgelacht hatte. Es gewährte ihm auch einen gewissen Trost, etwas zu besitzen, was andere haben wollten und er ihnen nicht gab. Natürlich hatte seine standhafte Weigerung, sich von dem Besitztum zu trennen, auch noch einen tieferen Grund: Es war sein Heim.

Als wir an diesem Tag vor dem Haus vorfuhren, sah es trostloser aus denn je. Die Kletterpflanzen waren noch weiter über die Veranda gewachsen und verdeckten vollkommen die unteren Fensternischen. Die Farbe war abgeblättert; die vor vier Jahren am *Halloween* zerbrochenen Fensterscheiben waren nicht ersetzt worden. Die Vordertür war abgeschlossen, und ein Grundstücksmakler hatte den

Schlüssel. Aber das Fenster der Anrichte, durch das ich als Kind zu steigen pflegte, stand offen.
Das Haus verriet innen immer noch die Hand meiner Mutter. Es war staubig, aber ordentlich. Und entsetzlich kahl!
In den Wohnräumen dieses Hauses war selbst in den besten Jahren niemals ein Buch zu finden gewesen. In unseren Schulzeiten brachten mein Bruder und ich natürlich Bücher herunter, nahmen sie aber stets wieder mit hinauf. Auch die wenigen, kostbaren Bücher meiner Mutter – die Bibel in griechisch und ein paar Gedichtbände aus ihrer eigenen Schulzeit – wurden in ihrem Schlafzimmer aufbewahrt. Aber unten? Noch nicht einmal eine Zeitschrift!
Ich verweilte einen Augenblick in der Küche, in der meine Mutter vierzig Jahre ihres Lebens zugebracht hatte. Das hölzerne Abtropfbrett am Spültisch war fahl und glatt vom vielen Scheuern. Die Töpfe und Pfannen waren so vertraut! Jede Beule. Der ganze Raum war ein Denkmal für die Ausdauer meiner Mutter. Gloria und Florence hatten recht; sie hatte sich wirklich fast zu Tode geschunden.
Als ich die Haustür öffnete, um die anderen hereinzulassen, sagte ich zu Gloria: »Du hast recht.«
»Womit?« fragte Gloria. »Hör zu, Florence, er sagt, ich habe in irgend etwas recht!«
»Was meine Mutter betrifft«, erwiderte ich. Dann beugte ich mich über die alte Frau, küßte sie und ging mit ihr hinaus zum Ende der Veranda. Ich legte meinen Mantel über eine alte Kiste und setzte meine Mutter in das gedämpfte Licht, das durch die Kletterpflanzen drang. Ich hockte mich neben sie und schwieg einen Augenblick, um ihr etwas von dem Respekt zu zollen, den sie verdient hatte; die ganze Schuld konnte niemand begleichen.
Schließlich sagte ich: »Was willst du tun?«
»Ich weiß es nicht.«
»Gloria und Florence haben recht. Du mußt jetzt in erster Linie an dich selber denken.«
»Wenn er es zuließe, würde ich ihn pflegen. Aber jedesmal, wenn ich ins Zimmer komme, verstummt er. Das macht mir nichts aus, aber er schlägt mich; er hat immer noch Kraft. Es ist schrecklich, denn ich weiß, er ist nicht mehr er selbst, doch ich habe Angst. Und man kann ihm keinen Vorwurf machen. Er hat sein Leben lang wie ein Pferd gearbeitet, und schließlich war doch alles umsonst!«
Ich habe es nie ertragen können, meine Mutter weinen zu sehen.
»Ich werde für ihn sorgen«, sagte ich.
»Ja, das mußt du«, erwiderte sie, »denn ich kann es nicht mehr. Wir könnten ein ruhiges Alter haben, wenn er es zu genießen wüßte. Aber er ist nur zufrieden, wenn er Geld verdienen kann. Er

spricht immer noch über seine früheren Geschäfte, über die Fehler, die er gemacht hat, und National City, National City und den Direktor, Mr. Charles Mitchell. Ich sage ihm: Seraphim, Mr. Mitchell ist tot! Er sieht mich an, als sei ich seine Feindin. Wenn er sich beruhigt hat und vor dem Fernsehapparat sitzt, sage ich ihm: Seraphim, laß uns reden. Aber er sagt: Ich rede nicht mit meinen Feinden.«
Florence und Gloria kamen auf die Veranda. Sie hatten offenbar einen Rundgang durch das Haus gemacht. Florence wischte sich den Staub von den Händen. Gloria starrte mich wütend an.
»Was ist dir über die Leber gelaufen?« fragte ich.
»Jedesmal, wenn ich mir dieses Haus ansehe, könnte ich dich und Michael umbringen.«
»Oh, Gloria«, sagte Michael.
»Seid ihr euch im klaren darüber, daß sie sich vierzig Jahre lang dort drinnen für dieses Scheusal abgerackert hat ...?«
Ich trat auf sie zu. »Ich will kein Wort mehr von dir hören«, sagte ich. Fast hätte ich ihr mit der Faust ins Gesicht geschlagen. Ich wandte mich an Michael. »Sie ist deine Frau. Sorg dafür, daß sie den Mund hält.«
Ich ging fort. Florence kam mir nach. Wir stiegen den Hang hinunter und blieben auf dem Kiesstrand am Ufer stehen.
»Das war wirklich ein bißchen stark, Liebling«, sagte sie.
»Sie hat's verdient.«
»Aber es ist doch nicht der Mühe wert, sich so darüber aufzuregen. Du bist ein großer Mann, und sie ist nichts weiter als ...«
»... eine Nervensäge.«
Florence lachte. »Warum habt ihr großen, starken Männer nur solche entsetzliche Angst vor so einem kleinen Mädchen, selbst wenn es wirklich eine winzige Schere in seiner Schürzentasche trägt?«
Florence sah bemerkenswert ruhig und gelassen aus.
»Florence«, sagte ich. »Was willst du?«
»Dich wieder nach Hause holen, Liebling. Ich möchte das nächste Flugzeug nehmen.«
»Ich gehe nicht zurück.«
»Du brauchst eine gründliche Erholung, Liebling.«
»Das ist das letzte, was ich brauche.«
»Gut, Evans«, sagte sie heiter, »gut ...«
»Gut, was?«
»Gut.«
»Gut, was ... was? Was?«
Plötzlich verlor sie die Fassung. »Laß das, verdammt noch mal, laß das! Ich tue mein möglichstes, Ev. Hilf mir, mach's mir nicht noch schwerer.«

Einen Augenblick lang stand sie zitternd da.
»Es tut mir leid ... O Gott ... es tut mir leid!« stammelte sie. Es war ihr einfach unerträglich, anders als vollkommen beherrscht gesehen zu werden. Sie ging zum Ende des Gartenweges. Dort stand eine Reihe von Blumenkästen, um die sich seit über einem Jahr niemand mehr gekümmert hatte. Sie fing an, das Unkraut herauszuziehen.
Ich ging zu ihr. »Verzeih mir«, sagte ich.
Sie blickte sich nicht um. »Gib mir noch eine Chance, Ev. Ich tue alles, was ich kann. Ich glaube, jetzt weiß ich endlich, was ich falsch gemacht habe. Ich glaube, ich kann dir helfen.«
Auf ihrem Gesicht lag die ganze Qual unserer gemeinsamen Jahre, eines jeden unserer Kämpfe.
»Verzeih mir«, sagte ich abermals und wandte mich ab.
»Geh nicht fort«, bat sie, »sprich mit mir.«
»Nicht jetzt.«
»Bitte, Evans, was immer es ist, sag's mir; ich habe keine Angst, sag's mir.«
So versuchte ich es. »Gloria und du haben den ganzen Morgen über irgend etwas ausgeheckt. Ich bitte dich, mir zu sagen, was es ist.«
»Wir haben uns nur überlegt, was mit deinem Vater geschehen soll.«
»Und?«
»Warum wirst du gleich so mißtrauisch, so feindselig, Ev? Was ist los, Liebling, was ist es?«
»Was ist was?«
»Du bist jetzt jedem Menschen gegenüber so ungeduldig und heftig. Warum? Und warum mit *mir*?«
»Gut, ich verliere den Verstand.«
»Es sieht wirklich fast so aus.«
»Gut, ich bin verrückt; aber beantworte meine Frage.«
»Wir haben keine geheimen Pläne; wir versuchen lediglich, ein sehr schwieriges Problem zu lösen. Was meinst du, was wir tun sollten? Du mußt doch inzwischen eingesehen haben, daß du deine Mutter und deinen Vater keinesfalls zusammen in dasselbe Haus stecken kannst? Und ganz gewiß nicht in dieses Haus.«
»Das sehe ich ein.«
»Es ist wie bei diesen schrecklichen Stämmen auf Neuguinea oder den Hebriden oder wo immer. Der Ehemann schließt einen Pakt mit seinen Kindern, daß sie seine Frau töten und mit ihm begraben, wenn er stirbt.«
»Willst du damit sagen, daß wir versuchen, sie zu töten?«
»Ja.«
»Wieso hast du soviel Mitgefühl mit ihr und keins mit ihm?«

»Diese Frage möchte ich dir lieber nicht beantworten.«
»Warum nicht?«
»Weil sie geladen ist.«
»Womit?«
»Mit deinem Haß auf mich, Ev. Was habe ich getan, um das zu verdienen?«
»Was ist also euer Plan?«
»Wir haben keinen Plan.«
»Das glaube ich dir nicht.«
»Verdammt noch mal, Evans, wir suchen nach einer Lösung . . .«
»Und was ist eure Lösung?«
»Was ist deine?«
»Meine?«
»Ja, weißt du eine?«
»Allerdings.«
»Und zwar?«
»Ich will ihn aus dem Krankenhaus holen. Ich will ihn nach Kalifornien bringen, und ich will, daß er bei uns lebt.«
Ich hätte ihr ebensogut einen Schlag ins Gesicht versetzen können. Sie stand da, hob die Augen und wandte sie ab. Offensichtlich hatte sie das Gefühl, daß sie eigentlich imstande sein sollte, ruhig und beherrscht auf diesen Vorschlag zu antworten, aber sie merkte, daß sie es nicht fertigbrachte; man konnte sehen, wie sie sich zu beherrschen suchte und es ihr nicht gelang.
Ich spürte plötzlich ein solches Mitleid mit ihr, mit jedem Menschen auf der Welt, der sich in dieses Netz von gegenseitiger Quälerei verstrickt sah, daß ich versuchte, sie in die Arme zu nehmen und an mich zu drücken; sie ließ es geschehen, aber sie blieb steif wie ein Stock. Es war kaum zu glauben, wie heftig sie auf etwas reagierte, was in einer anderen Gesellschaft, bei anderen Menschen vielleicht der einfachste und selbstverständlichste Vorschlag gewesen wäre.
Schließlich befreite sie sich aus meinen Armen. Ich glaube, sie wußte, daß wir an einem kritischen Punkt angelangt waren und daß sie mir eine schlichte und wahrheitsgemäße Antwort geben mußte.
»Ich halte das für keine sehr gute Idee, Liebling«, sagte sie.
»Warum nicht?«
»Aus vielerlei Gründen. Du solltest das selbst erkennen können.«
»Ich kann es nicht.«
»Nun, in erster Linie müßten wir . . . ich will sagen, er braucht jemanden, der sich ständig um ihn kümmert, und . . .«
»Das will ich gerne tun.«
»Außerdem wäre es irgendwie so . . . so . . .«
»So . . . was?«

»Ich meine es nicht so, wie es vielleicht klingt, aber es wäre irgendwie so lästig, und ich möchte, daß alles für uns gut und schön ist, damit wir ...«

»Er ist mein Vater«, sagte ich.

»Das weiß ich, Liebling.«

»Er ist dem Ende nahe, er liegt im Sterben.«

»Ich weiß. Es wird nicht mehr lange dauern.«

»Das habe ich nicht gesagt. Ich verspreche dir nicht, daß es nicht mehr lange dauern wird. Aber es ist ebenso mein Haus wie deines, Florence, und ich will dort für ihn sorgen.«

»Er wird sich dort bloß unsicher fühlen.«

»Was soll das heißen?«

»Es ist nicht sein Zuhause.«

Eine Zeitlang schwiegen wir beide.

»Ich finde, du solltest dir selbst nur eine einzige Frage vorlegen«, sagte ich. »Warum reagierst du so heftig auf diesen Vorschlag?«

»Heftig?«

»Ja. Heftig. Sehr sogar! Gib es zu! Gib zumindest das zu.«

»Gut«, erwiderte sie, »weil ich dich liebe. Weil wir vielleicht miteinander fertig sind, aber wenn wir überhaupt noch eine Chance haben, so haben wir sie ganz gewiß nicht im selben Haus mit deinem Vater.«

»Warum nicht?«

»Weil wir etwas wiederaufbauen müssen.«

»Warum nicht?«

»Weil wir etwas sehr Wichtiges wiederaufbauen müssen!«

»Warum nicht?«

»Weil ... weil ... Wo warst du letzte Nacht? Wo warst du letzte Nacht, die ganze Nacht?« Sie schrie das heraus, doch sie versuchte so krampfhaft, es zu ersticken, daß es kaum zu hören war.

»Ich war die letzte Nacht mit Gwen zusammen – ein ums andre Mal, die ganze Nacht!«

Ohne ein Wort zu sagen, ging sie ins Haus.

Ich blieb unten am Ufer, warf Kieselsteine ins Wasser und dann durch die zerbrochenen Fenster des Bootshauses.

Als ich ins Haus zurückkehrte, hatte Florence ihre Fassung wiedergewonnen – oder zumindest schien es so. Sie war bei Gloria und meiner Mutter.

»Evans«, sagte sie, »wir haben alles durchgesprochen, und wir sind uns darin einig, daß es nur eine mögliche Lösung gibt: deinen Vater in ein Altersheim zu bringen, wo sich ständig jemand um ihn kümmert. Deine Mutter kann ihn nicht mehr pflegen, ohne ihr eigenes Leben zu gefährden. Außerdem hast du ja von Mr. Finnegans Arzt gehört, daß dein Vater keine Kontrolle mehr über seine körperlichen Funktionen hat, und das willst du doch deiner Mutter bestimmt nicht zumuten.«

»O doch«, sagte ich. »Ich finde, sie sollte zum würdigen Abschluß ihrer Ehe ihm jeden Tag den Hintern abwischen.«

»Daher«, fuhr sie fort, ohne meine letzte Bemerkung zu beachten, »sind wir übereingekommen, daß er in ein Altersheim ...«

»Kommt nicht in Frage«, sagte ich.

»Was kommt nicht in Frage?«

»Wir werden ihn nicht einfach abschieben.«

»Wie kommst du darauf?«

»Altersheime sind für Leute, die niemanden haben.«

»Nicht unbedingt, nein, ganz und gar nicht; du irrst dich.«

»Und er hat mich.«

»Du irrst dich, wenn du das annimmst«, plapperte Gloria Florence nach.

»Und ich werde es nicht zulassen, daß meines Vaters Schicksal von zwei Weibern entschieden wird, die ...«

»Zwei Menschen, mein Lieber ...«

» ... die ihn hassen!«

»Nun«, sagte Florence, »der Sohn, der ihn liebt, scheint eher seine Mutter tot sehen zu wollen, als überhaupt irgend etwas zu beschließen.«

»So stellt es sich den Menschen dar, die lieber *ihn* tot sehen würden, hab' ich recht, Gloria? Sag's ruhig, kleine Gloria, du würdest den dreckigen alten Schweinehund gern tot sehen! Stimmt's? Komm, sag es mir, hab' ich recht?«

Gloria war ehrlich, das muß man ihr lassen. Sie sagte: »Ja, das stimmt.«

Jetzt wurde Florence energisch. »Er wird bald sterben, ob wir es wollen oder nicht. Aber ich werde nicht tatenlos zusehen, wie er deine Mutter mit ins Grab nimmt. Wir müssen uns um die Lebenden kümmern. Außerdem glaube ich nicht, daß du augenblicklich vollkommen zurechnungsfähig bist, was deine Gedanken oder Gefühle betrifft.«

»Nichtsdestoweniger geschieht in diesem Fall, was ich sage!«

»Keineswegs«, entgegnete Florence. »In diesem Fall hat deine Mutter das letzte Wort. Es sind ihre Wünsche, die wir zu respektieren haben. Und sie pflichtet uns bei.«

»Tust du das, Ma?«

»Evangeleh, was bleibt uns anderes übrig? Ich kann ihm jetzt nicht helfen. Und in dem Zustand, in dem er sich befindet, kann ich auch niemand anderen darum bitten, nicht wahr? Gloria und Florence sagen, daß einige von diesen Pflegeanstalten für alte Leute sehr nett und gemütlich sind.«

»Florence und ich haben eine Liste...«, sagte Gloria.

»Seit wann habt ihr diese Liste?«

Sie überhörte meine Frage. »Wir werden sie uns heute nachmittag ansehen«, sagte sie.

Zwei Stunden später rief Gloria mich im Krankenhaus an und berichtete, sie und Florence hätten ein Heim gefunden, das ihnen und meiner Mutter sehr gut gefiele. Ob ich es mir ansehen wolle? Ich sagte, nein, das wolle ich nicht.

Dann kam Florence an den Apparat und sagte mir, das Heim mache einen überraschend guten Eindruck; es sei ganz unerwartet ein Platz frei geworden, weil in der vergangenen Nacht jemand gestorben sei, und wir müßten uns sofort entscheiden, wenn wir das Bett haben wollten, denn es herrsche große Nachfrage; bestimmt würden wir nicht so leicht wieder etwas so Gutes finden; der Mitbewohner des Zimmers sei ein sehr netter, ruhiger und würdevoller alter Mann, und sie sei sicher, daß die beiden gut miteinander auskommen würden.

Ich hörte zu und sagte nichts.

Sie bestand darauf, daß ich es mir ansähe. Ich weigerte mich.

Daraufhin sagte sie, dann würden sie eben ohne meine Einwilligung handeln und meinen Vater am nächsten Morgen dorthin bringen. Michael habe sich einverstanden erklärt. Auf Wiedersehen!

Nachdem sie eingehängt hatte, rief ich Gwen an. Ich fragte sie, ob sie sich einen Wagen beschaffen könne. Sie sagte, ja, Charles könne es; wozu? Ich bat sie, keine Fragen zu stellen, sondern einfach am selben Abend um zehn Uhr mit dem Wagen auf dem Parkplatz neben dem Stamford General Hospital zu sein und dort zu warten. Dann verließ ich die Telefonzelle und ging in das Zimmer meines Vaters.

18

Mein Vater hatte Halluzinationen. In dem ganzen Gewirr von Windungen, aus dem sein Geist bestand, herrschte Kurzschluß.

Als erstes kündigte er mir an, daß »sie« heiraten werde.

»Wer ist ›sie‹, Pa?«

»Wer? Deine Mutter. Hörst du nicht zu, wenn ich mit dir rede?«

Ich schwieg. Gleich darauf verfiel er auf ein anderes Thema.

»Hast du die Fahrkarte?«

»Welche Fahrkarte, Pa?«

»Welche Fahrkarte? Meine natürlich.«
»Davon weiß ich nichts.«
»Du lieber Himmel!« rief er aus.
»Was für eine Fahrkarte meinst du denn?«
Er antwortete nicht.
»Pa?«
»Laß gut sein! Ich erledige es selbst!« Er schien schwer enttäuscht. Ich wußte nicht, was ich sagen oder tun sollte. Er sah mich kopfschüttelnd an. »Ich weiß wahrhaftig nicht, wie du es fertiggebracht hast, so ein großes Tier zu werden«, sagte er. »Du hast ein Gedächtnis wie ein Sieb.«
Einen Augenblick lag er schweigend da; dann fuhr er fort: »Evangeleh, ich habe niemanden, dem ich vertrauen kann. Nur dich.« Er schüttelte den Kopf vor Erstaunen über die Gleichgültigkeit, die alle Welt, einschließlich seines ältesten Sohnes, seinem Schicksal gegenüber an den Tag legte.
»Es tut mir leid, Pa.« Und das stimmte. Ich hätte nicht sagen können, was es war, aber auf jeden Fall tat es mir leid. Und ich fragte mich im stillen, ob er vielleicht tatsächlich etwas von einer Fahrkarte erwähnt hatte. Eine Fahrkarte wohin? »Verzeih, daß ich das mit der Fahrkarte vergessen habe, Pa«, murmelte ich. »Sag mir noch einmal, was ich für dich tun soll, dann werde ich es tun.«
»Schon gut«, erwiderte er. »Ich besorge sie mir selbst.«
»Du kannst mir vertrauen, Pa.«
»Bis jetzt habe ich nichts davon gemerkt«, sagte er. »Evangeleh, es bleibt nicht mehr viel Zeit. Du mußt dir überlegen, wie du mich hier rausbringen kannst.«
Ich konnte mir nicht erklären, wie dieser geistesschwache alte Mann immer noch so viel Macht über mich besaß, daß ich glaubte, mich entschuldigen zu müssen, ja sogar an meinem Verstand und meinem Gedächtnis zweifelte.
»Evangeleh, sie wollen mich vergiften!«
»Wer will dich vergiften, Pa?«
»Im Essen. Ich hab' dir's schon tausendmal gesagt.«
»Warum wollen sie dich vergiften?«
»Wegen meinem Geld, mein Junge. Das ist das einzige, was die Menschen interessiert.«
»Du hast mir doch gesagt, du hättest kein Geld.«
»Warum sollten sie sonst versuchen, mich zu vergiften? Kannst du mir das sagen?«
»Ich weiß es nicht.«
»Du weißt es nicht! Es muß doch einen Grund haben, nicht wahr?«
»Aber du hast doch kein Geld.«

»Aber das wissen sie nicht.«
»Ich verstehe.«
»Nichts verstehst du. Darum sag' ich dir, hol ein Taxi und bring mich hier weg. Sie haben vor, mich hier sterben zu lassen, Evangeleh.«
»Ich weiß, Pa.«
Wir schwiegen eine Weile. Mein Vater lag mühsam atmend da. Vor ein paar Jahren hatte sein Gesicht begonnen, zu einer Maske der Angst zu erstarren. Was immer an Güte auf seinen Zügen gelegen haben mochte, war von der Furcht vor dem Tode verdrängt worden. Er lag da, ein kraftloser Fisch, der mühsam nach Luft schnappte. Seine Augen schossen hin und her, ständig auf der Hut vor der nächsten, endgültigen Gefahr. Von wo würde der vernichtende Schlag kommen, und wann?
Er versuchte, etwas zu murmeln. Ich beugte mich vor und hörte: »Ich möchte Trauben. Hol mir Trauben, Evangeleh.« Ich erinnerte mich an seine Vorliebe für jene weiße Sorte ohne Kerne. Gerade wollte ich die Krankenschwester rufen, als er mich zu sich herunterzog und mich mit überraschender Innigkeit küßte.
Ich klingelte nach der Schwester.
Als ich mich wieder umwandte, versuchte er mühsam, sich im Bett aufzusetzen. Ich ging zu ihm, um ihm zu helfen.
»Weißt du noch«, sagte er, »ich habe dir immer gesagt, es ist ebenso leicht, sich in ein reiches Mädchen zu verlieben wie in ein armes. Stimmt's? Erinnerst du dich, mein Junge?« Er lachte.
»Ja, Pa, ich erinnere mich.«
»Gott sei Dank hast du getan, was ich dir gesagt habe, und es hat dir Glück gebracht. Du hast auf mich gehört. Siehst du ein, daß ich recht hatte?«
»Ja, Pa, ich sehe es ein.«
»Guter Junge! Guter Junge!« Er hielt immer noch meine Hand. Jetzt schloß er die Augen, und ein glückliches Lächeln lag auf seinem Gesicht. »Siehst du?« fragte er leise. »Siehst du?«
Miss Smythe kam herein. Mein Vater öffnete die Augen und sah sie an. Seine Lippen formten die Worte »alte Hexe!« Aber Miss Smythe war zu beschäftigt, um das Kompliment zu hören. Sie hatte Miss Bentley, ein robustes Mannweib, zur Unterstützung mitgebracht.
»Er möchte Weintrauben«, sagte ich.
»Ich glaube nicht, daß heute Weintrauben auf dem Speisezettel stehen«, erwiderte sie kurz angebunden. »Wir müssen ihn jetzt waschen. Wollen Sie bitte so lange hinausgehen?«
Ich ging in die Telefonzelle und rief Ellen an. Sie sagte, sie habe große Eile; ihr Freund warte unten im Wagen. Beim Arzt sei alles

gutgegangen, und sie habe jetzt, was sie brauche. Ich bat sie, uns beide im Hotel abzumelden und mein Gepäck unten in die Garderobe zu stellen. Dem Kassierer solle sie sagen, ich würde vorbeikommen und die Rechnung bezahlen. Ich schulde noch heute dem Algonquin 278,48 Dollar.

Dann ging ich auf den Balkon hinaus, der den Parkplatz überblickte. Ich dachte über meinen Vater nach. Soviel ich wußte, hatte er nicht einen einzigen Freund auf der Welt. Nach und nach hatte er sie sich alle entfremdet. So war jetzt am Ende ich mit dem alten Mann zurückgeblieben und er mit mir.

Was konnte mein Vater in diesem Augenblick mit Recht von seinem letzten und einzigen Freund erwarten? Er hatte mich nur um eines gebeten: ihn aus dem Krankenhaus fortzubringen. Ich mußte es tun; nicht, weil es vernünftig oder vom ärztlichen Standpunkt aus ratsam war, sondern einfach, weil er *in extremis* danach verlangte. Es war voraussichtlich das letzte, worum er mich jemals bitten würde. An wen sonst konnte er sich wenden, um das Ende seines Lebens nach seinen eigenen Wünschen zu gestalten?

Dann schien es plötzlich absurd, einfach unmöglich. Ich durfte ihm seinen Wunsch nicht erfüllen. Es würde lediglich den Tod des alten Mannes beschleunigen.

Miss Smythe kam den Gang heruntergerannt. »Würden Sie bitte hereinkommen?« sagte sie. »Ihr Vater wollte sich nicht von uns umdrehen lassen, und als Miss Bentley es versuchte, hat er sie geschlagen.«

Ich stürzte in das Zimmer. Das Bett war ein einziges Durcheinander. Die Schüssel war umgekippt, Waschlappen und Seife lagen in der Wasserlache auf dem Boden. Die Alkoholflasche war heruntergefallen und zerbrochen. Als mein Vater mich sah, platzte er heraus: »Ich will nicht, daß dieses Mannweib mich anrührt.« Er deutete auf Miss Bentley. Sie weinte. Die Raserei meines Vaters war ein schreckenerregendes Naturereignis – besonders, wenn man sie zum erstenmal erlebte. Trotz ihrer robusten Erscheinung war Schwester Bentley letztlich doch nur ein kleines Mädchen.

Als ich an sein Bett trat, zog er mich herunter und flüsterte mir ins Ohr: »Wo ist das Taxi?« Und ehe ich wußte, was ich tat, hatte ich ihm wieder gesagt, was er hören wollte: »Es kommt, Pa, es kommt.«

Miss Smythe kehrte zurück, diesmal in Begleitung eines Überfallkommandos in der Person von Dr. Levine und Pater Draddy, dem jungen Geistlichen, der schon einmal vergeblich versucht hatte, mit meinem Vater zu sprechen.

Dr. Levine schien erfreut über den Kampf. Vermutlich sah er darin einen Beweis für den Lebenswillen des alten Mannes. Der junge

Pater hielt sich zurück. Nach der ersten Schlappe wußte er, daß er sich diesem Objekt mit Vorsicht zu nähern hatte. Dr. Levine sprach mit meinem Vater, und sie lachten. Er blickte über die Schulter und gab Miss Smythe mit einer Kopfbewegung zu verstehen, daß sie jetzt weitermachen könne. Selbst Schwester Bentley schien beruhigt. Sie drohte dem alten Mann mit einer scherzhaften Geste, und er erwiderte lächelnd ihre Drohung. Dann begannen sie, ihn zu waschen. Ich glaube, der Alte genoß den Respekt, den seine Gewalttätigkeit ihm eingetragen hatte.

Pater Draddy kam mit leisen Schritten auf mich zu.

»Wie alt ist Ihr Vater?« fragte er.

»Wie alt bist du jetzt, Pa?«

»Das verrate ich euch nicht«, erwiderte Pa.

Der junge Priester lachte anerkennend, dann fragte er: »Was hat er gesagt?«

»Er will es uns nicht verraten.«

Pater Draddy lachte abermals. Ich bemerkte, daß er leicht beschwipst war. Zu meiner Überraschung stellte ich fest, daß ich ihn eigentlich ganz nett fand.

»Welchen Zweck verfolgen Sie eigentlich mit diesen Socken, Pater?« fragte ich. Der junge Geistliche trug seinen umgekehrten Kragen und einen schwarzen Anzug, aber an seinen Fesseln leuchtete ein grellfarbiges Rautenmuster.

»Oh«, murmelte er, seine schwarzen Hosenbeine hinunterziehend, »die hier?«

»Das ist keine Antwort.«

»Au!« brüllte mein Vater. »Sie verdammtes Biest!«

»Dr. Levine«, schrie Miss Bentley. Dr. Levine eilte zu dem alten Mann.

»Ist das der neueste Versuch, die Priester menschlicher erscheinen zu lassen?« fragte ich den jungen Pater.

»Nein«, sagte er. »Ich habe Golf gespielt und hatte vollkommen vergessen, daß ich zu Danny Roachs Totenwache mußte. So habe ich mich in aller Eile umgezogen und dabei die Socken übersehen.«

»Genug!« schrie mein Vater. »Machen Sie, daß Sie 'rauskommen.«

Miss Smythe und Miss Bentley sahen Dr. Levine an. Er bedeutete ihnen, das Zimmer zu verlassen, was sie mit Freuden taten. Dr. Levine stopfte meinem Vater zwei Kissen unter den Kopf; erst jetzt sah er den Geistlichen.

Er starrte ihn an. Ich war auf alles gefaßt. Doch mein Vater war mittlerweile in besserer Stimmung. Jener starre Blick hatte nichts mit dem zu tun, was er empfand. Er gehörte zu dem Ausdruck der Angst, der jetzt ständig auf seinen Zügen lag.

»Ich bin Pater Draddy.«
»Sehr erfreut, sehr erfreut. Nehmen Sie Platz«, sagte er mit einem liebenswürdigen Lächeln. »Evangeleh, hol dem Pater ein Ingwerbier, Coca-Cola oder irgend etwas. Was möchten Sie, Pater? Evangeleh!«
Ich eilte zu ihm.
»O danke, ich möchte nichts«, erwiderte Pater Draddy.
»Doch, Sie müssen etwas trinken«, sagte er; dann, in gebieterischem Ton: »Evangeleh!«
»Bitte, tun Sie uns den Gefallen«, sagte ich, um den Alten zufriedenzustellen.
»Nun, vielleicht etwas Saft. Grapefruitsaft.«
»Gut!« sagte mein Vater.
Das war das letzte, was in dieser Frage gesagt oder getan wurde. »Ich wollte Ihnen nur einen kurzen Besuch abstatten«, sagte Pater Draddy.
»Sehr liebenswürdig«, erwiderte mein Vater. »Setzen Sie sich. Evangeleh, der Pater hat keinen Stuhl.«
Ich holte den einzigen Stuhl des Zimmers und stellte ihn neben das Bett.
»Wissen Sie«, sagte mein Vater zu dem Geistlichen, »ich werde Ihnen eine Überraschung bereiten.«
»Womit, Sir?«
»Ich werde nicht sterben.«
»Davon bin ich fest überzeugt.«
»Das wird alle überraschen.«
»Ich werde für Ihre Genesung beten.«
»Wissen Sie, daß ich früher einmal Ministrant war?«
Ich hatte nie etwas davon gehört, aber es erwies sich als wahr. »Oh, Sie sind katholisch«, sagte Pater Draddy.
»Orthodox!« erwiderte mein Vater. »Ich konnte die Heilige Schrift singen. Ich hatte eine schöne Stimme. Können Sie singen?«
»Nein, leider nicht.«
»Wie tragen Sie dann die Bibel vor?«
»Wir sprechen die Worte in einer Art Rhythmus, rezitieren sie sozusagen...«
»Lassen Sie es mich hören.«
»Was?«
»Lassen Sie mich hören, was immer jetzt gut für mich ist, verstehen Sie? Los!« Er lächelte dem Priester zu. »Er ist schüchtern«, setzte er hinzu. »Sehr nett, sehr nett.«
Pater Draddy war sich nicht ganz im klaren, ob man ihn zum besten hielt oder nicht. Ich versicherte ihm, daß mein Vater es vollkommen

ernst meinte, daß er sich wirklich Hilfe von seinen Amtsübungen versprach.
Einen Augenblick herrschte Schweigen. Der Priester erkannte, daß es an ihm war, die Stille zu füllen.
»Herr unser Gott«, rezitierte er, nach besten Kräften bemüht, den Worten Rhythmus, Tonfülle und Melodie zu verleihen (obgleich diese Dinge ihm persönlich vollkommen fremd waren), »o Jesus, der die Welt von ihren Sünden befreit, gewähre diesem Manne Frieden. Vergib ihm seine Sünden, o Herr.«
Mein Vater unterbrach ihn.
»Keine Sünden!« sagte er. »Keine Sünden. Ich habe alles richtig gemacht, genau das ist's, was ich falsch gemacht habe! National City Bank. Das war richtig. 1926 habe ich tausend Aktien gekauft . . .
»Oh, Vater«, sagte ich, »das interessiert den Pater nicht.«
Sein Gesicht wurde wieder rot vor Zorn. »Evangeleh!« murmelte er drohend. Dann fuhr er fort: »Ich habe all mein Geld dort hineingesteckt, tausend Aktien, zweihundertvierzehntausend Dollar! War das eine Sünde?«
»Das meinte ich nicht«, sagte der junge Geistliche.
»Sie stiegen auf sechshundertachtzig. Dann, eines Tages . . «
Ich beging den Fehler, zu sagen: »Vater, das sind alte Geschichten.«
»Und wir müssen verzeihen«, setzte der Priester hinzu.
»Verzeihen?« schrie mein Vater. »Wem verzeihen? Charles Mitchell von der National City Bank ist tot, aber ich verzeihe seiner Seele nichts. Sie müssen wissen, ich bin nicht religiös.«
»O doch, das sind Sie«, sagte Pater Draddy.
»O nein, ich bin es nicht, aber ich glaube an die Seele, und ich verdamme die Seele von Mr. Charles Mitchell von der National City Bank!«
»Möge er in Frieden ruhen«, sagte der Priester.
»Möge er nicht in Frieden ruhen, der Schweinehund«, entgegnete mein Vater.
»Tsss, tsss, tsss«, machte Pater Draddy.
Damit hatte er ausgespielt.
»Kommen Sie mir nicht mit diesem Tsss, Tsss, Tsss. Haben Sie jemals in einer Woche zweihundertvierzehntausend Dollar verloren, als der Dollar noch der Dollar war?«
»Aber diese Dinge sind doch jetzt nicht mehr wichtig.«
»Nicht wichtig? Wenn man kein Geld hat, kommt kein Mensch mehr über die Schwelle. Sehen Sie irgendwelche Kunden in diesem Raum?«
»Nein, offengestanden nicht«, sagte der arme Pater Draddy, sich nervös umblickend. »Aber Ihre guten Freunde . . .«

»Ich habe keine guten Freunde. Nur diesen Jungen, Evangeleh. Er ist meinem Rat gefolgt und hat es zu etwas gebracht.«

»Aber Ihre Frau ...«

»Meine Frau«, schrie er, »meine Frau treibt's mit einem andern Mann! Entschuldigen Sie, Pater, aber das ist die reine Wahrheit. Es ist die Wahrheit. Hat Ihre Frau es jemals mit einem andern Mann getrieben?«

»Ich bin sicher, Sie irren sich. Ich habe Mrs. Arness kennengelernt.«

»Was kümmert's mich, ob Sie Mrs. Arness kennengelernt haben? Sie hat Sie hergeschickt, stimmt's? Sagen Sie mir die Wahrheit, Pater, hat sie Sie hergeschickt?«

Der alte Mann versuchte, aus dem Bett zu steigen. Pater Draddy wich zurück.

Dr. Levine griff vermittelnd ein. Ich weiß nicht, was er meinem Vater sagte, aber der alte Mann drehte sich schwerfällig auf den Bauch und verbarg wie ein Kind das Gesicht im Kissen.

Pater Draddy kam auf mich zu. Er schien verwirrt und ein wenig niedergeschlagen.

»Es tut mir leid, daß ich ihm nicht helfen konnte«, sagte er.

»Ich werde mich um ihn kümmern.«

»Er hat noch einen weiten Weg zurückzulegen.«

»Meinen Sie damit, daß er vor dem Tod seine Seele von Sünden reinwaschen muß, um sich auf das Jüngste Gericht und all das vorzubereiten?«

»Ich weiß, Sie lassen diese Anschauungen nicht gelten«, sagte Pater Draddy, »aber sehen Sie das Resultat?«

»Von welchem Resultat sprechen Sie?«

Er deutete auf das Bett.

»Dieser Mann«, entgegnete ich, »hat sein ganzes Leben damit zugebracht, genau das zu tun, was unsere Gesellschaft ihm vorgeschrieben hat. Er hat nie ein Gesetz übertreten. Ist es da ein Wunder, daß er jetzt verwirrt ist?«

Mein Vater hörte das und drehte sich mühsam im Bett herum.

»Ich hatte viele Chancen – all die Schiffe, die Berengaria, die Aquitania, die alte Mauretania, voll von schönen Frauen. Ich war ein gutaussehender Mann, nicht so, wie Sie mich jetzt sehen. Aber ein verdammter Narr, ein gottverdammter Narr!«

Dr. Levine beruhigte ihn wieder.

Ich ging mit Pater Draddy in die entlegenste Ecke des Zimmers. Dr. Levine gesellte sich zu uns.

»Ich möchte ihn hier fortholen«, flüsterte ich.

»Wann?« fragte er.

»Jetzt, heute abend.«

»Sie brauchen einen Entlassungsschein von den behandelnden Ärzten.«
»Ich habe nicht die Absicht, mich diesen ganzen Formalitäten zu unterziehen«, sagte ich. »Die Sache ist ein wenig kompliziert, weil die diversen Familienmitglieder sich nicht einig sind.«
Dr. Levine warf einen raschen Blick auf den jungen Geistlichen. Er gab mir zu verstehen, daß ich mich in acht nehmen sollte mit dem, was ich sagte.
»Was würden Sie dazu sagen, wenn ich ihn heute abend einfach entführte?« fragte ich ihn.
»Warum haben Sie solche Eile?«
»Nützt ihm der Aufenthalt hier irgend etwas?«
»Jedenfalls glaube ich nicht, daß er ihm etwas schadet«, erwiderte Dr. Levine ausweichend.
Pater Draddy hörte äußerst interessiert zu. Ich fragte mich, ob er Gloria kannte. Sie kommunizierte regelmäßig, das wußte ich. Bei Pater Draddy?
»Kann irgend etwas ihm jetzt wirklich helfen?« fragte ich Dr. Levine.
»Meinen Sie, sein Leben verlängern? Nein. Doch vielerlei Dinge, wie Unfälle und so weiter, könnten es verkürzen. Er muß unter ständiger Aufsicht sein.«
»Aber im wesentlichen ...«
»Ich habe es Ihnen doch gesagt. Er ist am Ende.«
»Könnte irgend etwas dazu beitragen, daß er sich wohler fühlt?«
»Körperlich oder seelisch?«
»Körperlich.«
»Nein.«
»Seelisch?«
»Fragen Sie Pater Draddy.«
»Ich frage Sie.«
Er wich aus. »Nun ... ich weiß es nicht.«
»Ich nehme an, er würde sich wahrscheinlich verdammt viel wohler fühlen, wenn er hier 'raus wäre«, sagte ich. »Und was die Aufsicht betrifft, glauben Sie nicht, daß sein Wohlbefinden weitgehend davon abhängt, wer ihn beaufsichtigt?«
»Mag sein.«
»Das Problem liegt darin, daß niemand ihn will. Man hat beschlossen, ihn in ein Altersheim zu stecken.«
»Ich habe mir überlegt«, sagte Dr. Levine »warum nehmen Sie und Ihre Frau ihn nicht zu sich nach Hause? Sie scheinen wohlhabend zu sein und könnten sich eine Krankenschwester leisten. Damit hätte auch Ihre Mutter die Möglichkeit, ihn zu besuchen.«

»Es gibt persönliche Gründe, weshalb ich das nicht kann.«
»Zum Beispiel?« fragte Pater Draddy.
»Das geht Sie nichts an«, erwiderte ich. »Verzeihen Sie, Pater.«
»Schon gut«, sagte der Geistliche. »Nur erwähnten Sie gerade, daß Sie ihn heimlich fortschaffen wollen, und ...«
»Ich hatte daran gedacht, ihn nach Florida zu bringen, nach Tarpon Springs, wo er den ganzen Tag in der Sonne sitzen kann ...«
»Liebt er die Sonne?« fragte Dr. Levine.
»Was er liebt, ist ein Laden voller Kunden.«
»Was versprechen Sie sich dann davon?« fragte Pater Draddy.
»Das kann ich Ihnen genau sagen, Pater. In Tarpon Springs wimmelt es von alten Griechen, die vor vielen Jahren nach Amerika gekommen sind, um nach Schwämmen zu tauchen. Aber das ist jetzt, wo wir die synthetischen Schwämme haben, natürlich längst überholt. So sitzen diese Männer dort unten tagaus, tagein in den Cafés herum, spielen Karten und reden von alten Zeiten. Ich nehme an, mein Vater würde dort viele verwandte Seelen finden, Männer, die genauso denken wie er – und noch dazu auf griechisch.«
So phantasierte ich noch eine Weile weiter, um Pater Draddy – und damit, wie ich hoffte, auch im geeigneten Moment die übrigen Familienmitglieder – auf die falsche Fährte zu locken.
»All dies, Pater«, sagte ich, »bleibt bitte streng unter uns.«
»Natürlich«, log er.
»Was würden Sie also dazu sagen«, fragte ich, an Dr. Levine gewandt, »wenn ich ihn einfach ohne offiziellen Entlassungsschein heimlich hier herausholte?«
Dr. Levine sah Pater Draddy an.
»Wie immer ich als Mensch darüber denke«, erwiderte er, »als Arzt könnte ich mich keinesfalls damit einverstanden erklären.«
»Ich auch nicht«, sagte Pater Draddy, der keiner war.
»Nun, wenn Sie beide dieser Meinung sind, sollte ich wohl lieber davon absehen«, sagte ich. »Vielleicht ist es wirklich keine sehr glückliche Idee.«
»Ich bin froh, daß Sie das einsehen«, sagte Pater Draddy. »Verzeihen Sie, wenn ich Ihnen in meiner Eigenschaft als Geistlicher sage, daß es meiner Meinung nach im allseitigen Interesse sehr viel besser wäre, wenn Sie eine Lösung finden könnten, mit der alle – Ärzte, Familienmitglieder und natürlich seine Frau – einverstanden wären.«
»Und er selbst?« fragte ich.
»Ich glaube nicht, daß er zurechnungsfähig ist«, flüsterte der Pater. »Und vielleicht«, fuhr er, noch leiser flüsternd, fort, »sollten Sie dem Vorschlag, ihn in ein Altersheim zu bringen, nicht so ablehnend

gegenüberstehen. Manche dieser Heime sind wirklich sehr gut. Als Gloria mich danach fragte, habe ich ihr gesagt ...«

Jetzt wußte ich Bescheid.

Als er ausgeredet hatte, sagte ich: »Vielen Dank für den guten Rat, Pater. Ich werde ihn bestimmt befolgen. Und bitte, was meinen verrückten Plan betrifft, das bleibt unter uns, nicht wahr?«

»Natürlich, natürlich«, sagte Pater Draddy in aufrichtigem Ton. »Und hören Sie zu«, fuhr er fort, »Sie sollten lieber erst einmal an sich selber denken.«

»Was?«

»Nun, Sie scheinen ... ich will sagen, entspannen Sie sich, mein Junge, ruhen Sie sich ein bißchen aus. Geben Sie ihm eine Tablette, Herr Doktor. Ich glaube, in Wirklichkeit ist er hier der Patient, haha.« Er lächelte und schüttelte mir die Hand. Im Grunde genommen war er ein netter Kerl, und er würde den Mund halten, zumindest bis es mir gelungen war, den alten Mann herauszuholen. Die Augen meines Vaters waren wieder glasig; er reagierte nicht, als Pater Draddy an sein Bett trat, um sich zu verabschieden, und dann das Zimmer verließ.

Dr. Levine hielt es für das klügste, ihm sofort zu folgen.

Doch als er hinausging, wandte er sich um und sagte rasch: »Um Mitternacht werde ich den Krankenschwestern auf diesem Stockwerk ausführliche Anweisungen geben, die ihre volle Aufmerksamkeit in Anspruch nehmen. Sollte jemand versuchen, den hirnverbrannten Plan auszuführen, von dem Sie gesprochen haben, so wäre das der beste Augenblick.«

Genau um Mitternacht öffnete ich die Tür, die vom Zimmer meines Vaters auf den Korridor führte. Mein Vater und ich gingen langsam, aber unbehelligt zu den Fahrstühlen. Dr. Levine gab, wie versprochen, den Schwestern, die gerade ihren Dienst angetreten hatten, äußerst eingehende Instruktionen. Als wir an seinem Zimmer vorbeikamen, sah ich mit einem raschen Blick, daß er es so eingerichtet hatte, daß die Mädchen mit dem Rücken zum Korridor standen. Manchmal gelingt ein Plan gerade deswegen, weil er so absulut unkompliziert ist.

Gwen und Charles warteten in Charles' Kombiwagen auf uns. Wir fuhren nicht zum Kennedy-Flughafen, sondern zur Shore Road hinaus. Das war es, was mein Vater wollte; ich brauchte ihn nicht zu fragen. Wir machten unterwegs halt und kauften die nötigsten Lebensmittel für das Frühstück.

Ich trug meinen Vater in das alte Haus. Er wog soviel wie ein Sack alte Kleider. Doch er war in bester Stimmung, obgleich er mittlerweile erschreckend blaß aussah. Ich zog ihn aus, während Gwen sein

Bett zurechtmachte. Dann legte er sich hin, und Gwen setzte sich zu ihm. Er mochte sie von Anfang an.
Kurz darauf sagte er zu mir: »Nächstes Mal, mein Junge, hör auf mich.« Ich hatte keine Ahnung, worauf er sich bezog. Dann blickte er Gwen an, und sie lächelten einander zu. »Sie bleiben hier«, befahl er. »Er kann gehn!«
Natürlich wollte ich, daß Gwen dabliebe, wußte aber, daß sie zu Hause einen Babysitter hatte. Außerdem wartete Charles auf sie. Mein Vater wurde schläfrig. Er öffnete die Augen, sah Gwen an und murmelte: »Sehr nett, sehr nett.«
Gwen stand auf. »Ich komme gleich zurück«, sagte sie. Charles saß wartend neben der Eingangstür. Ich sah, daß sie ernsthaft mit ihm sprach. Er nickte. Dann nickte er noch einmal. Dann küßte sie ihn auf die Wange. Er lächelte sie an, und sie begleitete ihn zum Wagen. Ich ging wieder in das Zimmer meines Vaters. »Sie bleibt hier«, sagte ich ihm. Doch er schlief bereits und hörte nicht, wie der Wagen fortfuhr.

19

»Was hat Charles gesagt?« fragte ich Gwen, als sie endlich ins Bett kam. Sie hatte sich absichtlich langsam ausgezogen.
»Nichts, warum?« fragte sie.
»Er hat lange gebraucht, um nichts zu sagen. Los, was hat er gesagt?«
»Es sei ihm recht.«
»Ist das alles?«
»Das ist alles.«
»Eine interessante Unterhaltung.«
»Dann gib dich damit zufrieden. Gute Nacht«, sagte sie und schlief gleich darauf ein.
Wir kamen mitten in der Nacht zusammen, ohne überhaupt richtig aufzuwachen. Tatsächlich gestatteten wir uns nicht, ganz wach zu werden, denn in wachem Zustand waren unsere Probleme unlösbar; schlafend oder halbschlafend waren wir glücklich miteinander.
Doch eines sagte sie mit völliger Bestimmtheit: »Das werde ich ihm nie wieder antun.«
Wir lagen eine Zeitlang schweigend da, ihr Bein über dem meinen.
»Du wirst es nicht mehr nötig haben.«
Ich hatte mich entschlossen, sie zu heiraten.
Ich fand keinen Schlaf. Sie war erschöpft und schlief ein, doch ich lag da und sah sie an. Bei allem, was sie gewesen war und getan

hatte, bei allem, was sie jetzt durchmachte, sah sie immer noch unschuldig und kindlich aus. Ich weiß nicht, warum dieses »Kindhafte« solch eine Anziehungskraft auf mich ausübt. Aber es scheint mir irgend etwas zu bedeuten. Stundenlang lag ich so da. Es war das Zimmer, das ich als halbwüchsiger Junge bewohnt hatte. Hier hatte ich die Grippe und den Alptraum mit der Uhr gehabt. Die Rolläden waren geschlossen, genau wie damals. Helligkeit, so meinte man in jener Zeit, verschlimmere die Krankheit. In einer Ecke des Zimmers stand ein Kleiderständer. Ich erinnere mich, daß er mir in meinen Fieberphantasien Angst einzujagen pflegte. Mit Kleidern und Mänteln behangen, war er ein Feind, der des Nachts darauf wartete, daß ich einschliefe. Jetzt kam er mir vor wie ein Freund, der mich in die Zeiten zurückversetzte, in denen mein Leben noch mir gehört hatte.
Plötzlich wurde mir klar, daß es mit mir aus irgendeinem Grund, für den ich keine Erklärung hatte, wieder aufwärts ging. Vermutlich lag es daran, daß ich etwas unternommen hatte, so überspannt und unvernünftig es auch sein mochte: Ich hatte mich entschlossen, diese Frau zu heiraten, die jetzt neben mir lag, eine Frau, der ich mißtraute, die ich eigentlich nicht verstand, aber trotzdem liebte.
Beim Morgengrauen drehte sie sich um und kuschelte sich mit dem Rücken an mich. Als sie es sich gerade bequem gemacht hatte, bemerkte sie, daß ich nicht schlief. Sie wandte den Kopf und sah mich an.
»Was ist los?« fragte sie.
»Was hat er gesagt?«
»Er sagte, er wird warten.«
»Worauf?«
»Auf mich.«
»Und das hier?«
»Er sagt, es macht ihm nichts aus.«
»Glaubst du das? Ich nicht.«
»Er hat es mir versichert.«
»Weshalb weinst du dann?«
»Ich kann ihm das nicht mehr antun. Er ist zu gut...«
»Damit rechnet er vermutlich.«
»Er rechnet mit gar nichts, nur...«
»Nur was?«
»Nur sagt er, daß er mit dir nicht fertigwerden kann. Niemand kann mit dir fertigwerden außer mir, sagte er.«
»Glaubst du das?«
»Könntest du tun, was er jetzt tut, in meiner Wohnung sitzen und das Kind eines anderen hüten? Und ich hier? Könntest du das?«

»Nein.«
»Das ist's, was ich meine. Manchmal denke ich, Eddie, die stärksten Menschen sind diejenigen, die einfach ausharren. Besonders bei Leuten wie dir und mir, die von einem Tag zum andern nicht wissen, was sie wirklich wollen, und heute nicht für das einstehen, was sie gestern getan haben ... Laß das ... Eddie ... Laß das ... ich will nicht, Eddie ... also tu's nicht, bitte, Eddie ...«
Hinterher sagte sie: »Eddie, warum glaubst du, daß du damit alles lösen kannst?«
Wir schwiegen eine Weile. Dann sagte ich ihr, daß ich sie heiraten wolle.
Sie machte sich von mir los.
»Mit dir ist einfach nichts anzufangen, Eddie«, sagte sie.
»Warum?«
»Du bist so ein gottverdammter Lügner. Man kann dir kein Wort glauben.«
»So bin ich nicht mehr.«
»Du lügst, Eddie. Als du mir das zum erstenmal gesagt hast, dachte ich, es hätte etwas zu bedeuten. Aber jetzt weiß ich Bescheid, Eddie.«
»Du weißt jetzt überhaupt nicht Bescheid.«
»Eine Woche nachdem du nach Kalifornien zurückgekehrt warst, wachte ich eines Morgens auf und kam mir vor wie ein Huhn, dem man die Eingeweide herausgerissen hat. Ich war tot und ausgedörrt, Eddie. Und es waren deine Lügen, die mich getötet hatten. Nicht nur deine Worte, sondern deine *Taten*. Das waren die Lügen, die ich dir wirklich geglaubt habe: die Art, wie du es mit mir getan hast, als seien wir eins – das ist zum Lachen, o ja –, wie du dich an mich geklammert hast, als könnten wir uns nie mehr trennen, das war ein Witz, nicht wahr, mein Kleiner? O ja! Als ob wir nie mehr ohne einander auskommen könnten; das ist nicht zu übertreffen, was? Ich habe dir dieses ganze verlogene Getue geglaubt, Eddie, Gott verfluche dich! Und jetzt tauchst du plötzlich nach weiß Gott wie langer Zeit wieder auf und kommst mir mit diesem Heiratsquatsch und all dem Schwindel. Erwartest du, daß ich dir das glaube? Für was hältst du mich, du Schweinehund – ich bring' dich um, du gemeiner Kerl!«
Sie schlug mich mit den Fäusten auf die Brust, so wie eine Frau es tut, die einen liebt.
Dann stand sie auf und ging zum Fenster. »Treib kein Spiel mit mir, Eddie, verdammt noch mal, treib kein Spiel mehr mit mir.«
Die Äste der alten Bäume, die in der guten Zeit meines Vaters regelmäßig zurechtgestutzt worden waren, reichten mittlerweile bis zu dem steil abfallenden Dach empor und wurden jetzt vom Wind gegen die Seitenwände des alten Gebäudes gepeitscht.

»Komm wieder ins Bett«, bat ich.
Sie tat es. »Eddie«, sagte sie, jetzt ganz ruhig, »es läuft alles auf dasselbe hinaus. Ich glaube dir nicht.«
»Du wirst es tun.«
»Wenn du auch nur irgend etwas aufgegeben hättest, was dir bequem und nützlich ist.«
»Ich habe meine beiden Stellungen gekündigt.«
»Glaubst du wirklich, daß das für mich irgendeine Bedeutung hat? O Eddie«, sagte sie mit einem tiefen Seufzer, »es ist viel zu spät.«
»Das stimmt nicht. Du wirst es sehen.«
Sie drehte sich um und schmiegte sich an mich, aber sie sagte nichts. Sie hatte den schlanken Körper eines verlassenen Kindes.
»Ich werde dich heiraten«, sagte ich.
»Es ist zu spät, Eddie.«
Ich konnte es nie ertragen, Frauen weinen zu sehen. Aber es scheint ihre natürlichste Ausdrucksweise zu sein. Jetzt lag ich neben Gwen, und sie weinte, und es war gut.
Nach einer Weile sagte sie: »Charles ist ein so gütiger Mensch.«
»Ich glaube ihm nicht.«
»Du könntest nicht tun, was er tut.«
»Er kann es auch nicht, Baby. Er kocht jetzt innerlich, genau wie ich es tun würde. Du kannst sicher sein, daß er dir eines Tages den Schädel einschlagen wird. Oder mir.«
»Ich vertraue ihm.«
»Vertraue darauf, daß er das tun wird. Er ist ruhig, wenn er nicht ruhig sein soll. Er kommt mir vor wie ein Irrer.«
»Du kannst dir einfach nicht vorstellen, daß irgend jemand nachsichtig, gütig oder verständnisvoll ist, nicht wahr?« sagte sie.
»Nicht bei dem, was *du* ihm antust. Er muß verrückt sein, wenn er das aushalten kann.«
»Nun, er hat es schon lange hingenommen, nicht nur bei dir, sondern auch bei anderen vor dir.«
»Bei wem?«
»Oh, bei anderen.«
»Bei wem?«
»Willst du wissen, wer es war?«
»Ja.«
»Zunächst sein Bruder.«
»Das weiß ich. Wer noch?«
»Du kannst nicht damit fertigwerden. Er kann es.«
»Stell mich auf die Probe. Wer noch?«
»Jemand, den ich auf einer Party getroffen und dessen Namen ich vergessen habe – das ist nur einer von vielen. Er hat mich nach

Hause gebracht. Als ich am nächsten Morgen aufwachte, war er fort und hatte nicht einmal einen Gruß hinterlassen.«

»Wer noch?«

»Ein junger Neger, mit dem ich in die Schule gegangen bin und der damals in mich verliebt war.«

»Und hast du es in der Schule mit ihm getan?«

»Nein. Erst vor drei Monaten.«

»Wer noch?«

»Sein bester Freund.«

»Auch ein Neger?«

»Hast du etwas gegen Neger?«

»Ja, ich will nicht, daß sie meinem Mädchen zwischen die Beine kommen. Weder sie noch Weiße, noch Gelbe, noch Italiener, noch Franzosen oder Inder!«

»Ich bin nicht dein Mädchen. Ich erzähl' dir das alles nur, damit du siehst, daß es viel zu spät ist. Du hast zuviel Zeit verstreichen lassen. Ich bin nicht mehr dort, wo du mich zurückgelassen hast. Ich bin kein Gepäckstück, daß man zur Aufbewahrung gibt.«

»Wer noch?«

»Glaubst du, daß du einfach ohne ein Wort fortgehen, mich einsperren, verschwinden, mich auf Eis legen kannst?«

»Wer noch?«

»Ein dicker alter Mann, der Filmproduzent ist; ein Italiener, der Kommunist ist; und ein Schwuler, stinkreich und arrogant, bei dem ich mir wie eine Null vorkam, weil er sagte, Jungen seien besser. Ich mochte ihn sehr gern.«

Plötzlich wandte sie sich gegen mich.

»Ich mag dich nicht«, sagte sie. »Ich will nicht bei dir hängenbleiben!«

»Wer noch?«

»Ein Mann, den ich bei Sardi sah, wo er mit einer Schauspielerin zu Mittag aß. Als sie fortging, weil sie zur Probe mußte, fragte er, ob er sich zu mir an den Tisch setzen dürfe. Ich sagte nein, nichts zu machen. Aber als ich hinausging, saß er immer noch da und wartete auf mich; so setzte ich mich zu ihm. ›Sie haben heute einen Glückstag‹, sagte ich ihm.«

»Wo hast du's mit ihm getan?«

»In meiner Wohnung. Im selben Bett wie wir.«

»Wie kam er in deine Wohnung?«

»Ich lud ihn ein, hinaufzukommen. Schließlich mußte ich ja nach dem Kind sehen, nicht wahr?«

»Hast du ihn danach noch öfters getroffen?«

»Nur einmal.«

Ich sagte nichts.
»Hast du genug?«
»Wer noch?«
»Du glaubst, du kannst mich einfach sitzenlassen, ohne daß was geschieht, nicht wahr? Ich bin nicht deine Mutter, immer für dich da, immer bereit, zu vergeben.«
»Wer noch?«
»Hast du geglaubt, ich würde auf dich warten? Hast du das? Sag's mir!«
»Wer noch?«
»Jack Schnee, der Plakatzeichner ... wer noch? Was kann es dich interessieren, mit wem ich noch im Bett war? Reicht es dir immer noch nicht?«
»Jack Schnee! Dieser widerwärtige Kerl?«
»Ja.«
»Was hat dich an ihm gereizt?«
»Daß du ihn nicht mochtest. Daran erinnerte ich mich. Du siehst, wir sind quitt. Laß es dabei bewenden.«
»Wer noch?«
»Ich kann mich nicht entsinnen.«
»Versuche es.«
»Geht es dir unter die Haut?«
»Ja.«
»Du hast geglaubt, du könntest damit fertigwerden, nicht wahr?«
»Ich kann es.«
»Möchtest du noch mehr wissen?«
»Danke, es genügt; ich verstehe, was du vorhast.«
»Willst du mich immer noch heiraten?«
»Ich werde dich heiraten.«
»Willst du wissen, wer der Beste von der ganzen Gesellschaft war? Und warum?«
»Nein.«
»Der alte Italiener. Er war phantastisch. Er konnte auf dem Bett liegen, mit zwei Kissen unter dem Kopf, und ...«
»Schon gut. Ich verstehe. ...«
»Nein, ich will, daß du es weißt. Er lag einfach da, und ganz gleich, was ich tat und wie lange – ich konnte drauf 'rumreiten, soviel ich wollte, er blieb steif. Und er ist ein alter Mann, klein und schmächtig, lag auf dem Rücken, mit zwei Kissen unter dem Kopf; er hatte auch einen Spitzbauch, weißt du, keine Schönheit, ganz und gar nicht. Aber er blickte mit jenem sanften italienischen Lächeln zu mir auf und sah mich bewundernd an, wenn ich dort oben rittlings auf ihm saß. Er hielt meinen Leib mit seinen beiden Händen, diesen weichen

italienischen Händen, die mit großen Leberflecken übersät waren wie die Hände von einem jener alten Heiligen.«

»Schon gut, das reicht«, sagte ich.

»Kein Gewäsch über Liebe und all das, aber solch eine große Zuneigung; das ist das reinste, glaubwürdigste und aufrichtigste Gefühl: Zuneigung! Ich hätte ihn um der Zuneigung willen geheiratet. Aber nicht um der Liebe willen. Die Männer sagen Liebe, wenn sie scharf sind, und am nächsten Tag sind sie verschwunden, ohne auch nur einen Gruß zu hinterlassen. Liebe ist das Wort, das sie gebrauchen, ehe sie einem die Eingeweide herausreißen.«

»O. K.«

»Du sagst Liebe, aber du fühlst weiß Gott was, Haß vielleicht, und das ist's, weshalb eine Hure wie ich dich erregt. Du machst mich sogar zu einer noch schlimmeren Hure, wie gerade eben mit deinem verdammten ›Wer noch?‹, um dich daran aufzugeilen.«

»Das ist nicht wahr.«

Sie sprang aus dem Bett und ging ins Badezimmer, wo sie am Abend zuvor ihre Kleidung gelassen hatte. In der Stille merkte ich, daß mein Vater mich offenbar schon seit einiger Zeit gerufen hatte. Nach seinem »Evangeleh!« zu schließen, war er normal und bei klarem Verstand. Ich stand auf und schlüpfte in die Unterhosen.

Gwen rief mich vom Badezimmer aus. Sie zog gerade das Kleid über den Kopf; während sie es zuknöpfte, sagte sie: »Ich werde ihm das Frühstück machen.«

Dann kam sie auf mich zu und murmelte: »Du siehst, es ist aussichtslos – das, worüber du gesprochen hast.«

»Nein, keineswegs.«

Wir hatten dem alten Mann ein Bett im Wohnzimmer zurechtgemacht, weil wir fürchteten, daß er oben womöglich mitten in der Nacht in seinen Wahnvorstellungen umherlaufen und die Treppe hinunterfallen könnte. Außerdem hatten wir ein paar Möbelstücke an den Fuß der Treppe gestellt, wie man es bei Kindern tut, damit er nicht hinauf konnte. Dort stand er jetzt und rief abermals mit laut befehlender Stimme: »Evangeleh!«

»Ja, Pa, gleich ...«, rief ich zurück.

Er brummte und polterte unten umher.

Das Erfreuliche an Frauen ist, daß sie nach dem Sturm so gut aussehen. Der Kampf belebt sie. Warum auch nicht? Schließlich sind sie ja die Beute, um die man kämpft. Gwen blühte in Rosa, Pfirsich und anderen zarten Tönen. Ihre Augen waren von Tränen gewaschen und glänzten.

»Eddie«, sagte sie, »ich will dir einen Vorschlag machen. Wirst du mich anhören?«

Ich nickte. Sie hatte offensichtlich einen Entschluß gefaßt.
»Ich werde ihn heiraten, Eddie, genau wie ich es dir gesagt habe.«
»Nein, das wirst du nicht tun.«
»Doch. Das steht fest. Ich hetze ihn auf dich, wenn du versuchst, irgend etwas dagegen zu unternehmen. Heute nachmittag, wenn er hierherkommt, werde ich ihm sagen, daß ich jederzeit dazu bereit bin, ihn zu heiraten, wenn er es möchte. Aber... nun, hinterher – und glaub mir, Eddie, das ist die einzige Lösung, die es für uns gibt –, hinterher könnten wir zusammensein.«
»Wie?«
»So wie früher.«
»Das ist doch nicht dein Ernst.«
»Doch.«
»Aber du hast vorhin gesagt...«
»Damit wäre alles anders. Ich wäre verheiratet. Wir würden eine feste Beziehung haben, verstehst du?«
»Und würdest du es ihm sagen?«
»Ja-a... ich meine, ja gewiß... da die Dinge nun einmal so sind.«
»Und?«
»Wir würden sozusagen zusammenleben. Ich will sagen, wir würden ein Apartment mieten und es einrichten, und ich würde dort für dich sorgen.«
»Ich glaube nicht, daß es dir Ernst damit ist.«
»Doch, wirklich. Auf die Art würde ich mich sicher fühlen, weil ich ihn hätte und so, verstehst du? Und damit könnte ich dir vertrauen. Ich würde jeden Tag eine bestimmte Zeit für dich dasein. Das ist sowieso alles, was du von mir willst; du willst gar nicht den ganzen Alltagskram, und du willst auch nicht das Kind; du willst nur die nächtlichen Dinge. So wäre es beinahe vollkommen. Ganz perfekt kann es nicht sein, aber es wäre so gut, wie es nur sein kann; an das übrige denken wir nicht. Und nebenbei hätten wir unser normales Leben genau wie andere Leute. Du könntest sogar zu deiner Frau zurückkehren, wenn sie sich damit abfinden würde. Vielleicht wäre sie ganz zufrieden. Im Grunde genommen ist es doch überall so, nicht wahr? Fast jeder, den ich kenne...«
»Evangeleh!« ertönte es von unten.
Ich ging zur Treppe und beugte mich über das Geländer.
»Ja, Pa, wir kommen.«
»Hast du dich erkundigt, was die junge Dame zum Frühstück möchte?« fragte er. »Wir müssen gut für sie sorgen.«
»Nein, ich habe sie noch nicht gefragt, Pa.«
»Evangeleh«, sagte er vorwurfsvoll, »deine Mutter ist nicht hier, oder?«

»Ich glaube nicht, Pa.«
»Dann ist es deine Sache. Mach ihr ein paar gute Eierkuchen.«
»Möchtest du ein paar gute Eierkuchen?« fragte ich, mich nach Gwen umwendend.
»Nein«, sagte sie; und dann: »Überlege dir, was ich dir vorgeschlagen habe; es würde dir bestimmt gefallen.«
»Evangeleh! Was hat sie gesagt?«
»Sie will keine Eierkuchen, Pa.«
»Schön, dann mach ihr Rühreier. Hör auf mich! Ich weiß, was gut ist. Kommt 'runter, alle beide. Wir müssen uns beeilen. Wir gehen heute zum Tresor...«
»Wohin, Pa?«
»Zur Bank in New York. Ich habe es dir doch gestern abend gesagt. Wo hast du dein Gedächtnis gelassen, mein Junge?«
»Hat er davon gesprochen, daß er heute zur Bank gehen wollte?« fragte ich Gwen.
»Wenn er es sagt, wird es schon so sein«, erwiderte sie; dann fuhr sie fort: »Seien wir ehrlich, wir sind nun mal anders als die anderen, vielleicht nicht ganz normal. Wir müssen auf unsere eigene Art leben, nicht so wie zwei gewöhnliche Menschen. Ich brauche jemanden, auf den ich mich verlassen kann, ganz gleich, was geschieht. Und ich kann mich nicht auf einen Mann wie dich verlassen, bei dem man nie weiß, woran man ist, der die Angewohnheit hat, plötzlich zu verschwinden, und sich von Tag zu Tag verändert!«
»Evangeleh!« brüllte der Alte. »Komm sofort herunter.«
»Überleg es dir, Eddie«, sagte sie, während sie die Stufen hinunterlief. »Es könnte eine gute Lösung sein.«
Ich ging ins Bad.
Offenbar verstanden Gwen und mein Vater sich ausgezeichnet, denn als ich hinunterkam, saßen sie in trauter Zweisamkeit beisammen. Er war glücklich, jemanden zu haben, der ihm zuhörte, und erzählte ihr die ganzen alten Geschichten von der National City Bank und dem armen Mitchell, der, wie er sagte, 1929 alle ruinierte, selbst aber im Jahre 1935 wieder reicher war denn je.
Gwen fütterte ihn, während er sprach. Sie wartete jedesmal, bis er einen Satz beendet hatte, und wenn er dann den Mund öffnete und stillhielt, schob sie einen Löffel voll Rührei hinein, wie man es bei einem Kinde tut, und wischte ihm sogar das Kinn mit der Serviette ab. Es schien ihr großen Spaß zu machen. Offensichtlich hatte sie alte Männer gern. Ich erinnerte mich an den Italiener mit den Leberflecken auf den Händen.
Als er mich sah, sprang er plötzlich auf ein anderes Thema über. »Sie war eine gute Frau«, sagte er.

»Wer, Mr. Arness?« fragte Gwen und stopfte ihm Rührei in den Mund.
»Seine Mutter hielt dieses Haus in tadellosem Zustand. Dann verlor ich mein Geld, und ...« Er fing an, sich groß und breit darüber auszulassen, und so steuerte ich auf die Küche zu.
»Evangeleh, wo gehst du hin?«
»Ich will mir nur eine Tasse Kaffee holen.«
»Würde es dir etwas ausmachen, zu warten, bis ich meinen Satz beendet habe?« sagte er. »Sehen Sie, Miss, wenn man sein Geld verliert, wartet niemand, bis man seinen Satz beendet, nicht einmal der eigene Sohn.«
»Ich höre zu, Pa.«
»Ist eine Tasse Kaffee wichtiger als das, was dein Vater sagt?«
»Nein, Pa.«
»Dann setz dich hin. Ich rede.«
Ich setzte mich.
Doch er hatte vergessen, was er sagen wollte. Seine Gedanken verwirrten sich. Wir saßen alle stumm da. Schließlich kam Gwen ihm zu Hilfe. »Sie wollten Evangeleh sagen, er solle ein Taxi rufen.«
»Ja, Evangeleh, ruf sofort ein Taxi. Wir fahren nach New York.«
»Wohin?«
»Das habe ich dir gerade eben gesagt, Evangeleh. Ich möchte wirklich wissen, wie du zu deinem Erfolg gekommen bist.« Dann wandte er sich an Gwen. »Er hat sein Gedächtnis verloren!« sagte er lachend und schüttelte verblüfft den Kopf. »Wir gehen zum Tresor der Corn Exchange Bank; ich muß mit dem Abteilungsleiter, Mr. Meyer, über Geschäfte sprechen. Ein Jude, aber ein anständiger Mensch. Ich werde Sie mit ihm bekannt machen.«
»Vielen Dank«, sagte Gwen.
»Es tut mir leid, daß meine Frau nicht hier ist. Doch wer weiß«, er blinzelte bedeutungsvoll, »vielleicht ist es besser so; sie ist in diesen Dingen sehr intolerant. Ich persönlich habe nichts dagegen einzuwenden. Aber ...« Er sah, daß ich dastand und ihn anblickte.
»Hast du das Taxi gerufen, Evangeleh?«
»Nein, Pa.«
»Worauf wartest du?«
»Ich tue es gleich.«
»Sehen Sie«, sagte er zu Gwen, »ich muß ihn jetzt an alles erinnern. Meine Geschäfte sind ihm nicht mehr wichtig.« Dann sah er sie verschmitzt lächelnd an. »Kriege ich noch ein bißchen mehr?« Es bezog sich auf die Eier.
Als sie auf dem Weg zur Küche an mir vorbeikam, fragte ich: »Was soll ich tun?«

»Ruf ein Taxi«, sagte sie.
Wir fuhren zu dritt zum Empire State Building, in dessen Kellergeschoß mein Vater sein Bankfach hatte. Ich glaube, es war einer der glücklichsten Tage seines Lebens. Er war mittlerweile vollkommen vernarrt in Gwen. Und sie gab sich von ihrer liebenswürdigsten Seite, maß allem, was er sagte, die gleiche Wichtigkeit bei wie er selbst. Auf dieser Fahrt erzählte er ihr seine ganze Lebensgeschichte, wie sein Bruder ihn nach Amerika hatte kommen lassen, wie schwer der Anfang in New York gewesen war, wie er eines Tages beschlossen hatte, sein eigenes Geschäft zu gründen, und welch großen Erfolg er damit gehabt hatte. Plötzlich, ohne jeden Übergang, wandten seine Gedanken sich mir zu, und er begann, von Florence zu sprechen. Er meinte, es sei ein Glück für mich gewesen, eine Frau wie Florence zu bekommen, denn sie stamme aus einer sehr angesehenen Familie, ihr Vater sei Rektor einer Universität und sehr wohlhabend. Sie habe mich gelehrt, mein Geld zusammenzuhalten. Es sei sehr klug von mir gewesen, sie zu heiraten. Trotzdem habe er volles Verständnis für meine gelegentlichen Seitensprünge (er tätschelte Gwens Knie), vorausgesetzt, daß das Mädchen nett und sauber sei. Er lächelte ihr zu. Dann riet er ihr in freundschaftlichem Ton, das Leben, das sie führte, aufzugeben und zu heiraten. Jetzt wurde mir langsam klar, daß er Gwen für eine Prostituierte hielt.
Als wir zum Empire State Building kamen, sagte er dem Taxifahrer, er solle warten. Er schien sich keine Gedanken darüber zu machen, wer das bezahlen sollte. Ich selbst war mittlerweile recht knapp bei Kasse. Aber er benahm sich so, wie er vor Gwen erscheinen wollte: als großer Mann. Er teilte uns vertraulich mit, daß er ernsthaft erwog, den Inhalt seines Safes in die Colonial Trust zu verlegen. Er wisse nur noch nicht recht, welche von den beiden Banken sicherer sei.
Mr. Meyer war ein würdiger alter Herr mit einem sanften, blassen Gesicht. Sobald er meinen Vater erblickte, kam er mit ausgestreckten Armen auf ihn zu und begrüßte ihn herzlich. Dann führte er ihn quer durch die Halle zu einem schmiedeeisernen Tor, das wir nicht durchschreiten durften, weil wir keinen Safe dort hatten. Mr. Meyer hielt das Tor offen, um meinem Vater den Vortritt zu lassen. Der alte Mann blickte sich nach Gwen und mir um; offenbar wollte er sehen, ob wir von der Ehrerbietung, die man ihm entgegenbrachte, gebührend beeindruckt waren.
Nachdem Mr. Meyer meinen Vater in ein kleines Privatzimmer geführt und den Schlüssel zum Safe feierlich in Empfang genommen hatte, ging er durch eine schwere Stahltür in den Tresor und kam wenige Augenblicke darauf mit einem flachen Metallkasten zurück,

den er vor meinem Vater auf den Tisch stellte. Dann zog er sich zurück und schloß die Tür.
Als er auf dem Weg zu seinem Schreibtisch an uns vorbeikam, lächelte er uns an. »Er kommt seit zweiunddreißig Jahren hierher«, sagte er.
»Was hat er in seinem Safe?« fragte ich.
»Oh, das wissen wir nicht.«
Dann waren Gwen und ich allein.
»Warum weigerst du dich, die Dinge so zu sehen, wie sie sind?« fragte sie.
Ich erwiderte nichts.
»Dies ist die einzige Möglichkeit, die es für uns gibt.«
Ich schwieg.
»Kein Mensch vereint in sich allein all das, was ein anderer braucht«, sagte sie. »Aber das will niemand eingestehen.«
»Ich glaube es auch nicht.«
Sie zuckte die Achseln.
»Und ich werde es nicht zulassen.«
»Wie, zum Teufel, willst du es verhindern, wenn ich ihm erst einmal mein Wort gegeben habe?«
Darauf wußte ich keine Antwort.
Die Tür des kleinen Zimmers wurde geöffnet. Mein Vater sah uns und nickte.
Zwei Monate später mußte ich als Testamentsvollstrecker meines Vaters diesen selben Metallkasten in Gegenwart eines Steuerbeamten öffnen. Er enthielt eine Unmenge von Versicherungspolicen, die alle verfallen waren; außerdem zwanzig Bogen mit langen Zahlenreihen in der kleinen, unleserlichen Handschrift meines Vaters. Sie erstreckten sich manchmal über die ganze Seite und waren unten zusammengezählt. Doch weder Michael noch Mr. Meyer wußten, was diese Zahlen zu bedeuten hatten. Ferner enthielt der Kasten einige orientalische Schmuckstücke, größtenteils wertloses Zeug – abgesehen von einem Stück. Dies war ein Medaillon an einer Kette, beides aus schwerem Gold. Es hatte ursprünglich der Großmutter meines Vaters gehört, und seine Mutter hatte es mitgebracht, als sie 1905 nach Amerika kam. Dieses Schmuckstück hatte, wie sich bei der Schätzung herausstellte, einen erheblichen Wert.
Mein Vater schlief während der ganzen Heimfahrt. Er hatte den Kopf auf Gwens Schulter gelegt, und seine Finger hielten ein kleines vergoldetes Modell des Empire State Building umklammert, das Mr. Meyer ihm zum Abschied geschenkt hatte.
Gwen und ich sahen uns an. Sie hatte wirklich ein bezauberndes Lächeln. Als wir aus dem dichtesten Verkehr heraus und auf dem Pel-

ham Parkway waren, sagte sie: »Es gab eine Zeit, da hättest du nur zu sagen brauchen, ›Laß uns fortgehen‹, und ich wäre dir bis ans Ende der Welt gefolgt.«
Ich erkannte, daß sie in ihrer Erinnerung an eine tiefe Wunde rührte. Etwas später sagte sie: »Ich hätte dich dort lassen sollen, wo ich dich vorgefunden habe – schlafend in dem tiefen, engen Tal.«
»In was für einem engen Tal?«
»In dem engen Tal der Achtbarkeit.«
»Jetzt spielst du die Überlegene.«
»Ja, denn ich bin dir überlegen«, entgegnete sie. »Ich bin ehrlicher. Du kannst dem, was du bist und was du fühlst, nicht ins Auge sehen. Ich war dir recht, solange ich der Geist war, der durch die Gänge jenes pseudo-eleganten Motels am Wilshire Boulevard schlich, das Mädchen, das sich auszog und nichts sagte und das du niemals im Tageslicht aus der Nähe zu sehen bekamst. Doch sobald ich anfing, ein menschliches Wesen zu sein, konntest du mich nicht verkraften. Jetzt ist's zu spät!«
Wir sprachen nichts mehr, bis wir beim Haus vorfuhren. Ich zahlte das Taxi.
»Du bist traurig«, sagte sie.
»Du verkennst mich«, erwiderte ich. Aber im Grunde hatte sie recht.
»Du kannst es mir nicht verübeln, wenn ich dir nicht glaube; du bist nun mal ein alter Ausreißer, nicht wahr, mein Kleiner?«
»Ich *war* es«, sagte ich, »früher einmal.«
Sie beugte sich vor und küßte mich. »Es tut mir leid«, sagte sie. »Ich werde Charles bitten, heute abend nicht zu kommen. Ich sage es ihm morgen. Und damit ist dann Schluß. O. K.?«
»O. K.«, sagte ich.
Wir brachten den alten Mann zu Bett.
Später hörten wir einen Wagen vorfahren. Es war Charles. Gwen ging hinunter, um mit ihm zu reden. Als sie nach etwa zehn Minuten zurückkam, hatte sie Andy bei sich. Charles müsse am nächsten Morgen zu einer geschäftlichen Besprechung, sagte sie, und könne daher nicht auf das Kind aufpassen.
»Er sagte, er wird mich morgen nach der Arbeit abholen.«
»Und was hast du darauf geantwortet?«
»Ich habe ihm versprochen, daß ich dann mitkomme.«
Wir hörten, wie der Wagen fortfuhr.

In einer letzten gemeinsamen Nacht ist man jeder einzelnen Minute gewahr. Wir lagen auf dem Rücken, Seite an Seite, ohne uns zu berühren; unsere Körper waren kühl und schwerelos.

»Es gab etwas, das ich immer gern einmal mit dir tun wollte, Eddie; ich wollte mir einen Wagen besorgen, mit dir hinunterfahren und dir zeigen, wo ich hergekommen bin.«

»Das hätte ich sehr gern getan.«

»Du hast es herrlich gehabt, Eddie; in deiner Kindheit muß dies ein regelrechtes Herrenhaus gewesen sein.«

»Tatsächlich haben manche Leute es so genannt. Vielleicht war es das wirklich.«

Ein wenig später sah ich, daß sie lächelte, und fragte sie, worüber.

»Ich hatte vor vielen Jahren einmal einen jüdischen Freund, und ich mußte gerade daran denken, was er immer zu mir sagte.«

»Und zwar?«

»Wozu liegst du da wie eine Lachskonserve?«

»Nun, warum liegst du da wie eine Lachskonserve?«

»Ich wußte damals nicht, was eine Lachskonserve ist. Da, wo ich herkomme, gibt es keine. Aber er hatte recht. In der Zeit war ich wirklich so.«

Wir schwiegen eine Weile. Noch nie hatten wir erfahren, wie schön es sein kann, einfach dazuliegen, zu reden, zuzuhören und dann still zu sein. In der letzten Nacht entdeckt man die Dinge, die einem entgangen sind.

»Weißt du, Eddie, du hättest stolz auf mich sein sollen – und wenn du gesehen hättest, woher ich komme ...«

»Ich war stolz auf dich.«

»O ja, sicher. Hast du gemerkt, für was dein Vater mich gestern gehalten hat?«

»Ja, das war sehr komisch.«

»Findest du?«

»Du etwa nicht?«

»Aber ich werde nie verstehen, warum du nicht stolz auf mich warst; auf das, was ich aus mir gemacht habe. Du hast dich als Kind ein bißchen ducken und verstecken müssen, aber du hast in der Wolle gesessen.«

»Bestimmt.«

»Ganz im Ernst. Selbst dein Vater, was ist schon so schlimm an ihm? Er ist kein schlechter Mensch.«

»Was liegst du da wie eine Lachskonserve?«

»Du hast dich immer bedauert und dich über deinen Vater beklagt. Du hättest meinen kennenlernen sollen.«

»Was war so schrecklich an ihm?«

»Nichts, was man ihm ansehen könnte. Er ist der Lebensmittelhändler der Ortschaft, aber er glaubt, es sei seine Mission auf Erden, dieses Nest für den weißen Mann zu bewahren. Und er tut es. Wochenlang ist er ruhig und friedlich, und wenn du ihn so mit seiner langen weißen Schürze sehen würdest, kämst du nie auf die Idee, daß es anders sein könnte. Dann wird er plötzlich wild. Du glaubst, dein Vater sei jähzornig? Wenn mein Vater was getrunken hat und einen seiner Anfälle bekommt, wagt sich in unserem Ort kein Neger auf die Straße. Er ist ein kleiner, schmächtiger Mann, aber – nun, du hast gesehen, wie ich bin, wenn ich in Wut gerate. Wohlgemerkt, er hat kein offizielles Amt; er ist Vorstand irgendeines Rats von Weißen und hat seinen Bruder zum Sheriff machen lassen, aber er selbst ist nichts weiter als der Lebensmittelhändler der Ortschaft.

Ich hatte keine Mutter, die mir hätte helfen können, wie deine dir geholfen hat. Meine war wie ein Stück weiße Seife, das zu lange im Wasser gelegen hat; wenn du diese schlaffen Hände hättest sehen können! Sie pflegte sich zu rühmen, daß sie nie gelernt hatte, einen Ofen anzuzünden. Natürlich, sie hatte ja ihr ganzes Leben lang Schwarze, die alles für sie taten. Sie hatte panische Angst – sie verließ niemals nach Einbruch der Dunkelheit das Haus, und mit Recht, denn mein Vater hatte fünf oder sechs Neger ermordet, und man rechnete allgemein damit, daß ihn früher oder später eine Kugel oder ein Messer erwischen würde.«

»Vielleicht ist das inzwischen geschehen.«

»Ich spreche vom Hinterland, Eddie, weit unten an der Grenze von Alabama und Georgia. Nein, er ist immer noch gesund und munter. Ich weiß wirklich nicht, wie sie mich zustande gebracht haben. Bis zu meinem vierzehnten Jahr habe ich mit meiner Mutter in einem Bett geschlafen, und ich kann mich nicht erinnern, daß er auch nur einmal nachts zu ihr gekommen wäre. Er holte sich alles, was er brauchte, beim weißen Gesindel und bei den Negermädchen. Sooft er eine sah, die ihm gefiel, ließ er sie von seinem Bruder unter irgendeinem Vorwand einsperren. Die beiden unterhielten im hinteren Teil des Gefängnisses ihre ›Reitschule‹ – ein kleines Zimmer mit einem gut gefederten Ledersofa.

Nun, wenn auch mein Vater niemals in das Bett meiner Mutter kam, so doch zumindest mein Onkel. Nur war meine Mutter damals nicht da. Sie war nach Rosedale, Mississippi, gefahren, um ihre Schwester zu besuchen. Mein Vater war auf Entenjagd. Und fünf Wochen spä-

ter, als die Zeit für das Rotwild begann, beschloß mein Onkel, nicht mit meinem Vater und seinen Freunden auf ihre Jagdhütte im Hügelland zu gehen. Statt dessen kam er wieder zu mir und schickte meine Mutter weg. Sie hatte solche Angst vor ihm, daß sie keinen Piepser von sich gab, wie jede Maus es getan hätte. Hinterher tat sie, als ob nichts geschehen sei.
Ich war vierzehn Jahre alt, und ich erkannte, daß ich selbst etwas für mich tun mußte, denn sonst half mir niemand. So lief ich fort. Zu der Zeit war gerade eine Wandertruppe bei uns im Ort. Sie nahmen mich mit. Ich stand in einem kurzen rosa Kleid mit ein paar anderen Mädchen auf dem Podium herum und stellte Beine und Busen zur Schau, während der Mann seine Kunststückchen vorführte. Auf die Art kam ich bis Nashville.
Dort bekam der Mann das Mädchen satt, mit dem er schlief, ließ sich vom Hotelportier den Hauptschlüssel geben und begann, nachts in mein Zimmer zu kommen. Deshalb verschaffte ich mir eine Stellung in einem Warenhaus. Ich erzählte den Leuten, ich sei sechzehn und hätte neun Jahre die Schule besucht. Dabei konnte ich nicht einmal richtig rechnen! Ich arbeitete eine Zeitlang dort, aber damit kam ich auch nicht weiter.
Dann bot ein Mann mir an, mich nach Washington mitzunehmen. Er war ehrlich mit mir, das heißt, er sagte mir klipp und klar, was er dafür verlangte. Ich war inzwischen kein Neuling mehr und dachte mir, na schön, was ist schon dabei, ich lieg' einfach da – ja, genau wie eine Lachskonserve.
So einigte ich mich mit ihm. Ich weiß, du findest das schrecklich, aber verstehst du nicht, wie es dazu kommen konnte? Nein? Nun, es ist etwas, woran ich selbst nicht gern zurückdenke. Aber was hatte ich sonst zu bieten, was irgend jemanden hätte interessieren können? Wir leben nun mal in einer Welt, wo niemand sich an deinen Namen erinnert, wenn er bekommen hat, was er wollte.
Schön, so ging es eine Weile mit einem nach dem anderen, aber ich erkannte, daß nichts dabei für mich herauskam, und ich hatte nicht einmal Spaß daran. Schließlich begegnete ich diesem jüdischen Burschen, den ich vorhin erwähnte, und wurde seine Freundin. Dann lernte ich seinen Chef kennen; er war Kongreßabgeordneter, ein junger Mann, gar nicht so, wie man sich einen Kongreßabgeordneten vorstellt. Ich gefiel ihm, warum, das weiß ich nicht, abgesehen davon, daß ich zu der Zeit anfing, wirklich hübsch zu werden. Er suchte mir ein Zimmer, zahlte meine Miete und gab mir regelmäßig Geld für Essen, Kleidung und so weiter. Seine Bedingung war, daß ich ausschließlich für ihn dazusein hatte. Er ahnte nicht, was für eine Erleichterung das war!

Das bot mir die Chance, die ich brauchte. Jetzt hatte ich Zeit, über meine Zukunft nachzudenken. Ich richtete mir mein Zimmer wirklich hübsch und gemütlich ein. Ich ging auf die höhere Schule. Keiner konnte sich dort ein rechtes Bild von mir machen. Ich war drei, vier Jahre älter als die anderen und sehr fleißig. Ich ging nicht mit Jungens aus, und ich nahm auch keine Einladungen von den Mädchen an, weil ich sie nicht erwidern konnte. Die meiste Zeit verbrachte ich mit Lesen. Ein Buch pro Tag. Und ich unterhielt mich mit meinem Kongreßabgeordneten. Er war der erste Mensch, der mir Respekt engegenbrachte. Er lehrte mich, andere Menschen zu verstehen und mit mir selbst zu leben. Manchmal kam er nur zu mir, um seine Berichte zu schreiben und die Akten durchzusehen. Ich machte ihm etwas zu essen und saß stundenlang daneben, wenn er arbeitete.

Aber mit der Zeit geschah immer weniger im Bett. Wie gesagt, ich hatte keinen guten Start gehabt, und ich machte mir nichts aus diesen Dingen. Ich konnte mir nicht vorstellen, was so überwältigend daran sein sollte; kein Wunder, denn ich wurde nie fertig. Nun, eines Tages sagte er mir, ich hätte in körperlicher Beziehung nichts für ihn übrig, und er habe ein Mädchen gefunden, bei dem das anders sei. Nur kannte ich dieses Mädchen. Auch ihr machte es keinen Spaß. Weißt du, sehr viele Frauen spielen Theater. ›Kommst du?‹ fragt der Mann, denn sie haben in den Büchern gelesen, daß sie eigentlich warten sollen, bis die Frau auch soweit ist. Daher tut sie so, als ob, zuckt und stöhnt – und sie nennen es Liebe.

Nun, meistens ist es so, daß ein Mann, wenn er einmal Schluß gemacht hat, nichts mehr von einem wissen will. Aber mein Kongreßabgeordneter besorgte mir vorher noch einen Job als Interviewer bei einem dieser Meinungsforschungsinstitute. Er sagte mir sogar, wie man es macht. Weißt du, es gibt eine regelrechte Methode dafür. Ich merkte, daß ich mich gut dazu eignete. Außerdem reden die meisten Leute gern mit einem hübschen Mädchen. Und bald darauf entdeckte ich noch etwas anderes: daß ich imstande war, mich in einer Stellung zu behaupten. Als ich das erkannte, brauchte ich keinen Mann mehr. So ließ ich es – ob du's glaubst oder nicht – fast zwei Jahre lang vollkommen bleiben. Natürlich versuchte ich auch weiter, gut auszusehen; ein Mädchen zieht sich reizvoll an, das gehört dazu. Aber in Wirklichkeit war ich froh, nichts mehr damit zu tun zu haben. Nicht das geringste!

Nach einer Weile machte ich keine Interviews mehr, sondern stellte selbst Ermittlungen an. Auch dafür eignete ich mich gut. Ich entdeckte, daß ich einen Bericht schreiben konnte – nichts Kunstvolles, aber die Tatsachen, wie wenn man ein Telegramm aufsetzt. Mr.

Finnegan sagte mir, als ich für ihn zu arbeiten anfing, daß die meisten Menschen das sehen, was sie sehen wollen, daß ich jedoch sähe, was vorhanden sei. Darum gab er mir den Posten in seinem Büro. Und er dachte dabei auch noch an etwas anderes. Eigentlich war er ein schrecklicher Mensch mit seinem ›Ich lasse dich mit dem Rolls abholen, Kleines‹ und all dem.

Von der anderen Geschichte habe ich nie etwas gehabt, bis ich dich traf. Ich weiß nicht, warum ausgerechnet bei dir; du warst nicht anders und auch nicht besser. Vielleicht war ich zu dem Zeitpunkt gerade reif dafür. Aber vielleicht auch, weil du damals so hungrig warst. Als ich bei der Weihnachtsparty den sehnsüchtigen Ausdruck in deinen Augen sah, dachte ich mir, daß es vielleicht endlich geschehen würde.

Du glaubtest, ich hätte soviel Erfahrung, nicht wahr? Aber siehst du, in Wirklichkeit hatte ich es noch nie erlebt. Das ist der Grund, weshalb ich mir später soviel von dir gefallen ließ. Das ist der Grund, weshalb ich immer wieder zu dir zurückkam, obgleich – nun, jetzt kann ich es dir ja sagen –, es gibt etwas an dir, was ich achte, wenn ich auch immer das Gegenteil behaupte. Ich glaube, ich achte an dir, daß du in der Klemme sitzt, ohne zu wissen, wie du 'rauskommen sollst, und es zugibst. Darin bist du ehrlich. Und laß mich dir sagen, je höher hinauf ich kam – und glaub mir, ich bin bis zur gottverdammten Spitze gelangt –, um so mehr war es immer wieder dasselbe. Von unten sieht man als Frau eine Menge Dinge, die nicht in *Life* abgebildet sind.«

Als sie sich aufsetzte, fiel die Decke von ihr ab, und sie sah aus wie ein zwölfjähriger Junge. »Glaubst du, daß du mich mit demselben Maßstab messen kannst wie andere Mädchen, die richtiggehende Eltern und Familien gehabt haben?« fragte sie. »Los, sag's mir. Nein, laß es lieber bleiben! Ich will keine mildernden Umstände geltend machen. Aber eines Tages wirst du verstehen, was ich meine. Ich finde, du hättest stolz auf mich sein sollen, statt so, wie du warst. Ich habe etwas aus mir gemacht.«

Wir lagen da, und die Minuten verstrichen.

»Ich hätte viel für dich tun können«, sagte sie.

Dann, nach einer Weile: »Ich erwarte nicht, daß du sonderlich angetan bist von dem, was ich war. Aber ich will auch weder von dir noch von irgend jemand anderem verurteilt oder herabgesetzt werden. Darum reden wir besser nicht mehr davon. Ich habe ja Charles.«

Andy begann zu weinen. Sie stand auf, brachte ihn ins Bett und legte ihn zwischen uns. Es war sonderbar, wie glücklich es ihn machte, bei ihr im Bett zu sein. Es ging von ihr irgendeine mütterliche

Ausstrahlung aus, die eine unmittelbare Wirkung auf das Kind ausübte; es schlief sofort wieder ein. Ich hielt ihre Hand – wohl eine Geste der Bewunderung –, und ich wäre gern zu ihr gekommen. Aber in Anbetracht des Kindes ließ ich es bleiben. Nach einer Weile fielen wir in einen leichten Halbschlaf. Ich überlegte, daß es sie viel Mut gekostet haben mußte, mir all das zu erzählen, ohne den Bericht irgendwie zu beschönigen. Ich selbst hätte an ihrer Stelle manches ausgelassen.

Dann schlug sie die Augen auf und blickte mich an. Ihr Gesicht sah jung und unschuldig aus, sie hatte die Lippen ein wenig geöffnet, die graugrünen Augen schimmerten, und auf ihren Wangen lag eine zarte Blässe.

Jetzt blieb mir nichts anderes übrig, als mich ganz leise über das Kind hinweg zu heben und mich auf sie sinken zu lassen. Aber ich berührte sie nicht. Ich wartete, ohne mich zu bewegen, ohne nachzuhelfen. Allmählich begann sie, nach mir zu greifen, sich langsam, ganz langsam zu nehmen, wonach sie sich sehnte. Es war eine wunderbare Art, es zu tun; wir zwangen uns zur Ruhe, hielten das Verlangen zurück und wußten dennoch, was kommen würde.

Von unten drangen Geräusche herauf. Ich hörte die Stimme meines Vaters. »Der alte Mann scheint heute morgen in guter Verfassung zu sein«, flüsterte ich.

Sie küßte mich auf eine besondere Art und sagte mir damit, ich solle bei der Sache bleiben.

Ich legte die Hand unter ihren Körper und zog sie zu mir hinauf. Mit jeder Bewegung entlockte ich ihr jetzt ein Stöhnen. Ihre schlanken weißen Finger hielten mich umklammert. Sie stieß die Decke fort, hob die Beine noch höher und schlang sie um meine Taille. Dann hielt sie jäh inne. Sie starrte wie gebannt über meine Schulter. Ich drehte mich zur Seite, blickte mich um – und sah Florence.

Ein wenig hinter ihr, neben der Tür, durch die sie eben hereingekommen waren, stand Gloria.

Später erfuhr ich, daß Michael tatsächlich nach Florida gefahren war. Nachdem er eine ganze Nacht lang vergeblich in sämtlichen Motels und Pensionen nachgeforscht hatte, rief er an, um zu berichten, daß Pa und ich nicht nach Tarpon Springs gekommen seien.

Daraufhin begann Gloria, die mir mit Recht mißtraute, einen Verdacht zu schöpfen. Und dieser Verdacht hatte sie zu dem Haus am Long Island Sound geführt.

Florence blickte auf das Bett. Sie stand da und kniff die Augen zusammen, als nähme sie Maß für eine Decke.

Gloria sah uns nicht an. Ich vermute, sie hatte sich schon vorher alles eingehend betrachtet.

Einen Augenblick lang herrschte Totenstille. Keiner rührte sich. Und wenn man es sich recht überlegt, gab es auch eigentlich unter zivilisierten Menschen nichts zu sagen oder zu tun. Ich weiß nicht, was eine unzivilisierte Frau getan hätte.
Arme Florence.
Sie tat das, was ihrer Natur entsprach: Sie wandte sich um und ging hinaus. Gloria folgte ihr und schloß die Tür.
Ich empfand plötzlich eine ungeheure Erleichterung, ja sogar freudige Erregung. Was für ein Glück, das alles endlich hinter mir zu haben! Es war wie der Augenblick am Schluß jener alten Kriminalstücke, wo fünf Minuten, ehe der Vorhang fällt, alle, die den ganzen Abend über einander ausgewichen sind, auf der Bühne erscheinen und man weiß, daß es vorüber ist; es gibt kein Geheimnis mehr. Und wenn der Vorhang endgültig gefallen ist und das Licht angeht, fragt man sich, wie, um alles in der Welt, es nur so lange hat dauern können, bis es soweit war.
Ich fühlte mich wie von einer Last befreit. Ich fühlte mich buchstäblich leichter.
Und das Kind lachte. Vielleicht war es nicht das erste Mal, daß es laut auflachte, aber es war das erstemal, daß ich es hörte. Und es muß auch für Gwen etwas Neues gewesen sein, denn sie begann ebenfalls zu lachen.
»Wer war die andere?« fragte sie.
»Wie hat sie ausgesehen?«
»Wie eine untersetzte Polizistin«, sagte sie, »oder vielleicht eine Berichterstatterin für *Playboy* ...«
»Sie ist meine Schwägerin.«
Das ist keine komische Bemerkung. Aber uns warf sie um. Wir brachen in hemmungsloses Gelächter aus!
Später bei der Gerichtsverhandlung lag eine schriftliche Zeugenaussage von Gloria vor, sie hätten beim Fortgehen »lautes, obszönes Gelächter« und das Weinen eines Kindes gehört. Das Kind weinte nicht, und wir waren uns nicht bewußt, obszön zu sein. Aber wir stiegen aus dem Bett, und wir zogen uns nicht an. Es gab nichts mehr zu verbergen, und so öffneten wir die Rolläden, um Licht und Sonne hereinzulassen.
Glorias Kombiwagen fuhr davon.
Ohne es zu merken, hatten wir die ganze Zeit über im Flüsterton gesprochen; geschlossene Jalousien, so wenig Licht wie möglich, kein lautes Wort. Jetzt schien alles wieder so normal zu werden, wie wir es schon kaum mehr kannten.
Was ich mir unbewußt gewünscht hatte, war nun geschehen: Ich hatte die Brücken hinter mir abgebrochen.

Arme Florence.
Doch welche Erleichterung!
Ich rief das Delikateßgeschäft an und bestellte alles, was ich gerne esse: Würstchen, dick geschnittenen Speck, Eier; einen Puter für den Abend, dazu eine fertig zubereitete Füllung, Salbeiblätter, Kastanien, Majoran und Sherry; als Getränk zum Essen Maiwein und als Aperitif einen Daiquiricocktail mit braunem Rum und jene kleinen, geräucherten Austern – kurz, alles, was dazu gehörte. Warum sollte ich diese laufenden Konten meiner Eltern nicht ausnutzen, bis man mir den Kredit sperrte?
Der alte Mann war offenbar verwirrt von all dem Lärm und Gelächter. Er rief von unten her: »Was geht da oben vor sich?«
Wir gingen hinunter. An diesem Morgen hätte es uns nichts ausgemacht, wenn er noch so verrückt gewesen wäre. Doch er schien nicht nur vollkommen klar und normal, sondern sogar von einem neuen Lebenswillen erfüllt.
Offenbar hatte er einen Traum gehabt.
»Evangeleh«, sagte er, »komm her.«
»Ich will dir dein Frühstück machen, Pa.«
»Überlaß das den Frauen!« Er war gebieterisch, ähnelte außerordentlich seinem früheren Ich – jenem, das ich nicht mochte.
»Es ist nur eine Frau im Haus, und sie weiß in unserer Küche nicht Bescheid«, sagte ich.
»Sie wird sich schon zurechtfinden. Setz dich zu mir.«
»Ich mache das Frühstück«, sagte Gwen. »Was möchten Sie, Mr. Arness?«
»Ein paar Oliven und ein Stück Käse.«
»Wo, um alles in der Welt, soll ich Oliven und ein Stück Käse hernehmen?« flüsterte Gwen mir zu.
»Kümmre dich nicht um ihn«, erwiderte ich.
»Wie wär's mit ein paar Rühreiern, Pa?« fragte ich ihn.
»Zuviel Mühe«, sagte er. »Ich will niemandem Mühe machen.«
»Er will Eier«, sagte ich zu Gwen.
Ich setzte mich neben ihn. Anscheinend war er schon seit ein paar Stunden auf; seine Augen glänzten vor Tatendurst. Er schien wieder ganz der alte zu sein: Kategorisch, fordernd, kampflustig und ein klein wenig gehässig. Was diesen Wandel veranlaßt hatte, weiß ich nicht.
»Wie hast du geschlafen?« fragte ich.
»Ich habe überhaupt nicht geschlafen«, erwiderte er. »Ich hatte einen Traum. Einen sehr bedeutungsvollen.«
In meiner Familie sind Träume so real wie die Ereignisse der wachen Stunden und sehr viel wichtiger.

»Es waren zwei Frauen hier«, fuhr er fort. »Eine von ihnen sah aus wie deine, wie Frances ...«
»Das war kein Traum, Pa. Sie war wirklich hier.«
»Aber mein Vater«, sagte er, »war mein Vater auch hier?«
»Pa, dein Vater ist 1913 auf der Überfahrt von der Türkei nach Amerika gestorben.«
»Er war letzte Nacht hier.«
Ich gab es auf. »Was hat er gesagt?«
»Er sagte ›Seraphim, du bist nicht am Ende angelangt!‹ Und dann sagte er noch einmal im Tonfall eines griechisch-orthodoxen Priesters: ›Seraphim, du bist noch nicht am Ende angelangt. Fang wieder an, Seraphim.‹«
»Was wollte er damit sagen?«
»Er wollte sagen, ich solle wieder ein Geschäft aufmachen.«
»Oh.«
Ich war plötzlich sehr beunruhigt. Wenn dieser Irre es sich in den Kopf setzte, daß ...
»›Du kennst den Markt, Seraphim‹, sagte er, ›du kennst ihn besser als all diese Armenier und Syrier. Sie kennen die billige, einheimische Ware; aber du kennst die gute. Ich habe dich gelehrt, dir die Rückseite eines Teppichs anzusehen und danach seine Qualität zu beurteilen. Du kennst die Webart, du kennst den Farbstoff, und du kennst den Markt.‹«
»Das stimmt, Pa, so war es wirklich.« Ich versuchte, diplomatisch zu sein, aber es half mir nichts.
»Was heißt, so war es? So ist es. Ich kann mir heute noch einen Teppich von hinten ansehen und dir sagen, wo er gekauft worden ist und was er gekostet hat. Niemand kennt den Markt besser als ich.«
Er starrte mich wütend an. Seine Brauen waren steif und drohend, genau wie früher, und sein linkes Auge war blutunterlaufen.
»Ich bin noch nicht am Ende angelangt!«
»Das freut mich, Pa.«
»Alle tun, als ob irgend etwas mit mir los sei.«
»Nun, Pa, du warst ein wenig ...«
»Alle wollen sie mich begraben. Auch du siehst mich manchmal so komisch an.«
»Nun, Pa, du warst ein wenig krank.«
»Daß du mich im Krankenhaus vorgefunden hast, will noch lange nicht heißen, daß ich krank bin. Sie tun dort, als ob ich nicht gehen kann. Ich kann gehen. Nur geh' ich nicht, wohin sie wollen. Gehn Sie zum Krankenwagen, sagen sie. Warum soll ich zum Krankenwagen gehn? Ich hab' den Krankenwagen nicht gerufen. Gloria und Michael haben ihn gerufen. Den Namen deiner Mutter sprech' ich nicht aus.

Gehn Sie ins Bett, sagen sie. Ich will nicht ins Bett gehn. Ich bin noch nicht am Ende angelangt!«
Wie kann ich diesen Mann nur zum Schweigen bringen? überlegte ich mir.
»Pa, du siehst heute morgen viel besser aus.«
»Du kannst mich noch nicht begraben.«
»Warum glaubst du, daß ich dich begraben will, Pa?«
»Das werden wir bald sehen.« Er funkelte mich böse an. Ich vermute, seine Wut war gegen den Tod gerichtet. Aber irgendwie schien er mich damit in Verbindung zu bringen. Er bebte vor Zorn.
»Ich kann immer noch alles, was ich früher gekonnt habe!«
Mir blieb nichts anderes übrig, als ihn zu besänftigen.
»Das freut mich, Pa.«
»Ich hoffe, es ist dir Ernst damit.«
»Natürlich, Pa.«
»Das wird sich bald herausstellen«, sagte er.
»Was wird sich bald herausstellen?«
»Wie sehr es dich freut und so weiter!«
»Warum zweifelst du an mir, Pa?«
»Weil ich Geld von dir haben will.«
»Oh«, sagte ich.
»Ich will wieder mein Geschäft aufmachen.«
»Oh.«
Er starrte mich mißtrauisch an.
Zu meiner großen Erleichterung kam in diesem Augenblick Gwen mit den Eiern und einer Kanne Kaffee herein.
»Hast du gehört, wie diese Scheißschwestern im Krankenhaus zu mir gesagt haben: ›Sie können nicht gehen, Mr. Arness‹?«
»Pa, es ist eine Dame im Zimmer.«
»Ich bin sicher, sie hat dieses Wort schon mal gehört, stimmt's, Miss?«
Er hielt Gwen immer noch für ein Straßenmädchen.
»Ich habe es schon einmal gehört«, sagte Gwen.
»Wenn sie versuchen, einen umzubringen, kann man nicht immer höflich sein, stimmt's Miss?«
»Das finde ich auch, mein Kleiner«, sagte Gwen.
»Wie denkst du darüber?« fragte er mich.
»Nun ... nun ...«, stotterte ich.
»Nun-nun-nun?!?« sagte er, mich verhöhnend.
Auf die gleiche Art und Weise hatte er mich in meiner Kindheit drangsaliert, und ich geriet langsam in Wut. Gleichzeitig mußte ich jedoch zugeben, daß mein Vater wieder der alte geworden war.
»Was denkst du jetzt?« fragte er.

»Oh, nichts.«
»Lüg mich nicht an! Wenn du nichts sagst, denkst du dir sehr viel! Was denkst du, Evangeleh?«
»Daß du wieder der alte geworden bist.«
»Der alte Schweinehund, hm?«
»Stimmt«, sagte ich, »aber...«
Jetzt blickte er auf das Tablett, das Gwen ihm hingestellt hatte. »Ich will keine Eier«, sagte er. »Habe ich etwa Eier bestellt?«
»Pa, rede nicht so mit ihr.«
»Willst du mir vorschreiben, wie ich zu reden habe?«
Gwen versuchte, ihn zu besänftigen. »Was möchten Sie denn essen, Mr. Arness?«
»Ganz egal«, sagte er. »Ich will Ihnen keine Mühe machen.«
Dann sah er sie an, lächelte liebenswürdig und griff nach ihrer Hand. »Sie sind ein sehr hübsches kleines Mädchen. Ich wünschte, ich wäre jünger, dann würde ich Sie meinem Sohn abspenstig machen. Wissen Sie, in meinen jungen Jahren konnte ich es die ganze Nacht lang tun. Natürlich hatte ich nur seine Mutter. Aber selbst als sie mir schon gründlich über war, konnte ich es noch die ganze Nacht. Die arme Frau kam nicht zur Ruhe. Sie sah mich an und sagte: ›Seraphim! Schon wieder?‹« Er lachte und drückte ihre Hand. Dann sang er: »Den ganzen Tag, die ganze Nacht! Das war Seraphim. Arme Frau!«
Es war mir peinlich, meinen Vater über sein Geschlechtsleben mit meiner Mutter sprechen zu hören, und das wußte er.
»Er konnte es als kleiner Junge nicht ertragen, wenn ich seine Mutter tätschelte. Er zog immer meine Hand weg. Erinnerst du dich?« fragte er, an mich gewandt, »erinnerst du dich? Das hier«, er legte die Hand auf Gwens Brust, »nannte er sein Abendessen, und wenn ich es streichelte, zog er meine Hand fort. Sehen Sie, er will es wieder tun...« Er lachte schallend. »Den ganzen Tag, die ganze Nacht«, sang er.
Gwen mochte ihn. »Ich wette, Sie könnten es immer noch, Mr. Arness.«
»Machen Sie sich nicht über mich lustig, Miss. Mit der Liebe ist es aus. Das hat aufgehört, als ich fünfundvierzig war. Schluß!«
»Nun, man kann nie wissen«, meinte Gwen.
»Versuchen Sie nicht, mir etwas einzureden«, sagte er. »In dieser Beziehung bin ich erledigt. Aber nicht im Teppichgeschäft. Ich bin heute früh bis zum Wasser gegangen. Allein. Keine Krankenschwester. Keine Hilfe. Was sagen Sie dazu?«
»Das ist wundervoll, Mr. Arness«, sagte Gwen.
»Ja, es ist wundervoll! Hat er Ihnen erzählt, daß mein Vater im

Traum zu mir gekommen ist?« Er sah mich verschmitzt von der Seite an und fuhr fort: »Der Dummkopf denkt, ich kann nicht zwischen Traum und Wirklichkeit unterscheiden. Aber Träume sagen alles, glauben Sie nicht auch, Miss?«
»Ja«, sagte Gwen.
Um Himmels willen, sie pflichtete ihm jetzt in allem bei.
»Gut«, sagte er. »Nach dem Traum dachte ich, vielleicht würde ich hier jemandem begegnen, der mich nicht tot sehen will.«
»Pa«, protestierte ich, »ich will dich nicht tot sehen.«
»Das wird sich zeigen«, sagte er, »das wird sich zeigen.« Er blickte mich scharf an. »Wieviel Geld hast du?« fragte er.
Erst da wurde mir klar, worauf er hinauswollte.
»Ich weiß es nicht«, erwiderte ich ausweichend.
Er schwieg einen Augenblick, dann wandte er sich an Gwen und fragte: »Miss, haben Sie jemals gehört, daß ein erwachsener Mann nicht weiß, wieviel Geld er hat?«
»Nein«, sagte Gwen, das gemeine Frauenzimmer.
»Peh, peh, peh!« machte mein Vater. Dieses »peh, peh, peh« war ein Ton, mit dem er mich in meiner Kindheit zu verhöhnen pflegte und der jetzt, über dreißig Jahre später, immer noch imstande war, mich fuchsteufelswild zu machen. »Peh, peh, peh.«
»Wieviel Geld habt ihr?« fragte er, »du und Florence?« Er wandte sich an Gwen. »Florence ist Mrs. Arness junior, eine hochgebildete Frau; ihr Vater ist ein großes Tier, ebenfalls sehr reich.«
»Ich weiß es wirklich nicht, Pa.«
Er würdigte mich keines Blickes, sondern sprach einfach weiter zu Gwen: »Ich habe schon immer bemerkt, daß der Ton sich plötzlich ändert, wenn man auf Geld zu sprechen kommt. Finden Sie nicht auch, Miss? Wenn Sie am nächsten Morgen Ihr Geld haben wollen, wendet sich das Blatt, nicht wahr? Vorher ist's Süßes, Schätzchen, Liebling und so weiter. Hinterher: ›Ich weiß nicht, wieviel Geld ich habe.‹ Glatt gelogen!«
Ich hatte Mühe, mich zu beherrschen.
»Vorher sind's Küsse, ich liebe dich und all das, Getätschel hier und dort, Sie kennen es, Sie kennen es ... nicht wahr?«
»Ja, ich kenne es«, sagte sie, sich ihrer Rolle anpassend. »Doch so ist's nun mal im Leben.«
»Aber von seinem Sohn sollte man eigentlich etwas anderes erwarten können.«
»Ihr Sohn ist ein guter Mensch, Mr. Arness«, sagte Gwen.
»Das werden wir sehn.« Er wandte sich jetzt an mich. »Ich bitte dich nicht um eine Gefälligkeit«, sagte er. »Ich rede streng geschäftlich. Ich will ein Abkommen mit dir treffen.«

Plötzlich blickte er auf den Teller und sagte: »Die Eier sind kalt!«
»Nun . . .«, murmelte Gwen. Dann sah sie mich an. Wir wußten beide nicht, was, zum Teufel, wir darauf antworten sollten, aber er kam uns zu Hilfe.
»Schon gut«, sagte er. »Das macht nichts. Ich will Ihnen keine Mühe machen. Kommen Sie, geben Sie mir Ihre Hand; Ihre Hand ist warm, das Essen kalt. Ich drück' ein bißchen Ihre Hand, dann wird mir auch warm.« Plötzlich vergaß er das alles und begann, die Eier zu essen. »Sehr gut«, sagte er, »Rühreier« – als ob er sie eben zum erstenmal bemerkt habe. »Sehr gut!«
Dann richtete er seine Aufmerksamkeit wieder auf mich.
»Ich brauche keine Gefälligkeiten. Streng geschäftlich!« Er verschlang jetzt die Eier. »Sehr gut!« murmelte er abermals.
Ich stand zitternd da. Ich schämte mich der Macht, die dieser alte Schweinehund immer noch über mich besaß, und brachte es nicht fertig, Gwen anzusehen. Sie schien meine Verlegenheit zu spüren, denn sie kam zu mir und legte die Hand auf meinen Arm. Wir sahen zu, wie mein Vater den Kaffee probierte.
»Keine Sahne«, brummte er. »Ich möchte heiße Milch.«
»Er mag keine Sahne«, sagte ich zu Gwen. »Wärm einfach ein bißchen . . .«
»Wir haben keine Milch«, erwiderte sie.
»Und was ist das hier?« Er nahm die kleine Kanne auf und musterte sie kritisch. Dann hielt er sie an die Nase. »Was ist das?« fragte er.
»Kondensmilch«, sagte Gwen.
»Nehmen Sie das Zeug weg!« befahl er und schob Gwen die Kanne hin. »Bei uns gibt's keine Konserven.«
Doch plötzlich wurde er sanft. »Ich trink ihn ohne Milch, das macht nichts; ich will Ihnen keine Mühe machen.«
Er lächelte mir zu. »Evangeleh«, sagte er, »komm her, Evangeleh.«
Ich näherte mich ihm behutsam.
»Sehen Sie«, sagte er zu Gwen, »er weiß, was kommt, und er hat Angst vor mir. Mein eigener Sohn. Wenn man erst einmal das Wort Geld ausspricht – selbst mein eigener Sohn.«
Er zog mich hinunter und küßte mich auf die Wange. »Mach dir keine Sorgen, Geld ist nicht alles.« Dann brach er in obszönes, beklommenes Gelächter aus. »Geld ist nicht alles!«
Ich lachte auch, aber ich hatte Lust, ihn zu verprügeln.
»Peh, peh, peh«, machte der alte Mann verächtlich. »Ein Glück, daß ich von meinem ältesten Sohn kein Geld borgen will, nicht wahr?«
Ich fühlte, daß ich jeden Augenblick die Beherrschung verlieren

würde. Wieder mahnte ich mich, ruhig zu bleiben, es durchzustehen. Es konnte nicht mehr lange dauern.

»Sehen Sie«, sagte er zu Gwen, »sehen Sie, wie erschreckt er ist. Er hat geglaubt, ich sei erledigt, er hat geglaubt, ich würde ihm nicht mehr zu schaffen machen, nicht wahr? Tss! Tss!!«

»Pa«, sagte ich, »ich bin wirklich froh, daß es dir besser geht.«

»Aber die andre Sache. Darüber reden wir nicht, was?«

»Ich habe kein Geld, Pa, aber ich habe etwas Grundbesitz.«

»Du hast verdammt recht, du hast etwas, sogar mehr als etwas. Und du hast auch Geld.«

»Nein, wirklich nicht.«

»Haben Sie schon jemals so etwas erlebt, Miss? Seinen eigenen Vater anzulügen?«

»Ich glaube, er will sagen, daß er es nicht genau weiß.«

»Er ist mein Sohn, und er weiß es genau. Er hat einfach Schiß.«

Plötzlich war ich nicht bereit, es mir noch länger gefallen zu lassen.

»Wovor glaubst du, daß ich Angst habe, Pa?« fragte ich.

»Du hast Angst, daß ich dein Geld wegnehmen könnte.«

»Weshalb sollte ich das fürchten? Du kannst es mir nicht wegnehmen, weil ich keins habe. Aber selbst wenn ich es hätte, würde ich es dir nicht geben.«

»Du hast welches, und ich kann es dir wegnehmen.«

»Nein, das kannst du nicht. Wir sind nicht in der Türkei, Pa.«

»Ich kann es dir wegnehmen. Aber ich will es nicht. Ich will ein Geschäft mit dir machen«, sagte er. »Sechs Prozent. Aber du hältst mich auch für erledigt, genau wie alle anderen. Du glaubst auch, daß mein Gehirn krank ist, nicht wahr? Du glaubst, mein Gehirn funktioniert nicht mehr, stimmt's?«

Ich stand da und wußte nicht, was ich sagen sollte.

»Evangeleh«, die Stimme meines Vaters bebte vor Angst. Er tat jetzt das, was er niemals hatte tun wollen: Er flehte seinen Sohn an. »Es ist meine letzte Chance, Evangeleh. Wenn du nein sagst, bin ich erledigt, und sie haben recht, über mich zu lachen. Kein Geld, kein Gehirn! Ich werde zum Gespött. Du hast das Geld. Evangeleh ...«

Ich schwieg. Es war unmöglich, ihn zu überzeugen, daß ich nichts mehr hatte. Er glaubte mir nicht.

»Schweigen!« sagte er zu Gwen. »Jetzt ist die Zeit, zu seinem Vater zu sprechen, nicht mit Worten, ich liebe dich und so weiter, sondern mit der Tat. Aber mein Sohn sagt nichts!« Er sah mich an. »Nach allem, was ich für dich getan habe! Glaubst du, diese gottverdammten Armenier und Juden schicken ihre Söhne aufs College, glaubst du das?«

»Ich glaube, ich habe mir mein Studium selbst verdient, Pa.«
»Und wer hat dir gesagt, du sollst studieren?«
»Mutter hat es mir gesagt.«
»Erwähne hier nicht den Namen dieser Frau!« schrie mein Vater.
»Und du hast alles getan, was du konntest, um es zu verhindern.«
Gwen zog mich am Arm.
Er wandte sich an sie. »Ich hab' dieser Frau die Erlaubnis gegeben! Wenn er gehn will, sagte ich, laß ihn gehn. Glaubst du, sie hätte dich gehen lassen, wenn ich nein gesagt hätte? Glaubst du? Ich hab' nur gebeten, sag deinem Sohn, er soll etwas Nützliches lernen, keine Zeit vergeuden wie die amerikanischen Jungen, mit all dem Blödsinn von Shakespeare, mit all den Büchern über Liebe und so weiter, die seine Mutter ihm gegeben hat!«
»Mutter hatte nichts damit zu tun, daß...«
»Ich sehe, du nimmst ihre Partei.«
»Natürlich nehme ich ihre Partei.«
»'raus mit dir!« brüllte er. »Verlasse sofort dieses Haus!«
»Schhhhh«, machte Gwen.
»Bitte, Miss, kommen Sie mir nicht mit Schhhhh. Dies ist mein Haus...«
»Du hast mir nicht einmal einen Anzug fürs College gekauft«, sagte ich.
»Und wer hat dir den Anzug gekauft?«
»Mutter hat ihn gekauft, wer sonst wohl?«
»Und was glaubst du, woher sie das Geld dazu genommen hat? Hatte sie es sich verdient? Sie hat es aus meiner Tasche gestohlen, sie hat es aus der Haushaltskasse gestohlen, und sie hat geglaubt, ich wüßte es nicht. Ich verliere das Geschäft, für das ich mein Leben lang gearbeitet habe, und sie stiehlt mir Geld, um es meinem nichtsnutzigen Sohn zu schicken, der sich geweigert hat, ins Geschäft einzutreten und seinem Vater zu helfen, als er ihn brauchte. Erinnerst du dich, wie die National City Bank mich ruiniert hat und ich dir eines Tages sagte: ›Geh vom College ab und hilf deinem Vater, der sich in großen Schwierigkeiten befindet‹? Und was hast du gesagt... hm? Erinnerst du dich?«
»Ja, ich erinnere mich. Ich sagte nein.«
»Richtig. Du sagtest nein! Aber du bist meinem Weg gefolgt, nicht ihrem. Du verkaufst deine Waren zu einem guten Preis, genau wie dein Vater, und du hast ein reiches Mädchen geheiratet, wie dein Vater es dir geraten hat. Du hast das Blut eines Kaufmanns in den Adern, du hast deinen Verstand von mir geerbt!«
Er war heiser vor Zorn, sein Gesicht war gerötet, sein linkes Auge vollkommen blutunterlaufen. Aber daran erinnerte ich mich erst

hinterher. In jenem Augenblick hatte ich jede Beherrschung verloren.
»Ich bin nicht wie du«, sagte ich, »und ich will auch nicht so sein wie du. Ich bin trotz deiner etwas geworden, trotz deiner ...«
Gwen rüttelte mich am Arm und versuchte, mich fortzuziehen.
»Und komm mir nicht mehr damit, was du angeblich für mich getan hast, nie mehr, du niederträchtiger und selbstsüchtiger alter Mann; ich bin nicht wie du, du gehässiger und gemeiner ...«
Gwen zerrte mich aus dem Zimmer. Wir gingen zum Ufer.
Der Long Island Sound ist ein lebloses Gewässer. Er plätscherte gegen die Kieselsteine wie ein Hund, der die Schuhe seines Herrn leckt. Ich zitterte. »O Gott, was habe ich getan?« sagte ich. »Es tut mir leid, es tut mir leid.«
»Komm, laß uns hinausrudern«, schlug Gwen vor.
Wir stiegen in das Boot, das am Ufer lag. Es war lange Zeit nicht mehr im Wasser gewesen, die Bretter waren ausgetrocknet, und es begann zu lecken. Auf dem Anlegesteg lag eine alte Kaffeebüchse, und Gwen schöpfte das Wasser aus, während ich ruderte.
Wir fuhren um die Landspitze herum und weit hinaus bis zu den Felsen, die gleiche Strecke, die ich als Kind so oft gerudert war. Ich machte außer Sichtweite des alten Hauses halt und beugte mich vor, um die Büchse zu nehmen und Gwen eine Ruhepause zu gönnen. Dabei gab sie mir den liebevollsten Kuß, den ich wohl je von einer Frau bekommen habe – sanft und treu. Ich vermute, sie spürte, daß ich sehr unglücklich war. Ich hatte etwas verdammt Törichtes getan, das nicht verstanden, nur verziehen werden konnte.
»Was ist bloß in mich gefahren?« fragte ich. »Ich hatte geglaubt, über all das hinweg zu sein. Um Himmels willen, wie konnte ich nur! Wie habe ich ihn genannt?«
»Niederträchtig oder so ähnlich, egoistisch – laß gut sein«, sagte sie.
»O Gott, ich wußte nicht, daß ich immer noch so empfinde.«
»Du solltest lieber ein bißchen schneller schöpfen«, sagte sie, »sonst müssen wir schwimmen.«
»Laß uns umkehren.«
»Ich würde mir an deiner Stelle keine Sorgen machen.«
»Ich geh zurück und sage ihm, daß es mir leid tut.«
Ich gab ihr die Büchse, nahm die Ruder zur Hand und holte kräftig aus. »Es ist nicht zu ändern«, sagte ich, »ich habe den alten Kerl wieder im Stich gelassen.«
»Hör zu, es blieb dir kaum etwas andres übrig. Er hat es dir ganz schön gegeben«, sagte Gwen.
Ich ruderte schweigend.

»Es muß für dich als Kind verdammt schwer gewesen sein, so einen Mann zum Vater zu haben«, sagte sie.
»Sie werden dazu erzogen, so zu sein«, erwiderte ich. »Er kennt es nicht anders.«
»Sei nicht so christlich«, sagte Gwen.
»Das ist die Tradition, in der er groß geworden ist. Was konnte er anderes erwarten, als daß sein Sohn in seine Fußstapfen treten würde? Und ihm zu Hilfe kommen würde, wenn er sich in Schwierigkeiten befand?« Ich ruderte schneller.
Als wir die Landspitze umfuhren, bot sich uns in der Ferne ein Bild, das wie eine Szene aus einem Stummfilm anmutete.
Vor dem Haus stand Glorias Kombiwagen und neben ihm ein Krankenwärter in weißer Jacke und Hose. Gloria und Florence führten meinen Vater die Stufen hinunter zum Wagen.
Der alte Mann protestierte und widersetzte sich. Und da geschah es.
Er riß sich von Florence los. Dann stieß er unter Aufbietung all seiner Kräfte Gloria mit beiden Händen fort. Während er sie fortstieß, stieß er sich selbst zurück. Und soweit ich aus der Entfernung erkennen konnte – wir waren noch etwa 400 Meter vom Land –, knickte er mit einem Fuß um und stürzte zu Boden.
Der Krankenpfleger, der im Hintergrund gestanden hatte, eilte jetzt herbei, hob den alten Mann auf und trug ihn zum Wagen.
Mein Vater leistete dem Pfleger keinen Widerstand. Er schien sich sogar an ihm festzuhalten.
Wir waren zu weit entfernt, um zu erkennen, daß der alte Mann sich bei seinem Sturz die Hüfte gebrochen hatte.
Doch gerade ehe der Wärter meinen Vater auf den Rücksitz des Kombiwagens hob, hörten wir den Alten rufen: »Evangeleh! Evangeleh!« Es war bei der Entfernung nur ein schwacher Schrei, doch er war unverkennbar.
Dann stiegen sie ein, der Krankenpfleger hinten neben meinem Vater, Gloria und Florence vorne. Und der Wagen fuhrt fort.
Ich ruderte auf das Haus zu.
Es war jedoch zu spät, um noch irgend etwas zu tun, und so beeilte ich mich nicht.
»Schau, da kommt Charles«, sagte Gwen.
Als Glorias Wagen fortfuhr, hielt Charles' Kombi vor dem Haus. Ich glaube, Gwen verließ mich an diesem Tag sehr ungern.
Sie legte das Kind trocken, und während sie ihm die kleinen Gummihöschen anzog, sagte sie, ohne aufzublicken: »Chet glaubt, Andy sei dein Sohn. Doch er ist von ihm. Ich werde es ihm nie sagen. Aber ich dachte mir, wenn ich es dir sage, wirst du einsehen, daß dies für alle Beteiligten die beste Lösung ist.«

Ich begleitete sie nicht zum Wagen. Als sie fortging, nickte ich ihr zu, und das war's.
Ich saß auf der vorderen Veranda. Es war vollkommen still. Vom Ufer her drang der Duft der Akazien zu mir herauf.
Am Nachmittag kam ein Junge aus dem Lebensmittelgeschäft mit meiner Bestellung.
Ich verbrachte die Nacht allein in dem alten Haus.

21

Der einzige Laut, der die Stille durchbrach, war das leichte Scheuern der Zweige an den Seitenwänden des Hauses und auf dem Dach der Veranda. Nein, es gab auch noch andere Geräusche: das Wasser, das gegen die Kieselsteine plätscherte, ein paar trockene Blätter, die vor dem Winde trieben, das Bellen eines Hundes.
Seit meiner Kindheit hatte ich nicht mehr so bis zum späten Morgen im Bett gelegen, ohne das zwingende Gefühl, aufstehen und etwas tun zu müssen.
Die Brise, die von der Meeresbucht herüberkam, war ein kühler Hauch, leicht wie eine Flötenmelodie. Ich warf die Decke ab, lag nackt da und ließ sie über mich streichen.
Das Telefon klingelte. Ich kümmerte mich nicht darum. Meine Einstellung zu ihm hatte sich grundlegend gewandelt: Ich überlegte mir nicht: Wer will mit mir sprechen? Ich fragte mich: Mit wem will ich sprechen? Es klingelte wieder. Ich reagierte nicht.
Von da ab klingelte es den ganzen Morgen über alle fünfzehn Minuten.
Ich holte mir die lange Havanna, die Mr. Finnegan mir in die Brusttasche gesteckt hatte, als ich in seinen Rolls-Royce stieg – wann war das gewesen? Gestern? Ich zündete sie an. Dann ging ich ins Bad.
An der einen Wand des großen, altmodischen Badezimmers hing ein reich verzierter Spiegel. Wenn ich mich recht entsinne, hatte er in der Suite meines Onkels Joe im St. Moritz gehangen. Doch er paßte nicht zum Stil der Einrichtung, als Joe, der damals auf dem Höhepunkt seines beruflichen Erfolges stand, in den Ritz Tower zog. So hatte mein Vater den Spiegel nach Hause gebracht. Die Umrandung hätte von einem Zuckerbäcker gefertigt sein können. Als Rahmen für das Spiegelbild eines nackten Ziegfeld-Girls muß sie wunderbar gewirkt haben.
Ich war ihr jedoch nicht ganz gewachsen.
Ich stand regungslos da und blickte auf mein nacktes Ich. Seit dem

Tage, an dem ich die ersten Spuren des Schamhaars entdeckte, war ich mir meines Körpers nicht mehr so bewußt gewesen. Es war nicht zu leugnen, ich hatte einen Spitzbauch. Und er war nicht einmal klein, sondern recht ansehnlich! Mein Kopf ragte zwischen den Schultern hervor, und ich war nicht sicher, daß der Winkel dem von der Natur beabsichtigten entsprach.
Zweifellos waren Kleider wichtig für mich. Ohne sie sah ich nicht sehr präsentabel aus.
Während sich so dastand, wurde mir klar, daß ich es seit Jahren vermieden hatte, in den Spiegel zu blicken. Es hatte das Leben leichter gemacht.
Ich zog einen Stuhl heran und setzte mich so, daß ich mein Bild unmittelbar vor Augen hatte. Und dabei überlegte ich mir: Wofür, um Himmels willen, all diese Anstrengungen, all die hysterischen Anfälle, die Versuche, mich umzubringen, die Verzweiflung und die Schreie in der Nacht, all die Selbstbeschuldigungen und die leidenschaftlichen Gefühlsausbrüche, all jener Blitz und Donner? Für das, was mir aus dem Spiegel entgegenblickte?
Ich verstand, weshalb Kleidung so notwendig ist. Nicht, um den Körper vor den Unbilden der Witterung zu schützen, sondern um ihn dem prüfenden Blick anderer Menschen zu entziehen. Angezogen machte ich einen viel wirkungsvolleren und überzeugenderen Eindruck. Ich erinnerte mich, daß es eine Zeit gegeben hatte, zu der ich durch mein bloßes Erscheinen ein Zimmer voller verängstigter Kunden zur Ruhe bringen konnte. Bestimmt hätte ich das in nacktem Zustand – selbst mit Mr. Finnegans Zigarre im Mund – nicht zuwege gebracht.
In erster Linie hätten sie sofort gesehen, daß ich nicht einen roten Heller bei mir hatte. Ich stand auf, um mich zu vergewissern, wieviel Geld ich noch besaß. Doch dann schien es mir zu mühselig, ins Schlafzimmer zu gehen und meine Hosentaschen auszuleeren. Außerdem würde das Resultat bedrückend sein. Lieber gar nicht erst nachsehen. Ich würde mich noch früh genug mit den Tatsachen auseinandersetzen müssen. Außerdem wollte ich mich nicht von meinem Spiegelbild trennen. Ich war fasziniert von mir selbst.
Wenn der Augenblick kommt, wo ich mich anziehen muß, fragte ich mich, wie soll ich mich kleiden?
Wenn alle Kleidung der Ausdruck dessen ist, was sich unter ihr verbirgt, wozu sollte ich mich öffentlich bekennen? Was war ich jetzt? Zuverlässig? O nein. Ein Intellektueller? Auch nicht. Ein Liebhaber? Ich bezweifle, daß ich jemals im Leben irgend jemand wirklich geliebt habe. Vertrauenswürdig? Keineswegs: Niemand konnte mehr darauf vertrauen, daß ich irgend etwas tun würde, abgesehen von

dem, was ich tun wollte. Ein Freund der Menschheit? Wohl kaum; ich stand so ziemlich jedem Menschen feindlich gegenüber. Der unentbehrliche Eddie? Daß ich nicht lache! Der ehrliche Eddie? Mehr oder weniger. Ein Mensch, der andere brauchte? Ich war gleichgültig und egoistisch. Sollte ich Kleider tragen, die sagten, komm, bleibe bei mir, ich brauche Gesellschaft? Nein, im Gegenteil! Ich zog es vor, allein zu sein. Wie sollte ich mich kleiden, um das auszudrücken? In Wirklichkeit wollte ich überhaupt nichts anziehen. Ich wollte niemanden beeindrucken und auch niemanden sehen. Ich war wieder am Ausgangspunkt angelangt – nackt und allein, wie ich zur Welt gekommen war. Ich hatte mich von allem gelöst, war völlig ungebunden. In diesem Augenblick hatte ich nicht die leiseste Ahnung, welcher Tag der Woche und welche Stunde des Tages es war. Oder wer sich wo befand.

Doch irgendwo mußte irgend jemand auf sein, denn das Telefon klingelte immer wieder in regelmäßigen Abständen.

Ich hatte das ganze Gefüge meines alten Lebens niedergerissen. Nun war die Frage, was hatte ich an seine Stelle zu setzen? Ich tat nichts mehr, was ich nicht tun wollte. Aber was wollte ich tun?

Mir fiel ein, daß ich überhaupt nichts zu tun brauchte. Ich konnte einfach existieren. Solange es währte.

Wie lange konnte es währen?

Ich hatte etwas Geld, meines Vaters Dach über dem Kopf und vielleicht ein weiteres Dach in Los Angeles; kein Bankkonto, aber eine kleine Versicherung, obgleich diese auf Ellens Namen lief. Ich würde also vorläufig nicht auf der Straße sitzen.

Ein Freund von mir pflegte immer über die Probleme der zartbesaiteten Seelen des Mittelstands zu spotten. Er sagte, er brächte kein Verständnis oder Mitgefühl für die Schwierigkeiten eines Menschen auf, der jederzeit Arbeit finden könne. Die einzigen, die Anteilnahme verdienten, seien die Bewohner der unterentwickelten und verarmten Länder – wie zum Beispiel Indien –, die ein kümmerliches Dasein fristeten und nicht genug zu essen hätten.

Doch mir schien, daß es auch noch andere Arten des Verhungerns gab. Tausende von Menschen fingen an, das zu erkennen, und Millionen würden es noch erfahren. Es gab andere Krankheiten als diejenigen, die von körperlicher Unterernährung verursacht werden. Man konnte nicht durch die Straßen unserer Städte gehen, sich die Gesichter ansehen und behaupten, diese Menschen hätten keine Probleme. Doch man hatte sie geheimgehalten, hatte sich geweigert, sie gelten zu lassen. Es war den Menschen peinlich, sie einzugestehen. Aber sie waren vorhanden.

Trotzdem hatte mein Freund in anderer Hinsicht recht mit dem,

was er sagte. Ich konnte mir dieses Problem »leisten«. Es gehörten gewisse Mittel dazu, so spärlich sie auch sein mochten. Zwar besaß ich kein Bargeld, aber ich hatte doch zumindest ein Dach über dem Kopf, einen gewissen Kredit, eine kleine Versicherung und...
Ich sollte lieber den Kühlschrank füllen, solange man mir noch Kredit gewährt, überlegte ich mir. Dann bleibe ich einfach hier, lasse nur noch den Jungen herein, der die Lebensmittel bringt, und danach schließe ich mich ein.
Was die Frage der Kleidung betraf, dieses Problem konnte ich getrost aufschieben. Ich brauchte keine Kleidung, um den Delikateßhändler anzurufen. Das Telefon klingelte abermals. Ich wartete, bis es aufhörte. Dann nahm ich den Hörer auf und rief das Lebensmittelgeschäft an.
Meine Eltern waren drei Jahrzehnte hindurch Kunden dieses Ladens gewesen. Der Besitzer war ein Mann namens Embrostelis, ein Grieche von der Insel Lesbos. Er war vor ein paar Jahren in seine Heimat zurückgekehrt und lebte dort von seiner Altersrente und seinem Gewinnanteil an dem Geschäft, das jetzt von seinem Sohn geführt wurde.
Mein Vater und Mr. Embrostelis waren große Freunde gewesen. Der junge Tom Embrostelis (Tom? Thodoros!) war ein herzloser Mensch. Er unterrichtete mich in dem scherzhaften Ton des energischen und erfolgreichen Amerikaners der zweiten Generation, daß er gerade eben den Bescheid erhalten habe, daß das laufende Konto abgeschlossen sei und die Familie für meine Schulden nicht aufkommen werde.
Er fand das offenbar sehr komisch.
»Wer, zum Teufel, hat das gesagt, Tom?«
»Ihre Frau. Sie rief im Auftrag Ihrer Mutter an.«
»Ist meine Mutter selbst an den Apparat gekommen?«
»Nein. Ihre Frau sprach in ihrem Namen.«
»Verdammt noch mal, Tom, was...«
»Hören Sie zu, Eddie, ich wäre von selbst nie auf die Idee gekommen, aber daraufhin habe ich mir Ihre Rechnung angesehen, und sie beläuft sich auf über hundert Dollar. Normalerweise würde mir das nichts ausmachen, doch Sie müssen verstehen, wir sind auch Geschäftsleute... und... na schön, Eddie, sagen Sie mir, was Sie haben wollen, und ich schicke es Ihnen. Aber ich wünschte, Sie würden diese Rechnung bezahlen.«
»Nun, Tom, wir haben doch immer... zum Teufel, Tom!«
»Sagen Sie mir, was Sie haben wollen«, erwiderte er.
Ich gab meine Bestellung auf. Aber sie war viel kleiner als geplant. Sie füllte nicht den Kühlschrank und auch nicht die Regale. Ich war

für etwa drei Tage versorgt. Das war Toms Methode, die Rechnung abzuschließen.
Ich hängte ein und wanderte im Haus umher.
Es zeugte in all seinen Einzelheiten von der Lebensweise meines Vaters. Hätte man es in eine Kapsel einschließen und aufbewahren können, so hätte es den späteren Generationen ein anschauliches Bild von dem Leben der Menschen vom Schlage meines Vaters vermittelt.
Das Wohnzimmer eignete sich besonders gut dafür. Ein paar Familienbilder waren das einzig Persönliche im ganzen Raum. Das interessanteste von ihnen war eine Fotografie, die 1927, im Jahr des größten Wohlstands meines Vaters, aufgenommen worden war. Sie entsprach vollkommen dem Brauch jener bedingungslosen Zeit. Mein Vater saß. Meine Mutter stand. Ich stand an seiner anderen Seite, die Hand auf seine Schulter gelegt. Diese Geste besagte: »Keine Sorge, Pa, du kannst sicher sein, daß ich für dich sorgen werde, wenn du alt wirst. Inzwischen vielen Dank für alles, was du für mich getan hast. Dein liebender Sohn Evangeleh.« Michael stand als Zweitgeborener ein Stück weiter hinten. Den Hintergrund bildete ein nicht vorhandener Park. Die Kopie war rosa getönt.
Dieses Bild stand auf einem riesigen Flügel. Weder mein Vater noch meine Mutter konnten auch nur eine Note spielen. Ich glaube, das Instrument wurde kaum einmal im Jahr geöffnet.
Später, auf dem College, entdeckte ich, daß es Spaß macht, auf einem Klavier herumzuklimpern. Während die anderen sich draußen sportlich betätigten, saß ich im Saal des Studentenheims und erfand Variationen über ein einziges schwermütiges Thema nahöstlicher Musik. Ich spielte es ein ums andere Mal, schweifte ab, kehrte zurück und wurde immer lauter, bis irgend jemand sich beschwerte.
Florence, die zwar Klavierstunden genommen hatte, aber keinerlei Musik außer der eines intellektuellen Gesprächs zu schätzen wußte, hatte nichtsdestoweniger darauf bestanden, in unserem Haus in Kalifornien einen Flügel zu haben. Auch darauf pflegte ich zu improvisieren. Florence ärgerte sich über mein Spiel. Sie sagte, es sei erfüllt von Schwermut und ohnmächtiger Sehnsucht. Ich hätte zwar vielerlei Talente, doch Musikstücke zu komponieren sei nicht meine Stärke. So spielte ich nach Möglichkeit, wenn sie nicht zu Hause war. Ich entsinne mich, daß sie mehrmals in den Garten stürmte oder sogar mit ihrem Wagen davonsauste, um, wie sie es ausdrückte, der aggressiven Trübsal meines autohypnotischen musikalischen Narzißmus zu entgehen. Ich muß gestehen, daß ich manchmal, wenn ich wütend auf sie war, nur spielte, um sie aus ihrer gottverdammten Gemütsruhe zu bringen.

Ich öffnete den Deckel des Flügels. Er war schrecklich verstimmt. Aber das entsprach meiner eigenen Verfassung. Ich saß da und spielte meine beiden heißen Melodien, wieder und wieder, lauter, lauter und immer lauter. Das Telefon klingelte.

Mit wem möchte ich sprechen? fragte ich mich. Damit war der Fall erledigt.

Ich wollte gern meinen Vater sehen und mildern, was sich zwischen uns zugetragen hatte. Daher spielte ich eine Weile für ihn. Er hätte mich für verrückt gehalten, wenn er mich gesehen hätte, wie ich nackt, mit der Zigarre im Mund dasaß und dieses wilde Zeug spielte. Aber er hätte die Sprache der nahöstlichen Musik verstanden.

Ich spielte für meine Mutter, die so völlig allein war und sich nicht einmal durch einen Streit Erleichterung verschaffen konnte.

Ich spielte für Ellen und all die schmerzlichen Entdeckungen, die sie machen würde.

Ich spielte für Florence, verstrickt im Netz ihrer Imperative, außerstande, die Dinge von einem anderen als dem einzig denkbaren Gesichtspunkt aus zu betrachten.

Für Michael, der immer noch erwartungsvoll in Tarpon Springs hockte, kalifornische Makrelen aß und sich dabei mit Menschen unterhielt, die verstanden hätten, was ich spielte.

»Geben wir es zu, Ev, Liebling, du hast einfach kein Gehör.«

Sie hatte recht. Ich schlug stärker auf die Tasten.

Ich spielte für das gesamte gottverdammte Personal von Williams and MacElroy, das immer noch dort in der Ferne zwischen seinen Sprechapparaten saß.

Ich spielte für Gwen, die jetzt verheiratet war. Nein, noch nicht. Es dauerte drei Tage, überlegte ich mir. Na ja, jedenfalls für Gwen.

Die nahöstlichen Melodien waren voll von Zynismus und Mitgefühl.

Ich spielte für den kleinen Andy.

Aber nicht für seinen Vater.

Ich spielte für Charles.

Jetzt wurde ich wirklich lautstark.

Irgend jemand hämmerte an die Tür.

Wahrscheinlich ein Nachbar, der sich beschwerte.

Ich wünschte, ich hätte eine Pistole.

Soll er hämmern!

Wenn ich ganz und gar fertig war, würde ich das Haus niederbrennen; dann hätten sie wirklich Grund zur Beschwerde. Übrigens gar keine schlechte Idee! Ich hatte nicht den Mut, es zu tun, aber genau das sollte ich eigentlich als nächstes tun, dachte ich mir. Dieses Überbleibsel aus alten Zeiten verdiente es nicht, als Andenken bewahrt zu werden. Ein Museum in Flammen.

Ich holte tief Atem, warf den Kopf zurück, um mich von dem Druck zu befreien, der auf mir lastete, und fiel wieder über das verstimmte, mißtönende Klavier her. Ich schlug auf die Tasten, als könne ich damit mein Leben zertrümmern.

Ich spürte, daß mich jemand durchs Fenster beobachtete.

Ein murrender Nachbar? Zum Teufel mit ihm!

Doch dann erkannte ich, daß es kein Nachbar war. Es war Arthur Houghton. Er sah mich an, als sei ich ein exotischer Neuankömmling im Vogelkäfig des Zoos.

»Was, zum Teufel, tust du da, Edward?« fragte er durch das Fenster.

In seinem Tonfall lag wie immer ein Anflug von nachsichtiger Belustigung. Er war äußerst geübt darin, seine Mitmenschen gönnerhaft zu behandeln.

Arthur Houghton, unser Familienanwalt, nannte mich stets Edward. Er war der einzige, der mich so anredete. Und er war auch der einzige Mensch, der, wenn er mich einem Fremden vorstellte, früher oder später die erklärende Bemerkung fallenließ, daß wir beide das gleiche College besucht hatten. Ich hatte immer das Gefühl, daß dies eine Art Entschuldigung für meine Gegenwart war. Als ich zu studieren anfing, war Arthur Houghton bereits im letzten Semester. Er war Mitglied jeder nur erdenklichen Vereinigung gewesen. Und seine Kommilitonen hatten ausnahmsweise recht gehabt, als sie ihn zum »Studenten mit den besten Erfolgsaussichten« wählten. Tatsächlich konnte man es schwerlich eine Prophezeiung nennen. Alle Welt wußte, daß Arthur direkt von der Universität aus in die Anwaltsfirma von Florences Onkel – dem Bruder unseres Rektors – eintreten würde. Arthur war von Anfang an zum Erfolg bestimmt. Der arme Kerl hatte nie eine Chance gehabt.

Aus vielerlei schwer definierbaren Gründen waren wir Freunde. Ich vermute, der Hauptgrund meinerseits war, daß Arthur – mehr als jeder andere – mir ein Gefühl der »Zugehörigkeit« gab, nämlich der Zugehörigkeit zu den sogenannten maßgebenden Kreisen. Daher schätzte ich ihn, und wenn ich an jenem Tag überhaupt den Wunsch gehabt hätte, jemanden zu sehen, so wäre es noch am ehesten Arthur gewesen.

Aber ich wollte wirklich niemanden sehen. Ich wußte, daß das, was ich an diesem Tag beschloß und am nächsten unternahm, mein Schicksal entscheiden würde. Ich hatte die Absicht, gewisse verzweifelte Dinge zu tun. Nachdem ich einen Vorgeschmack meiner neuen Freiheit bekommen hatte, wollte ich sie ganz und gar. So hatte ich mich auf einen Tag des Alleinseins, des völligen Alleinseins gefreut. Und ich war entschlossen, ihn mir zu verschaffen.

Arthur stand immer noch am Fenster und starrte mich an.
»Eine kleine Originalkomposition von dir?« fragte er.
»Nur ein anatolischer Schlachtgesang«, erwiderte ich, »um der gegenwärtigen Notlage zu begegnen.«
Mein Gott, ich wollte nicht gestört werden!
Dann überlegte ich mir: Warum sollte ich mich stören lassen?
Schließlich hatte ich ihn ja nicht gebeten hierherzukommen.
Ich ging zur Fliegentür und schob den Riegel vor. Doch gleich darauf bereute ich es. Es wäre mir lieber gewesen, ihn ohne solch einen Affront fortschicken zu können. Aber ich wußte nicht, wie ich es anstellen sollte, und dies war besser als nichts.
Arthur ging die Veranda entlang, kam zur Fliegengittertür und sah mich an.
»Was willst du?« fragte ich.
»Bittest du mich nicht herein?«
»Ich glaube nicht.«
»Ich möchte mich ein paar Minuten mit dir unterhalten.«
»Dazu mußt du dich vorher anmelden.«
»Komm, Edward, laß den Blödsinn.«
»Was mir an eurer Yankeetradition immer am besten gefallen hat, Arthur, ist die Tatsache, daß sie den unangemeldeten Besuch mißbilligt.«
»Hat meine Sekretärin nicht mit dir gesprochen?«
»Nein, das hat sie nicht getan.«
»Ich habe ihr gesagt, sie soll dich alle fünfzehn Minuten anrufen, bis sie dich erreicht.«
»Ich bin nicht ans Telefon gegangen.«
»Los, Edward, zieh dir etwas an und komm heraus. Es ist ein herrlicher Tag.«
»Was willst du?«
»Mein Gott, Edward, ich will mit dir reden.«
»Arthur, hör zu, ich muß heute einfach allein sein.«
»Sei vernünftig, Edward. Die ganze Geschichte wird allmählich äußerst ernst. Schließlich bin ich nicht nur dein Freund; ich bin auch dein Anwalt. Und als dein Anwalt muß ich dir jetzt sagen, daß du es bitter nötig hast, dich beraten zu lassen.«
Ich erwiderte nichts.
»Edward, ich bin dein Freund; ich bin hier, um dir zu helfen.«
»Wenn du mein Freund bist, Arthur, tu etwas Freundschaftliches.«
»Und zwar?«
»Laß mich in Ruhe. In ein paar Tagen bin ich bereit, mit dir zu sprechen.«
»In ein paar Tagen ist es zu spät. Die Dinge sind schon zu weit vor-

geschritten. Und jetzt benimm dich gefälligst wie ein zivilisierter Mensch und mach die Tür auf.«
Ich schwieg.
»Darf ich dir ein Beispiel nennen?«
»Ja«, sagte ich.
»Nun, dann laß mich hinein. Und zieh dir etwas an. Ich kann nicht ernsthaft mit dir reden, wenn du splitternackt bist.«
»Willst du mich bitte entschuldigen?« sagte ich und griff nach der Tür, um sie zu schließen.
»Nein, das werde ich ganz bestimmt nicht tun!« Er zog an der Fliegengittertür; offensichtlich hatte er nicht erwartet, daß sie verriegelt sei. »Edward, ich habe eine ganze Reihe von Besprechungen abgesagt, um hierherzukommen und mit dir zu reden. Im Namen unserer Freundschaft, die schließlich seit über zwanzig Jahren besteht, wie kannst du meiner Sorge um dich mit solcher Unhöflichkeit begegnen?«
»Es tut mir leid, Arthur«, sagte ich, »aber ich bin einfach nicht in Stimmung.«
»Ach Quatsch! Das ist der reinste Unsinn! Na schön, dann werden wir uns eben durch die Tür unterhalten.«
Er zog einen alten weißen Stuhl an die Fliegengittertür. Ich stand regungslos auf der anderen Seite.
»Bist du dir eigentlich im klaren über die Konsequenzen, die äußerst schwerwiegenden Konsequenzen deines jüngsten Verhaltens?« fragte er.
»Zum Beispiel?«
»Zum Beispiel – und ich versichre dir, dies ist nur ein ganz nebensächliches Beispiel – hast du versucht, heute einen Scheck einzulösen?«
»Nein.«
»Nun, versuche es.«
»Was willst du damit sagen?«
»Ich will damit sagen, daß Florence gewisse Maßnahmen bezüglich eures gemeinsamen Kontos getroffen hat. Du hast keinen Zugang zu den bei der Bank deponierten Geldern.«
»Gut«, sagte ich, »dann beauftrage ich dich als meinen Anwalt, ihr das durch eine gerichtliche Verfügung zu untersagen oder sie auf irgendeine andre legale Art an dieser Handlungsweise zu hindern.«
»Nun«, fragte Arthur, »kann ich jetzt hereinkommen?«
»Bitte geh und tu, was ich dir gesagt habe.«
»Edward, noch fünf Sekunden, und ich mache diese Tür mit einem Fußtritt kaputt, komme herein und verabreiche dir eine Tracht Prügel.«

»Ich würde dir raten, das nicht zu tun.«
»Edward«, sagte er, »das war ein Scherz. Was hast du nur? Du bist überhaupt nicht wiederzuerkennen – Oh –«, unterbrach er sich, »oh, ich verstehe!«
»Was verstehst du?«
»Du hast Besuch. Ist sie hier?«
»Das geht dich nichts an.«
»Ich habe nichts dagegen, in ihrer Gegenwart mit dir zu sprechen.«
»Vermutlich würdest du es sogar vorziehen. Aber, Arthur, ich habe ein Privatleben; dies gehört zu meinem Privatleben, und du bist mein Anwalt, stehst in meinen Diensten.«
»Ist das Kind auch hier?«
»Welches Kind?« Ich wollte sehen, wieviel er wußte.
»Dein Kind. Dein Kind mit ihr.«
Wer, zum Teufel, konnte ihm das erzählt haben?
»Das hattest du nicht erwartet, nicht wahr, Edward?« fragte er.
Ich erwiderte nichts.
»Kann ich jetzt hereinkommen?«
»Nein.«
»Und zu deiner Orientierung, ich weiß noch vieles andere, was dieses Verhältnis betrifft.«
»Woher?«
»Wie erfährt man heutzutage solche Dinge, Edward? Florence hat jemanden beauftragt, Nachforschungen über diese junge Dame anzustellen.«
»Einen Spitzel?«
»Einen Detektiv.«
»Nun, das ist . . . das ist . . .«
»Unerhört«, ergänzte er, »und trotzdem ist es ihr gutes Recht.«
»Hast du ihr dazu geraten?«
»Es war nicht meine Idee«, sagte er, »aber offen gestanden, als sie mich vor ein paar Wochen fragte, was ich davon halte, habe ich nicht versucht, es ihr auszureden.«
»Bist du mein Anwalt oder ihrer, Arthur?«
»Ich bin der Anwalt deiner Familie.«
»Berechtigt dich das, deine Nase zwischen meine Bettlaken zu stekken?«
»Es ist nicht die begehrenswerteste Aufgabe, die ich in meinem Leben erfüllt habe, aber trotzdem halte ich sie im vorliegenden Fall für absolut notwendig. Sag mir, willst du Florence das eindeutige Recht absprechen, einer Beziehung auf den Grund zu gehen, die ihr ganzes Leben gefährdet?«
Ich schwieg.

»Ich entnehme deinem Schweigen, daß du mir beipflichtest. Sie hat selbstverständlich das Recht dazu.«

»Sie hat also einen Spitzel engagiert.«

»Einen Detektiv. Und jetzt hat sie ein vollständiges Dossier. Über dich und über Miss Hunt. Ich hatte Gelegenheit, mich ausgiebig darein zu vertiefen.«

»Oh.«

»Das Erstaunliche an diesem Phänomen, an der weiten Verbreitung von Privatdetektiven – jener Art von Intrigenspiel, die ich übrigens theoretisch absolut mißbillige –, das Erstaunliche daran ist die Mithilfe, die diese Männer überall finden. Die Menschen scheinen erpicht darauf, aus der Schule zu plaudern. Es ist unserem Detektiv nicht schwergefallen, Leute zu finden, die ihm bereitwillig alles erzählten.« Er lachte leise. »Ich habe den Mann kennengelernt, und er ist wahrhaftig kein sehr angenehmer Typ. Dennoch war ausnahmslos jeder, den er befragt hat – wie nennt man es? Das Wort wurde im abfälligen Sinn auf Kommunisten und ehemalige Kommunisten angewandt...«

»Kooperativ.«

»Natürlich, kooperativ.«

»Trotzdem bin ich überrascht, daß Florence und...«

»Ja«, sagte er, »ich war es auch. Aber die Welt bewegt sich mit Riesenschritten auf etwas zu, was mir als eine Art zivilisiertes Barbarentum erscheint. Ich kann da nicht ganz mit; trotzdem habe ich...«

»Trotzdem hast du diese Ermittlungen, dieses Nachspionieren gebilligt?«

»Es ist mir absolut verhaßt. Doch unter diesen besonderen Umständen und in Anbetracht dessen, was für Florence auf dem Spiel steht...«

»Arthur«, sagte ich scharf, »sprich offen mit mir.«

»Gut«, erwiderte er, »gut, alter Junge, sprechen wir offen. Wußtest du zum Beispiel, daß Miss Hunt die ständige – und vermutlich bezahlte – Begleiterin eines alten italienischen Kommunisten war, der vergangene Woche vom Auswärtigen Amt ersucht worden ist, das Land zu verlassen? Und wußtest du, daß diese selbe Miss Hunt davor die Geliebte eines Mr. Collier war, der auf diesem Gebiet eine äußerst bewegte Vergangenheit hat? Und daß Episoden wie diese – der alte Italiener und der andre Mann – noch ehrbar waren im Vergleich zu dem Leben, das sie vorher geführt hat? In Washington beispielsweise war sie für jeden zu haben, wurde von unzähligen Männern ausgehalten. Edward, antworte mir: Ist dies die Art von Frau, um derentwillen du Heim und Familie aufgeben würdest?«

»Arthur«, ich war wütend, »wir sind hier nicht vor einem Strafgericht.«
»Nichtsdestoweniger muß ich dich ersuchen, mir zu antworten. Bitte sage mir, bist du bereit, dein Heim, das heißt, Florence – eine so gute, anständige und *saubere* Frau, wie man sie sich nur wünschen kann einen moralisch einwandfreien Menschen – für ein Frauenzimmer aufzugeben, das von Hand zu Hand gegangen ist, es auf jede erdenkliche Art getrieben hat, gekauft und verschachert worden ist – um Himmels willen, Edward, bist du dazu bereit?«
Unfähig, sich zu zügeln, riß Arthur heftig an der Fliegentür, brach den Riegel heraus, stürzte ins Zimmer und fuhr im selben Atemzug fort: »Ich sage dir, eine dreckige kleine Hure, bei der zwei Schwarze sich abgewechselt haben, die sie bei ihrem Gespräch mit unserem Detektiv höchst offenherzig als ›armseligen weißen Fick‹ bezeichneten.«
Ich schlug ihm mit voller Kraft die Faust ins Gesicht.
Er fiel rücklings zu Boden. Arthur war ein starker Mann, aber ich hatte ihn genau richtig getroffen. Blut sickerte aus seinem Mund. Langsam erhob er sich.
»Hör zu«, sagte er, »ich bin in ausgezeichneter Verfassung, viel besser als du, und ich könnte Kleinholz aus dir machen.«
»Versuch's lieber nicht.«
»Aber ich werde weiterreden, ob es dir gefällt oder nicht.«
»Verdammt noch mal, wessen Anwalt bist du eigentlich?« schrie ich. »Meiner oder ihrer?«
»Stell mich nicht vor die Wahl, denn wenn ich in diesem Augenblick zu wählen hätte, würde ich bestimmt nicht dich wählen.«
»Nun gut, wenn du ihr Anwalt bist, scher dich fort!«
»Ich habe dir gesagt, ich bin nicht ihr Anwalt. Ich bin deiner und ihrer.«
»Ich bezahle dich, du Schweinehund, und das tue ich nicht, damit du mir Spürhunde auf den Hals schickst.«
»Ich finde, dieses Schweinehund war überflüssig, Edward.« Er hatte das Blut bemerkt. »Könntest du mir wohl ein Taschentuch leihen?«
»Ich habe keins bei mir«, sagte ich.
Er lachte. »Dann vielleicht ein Papierhandtuch?«
Sein Mund begann sich mit Blut zu füllen. Er befühlte seine Zähne.
»Sind sie o. k.?« fragte ich.
»Ich glaube ja.«
»Warte, ich hol' dir ein Handtuch.«
Ich eilte in die Küche und hielt eine Ecke des Handtuchs unter den Wasserhahn. Ich konnte nicht umhin, Arthur im stillen meine Hochachtung zu zollen. Es gehörte Mut und auch beträchtliche Be-

sorgnis dazu, so zu sprechen, wie er mit mir gesprochen hatte. Es mußte ihm wirklich wichtig sein. Als ich wieder ins Wohnzimmer ging, sagte ich mir, komm, sei nett zu ihm, hör dir an, was er dir zu sagen hat.

Er setzte sich und wischte sich den Mund und das Kinn mit dem Küchenhandtuch ab. Während ich ihm zusah, empfand ich wieder, was ich in Augenblicken der Krise stets ihm gegenüber empfunden habe: daß er mir zwar vielleicht nicht restlos sympathisch war, daß er aber zweifellos Niveau hatte. Kein Wunder, sagte ich mir, daß er so erfolgreich ist. Jetzt räusperte er sich und blickte mich an, bis ich ihm meine volle Aufmerksamkeit zuwandte.

»Edward«, sagte er langsam und bedeutungsvoll, »es gibt Zeiten, in denen ein Rechtsanwalt seinem Klienten keinen besseren Dienst erweisen kann, als ihn vor sich selbst zu schützen.«

»Arthur«, erwiderte ich, »diese Geschichte eben tut mir schrecklich leid, und ich hoffe, du wirst es mir verzeihen. Ich bin nicht ganz auf der Höhe ...«

»Nein, du bist weiß Gott nicht auf der Höhe, Edward.« Er ließ sich tief in den großen Lehnsessel sinken, in dem früher mein Vater zu sitzen pflegte. Und da saß er nun, vollkommen ruhig und beherrscht, als ob dies hier sein Gerichtssaal sei und er dem Tribunal vorstünde, das den Urteilsspruch über mich zu fällen hätte.

»Du brauchst über dies hier nicht mehr zu sprechen«, er deutete auf seinen Unterkiefer. »Es ist verziehen.«

»Ich wollte dir lediglich zu verstehen geben, daß du die junge Dame nicht kennst und daher vielleicht nicht das Recht hast, sie ... sie ... nun ... sie zu beleidigen ...«

»Ich habe nur wiederholt, was in einem Bericht zu lesen stand, den Florence in diesem Augenblick auf ihrem Toilettentisch liegen hat. Die sexuellen Gepflogenheiten und die Moral dieser jungen Dame interessieren mich nicht im geringsten. Ich sorge mich um Florence und in diesem Augenblick vor allem um dich. Außerdem«, fuhr er in scherzendem Ton fort, »würde ich an deiner Stelle die Frage des Entgelts für meine Dienste lieber nicht erwähnen. Tatsächlich habe ich seit der Zeit vor deinem Unfall keinen Cent zu sehen bekommen. Wenn du es genau wissen willst, du schuldest meiner Firma einen recht erheblichen Betrag.«

»Das tut mir leid.« Mit jeder Entschuldigung, die ich vorbrachte, wurde ich wütender.

»Ich habe unentgeltlich für euch gearbeitet, weil ich seit langen Jahren euer Anwalt bin und weil Florences Vater eng mit unserer Firma verbunden ist; aber in erster Linie habe ich es getan, weil ich überzeugt bin, daß du wieder zur Besinnung kommen wirst.«

»Ich wünschte, du würdest mir eine Rechnung schicken ...«
»Das werde ich tun, sobald du die Mittel hast.«
Ich war drauf und dran, ihn wieder zu schlagen.
»Könnte ich wohl, ehe wir weiterreden, ein Glas kaltes Wasser bekommen?«
»Wie wär's mit einer Tasse Kaffee?«
»Eine großartige Idee«, sagte er.
Froh über die Gelegenheit, mich ein wenig zu beruhigen, stürzte ich in die Küche. Ich stellte den Kaffee auf, holte ein Glas heraus und füllte es mit kaltem Wasser.
Als ich zurückkam, war er dabei, sich irgend etwas zu notieren.
Er trank das Wasser, dankte mir mit einem Lächeln und räusperte sich. Wie auf Befehl setzte ich mich.
»Edward«, verkündete er, »diese Ehe kann gerettet werden. Als euer Familienanwalt halte ich es für meine Pflicht, das anzustreben.« Er schwieg einen Augenblick. Jetzt bestand keine Gefahr, daß ich ihn unterbrechen würde.
»Die Schwierigkeit liegt nicht bei dir. Wir müssen sehen, wie wir Florence über die erlittenen Kränkungen hinwegbringen können.«
»Ich will Florence nicht kränken«, sagte ich.
»Natürlich nicht«, pflichtete er mir bei. »Aber ich muß dir sagen, daß gestern abend etwas Schreckliches passiert ist.«
»Mit Florence?«
»Ja. Dieser verflixte Detektiv hat unter anderm erfahern, daß Ellen nicht, wie Florence angenommen hatte, ins Radcliffe zurückgegangen ist, sondern daß sie in einem reichlich schäbigen Hotel wohnt, und zwar mit einem jungen Mann, einem Neger, nicht viel älter als sie; wußtest du, daß er ein Neger ist?«
»Hast du etwas gegen Neger?«
»Edward, darf ich dich daran erinnern, daß ich im Vorstand der *American Civil Liberties Union* bin!«
»Nun, du hast jetzt schon zum zweitenmal die dunkle Hautfarbe in einem Ton erwähnt, der klar anzudeuten schien, daß ein weißes Mädchen nichts Schlimmeres tun kann, als ein Verhältnis mit einem Neger zu haben.«
»Sei ehrlich, wäre ein weißer Junge dir nicht lieber?«
Diese Frage mußte ich bejahen.
»Siehst du? Ellen ist ein Kind, Edward. Als Florence und du mich baten, ihr Pate zu werden, und als ich mich nach langer Selbstprüfung dazu bereit erklärte, übernahm ich damit eine gewisse Verantwortung. Ich habe geschworen, mich um sie zu kümmern. Nun, nachdem Florence diese Entdeckung gemacht hatte, rief sie mich an, und ich erreichte es, daß man Florence in Ellens Zimmer ließ.

Sie fand dort im Badezimmer eine Vorrichtung zur Empfängnisverhütung von der Art, wie Frauen sie benutzen. Dann saß sie – ich sehe sie vor mir, armes Kind – allein im dem Zimmer und wartete bis sage und schreibe vier Uhr morgens auf die Rückkehr der beiden. Schließlich kam Ellen herein und mit ihr dieser junge Mann. Florence bat ihn, sie mit Ellen allein zu lassen, was er ihr unklugerweise abschlug. Ellen mußte ihm sagen, er solle hinausgehen. Dann fragte Florence das Mädchen aus und erfuhr alles, einschließlich der Tatsache, daß du es warst, der dieser Neunzehnjährigen gestattet und ihr sogar dazu verholfen hat, sich dieses Pessar anpassen zu lassen. Nun, das war wohl so ziemlich das Schlimmste, was du Florence und eurer Ehe hättest antun können.«

Ich merkte plötzlich, daß ich wieder die Beherrschung verlor.

»Arthur«, hörte ich mich sagen, »ich möchte wirklich nicht wieder wütend auf dich werden. Aber ich muß dich bitten, als mein Anwalt, nicht als mein Richter mit mir zu sprechen. Ich bin keineswegs verpflichtet, mich dir gegenüber zu verantworten.«

»Das ist dein Schuldgefühl, das aus dir spricht, mein Junge!«

»Dein ganzer Ton ...«

»Mein Ton, mein lieber Junge, ist mein üblicher Ton. Das hat noch niemand ändern können. Außerdem bin ich ganz zufrieden damit.«

»Wenn du mein Anwalt bist, so bestehe ich darauf, daß du als solcher handelst. Wenn du es nicht bist, nehme ich mir einen anderen. Aber denke daran, du bist nicht *das Gesetz*!«

»Wer hat behauptet, daß ich das sei?«

»Nun, die Art, wie du da sitzt ...«

»Die Art, wie ich sitze!«

»Ja«, schrie ich, »du bist nicht *das Gesetz*. Du bist lediglich jemand, der dafür bezahlt wird, mich über das Gesetz zu unterrichten.«

»Edward, darf ich dir noch einmal nahelegen, nicht von der Frage der Bezahlung zu sprechen? Damit tut sich ein Abgrund auf, in den du, glaube ich, lieber nicht blicken solltest. Jetzt versuche bitte, dich wie ein zivilisierter Mensch zu benehmen, und setz dich.«

Ich setzte mich.

»Findest du nicht, daß Florence dir gegenüber eine engelhafte Geduld an den Tag gelegt hat? Sie hat die unglaublichsten Kränkungen und unaufhörliche Provokationen hingenommen, ganz abgesehen von dem, was du ihr vorenthalten hast. Ich brauche dir wohl nicht zu sagen, was ich damit meine.«

»Doch, sag's mir lieber.« Ich dürstete förmlich nach einem Kampf mit diesem Mann.

»Sie hat mir alles erzählt, Edward.«

»Wunderbar.«

»Lassen wir den Sarkasmus beiseite. Es ist ihr gutes Recht, mir alles zu sagen, was ihrer Meinung nach zur Sache gehört; schließlich bin ich euer Familienanwalt und muß als solcher den grundlegenden Sachverhalt unserer Situation kennen.«
»Und welches ist der grundlegende Sachverhalt unserer ...«
»Nun, mir scheint, dazu gehört unter anderem die Tatsache, daß du seit drei Jahren de facto nicht ihr Ehemann bist. Und außerdem, daß du Impotenz vorgetäuscht hast, während du zahllose Liebesaffären hattest.«
»Ich bin sicher, Florence hätte mich lieber impotent gesehen.«
»Zahllose Liebesaffären, über die wir samt und sonders genau Bescheid wissen. Wiederum dank unsres Detektivs. Wie viele Frauen, die du kennst, hätten das ertragen?«
»Vielleicht hätte Florence es auch nicht tun sollen.«
»Sie hat es getan, weil sie wie ich der Meinung ist, daß eure Ehe gerettet werden kann.«
Genau im richtigen Augenblick kochte in der Küche der Kaffee über. Ich stürzte hinaus und hielt mich so lange ich nur konnte damit auf, das Tablett zurechtzumachen. Ich richtete es mit wahrhaft peinlicher Sorgfalt her. Als ich zurückkam und es vor ihn auf den Tisch stellte, lächelte er mich an.
»Vielen Dank, Edward«, sagte er. »Das ist das Bemerkenswerte an dem, was wir Zivilisation nennen. Du hast mir vorhin einen schweren Kinnhaken versetzt. Dennoch haben wir es fertiggebracht, alle tierischen Regungen zu zügeln, sitzen hier in vollkommener Eintracht und überlegen uns gemeinsam, was wir hinsichtlich unserer Situation unternehmen können.«
Er ließ sich wieder in den tiefen Sessel sinken und tat Sahne und Zucker in seinen Kaffee.
»Und wenn du nichts dagegen hast, werde ich jetzt sagen, was ich zu sagen habe. Meine Hauptsorge gilt in diesem Augenblick weder dir noch Florence, sondern einzig und allein eurer Ehe. Ich kann mich entsinnen, daß sie vor gar nicht so langer Zeit in unserem Kreis von zivilisierten Menschen als die absolut perfekte Ehe angesehen wurde; ihr wart das goldene Paar; und diese Bezeichnung bezog sich nicht auf euer Bankkonto, obwohl auch das recht golden war.«
Er holte eine Zigarre aus der Tasche, eine Dunhill 23, lang, dünn und köstlich mild, eine Zigarre, die so teuer war, daß sie nicht einmal eine Bauchbinde hatte, und so erlesen, daß er sie getrost seinen anspruchsvollsten Klienten zu Weihnachten schenken konnte.
»Möchtest du eine?« fragte er. »Los, nimm sie«, fuhr er fort, als ich zögerte, »ich erwarte keine Gegenleistung.« Er lachte. Ich nahm seine Zigarre.

»Jetzt bist du praktisch vollkommen angezogen.« Er zündete behutsam zuerst meine Zigarre und danach seine eigene an. Dann lehnte er sich bequem zurück und sagte: »Edward, wir leben in einer zivilisierten Gesellschaft. Du hast alles getan, was du konntest, um ihre Gesetze zunichte zu machen. Nun gut, sagen wir, es ist ein Zeichen deiner Vitalität. Ich kann dir sogar bis zu einem gewissen Grad nachfühlen, wie dir zumute ist. Glaub mir, ich habe Verständnis dafür; mir scheint, du tust das alles viel zu spät in deinem Leben, aber dennoch.«
Er lächelte mir wohlwollend zu. »Jetzt mußt du dir nur über eines im klaren sein, Edward«, fuhr er fort. »Wieviel bist du bereit, für deine neue Lebensweise zu opfern? Eine solche verantwortungslose Freiheit zu erlangen, wie du sie dir anscheinend wünschst, wird dich möglicherweise mehr kosten, als du dir leisten kannst. Die Gesellschaft, Edward, hat ihre Rechte. Sie wird sie verteidigen. Gewisse Menschen werden verletzt, Edward. Sie lassen sich das nicht widerstandslos gefallen. Deine Handlungsweise hat bereits Folgen gehabt, die dich wahrscheinlich nicht sonderlich erfreuen werden. Darf ich dir einige nennen?«
»Schieß los.«
»Wußtest du zum Beispiel, daß dein Vater gestern gestürzt ist und sich die Hüfte gebrochen hat?«
Schweigen.
»Direkt hier vor dem Haus.«
»Als sie ihn zum Wagen zerrten?«
»Das ist wohl nicht ganz der richtige Ausdruck. Ich bin sicher, daß sie ihn nicht gezerrt haben.«
»Er hat sich die Hüfte gebrochen?«
»Den Beckenknochen zersplittert.«
»Gott verdamme sie!«
»Warum *sie*?«
»Der alte Mann wollte nicht fort.«
»Weißt du das bestimmt?«
»Er hat immer wieder nach mir gerufen. Sie haben ihn gegen seinen Willen fortgeholt.«
»Edward, man läßt einen alten Mann in diesem Alter und in dieser Verfassung nicht allein in einem Haus, das . . .«
»Wo ist er jetzt?«
»Im Krankenhaus.«
»Ich muß zu ihm.«
»Du wirst ihn nicht sprechen können.«
»Zum Teufel, warum nicht?«
»Weil er in etwa einer Stunde im Operationssaal sein wird . . .«

»Im Operationssaal?«
»... wo man versuchen will, ihm einen Stift in die Hüfte zu nageln und die Splitter mit Draht zusammenzuheften. Aber es hängt von dem Befund ab. Die Röntgenbilder sehen nicht sehr gut aus.«
»Schön, ich will im Krankenhaus sein, wenn er operiert wird.«
»Ich bedaure, dir sagen zu müssen, Edward, daß das Personal Anweisungen erhalten hat, dich nicht zu Mr. Arness zu lassen.«
»Zum Teufel, er ist nicht Florences Vater, sondern meiner.«
»Ich glaube nicht, daß übertriebene Gefühlsausbrüche irgend etwas an der Lage ändern werden. Du hättest niemals tun dürfen, was du getan hast. Du hast einen Mann entführt, der nicht mehr im Vollbesitz seiner geistigen Kräfte ist, und du hast ihn in einem Zustand höchster Erregung allein im Haus gelassen, während du mit deinem Flittchen eine Spazierfahrt auf dem Wasser unternommen hast. Gloria und Florence haben mir gesagt, er habe nicht einmal gewußt, wo er war, als sie ihn holen kamen. Und er hat nicht, wie du anzunehmen scheinst, nach dir gerufen, weil du ihm helfen solltest, sondern um einen Streit fortzuführen, den du offensichtlich mit ihm gehabt hast. Hattet ihr nicht einen Streit?«
»Ich bin nicht schuld an dem, was mit meinem Vater geschehen ist.«
»Doch, das bist du, und das weißt du auch ganz genau. Du hast ein verdammt schlechtes Gewissen. Und um jetzt von weiteren Konsequenzen zu sprechen: Glaubst du, daß Mr. Finnegan dich jemals wieder einstellen kann? Glaubst du, daß irgendeine Firma dich einstellen wird? Nimm einen anderen Namen an, Edward; geh zurück in die Türkei oder wohin du willst.«
Er lachte ein wenig gezwungen. Dann fuhr er fort: »Ich muß dir jetzt gestehen, daß ich Florence den Rat gegeben habe, dir deine Bankkonten sperren zu lassen. Ich bin sicher, wenn du bei klarem Verstand wärst, würdest du wünschen, daß dein Anwalt deine Gelder sicherstellt. Und die deiner Frau.«
»Oh, das war deine Idee?«
»Ja. Ich konnte deine Verantwortungslosigkeit und deine Grausamkeit ihr gegenüber einfach nicht mehr länger dulden.«
»Das klingt, als seist du drauf und dran, die Scheidung einzuleiten.«
»Das wird nicht nötig sein, wenn du unserem Rat folgst.«
»Und das ist?«
»Florence will, daß du irgendwohin gehst, wo du ärztlichen Rat und Pflege findest und dich ausgiebig erholen kannst.«
»Ich will nirgendwohin gehen, und ich brauche keine Erholung.«
»Das erstere untersteht natürlich deiner Entscheidung. Die zweite Behauptung beruht auf einem gewaltigen Irrtum. Du brauchst ganz offensichtlich eine sehr ausgiebige Erholung.«

»Mit andern Worten, du hast mich an Händen und Füßen gebunden, damit ich mich nicht rühren kann.«
»Genau. Denn du bist vollkommen von Sinnen, Edward, vollkommen von Sinnen.«
»Du hast diese Einschränkungen und all den Druck veranlaßt...«
»Ja.«
»Da brauche ich wohl nicht mehr zu fragen, für wen du dich einsetzt.«
»Ich habe dir gesagt, wofür ich mich einsetze. Für eure Ehe. Ich werde sie retten.«
»Bist du verliebt in meine Frau?«
»Edward...«
»Hast du mit ihr geschlafen?«
»Edward, das ist abscheulich... für was hältst du mich?«
»Ich weiß nicht. Mir kam plötzlich der Gedanke, daß irgendein Gefühl dieser Art dein Verhalten erklären könnte. Nun, was sagst du dazu? Du kannst nicht sprechen? Versuch's! Versuch's! Versuche, mir diese einfache Frage zu beantworten. Bist du in Florence verliebt?«
»Wenn dies ein Scherz sein soll, Edward, so ist es ein sehr geschmackloser...«
»Es ist kein Scherz. Ich meine es vollkommen ernst. Bist du's?«
Er sah mich abschätzend an. Dann tat er sein möglichstes.
»Ich bin der Meinung, daß Florence eine außergewöhnliche Frau ist, die auf dem Altar eines wildgewordenen Egos geopfert wird. Ich habe zugesehen, wie du diese arme Frau mit deiner Selbstsucht und deinem Starrsinn gemartert hast, und zwar auf eine Art, die mir in fünfunddreißig Jahren des Umgangs mit krankhaft egoistischen Menschen noch nie begegnet ist.«
»Das läßt sich schon viel eher hören«, sagte ich.
»Nur eine treue und hingebungsvolle Frau kann das ertragen. Wenn ich sie jetzt ansehe und...«
»Laß deine Gerichtssaalrhetorik einen Augenblick beiseite und sag mir, ich habe doch einigermaßen richtig getippt, nicht wahr?«
»Nein, keineswegs. Aber in deiner augenblicklichen Verfassung gibt es für dich wohl einzig und allein diese Erklärung für das, was ich zu tun versuche. Du kannst dir nicht vorstellen, daß jemand so etwas aus irgendeinem anderen Beweggrund als sinnlicher Begierde oder...«
»Und das ist's natürlich, weshalb du mich in eine Anstalt stecken willst, nicht wahr?«
»Nein, mein lieber Edward, das ist es nicht. Wenn ich dir rate, in ein Sanatorium zu gehen – und das ist der wesentliche Punkt dieser ganzen Unterhaltung –, so tue ich es einzig und allein um dei-

netwillen. Und da ich überzeugt bin, daß es das Richtige für dich ist, habe ich mir erlaubt, dich dort anzumelden.«

»Und wenn ich deinen Rat nicht befolge?«

»Dann wirst du die Konsequenzen zu tragen haben.«

»Wo hast du mich angemeldet?«

»Jetzt fängst du an, vernünftig zu denken! Es ist das Armstrong-Roberts-Sanatorium in Lenox, Massachusetts. Zufällig sind wir die Rechtsvertreter der Eigentümer. Du wirst dort ein paar Monate bleiben.«

»Ja ...«

»Du wirst dich täglich mit dem Psychiater des Sanatoriums unterhalten.«

»Und ...«

»Du wirst dich auch noch anderen Behandlungsmethoden unterziehen – Beschäftigungstherapie, gewisse Bäder, Gruppentherapie, individuelle Konsultationen ...«

»Und ...«

»Es ist ein sehr gepflegtes Haus mit einem herrlichen Park.«

»Werde ich dort eingesperrt sein?«

»Eingesperrt? Wie meinst du das?«

»Im üblichen Sinn. Kann ich fortgehen, wann immer ich will? Sagen wir, nach New York fahren?«

»Nun ... nein, wenn du das könntest, wäre die Anstalt nicht das, was sie ist. Ihr Zweck ist ununterbrochene Behandlung, völlige Entspannung, Isolierung von ...«

»Und ich bezahle dich, du Schweinehund!«

»Darum lasse ich mir all diese Beleidigungen von dir gefallen, weil du mich bezahlst, du Schweinehund; darum tue ich dies alles, nur um deines Geldes willen!«

»Nein, du tust es aus dem Grund, den ich dir vorhin genannt habe.«

»Eines kann ich dir versichern: Ich werde nicht zulassen, daß du Florence noch weiterhin quälst. Später, wenn du wieder mit ihr zusammen bist, wirst du es mir danken. Florence ist die geduldigste und tapferste Frau, die ich je gesehen habe. Sie ist wirklich dein guter Engel. Ohne sie wärst du ein Niemand. Und ich kann dir noch etwas sagen: Du *wirst* wieder ein Niemand sein.«

Sein Gesicht verzerrte sich in ungestümer Leidenschaft.

»EIN NIEMAND! Wenn du sie nicht an deiner Seite hast.«

»Und ich bezahle dich, du Schweinehund.«

»Hör endlich auf, das zu sagen – besonders, da du es nicht tust und nicht getan hast; und wenn du nicht schnell zur Besinnung kommst und meinen Anweisungen folgst, wirst du sehr bald nicht einmal mehr genügend Geld zum Essen haben.«

Er hielt inne. Er muß sich klargeworden sein, daß er sich nicht so benahm wie der Mann, für den er sich gerne hielt. Er mäßigte sich und sprach wieder in gedämpftem Ton.

»Ich bedaure aufrichtig, so grob mit dir sein zu müssen. Es tut mir weh. Aber eines Tages wirst du mir dankbar sein. Ich werde deine Ehe retten. Und das materielle Zubehör deiner Ehe. Aber um das zu können, muß ich jetzt rigoros sein. Das ist der Grund, weshalb ich deine Konten habe sperren lassen. Und das ist der Grund, weshalb ich dafür gesorgt habe, daß Finnegan aufhört, dir dein Gehalt zu zahlen.«

»Du hast Finnegan dazu veranlaßt...«

»Das mußte ich tun. Sowie ich das Gefühl habe, daß du wieder der alte bist, werde ich mich dafür einsetzen, daß die halbmonatlichen Zahlungen an dich wiederaufgenommen werden.«

»Und inzwischen?«

»Inzwischen ist für Florence gesorgt.«

»Bedaure, ich habe nicht an Florence gedacht; ich habe wieder einmal ganz egoistisch an mich selbst gedacht. Habe ich nicht einen Vertrag mit Williams and MacElroy?«

»Dieser Kontrakt enthält, wie du dich vielleicht erinnern wirst, die übliche Sittenklausel. Ich habe Mr. Finnegan gesagt, daß er auf Grund gewisser unverkennbarer... nennen wir es Absonderlichkeiten in deinem Verhalten einen unanfechtbaren Grund hat, den Vertrag zu lösen.«

»Das hast du vor dieser Unterhaltung getan?«

»Natürlich! Gleichzeitig hat Mr. Finnegan mir sein Wort gegeben, daß er in dem Augenblick, wo ich bestätigen kann, daß du wieder der alte bist...«

»Du würdest dich tatsächlich für mich einsetzen?«

»Dein Sarkasmus berührt mich nicht. Ja. Gewiß. Wir befinden uns in einer Krise. Du bist an der Grenze angelangt!«

»Bestimmst du die Grenze?«

»Da du es nicht tust, bin ich dazu gezwungen. Florence ist zu gutmütig, um energisch mit dir zu sein. Irgend jemand muß es tun.«

In diesem Augenblick fuhr draußen ein Wagen vor.

Arthur Houghton ging mit überraschender Geschwindigkeit zum Fenster und blickte hinaus. Es lag etwas Angstvolles und Unbeherrschtes in dieser Hast.

»Es ist Ellen«, sagte er. »Ich habe ihr verboten hierherzukommen.«

»Du hast es ihr verboten?«

»Ja, in Florences Namen.«

Er stellte sich vor mich hin und sprach mit solch eindringlichem Nachdruck, wie er es den ganzen Morgen nicht getan hatte:

»Jetzt muß ich dich ganz entschieden im Namen meiner Klientin bitten ...«

»Aha!«

»... Ellen nicht zu empfangen. Florence kann dir alles vergeben, nur nicht, daß du Ellen noch weiterhin deinem verderblichen Einfluß aussetzt.«

»Arthur, steh auf und mach, daß du 'rauskommst!«

»Du darfst nicht mit Ellen zusammenkommen«, sagte er, »bis Florence es dir gestattet. Du hast die Moral dieses Mädchens schon genügend untergraben.«

Ich drehte mich um und lief hinauf. So schnell ich konnte, zog ich ein Hemd und eine Hose an, und während ich noch den Reißverschluß zumachte, ging ich zum Fenster und sah, wie Houghton quer über den Rasen auf den Wagen zulief, in dem Ellen und ihr Freund saßen. Er beugte sich hinunter und redete auf sie ein.

Ich riß das Fenster auf. Es lag unmittelbar über dem schräg abfallenden Schindeldach der Veranda. Ich stieg hinaus und rief: »Ellen! Ellen!«

Ellen sah mich, riß die Wagentür auf und stieß dabei Arthur beiseite. Winkend kam sie in meine Richtung gelaufen. »Daddy«, rief sie. Ihre Stimme klang verängstigt und freudig erregt zugleich. Houghton sagte ihr etwas in sehr energischem Ton.

Sie machte eine abweisende Geste, die so schroff war, daß man sie fast zu hören meinte.

Einen Augenblick lang stand Arthur regungslos und sehr aufrecht da. Dann blickte er zu mir hinauf, lächelte ein wenig traurig, beinahe bedauernd, und winkte einen Abschiedsgruß. Ich bin sicher, er hatte Florence ein besseres Resultat versprochen, als er erzielt hatte. Ich winkte zurück. Er stieg in seinen Wagen und fuhr davon. Ich ging hinunter, um Ellen zu begrüßen.

22

Das feststehende Bild, das wir uns für gewöhnlich von einem bestimmten Menschenschlag machen, entspricht keineswegs immer der Wirklichkeit. So hatte ich zum Beispiel, der allgemeinen Vorstellung gemäß, erwartet, daß Ellens Freund voller Ressentiments und Aggression sein würde. Doch er entpuppte sich als ein höflicher junger Mann mit einer weichen Stimme, edel geformten Zügen und unvorstellbar sanften, strahlenden Augen. Und als er spürte, daß ich mich in Schwierigkeiten befand, tat er instinktiv alles, was er konnte, um mir meine Lage zu erleichtern.

Ralph Scotts Wagen war ein uralter Chevrolet, den er für fünfundsiebzig Dollar auf dem Autofriedhof unweit seines Elternhauses in Riverhead, Long Island, erstanden hatte. Ich fragte ihn, weshalb er sich die Mühe mache, damit im Stadtverkehr herumzufahren. Er erklärte mir, daß er nicht die Ruhe verlieren wolle, es aber bestimmt tun würde, wenn noch einmal ein weißer Taxichauffeur ihn absichtlich übersähe.

Sein Äußeres war von einer schlichten Vornehmheit, die er als eine Art Herausforderung zur Schau trug, als sei Vornehmheit in Aussehen und Benehmen das letzte, was der Feind von ihm erwarten würde. Oder Güte – auch die würde wohl kaum ein Weißer bei ihm vermuten.

In seiner Kleidung war er ein perfekter Gentleman. Er trug weiche Doeskinhosen und jene leichten Lederschuhe, die über die Knöchel reichen und damals »Wüstenschuhe« genannt wurden. Sein Hemd war aus Baumwollsamt, in einem hellbraunen Ton. Er wirkte beruhigend und vertrauenerweckend. Irgendwann, irgendwo hatte dieser junge Mann einen großen Sieg errungen. Vielleicht war es nur, daß er beschlossen hatte, nach Möglichkeit nicht zu hassen. Ich fragte mich immer wieder, wie ein Negerjunge von zwanzig es fertigbrachte, so zu sein.

Er hatte Ellen gern. Aber auch ihr gegenüber lag irgendein tiefer Stolz in seiner Haltung. Er schien eher zu geben als zu nehmen. Während man keinerlei Ressentiment bei ihm verspürte, hatte er auch umgekehrt nicht das verzweifelte Bedürfnis, geliebt zu werden. Er schien mich ganz gut leiden zu können, auf eine ruhige, gemäßigte Art, ohne jene Überschwenglichkeit, mit der die Menschen heutzutage jeden, den sie kennenlernen, entweder restlos bewundern oder vollkommen ablehnen.

Ellen vergötterte ihn.

Ich hatte das Gefühl, daß er ganz gern mit mir zusammen war, bereit, mich ins Krankenhaus zu fahren, und auch durchaus geneigt, dort auf mich warten.

Aber nicht mehr; das war alles.

Als ich mich vor dem Krankenhaus von Ellen und Ralph trennte, war mir so wohl zumute wie schon seit langem nicht mehr. Ich fuhr mit dem Aufzug in den sechsten Stock hinauf und ging den Korridor entlang zum Zimmer meines Vaters. Es war leer, und die Fenster standen offen. Ich entsann mich, daß mein Vater, als er mir von den Menschen erzählte, die nachts starben und am Morgen verschwunden waren, besonders erwähnt hatte, wie das Zimmer gelüftet wurde, nachdem man die Leiche fortgeschafft hatte.

Ich erkundigte mich bei der Oberschwester nach Mr. Arness. Sie sagte, er befände sich im Operationssaal. Dann fragte sie, wer ich sei. Als ich es ihr sagte, änderte sich ihr Verhalten schlagartig. Ich fragte sie, wo der Operationssaal sei, und sie erwiderte, ich könne nicht hinaufgehen. Ich ging zum Aufzug, und der Fahrstuhlführer sagte mir nicht nur, wo der Operationssaal war, sondern führte mich sogar hin.

Im neunten Stockwerk erfuhr ich von dem diensthabenden Arzt, daß mein Vater die Operation gut überstanden habe. Er sagte mir auch, ich solle verschwinden und nicht wiederkommen.

»Das sind die Anweisungen, die wir erhalten haben«, erklärte er.

»Von wem?«

»Von der Familie.«

»Aber ich bin die Familie!«

»So lauten meine Instruktionen«, sagte er. »Bitte, machen Sie keine Schwierigkeiten.«

»Ich mache Ihnen keine Schwierigkeiten«, entgegnete ich. »Sie machen mir Schwierigkeiten. Ich will meinen Vater sehen. Ich bin besorgt um seinen Zustand.«

»Sein Zustand ist zufriedenstellend«, sagte der Arzt. »Wir haben einen Stift durch seinen Hüftknochen und in den Kopf des Oberschenkelknochens gelegt. Er ist noch nicht wieder bei Bewußtsein und wird während der nächsten ein oder zwei Tage unter Sedativa gehalten. Sie können jederzeit anrufen, um zu erfahren, wie es ihm geht. Aber wir haben Anweisungen ...«

»Es ist mir völlig schnuppe, was für Anweisungen Sie haben.«

»Bernie«, sagte der Arzt.

Ein Pfleger drängte mich zum Aufzug.

»Lassen Sie mich los!« warnte ich ihn.

»Gehn wir, Mister«, sagte Bernie.

Ich riß mich von Bernie los und versetzte ihm einen Kinnhaken. Als er zu Boden ging, erinnerte ich mich an Ellens Freund. Ralph Scott, dachte ich, hat sein ganzes Leben lang Demütigungen ertragen, ohne von seinen Fäusten Gebrauch zu machen.

Ein anderer Pfleger kam herbeigeeilt und half Bernie auf die Füße. Ich beschloß, mich wie Ralph Scott zu verhalten.

Ich verbeugte mich und murmelte ein paar sanfte und, wie ich glaubte, versöhnende Worte. (All dies bildete später bei der Verhandlung einen Bestandteil der Zeugenaussage. Item: Ich hatte einen Pfleger zu Boden geschlagen, dann gelächelt und mich verbeugt.)

Die beiden Kerle mit den weißen Mänteln packten mich beim Arm und schoben mich in den Aufzug. Mein Lächeln konnte sie nicht versöhnen; sie schleppten mich trotz meiner Verbeugungen aus dem

Gebäude und gaben dem Pförtner strenge Anweisungen, mich nicht wieder hineinzulassen.
In Anbetracht meines plötzlichen Entschlusses, meine Feinde nicht zu hassen und mich wie Ralph Scott zu benehmen, kam mir das alles irgendwie komisch vor. Nur bei Ralph Scott gelang es mir, wie Ralph Scott zu sein.
»Was haben diese Burschen mit Ihnen gemacht?« fragte er.
»Das, was sie für ihre Pflicht hielten«, erwiderte ich. »Ich habe im neunten Stock einen kleinen Krawall verursacht.«
»Wie geht es Großvater?« fragte Ellen.
»Er hat die Operation gut überstanden. Sie haben ihm einen Stift durch den Hüftknochen gelegt. Ellen, wer hat angeordnet, daß ich nicht zu ihm darf?«
»Mami und Gloria.«
»Was glauben sie denn, daß ich dem Alten antun würde?«
»O Daddy«, sagte Ellen, als ob meine Frage sie in Verlegenheit brächte, »du weißt, was du getan hast.«
Ich erkannte, daß auch Ellen mein Verhalten sonderbar fand.
»Findest du, daß ich mich seltsam benommen habe, Ellen?«
»Nun, Daddy«, sagte sie, »willst du, daß ich in Ralphs Gegenwart darüber spreche?«
»Kann ich vielleicht einem von euch eine Tasse Kaffee bringen?« fragte Ralph.
»Das wäre sehr nett von Ihnen«, erwiderte ich.
»Wie trinken Sie ihn am liebsten?«
»Beinahe schwarz und vielleicht ...«
»Ich bringe Ihnen Zucker und Sahne extra.«
»Ich möchte Ihnen sagen, mein Junge, daß ich Sie bewundere.«
»Vielen Dank«, erwiderte er gelassen, vielleicht wirklich ein wenig dankbar, aber im Grunde genommen nicht sehr beeindruckt. Er hatte ein sanftes, geduldiges Lächeln. Mag sein, daß ich es mit der Zeit fertigbringe, auch so zu werden, dachte ich im stillen.
»Daddy«, sagte Ellen, als Ralph sich entfernt hatte. »ich muß es dir sagen. Mami glaubt, daß ...« Plötzlich stiegen ihr Tränen in die Augen.
»Verzeih«, sagte sie. »Mami glaubt«, begann sie wieder, »daß du nicht mehr zurechnungsfähig bist. Und sie findet – du kennst ja Mami –, daß sie etwas unternehmen muß.«
»Was will sie unternehmen?«
»Nun, sie meint, daß ...«
Ich beschloß, ihr zu Hilfe zu kommen.
»Arthur meint, daß man mich in eine Anstalt sperren sollte, damit ich mich erholen kann. Vielleicht hat er recht.«

»Oh, ich wünschte, du würdest es tun, Daddy«, sagte sie.
Ich hatte gehofft, daß sie energisch widersprechen würde, und war bestürzt zu sehen, daß sie Arthur beipflichtete. Stand es so schlimm um mich?
»Steht es so schlimm um mich?« fragte ich laut.
»Daddy, du hast in letzter Zeit recht sonderbare Dinge getan, und vielleicht brauchst du wirklich ein wenig Erholung. Nur kann ich Arthur nicht leiden; einfach gefühlsmäßig. Ralph sagt, Gefühl sei meistens Vorurteil, aber das ist mir egal. Jedesmal, wenn ich in Mamis Zimmer komme, spricht er in diesem vertraulichen Ton mit ihr. Mami sagt, er will nur dein Bestes, aber ...«
»Aber was?«
»Ich weiß es wirklich nicht.« Sie sah verängstigt aus.
»Ich glaube, ich sollte zu ihr gehen und mit ihr reden«, sagte ich.
»Ja, tu das, Daddy. Geh zu ihnen wie Odysseus und schieß ihnen den Pfeil mitten ins Herz; besonders diesem gottverdammten, aalglatten Schweinehund. Und heute morgen ist auch noch dieser Psychoanalytiker angekommen. Ich glaube, er hat ebenfalls irgendwie einen Narren an ihr gefressen. Außerdem hockt da noch ein anderer Mann herum. O Daddy, ich wünschte, du würdest zu ihr gehen und ...«
»Gut, Liebling, ich werde es tun – mitten ins Herz.«
Als wir durch die Halle des Gotham gingen, wo Florence abgestiegen war, dachte ich: Mein Gott, hier muß es mindestens fünfzig Dollar pro Tag kosten. Das war einmal auch mein Lebensstil gewesen! Ellen kannte Florences Zimmernummer, und so klopften wir unangemeldet an die Tür.
Wir hörten drinnen ein leises Gemurmel, das bei unserem Klopfen jäh abbrach. Arthur Houghton öffnete vorsichtig die Tür.
»Nun, Edward«, sagte er deutlich und laut. Es war keine Begrüßung; er wollte die anderen im Zimmer lediglich wissen lassen, daß ich gekommen sei und daß sie schweigen sollten.
»Komm herein, Edward; es freut mich, dich zu sehen, komm herein!«
Vielleicht freute er sich wirklich, mich zu sehen, obgleich ich es bezweifle; aber Florence und die anderen freuten sich ganz gewiß nicht.
Ich hatte nur Augen für Florence. Dies war unsere erste Begegnung, seit sie mich mit Gwen im Bett gesehen hatte. Wie sollte eine Frau sich benehmen, die gerade ihren Mann dabei ertappt hat, wie er es mit einer anderen trieb? Ich stand eine ganze Weile da und dachte über diese Frage der Etikette nach. Später, bei der Verhandlung, sagte Arthur aus, ich hätte einen verwirrten Eindruck gemacht, als

ich das Zimmer betrat. Ich hätte dagestanden und ins Leere gestarrt, sagte er, und ich sei eindeutig nicht bei klarem Verstand gewesen.
»Worüber denkst du nach?« fragte Arthur.
»Ich habe mir gerade überlegt, daß ich nicht mehr alle fünf Sinne beisammen habe«, erklärte ich.
»Es freut mich, daß du das erkannt hast«, sagte Arthur in munterem Ton. Dann setzte er umgänglich hinzu: »Du kennst ja die übrigen Leutchen hier, nicht wahr?«
Ich stand da wie ein Tölpel und starrte benommen vor mich hin, als hätte man ein Dutzend Blitzlichtlampen vor meinen Augen aufflammen lassen. Vielleicht war es die heiße Welle des Mißtrauens, die mir von allen Seiten entgegenschlug. Es war, als sei ich, wie Florence mich einmal genannt hatte, ein wildes Tier, das plötzlich mitten unter ihnen losgelassen worden war, und nun mußten sie sich überlegen, wie sie mich einsperren konnten. Ich beschloß zu lächeln; ich lächelte und verbeugte mich, wie ich annahm, daß Ralph Scott es getan haben würde.
Dann brach Charles das Schweigen.
»Ich muß gehen«, sagte er.
Erst da bemerkte ich, daß Charles sich im Zimmer befand. Was, zum Teufel, tat er hier? Dann entsann ich mich: Arthur hatte mir erzählt, daß Charles und Florence zusammengekommen waren. Wie passend, dachte ich mir, zwei Menschen, die beide das gleiche Ziel verfolgten, und zwar, daß ich Gwen niemals wiedersehen sollte. Ich dachte wieder an Ralph Scott und verbeugte mich vor Charles. Nimm dir ein Beispiel an den Manieren dieses Jungen, sagte ich mir – immer noch ohne zu sprechen, immer noch, soweit sie sehen konnten, wie betäubt –, nimm dir ein Beispiel an diesem liebenswürdigen Jungen. Gib dich gelassen, aber freundlich. Bring deinen Feinden mehr Höflichkeit entgegen, als sie verdienen, schlage zurück, indem du netter bist als sie, vornehmer und »zivilisierter«. Erwidere Unduldsamkeit mit Duldsamkeit, Verachtung mit Stolz, Haß mit Sanftmut.
»Charles«, verkündigte ich, »es freut mich, Sie zu sehen.«
Doch dann sagte ich mir, es hat keinen Zweck zu lügen; sprich die Wahrheit.
»Nein«, sagte ich, »eigentlich freut es mich nicht, Sie zu sehen; was, zum Teufel, tun Sie hier?«
Alle Anwesenden brachen in schallendes Gelächter aus und warfen sich bedeutungsvolle Blicke zu. Dann sahen Sie Dr. Leibman an. Die Lücken zwischen seinen Vorderzähnen kamen mir bekannt vor, aber ich konnte mich nicht an seinen Namen erinnern. So stand ich jetzt abermals regungslos da und starrte ihn eine ganze Weile

schweigend an. Seine Augen hatten einen seltsam leblosen Ausdruck. Dann lächelte er, und das war noch schlimmer. »Ich«, sagte er, »bin Dr. Leibman.«

»Oh«, stammelte ich, »oh!«

»Ich freue mich, Sie zu sehen«, sagte Dr. Leibman. »Freuen Sie sich, mich zu sehen?«

»Ich weiß es nicht.«

»Sind Sie überrascht, mich zu sehen?«

»Ja. Das ist's. Ich bin tatsächlich überrascht.«

»Warum eigentlich?«

»Nun, was, zum Teufel, tun Sie hier?«

»Darauf werden wir vielleicht später noch zu sprechen kommen«, sagte er.

»Ich habe Dr. Leibman gebeten, hierherzukommen und ein paar Stunden mit mir zu verbringen«, erklärte Florence.

»Dazu die ganze weite Reise?«

»Ich muß gehn«, sagte Charles in die Gegend hinein.

»Gehen Sie ruhig«, erwiderte ich.

»Ja«, sagte Florence, »dazu hat er die ganze weite Reise gemacht. Ist das nicht nett von ihm?«

Sie haben sich alle verschworen, mich einzusperren, dachte ich im stillen. Alle außer Ralph Scott. Ihm ist es egal, so oder so. Ich starrte einen nach dem anderen mißtrauisch an.

Kein Wunder, daß sie mich für verrückt hielten.

»Setz dich«, sagte Arthur.

»Wohin?« fragte ich.

Es gab tatsächlich keinen freien Platz.

Charles stand auf. »Ich muß gehn«, erklärte er. »Aber vorher möchte ich Ihnen gern etwas sagen.«

Für mich war das andere Thema noch nicht beendet. »Ich nehme an«, sagte ich zu Florence, mich auf Dr. Leibman beziehend, »daß wir ihn dafür bezahlen.«

Niemand schien zu wissen, wovon ich sprach.

»Ihn.« Ich deutete auf Dr. Leibman. »Er ist doch nicht aus reiner Herzensgüte hier, oder?«

Darauf folgte ein verlegenes Schweigen. Jeder fühlt sich peinlich berührt, wenn man auf die Bezahlung von Psychoanalytikern zu sprechen kommt, dachte ich im stillen.

»Jeder fühlt sich peinlich berührt, wenn man auf die Bezahlung von Psychoanalytikern zu sprechen kommt«, sagte ich laut.

»Dr. Leibman mußte meinetwegen alle anderen Konsultationen absagen«, erklärte Florence.

»Oh, das tut mir schrecklich leid«, sagte ich.

Ellen lachte laut.
»Ellen«, sagte Florence mit äußerst beherrschter Stimme, »warum gehst du nicht ein Weilchen mit dem jungen Mann spazieren? Habt ihr nicht ein paar Einkäufe zu machen?«
»Nein«, erwiderte Ellen. »Ich will zuhören.«
»Natürlich gehen wir«, sagte Ralph Scott. »Wann sollen wir zurückkommen?«
Es dauerte etwa zwanzig Sekunden, bis mir klarwurde, daß Ralphs Frage an mich gerichtet war. Mein Reaktionsvermögen hatte merklich nachgelassen. Ich dachte immer wieder, alle diese Menschen wollen mich einsperren. Doch dann sagte ich mir, nein, ich glaube nicht, daß Florence so etwas tun würde. Die anderen wohl, aber Florence nicht.
»Mr. Arness!« sagte Ralph.
Arthur sah mich scharf an. »Er spricht mit dir, Edward.«
»Oh, Verzeihung.«
»Mr. Arness«, sagte Ralph, »wir kommen in einer Stunde wieder. Wenn das zu früh ist, gehen wir noch einmal fort.«
»Warum bleibt ihr nicht hier, um euch den Spaß anzuhören?« fragte ich.
»Mitten ins Herz!« sagte Ellen, als sie sich zum Gehen wandte.
»Viel Glück«, murmelte Ralph; dann nahm er Ellen beim Arm und verschwand.
Plötzlich stand Charles dicht neben mir. »Ich möchte ein paar Worte mit Ihnen sprechen«, sagte er.
»Schießen Sie los«, erwiderte ich mit einem liebenswürdigen Lächeln.
»Würden Sie bitte einen Augenblick mit mir hinauskommen?« sagte er, auf die Tür deutend.
Es lag etwas Unheilvolles in seinem Ton.
»Ihr Ton klingt irgendwie unheilvoll«, sagte ich, »aber ich gehe gern mit Ihnen hinaus.« Ich bemerkte, daß ich alles aussprach, was ich dachte, ganz gleich, was es war. Und das tat mir wohl.
»Ich spreche alles aus, was ich denke«, sagte ich. »Es ist für mich eine neue Art des Lebens, und ich empfinde es als eine ausgesprochene Wohltat.«
»Ich glaube nicht, daß Sie wirklich alles aussprechen, was Sie denken«, sagte Dr. Leibman. »Zum Beispiel möchte ich gern, daß Sie uns sagen, weshalb Sie sich von Charles so bedroht fühlen.«
»Ich werde es nicht allen sagen«, erwiderte ich, »aber *Ihnen* werde ich es ins Ohr flüstern.«
Sie warfen sich wieder bedeutungsvolle Blicke zu.
»Warum seht ihr euch alle so bedeutungsvoll an?«

»Was veranlaßt Sie, zu glauben, daß unser Ausdruck bedeutungsvoll sei?« fragte Dr. Leibman.
Nun, dachte ich mir, das kann ewig so weitergehen.
»Nun«, sagte ich, »dies kann ewig so weitergehen. Übrigens, wer hat angeordnet, daß man mich nicht zu meinem Vater lassen soll?«
Ich ließ die Augen sanftmütig von einem zum andern wandern. Sie sahen alle reichlich verlegen aus.
»Ihr seht alle reichlich verlegen aus«, sagte ich, »aber nichtsdestoweniger hätte ich gern eine Antwort auf meine Frage. Wer von euch hat die Unverfrorenheit besessen, im Krankenhaus Anweisungen zu geben, daß man mich gewaltsam hinausbefördern solle, wenn ich käme, um meinen Vater zu sehen?«
Ich ging auf Arthur zu.
»Warst du es, Arthur?«
»Nein«, log er.
»Du lügst«, sagte ich. »Bestimmt warst du's.«
»Ich war es«, erklärte Florence.
»Nein, Florence, das glaube ich nicht; ich glaube, es war Arthur, und jetzt muß er für die Folgen dieser Tat einstehen. Jede Tat bringt irgendwelche Folgen mit sich, stimmt's, Arthur?«
»Ich muß gehn«, sagte Charles.
»O. K.« Ich drehte mich um und sah sie alle an. Sie blickten verdammt betreten drein. »Ich weiß, ihr habt noch verschiedenes zu besprechen«, sagte ich; »offene Fragen. Nun, besprecht sie. Ich bin gleich wieder da. Charles hat mir vermutlich nicht sehr viel zu sagen, nicht wahr, Charles?«
»Will Sie nur um etwas bitten«, erwiderte er.
Ich ging auf Florence zu. »Die anderen wohl«, sagte ich, »aber von dir glaube ich es nicht.« Dann verbeugte ich mich und verließ das Zimmer. Charles folgte mir.
Draußen im Gang ging ich zu einem Fenster, das auf den Hof zwischen den Häusern der 54. und 55. Straße blickte.
»Ist es Ihnen hier recht?« fragte ich Charles.
»Mir ist jeder Ort recht.«
»Gut, dann schießen Sie los.«
»Ich will Ihr Ehrenwort, daß Sie Gwen nie wiedersehen werden.«
Nun, dachte ich mir, das ist eigentlich nur recht und billig.
»Nun, das ist nur recht und billig«, sagte ich. »Werden Sie heiraten?«
»Ja.«
»Wann?«
»Übermorgen.«
»Wo?«

»Das geht Sie nichts an.«
»Auch wieder richtig. Nicht der Ton, aber der Inhalt. Nichts dagegen zu sagen.«
»Also möchte ich, daß Sie mir Ihr Wort geben. Es ist nicht sehr viel wert, aber immerhin ...«
»Was veranlaßt Sie zu glauben, daß mein Wort nicht sehr viel wert ist?«
»Weil Sie sich letzthin völlig unberechenbar benommen haben.«
»Wer hat das gesagt?«
»Alle.«
»Alle wo?«
»Alle in dem Zimmer. Und ich sage es auch. Ich halte Sie für geistesgestört und bin der Meinung, daß Sie eingesperrt gehören!«
»Eingesperrt?«
»Allerdings! Sie sind eine Gefahr für anständige Menschen.«
»Ist es das, was dort drinnen verabredet wird?«
»Man wird Ihnen schon noch sagen, was man dort drinnen verabredet hat. Inzwischen möchte ich, daß Sie mir Ihr Wort geben. Wie steht's damit?«
»Nein.«
»Was?«
»Ich denke nicht daran, Ihnen mein Wort zu geben, wenn Sie mich auf diese Manier darum ersuchen.«
»O. K.«
»O. K.«
Ich wandte mich ab und wollte gehen.
»Mr. Arness!«
Ich drehte mich um.
Er kam auf mich zu. »Wenn Sie Gwen jemals wieder belästigen oder sich ihr nähern oder ...« Er atmete schwer, wußte offenbar nicht, wie er den Satz beenden sollte, den er begonnen hatte.
»Lassen Sie sich Zeit«, sagte ich.
»Wenn Sie sich ihr nähern – Sie wissen, was ich damit sagen will –, sehe ich mich gezwungen, Sie zu töten. Ich werde es mir nicht noch länger mitansehen.«
Drohungen und Gewalttätigkeit entsprachen nicht der Natur dieses Mannes. Hatte sein Bruder Chet ihn aufgehetzt? Ich sah ihn an und empfand ein fast freundschaftliches Gefühl für ihn. Doch Charles, der anscheinend fürchtete, wieder nachsichtig gegen mich zu werden, drehte sich um und ließ mich stehen.
Florence, Arthur und Dr. Leibman saßen, über zwei Schriftstücke gebeugt, um den Tisch herum und fuhren erschrocken in die Höhe, als ich, ohne anzuklopfen, eintrat. Arthur drehte einen Bogen mit

der Schriftseite nach unten und steckte den anderen in die Tasche.
»Soll ich lieber noch ein Weilchen draußenbleiben?« fragte ich.
»Nein«, sagte Arthur, »komm 'rein.«
»Was steht auf diesem Bogen? Und auf dem anderen, den du in die Tasche gesteckt hast?«
»Oh«, sagte Arthur, »nichts, was dich im Augenblick interessieren könnte.«
»Das möchte ich bezweifeln«, erwiderte ich. Diese Menschen verdienen es nicht, auf Ralph Scotts Manier behandelt zu werden, dachte ich mir. Das ist viel zu gut für sie. Ich werde ein anderes Verfahren anwenden.
»Ich rieche Geld«, sagte ich.
»Was soll das heißen?« fragte Dr. Leibman.
Ich sah ihn scharf an. »Sooft ich einen Psychoanalytiker sehe, rieche ich Geld«, erwiderte ich, in der Luft herumschnuppernd, »aber diesmal rieche ich es rings um mich herum.«
Dr. Leibman stand auf. Offenbar hatte meine Bemerkung ihn getroffen. »Darf ich Sie bitten, das ein wenig näher zu erklären?« sagte er.
»Dr. Leibman, bitte«, mischte Arthur sich ein. »Ich habe eine Verabredung«, er sah auf sein Handgelenk, »hätte bereits vor fünf Minuten dort sein sollen.«
»Mein Flugzeug geht um zwölf«, sagte Dr. Leibman.
»Und ich habe eine Verabredung mit der Hotelmaniküre«, erklärte ich. Zum Teufel mit der ganzen Bande, dachte ich mir. Es lohnt sich nicht, nett mit ihnen zu sein. Ich verschob mein Vorhaben, es Ralph Scott gleichzutun.
»Sie haben was?« fragte Dr. Leibman.
»Wir tun es während ihrer Mittagszeit.« Irgendwie gelang es mir immer, Dr. Leibman aus der Fassung zu bringen.
»Was tun Sie?« fragte er.
»Die wohlbekannte Angelegenheit«, erwiderte ich. »Wir tun es im Hinterzimmer des Frisiersalons, auf einem Haufen von schmutzigen Handtüchern.«
Arthur ergriff die Initiative. »Setzen wir uns«, sagte er.
Ich setzte mich neben Leibman. »Sie sind mein Lieblingsspielzeug«, sagte ich zu ihm. »Ich könnte eine ganze Woche lang meinen Spaß an Ihnen haben.« Er erwiderte nichts, rümpfte nur verächtlich seine lange, distinguierte Nase. »Wollen Sie mir nicht die Hand halten?« fragte ich. »Ich habe solche Angst!«
»Wenn du nichts dagegen hast, Edward...«, sagte Arthur streng.
»Ich habe sogar sehr viel dagegen! Ich bin hierhergekommen, um meine Frau Florence, meine mir entfremdete Frau zu sehen. Ich

bin nicht gekommen, um mit euch Dummköpfen zu reden oder mir Charles' Drohungen anzuhören – ich glaube, ich sollte mir lieber eine Pistole zulegen, findet ihr nicht?« Niemand antwortete. »Dr. Leibman?« sagte ich. »Ich spreche mit Ihnen.«
Dr. Leibman saß da wie ein versteinerter Götze.
»Hör endlich mit diesem leichtfertigen Unsinn auf«, sagte Arthur.
»Bedaure«, erwiderte ich, »aber ich bin nun mal gerade in leichtfertiger Stimmung.« Dann wandte ich mich wieder Dr. Leibman zu. »Was meinen Sie, sollte ich nicht lieber eine Pistole bei mir tragen?«
Dr. Leibman stand auf, setzte sich neben Florence und starrte stumm vor sich hin. Florence zündete sich eine Zigarette an und blies den Rauch zur Decke empor. Arthur blickte abermals auf seine Armbanduhr.
»Nun«, sagte ich gelassen, »meine Zeit ist nichts wert. Hoffentlich werdet ihr Schnorrer mir nicht eure Zeit in Rechnung stellen. Ich wette mit dir, Florence, daß ich länger warten kann als alle andern.«
Florence würdigte mich keines Blicks.
»Arthur«, murmelte sie.
»Er kann nichts mit mir anfangen«, sagte ich. »Ich bin heute nicht in Stimmung für ein ernstes Gespräch mit einem Anwalt, nicht einmal mit meinem eigenen. Bist du noch mein Anwalt, Arthur?«
»Arthur«, sagte Florence, »was schlägst du vor, was wir tun sollen?«
»Ich werde euch einen Vorschlag machen«, sagte ich. »Zunächst schlage ich vor, unser steinerner Götze geht statt meiner hinunter zur Hotelmaniküre; das bringt ihn auf andere Gedanken. Dann schlage ich vor, Arthur geht zur 54. Straße, Ecke 7. Avenue, und holt mir aus dem Delikateßladen dort ein heißes Schinkenbrötchen und eine Essiggurke! Was haltet ihr von dieser Anregung?«
»Arthur«, sagte Florence.
»Ich weiß nicht, was ich tun soll«, erwiderte Arthur.
»Warum tust du dann nicht, was ich dir vorgeschlagen habe?« fragte ich.
Florence schrie. Es war ein höllischer Schrei!
Dr. Leibman sprang auf; sie vergrub ihren Kopf in seiner Magengegend.
»Das hast du nun damit erreicht«, sagte Arthur vorwurfsvoll.
»Lassen Sie sie in Ruhe«, riet ich Dr. Leibman. »Ich weiß aus jahrelanger Erfahrung, daß es das beste ist, sie weinen zu lassen.«
»Dr. Leibman«, sagte Arthur, »könnte ich Sie einen Augenblick unter vier Augen sprechen?« Er ging zum Fenster. Dr. Leibman

wußte nicht, was tun. Doch Florence gab ihm einen stummen Wink, und er gesellte sich zu Arthur.

Florence betupfte sich die Augen und ging ins Schlafzimmer, vermutlich, um sich ein frisches Kleenex zu holen.

»Ich glaube, es ist besser, wenn ich verschwinde«, sagte ich. Dann stand ich auf und war mit einem Satz an der Schlafzimmertür, öffnete sie und trat ein.

Arthur eilte mir nach.

Florence schreckte auf, als sie mich sah, und rief: »Arthur!«

»Schon gut, Liebes«, beruhigte Arthur sie, »ich bin hier.«

»Liebes!« sagte ich. »Liebes!«

Dr. Leibman stand regungslos im Türrahmen.

»Ich muß sehr bald gehen«, sagte ich, »und ich möchte vorher dieser Zusammenkunft wenigstens einen Anschein von Ordnung geben. Ich will jetzt mit meiner Frau sprechen. Aber ich habe nicht die Absicht, das in Gegenwart eines Anwalts zu tun, nicht einmal meines eigenen. Und Dr. Leibman macht mich schlechthin nervös. Dies ist vielleicht die letzte Unterredung, die ich mit meiner Frau haben werde, und ich will dabei ungestört sein. Keine Sorge, ich tue ihr nichts.«

»Wunderbar«, sagte Arthur.

»Was ist wunderbar?«

»Endlich benimmst du dich wie ein vernünftiger, zivilisierter Mensch.«

»Nun, das ist wohl ein bißchen zuviel gesagt; was meinen Sie, Dr. Leibman?«

»Dr. Leibman und ich werden ganz still hier in der Ecke sitzen«, erklärte Arthur.

»Nein, das will ich nicht.«

»Was willst du dann?«

»Ich will, daß ihr euch zum Teufel schert.«

»Ich bleibe nicht allein mit ihm«, sagte Florence.

»Nun gut, dann mache ich euch einen letzten Vorschlag: Ihr beiden geht ins Nebenzimmer und laßt mich hier mit Florence sprechen. Setzt euch mit dem Ohr an die Tür, dann seid ihr bei der Hand, falls ich zu toben anfange, und könnt euch zu zweit über mich hermachen. Was meinst du dazu, Florence?«

»Ich glaube, das ist die beste Lösung«, sagte Arthur, wenn auch nicht sehr überzeugt.

»Sind Sie damit einverstanden, Dr. Leibman?« fragte ich.

Dr. Leibman schwieg.

»Dr. Leibman«, sagte ich, »scheint nicht gewillt, mit mir zu reden.«

Dr. Leibman beugte sich zu Florence hinüber und flüsterte ihr etwas zu.
»Nun, ich weiß, daß dies in Anbetracht meines Zustands ein äußerst schwerwiegender Entschluß ist«, sagte ich; »deshalb gehe ich ein Weilchen nach nebenan, dann könnt ihr euch in Ruhe darüber einig werden.«
Ich ging ins andere Zimmer.
Arthur folgte mir. »Uns ist einzig und allein daran gelegen, Florence zu beschützen, bis du wieder Vernunft angenommen hast«, erklärte er.
»Wunderbar«, sagte ich.
»Ich bin sicher«, fuhr er fort, »daß du dir im Grund deines Herzens bestimmt auch Sorgen um Florence machst.«
»Bestimmt.«
Dr. Leibman öffnete die Tür.
»Arthur«, sagte er. Sein Gesicht hatte wieder den üblichen selbstzufriedenen Ausdruck. Arthur eilte ins andere Zimmer und schloß die Tür.
Ich roch immer noch Geld, und ich fragte mich, ob das Schriftstück, das Arthur mit der Vorderseite nach unten auf den Tisch gelegt hatte, vielleicht etwas über den durchdringenden Geldgeruch aussagen würde, der über dem ganzen Raum lag.
So las ich es.
Es war eine Erklärung, die von mir unterschrieben und von Arthur und Dr. Leibman beglaubigt werden sollte und mit der ich meinen vollen Anteil an unserem gemeinsamen Besitz an Florence abtrat, bis ich – nach ihrem Dafürhalten – wieder völlig normal und zurechnungsfähig war.
Ich blickte auf und sah, daß Arthur und Dr. Leibman in der Tür standen und mich beobachteten. Ich beendete in aller Ruhe meine Lektüre. Dann sagte ich etwas, das selbst mich überraschte.
»Ich bin bereit, dies zu unterschreiben«, erklärte ich.
Sie waren sprachlos vor Erstaunen!
»Es gibt nichts dagegen einzuwenden.«
Arthur kam auf mich zu und schüttelte mir die Hand.
»Ich wußte, daß du so denken würdest«, log er.
»War dies der Grund für eure ganze Geheimnistuerei?« fragte ich.
»Ja«, sagte Arthur mit scheinbarer Aufrichtigkeit. Doch ich sollte bald erfahren, daß er in Wirklichkeit wieder gelogen hatte.
»Kannst du mir deinen Füller leihen?« fragte ich.
Arthur verlor keinen Augenblick.
Und ich auch nicht: Ich nahm seinen Federhalter und setzte mit einem schwungvollen Schnörkel seinen Namen unter das Schrift-

stück. Er war, wie ich vorausgesehen hatte, so glücklich, meine Unterschrift zu haben, daß er das Papier zusammenfaltete und in seine Brusttasche steckte, ohne einen Blick darauf zu werfen.
»Jetzt hast du den endgültigen Beweis, daß ich verrückt bin«, sagte ich.
Arthur lachte. Er war plötzlich sehr liebenswürdig.
»Arthur«, sagte Dr. Leibman, »wenn Sie hierbleiben könnten, bis die Unterhaltung beendet ist, dann ist meine Anwesenheit wohl nicht mehr erforderlich?«
»Ich sollte eigentlich schon seit zehn Minuten bei einer sehr wichtigen Besprechung sein«, erwiderte Arthur.
»Hört zu«, sagte ich, »warum geht ihr nicht alle beide? Ihr habt ja jetzt die gewünschte Unterschrift.«
Sie gingen abermals ins Schlafzimmer, und ich hörte, wie sie mit Florence sprachen. Dann kam Arthur heraus.
»Dr. Leibman nimmt das Flugzeug um zwei Uhr«, sagte er. »Ich muß gehen.« Er reichte mir die Hand.
»Arthur«, sagte ich, »könntest du mir wohl fünfzig Dollar leihen? Ich habe jetzt kein Geld mehr. Ich weiß nicht, wann ich sie dir zurückzahlen kann.«
»Natürlich«, sagte er, »natürlich!« Er zog die Brieftasche heraus. »Genügen dir vierzig?« fragte er. »Ich habe nur etwas über fünfzig bei mir, und ich muß den ganzen Tag Taxis nehmen.«
»Nun, vielleicht kannst du mir die restlichen zehn später schicken«, sagte ich verdrossen.
»Ja, natürlich. Ich gratuliere; du wirst sehen, es wird sich noch alles zum Guten wenden.«
»Bestimmt.«
»Ich habe immer gesagt, du hast das Herz auf dem rechten Fleck.«
»Und jetzt hast du die Gewißheit.«
»Die Zeit heilt alle Wunden«, versicherte er mir.
»Hör zu, Arthur«, sagte ich, »bist du ganz sicher, daß ihr beiden, du und Leibman, keine weiteren heimtückischen Anschläge auf mich vorhabt?«
»Wovon redest du, Edward? Schließlich bin ich ja dein Anwalt.«
»Gerade das beunruhigt mich.«
Er lachte nervös, auf eine Art, die mir nicht sehr geheuer war. Dann nahm er seinen Hut, winkte mir zu und ging hinaus.
Wenige Sekunden danach kam Dr. Leibman aus Florences Schlafzimmer. Er sah sich geistesabwesnd um, als sei er sich meiner Gegenwart nicht bewußt.
Ich beobachtete ihn eine Weile. Er war ein seltsames kleines Tier und machte plötzlich einen verlassenen und freudlosen Eindruck.

»Ist irgend etwas los?« fragte ich.
»Ich habe Kopfschmerzen«, sagte er.
»Warum legen Sie sich nicht ein Weilchen hin und machen die Augen zu? Sie haben eine starke nervliche Anspannung hinter sich.«
»Ja, das werde ich tun. Vielen Dank.« Er legte sich aufs Sofa und schloß die Augen.
Ich ging ins Schlafzimmer.
Florence zündete sich gerade eine Zigarette an.
»Florence, ich habe dir etwas Wichtiges mitzuteilen.«
»Ja?« sagte sie ein wenig furchtsam.
»Ich bin nicht verrückt.«
Das schien sie noch nervöser zu machen.
»Tatsächlich fühle ich mich so wohl wie schon seit Jahren nicht mehr«, sagte ich. »Ich habe das Schriftstück unterzeichnet, weil ich mir dachte, es würde dich beruhigen.«
Sie antwortete nicht.
»Ich hoffe, das hat es getan.«
Schweigen.
»Aber ich sehe, daß es nicht so ist.«
»Geld«, sagte sie leise, »ist mir nicht wichtig.«
»Was ist dir wichtig?«
»Ich will, daß alles wieder so wird, wie es war.«
»Was soll so werden, wie es war?«
»Ich will dich so, wie du warst.«
»Aber Florence, mein Liebes. Im Grunde genommen war ich doch schon seit Jahren nicht mehr wirklich bei dir, hast du das nicht gespürt?«
»Ich erwarte nichts Vollkommenes«, sagte sie, »aber ich will die Möglichkeit haben ..., mir ein Leben aufzubauen, ein gutes Leben.«
»Nun, jetzt hast du die Möglichkeit – und ich habe sie auch.«
»Ich kann sogar vergessen, was ich neulich morgens gesehen habe«, sagte sie. »Charles, der ein sehr anständiger Mensch ist, hat mir gesagt, daß er das Mädchen heiraten wird. Warum er so ein Flittchen heiraten will, weiß ich nicht, aber das ist seine Sache. Jedenfalls bin ich froh, daß er es ist und nicht du ... und Ev ... o Ev ...«
Sie fing an zu weinen.
»Du gemeiner Kerl«, sagte sie, »du gemeiner Kerl ... Aber ich kann darüber hinwegkommen, ich kann es ganz bestimmt, wenn du mir nur Zeit läßt. Ich kann auslöschen, was ich gesehen habe. Schließlich sind wir ja zivilisierte Menschen.«
Da wurde mir plötzlich klar, daß Florence mich wiederhaben wollte.
»Willst du, daß ich zu dir zurückkomme?« fragte ich. Mein Ton muß sehr überrascht geklungen haben.

»Natürlich«, sagte sie, »ich habe nie etwas anderes gewollt. Laß mir nur Zeit, damit ich das grauenvolle Bild vergessen kann. Aber es ist Schluß damit, nicht wahr? Du hast sie 'rausgeworfen?«
»Nein, *sie* hat *mich* verlassen«, sagte ich.
»Das glaube ich nicht.«
»Warum nicht?«
»Ich kann mir nicht denken, daß irgendeine Frau dich verlassen würde.«
Ich lachte laut.
»Du gemeiner Kerl!«, sagte sie, mich sehr aufmerksam anblickend, »weißt du, daß du sehr gut aussiehst? Du hast überhaupt kein Recht, so gut auszusehen, aber du tust es.«
Anscheinend brauchte sie nicht viel Zeit, um jene schreckliche Erinnerung auszulöschen, denn ihre Augen nahmen einen sehnsüchtigen Ausdruck an.
»Ich kann mich nicht so schnell umstellen«, murmelte ich.
»Das ist klar; ich auch nicht. Wir brauchen Zeit.« Sie kam zu mir herüber und setzte sich dicht neben mich. Die Tatsache, daß ich das Schriftstück unterschrieben habe, wirkt Wunder, dachte ich im stillen. Doch ich beschloß, das nicht laut zu sagen.
»Vielleicht werde ich nie wieder arbeiten«, sagte ich.
»Was wirst du dann tun?«
»Vielleicht nichts.«
»Nichts?«
»Nichts, was man sehen kann. Vielleicht gehe ich nur spazieren und denke nach. Vielleicht wandre ich durch die Gegend, setze mich hin und denke nach.«
»Wie Tolstoi?«
»Hat er das getan?«
»Ja ... er hat einfach eines Tages alles stehen und liegen lassen und ist losgezogen.«
»Nein, nicht wie er; wie ich selbst.«
»Aber Tolstoi«, sagte sie, »war ein reicher Mann.«
»Nun, wir haben Besitz, den wir zu Geld machen können.«
»Darüber bin ich nicht im Bilde.«
»Worüber?« fragte ich.
»Ob wir genug haben, um wirklich davon leben zu können. Ich will sagen, wenn du all die Rechnungen sehen könntest, die aus heiterem Himmel hereingeschneit sind ...«
»Nun, ich möchte, daß du sie alle bezahlst und dann das Haus verkaufst, den Bungalow in Indio verkaufst, die Wagen, sämtliche Platten, Gemälde und Bücher verkaufst, daß du tatsächlich alles verkaufst, was wir besitzen, und ...«

»Evans, sei vernünftig; wo würden wir dann leben?«
»Wir brauchen nicht mehr als zwei Zimmer. Wir können hier in New York eine kleine billige Wohnung mieten.«
»Ich bin zu alt und zu verwöhnt, Evans, um auf jede Bequemlichkeit zu verzichten.«
»Es gibt eine bessere Art zu leben ...«, begann ich.
»Das klingt alles recht primitiv und schrecklich unbequem. Ich bin einfach zu alt, um mich vollkommen umzustellen; glaub es mir.«
»Aber wir haben uns doch in Kalifornien nie richtig wohl gefühlt, zumindest ich nicht; ich war unglücklich, ich wollte mich umbringen, habe tatsächlich versucht, mich umzubringen, entsinnst du dich? Zweimal!«
Ich merkte, daß ich im Begriff war, die Beherrschung zu verlieren; ich hielt inne und entfernte mich von ihr. Ich wußte, es war jetzt oder nie. Nach einer Weile ging ich wieder zu ihr, nahm ihre Hände und hielt sie fest umklammert.
»Florence, Florence«, sagte ich, »ich weiß, ich habe dir und anderen viel Böses angetan. Aber das ist alles nichts im Vergleich zu dem, was ich mir selbst angetan habe. Ich habe mich am meisten an mir selbst versündigt. Ich habe mich selbst verraten. Ich bin all das geworden, was ich mir vorgenommen hatte, *nicht* zu sein. Ich habe mich so, wie ich war, zutiefst verachtet, Florence.«
»Ich habe dich so, wie du warst, geliebt.«
»Dieser Mensch bin ich nicht mehr.«
»Ich will nicht sagen, daß du vollkommen warst, aber du hattest einen gewissen Respekt vor anderen Menschen – o Ev, Liebling, sei wieder der alte! Denke an andere, nicht nur an dich selbst!«
»Ich habe mein ganzes Leben lang an andere und nicht an mich selbst gedacht. Das war mein Fehler. Ich habe mich selbst verloren. Verdammt noch mal, Florence, ich bin all das geworden, was ich verachtet habe. Ich werde nie mehr so sein!«
»Nun, etwas Gutes hast du getan: Du hast dich von ihr befreit.«
»Es hat nichts mit ihr zu tun und auch nicht mit dir. Es hat allein mit mir zu tun. Ich habe mich selbst verloren. Ich bin jetzt nicht mehr dieser Mensch, nein, ich bin nicht dieser Mensch!«
»Ev, beruhige dich. Versuche mir zu sagen, wer du jetzt bist.«
»Ich weiß es noch nicht. Aber deshalb bin ich doch nicht verrückt. Vielleicht ist die übrige Welt verrückt. Ich bin es nicht.«
»Ev ...«
»Nein, laß mich ausreden! Nichts von alledem muß so sein, nichts von alledem! Das Leben auf dieser Welt könnte gut sein, aber so, wie es jetzt ist, hat es keinen Sinn; es ist verrückt. Ich bin nicht verrückt, das *Leben* ist verrückt!«

Ich hörte, wie meine Stimme immer lauter und unbeherrschter wurde.
»Ich kehre nicht zu dem oder zu irgend etwas Ähnlichem zurück. Niemals! Niemals!«
»Was gedenkst du dann zu tun?«
»Die Minuten! Meine Minuten! Ich werde sie niemandem mehr schenken.«
»Evans, beruhige dich.«
»Ich bin nicht ruhig; warum sollte ich mich beruhigen? Ich will nicht ruhig sein!«
»Was wirst du tun – au, du tust mir weh!«
Ich ließ ihre gottverdammten Hände los. Dann griff ich wieder nach ihnen.
»Vorläufig will ich gar nichts tun.«
»Nun, ich kann nicht behaupten, daß ich das sehr bewundernswert finde.«
»Ich will nie wieder eine Arbeit tun, die ich verachte. Ich will nie wieder Menschen anlügen oder ihnen etwas abhandeln oder sie übervorteilen oder ...«
Ich schöpfte Atem. Florence sah zu Tode erschrocken aus.
»Ich möchte irgend etwas Gutes tun, ehe ich sterbe, nur irgendeine Kleinigkeit, auf die ich stolz sein kann, etwas, das mir gehört, das ich selbst bin ... kannst du das verstehen?«
»Natürlich, Ev ...«
»Das ist's, was ich will.«
»Natürlich.«
»Ich verachte das Leben, das wir geführt haben, Florence. Es tut mir leid, aber ich verachte dich und mich zusammen. Ich werde eine Lebensweise finden, die ich achte ...«
»Wie zum Beispiel, dieses Flittchen zu vögeln.«
»Nenne sie nicht ein Flittchen«, sagte ich ruhig.
»Warum soll ich sie nicht als das bezeichnen, was sie ist?«
»Sie ist ein Mensch wie du, und sie ist weniger ein Flittchen als die meisten unserer Bekannten, und ...«
»Sie ist eine dreckige Hure!«
»Woher willst du das wissen?«
»Weil ich einen Instinkt dafür habe! Ich erkenne eine Hure, wenn ich sie sehe. Wenn du mir also von deinem großartigen neuen Weg in die Freiheit erzählst, weiß ich genau, was das bedeutet!«
»Was weißt du über sie?«
»Alles!«
»Du weißt nicht das geringste.«
»Ich habe Nachforschungen über sie anstellen lassen. Ich habe er-

fahren, mit wem sie zusammen war und wie oft... und was man ihr dafür bezahlt hat. Hast du gehört, bezahlt! Bezahlt!«
»Na und?«
»Bezahlt!«
»Sie ist mir lieber als du.«
»Evans!«
»Sie ist menschlicher als du und vertrauenswürdiger! Sie würde nicht hinter dem Rücken ihres Mannes beantragen, ihn für unzurechnungsfähig erklären zu lassen.«
»Das habe ich nicht getan.«
»Sie würde kein Komplott schmieden, mich in eine Nervenheilanstalt zu stecken.«
»Ich habe dazu nicht meine Einwilligung gegeben.«
»Glaubst du, ich weiß nicht, was hier gespielt wird? In der Brusttasche deines Anwalts befindet sich genau in diesem Augenblick ein Schriftstück, das mich in eine Heilanstalt bringen könnte, und zwar auf Grund eines Gesuchs, unterschrieben von...«
»Ich habe mich geweigert, das zu unterschreiben.«
»Ich sagte, unterschrieben von diesem Scharlatan« (ich hob die Stimme, bis sie durch die ganze Suite tönte) »Dr. Leibman! Und du kannst nicht leugnen, daß *du* dir gerade jetzt sehr ernsthaft überlegst, ob du es nicht lieber auch unterschreiben solltest.«
Sie stieß einen Schrei aus. »Dr. Leibman!« rief sie. »Dr. Leibman!«
Ich hatte sie bei den Schultern gepackt und aus voller Kraft geschüttelt.
Dr. Leibman muß wie der Blitz in die Höhe gefahren sein, denn er war in knapp einer Sekunde im Zimmer.
Und ich war ebenso schnell draußen. Ich wußte nicht, wohin ich lief, aber ich lief.
Die Tür des Aufzugs öffnete sich, und heraus kam Arthur Houghton, so schnell und so ungestüm, daß er an mir vorbeistürzte, ohne mich zu sehen. Er steuerte auf Florences Appartement zu, und er war außer sich vor Zorn.

23

Unten in der Halle stieß ich auf Mr. Finnegan, der oft im Gotham zu Mittag aß. Später erfuhr ich, daß er die Suite für Florence dort reserviert hatte und auch ihre Rechnung zahlte.
Ich leistete ihm Gesellschaft, während er auf seinen Rolls-Royce wartete. Bei dem starken Verkehr konnte der Wagen nicht pünktlich sein, das mußte selbst Mr. Finnegan einsehen, aber er war des-

wegen nicht weniger ungehalten über seinen Fahrer. Das ganze Vestibül bekam zu hören, wie verärgert er war.
Ich bemerkte mein Spiegelbild in der Glastür. Zu meiner Überraschung schien ich Finnegan mit respektvoller Bewunderung zu beobachten. Das entsprach nicht meinem wahren Gefühl. Während ich mein lächelndes Selbst in der Glasscheibe betrachtete, fragte ich mich erstaunt, ob ich das tatsächlich war.
Da erkannte ich plötzlich, was ich schon während der letzten Tage unklar empfunden hatte: ganz einfach, daß ich aus zwei Personen bestand. Eine war Eddie, der Mann, der sich jetzt Mr. Finnegan gegenüber so aufmerksam zeigte und den Florence, wie sie mir gerade eben gesagt hatte, zurückhaben wollte; Eddie, der sich so benahm, wie man es von ihm erwartete, der seine Abneigung hinter einem Lächeln verbarg und jeden Groll erstickte, noch ehe er zu heftig wurde.
Doch außerdem gab es noch einen anderen Mann. Er hatte bisher weder einen Namen noch ein Gesicht. Aber ebenso sicher, wie Eddie sich allmählich auflöste, wurde er geboren. Diese beiden Menschen waren in einen tödlichen Kampf verwickelt, und langsam besiegte der eine den anderen. Wenn der Zeitpunkt gekommen war, würde Eddie sterben, und wer immer seine Stelle einnahm, würde mein Ich sein.
Sobald jener Tod eintrat, würde der neue Amtswalter von jeder Haftpflicht entbunden sein. Ein Mensch hat, nicht weniger als ein Geschäft, das Recht, bankrott zu machen, ein paar Schulden oder vielleicht einen kleinen Prozentsatz von allen zu bezahlen und dann von vorn zu beginnen. Die neu entstandene Persönlichkeit sollte nicht für den Rest ihres Lebens die ganze Last der durch Eddies Fehler und Mißgriffe verursachten Verpflichtungen zu tragen haben.
Ich begann, Eddie zu beobachten, als sei er ein anderer Mensch.
Finnegan hatte beschlossen, mir einige Ratschläge zu erteilen.
»Nun, Eddie, haben Sie sich ausgesöhnt?«
»Mit wem ausgesöhnt?«
»Mit Florence, Sie Idiot. Hören Sie überhaupt zu?«
»Natürlich«, sagte Eddie lächelnd.
»Nun, ich weiß nicht recht. Tun Sie's?« Finnegan blickte Eddie prüfend an. »Sie werden wirklich langsam verrückt; was, zum Teufel, ist mit Ihnen los?« Ohne eine Antwort auf diese Frage abzuwarten, ging er zum Portier und gab ihm einen Dollar.
»Besorgen Sie mir ein Taxi«, sagte er; dann wieder an mich gewandt: »Ganz im Ernst, mein Junge, wie lange soll das noch so weitergehen? Ich finde, es ist ein ziemlicher Luxus.«
»Ein Luxus?« Eddie lächelte Finnegan fragend an.

»Ja. Glauben Sie wirklich, daß Sie sich dies alles leisten können?« Auch jetzt wartete er nicht auf meine Antwort, sondern wandte sich um und blickte die Straße hinunter. Die Kreuzung der Fifth Avenue war vollkommen verstopft.

»Kommen Sie«, sagte Finnegan zu Eddie.

Sie gingen mit langen Schritten die 55. Straße entlang.

»Wohin gehen Sie?« rief Finnegan über die Schulter.

»Mit Ihnen«, sagte Eddie, wie zu erwarten!

»Ich meine, hinterher?«

»Keine blasse Ahnung.«

»Sehen Sie, genau das ist es«, sagte Finnegan und beschleunigte seinen Schritt. »Sie lassen sich einfach treiben. Und merken Sie, wie Sie keuchen? Sie sind in einer bedenklich schlechten Verfassung, mein Junge.«

Finnegan entdeckte in einiger Entfernung ein freies Taxi. »Kommen Sie!« sagte er und rannte los.

Im Wagen lehnte er sich vor und gab dem Fahrer einen Dollarschein. »Sie bekommen noch einen, wenn Sie mich in fünf Minuten zum Astor bringen«, sagte er. Der Taxichauffeur – laut seiner Lizenz ein gewisser Silverman – nahm das Geld und zuckte die Achseln. »Was hat das Achselzucken zu bedeuten?« wollte Finnegan wissen.

»Ich will mir kein Magengeschwür zuziehen«, sagte Silverman. Er war kein Eddie.

»Das Erstaunliche ist, daß Sie blendend aussehen«, sagte Finnegan. »Ich habe das bei Menschen unmittelbar nach ihrem Tod beobachtet. Sie sehen einfach wunderbar aus, als ob ihnen plötzlich die Sorgen der Welt von den schmerzenden Schultern genommen worden seien. Was ja auch stimmt, nicht wahr?«

Eddie nickte, lächelte, lachte sogar.

Finnegan sah ihn immer noch abschätzend an. »Sind Sie nun eigentlich verrückt oder nicht?« fragte er.

»Hoffentlich. Ich will sagen« (Eddie hatte sich verplappert), »hoffentlich nicht.«

»Sie haben keine Zeit für diesen Unsinn, also kommen Sie zu sich, mein Junge. Sofort! Ich werde Ihnen sagen, was Sie jetzt tun. Wollen Sie es hören?«

»Ja, natürlich.«

»Wenn ich im Astor ausgestiegen bin, fahren Sie ins Gotham zurück. Falls irgend jemand bei ihr ist, werfen Sie ihn 'raus. Dann gehen Sie mit ihr ins Bett. Das wird sie sehr rasch von der Idee abbringen, daß Sie verrückt seien.«

Silverman hatte versucht, sich zwischen zwei Wagenreihen hin-

durchzuschlängeln. Wir hörten das kratzende Geräusch. Er zog die Bremse, öffnete nach einem langen, vorwurfsvollen Blick auf Finnegan langsam die vordere Tür und stieg aus, um sich den Schaden zu besehen. Nach einem kurzen Wortwechsel begann das übliche Zeremoniell des Austauschs von Karten und Wagennummern.
»Kommen Sie«, sagte Finnegan und sprang aus dem Wagen. Eddie folgte, so rasch er konnte.
»Bestellen Sie ein paar Drinks und das Mittagessen – natürlich aufs Zimmer«, sagte Finnegan; er winkte einem anderen Taxi, und sie stiegen ein. »Es gibt dort eine köstliche Hummermayonnaise«, fuhr er fort. »Ich habe sie gerade heute gegessen. Und dann tun Sie's, wenn möglich, noch einmal mit ihr. Sie werden sehen, danach gibt es nichts mehr zu reden, außer über die Ferienreise, die Sie zusammen machen werden; ich stelle Ihnen dafür mein Haus in Eleuthera mit Personal und allem zur Verfügung.« Eddie muß dankbar dreingeblickt haben, denn Finnegan sagte: »Nichts zu danken. Sie können direkt von hier aus auf eine Woche dorthin fahren.«
Das Taxi hatte inzwischen die 56. Straße gekreuzt, und der Fahrer wartete immer noch auf Instruktionen.
»Ach ja, Hotel Astor, bitte«, sagte Finnegan. »Was Florence Sorgen macht«, fuhr er fort, »ist nicht Ihre Geistesverfassung, sondern Ihre fortwährende Gleichgültigkeit ihr gegenüber. Also trinken Sie ein oder zwei Whisky, machen Sie das Licht aus und tun Sie Ihre Pflicht. Andernfalls, mein Freund« (Eddie lächelte), »werden Sie sich in ernsten Schwierigkeiten sehen; womit ich die einzige wirklich ernste Art meine, nämlich Geldschwierigkeiten. Aber nach der Woche in Eleuthera können Sie nach Los Angeles zurückgehen und sich getrost wieder so viele Freundinnen zulegen, wie Sie verkraften können.« (Eddie lachte anerkennend.)
Das Taxi hielt vor dem Astor. Finnegan stieg aus, gab dem Fahrer einen Dollar und sagte: »Bringen Sie den Herrn zum Gotham Hotel.« Dann steckte er den Kopf durchs Fenster und lächelte.
»So, damit ist alles wieder in Ordnung, nicht wahr?«
»Ja«, erwiderte Eddie lächelnd. »Vielen Dank.«
»Sie haben den großen Fehler begangen, Florence gegenüber etwas zuzugeben. Geben Sie nie etwas zu! Leugnen, leugnen, leugnen – das war von jeher mein Motto, was Frauen betrifft. Schön, ich muß mich beeilen. Tun Sie, was ich Ihnen gesagt habe. Und rufen Sie mich hinterher an. Ach ja, noch etwas: Ich zahle Ihnen ab sofort wieder Ihr volles Gehalt! Wie finden Sie das?«
»Einfach wundervoll!« sagte der gute alte Eddie.
»Viel Spaß, und machen Sie Ihre Sache gut, mein Junge!« Er lachte und verschwand.

Vor dem Gotham stand ein unansehnliches Vehikel mit Ralph Scott am Steuer. Ellen lag auf dem Rücksitz. Sie hatte Kopfschmerzen. Ralph sprach auf dem ganzen Weg zum Long Island Sound nicht ein einziges Wort. Vor dem alten Haus stieg ich aus, küßte Ellen, schüttelte Ralph die Hand, und das war's. Ich kann mich nicht entsinnen, daß ich in meinem ganzen Leben jemandem so dankbar gewesen bin wie an jenem Tag Ralph Scott für sein Schweigen.

Als sie fortfuhren, wünschte ich mir nichts weiter, als auf der Veranda zu sitzen. Ich verstand, wie Tiere sich oft damit zufriedengeben, einfach dazuhocken. Die Stille war eine Wohltat. Ich spürte die Brise auf meinen Wangen, roch die Akazien meines Vaters, beobachtete die Segel in der Bucht; auf jenen Booten muß es Rufe, Reden und Lachen gegeben haben, aber ich war froh, daß ich es nicht hören konnte. Alles schien woanders zu geschehen, unter Menschen, die mich nichts angingen.

Von der anderen Seite der Bucht drang in regelmäßigen Abständen ein dumpfes Dröhnen wie von Kanonenschüssen herüber. Hatte der Krieg begonnen? Es kümmerte mich nicht.

Ich stand am Rande eines Abgrunds. Ich wußte, irgend etwas Unwiderrufliches würde sich an jenem Nachmittag ereignen. Oder spätestens am Abend.

Das Dröhnen dauerte fort.

Es war kein Donner, obgleich es jeden Augenblick zu regnen anfangen konnte. Die Wasserfläche des Long Island Sound sah aus wie gegossenes Blei. Jähe Windstöße zogen wie Vogelschwärme über den Wasserspiegel. Dann wieder die Kanonenschüsse oder ferner Donner. Wahrscheinlich Schüsse. Zu regelmäßig, um Donner zu sein.

Etwas Schreckliches würde an diesem Tag geschehen. Etwas Endgültiges.

Ich stand auf und ging langsam zu dem alten Tennisplatz hinunter. Ich spürte einen Druck im Kopf, als ob ich kurz vor einem Schlaganfall stünde. Kam das von den dröhnenden Erschütterungen? Vom Tennisplatz war nichts übriggeblieben, außer zwei vermoderten Pfosten inmitten eines Rechtecks von Gras und Kletterpflanzen, das von einem verrosteten Drahtzaun umgeben war. Ich erinnerte mich an das letzte Mal – vor etwa dreißig Jahren –, als dieser Platz hergerichtet worden war. Der Einkäufer eines großen Warenhauses in Cleveland wurde zum Wochenende erwartet. Mein Vater hatte gehört, daß er gern Tennis spielte. Pa spielte natürlich nicht, und er hatte kein Interesse daran, den Platz für uns Kinder zu unterhalten. Doch für diese Gelegenheit wurden Fachleute herbeigeholt. Als der Einkäufer an jenem Sonntagmorgen aufwachte, war der Tennisplatz für ihn bereit. Aber wie es nun einmal so geht, am Abend zuvor hatte eine Pokerpartie stattgefunden, und der Mann wachte mit einem schrecklichen Katzenjammer auf. Er ging nicht einmal hinunter, um sich den Tennisplatz anzusehen, sondern setzte sich auf die Veranda, blickte über die Bucht, sagte, sie erinnere ihn an Lake Erie, und verkündete, daß er sich früh auf den Heimweg machen werde.

Michael und ich benutzten den Tennisplatz den ganzen Sommer über. Doch bis zum nächsten Frühjahr war der Boden an manchen Stellen eingesackt, und der Frost hatte einige überraschend große Steine hinaufgeschoben (niemand wußte, woher sie kamen).

Jetzt, eine ganze Generation später, lag der Tennisplatz da, ein Rechteck von Unkraut, eines der zahlreichen, kaum gewürdigten Dinge – wie der Flügel und das Motorboot –, die das Leben meines Vaters kennzeichneten, Dinge, die er sich zugelegt, aber nie genossen hatte. Zu diesen gehört, dachte ich, auch meine Mutter.

Die Erschütterungen über dem sich verdunkelnden Festland waren jetzt noch stärker als zuvor. Mir schien, als säße ich in einer riesigen Trommel, und das Dröhnen war eher ein Druck als ein Ton.

Lautlos fielen die ersten großen Tropfen. Sie erinnerten mich an den Regen, der in Herseys Buch über Hiroshima beschrieben wird. Ich stand mitten auf dem Tennisplatz und fragte mich, ob es wohl auch Dinge gab, die mein Vater geschätzt und gehegt hatte. Wo waren sie? Was war übriggeblieben von all der Mühe und der Leidenschaft, dem ganzen Kraftaufwand seines Lebens?

Der Tennisplatz bot den schweren Tropfen keinen Widerstand. Der Regen verschwand lautlos in dem dichten Gras. Wie die Zeit – ohne sichtbare Spur.

Meine Vergangenheit, dachte ich – möge sie spurlos verschwinden! Ich ging langsam zum Haus hinauf, setzte mich auf die Veranda und beobachtete, wie der Regen gleichmäßig auf alles niederging, ein Werkzeug der Zeit, das die Vergangenheit auslöscht. Sintflut und Feuer, hat die Bibel gesagt; Läuterung hat jemand anderes gesagt. Keats. Er ist jung gestorben. Ich habe nicht viel Zeit, dachte ich. Es ist spät. Aber zumindest habe ich einen Anfang gemacht. Ich habe alle über Bord geworfen, ich habe Eddie schon fast über Bord geworfen und werde mich bald auch von ihm vollkommen befreien. Dann werde ich der einzige Bewohner meiner eigenen Welt sein!

Mir kam der Gedanke, daß allein dieses Haus noch von Eddie zeugte. Ich hatte alles übrige beseitigt, aber ich mußte mich noch mit diesem Haus befassen. Ich schlug gegen die Mauer der Veranda. Die Farbe fiel in großen Flocken zu Boden. Das ist alles, was von ihm übriggeblieben ist, dachte ich, die letzte sichtbare Spur.

Ich hatte das Bedürfnis nach irgendeiner Gewalttat, um den Tod und die Wiedergeburt zu feiern, das Alte mit Wasser oder Feuer zu vernichten, das Neue zu verherrlichen. Jeder Wechsel wird mit irgendeiner Art von Blutvergießen vollzogen, sogar der erste, die Geburt. Sintflut und Feuer schienen von Zeit zu Zeit notwendig zu sein. Jehova war nicht grausam. Er hatte recht.

Mir schien, daß das Menschengeschlecht dann und wann in seiner Geschichte empfunden hatte, was ich an jenem Tag empfand: das Bedürfnis, etwas für schlecht zu erklären, es zu vernichten und damit Platz für das Neue zu schaffen.

Es hat mich immer überrascht, wie schnell das Neue Fuß faßt. Als wir nach Kalifornien zogen, kaufte ich, um mir das Leben dort erträglich zu machen, eine Farm im Ojai; es waren über hundert Morgen mit Grammagras, Salbei, Dorngestrüpp und Klapperschlangen. Ich verbrachte zwei nahezu fruchtlose Jahre damit, dieses Land zu roden, und bei dieser Gelegenheit verbrannte ich große Mengen von Gestrüpp. Ich legte jedesmal ein paar alte Autoreifen unter diese Berge von Strauchwerk, tränkte sie mit Kerosin und zündete sie an. Ich weiß nicht, was für chemische Stoffe man in Autoreifen tut, aber auf jeden Fall brennen sie ausgezeichnet. Dieses Feuer verschlang alles, ganz gleich, wie feucht oder grün es war. Am nächsten Tag war von jenen riesigen Haufen nichts übrig, außer einigen Drahtringen, die in der Gummihülle der Reifen gewesen waren. Und Asche – knöcheltief. Aber kaum war diese Asche abgekühlt, da kamen bereits kleine grüne Schößlinge hervor. Die Wurzeln hatten im Boden das Feuer überlebt.

Ich stand auf und schlug abermals gegen die Seitenwand der Veranda. Die Farbe blätterte ab und ließ das nackte Holz sichtbar werden. Wenn hier ein Feuer ausbricht, bleibt nicht viel übrig, dachte ich mir.

Drinnen blieb ich stehen und lauschte. Von oben kam, den Regen übertönend, das Geräusch von zahllosen Wassertropfen, die auf Metallgefäße schlugen. Zum ersten Mal ging ich die Treppe hinauf in den Teil des Hauses, den meine Mutter abgeschlossen hatte, um Heizung, Wasser und Arbeit zu sparen. Die Treppe mündete in eine kleine Diele mit vier Türen, die zu den drei Dienstbotenzimmern und dem riesigen Bodenraum führten, den ich jetzt betrat. Als ich die Tür öffnete, entdeckte ich unter den zahlreichen undichten Stellen im Dach die verschiedenen Töpfe und Pfannen des Haushalts. Als Gwen und ich gekocht hatten, war uns aufgefallen, wie wenig Kochgeräte es in der Küche gab. Hier standen sie nun, auf Tischen, auf Stühlen, auf dem Fußboden, und füllten sich zusehends mit Wasser. An manchen Stellen waren die Löcher so groß, daß man den Himmel sehen konnte.

In diesem Bodenraum fand ich die Koffer meines Vaters, die Veteranen seiner neunundvierzig Überseereisen. Das weiche braune Leder war ausgetrocknet wie tote Haut, die Riemen und Schnallen waren zerbrochen. Aber die Aufklebezettel der großen Hotels jener Zeit – Claridge's in London, das Ritz in Paris, das Grand Hotel in Venedig, Shepheard's in Kairo und Tokatlian's in Konstantinopel – zeugten von den guten Tagen meines Vaters.
Und dort in einer Ecke stand auch der Koffer meiner Mutter. Ich nahm einen fast halbvollen Kochtopf herunter, zog den Koffer auf eine trockene Stelle und öffnete ihn. Meine Mutter war nicht viel gereist, aber sie besaß diesen Koffer. Und in ihm lagen, sorgsam aufbewahrt, ihre fröhlich bunten Kleider, die Kleider aus der Zeit ihrer jungen Liebe, ihre Festtagskleider, die Kleider, in denen sie glücklich gewesen war. Hatte sie gehofft, sie eines Tages wieder tragen zu können? Ich hatte meine Mutter nie in irgendeinem dieser Kleider gesehen. Sie hatte stets die düsteren Gewänder der Frauen ihrer Heimat getragen. Ich konnte mir kaum vorstellen, daß sie je irgend etwas anderes trug.
Aber sie hatte es getan. Denn in dem Koffer befanden sich auch Fotografien von ihr und meinem Vater, aus den ersten Jahren ihrer Ehe. Ich nehme an, sie hatte sie dort vergraben, um sie zu vergessen, denn es war schmerzlich, sich ihrer zu erinnern. Doch jetzt offenbarte sich mir meine Mutter in den fröhlichen Kleidern des zweiten Jahrzehnts, mit einem ausladenden Hut auf hochfrisiertem Haar. Darunter war ihr Gesicht, das gleiche Gesicht wie heute, doch voller Unschuld und Hoffnung. Sie war eine schöne Frau gewesen. Es gab ein Bild von ihr und meinem Vater, auf dem in ihren Augen jener Blick lag, der von Dingen spricht, um die allein verliebte Menschen wissen. Wo war dieser Blick geblieben?
Es gab ein Bild von meinem Vater und mir unter den Akazien, aufgenommen in dem Sommer, als er auf dem Höhepunkt seines Erfolges angelangt war. Er saß, ich stand neben ihm, die Hand auf seinem Knie, das Gesicht ihm zugewandt; ein Ausdruck der Anbetung lag in meinen Augen. Wo war dieser bewundernde Blick geblieben? Was hatte ihn abgetötet?
Und es gab noch andere Dinge, die von den besten und menschlichsten Seiten unseres Lebens zeugten, von jenen Seiten, die nie zu ihrem Recht gekommen waren. Dort lagen die Bücher meiner Mutter aus ihrer Jugendzeit – Schulbücher und ein paar griechische Gedichtbände. Warteten auch sie auf den Tag, da das Leben menschlicher werden würde, so daß man sich wieder an ihnen freuen konnte? Oder hatte meine Mutter sie hier weggeschlossen, um nicht an das erinnert zu werden, was ihr entgangen war?

Und in ihrem Koffer lag auch das Geschenk, das ich ihr bei meiner Rückkehr aus dem Krieg mitgebracht hatte – ein zarter, meergrüner Saristoff aus Neu-Delhi. Die Goldfäden, die das Gewebe durchzogen, hatten nichts von ihrem Glanz verloren. Ich hatte ihr gesagt, sie solle sich ein schönes, elegantes Kleid – ein »Party-Kleid«, wie ich es nannte – daraus machen lassen. Ich entsinne mich, daß sie mich küßte und mir zulächelte, und in ihren Augen lag deutlich die Frage: Für welche Parties? Doch sie sagte, ja, der Stoff sei sehr schön, sie werde ihn zur Schneiderin bringen und sich ein Modell aussuchen, und es werde bestimmt ein wunderhübsches Kleid werden. Dann hatte sie ihn in den Koffer getan.

Ich klemmte den Saristoff unter den Arm und schloß den Deckel des Koffers. Laßt seinen Inhalt vergessen sein, schamvoll verborgen und unbenutzt wie der Tennisplatz. Wie der Frohsinn, den meine Mutter einmal besessen hatte. Vernachlässigt wie ihr Geschlechtstrieb. Nutzlos vergeudet wie ihr Menschsein.

Im Namen welches höheren Anliegens war all dies beiseite gelegt worden? Wo waren die Zeichen des Lebens, das gelebt worden war? Wo waren die Fußspuren des Siegers?

Ich ging die Treppe hinunter in den ersten Stock. Im Zimmer meines Vaters (meine Eltern hatten, solange ich denken konnte, getrennt geschlafen) stand ein kleines Tablett mit ein paar Arzneiflaschen, weiter nichts. Es war ein kühles, ordentliches Zimmer, ohne jede persönliche Note. Wo hatte mein Vater sein Leben gelebt? Wo waren die Spuren der Dinge, die ihm wirklich etwas bedeutet hatten? Dann sah ich die Fotografie.

Es war ein armseliges Erzeugnis jener Kunst, unscharf, von schwärzlich-brauner Färbung. Aber es war der einzige Schmuck seiner vier Wände. Kein Bild von seinen Söhnen, keines von seiner Frau oder irgendwelchen Freunden. Es gab keine Fotografien von seinem Laden, von seinen Teppichlagern, von der National City Bank oder seiner Sammlung von Orientteppichen. Nichts von alledem war ihm wichtig genug. Nur dieses Bild.

Es zeigte den Erciyas Dagh, jenen großen, symmetrischen, schneebedeckten Berg, der sich über der Geburtsstadt meines Vaters in Anatolien erhebt. Erciyas, der himmelanstrebende, reine, vollkommene Berg. Meine Großmutter war zu ihren Lebzeiten nie müde geworden, mir von ihm zu erzählen: Wie das Wasser von dem verschneiten Gipfel den ganzen Sommer lang die Berglehne hinunterläuft; von den Obstgärten, den Picknickplätzen, den Sommerhäusern an den Hängen. Hier war er nun, der Anziehungspunkt all dessen, was noch an Sehnsucht in meinem Vater schlummerte, das einzige Symbol von Liebe an der Wand des alten Mannes.

Ich blickte lange Zeit nachdenklich auf das Bild. Meine Großmutter hatte immer behauptet, der Erciyas, nicht der Ararat, sei der Berg gewesen, wo Noah mit seiner Arche gelandet war. Er, seine Leute und seine Tiere seien über diese schrägen Hänge gewandert. Eine schöne, passende Legende.

Warum hatte meine Familie dieses Paradies verlassen? Gewiß, es gab Gründe dafür, aber im Herzen meines Vaters muß der Zweifel fortgelebt haben: Hatte es sich gelohnt, aus der Heimat fortzugehen? Was hatte er damit gewonnen? Er muß es sich gefragt haben. Sonst wäre die Fotografie nicht das einzige an seiner Wand gewesen. Irgend etwas von dem Gefühl, das dieses Bild ihm vermittelte, würde nicht ruhen und erlöschen. Sie hatten jenes Land mit seinen fließenden Gewässern und seinen Obstgärten verlassen, jenes Land, von dem meine Großmutter nie zu sprechen aufhörte; sie hatten es verlassen, um einen Ort zu finden, an dem es sich besser leben ließ, und alles, was sie gefunden hatten, war ein Ort, an dem man besser Geld verdienen konnte.

Feuer und Sintflut! Ich fragte mich, ob mein Vater wohl jemals auf eine zweite Sintflut gehofft hatte, die ihn zwingen würde, in seine Heimat zurückzukehren und wie Noah an den Hängen des Erciyas Dagh anzulegen, vielleicht in einem Obstgarten, neben dem Wasserfall eines Gebirgsbachs.

Als ich das Zimmer meines Vaters verließ, nahm ich die Fotografie mit; sie war das einzige im ganzen Haus, das ich haben wollte.

Dann fiel mir ein, daß es noch einen anderen Ort gab, wo ich seit zwanzig Jahren, nein länger, seit vor dem Krieg nicht mehr gewesen war. Der Keller!

Dort fand ich die Antwort auf die Frage, die mich die ganze Zeit beschäftigt hatte: Wo waren die Spuren des Lebens, das mein Vater geführt hatte?

Über den ganzen Raum verteilt standen Lattenkisten jeder Größe, Kisten, in denen ursprünglich Brücken und Teppiche aus Persien und der Türkei gekommen waren und in denen jetzt die Geschäftspapiere und -bücher meines Vaters lagen. Einige der Kisten waren offen, nur mit Zeitungspapier zugedeckt; andere waren teilweise mit Brettern bedeckt; die ältesten, aus den Zeiten des größten Wohlstands, waren fest und sicher vernagelt. Ich nahm das Zeitungspapier von einer der Kisten, und dort lag alles vor meinen Augen: die Hauptbücher, die Kassenbücher, die Kladden, die Lagerbücher; die Kontobücher und die Tagesauszüge der Banken. Und Stapel über Stapel von Geschäftskorrespondenz: die Bestellungen, die Rechnungen, die Kontoauszüge, Mahnbriefe und Briefe mit der erlogenen Versicherung, daß das Geld unterwegs sei. Hier waren die Tatsachen

verzeichnet, die das Leben meines Vaters ausgemacht hatten: was er bezahlt hatte, was er geschuldet hatte, was man ihm schuldete, was er gekauft und was er verkauft hatte, die Gehälter, die er gezahlt, die Zinsen, die er kassiert hatte. Alles hatte mit dem Umlauf von Geld zu tun, mit Streit um Geld, Verhandlungen über Geld, mit der unstillbaren Gier nach Geld. Das war es, und das war alles.
Es gab auch einige Nester: Ratten hatten die Geschäftsbriefe dazu benutzt, sich warm zu halten.
Die Welt, in der die Zeit streng in Stunden aufgeteilt ist, lag in weiter Ferne. Ich saß dort unten im Keller und las Hunderte jener Geschäftsbriefe. Dann fand ich zu meiner Überraschung mitten zwischen der Geschäftskorrespondenz zwei Briefe, die ich während meines zweiten Jahres im College geschrieben hatte.

Lieber Pa! (lautete der erste)

Vielen Dank für Dein Geschenk. Ich muß zugeben, es hat mich überrascht, aber Du hast mich sehr glücklich damit gemacht. Es freut mich wirklich, daß Du einen so guten Tag beim Rennen gehabt hast. Diese fünf Dollar kommen mir sehr gelegen. Und ich verspreche Dir, daß ich, wie Du es wünschst, etwas Nützliches kaufen werde.
Bitte sorge Dich nicht mehr um meinen Blinddarm. Erstens ist er draußen. Sie haben ihn mir gezeigt. Zweitens ist diese Operation heutzutage ein Kinderspiel. Und die Schwestern waren wirklich nett zu mir. Ich wünschte nur, sie wären hübscher, haha.
Ich verstehe sehr gut, weshalb Du nicht kommen konntest. Das Geschäft geht vor, nicht wahr? Und Du hättest sowieso nichts ändern können, wenn Du hiergewesen wärst.
Ich wollte Dir schon immer etwas sagen, und dies ist vielleicht eine gute Gelegenheit dazu. Ich weiß, daß Du von mir enttäuscht bist. Sag' nicht, das sei nicht wahr, denn ich weiß, daß Du es bist. Aber es macht mir nichts aus, weil ich sicher bin, daß Du eines Tages noch stolz auf mich sein wirst. Du kannst mit Recht erwarten, daß Dein ältester Sohn Dir all das lohnt, was Du für ihn getan hast, und Dich im Alter unterstützt. Nur habe ich das Teppichgeschäft nie richtig verstanden. Ich habe mich bemüht, aber ich habe nun mal keinen Kopf für Zahlen. Obgleich komischerweise hier Mathematik das einzige Fach ist, in dem ich eine »Eins« bekomme. Doch scheinbar bin ich nicht zum Verkäufer geboren. Mir fallen immer nur Gründe ein, weshalb die Leute irgend etwas *nicht* kaufen sollten. Haha!
Aber keine Sorge, ich will kein Lehrer oder so etwas Ähnliches werden! Ich muß einfach selbst meinen Weg finden. Laß mir ein

wenig Zeit, dann wird es mir gelingen. Du bist sehr geduldig gewesen, was Geld anlangt. Jetzt habe ich eine Stellung im Studentenklub, und man hat mir dort ein Zimmer im Keller gegeben, also brauche ich nur noch die Studiengelder. Ich kann mir denken, daß es Dich Überwindung kostet, Geld für einen Sohn auszugeben, der nicht einmal weiß, was er werden will oder wozu er das studiert, was er studiert. Aber ich werde nächsten Sommer arbeiten und vielleicht den größten Teil selbst zusammenkratzen. Es sind nur noch zwei Jahre. Und Du wirst sehen, eines Tages werde ich Dich für alles entschädigen. Eines Tages wirst Du stolz auf mich sein. Ich werde etwas finden, was ich tun möchte, und werde gleichzeitig einen Haufen Geld verdienen. Das ist meiner Meinung nach das Geheimnis des Lebens: sich seinen Unterhalt mit dem zu verdienen, was man tun möchte. Ich weiß, ein Mann muß praktisch denken und all das, und, wie Du sagst, irgend jemand muß jetzt die Rechnungen zahlen, und ich weiß, dieser Jemand bin nicht ich. Aber glaub mir, ich werde es sein, und zwar bald! Es tut mir alles sehr leid.

Dein Dich liebender Sohn
Shakespeare, haha!

Als ich den Brief fertig gelesen hatte, brannte mein Gesicht vor Scham über das, was ich einmal gewesen war. Trotzdem nahm ich mir auch noch den anderen vor.

Lieber Pa! Nachdem ich Deinen Brief erhalten hatte, tat ich genau das, was Du mir gesagt hast: Ich betrachtete mir mein Spiegelbild. Und ich muß gestehen, es war kein sehr erfreulicher Anblick. Hauptsächlich die Pickel; ich wünschte, sie würden endlich verschwinden. Wie Dein Freund ganz richtig sagt, es ist bereits an der Zeit! Ich habe das Medikament ausprobiert, das Du mir geschickt hast. Drei Nächte hintereinander habe ich wie eine Frau mit dieser Creme auf dem Gesicht geschlafen. Aber die Pickel kommen trotzdem wieder. Du irrst Dich übrigens vollkommen, wenn Du annimmst, ich wolle Schauspieler oder so etwas Ähnliches werden. Daher ist es nicht nötig, daß ich, wie Du vorgeschlagen hast, in den Spiegel blicke, um mir klarzumachen, wie unsinnig das wäre. Ich wurde sozusagen dazu verführt, bei diesem Theaterstück mitzumachen. Eigentlich wollte ich Dir nicht einmal davon erzählen, aber nun tue ich es doch. Es gibt da ein Mädchen, das in dem Stück mitspielt, und es gefällt mir. Allerdings ist es die Freundin von Archie – Du hast ihn kennengelernt –, und das erschwert die Sache, denn schließlich ist Archie ja mein bester Freund. Ich würde nie versuchen, etwas mit ihr anzufangen, besonders unter diesen Umständen – ich meine, Archies wegen. Aber trotzdem kann ich den Gedanken an dieses Mädchen nicht loswerden. Vermutlich bin ich jetzt in dem Alter. Na schön, jedenfalls sagte sie, warum mache ich nicht mit? Es ist nur eine kleine Rolle, und jedesmal, wenn ich auf der Bühne erscheine, lacht das Publikum. Eigentlich macht es mir Spaß. Aber keine Sorge, ich nehme diese Schauspielerei nicht ernst. Was glaubst Du, wer ich bin? Shakespeare? Haha!

Scherz beiseite, ich weiß, daß ich bisher eine Enttäuschung für Dich gewesen bin. Doch wie ich Dir bereits gesagt habe, ich bin nicht so dumm, wie ich aussehe. Und eines Tages wirst Du stolz auf mich sein, das verspreche ich Dir.

Dein Dich liebender Sohn
Evangelos
Ex-Shakespeare, haha!

Am Fuß des Briefes standen in meines Vaters Handschrift die Worte: HOFFNUNGSLOSER FALL!

Ich weiß nicht, warum ich so heftig auf diese beiden Briefe und auf die Geschäftspapiere reagierte. Ich kann nicht erklären, weshalb ich die Hauptbücher aus den Kisten warf, die Ordner zerriß und die Briefe auf dem Boden verstreute. Tatsächlich war ich eine Weile regelrecht verrückt, das steht außer Zweifel. Nachdem ich mit den Briefen fertig war, weinte ich hysterisch wie ein Kind.

In einer Ecke des Kellers fand ich noch etwas, und zwar eine kleine Sparbank, die mein Vater mir in meiner Kindheit geschenkt hatte. Es war eine Registrierkasse, ein Spielzeug: Man tat einen Fünfer, Zehner oder Fünfziger in den Schlitz, drückte einen Hebel hinunter, und in einem kleinen Fenster erschien der Gesamtbetrag. Ich glaube, das war's, was mir den Rest gab. Ich hatte jene verdammte Sparkasse vollkommen vergessen.

Daraufhin nahm ich die alte Axt zur Hand und hackte die Ölleitung des Tanks in Stücke. Nach wenigen Minuten war der Boden des Kellers von Heizöl überschwemmt.

Als Antwort auf die dröhnenden Erschütterungen der Welt, die sich darauf vorbereitete, sich selbst zu vernichten, veranstaltete ich eine Gegendemonstration. Ich brauchte dieses Feuer, hatte es wohl unbewußt schon den ganzen Tag geplant.

Während ich in dem tiefen Gras des Tennisplatzes lag und zusah, wie die wohlorganisierten menschlichen Institutionen sich vergeblich bemühten, den Brand zu löschen, diesen Brand, der bezeugte, daß ich für immer ein Leben verlassen hatte und jetzt, gesund an Leib und Seele, freudig ein neues begann, da fühlte ich mich so leicht und glücklich wie nie zuvor. Ich feierte den Tod eines Menschen; der

Mann, an den ich ständig gedacht, um den ich mich mein Leben lang gesorgt hatte, existierte nicht mehr. Eddie ging in jenen prächtigen Flammen auf, stieg mit den Funken durch die tiefe Dämmerung in den nächtlichen Himmel empor.
Ich stand auf und ging, ohne mich noch länger zu verstecken, zwischen den Menschen umher, die das Feuer beobachteten. Ich bemerkte, wie angeregt sie waren von dem, was das alte Monstrum verzehrte. Ebenso wie ich schienen auch sie das Bedürfnis nach irgendeiner gewaltigen Zerstörung zu haben, die den Widerwillen vor dem eigenen Ich fortschwemmte, der ihnen im Magen lag. Ihre Mienen waren ernst, aber dankbar, gespannt, befriedigt. Keiner von ihnen beachtete mich.
Als ich schließlich fortging, hielt ich immer noch das gerahmte Bild des Erciyas Dagh unter dem Arm. Ich wollte es meinem Vater geben. Vielleicht würde es ihm Freude machen.
Irgend jemand war so erpicht darauf gewesen, den Brand zu sehen, daß er sich ein Taxi genommen hatte. Ich nannte dem Chauffeur die Adresse des Krankenhauses. Als wir losfuhren, sagte er: »Es war wirklich höchste Zeit, daß dieses alte Ungetüm verschwindet.«

24

Ich fühlte mich leicht und beschwingt wie ein Jüngling; ich fühlte mich, wie ich mich in meiner Studentenzeit gefühlt hatte. Wie mühelos pflegte ich damals zu laufen, über die Ligusterhecken zu springen, die vor den Wohnhäusern des College standen! Im Frühling, wenn das Eis von den Bächen verschwand, hopste ich von einem Stein zum andern und feierte so das Wiedererwachen der Natur. Ich freundete mich mit den Hunden an, die die Bauernhäuser bewachten, und wir rannten zusammen über die Felder.
Jetzt empfand ich die gleiche Überschwenglichkeit, die gleiche Lebensfreude.
»Ich hege gegen niemanden einen Groll!« sagte ich laut.
Der Taxichauffeur hörte mich nicht.
Ich konnte mir nicht vorstellen, daß irgend jemand mir noch böse war.
Selbst Charles! Selbst Chet! Ich brauchte ihnen nur zu sagen, daß ich aufrichtig bedauerte, ihnen Kummer bereitet zu haben, und sie würden mir glauben, würden nicht imstande sein, mich noch weiterhin zu hassen.
Ich fühlte mich allen brüderlich verbunden.
Wie leicht würde es zum Beispiel sein, mich jetzt mit Charles an-

zufreunden. Ich begehrte Gwen nicht mehr. Ich spürte keinerlei derartiges Verlangen, war auch von dieser Bürde befreit.

Ich wollte jeden in die Arme schließen, dem ich Schaden zugefügt hatte, und ihn bitten, mir zu verzeihen. Ich wollte die Menschen wissen lassen, nicht mit Worten – denn die Worte konnten sie nicht verstehen –, sondern durch mein Verhalten, daß Eddie tot war und sie daher nicht mehr belästigen würde.

Und ich würde auch Eddies Schulden zahlen.

Ich beschloß, jeden einzelnen meiner Freunde und Bekannten aufzusuchen und ihnen, soweit ich nur konnte, alles zu geben, was dazu beitragen würde, sie glücklicher zu machen. Aber vor allem würde ich ihnen erklären, daß ich nichts mehr von ihnen wollte; damit würde ich sie – und gleichzeitig mich selbst – von einer Last befreien. Ich wollte meine Rechnungen begleichen und nichts zurücklassen als Freundschaft und Brüderlichkeit.

Ich wollte Charles die Gewißheit geben, daß er von mir nichts mehr zu fürchten brauchte.

Ich wollte Chet wissen lassen, daß ich es bereute, ihm geschadet zu haben, daß ich bereit war, es wiedergutzumachen, wenn er mir sagen könnte, wie.

Vor allem wollte ich Florence wissen lassen, daß ich nicht mehr der Mann war, den sie geheiratet hatte, daß ich alles tun würde, was in meiner Macht stand, um sie für den Kummer zu entschädigen, den Eddie ihr bereitet hatte, daß aber Eddie selbst nicht mehr existierte.

Ich gelobte mir, die ganze kommende Woche damit zu verbringen, von einem zum anderen zu gehen, keinen Schmerz zu scheuen, keine Schuld zu leugnen, jedem zu geben, was ihm zustand.

Dann würde ich physisch verschwinden, ganz und gar verschwinden. Aber zuerst würde ich die Schulden begleichen. Ich wollte keinen Haß zurücklassen.

Ich wußte, daß ich dazu fähig war, denn ich spürte keinerlei Haß in mir. Ich hatte nichts, was irgend jemand haben wollte. Ich lag mit niemandem im Wettstreit. Ich wollte niemanden übervorteilen. Ich hatte nichts zu verbergen.

So lebt wohl, alle miteinander! Lebt wohl, lebt wohl für immer! Möget ihr glücklich sein. Ich bedaure, daß ich euch weh getan habe. Aber jetzt ist alles vorüber!

»O mein Gott«, sagte ich laut, »ich fühle mich wunderbar!«

»Was haben Sie gesagt?« fragte der Taxichauffeur.

»Ich sagte, ich fühle mich wunderbar.«

»Mir macht ein Brand auch immer wieder Spaß«, sagte er.

Ich bemerkte, daß der Taxameter drei Dollar zwanzig anzeigte. Ich würde anfangen müssen, auf mein Geld zu achten. Aber auch das

war leicht. Was brauchte ich wirklich? Mir fiel nichts ein. Ich hatte ein Paar bequeme Schuhe, ein Hemd und eine Hose, und damit war der Fall erledigt.
Wo würde ich heute nacht schlafen?
Es war mir vollkommen egal. Ich mußte nirgendwo sein, konnte gehen, wohin ich wollte.
Plötzlich wurde mir klar, wie streng umrissen meine eigentlichen physischen Grenzen gewesen waren. Ich hatte oft gesagt, der Nutzen des Geldes läge in der Freiheit, die man sich damit erkauft. Aber das Geld hatte mich nur gezwungen, zu gewissen Zeiten an gewissen Orten mit gewissen Leuten zusammen zu sein, und zwar meistens mit Leuten, mit denen ich gar nicht zusammen sein wollte. Und an Orten, die ich eigentlich haßte. Was für einen plausiblen Grund gab es für irgend jemanden, in New York City zu leben? Oder in Los Angeles?
Das waren keine menschenwürdigen Aufenthaltsorte.
Jetzt konnte ich leben, wo die Welt am schönsten war.
Ich begann, an den Wolfgangsee und den Serengeti-Park zu denken, an die Costa Brava und die Jungferninseln, an Barcelona und Salzburg und die griechischen Kykladen. Keine Alternativen. Kein Entweder-Oder! Es gab keinen Grund, an einem Ort zu bleiben. Ich konnte überall leben.
Wir waren beim Krankenhaus angelangt.
Ich spazierte, das große Bild des Erciyas Dagh unter dem Arm, eine Weile auf dem Gelände umher. Ich war noch nicht bereit hineinzugehen, brauchte noch ein paar Minuten zum Nachdenken, denn ich mußte mir einen Plan zurechtlegen. Was ich als Euphorie empfand, mochte der Rest der Welt als ein exzentrisches, ja sogar gemeingefährliches Verhalten betrachten.
Die Behörden würden hinter mir her sein.
Aber ich war darauf vorbereitet. Ich würde ihnen alles erklären; ich würde geduldig sein, würde Böses mit Gutem, Zorn mit Sanftmut vergelten. Ich würde Freundschaft schließen mit der Welt. Ich würde nichts weiter als das nackte Leben verlangen.
Ich würde versuchen, von irgend jemandem ein paar hundert Dollar zu ergattern, um ein neues Leben beginnen zu können. Wenn mir das nicht gelang, wäre es vielleicht ganz amüsant, eine Zeitlang Telegramme auszutragen. Und später könnte ich dann von meinen diversen Aufenthaltsorten aus Reiseberichte für Zeitungen oder Zeitschriften schreiben.
Doch ehe ich New York verließ, mußte ich mich vergewissern, daß mein Vater gut versorgt war.
Ich näherte mich dem Pförtner am Eingang zur Unfallstation. Er

schien mich zu erwarten, denn er ging sofort ans Telefon. Ich hatte ein dunkles Gefühl, daß ich mich in Gefahr befand, aber ich war entschlossen, nicht fortzulaufen. Ich würde Eddies Schulden begleichen. Wenn meine neue Methode etwas taugte, so würde sie sich jetzt in der Praxis bewähren. Ich war bereit, der Polizei entgegenzutreten.

Doch statt dessen erschien Dr. Levine. Er führte mich auf den Parkplatz.

»Wieviel Geld haben Sie?« fragte er.

»Sehr wenig«, erwiderte ich. »Wieviel brauchen Sie?«

»Haben Sie genug, um irgendwohin zu fahren und eine Weile dort zu bleiben?« Er deutete mit den Augen auf eine Ambulanz, die in der Nähe stand. Sie wurde in regelmäßigen Zeitabständen von dem kreisenden roten Licht eines Polizeiwagens beleuchtet, der sich auf der anderen Seite von uns befand. »Sie sind heute abend hier das begehrteste Objekt. Jeder hält nach Ihnen Ausschau.«

Auf der Seitenwand der Ambulanz stand in großen Buchstaben: »Greenmeadow.«

»Was ist das?« fragte ich Dr. Levine.

»Unsere Regionalklinik für Geisteskranke«, sagte er. »Hinter der Ambulanz steht die Ortspolizei.«

»Woher wußten sie, daß ich hierherkommen würde?«

»Sie haben sich ausgerechnet, daß Sie als nächstes Ihren Vater aufsuchen würden, der jetzt einen Stift in der Hüfte hat und dem es so geht, wie man es bei einem alten Mann erwarten kann, der während einer zweistündigen Operation eine ganze Menge Blut verloren hat. Sie haben gerade noch Zeit. Gehen Sie, ehe man Sie holen kommt.«

»Ich will nicht fortgehen«, sagte ich. »Ich will ihnen erklären ...«

»Man wird Ihnen keine Gelegenheit geben, etwas zu erklären; man wird Sie mit dieser Ambulanz fortschaffen und Sie einsperren! Los, beeilen Sie sich!«

Ich tat es.

Ehe ich den Zug nahm, rief ich Gwen an und sagte ihr, ich hätte ihr etwas mitzuteilen; ich würde sie nicht belästigen, wollte sie nur noch einmal sehen. Gut, komm her, sagte sie. Ich fragte, ob sie allein sei, und sie bejahte es. So beschloß ich, zu ihr zu gehen und als erstes diese Sache ins reine zu bringen.

Aber ich glaube, so, wie mir an diesem Tag zumute war, wäre ich auch hingegangen, wenn sie mir gesagt hätte, daß Chet und Charles dort seien. Ich wollte ohnedies mit ihnen sprechen.

Mein Wunsch ging in Erfüllung.

Sie hielten offenbar gerade eine Art Familienkonferenz ab, als ich

eintraf. Ich schien irgendein ernstes Gespräch unterbrochen zu haben; niemand wußte etwas zu sagen, und eine Zeitlang herrschte beklommenes Schweigen.
Ich setzte mich und stellte Erciyas Dagh hinter meinen Stuhl.
Chet und Charles hatten mich offensichtlich nicht erwartet, und während Chet aus irgendeinem geheimen Grund froh über mein Erscheinen war, wünschte Charles mich zum Teufel.
»Charles«, sagte ich, »Sie haben nichts mehr von mir zu fürchten. Ich gehe auf lange Zeit, vielleicht sogar für immer fort. Ich bin nur hergekommen, um mich zu verabschieden, und ich möchte Ihnen und Gwen viel Glück für Ihr gemeinsames Leben wünschen.«
Ich hatte angenommen, er würde hocherfreut sein oder meine Ankündigung zumindest mit einer gewissen Befriedigung aufnehmen. Doch er schien mir nicht zu glauben.
Bei manchen Menschen verlangsamt sich der Denkvorgang, wenn irgend etwas sie beunruhigt. Alle warteten auf Charles' Antwort. Aber er saß da und blickte starr vor sich hin. Nach einer Weile wandte er sich an Gwen und fragte: »Hast du gewußt, daß er kommt?«
»Nein«, log Gwen.
Charles starrte abermals ins Leere. Er versuchte so angestrengt, sich zu konzentrieren, daß niemand zu sprechen wagte.
Schließlich sagte er: »Ich wünschte, ich könnte dir glauben.«
Chet lachte laut.
»Nun, ich tue es nicht«, sagte Charles zu seinem Bruder.
»Ich auch nicht«, erwiderte Chet.
»Verdammt noch mal, worüber lachst du dann?« wollte Charles wissen.
»Über die Gerissenheit der Frauen und die Naivität der Männer.«
Charles grübelte über diese Bemerkung nach. Es dauerte ein Weilchen. Er schien wie betäubt. Ich hatte Mitleid mit ihm, diesem großen, starken Mann, der weder das Rüstzeug noch die Erfahrung besaß, um mit solch einer Situation fertig zu werden.
»Charles«, sagte ich, »bitte, Charles, glauben Sie mir, ich werde Gwen nicht mehr belästigen. Es tut mir aufrichtig leid, daß ich Ihnen Kummer bereitet habe« – ich flehte ihn an, und ich hoffte, daß er sich dessen bewußt war –, »es tut mir wirklich leid, und ich hege keinerlei Groll gegen Sie.«
»Sag' ihm«, murmelte Chet, »sag' ihm, Charles, daß auch du keinen Groll gegen ihn hegst.«
»Weshalb sollte ich das tun?«
»Weil es eine Lüge ist, und das ist die Art, wie die Menschen miteinander auskommen.«

»Chet«, sagte ich zu ihm, »ich weiß, wie Sie zu mir stehen. Ich weiß, Sie haben Grund, einen Groll gegen mich zu hegen.«
»Ich finde diesen Groll wunderbar«, erwiderte er. »Wo haben Sie nur diesen Groll aufgeschnappt?«
»Nun, Sie können es nennen, wie Sie wollen; jedenfalls, wenn Sie mir sagen, wie ich Sie entschädigen kann . . .«
»Sie wollen mich entschädigen?«
»Ja. Sie brauchen mir nur zu sagen, wie ich die Sache in Ordnung bringen kann.«
»Wieviel Zeit bleibt Ihnen?« fragte Chet.
»Ich habe vor, diese Stadt und diesen Teil der Welt innerhalb der nächsten ein, zwei Wochen zu verlassen.«
»Demnach haben wir nicht mehr viel Zeit, nicht wahr?«
»Ich bin an keinen festen Termin gebunden.«
»Oh, das ist sehr erfreulich.«
Ich wußte, daß er sich über mich lustig machte, aber ich war sicher, wenn ich ein gewisses Maß an Demütigung über mich ergehen ließ, würde es mir gelingen, die Menschen von der Ehrlichkeit meines Vorhabens zu überzeugen.
»Gut«, sagte Chet, »ich werde Ihnen sagen, was Sie tun können.«
Charles starrte mich sehr sonderbar an.
»Was ist los, Charles?« fragte ich.
»Kümmern Sie sich nicht um ihn«, sagte Chet. »Bringen Sie zuerst die Sache mit mir in Ordnung. Das war doch Ihre Absicht, nicht wahr?«
»Ich will alles tun, was ich kann.«
»Schön, fangen wir an. Sie gehen direkt von hier aus zu den Herausgebern der Zeitschrift und bitten sie um die gleiche Seitenzahl wie damals, dann schreiben Sie einen Artikel und bekennen vor sämtlichen Lesern, daß Sie schon wußten, was Sie schreiben würden, noch ehe Sie mich überhaupt zu Gesicht bekommen hatten; daß Sie wütend auf mich waren, weil ich Ihnen Ihre Freundin ausgespannt hatte oder im Begriff war, es zu tun; daß Sie effektiv gelogen und mich vollkommen falsch dargestellt haben! Mit einem Wort, daß sie gewissenlos, voreingenommen und korrupt sind.«
»Hör auf, Chet«, sagte Gwen.
»Er hat mich gefragt, was er tun kann.«
Er stand auf, stellte sich dicht vor mich und sagte: »Sie verschieben, was immer Sie hier mit ihr tun wollten, gehn zu den Zeitschriftenleuten und sagen, es sei eine Frage von Tod und Leben, daß man Ihnen nochmals den gleichen Raum zur Verfügung stellt. Ich werde das bestätigen. Dann kommen Sie zu mir nach Hause, wir schreiben zusammen Ihren Artikel, und Sie sagen der Welt oder zumindest

dem Teil davon, der dieses Dreckblatt liest... hm? Was halten Sie davon?« Er stand unmittelbar vor mir und sah mich an.
»Nun«, erwiderte ich, »nun...«
»Stehen Sie auf, wenn Sie mit mir reden«, befahl Chet.
»Chet, laß das«, sagte Gwen.
»Schon gut«, sagte ich zu Gwen, »ich stehe auf. Es macht mir nichts aus, wenn er das Bedürfnis hat, mich zu strafen; es gibt ein gewisses Maß, das ich ertragen kann.«
»Wieviel können Sie ertragen?« fragte Chet.
»Ich möchte nicht fortgehen, ohne mich mit Ihnen ausgesöhnt zu haben.«
»Sie wissen ganz genau, daß die Zeitschrift Ihnen nicht eine Zeile zubilligen wird.«
»Du solltest lieber gehen, Eddie«, sagte Gwen.
»Ich will nicht gehen.«
»Warum lügen Sie mich immer wieder an?« fragte Chet.
»Ich lüge Sie nicht an.«
»Warum haben Sie dann vorgegeben, daß Sie die Zeitschrift bitten würden...?«
»Das habe ich nicht gesagt...«
»Weshalb sind Sie hierhergekommen? Können Sie wenigstens diese eine Frage wahrheitsgetreu beantworten?«
»Genau aus dem Grund, den ich Ihnen genannt habe.«
Chet wandte sich um, ging in die Diele und von dort aus ins Badezimmer.
Ich sah Gwen an. »Nimm ihn nicht ernst«, sagte sie. »Er versucht nur, dich in die Enge zu treiben.«
»Nicht ihn«, sagte Chet vom Badezimmer aus. »Dich.«
»Was ist los?« fragte ich. »Ist irgend etwas geschehen?«
Charles sagte nichts. Er starrte mich nur unverwandt an.
»Warum sehen Sie mich so an, Charles? Ich habe keine bösen Absichten. Ich will nichts – von niemandem.«
»Warum sind Sie dann hierhergekommen?« fragte Chet.
»Das habe ich Ihnen doch gesagt.«
»Lassen wir das jetzt, Eddie«, sagte Gwen.
»Ja, jetzt ist nicht der richtige Augenblick, Eddie. Später!« Chet war immer noch im Badezimmer. Er schlug die Tür der Hausapotheke zu.
»Charles«, fragte ich, »warum sehen Sie mich an?«
»Ich habe Ihnen gesagt«, erwiderte Charles langsam und ernst, als gäbe er eine feierliche Erklärung ab, »daß ich Sie töten werde, wenn Sie noch einmal in Gwens Nähe kommen.«
»Er weiß genau, daß du es nicht ernst meinst«, rief Chet.

»Ich habe es nicht vergessen, Charles«, sagte ich, »und das ist der Grund, weshalb ich hierhergekommen bin: um Gwen zu sagen, daß wir uns nicht mehr sehen werden; nicht, weil Sie mich bedroht haben, Charles, sondern weil ...«
»Haben Sie mir nicht geglaubt?« fragte Charles.
»Nun, ich wußte, daß Sie sehr großen Wert darauf legen.«
»Und trotzdem sind Sie hier. Haben Sie nicht geglaubt, was ich Ihnen sagte?«
»Er meinte«, sagte Chet, ins Zimmer zurückkehrend, »daß er Sie tatsächlich töten wird – nicht so, wie ihr Intellektuellen die Menschen tötet, indem ihr Lügen abdruckt, sondern mittels einer Bleikugel in Ihr lammfrommes Herz oder durch Ihr Spatzengehirn. Er will wissen, ob Sie das geglaubt haben.«
»Fragen Sie mich, ob ich das wörtlich genommen habe?«
»Habe ich das nicht gerade eben gesagt, Gwen?« fragte Chet.
Nachdem er damit ihre Aufmerksamkeit auf sich gelenkt hatte, stellte er den Gegenstand, den er aus dem Badezimmer geholt hatte, vor ihr auf den Tisch; es war eine runde Plastikdose, etwa zehn Zentimeter im Durchmesser und zwei Zentimeter hoch. »Ich habe das Ding nicht geöffnet«, sagte er. »Ich wollte es vor euren Augen tun.«
»Mach, daß du hier 'rauskommst, Chet«, sagte Gwen. »Verdammt noch mal, scher dich fort.«
»Was hast du zu fürchten, wenn du die Wahrheit sprichst und dich nicht darauf vorbereitet hast, ihn – nun, wie soll man es nennen – zu unterhalten?«
Gwen hat Mut. Sie holte aus und versetzte ihm mit ihrer ganzen Kraft (die in diesem Augenblick beträchtlich war) eine schallende Ohrfeige. Sie war so wütend, wie ich sie kaum je gesehen hatte.
»Willst *du* sie aufmachen, oder soll ich es tun?« fragte Chet.
»Chet«, sagte Charles, »was soll das heißen?«
»Ich nehme an, sie hat ihn erwartet, und ich glaube, daß sie lügt. Ich weiß, daß *er* lügt. Jedes Wort, das er ausspricht, ist eine Lüge.«
Er reichte mir den Plastikbehälter. »Ich finde, *Sie* sollten ihn öffnen«, sagte er. »Los! Zeigen Sie, was Sie können. Öffnen Sie ihn.«
»Charles«, sagte Gwen, »wenn du nicht augenblicklich deinen Bruder hinausbeförderst, spreche ich nie wieder ein Wort mit dir. Du weißt, es ist mir Ernst.«
»Ich habe nicht hineingesehen«, fuhr Chet fort, »aber ich wette mit Ihnen um das, was ich in der Tasche habe, gegen das, was Sie in der Tasche haben, daß er leer ist. Und wenn er leer ist, so befindet sich das, was drin war, jetzt irgendwo anders, und das bedeutet, daß sie Sie erwartet hat; das wiederum bedeutet, daß nicht nur Sie ein

Lügner sind – was ja nichts Neues ist –, sondern daß auch sie eine Lügnerin ist. Sie hat sich nicht auf Charles vorbereitet, das steht fest!«
Plötzlich riß er mir die Plastikdose aus der Hand und warf sie auf den Tisch. Durch den Anprall sprang der Deckel auf. Und sie war, wie Chet gesagt hatte, leer.
Dann sagte Chet zu Charles: »Und sie hat sich auch nicht auf mich vorbereitet.«
Da bekam Gwen ihren Tobsuchtsanfall.
Sie nahm den Schürhaken, der neben dem Kamin hing, und schlug ihn Chet ins Gesicht. Chet sprang hinter einen Stuhl, wo sie ihn nicht treffen konnte, und so machte sie sich über Charles her, der die Arme vors Gesicht hielt und immer wieder bat: »Gwen, tu das nicht! Gwen!« Doch sie kümmerte sich nicht darum. Sie sagte nur: »Macht, daß ihr 'rauskommt, ihr Schweinehunde, und zwar sofort!«
Dann schien sie plötzlich völlig die Beherrschung zu verlieren, warf mit dem Schürhaken nach Chet und machte sich über ihn her, indem sie über den Sessel auf seinen Nacken sprang oder kletterte (es ging so schnell, daß ich nicht sagen konnte, was von beidem); sie biß ihn ins Gesicht und kratzte an seinen Augen, von denen eins zu bluten begann. Sie riß mit den Zähnen an seinem Ohrläppchen, und ich glaube, sie erwischte ein Stück, denn auch dort quoll Blut hervor. Gleichzeitig stieß sie ihm das Knie in die Leistengegend. Sie hatte vor, ihn umzubringen, das stand außer Zweifel. Und wenn Chet sich nicht zur Wehr setzte, so lag das keineswegs daran, daß er sich zurückhielt und nicht gewillt war, mit gleichen Waffen zu kämpfen. Er war diesem Angriff einfach nicht gewachsen. Er konnte es nicht mit ihr aufnehmen. In Gwen war wieder der ganze Schneid der Gosse erwacht, sie war wie ein wildes Tier, hemmungslos und wunderbar! Man konnte sich nur wünschen, solch eine Frau in der Nähe zu haben, wenn man sich in Schwierigkeiten befand! Sie hatte sich immer so gelassen gegeben, aber dies hier war reiner, blutiger, herrlicher Mord!
Völlig von Sinnen lief sie plötzlich in die Küche, kam mit dem großen Fleischmesser zurück und ging auf Chet los. Doch er hatte Zeit gehabt, zur Besinnung zu kommen; er hob einen Stuhl in die Höhe, was bewies, daß auch er etwas von Schlägereien verstand, und hielt sie sich damit vom Leibe, während er Charles zurief, er solle hinausgehen. Was Charles mit Freuden tat. Gwens Wildheit und Rachgier waren furchteinflößend. Sie lechzte nach Blut. Der arme Charles sagte: »Gwen, Gwen, sei nicht so! Gwen, Gwen, beruhige dich« – und ähnliche, völlig unzulängliche Dinge.
Ich sah ihr hingerissen zu.

Charles war bereits auf halber Treppe, und Chet folgte ihm; sowie sie draußen waren, verschloß Gwen die Tür.
Jetzt konnten wir das Kind weinen hören.
Sie ging ins Nebenzimmer und beruhigte es. Ein paar Minuten war es ringsum vollkommen still. Dann hörte ich, wie Chet von der Straße her rief: »Eddie! ... Eddie!«
Ich öffnete das Fenster und blickte hinunter. Die beiden Brüder standen, von einer kleinen Menschenmenge umringt, mitten auf der Straße. Chets Hemd und Jacke waren blutbefleckt, und er blutete immer noch, doch er war zu erregt, um es zu bemerken oder sich darum zu kümmern. »Eddie!«, schrie er, »wir warten auf Sie. Kommen Sie 'runter!«
Gwen kam zurück. »Ich glaube, sie haben vor, dich zu töten«, sagte sie.
»Los, Eddie«, schrie Chet. »Beeilen Sie sich!«
Ein Polizist kam die Straße entlang, um zu sehen, was der Aufruhr zu bedeuten hatte.
»Eddie«, schrie Chet abermals, »wir warten bei Clancy's auf Sie.« Er deutete auf die gegenüberliegende Bar; es war das Lokal, in dem Charles und ich ein paar Abende zuvor unsere lange Unterhaltung gehabt hatten.
Als der Polizist näherkam, wandten die Brüder sich um und überquerten die Straße. Die Umstehenden waren nicht bereit, dem Beamten Auskunft zu geben.
Ich schloß das Fenster.
»Charles hat eine Pistole«, sagte Gwen. »Ich habe ihm gestern abend mitgeteilt, daß ich mich anders besonnen habe, und so erwarteten sie natürlich, daß ich mit dir zusammen sein würde. Das ist alles, was solche Männer sich vorstellen können: ›Wenn ich's nicht bin, muß es ein andrer sein.‹ Wofür halten sie mich?«
Darauf erwiderte ich nichts.
»Ich rufe die Polizei«, erklärte Gwen.
Sie ging zum Telefon.
»Tu das nicht«, sagte ich.
»Sie sind imstande, dich zu erschießen – nicht Chet, der ist zu schlau; er würde es eher an einem anderen Abend mit seinen Fäusten und einer Flasche tun. Aber Charles, dieser unschuldsvolle Chorknabe, würde dich erschießen. Chet hat ihm eingeredet, daß ich der Teufel in Person sei und du sogar noch schlimmer und daß er ein Medaillon von der Madonna und einen Platz zur Rechten Christi zu erwarten habe, wenn er dich beseitigt.«
»Ich gehe hinunter und rede mit ihnen.«
Sie sah, daß es mir Ernst war. »Bring mir etwas Milch für das

Kind mit, wenn du zurückkommst«, sagte sie nach einer Weile, »oder besser noch, geh bei dem Laden vorbei, ehe du zu Clancy's gehst, und sag' ihnen, sie möchten mir bitte zwei halbe Liter und eine Schachtel Pablum 'raufschicken. Wer weiß, ob du hinterher dazu imstande bist.«

Dann kam sie zu mir herüber.

»Hast du gehört, was ich dir vorhin gesagt habe?« fragte sie.

»Ich glaube schon. Was war es?« Es stellte sich heraus, daß ich es tatsächlich nicht gehört hatte.

»Ich habe Charles gesagt, ich hätte mich anders besonnen. Ich hatte wirklich ernsthaft vor, Unterricht zu nehmen und mich weiterzubilden, wie ich es ihm versprochen hatte. Aber als ich an Andy dachte, wurde mir klar, daß ich es nicht ertragen würde zu sehen, wie diese Nonnen das Kind mit frommen Bibelsprüchen füttern. Und damit fing ich an, über eine Menge Dinge nachzudenken. Ich sagte ihm, laß uns Freunde sein, du kannst hierherkommen und mit mir leben, aber Andys Erziehung und all das bleibt mir überlassen! Damit war Charles nicht einverstanden. Er wollte alles oder nichts, und plötzlich sagte ich mir, es hat ja doch keinen Sinn, und machte alles rückgängig. Natürlich sind sie überzeugt davon, daß du dahintersteckst. Sie statteten mir einen unerwarteten Besuch ab, weil sie glaubten, dich hier vorzufinden. Du warst nicht da, aber du hast sie nicht lange warten lassen.«

»Und deshalb ...«

»Deshalb wollen Sie jetzt mit dir abrechnen – verstehst du?«

»Ich will sowieso mit ihnen reden.«

Ich ging nach unten.

»Ich habe diesem einfältigen, gefühlsduseligen, schwanzwedelnden Spaniel geraten, er soll nicht mehr an sie denken«, sagte Chet. »Ich habe ihm erklärt, er sei ihr nicht gewachsen und solle sich lieber in den Bibliotheken nach einer Schullehrerin umsehen; glauben Sie nicht, daß ich recht habe, Eddie?«

Ich hatte es so eingerichtet, daß Charles zwischen uns saß. Sie waren offensichtlich beide in gereizter Stimmung, und als ich Charles ansah, mußte ich an eine Bombe denken, die man abgeworfen hatte, die aber nicht explodiert war; nun blieb es mir überlassen, den Zünder zu entfernen. Ich mußte behutsam vorgehen.

Chet fuhr fort: »Ich habe unserem lieben kleinen Charles gesagt: Du hast dich von dem aufrichtigen Blick in ihren Augen täuschen lassen. Aber das, mein Junge, ist nur ein Geburtsfehler: Sie schielt ein wenig, und sie schielt – na ja, du weißt schon, wonach. Und Eddie hat genau das, was ihr gefällt. Daran ist nun mal nichts zu ändern, mein Lieber.«

»Charles, ich möchte mit Ihnen reden«, sagte ich. »Wollen Sie mich bitte anhören?«

»Sie braucht jemanden, der viel energischer ist als du, mein Junge«, sagte Chet zu seinem Bruder. »Du bist zu gut für sie, Charles, zu sanft. Zeig diesem Mädchen Güte, und sie wird es Schwäche nennen. Sei ein wenig unachtsam, und sie fällt über dich her wie eine Katze, geht mit einem Messer auf deine Weichteile los, wie sie es mit mir getan hat. Ich will sagen, nur ein Mann wie Eddie kann mit ihr fertig werden; du mußt lernen, dich damit abzufinden.«

Charles drehte sich um und sah mich, ohne zu blinzeln, mit starren Augen an, wie ein Löwe es tut, wenn man vor seinem Käfig steht.

»Charles, glauben Sie mir, daß ich überhaupt nichts mit dem zu tun hatte, was zwischen Ihnen und Gwen vorgefallen ist.«

»Sie brauchen nicht mehr zu lügen, Eddie«, sagte Chet. »Ich habe unserem Kleinen gesagt, er dürfe nicht erwarten, daß Sie die Wahrheit sagen; besonders nicht unter diesen Umständen.«

»Charles, ich habe nicht einmal mit ihr gesprochen, schon seit Tagen nicht mehr; Sie müssen mir glauben ...«

»Und ihm auch vergeben, Charles; schließlich hat er nur getan, was ihm selbstverständlich ist. Und ihr. Komm, Charles, der Mann will deine Vergebung. Gewähre sie ihm!«

Charles sagte kein Wort. Er schien irgendeinen Entschluß zu fassen.

»Ich möchte Ihnen sagen, Charles, daß ich innerhalb der nächsten zwei Wochen fortgehe. Ich werde Gwen nicht wiedersehen ...«

»Ist das Ihr Ernst?« fragte Charles plötzlich.

»Ja, Charles, wirklich.«

»Wie kann ich Ihnen glauben?«

»Sie können es; ich werde es Ihnen beweisen.«

»Aber sagen Sie mir, warum hat sie das getan?«

»Ich werde dir sagen, warum«, mischte Chet sich ein. »Weil keine Frau eine Katze im Sack kaufen will. Sie hat darauf gewartet, daß du ihr zeigst, was du kannst, und du hast es nicht getan. In der Zwischenzeit hat unser kleiner Freund hier – und Gott weiß was für dreckige Nigger und beschnittene Judenschweine, was für Matrosen von den Flotten der gesamten Welt ...«

»Charles«, sagte ich, »würden Sie sich einen Augenblick mit mir an den Tisch dort in der Ecke setzen? Ich möchte mit Ihnen reden, und hier kann ich es nicht.«

»O gewiß, Sie können es«, sagte Chet. »Ich werde den Mund halten. Sehen Sie, ich bin still. Reden Sie. Mal sehen, wie Sie ihn trösten werden.«

»Charles«, bat ich.
Charles stand auf. »Geh an die Bar«, sagte er zu seinem Bruder. »Ich will mit ihm allein sprechen.«
»Trösten Sie ihn, Eddie, er wird alles glauben, was Sie ihm sagen werden.«
Dann war Chet mit einem Satz drüben an der Bar und schloß sofort Freundschaft mit den Mädchen dort. Aber er ließ uns keine Sekunde aus den Augen.
Charles setzte sich wieder. Es war jetzt wohltuend still.
»Charles«, sagte ich, »ich habe von Anfang an gewußt, daß Sie ein guter Mensch sind. Ich habe immer Ihre Güte gespürt. Charles, hören Sie zu?«
»Ich bin ein wenig betrunken, aber ich tue mein möglichstes.«
»Haben Sie gehört, was ich eben gesagt habe?«
»Sagen Sie es noch einmal.«
»Ich sagte, ich habe immer gewußt, daß Sie ein guter Mensch sind. Ich wußte es bereits das erste Mal, als ich Sie sah.«
»Lügen Sie mich nicht mehr an«, bat er. »Lassen Sie uns jetzt die Wahrheit sagen.«
»Ja, und die Wahrheit ist, daß ich immer gespürt habe, daß Sie gut sind.«
»Schön. Jetzt möchte ich Ihnen etwas sagen. Als ich Sie zum erstenmal sah, dachte ich, dies ist kein Mann von dem Typ, an den ich gewöhnt bin und den ich leicht verstehen kann, aber trotzdem ist es ein Mensch, der anständig sein will – das wollen Sie doch, nicht wahr? Sie sind nicht so scheinheilig und verlogen wie die meisten Ihrer Art, nicht wahr?«
»Nein, das bin ich nicht; besonders jetzt nicht.«
»Warum haben Sie dann Gwen gegen mich aufgehetzt?«
»Das habe ich nicht getan«, sagte ich. »Ich schwöre es – wobei kann ich schwören...?«
»Beim Grabe Ihrer Mutter!«
»Was?«
»Schwören Sie beim Grabe Ihrer Mutter!«
»Aber sie ist noch nicht tot.«
»O. K. Aber Sie lügen mich nicht an, wie Chet sagt, nicht wahr? Ich wünschte, Sie wären fromm. Menschen, die nicht fromm sind, glauben an nichts, also gibt es für sie nichts, wobei sie schwören können!«
»Ich habe niemals auch nur ein Wort gegen Sie gesagt.«
»Ich möchte Ihnen gerne glauben.«
»Sie können es.«
»Wenn ich 'rausbekomme, daß Sie in dieser Sache nicht ehrlich mit

mir sind, bringe ich Sie um; Sie wissen, daß ich es tun werde, nicht wahr? Ich bin nicht einer von den Männern, die von einer Frau zur andern gehn. Ich hatte alles geplant. Chet sagt, daß Sie...«

»Ich könnte Ihnen Dinge über Ihren Bruder erzählen...«

»Sie mögen ihn nicht.«

»Offen gestanden, nein.«

»Ich auch nicht.«

»Es tut mir leid, denn ich möchte jetzt jeden Menschen gern haben. Aber ich kann wirklich nicht sagen, daß ich Ihren Bruder gern habe. Selbst jetzt, wo ich entschlossen bin, zumindest zu verstehen...«

»Ich mag ihn auch nicht. Ich habe ihn nie gemocht. Aber das macht das, was er sagt, nicht weniger wahr, oder?«

»Doch. Selbst wenn er die Tatsachen richtig wiedergibt, ist seine Absicht niederträchtig und seine Folgerung...«

»Stimmt! Stimmt! Aber halten wir uns an die Tatsachen. Sagen Sie mir die Wahrheit: Haben Sie Gwen gegen mich aufgehetzt? Es lag etwas Erschreckendes, aber gleichzeitig Rührendes in seinem mühsamen, einfältigen Bestreben, zu verstehen, was ihm so plötzlich widerfahren war. »Versuchen Sie, sich zu erinnern; haben Sie etwas zu Gwen gesagt?«

»Ich schwöre Ihnen, nicht ein Wort.«

»Wie kommt es dann, daß sie mich gestern abend angerufen hat? Ich habe alles getan, was sie wollte, und genau so, wie sie es verlangte.«

»Sie hat irgend etwas von einer Meinungsverschiedenheit bezüglich der Erziehung des Jungen erwähnt.«

»Aber ich habe nur getan, was richtig war! Es ist zum Besten des Jungen. Das müssen selbst Sie einsehen!«

Er packte mich beim Arm. »Waren Sie bei ihr, als sie mich gestern abend anrief?«

»Nein«, erwiderte ich, »bitte, glauben Sie mir, ich war nicht bei ihr.«

»Chet hat das behauptet. Er sagt, als sie ihn damals anrief, um Schluß zu machen, war sie mit jemand anderem im Bett. Das ist ihre Art, sagte er. Ich hoffe, Sie lügen nicht.«

»Bestimmt nicht.«

»Wissen Sie, ich habe mir das ausgemalt – Sie und Gwen. Ich kann das Bild nicht loswerden. Das ist der Grund, weshalb ich nicht viel rede; ich muß fortwährend daran denken.«

»Aber es ist nichts Wahres daran, Charles.«

»Wo waren Sie gestern abend?«

»Ich habe es vergessen«, sagte ich; dann wurde mir mit Schrecken klar, daß ihm dies wie eine Ausflucht erscheinen mußte.

»Sie lügen«, sagte er tieftraurig. »Sehen Sie, jetzt lügen Sie mich an.«
»Nein. Ich habe es wirklich vergessen.«
»Wie kann ein Mensch vergessen, wo er gestern abend gewesen ist? Gestern abend! Sehen Sie?«
Tränen standen in seinen Augen. »O Jesus, hilf mir«, murmelte er.
»Sie müssen mir glauben«, bat ich flehentlich, »so geht es mir jetzt dauernd. Ich habe große Schwierigkeiten. In letzter Zeit habe ich oft von Stunde zu Stunde nicht gewußt, was ich als nächstes tun würde. Oder was ich gerade getan hatte. Aber jetzt erinnere ich mich, wo ich gestern abend gewesen bin. Ich habe ein Haus niedergebrannt.«
»Können Sie sich nichts Besseres ausdenken?«
»Beim Grabe meiner Mutter, es ist wahr!«
»Gut, gut. Es klingt sehr unwahrscheinlich, aber ich werde es Ihnen glauben.« Dann blickte er mich sonderbar an und fragte:
»Sagen Sie mir bitte, sind Sie eigentlich ein bißchen verrückt?«
»Das mag sein, ja.«
»Armer Kerl.«
»Jedenfalls glaube ich, daß ich es gewesen bin. Ja, ich war's.«
»Armer Kerl!« murmelte er.
»Aber ich glaube nicht, daß ich es jetzt noch bin. Ein klein wenig vielleicht. Zum Beispiel hatte ich tatsächlich vollkommen vergessen, wo ich gestern abend war. Das geht mir jetzt immer so. Mein Kopf ist nicht in Ordnung.«
»Das merke ich.«
»Aber ich war nicht bei ihr.«
»Wen hat sie dann erwartet?«
»Das habe ich mich auch gefragt.«
»Würden Sie es mir sagen, wenn Sie es gewesen wären, jetzt, wo Sie sehen, wie mir zumute ist?«
»Ja. Ich glaube, ich würde es Ihnen sagen. Ich habe etwas vollbracht, Charles; nichts, was man äußerlich sehen könnte, aber in meinem Inneren, wo ich es fühlen kann. Ich habe nichts mehr zu verlieren, nichts zu beschützen. Ich werde zum Beispiel auf alles verzichten, was ich besitze.«
»Wirklich?«
»Ja. Ich will nichts. Ich will niemanden. Ich will auch Gwen nicht mehr. Noch vor ein paar Tagen, als ich nach New York kam, glaubte ich, das Zusammensein mit ihr könnte alle meine Probleme lösen. Doch jetzt weiß ich, daß kein anderer meine Probleme lösen wird. Es liegt allein bei mir. Sie können Gwen haben. Ich werde verschwinden.«

»Wohin gehen Sie?« fragte er.
»In mich selbst. Ich trenne mich von allen Menschen auf Nimmerwiedersehen.«
»Sie sollten lieber einen Arzt konsultieren, meinen Sie nicht?«
»Nein, das habe ich bereits versucht!«
»Einen Priester? Gehen Sie zu einem Priester!«
»Ich brauche nur allein zu sein, weiter nichts. Sie gehört Ihnen, ich werde nicht einmal hier sein; ich habe gestern abend nicht mit ihr gesprochen, und sie hat mich nicht erwartet; Sie glauben mir doch, nicht wahr?«
»Ja, jetzt glaube ich Ihnen.«
»O. K. Das ist alles, was ich will«, sagte ich. »Viel Glück! Ich betrachte Sie als meinen Freund.«
»Das können Sie.«
»Vielen Dank.«
Er öffnete seinen Mantel, und ich sah eine Pistole. »Seit sie mir am Telefon gesagt hat, daß es zwischen uns aus sei, habe ich dieses Ding ständig bei mir getragen. Ich wollte Sie töten. Ich kann es selbst nicht glauben. Sogar vor wenigen Minuten sagte ich mir noch, wenn er mich jetzt anlügt . . . doch nun sehe ich, daß Sie schlimmer dran sind als ich, also wünsche ich Ihnen alles Gute. Leben Sie wohl. Ich bedaure das hier.« Er meinte die Pistole.
Wir standen beide fast gleichzeitig auf. Es war ein formeller Abschied. Er legte den Arm um mich. »Ich habe noch eine Frage«, flüsterte er mir ins Ohr, ohne mich loszulassen. »Sagen Sie mir die reine Wahrheit! Glauben Sie, daß ich für eine Frau sexuell reizlos bin?«
»Ich wüßte nicht warum«, erwiderte ich.
»Danke«, sagte er, »vielen Dank.«
Ich wandte mich zum Gehen. Chet beobachtete uns.
Charles sagte: »Kümmern Sie sich nicht um ihn. Ich begleite Sie zur Tür.«
Chet rührte sich nicht, als ich hinausging.
Ich konnte es nicht erwarten, Gwen zu berichten, daß meine neue Methode Erfolg gehabt hatte. Ich hatte vor, mir mein Bild vom Erciyas Dagh zu holen und fortzugehen.
Als ich wartend vor ihrer Tür stand, roch ich Badesalz. Sie erzählte mir später, sie sei sehr beunruhigt gewesen, hätte von ihrem Fenster aus unentwegt den Eingang zur Bar beobachtet. Doch nach einer Weile sei sie zu dem Schluß gelangt, daß sie doch nichts an den Dingen ändern konnte; daraufhin habe sie sich ein heißes Bad eingelassen, eine halbe Flasche Badesalz hineingetan, einen dreifachen Bourbon getrunken und sei ins Wasser gestiegen.

Der Kampf, die Angst, das brühheiße Bad und der Alkohol hatten sie so nervös gemacht, daß sie kaum die Tür aufbekam. Ich sah auf den ersten Blick, wie verängstigt sie gewesen war, dieses Mädchen, das keine Angst zu kennen schien.
Sie ließ meinen Arm nicht los, zog mich zum Sofa, legte sich hin und vergrub den Kopf in einem Kissen; nur ihre Augen waren zu sehen. Sie hatten einen unnatürlichen Glanz.
Ich versuchte, ihr zu erzählen, was in der Bar geschehen war, aber jetzt, da sie mich in Sicherheit wußte, schien es sie nicht zu interessieren. Sie blickte mich unverwandt an und hörte überhaupt nicht zu.
»Hast du irgend etwas eingenommen?« fragte ich schließlich.
»Was eingenommen?«
»Du siehst ganz betäubt aus.«
»Glaubst du, ich nehme Betäubungsmittel?«
»Ich meine, zum Beispiel drei oder vier Miltown.«
»Es ist der Bourbon. Ich hatte solche Angst, Eddie. Meine Nerven sind vollkommen kaputt.«
»Fühlst du dich jetzt besser?«
»Ich bin müde. Möchte mich am liebsten überhaupt nicht rühren. Ich möchte, daß man mir alles bringt. Und ich möchte, daß man mich verwöhnt.«
»Ich bin sicher, Charles wird sehr bald kommen.«
»Ich will Charles nicht sehen.«
»Die Art, wie du auf Chet losgegangen bist, war wunderbar!«
»Dennoch hatten sie recht. Das wußtest du doch, nicht wahr?«
»Recht?«
»Ich *habe* auf dich gewartet.«
Ich hatte es vermutet.
Daraufhin ... nun ... ich wußte wahrhaftig nicht, wie ich ihr sonst hätte Lebewohl sagen können, nach dem, was wir einander gewesen waren. Was sollte ich tun, ihr die Hand schütteln? Und ich war hingerissen von dem Mut, mit dem sie sich auf Chet gestürzt hatte, und ich liebte sie, weil sie sich so um mich geängstigt hatte.
Somit war es wirklich das Selbstverständlichste der Welt!
Jedenfalls, als Charles, der einen Schlüssel zur Wohnung hatte, ins Zimmer trat, waren wir zusammen im Bett. Ich wandte mich gerade noch zur rechten Zeit ab, und der Schuß traf mich seitlich ins Gesäß. Das war es nicht, worauf er gezielt hatte.
Dann schoß er abermals auf mich, und diesmal versuchte er, mich zu töten. Aber ich fiel nieder, und er verfehlte meinen Kopf. Das ist das letzte, woran ich mich erinnere.
Als ich zu mir kam, wußte ich, daß ich mich in irgendeiner Art

Krankenhaus befand. Doch ich war so schwach, daß es mich nicht kümmerte, wo. Ich wollte nachdenken. Aber ich konnte nichts weiter tun als wieder einschlafen. Sofort. Und das war's.

25

Ein sonderbares Krankenhaus, dachte ich mir; vergitterte Fenster. Ich bemerkte, daß noch jemand im Zimmer war; ein Mann in den Sechzigern. Seine mageren, mit Pergament überzogenen Beine baumelten über den Bettrand hinunter. Grinste er mich an?
»Wo bin ich?« fragte ich.
»Sie befinden sich in der Nervenheilanstalt von Greenmeadow.«
»Wie bin ich hier gelandet?«
»Eine Ihnen nahestehende Person hat ein Gesuch unterzeichnet, daß man Sie hier einsperren möge. Haben Sie eine Frau?«
»Ja. Worüber lächeln Sie?«
»Ich habe sehnlich darauf gewartet, daß Sie zu sich kommen.«
»Warum?«
»Ich wollte Ihren Ausdruck sehen, wenn Sie entdeckten, wo Sie sind.«
Er hatte ein sehr amüsantes Gesicht, ausdrucksvoll und intelligent. Man konnte förmlich sehen, wie die Gedanken in seinem Kopf hin und her schossen.
»Mein Name ist Teitelbaum«, sagte er. »Arnold Teitelbaum. Mögen Sie hundert Jahre alt werden.«
Ich lachte. Dabei verspürte ich einen stechenden Schmerz in der Brust. Charles' zweite Kugel hatte meinen Kopf verfehlt und den linken Schultermuskel durchbohrt. Er hätte mich um ein Haar getötet. Dann erinnerte ich mich an den ersten Schuß und langte rasch hinunter, um zu sehen, ob ich unversehrt war.
Ich atmete erleichtert auf.
»Was haben Sie gesagt, wo bin ich?« fragte ich.
»In der Nervenheilanstalt von Greenmeadow.«
Also hatte Florence letztlich doch das Schriftstück unterschrieben.
»Weswegen bin ich hier?«
»Das ist jedermanns Geheimnis und Ihr höchsteigenes Problem.«
»Was ist mein Problem?«
»Wie Sie wieder hier herauskommen.«
»Ich weiß nicht einmal, ob ich das überhaupt will.«
»In ein paar Tagen werden Sie es vielleicht sehr gerne wollen. Dann denken Sie daran, daß ich Rechtsanwalt bin. Ich kann Ihnen etwas sagen, was man Ihnen hier bestimmt nicht sagen wird.«
»Und zwar?«

»Man hat Ihnen bereits einige Ihrer Grundrechte entzogen.«
»Tatsächlich?«
»Versuchen Sie mal, ein Telefongespräch zu führen.«
Ich sagte nichts. Er hatte ein Mitteilungsbedürfnis, dem ich im Augenblick nicht ganz gewachsen war. Und er ließ nicht locker.
»Was beabsichtigen Sie zu tun?«
»Wann?«
»Jetzt.«
»Die Ruhe zu genießen.«
»Ich könnte Ihnen vielleicht helfen.«
»Mr. Teitelbaum«, sagte ich, »ich habe meine eigenen Probleme.«
»Natürlich«, erwiderte er, »sonst wären Sie ja nicht hier.«
»Ich muß mir über meine Lage klarwerden.«
»Das ist sehr vernünftig gedacht.«
»Und um das zu tun, brauche ich wirklich Ruhe.«
»Niemand weiß besser als ich, wie wichtig es ist, sich zu konzentrieren.«
»Ich meine, vielleicht wäre es Ihnen möglich, *jetzt* ...«
»Nun«, sagte er zögernd, »es fällt mir schwer, jetzt still zu sein; schließlich haben wir uns ja eben erst kennengelernt, und ich bin verständlicherweise neugierig.«
Ich versuchte, mich auf den Bauch zu drehen.
»Sie können sich nicht umdrehen, mein Freund. Und das ist auch nicht nötig. Keine Sorge. Es gibt lange Zeitspannen, wo ich vollkommen still bin. Tatsächlich werden Sie sich noch manchmal wünschen, mich reden zu hören.«
»Das bezweifle ich.«
»Sie werden sehen. Warum machen Sie jetzt nicht einfach die Augen zu und versuchen, sich zu entspannen? Sie werden sehr bald Ihre ganze Kraft brauchen.«
Ich stöhnte.
»Und ich werde Ihnen helfen. Ich werde dafür sorgen, daß man viele, viele ...«
»Würden Sie bitte, bitte zunächst dafür sorgen, daß jetzt hier ein wenig Ruhe herrscht!«
»Behandeln Sie mich nicht wie einen Dummkopf oder einen Irren«, sagte Arnold Teitelbaum mit einem Nachdruck und einer Würde, die ich nicht bei ihm vermutet hatte. »Ich bin weder das eine noch das andere. Ich habe einmal die erfolgreichste Ladenkette für Lebensmittel im Staate Connecticut besessen. Sie haben den Namen bestimmt gehört, aber ich will ihn nicht nennen. Vor ein paar Jahren beging ich die Dummheit, mich zur Ruhe zu setzen. Ich hatte mir gedacht, ich würde mehr vom Leben haben, wenn ich nicht mehr

arbeitete. Es war ein törichter Irrtum. Aber das gibt Ihnen nicht das Recht, sich über mich lustig zu machen. Ich möchte Sie ferner davon unterrichten, daß ich in zwei Bundesstaaten als Rechtsanwalt zugelassen bin. Ich bin nicht inkompetent bei Gericht. Und ich werde das Unrecht ahnden, das an mir begangen worden ist und das die Missetäter bereits vergessen haben. Ich werde meine Feinde demütigen; ich habe nichts vergessen! Blut wird in den Straßen von Bridgeport fließen; es wird eine allgemeine Abrechnung und ein ungeheuerliches Gemetzel geben!« Seine Stimme war jetzt sehr laut. »Die Schreie meiner Feinde werden bis über die Grenzen der Stadt zu hören sein!«

Ein Mann in einem weißen Kittel kam eilig herein. Arnold Teitelbaum hockte wie ein Lear in Taschenformat keuchend auf seinem Bett. Er blickte den Wärter mit majestätischer Verachtung an. Dann ließ er sich zurücksinken und bedeckte die Augen.

Der Wärter nahm absichtlich keine Notiz von ihm. »Wie geht es Ihnen?« fragte er mich.

»Ich weiß nicht«, erwiderte ich. »Wann kommt der Arzt, um es mir zu sagen?«

»Es wird nicht mehr lange dauern.« Dann ging er zu Teitelbaums Bett. »Mr. Teitelbaum«, sagte er, »ich meine, Sie sollten diesen Herrn in Frieden lassen. Er braucht Ruhe.«

»Er hat mit der Unterhaltung angefangen«, erklärte Teitelbaum.

»Dann habe ich kein Recht, Ihnen einen Vorwurf zu machen«, sagte der Wärter und ging hinaus.

»Das war Dr. Lloyd«, murmelte Teitelbaum, »und das ist die letzte Auskunft, die Sie von mir bekommen. Er ist der Psychiater dieses Stockwerks. Und jetzt leiden Sie schweigend.«

Ich schlief ein und wachte erst wieder auf, als ein Assistenzarzt das Pflaster von meinem Verband abriß. Er schien zufrieden mit dem, was er sah, denn gleich darauf war er verschwunden, und eine Krankenschwester legte mir einen neuen Verband an. Ich schlief fast den ganzen Tag. Teitelbaum war draußen im Park, und so herrschte absolute Ruhe. Als er zurückkam, war es bereits Zeit fürs Abendessen, und ich freute mich, ihn zu sehen. Als ich ihm erzählte, daß ich immer wieder eingeschlafen sei, sagte er, es sei kein Wunder, denn man habe mich bis oben hin mit Betäubungsmitteln angefüllt. Eigentlich hätte ich mir das denken können.

Am nächsten Tag fühlte ich mich schon viel besser, und eine junge Krankenschwester half mir in einen Rollstuhl und brachte mich in die Sonne hinaus. Ich saß an diesem und den folgenden Tagen neben einem der großen Backsteingebäude und unterhielt mich mit einer Reihe von Patienten, die sich mir behutsam näherten, etwa wie ein

Hund es tun könnte, um mich zu beschnüffeln und zu sehen, was ich war. Sie alle hatten eines gemeinsam: Zunächst taten sie, als hätten sie eine Menge Geheimnisse, die sie niemals verraten würden. Aber die diensthabende Krankenschwester brauchte nur auf einen Augenblick zu verschwinden, und es wurden Geschichten von Verfolgung, Verrat oder regelrechter Niederträchtigkeit ausgepackt, die mir die Ohren klingen ließen. Zu meiner großen Überraschung glaubte ich ihnen alles, was sie mir erzählten. Es klang absolut überzeugend. Diese Menschen, schien mir, befanden sich oft aus sehr einleuchtenden Gründen im Konflikt mit der Gesellschaft und den Menschen ihrer Umgebung.

Ich hatte angenommen, daß sie alle von dem Wunsch besessen seien, möglichst bald herauszukommen. Doch die meisten Insassen beschäftigten sich ausschließlich mit dem Gedanken, wie lange sie es fertigbringen würden, drinnen zu bleiben. Manche von ihnen hatten es noch nie so gut gehabt.

Da gab es zum Beispiel eine junge Frau, etwa sechsundzwanzig und bereits Mutter von fünf Kindern. Ihr Mann war gegen die Geburtenregelung, und so war ihre Prognose kurz und bündig: immer mehr! Was erwartete sie draußen? Ein paar düstere Zimmer, die Kinder zu dritt in einem Bett, ein Haufen unbezahlter Rechnungen, Stapel von Wäsche in einer Ecke, ein Spültisch, ständig voll von schmutzigem Geschirr, die ganze Wohnung niemals richtig sauber, die Forderungen an ihre Zeit und Aufmerksamkeit unaufhörlich und unersättlich, ihre armen Brüste vorzeitig erschlafft und sie selbst ewig müde und hoffnungslos zermürbt. Greenmeadow war ihre Riviera. Sie genoß jetzt all das, was ihr seit ihrer Heirat vorenthalten geblieben war, unterhielt sich ungezwungen mit anderen Frauen ihres Alters, tauschte Kleider aus, sonnte sich auf dem Rasen, saß im Café herum und hatte Flirts, die nicht in einem weiteren Armvoll Verantwortungen zu enden drohten. Warum sollte sie es eilig haben, nach Hause zurückzukehren?

Mir erging es sehr bald ebenso. Ich wollte nicht einmal ein Telefongespräch führen. Einmal überlegte ich mir, daß ich eigentlich Gwen anrufen sollte, um zu hören, ob alles in Ordnung sei. Doch aus purer Trägheit ließ ich es bleiben.

Schließlich raffte ich mich auf und bat um Erlaubnis, mit meinem Bruder zu sprechen. Die Krankenschwester stellte die Verbindung her, und ich fragte Michael, wie es meinem Vater ging.

»Er erholt sich langsam«, sagte Michael vorsichtig. Ich konnte hören, daß Gloria dicht neben ihm stand. Er erkundigte sich nicht nach meinem Befinden. Ich erklärte ungefragt, daß ich nichts brauchte.

Nach ein paar Tagen hatte ich meine erste Begegnung mit Dr. Lloyd.

Er war ein junger Mann mit kurzgeschorenem Haar und einem außerordentlich ernsten Gebaren. Er fragte mich, wie ich mich fühlte. Ich sagte, sehr gut. Dann wollte er wissen, ob ich irgend etwas brauchte. Nein, danke, erwiderte ich. Ob ich zufrieden sei? Vollkommen! Er lächelte und ging fort.

Dann wandte er sich um und sah mich nachdenklich an. Irgend etwas an meinen Antworten hatte ihn verwirrt, denn er kam zurück.

»Sie werden mich doch nicht etwa fortschicken?« fragte ich.

»Nun, wir entlassen die Patienten gern so rasch wie möglich.«

Plötzlich merkte ich, daß ich diesem Mann die falschen Antworten gegeben hatte, daß ich mich in Gefahr befand.

»Warum sie fortschicken und wieder der Situation aussetzen, die der Anlaß dazu war, daß sie überhaupt hierhergekommen sind?«

Er musterte mich aufmerksam.

»Ich bin verrückt genug, um gerne hier zu sein«, sagte ich. »Tatsächlich ist dies der einzige Ort, den ich kenne, wo man Zeit hat, über sich selber nachzudenken. Es ist unser Äquivalent für die Meditation der Buddhisten, finden Sie nicht?«

»Nein, das finde ich nicht.« Er nickte mir zu und entfernte sich.

Sobald er fort war, kamen einige der Patienten heran und fragten, was er gesagt habe. »Er will mich nicht hierlassen«, sagte ich und machte ein trauriges Gesicht. Sie lachten laut, und dieser unehrerbietige Ton drang bis zu Dr. Lloyd, der in einiger Entfernung stand und sich Notizen über unsere Unterhaltung machte.

Dann setzten sich alle im Kreis um mich herum, stellten Fragen und erteilten Ratschläge.

Das Gespräch drehte sich größtenteils um meine Gerichtsverhandlung. Laut dem Gesetz durfte man mich ohne formellen Einweisungsbefehl nicht länger als zehn Tage dort behalten. Es stellte sich heraus, daß diese Termine in der Anstalt selbst abgehalten wurden. Ein amtlich eingesetzter Richter entscheidet, nachdem er beide Seiten angehört hat, ob jemand formell in Gewahrsam genommen werden soll und auf wie lange.

Der Raum, in dem meine Verhandlung stattfand, war ein Gerichtssaal *en miniature*. An einem Ende des Zimmers befand sich eine Art Podium für den Richtersitz, der von der amerikanischen Fahne und der Fahne des Bundesstaates Connecticut flankiert wurde. Gegenüber stand ein langer Tisch, an dem fünf oder sechs Personen Platz hatten. Ich wurde von einem Wärter hereingeführt. Mit mir kam Dr. Lloyd.

Hinter dem langen Tisch saßen Florence, Arthur Houghton und ein gewisser Dr. Ochs, der sich als Hypnotiseur und Florences neuer Arzt entpuppte.

Florence schenkte mir ein gütiges Lächeln. Auf den Gesichtern aller drei lag ein Ausdruck des Erbarmens.
Der Richter war ein älterer, untersetzter Mann, der wie ein wohlhabender Gutsbesitzer aussah. Mein erster Eindruck von ihm war, daß er es sehr eilig hatte. Er überflog hastig das Einweisungsgesuch und den ärztlichen Bericht.
»Ich sehe«, sagte er, »daß dieses Gesuch ordnungsgemäß von der Ehefrau sowie von zwei Ärzten unterzeichnet ist, die den Patienten einer gründlichen Untersuchung unterzogen haben. Ist das richtig?«
Er blickte auf. Niemand antwortete.
»Nun?« fragte der Richter.
»Ja, Sir«, sagte Arthur Houghton.
»Ja, Sir, was?«
»Die Untersuchungen waren gründlich, Herr Richter.«
»Welcher von den Ärzten sind Sie? Sie sind ... nun, sagen Sie es schon ... Sie sind Dr. ...?«
»Ich bin kein Arzt. Ich bin Arthur Houghton.«
»Was soll das heißen?« fragte der Richter, den ich äußerst sympathisch zu finden begann.
»Ich bin der Anwalt der Familie.«
»Sie vertreten ...«
»Die Familie.«
»Nun, Sie können nicht alle beide vertreten; wen vertreten Sie?«
»Dies ist eine etwas ungewöhnliche Situation, Herr Richter.«
Der Richter wandte sich an mich. »Vertritt er Sie?«
»Nein«, sagte ich.
»Dann vertreten Sie also die Ehefrau – tut er das?« fragte er Florence. »Ja«, flüsterte sie kaum hörbar. Sie war sehr erregt.
»Ich bin ein wenig taub, also muß ich Sie bitten, lauter zu sprechen«, sagte der Richter, ohne jemanden anzublicken. Er begann, die Papiere auf seinem Tisch abermals zu lesen. Ich blinzelte Arthur Houghton zu.
»Ich frage mich nur«, brummte der Richter undeutlich, »wenn Sie keiner von den untersuchenden Ärzten sind, woher wissen Sie dann, daß die Untersuchung so außerordentlich gründlich war?«
Arthur war nicht gewillt, noch mehr Mäkeleien von diesem Kleinstadtrichter hinzunehmen. »Weil ich die beiden Ärzte kenne, die den Patienten untersucht haben. Ich kenne sie sehr gut!« erwiderte er kurz angebunden.
Der Richter blickte zu ihm hinüber und lächelte.
Dann wandte er sich an Dr. Ochs. »Sind Sie Dr. Taylor?« fragte er.
»Nein, Herr Richter«, sagte Dr. Ochs.
»Demnach sind Sie also Dr. Leibman?«

»Nein, Herr Richter«, sagte Dr. Ochs.
»Wer zum Kuckuck sind Sie dann, und wo sind die beiden Unterzeichner? Was ist das für ein Durcheinander? Ich werde den Fall einen Monat zurückstellen müssen. So kann ich keine Verhandlung führen.«
Er warf die Papiere auf den Tisch und murmelte etwas von einem Haufen Akten, die er zu Hause durchzusehen habe; der Gerichtsschreiber versuchte, ihn zu beruhigen.
Arthur stand auf. »Sie sind unterwegs, Euer Gnaden«, sagte er.
»Wer ist unterwegs?«
»Dr. Leibman und Dr. Taylor. Sie kommen aus New York.«
»Warum sind sie noch nicht hier?«
»Wir haben vor ein paar Minuten einen Anruf erhalten, daß sie unterwegs sind; sie müssen jeden Augenblick eintreffen.«
Der Richter sah mich an. »Möchten Sie, daß die Verhandlung verschoben wird?«
Noch ehe ich etwas erwidern konnte, sagte Arthur: »Nein, Sir, bitte nicht. Meine Klientin muß morgen wieder in Kalifornien sein.«
»Nun, Sie hätten dafür sorgen sollen, daß diese Ärzte pünktlich hier sind. Wir sind zwar nicht in New York City, aber nichtsdestoweniger haben auch wir einen geregelten Rechtsgang. Es ist nicht mein Amt, über diesen Patienten zu Gericht zu sitzen, sondern ihn zu schützen. Ich bin hier, um seine Rechte zu wahren.«
»Und die der Gesellschaft, Euer Gnaden.«
Der Richter lächelte. »Es ist nicht zu leugnen, daß Sie Rechtsanwalt sind.« Er blickte wieder auf die Uhr. »Nun, was schlagen Sie vor?«
»Es dauert bestimmt nur noch wenige Minuten«, sagte Arthur. »Vielleicht könnten wir inzwischen ein wenig zwanglos plaudern.«
»Gut«, sagte der Richter. »Plaudern Sie!« Er drehte seinen Stuhl herum, so daß er halb abgewandt von Houghton saß, ihm aber zuhören konnte.
Arthur hatte sich recht gut auf seine zwanglose Plauderei vorbereitet. Er lehnte sich zurück, zündete seine Pfeile an und begann: »Vor allem möchte ich Ihnen sagen, Herr Richter – und ich weiß, Sie werden es so auffassen, wie es gemeint ist –, daß ich tatsächlich der Anwalt des Patienten bin. Das ist keine Ansichtssache. Die Hälfte eines großen Archivraums im Hauptbüro meiner Firma in Beverly Hills ist seinen privaten und geschäftlichen Abkommen, Kaufverträgen und so weiter gewidmet. Ich glaube, er wird der erste sein, der die zahlreichen Dienste anerkennt, die ich ihm geleistet habe.« Und damit stand Arthur auf, stellte sich in Positur, und aus der ungezwungenen Unterhaltung wurde ein Plädoyer. »Es ist daher außerordentlich schmerzlich für mich, hier zu erscheinen, und ich versiche-

re Ihnen, ich tue es nur, weil ich der Meinung bin, daß seine Frau in diesem Augenblick, wie Sie vielleicht selbst erkennen« (Florence weinte), »mehr Beistand und Verständnis braucht als er. Tatsächlich hat sie erklärt, Herr Richter, daß sie hier nur erscheinen werde, wenn ich sie begleitete.«

Arthur hielt inne; vermutlich wollte er alle Anwensenden das Geräusch von Florences unterdrücktem Schluchzen hören lassen.

Dann fuhr er fort: »Was mich am meisten schmerzt, Euer Gnaden, ist die Erkenntnis, daß die Tatsachen, die ich hier vor Ihnen anführen muß, mich endgültig die Freundschaft dieses Mannes kosten werden. Trotzdem sehe ich mich dazu gezwungen.«

Daraufhin begann er, meine Missetaten aufzuzählen, berichtete über den Unfug mit dem Zephyrplakat und den Flug um den Wolkenkratzer von Los Angeles, der, wie er sagte, das Leben von Tausenden gefährdet und dessentwegen die Zivilluftfahrtsbehörde mir ein für allemal Startverbot erteilt habe.

»Nun«, unterbrach der Richter ihn, »nicht, daß ich Dinge dieser Art etwa gutheiße, aber viele von uns haben mit ein paar Whisky im Magen – ich will sagen, gehören sie nicht eher in die Kategorie von mutwilligen Streichen? Vergessen Sie nicht, Sie ersuchen die Gesellschaft, diesen Mann in eine Anstalt zu sperren, und das ist ein außerordentlich schwerwiegender Schritt.«

»Darüber bin ich mir vollkommen im klaren, Herr Richter«, erwiderte Arthur. »Ich hätte nicht eine Reise von dreitausend Meilen unternommen, wenn ich Ihnen nichts weiter als eine Reihe von mutwilligen Streichen zu unterbreiten hätte, so ernst diese auch sein mögen.«

Dann führte er einige Beispiele für mein unberechenbares Verhalten an. Ich hörte nicht mehr zu. Es stimmte alles, was er sagte. Er besaß sogar den Bericht der Polizei über die Abfalltüte, die ich mit mir herumgeschleppt hatte. Ich weiß nicht, wer diese Liste für ihn zusammengestellt hat; doch wer immer es gewesen sein mochte, er hatte gute Arbeit geleistet. Arthur trug sie – im Einklang mit der allgemeinen mitleidsvollen Stimmung – ohne jedes Pathos, ja sogar mit betonter Zurückhaltung vor.

Nichtsdestoweniger ließ das Verhalten des Richters erkennen, daß er bislang von den vorgebrachten Argumenten nicht sonderlich beeindruckt war.

Doch Arthur verstand sich auf seine Sache; er schoß seine Geschütze nicht alle auf einmal ab. Nach Art der meisten erfolgreichen Schauspieler schlug er jetzt einen noch ruhigeren Ton an. Er erzählte die Geschichte von Ellen und dem Pessar, wie ihre Mutter es gefunden und in dem Hotelzimmer gewartet hatte und wie Ellen schließlich mit einem jungen Neger nach Hause gekommen war. Ihr Vater, erklärte er, habe aus irgendeinem unerklärlichen Grund diese ganze Geschichte geplant und in Szene gesetzt.

Und dem folgte, wie Arthur sagte, etwas noch viel Schlimmeres. »Der größte Schaden, den ein Mensch einem anderen Menschen zufügen kann, ist der Schaden an Herz und Seele.« Nach dieser Einleitung beschrieb er, wie Florence und Gloria an jenem Morgen unangemeldet im alten Haus erschienen waren und mich mit Gwen *in flagrante delicto* ertappt hatten. »Und bei dem Unzucht treibenden Paar im Bett befand sich ein Kind – wessen Kind, das weiß niemand. Dieser Anblick, Herr Richter«, sagte Arthur, »hat einen Schock verursacht, den meine Klientin, wie Sie selbst sehen können, bis heute nicht überwunden hat. Jenes quälende Bild steht ihr ständig vor Augen...«

»Ich bin sicher, dieser Mann bereut zutiefst, was er seiner Frau angetan hat. Aber ob er es tut oder nicht, sie wird letztlich über all das hinwegkommen. Was ihr jedoch die größte Sorge bereitet – und das ist der Grund, weshalb sie Euer Gnaden ersucht, diesen Mann einer psychopathologischen Behandlung, und zwar der bestmöglichen, unterziehen zu lassen –, ist der Schaden, den er nicht anderen, sondern sich selbst zugefügt hat. Vielleicht haben Euer Gnaden von dem Feuer gelesen.«

Dann beschrieb er den Brand, den ich gelegt hatte; nur stellte er die ganze Sache so dar, als ob ich mich ins Haus eingeschlossen und beabsichtigt hätte, es zu einem riesigen Scheiterhaufen für mich selbst zu machen. Was es ja tatsächlich gewesen war, doch das konnte er nicht wissen. Jedenfalls entwarf er ein sehr anschauliches Bild und genoß meine volle Aufmerksamkeit.

»Dieser Brand war nur eine Variante dessen, was vielleicht die Schlüsselepisode dieser ganzen traurigen Geschichte ist. Mr. Anderson überlebte knapp, sehr knapp, einen Unfall auf einer unserer Autostraßen. Dieser Unfall wurde verursacht durch einen fast frontalen Zusammenstoß zwischen seinem Triumph-Rennwagen – er hat schon immer eine Vorliebe für schnelle ausländische Wagen gehabt, Euer Gnaden – und einem Lastzug. Es war ein Wunder, daß er mit dem Leben davongekommen ist. Als Mr. Anderson gefragt wurde, wodurch der Zusammenstoß verursacht worden sei, war seine Antwort, daß eine Hand aus heiterem Himmel – wohlgemerkt, aus heiterem Himmel, Euer Gnaden, nicht *seine* Hand – das Lenkrad seines Wagens ergriffen und ihn gegen den Lastzug gesteuert habe.«

Arthur machte wieder eine Pause.

Jetzt drehte der Richter sich zum erstenmal um und sah mich auf-

merksam an. Ich lächelte ihm zu, was recht unheimlich gewirkt haben muß.
»Wir hielten dies seinerzeit für eine temporäre Geistesverwirrung, Euer Gnaden. Doch jetzt, sieben Monate später, versucht er, sich bei lebendigem Leibe in seinem Elternhaus zu verbrennen, diesem Haus, in dem er seine ganze Kindheit verbracht hat und das bis oben hin mit dem Hab und Gut der Familie und unschätzbaren Erinnerungsstücken angefüllt war. Und in dem sich überdies sämtliche Geschäftspapiere seines Vaters befanden. Als der alte Herr davon hörte, brach er weinend zusammen.«
In diesem Augenblick kamen Dr. Leibman und Dr. Taylor mit vielen Entschuldigungen hereingeschlichen. Der Richter nahm kaum Notiz von ihrer Ankunft.
»Nun . . .«, sagte er, »wir werden sehen . . . wir werden sehen.«
Er blickte zuerst mich, dann Florence an.
»Mrs. Anderson, haben Sie irgend etwas zu bemerken?«
Florence brachte kein Wort hervor.
»Möchten Sie vielleicht zuerst eine Zigarette rauchen?«
Sie nickte.
»Gut«, sagte der Richter, »wir legen fünf Minuten Pause ein.«
Florence wandte sich an mich. »Willst du mitkommen? Ich muß einfach eine Zigarette haben.«
Draußen war es sehr hell, und als sie merkte, daß ich sie ansah, stellte sie sich mit dem Rücken zur Sonne. »Ich habe letzte Nacht nicht sehr gut geschlafen«, sagte sie. »Der Lärm von New York bringt mich zur Verzweiflung.«
»Was wirst du tun?«
»Oh, das hängt von ...« Sie unterbrach sich. »Ich wollte sagen, das hängt von dir ab. Ich nehme das Flugzeug um elf.«
»Und Ellen?«
»Sie kommt mit mir nach Hause.«
»Tatsächlich?«
»Ja, Ralph hat sich als ein recht unausgeglichener junger Mann erwiesen. Aber das war wohl kaum anders zu erwarten. Er hat sich plötzlich eines Abends – ohne irgendeinen ersichtlichen Grund – gegen sie gewandt und sie eine verwöhnte Bourgeois-Hure genannt. Wörtlich. Ich habe Ellen gesagt, sie hätte es nicht nötig, sich so etwas gefallen zu lassen. Und weißt du, daß wir uns jetzt zum erstenmal im Leben wirklich gut verstehen, Ellen und ich? Und sie ist nicht schwanger. Dafür bin ich dir dankbar.«
»Ich fand Ralph sehr nett.«
»Ich auch. Aber bist du nicht froh, daß sie nicht schwanger ist?«
»Doch, natürlich.«

»Ich muß dir etwas sagen ... ich habe das Schriftstück schließlich doch unterschrieben, bist du dir darüber im klaren?«
»Ja. Ich glaube, bei alldem, was ich angestellt habe, ist dir wohl kaum etwas anderes übriggeblieben.«
»Oh, ich danke dir! Es war mir schrecklich. Denn es sieht wirklich so aus, als ob ich dich verfolgte. Aber du weißt, daß ich das nicht tue, nicht wahr?«
»Ja, das weiß ich.«
»Ev ... vielleicht ist dies nicht ganz der richtige Augenblick, dich danach zu fragen, aber ich muß wissen, woran ich bin und was du denkst. Was denkst du dir, Ev?«
»Daß du nur tust, was du tun mußt.«
»Und du, was du tun mußt?«
»Ja, das stimmt ...«
»Damit ist nicht viel gesagt, nicht wahr?«
»Was gibt es sonst zu sagen?«
»Nun, ich werde auf jeden Fall den Versuch machen. Ich weiß nicht, wie ich es anstellen soll, damit du mich richtig verstehst. Was ich sagen will ... oh, Ev, warum begraben wir nicht die ganze verdammte Geschichte, gehen einfach nach Hause und fangen noch einmal von vorne an?«
»Es ist ein bißchen spät dafür, findest du nicht?«
»Darf ich dir eine schlichte, eindeutige Frage stellen? Geht es hierbei ... geht es hierbei um eine andere Frau? Geht es um sie?«
»Nein, keineswegs. Darum geht es nicht.«
»Worum dann?«
»Es geht um die Selbstachtung, die ich verloren habe.«
»Ist das alles?«
»Alles?«
»Ich dachte, es wäre etwas ... nun ... etwas ...«
»Etwas Ernstes?«
»Nein, Das habe ich nicht gesagt. Das ist unfair von dir!«
Ihr Gesicht hatte sich gerötet, sie atmete schwer, und ihre Lippen bebten. »Du verdienst wahrhaftig eine Ohrfeige dafür. Wie kannst du es wagen?« Wieder standen Tränen in ihren Augen.
»Verzeih«, sagte ich. »Du hast recht, böse auf mich zu sein.«
»Ich wollte nur sagen, ich dachte, es sei etwas, wobei ich dir nicht helfen könnte.«
Der kleine Gerichtsschreiber kam heraus und sagte: »Der Richter ist bereit, die Verhandlung wiederaufzunehmen.«
Florence hielt verzweifelt meinen Arm umklammert.
Sie tat mir leid, denn ich wußte, was sie sagen wollte und nicht konnte. Schließlich stammelte sie: »Nein, bitte, geh nicht fort! Bleib

noch einen Augenblick. Hör zu, diese ganze Geschichte kann in einer Minute beendet sein. Ich brauche nur hineinzugehen und Arthur ein paar Worte zu sagen. Ich bin so erleichtert; ich hatte geglaubt, es sei wegen dieser dreckigen kleinen Hure, aber du hast gesagt, das ist es nicht, und wenn es sich wirklich um dich dreht, wenn das alles ist – ich meine ›alles‹ nicht so, wie es klingt –, *damit* kann ich dir helfen, Ev, denn ich weiß, daß dir in Wirklichkeit gar nichts fehlt. Du hast dich wie ein absoluter Schweinehund benommen, aber ich bin sicher, wenn du das alles erst einmal überwunden hast, wirst du wieder der alte sein. Auf diesen Tag werde ich warten. Ich kann dir helfen, verstehst du? Ich werde zu dir halten ... Ich brauche Arthur nur ein Wort zu sagen, und er spricht mit dem Richter. Ist's dir recht? Evans? Einverstanden?«

Arthur Houghton stand im Türrahmen. »Florence«, sagte er, »der Richter wartet.«

Florence bedeutete ihm mit einer heftigen Geste, daß er still sein sollte. Dann wandte sie sich mir zu, und sie war beinahe unwiderstehlich; Verlangen ist unwiderstehlich, wenn es so stark ist.

»Wirst du ...«, sagte sie, »wirst du mir noch eine Chance geben?«

»Ich weiß es nicht.« Aber ich wußte es. Ich würde es nicht tun. Denn es ging ebenso um mein Leben wie um das ihre, und ich wollte nicht nur Florence entkommen, sondern jener ganzen Welt, jener ganzen Lebensweise, der sie niemals entkommen konnte, ich aber wohl, das hatte ich jetzt erkannt. Doch wie konnte ich ihr das sagen, wenn sie mich so ansah?

»Ich werde es mir überlegen ...«, sagte ich.

»Laß mich diesem grauenvollen Theater ein Ende machen. Wir wissen beide, daß dir nichts fehlt. Laß mich diese Farce beenden.«

»Nein«, sagte ich, »es macht mir Spaß.«

»Du gemeiner Kerl!« Ich hätte schwören können, daß sie mich mit einer gewissen Bewunderung anlächelte.

Arthur kam auf uns zu; seine Haltung besagte deutlich, daß er sich diesmal nicht abweisen lassen würde.

»Aber du wirst es dir überlegen?« fragte sie.

Ich wurde der Antwort enthoben. Arthur nahm sie beim Arm, und sie gingen auf den kleinen Gerichtsraum zu. Ich folgte ihnen.

»Haben Sie sich dort draußen irgendwie geeinigt?« fragte der Richter, als wir hereinkamen und uns setzten.

»Was sagten Sie, Herr Richter?« fragte Arthur.

»Nach meiner Erfahrung werden die meisten Prozesse während der Pause gütlich beigelegt – womit ich nicht sagen will, daß dies ein Prozeß ist, oder doch, Mr. Houghton?«

»Nein, Sir.«

»Nichtsdestoweniger ... ist irgend etwas geregelt worden?«
»Nein, Sir«, sagte Arthur.
»Mrs. Anderson«, bemerkte der Richter zu Recht, »sieht zuversichtlich aus ...«
Niemand erwiderte etwas darauf.
»Fahren wir also fort«, sagte der Richter.
»Nichts ist geregelt worden, Euer Gnaden«, erklärte Arthur abermals – völlig überflüssigerweise, fand ich.
Dann sah ich Arthur an, und ich sah den Richter an, und mir fiel ein, daß ich gesehen hatte, wie Arthur in Begleitung der drei Ärzte auf den Richter zugegangen war, als ich mit Florence hinausging: Die ganze Unterbrechung war geplant gewesen, und – oh, hör auf, sagte ich mir, du leidest langsam wirklich an Verfolgungswahn.
Jetzt war Dr. Taylor an der Reihe. Er beschrieb mein Verhalten im Krankenhaus; überreizt, nannte er es, und paranoisch. Er hatte recht. Dann kam Dr. Leibman zu Worte, und seine Aussage war ausführlicher und psychoanalytischer. Er berichtete über unsere drei Sitzungen in Beverly Hills und die Begegnung im Gotham. Ich war überrascht, wieviel er aus diesen Zusammenkünften herausgeholt hatte. Er erklärte zusammenfassend: »Ich bedaure, sagen zu müssen, daß ich ihn vom ärztlichen Standpunkt aus für gemeingefährlich halte.«
Der Richter sah mich an. Was würde ich dazu sagen? Ich fühlte, wie mein Herz hämmerte.
»Mr. Anderson, möchten Sie eine Erklärung abgeben?«
»Ich glaube, ja«, erwiderte ich zu meiner eigenen Überraschung.
»Sie können ruhig sitzenbleiben, wenn Sie wollen.«
»Vielen Dank, das ist nicht nötig.«
Ich erhob mich und blickte den Richter an.
»Ich bin schuldig!« sagte ich. »Ich leugne nichts.«
»Aber wir sitzen ja gar nicht zu Gericht über dich«, sagte Arthur.
»Schicken Sie mich nicht fort. Wenn Sie es tun, werde ich so destruktiv sein, wie Sie es noch nie erlebt haben und es mir niemals zutrauen würden.«
Florence sagte etwas. Ich hörte es, nahm es aber nicht auf.
»Lassen Sie mich Ihnen sagen, was das Schlimmste an der ganzen Geschichte ist: Ich hatte einen Grund für alles, was ich getan habe. Jede einzelne Tat, die Mr. Houghton angeführt hat, schien mir damals vollkommen plausibel. Ich schäme mich nicht. Ich bedaure nichts. Ich verspreche nichts, was die Zukunft anbelangt. Ich betrachte die Welt mit völlig neuen Augen. Ihr seid frei von mir, und ich bin frei von euch. Florence, es tut mir leid. Wenn es dich tröstet – und ich glaube, das wird es –, du kannst alles haben, was wir besitzen: das heißt, die Häuser, die Bilder, einschließlich der Picas-

sozeichnungen und des Gwathmey, die Wagen, die Wertpapiere, die Pfandbriefe, die Versicherung, meinen gesamten Aktienanteil an Williams and MacElroy – ich habe vergessen, was noch, aber auf jeden Fall alles.«

Hier unterbrach mich der Richter. Er sagte, er wolle mit mir unter vier Augen sprechen. Ich nehme an, die anderen waren froh, verschwinden zu können. Florence tat etwas sehr Nettes, als sie hinausging: Sie blieb vor mir stehen und gab mir einen Kuß auf die Stirn.

Ich hörte, wie der Richter dem Gerichtsdiener und dem Stenographen befahl, uns allein zu lassen. Dann blickte ich auf und sah den alten Mann auf mich zukommen. Er hatte ein seltsames kleines Gesicht, und als er jetzt die Amtsrobe auszog, kam eine etwas auffallend karierte und nicht allzu saubere Sportjacke zum Vorschein. Seine Hände waren breit und schwielig. Er legte sie auf den Tisch, als wolle er sie ruhen lassen. Dann beschloß er, eine Pfeife zu rauchen, füllte sie langsam und zündete sie an. Er spürte, daß ich innerlich aufgewühlt war und froh über die kleine Pause sein würde. Ein Wärter öffnete die Tür und steckte den Kopf herein, um dem Richter von Arthur Houghton zu bestellen, wenn er nichts dagegen hätte, würden sie sich auf den Weg nach New York machen. Der Richter sagte, einverstanden, aber sie möchten ihn bitte gegen Abend anrufen, unter einer Nummer, die er auf ein Stück Papier kritzelte. Dann war alles still.

»Nun, Mr. Anderson«, erklärte er, »ich muß Ihnen sagen, daß ich vor einem schweren Problem stehe. Ich weiß nicht, was zum Teufel ich mit Ihnen tun soll. Ich glaube, Sie sind eine Gefahr für die Gesellschaft und für Ihre Mitmenschen. Und vielleicht auch für sich selbst, obgleich ich immer der Meinung gewesen bin, daß ein Mensch das Recht hat, dieser ganzen Geschichte ein Ende zu setzen, wenn er sie unerträglich oder auch nur unerfreulich findet. Aber ... nun ... was für eine Entscheidung wäre Ihnen die liebste?«

»Glauben Sie mir, wenn ich Ihnen sage, daß es mir gleichgültig ist?«

»Ja, das glaube ich Ihnen. Aber das hilft mir nicht weiter. Man erwartet von mir, daß ich das Geld der Steuerzahler nicht vergeude.«

»Darf ich Ihnen einen Vorschlag machen?«

»Aber bitte!«

»Warum lassen Sie mich nicht für ein paar Wochen hier?«

»Ich weiß nicht, was damit gewonnen wäre.«

»Nichts, was mich betrifft. Es handelt sich um die andern. Sie werden annehmen, daß der Gerechtigkeit Genüge getan worden ist, und sie werden ein reines Gewissen haben. Ich glaube wirklich, es würde ihnen helfen.«

»O. K., wir werden es ein paar Wochen lang versuchen. Aber danach habe ich ein ernsteres, mehr praktisches Problem, zu dem ich irgendwie Stellung nehmen muß. Sie haben wahrscheinlich vermutet, daß der Kommandostab Ihrer Frau die Pause dazu benutzen würde, mit mir zu sprechen. Nun, Sie hatten recht! Ich habe mir alles angehört und gesagt, ich würde es mir überlegen. Aber ich möchte es Ihnen lieber sagen und Sie wählen lassen. Denn es läuft eigentlich auf etwas recht Simples hinaus. Vielleicht vereinfache ich die Sache zu sehr, aber wie es sich mir darstellt, können Sie zwischen zwei Dingen wählen. Das heißt, *ich* kann zwischen zwei Dingen wählen, über die ich mich mit Ihnen beraten möchte. Nummer eins: daß ich Sie der Obhut Ihrer Frau anvertraue, daß Sie nach Hause zurückkehren und wieder wie früher mit ihr leben. Ich glaube, Ihre Frau möchte Sie sehr gerne wiederhaben. Sie würden damit für eine gewisse Zeitspanne – sagen wir, achtzehn Monate – unter der Vormundschaft Ihrer Frau stehen.

Dann gibt es die zweite Möglichkeit, daß ich Sie für ... hm ... für ... unlenksam – ich glaube, so kann man es nennen – und in bezug auf Ihre Ehe unrettbar erkläre. In diesem Fall würde Ihre Frau sich von Ihnen scheiden lassen. Sie würde das in Kalifornien tun, und sie hat genug Beweismaterial gegen Sie, um Sie mit Hilfe der Bemühungen ihres Generalstabs bis aufs Hemd auszuziehen.«

»Herr Richter, darf ich nur ein Wort einwerfen. Es wird Ihnen eine Menge Zeit und Sorgen ersparen. Ich bin Ihnen aufrichtig dankbar für Ihre Anteilnahme. Ich will ganz gewiß nicht das Mündel meiner Frau sein – oder wie immer man es nennt. Das, was ich vorhin gesagt habe, war vollkommen ernst gemeint: Ich verzichte auf meine sämtlichen Besitztümer.«

»Ich dachte mir, daß es Ihnen Ernst damit war, aber soviel ich weiß, handelt es sich um eine recht beträchtliche Summe – über hunderttausend Dollar, Grundbesitz und alles mitgerechnet.«

»Fast zweihunderttausend Dollar, möchte ich annehmen, größtenteils Grundbesitz.«

»Nun, Sie müssen Ihr Leben lang schwer gearbeitet haben, um all das zu erwerben.«

»Ja, ich habe schwer gearbeitet. Ich habe all die Jahre hindurch Tag um Tag mein gottverdammtes Leben dafür verkauft. Ich bin bekümmert darüber. Und ich schäme mich. Ich bedaure alles, was ich Florence und auch anderen angetan habe. Aber jetzt fange ich ein neues Leben an, und ich will keines von den Dingen, die ich so teuer bezahlt habe. Das ist meine Art zu sagen, daß für mich noch nicht alles vorüber ist, daß ich nichts aufgeben werde, abgesehen von dem, was mich beinahe umgebracht hätte.«

»Langsam, langsam«, sagte der Richter.
»Ich weiß, das ist schwer zu verstehen.«
»Ich möchte mich nur vergewissern, daß es Ihnen wirklich Ernst damit ist. Lassen Sie es mich Ihnen noch einmal in schlichten Worten darlegen. Niemand kann ganz so leben, wie er es gerne möchte. Wir alle zahlen mit Zeit und mit Ärgernissen für unser tägliches Leben. Es ist ein Arrangement, das wir mit der Gesellschaft treffen, die in sich ebenfalls ein Arrangement ist. Verstehen Sie, was ich meine? Etwas altmodisch ausgedrückt, lautet es folgendermaßen: Ich gebe ein Stück meiner Seele auf; du gibst mir Brot dafür. Wir alle geben bis zu einem gewissen Grade vor, Gefallen an dem zu finden, was wir in Wirklichkeit verabscheuen. Für gewöhnlich tun wir das so lange, daß wir mit der Zeit gar nicht mehr an unseren Abscheu denken. Aber trotz alledem ist es doch so etwas wie eine Zivilisation, nicht wahr? Oder nicht? Sagen Sie es!«
»Sagen *Sie* es.«
»Ich sage, ja, das ist es. Etwas Besseres haben wir nicht. Also, zum Teufel, antworten Sie mir, und bringen wir es hinter uns – sind Sie nicht mehr bereit, dieses Abkommen zu treffen?«
»Nein, ich bin nicht mehr bereit dazu.«
»Und das sagen Sie in der vollen Erkenntnis, daß Sie in einer Woche oder wann immer nicht einmal das Geld für eine Tasse Kaffee haben werden?«
»Nun, ganz so schlimm ist es nicht; ich besorge mir eine Stellung. Es ist mir nicht mehr so wichtig, wo ich arbeite. Oder was.«
»Verdammt noch mal, ich will Sie nicht überreden, weder zu dem einen noch zu dem anderen. Geben Sie mir Ihre endgültige Antwort, und machen wir Schluß damit. Sind Sie sicher, daß Sie es in einem Monat oder einem Jahr nicht bereuen werden? Wissen Sie, daß Sie eine rechtsverbindliche Erklärung zu unterschreiben haben?«
»Sofort, wenn Sie wollen!«
Er saß eine ganze Weile da und dachte nach. Dann...
»Ich bin überzeugt, daß Sie verrückt sind.«
»Nun, Sie irren sich. Ich war mir vollkommen im klaren über die Folgen; Sie haben kein Recht, mich für verrückt zu erklären. Und verdammt noch mal, Sie wissen genau, daß es nicht stimmt!«
»Ich halte Sie für verrückt! Und da ich nicht hier bin, um Sie zu bestrafen, sondern um Ihre Rechte zu schützen, bestehe ich auf meiner Meinung, daß Sie in Ihrer augenblicklichen Geistesverfassung nicht über Ihre ganze Zukunft entscheiden sollten. Vielleicht denken Sie im Laufe der Zeit ganz anders über diese Dinge. Ich werde das berücksichtigen.«

»Ist das Ihre Entscheidung?«
»Warum so eilig? Ich werde es Sie wissen lassen, wenn ich meine Entscheidung getroffen habe! Ich habe schon eine Menge gottverdammter Neurotiker wie Sie beobachtet; der Grund, weshalb ihr alle solche Eile habt, liegt darin, daß ihr euch im tiefsten Inneren eurer Sache nicht sicher seid. Hm? Ich sehe, Sie sagen nichts.«
»Was gibt es da zu sagen?«
»Sie geben zuviel Geld, Sicherheit und Prestige auf und zuviel von Ihrer eigenen Vergangenheit und Ihrem Schweiß. Vielleicht werden Sie letztlich zu dem Schluß kommen, daß Sie das wirklich wollen. Aber für den Augenblick ist dieser Fall zurückgestellt. Oder verschoben. Ich verschiebe ihn.«
»O. K.«
»Ich bemerke, daß Sie doch ein wenig erleichtert sind.«
Offen gestanden war ich es; und es war mir peinlich.
Der Richter stand auf. »Ich weise Sie formell und gesetzlich in diese Nervenheilanstalt ein. Jegliche Vereinbarung, die Sie treffen, solange Sie hier sind, ist nicht rechtsgültig und somit nicht bindend. Ich werde Ihre Frau unterrichten, daß Sie ihr Angebot, für Sie zu haften, nicht angenommen haben. Ich werde ihr sagen, daß Sie meiner Meinung nach gegenwärtig nicht fähig sind, irgendwelche Entschlüsse zu fassen. Das ist meine Entscheidung. Auf Wiedersehen.«
Er drückte mir die Hand und ging hinaus.
Als wir später auf unseren Betten lagen – draußen stürmte und regnete es –, erzählte ich Teitelbaum, was geschehen war und was ich getan hatte.
»Sie sind wirklich nicht ganz bei sich«, sagte er. »Nehmen Sie eine Lehre von mir an. Erst als ich es aufgegeben hatte, erkannte ich, daß ich nichts weiter war als ein Obst- und Gemüsehändler – im großen vielleicht, aber trotzdem Arnold der Lebensmittelhändler. Das war's, wofür ich etwas taugte, und das war's, was mich glücklich machte. Ich setzte mich zur Ruhe und hatte plötzlich nichts. Sehen Sie sich an, wie viele Menschen auf der Urlaubsreise oder nach ihrer Pensionierung sterben. Millionen! Glauben Sie mir, in ein oder zwei Monaten werden Sie nicht wissen, wer Sie sind.«
»Das geht mir schon jetzt so.«
»Ein Mann ist das, was er tut und womit er Erfolg hat. Das ist eine Lehre, die ich aus meinem Leben gezogen habe.«
»Warum muß ich überhaupt etwas tun?«
»Weil Sie ein Niemand sind, wenn Sie nichts tun.«
»Keineswegs. Ich werde der Mann sein, der nichts tut.«

Ich verbrachte jetzt täglich lange Stunden im Gespräch mit anderen Insassen der Anstalt. Und dabei erkannte ich zum erstenmal in meinem Leben, daß es mir möglich war, eine wirklich persönliche Beziehung zu Menschen zu haben, die einer anderen Klasse angehörten als ich selbst. Ich fühlte mich keinem von ihnen überlegen. Ich konnte selbst mit dem lächerlichsten von ihnen frei und ehrlich reden, ihnen ruhig und vorurteilsfrei zuhören.

Zum Beispiel kam jeden Sonntag eine kleine Frau von über achtzig, trotz ihres Alters lebhaft und munter, um ihren »Jungen«, einen Mann Anfang der Sechzig, zu besuchen. Sie brachte ihm eigenhändig zubereitetes kaltes Essen mit. Bei schönem Wetter ging sie mit ihrem Sohn in den Park, führte ihn an der Hand in den Schatten eines Baumes, setzte ihn dorthin, band ihm eine Serviettte um und fütterte ihn mit einem Löffel. Jedem, der vorüberkam, nickte sie freundlich zu. Wenn sie fortging, machte sie einen kleinen Knicks, lächelte und bat die Angestellten, sie möchten gut für ihren kleinen Jungen sorgen. Freud und ich wußten natürlich über sie Bescheid: Sie hatte ihren Sohn kastriert, wollte, daß er hiflos sei. Doch eines Sonntags kam ich mit ihr ins Gespräch, und sie sagte: »Er war beinahe neun, ehe ich erkannte, daß er immer so sein würde.« Danach sah ich die Dinge von ihrem Gesichtspunkt aus.

Zum ersten Mal in meinem Leben war ich imstande, mich Menschen nahe zu fühlen, denn ich ging jetzt nicht mit einer vorgefaßten Meinung an sie heran und versuchte nicht, sie sofort in irgendeine Kategorie einzuordnen, etwas, womit ich mir früher selbst die Möglichkeit genommen hatte, irgend jemanden richtig kennenzulernen. Wir sprachen wirklich von Mensch zu Mensch, ohne die Maske anzulegen, die wir der Welt zu zeigen wünschten.

Ich lernte auch die kriminellen Geistesgestörten kennen. Ihr Gelände war abgezäunt. Aber ich setzte mich an den Zaun und sprach mit ihnen. Und dabei kam mir der Gedanke, daß auch ich dort drüben gelandet wäre, hätte Gott es nicht so gut mit mir gemeint; denn das, was diese Menschen hinter Gitter gebracht hatte, waren fast immer Dinge, die ich im Begriff gewesen war zu tun oder getan hatte, ohne dabei erwischt zu werden, oder die zu tun ich mir erträumt hatte und die ich vielleicht auch noch tun würde.

Ich erinnere mich mit großer Sympathie an einen realistisch denkenden Negerjungen, der hinter jenen Zaun gesperrt worden war, weil er eine Patientin vergewaltigt hatte. Er erklärte, sehr vernünftig, wie mir schien: »Mensch, ich dachte, ich täte der Kleinen einen Gefallen! Hast du sie gesehen?«

Von draußen bekam ich keinerlei Nachricht außer ein paar rätselhaften Zeilen von Gwen, mit denen sie mir sagte, wir würden uns bald sehen, und es sei alles in Ordnung. Aber sonst nichts. Machten sich irgendwelche Menschen etwas aus mir? Warum sollten sie? Machte ich mir etwas aus ihnen? Erstaunlich wenig! Mir wurde klar, daß ich keine Freunde hatte und auch nie welche gehabt hatte. Die Beziehungen, die ich hatte, waren entweder beruflich oder durch Dienstleistungen bedingt. Ich hatte einen Chef und einen Verleger – oder auch mehrere –, ein paar Dienstboten, eine Frau, viele ehemalige Geliebte – die es jetzt mit anderen Männern trieben –, einen literarischen Agenten, ein paar frühere und gegenwärtige Sekretärinnen, einige berufliche Mitarbeiter und etwa dreihundert Menschen, denen ich Jahr für Jahr Weihnachtskarten schickte. Ich kannte ein paar Männer in meinem Büro, die mich entweder fürchteten oder mir um den Bart gingen, mit denen ich aber außerhalb unserer dienstlichen Beziehung niemals zusammenkam. Ich hatte Geldgeber und Kunden, Kontaktleute, Werbechefs und Direktoren.

Ich kannte außerdem eine noch größere Zahl von Kundendienstleuten – die Männer, die den Plattenspieler, den Fernsehapparat, den Kühlschrank, die Geschirrspülmaschine, den Elektroherd, die Klimaanlage, die Pumpe des Schwimmbassins, die drei Wagen reparierten. Es gab Leute, die mir Bücher und Platten verkauften, den Schneider, der meine Anzüge machte, den Friseur, der mir die Haare schnitt.

Aber das konnte man keine Freundschaften nennen. Ich hatte mit keinem dieser Menschen jemals ein persönliches Wort gewechselt oder in einer Beziehung gestanden, die nicht irgendwie zweckgebunden war. Ich war mit keinem von ihnen menschlich in Berührung gekommen. Sie waren für mich lediglich Gegenstände. Was Menschen wie meine Mutter, meinen Vater und Michael betraf, mit denen mich eine lebenslängliche Beziehung verband, ich hatte sie – wie ich es auch mit Gwen zu tun versucht hatte – auf Armeslänge gehalten: persönliche Symbole, Stoff für Träume.

Diese Entdeckungen verwirrten und deprimierten mich, und meine Melancholie blieb nicht unbemerkt. Eines Morgens teilte man mir mit, daß man mich einer Schocktherapie unterziehen werde; daß diese Behandlung mir sehr guttun werde, denn sie sei »spezifisch« für »Regressionsmelancholie«. Ich hatte nichts dagegen einzuwenden, war im Gegenteil sehr neugierig, was dabei herauskommen würde, wenn man meinen Gezirnzellen ein paar elektrische Stöße versetzte.

Es war einfacher, als ich mir vorgestellt hatte. An meiner Schädeldecke wurden ein paar Drähte befestigt, dann ließ man Strom durchlaufen. Hinterher schlief ich, und als ich aufwachte, gab es überall die gleichen Geräusche wie immer, nur hörte ich sie gedämpfter. Der ganze Tag klang wie ein früher Sonntagmorgen.
Bald darauf fing ich an, mir selbst zum erstenmal wohlwollend gegenüberzustehen. Das war mir etwas vollkommen Neues. Mit einmal hatte ich den Wunsch, daß mir gelingen möge, was ich mir vorgenommen hatte – was immer es sein mochte. Ich konnte jetzt von einer Anhöhe auf mein Leben zurückblicken wie ein Mensch, der zu einer Lichtung auf einem Hügel kommt, nachdem er lange Zeit im dichten Wald umhergeirrt ist; er blickt in das Tal hinunter, in dem er noch vor kurzem gewesen ist, erkennt, welch weiten Weg er gegangen ist und daß er niemals dorthin zurückkehren wird. Vielleicht weiß er immer noch nicht, wo er ist, aber auf jeden Fall ist er nicht mehr an derselben Stelle.
Ich war jetzt mein eigener Freund, und obgleich ich wußte, daß ich mich in einer akuten Krise, an einem Wendepunkt befand, war ich stolz, es soweit geschafft zu haben. Ich sagte mir, daß ich die Ruhepause und die Anhöhe dazu benutzen würde, mir einen Überblick zu verschaffen, ehe ich wieder in das Dickicht hinunterging. Noch hatte ich nicht erkannt, wer ich war, wußte nur, wer ich *nicht* war. »Eddie« war tot, aber der Namenlose führte noch nicht das Kommando. Ich wußte, was ich nicht wollte. Aber was wollte ich? Ich wußte, was ich haßte. Aber was liebte ich?
Eines meiner größten Probleme war, daß ich zum erstenmal in meinem Leben nichts tat. Ich hatte mich immer darauf verlassen, jeden Tag irgend etwas zuwege zu bringen, was andere und damit mich selbst von meinem Wert überzeugte. Das hatte mich in Gang gehalten. Die Arbeit war ein Narkotikum für mich gewesen, und jetzt, wo ich mit dieser Gewohnheit brach, spürte ich natürlich die Entziehungsschmerzen.
Ich konnte jetzt verstehen, weshalb die Werbefachleute, weshalb alle von Presse, Funk und Fernsehen, weshalb die Künstler soviel Kraft und Energie darauf verschwenden, neue Verträge abzuschließen. Es geht dabei nicht um den höheren Verdienst. Es geht um das neue Abkommen als symbolischen Beweis für den Wert eines Menschen. Jeder Vertrag muß besagen, irgend jemand da oben mißt dir jetzt mehr Bedeutung bei als zuvor. Resultat: Die Selbstachtung wächst; die Zweifel verstummen.
Diese Beruhigung kann einem auch dadurch zuteil werden, daß man plötzlich irgendwo gebraucht wird: ein verzweifelter Anruf, eine flehende Notiz, die Aufforderung, an einer rettungslos festgefahre-

nen Konferenz teilzunehmen, die dringende Bitte, einen Kunden zu beschwichtigen, der im Begriff ist, seinen Auftrag rückgängig zu machen.

Jetzt waren all diese Beweise der Anerkennung, die mich einst so angespornt hatten, nicht mehr vorhanden. Was würde an ihre Stelle treten?

»Was hat die menschliche Seele dazu getrieben, unverdrossen durch die Wildnis des irdischen Chaos zu ziehen? Einzig und allein die Gottesfurcht!«

Das war Pater Burns, einer der Anstaltsinsassen, der zu seinen Jüngern sprach. »Der Mensch«, sagte der seines Amtes enthobene Priester, ein Neger, »braucht etwas, woran er glauben kann, um an sich selbst zu glauben. Er braucht etwas, das größer ist als er selbst. Ohne diesen Leitstern irren wir alle ziellos umher. Wir müssen gesagt bekommen, was recht und unrecht ist. Wir müssen fürchten!«

Ich war, in Selbstgespräche vertieft, durch den Park gewandert und befand mich jetzt unter einigen großen Ulmen, dem Lieblingsplatz von Pater Burns und seinen Anhängern.

»Gott ist von seinem Thron inmitten unseres Universums vertrieben worden. Jetzt untersteht der Mensch keiner Autorität außer derjenigen anderer Menschen. So handelt er wie ein Mensch und dabei kommt der Schweinehund zutage. Es gibt im All keinen göttlichen Anziehungspunkt mehr für Recht und Unrecht, der ihn in der rechten Bahn hält. Und wenn der Mensch die Angst verliert, meine Freunde, wird er zu einem Tier. Ich kann das aus persönlicher Erfahrung bezeugen.«

Daraufhin erbaute Pater Burns seine Zuhörer – wie stets bei diesen Gelegenheiten – mit einem Bericht über seinen eigenen Fall: Wie er seine Furcht vor dem Herrn verloren hatte und sich plötzlich ohne Leitstern sah. Dann war er in diesem Zustand der Angstlosigkeit tatsächlich zu einem Tier geworden und hatte ein zwölfjähriges Mädchen seiner Gemeinde vergewaltigt. Er beschrieb diesen Vorgang bis in die grauenvollsten Einzelheiten. Die Augen der Frauen um ihn herum waren starr vor Entsetzen und Erregung.

Dr. Lloyd kam eilig auf mich zu. Er sagte, ich würde dringend am Telefon verlangt, und begleitete mich zum Verwaltungsgebäude.

Es war Michael. Mein Vater habe Lungenentzündung, sagte er, und ich solle doch kommen. Der alte Mann verlange dauernd nach mir. Dr. Lloyd veranlaßte sofort, daß man mir Ausgeherlaubnis erteilte. Ich war wütend auf Michael. Das letztemal, als ich ihn sprach, hatte er mir gesagt, meinem Vater gehe es »so gut, wie man es unter den Umständen erwarten kann«. Seither hatte ich nichts mehr von ihm gehört.

Der erste Mensch, dem ich im Krankenhaus begegnete, war Gloria. Sie stand am Zeitungskiosk neben dem Eingang und las unentgeltlich die neuesten Zeitschriften der Woche. Zwischen ihren Lippen hing eine Zigarette. Ihre übertrieben große, grün getönte Hornbrille saß ungereimt am Ende ihrer langen, strengen Nase. Sie sah mich, sowie ich durch die Drehtür kam und eilte, eine Zeitschrift als Waffe in der Hand, sofort auf mich zu.

Die Härchen in meinem Nacken sträubten sich wie die eines Hundes. Ich ermahnte mich, daß ich versuchen müßte, auch Gloria von ihrem eigenen Gesichtspunkt aus zu sehen, ihr zumindest so viel Verständnis entgegenzubringen, wie ich dem jungen Frauenschänder entgegengebracht hatte. Als sie in sehr gereiztem Ton fragte: »Hat dich niemand begleitet?« (sie meinte einen Wärter), mußte ich mich sehr zusammennehmen. Ich wollte meinem Vorsatz, jedem Menschen mit christlicher Nächstenliebe zu begegnen, nicht untreu werden. Daher schoß ich auf den Fahrstuhl zu, dessen Türen sich gerade öffneten, und ersparte mir die Antwort.

Michael blickte so schuldbewußt und niedergeschlagen drein, daß ich ihm nicht böse sein konnte. Ich küßte ihn.

Dann sah ich, daß außerdem der Arzt da war, der meinen Vater operiert und mich aus dem Krankenhaus verwiesen hatte. Als er mich erkannte, streckte er den Arm aus und hielt den Krankenwärter zurück, der eben fortgehen wollte.

Doch ich überraschte ihn; ich reichte ihm die Hand und begrüßte ihn respektvoll. Selbst als er mir mit gewichtiger Stimme mitteilte: »Ihrem Vater geht es so gut, wie man es erwarten kann«, nickte ich, als hätte er wirklich etwas gesagt. Und als ich mit gedämpfter Stimme erwiderte: »Vielen Dank, Herr Doktor, aber ich frage mich, ob Sie in Anbetracht der Umstände mir nicht vielleicht eine etwas eingehendere Auskunft geben könnten?« bedeutete er dem Pfleger mit einem Kopfnicken, daß er gehen könne. Dann wandte er sich – jetzt wieder im Vollbesitz seiner beruflichen Arroganz – mir zu und sagte: »Er hat Lungenentzündung; wenn ein Mensch seines Alters bettlägerig ist und sich nicht aufsetzen, geschweige denn gehen kann, besteht immer die akute Gefahr einer Pneumonie. Ihr Vater bekommt große Dosen von Antibiotika, und ...«

»Dr. Beattie tut alles, was er kann«, sagte Gloria. Wie war sie so schnell in den sechsten Stock gelangt? fragte ich mich. Und ich wußte eine sehr unchristliche Antwort darauf: Sie muß durch den Lüftungsschacht geflogen sein. Doch ich sagte nichts dergleichen.

Ich bemerkte, daß Gloria den Arzt ansah, und wenn ich ihren Blick richtig verstanden habe, deutete sie ihm an, daß er sich vielleicht lieber seinen anderen Pflichten zuwenden sollte.

»Einen Augenblick, Dr. Beattie«, sagte ich. »Bitte erklären Sie mir …«

Gloria unterbrach mich. »Ich glaube, in seinem augenblicklichen Zustand sollte der alte Mr. Arness besser keine Besuche empfangen, meinen Sie nicht auch, Herr Doktor?«

Da tat ich es. Noch ehe ich wußte, was ich tat, hatte ich es getan. Ich habe es Griechen tun sehen und auch Italiener. Ich habe es Türken, Serben, Araber und Filipinos tun sehen. Aber schließlich sind das alles halbe Wilde. Ich habe es Japaner tun sehen und Inder der niederen Kasten und jene armen Chinesen, die auf dem Festland gegenüber von Hongkong leben. Doch sie haben einen anderen religiösen und kulturellen Hintergrund. Ich habe es einen Kubaner tun sehen, als er sinnlos betrunken war. Aber ich habe es nie einen achtbaren weißen Amerikaner in Gegenwart anderer tun sehen. Doch ich tat es. Ich versetzte Gloria einen kräftigen Schlag mitten ins Gesicht. Das brachte sie zum Schweigen. Die Ordnung war wiederhergestellt. Michael protestierte nicht. Vielleicht spendete er mir in der Tiefe seines Herzens sogar Beifall.

Deine christliche Nächstenliebe, mein Junge, sagte ich mir, ist hier fehl am Platz. Ich nahm Dr. Beattie fest beim Arm und sagte: »Und nun, Dr. Beattie, möchte ich von Ihnen nicht mehr dieses leere Gewäsch von So-gut-wie-man-erwarten-kann hören.« Damit führte ich ihn in das Zimmer meines Vaters.

Als ich die Tür öffnete, hörte ich das Atmen. Das mühsame Pumpen der Pneumonie hatte eingesetzt.

Ich brauchte eigentlich nicht mehr auf Dr. Beatties Prognose zu warten. Ich bekam sehr bald eine von anderer Seite. Mein Onkel Joe, dessen Silhouette sich gegen das Fenster abhob, war der erste, den ich sah. Er sah mich ebenfalls, warf einen raschen Blick zu meinem Vater hinüber, um sich zu vergewissern, daß er ihn nicht beobachtete, hielt die Hand im rechten Winkel zum Unterarm und wedelte ein paarmal damit hin und her. Das war sein ärztlicher Bericht.

Die Augen meines Vaters starrten zur Decke. Aber sie waren immer noch lebendig, die Augen eines Mannes, der vorhatte, dem Gefängnis zu entkommen, und wußte, daß er keine Zeit verlieren durfte.

Meine Mutter saß am Kopfende seines Bettes, so nebensächlich für sein Vorhaben jetzt, wie sie es ihr ganzes Leben lang gewesen war. Während Dr. Beattie Blutdruck, Puls und Atmung meines Vaters prüfte, küßte ich sie auf die Stirn. Sie blickte auf und lächelte schwach.

Trotz der Traueratmosphäre des Zimmers ging es meinem Vater besser, als ich erwartet hatte. Vor allem hatte er sich ganz offensichtlich – im Gegensatz zu Dr. Beatties Meinung – noch nicht geschlagen gegeben. Als er mich sah, zwinkerte er mir zu, als sei ich ein lang erwarteter Komplize, der ihm jetzt das Werkzeug für den Ausbruch aus dem Gefängnis brachte.

Der alte Mann war immer noch streitbar. »Herr Doktor«, sagte er, »wo sind meine weißen Trauben?«

»Wir werden versuchen, Ihnen welche zum Mittagessen zu besorgen«, erwiderte Dr. Beattie.

Mein Vater wurde intravenös ernährt.

»Es scheint ihm ein klein wenig besser zu gehen«, sagte Dr. Beattie zu mir.

Ich begleitete ihn zur Tür. »Aber das will nichts heißen, nicht wahr?«

»Sein Herz ist immer noch kräftig. Erstaunlich, wie zäh dieser Muskel ist!«

»Aber Sie haben trotzdem keine Hoffnung, oder doch?«

»Wir warten auf ein Wunder.« Es war die sachgerechteste Erklärung, die ich je von ihm zu hören bekommen hatte.

»Wie steht's mit seinen weißen Trauben?« fragte ich.

»Gestern waren es Pfirsiche«, sagte Michael. »Er hat nur Obst im Kopf. Nichts von alledem, was er sagt, hat irgendwie Hand und Fuß.«

»Ausgeschlossen«, sagte Dr. Beattie. »Ich sehe am Spätnachmittag noch einmal herein. Inzwischen möchte ich bitten, daß hier absolute Ruhe herrscht. Ich glaube, Sie sollten wirklich lieber gehen. Je mehr er schläft, um so besser.«

»Ist es wirklich wichtig, ob er schläft oder nicht?« fragte ich. »Ich will sagen, wenn ich in seiner Lage wäre, würde ich mich verzweifelt bemühen, wachzubleiben, *nicht* unterzugehen. Ich frage mich, ob dieser Lebenswille und die Energie, die er weckt, nicht wertvoller sind als Schlaf.«

»Ich schlage vor, Mr. Arness«, entgegnete Dr. Beattie, »daß Sie einen anderen Arzt konsultieren. Sie scheinen kein Vertrauen zu mir zu haben.«

»Das habe ich auch nicht.«

»Oh, Eddie«, sagte Michael vorwurfsvoll. Dann drehte er sich um und lief hinter Dr. Beattie her.

Ich ging zu Joe hinüber, nahm fünf Dollar von den etwas über dreißig, die mir noch geblieben waren, und sagte: »Besorge ihm weiße Trauben. Und wenn du dafür bis nach New York fahren mußt.«

»Wenn ich nach New York fahren muß, brauche ich ein bißchen

mehr davon«, sagte Joe, die Fünfdollarnote in die Höhe haltend. »Es sei denn, du willst deine Trauben übermorgen bekommen.« Ich gab ihm noch zwei. Er nahm seinen Hut und ging.

Ich trat an das Bett meines Vaters. Er nickte mit dem Kopf, als ob er alles gehört habe und als ob alles, was er gehört hatte, die Skepsis rechtfertigte, mit der er die Welt und deren Bewohner betrachtete. »Thomna!«, sagte er zu meiner Mutter, »sorge dafür, daß niemand hereinkommt!«

Ohne etwas zu erwidern, ging sie hinaus. Sie war offenbar vollkommen erschöpft.

»Evangeleh«, sagte der alte Mann mit überraschender Energie, »schließ die Tür zu!«

»Kein Schlüssel, Pa.«

»Stell den Stuhl drunter wie letztes Mal. Du bist immer noch der gleiche gottverdammte Dummkopf, Evangeleh!«

Ein wenig zögernd klemmte ich die Stuhllehne unter die Klinke. Ich wußte, was mich erwartete.

»Hattest du deinen Vater vergessen, Evangeleh?«

»Ich bin hergekommen, Pa, aber sie haben mich nicht 'reingelassen.« Der alte Kerl erreichte es tatsächlich immer noch, daß ich mich entschuldigte. »Dann rief ich an, und man sagte mir, daß es dir gutgeht.«

»Ja, ja, komm zu meiner Beerdigung, da wirst du alle meine Freunde sehn. Wo ist Joe?«

»Er holt dir deine Trauben.«

»Was für Trauben?«

»Du hast Trauben haben wollen.«

»Ja, weiße Trauben will ich. Ohne Kerne. Komm her, mein Junge. Du hast deinen Vater vergessen, stimmt's?«

»Ich hab' einigen Ärger gehabt. Hier.« Ich zeigte ihm meinen Schulterverband. »Man hat mich in ein Krankenhaus gebracht.«

»Was für Ärger?«

»Etwas wegen einer Frau. Man hat auf mich geschossen.«

»Dein Vater braucht dich, und du gehst zu einer Frau. Findest du das richtig? Du lieber Himmel! Komm näher. Das ewige Flüstern macht mich müde. Komm schon, ich tu' dir nichts.« Er ließ sich einen Augenblick erschöpft zurücksinken und versuchte, neue Kräfte zu sammeln.

Ich legte die Hand auf seine Stirn. Er hatte Fieber. Aber es war nicht annähernd so hoch, wie ich angenommen hatte.

»Ich habe kein Fieber«, sagte er. Er sah sich ängstlich im Zimmer um.

»Es ist niemand hier, Pa.«

»Bist du sicher?«
»Ganz sicher!«
»Evangeleh, ich werde dich um etwas bitten. Aber sag mir ja nicht nein.«
»Ich werde nicht nein sagen, Pa.«
»Das wollen wir sehn. Ich will, daß du etwas für mich tust.«
»Alles, was du willst, Pa.«
»Ich will, daß du jetzt gleich tust, was ich dir sagen werde. Ich bitte dich um dieses eine, dann ist Schluß! Aber sag's niemandem, auch nicht Michael. Niemandem! Ich habe viele Feinde hier, verstehst du?«
»Ich verstehe.«
»Hoffentlich. Jetzt sag, daß du's tun wirst.«
»Was, Pa?«
»Das, was ich dir sage.«
»Ja, ich werde es tun.«
»Schwör's mir!«
»Ich schwöre es!«
»Ich will nicht in diesem gottverdammten Krankenhaus sterben. Ich will hier nicht tot liegen und von ihnen begraben werden. Ich verlasse mich auf dich, Evangeleh.«
»Gut, Pa, beruhige dich.«
»Ich möchte – nur für fünf Minuten . . . !«
»Was möchtest du, Pa, nur für fünf Minuten?«
»Ich habe immer noch Kraft. Ich zeige es den anderen nicht. Aber dir werde ich es zeigen!« Er nahm meine Hand und drückte sie so fest, daß sein ganzer Körper zitterte. Das Blut stieg ihm ins Gesicht. Dann sank sein Kopf auf das Kissen zurück, seine Augen blickten starr nach oben, sein Mund stand offen. »Siehst du?« flüsterte er. »Siehst du?«
»Ja, Pa, ich sehe es.«
»Ich möchte nur für fünf Minuten.«
»Was, Pa, was möchtest du für fünf Minuten?«
»Dies hier ist doch kein Gefängnis. Sie können mich nicht hierbehalten, wenn ich nicht will, stimmt's?«
»Stimmt, Pa. Dies hier ist kein Gefängnis.«
»Warum muß ich dann die Tür absperren und flüstern wie ein syrischer Zuhälter? Es strengt mich an zu flüstern. Komm her, Shakespeare, komm ganz nah, damit ich nicht zu flüstern brauche.«
Ich trat ganz dicht an ihn heran.
»Ich möchte noch einmal Anatolien sehen«, flüsterte er.
Ich schwieg.
»Hörst du mich, Evangeleh? Nur für fünf Minuten!«

»Ja, Pa.«
»Ich habe alles geregelt. Die Flugkarte ist bestellt. Ich bin selbst gestern abend ins Büro der Fluggesellschaft gegangen und habe den Platz reservieren lassen. Du mußt hingehen und das Billet bezahlen. Dann bringst du's mir, und morgen abend gehn wir fort wie letztes Mal, gehn einfach 'raus, steigen in ein Taxi...«
»Aber Pa...«
»Nichts aber Pa. Sie warten auf mich.«
»Wer?«
»Meine Freunde in Anatolien. Im Garten, oben auf der Klippe, wartet er auf mich, ganz nah bei meinem alten Haus...«
»Wer?«
»Das geht dich nichts an. Oder bist du von der Kriminalpolizei?«
»Ich meine nur, woher weißt du, daß sie auf dich warten, Pa?«
»Ich habe mit ihnen gesprochen.«
»Wie?«
»Das ist doch ganz egal. Woher soll ich wissen, wie? Ich bin jetzt müde. Aber nimm das hier an dich.« Er langte unter die Matratze, holte die kleine schwarze Brieftasche hervor, die den Schlüssel zu seinem Safe enthielt, und gab sie mir.
»Ich habe dort Versicherungspolicen. Gib sie zurück und laß dir Bargeld dafür geben. Dann geh zur Fluggesellschaft und hol die Fahrkarte.«
»Welche Linie, Pa?«
»Was?«
»Welche Fluglinie?«
»Ich bin gestern abend hingegangen und habe alles genau verabredet. Warte! Es wird mir einfallen! Es wird mir einfallen! Mach dir keine Sorgen.«
Er geriet in panischen Schrecken bei dem Gedanken, daß er sich womöglich nicht an den Namen der Fluggesellschaft erinnern könnte. »Evangeleh«, sagte er, und seine Augen traten hervor, »ich habe es aufgeschrieben, sieh in meiner Hosentasche nach, es steht auf einem Stück Papier, Evangeleh!«
»War es TWA, Pa?«
»Ja«, sagte er, »TA, morgen abend. Geh ins Büro, sie haben die Flugkarte fertig.«
Dann legte er sich erschöpft zurück. Seine Wangen waren jetzt gerötet, und seine Augen glänzten. Mein Gott, dachte ich, vielleicht könnte er es schaffen. Er würde auf jeden Fall nicht mehr lange zu leben haben, vielleicht wäre es, wie er gesagt hatte, nur für fünf Minuten, vielleicht für einen Tag, eine Woche – aber wenn es auch nur fünf Minuten wären!

»Evangeleh, es ist jetzt Juni, nicht wahr? Der Monat Juni?«
»Ja, Pa. Er hat gerade angefangen.«
»Ein Paradies! Im Juni schmilzt der reinste Schnee auf dem Gipfel des Berges. Das Wasser sammelt sich und läuft die Berghänge hinunter. Man hört es nachts rauschen – Gebirgswasser, du kannst dir nicht vorstellen, was das ist! Du glaubst, wir haben Wasser in dieser Stadt? Hier kann man nicht mal mit Genuß einen Schluck kaltes Wasser trinken; es schmeckt nach Medizin.«
Sein Atem ging keuchend. Er schwieg einen Augenblick, um neue Kräfte zu sammeln.
»Dieser Mann hat einen Garten«, fuhr er fort. »Ein Türke, aber ein guter Mensch. Ein alter Freund. Er hat jede Art von Obstbäumen. Im Winter wohnt er in einem Steinhaus am Hang, um diese Bäume zu pflegen. Im Sommer geben sie ihm Früchte, jede Sorte zu einer anderen Zeit. Es gibt nicht eine Woche im Sommer ohne irgendwelche Früchte. Jetzt im Juni hat er Aprikosen. Ich will unter dem Baum sitzen und langsam den Zweig herunterziehen, und – *Tak*! Die kleine, weiche Frucht, ganz leicht läßt sie sich pflücken, weil sie reif ist; es ist nicht wie hier; hier sieht das Obst schön aus und hat keinen Geschmack! Ich werde mit diesem Türken beisammensitzen; er ist ein alter Mann, und ich bin ein alter Mann, und wir werden zusammen die Früchte essen und unseren Frieden haben. Das ist das letzte, worum ich bitte.«
Er legte sich zurück, und seine Träume brachten Farbe in sein Gesicht. Er schien nicht krank, nur müde und abgespannt. Er lächelte mir sanft zu.
Da kam mir plötzlich die Erkenntnis. Zum erstenmal in meinem Leben betrachtete ich ihn, geistesgestört wie er war, nicht als ein Problem, mit dem ich fertig werden mußte, nicht als einen Gebieter, dessen Einfluß ich mich entziehen und dem ich mit Vorsicht begegnen mußte, sondern als ein menschliches Wesen, dessen Natur sich mir offenbarte; und ich erkannte, daß seine Schmerzen dieselben waren wie die meinen. Er war ein Mensch wie ich. Er war mein Bruder.
»Ich weiß, du bist ein vielbeschäftigter Mann, Evangeleh, ein großes Tier, Gott sei Dank, und du hast keine Zeit, mich zu begleiten. Das verlange ich nicht. Setz mich nur in das Flugzeug. Danach brauchst du dir keine Sorgen mehr zu machen. Die Leute werden sich um mich kümmern. Mein ganzes Leben lang hab' ich leicht Freunde gewonnen. Und die Türken, hör nicht auf das, was man dir erzählt, sie sind gute Menschen, wie Nachbarn. Sie werden mich zu dem Garten dieses Mannes bringen. Das ist alles, was ich mir auf dieser Welt noch wünsche. Fünf Minuten!«

Er schloß die Augen und wartete auf das, was ich ihm sagen würde. Ich hatte von Verwundeten gehört, die lange Strecken im Flugzeug transportiert worden waren, manchmal unter dem Sauerstoffzelt. Ja, dachte ich mir, ein Sauerstoffzelt würde er brauchen. Sein Atem schien wieder schwerer zu gehen. Ein Mann mit Pneumonie ertrinkt; seine Lungen füllen sich mit seiner eigenen Körperflüssigkeit, und er ertrinkt.
Er zuckte plötzlich zusammen, als sei er in Halbschlaf gesunken gewesen und wieder aufgeschreckt.
»Evangeleh«, murmelte er, »sag es mir. Hab keine Angst vor deinem Vater. Das Leben hat mich gelehrt, nichts Gutes zu erwarten, nicht einmal von meinen Söhnen, Evangeleh!«
Es war jetzt nicht der richtige Augenblick, diesen Mann mit leeren Worten zu vertrösten. Ich mußte entweder ja sagen und es wirklich ehrlich meinen, oder ich mußte nein sagen, ihm erklären, warum, und ihn dann seinem Schicksal überlassen.
»Evangeleh!« murmelte er.
»Ja, Pa, ich werde es tun!«
»Du bist ein guter Junge.«
Er küßte meine Hand – es war das erste Mal im Leben, daß er so etwas tat – und schlief fast im gleichen Augenblick ein.
Und da lag er nun.
Fünf Minuten eines Junitages! Und eine einzige Frucht ...
Mir wurde klar, daß ich mich beeilen mußte, wenn ich wirklich ... wenn ... würde ich es wirklich tun? Ich hatte es gesagt. Ja. Und es war nicht unmöglich; es war zu machen.
Wenn ich mir seine Versicherung auszahlen ließ – falls wirklich eine vorhanden war –, so würde meine Mutter ohne einen Cent zurückbleiben. Folglich durfte ich nichts damit unternehmen.
Über mein eigenes Geld – wenn es überhaupt noch mein eigenes war – konnte ich nicht mehr verfügen.
Ich würde mir irgendwie eine Flugkarte beschaffen; ich mußte es. Aber wie stand's mit dem Sauerstoffzelt und allem übrigen ...?
War es möglich?
Wenn man Geld hatte, war alles möglich.
Er schlief jetzt in dem festen Glauben, daß ich es tun würde. Er vertraute auf mich. Tatsächlich war dieser Mann, gegen den ich mich von jeher aufgelehnt, den ich gefürchtet und gehaßt hatte, mir jetzt auf Gnade und Ungnade ausgeliefert.
Er hatte mich gebeten, das einzige zu tun, was seinem Lebensende einen Sinn verleihen sollte. Und ich war so glücklich gewesen, daß er sich zu guter Letzt an mich gewandt hatte, daß ich es ihm nicht hatte abschlagen können.

Er hatte genügend auf mein Wort vertraut, um beruhigt einzuschlafen.
Ich sah ihn jetzt abermals als einen leidenden Menschen, nicht als meinen Vater, nicht als eine legendäre Figur, einfach als einen Mann wie alle, der nicht weniger litt als irgend jemand in Greenmeadow und nicht mehr als ich.
»Ich werde es versuchen, Pa«, sagte ich.
Ob er es hörte, weiß ich nicht.
Ich muß mich beeilen, dachte ich mir. In seinem Alter schreitet eine Lungenentzündung sehr schnell fort.
Die Tür des Zimmers wurde langsam geöffnet; ich sah einen kleinen Jungen von fünf und einen anderen von drei. Es waren Michaels Kinder. Und hinter ihnen standen Michael und Gloria.

27

Michael und Gloria waren sehr stolz auf ihre beiden Jungen. Besser gesagt, Gloria war sehr stolz, Michael ein wenig bestürzt. Es geschah etwas, womit er nicht gerechnet hatte: Sie entpuppten sich nach und nach als griechische Kinder. Und während ihn das nach außen hin mit Stolz erfüllte, verursachte es ihm im geheimen ein unbehagliches Gefühl.
Jetzt zum Beispiel. Gloria hatte die Jungen hierhergebracht, damit sie ihren Großvater – wie sie offensichtlich annahm – ein letztes Mal sehen sollten. Sie hatte die Kinder gelehrt, seine Hand zu küssen, wenn sie ihn nach einer längeren Pause wiedersahen. Dies ist nach griechischer Sitte die angemessene Höflichkeitsbezeigung einem Familienoberhaupt gegenüber. Da jedoch nichts in der Umgebung der Kinder an diesen Brauch erinnerte, vergaßen Aleko und Teddy es immer wieder. So hörte ich jetzt als erstes Glorias eindringliche und mahnende, schon fast an Hysterie grenzende Stimme: »Geh und küsse deinem Großvater die Hand, Aleko!« Und gleich darauf: »Los, Teddy, was ist in dich gefahren? Geh und küß Papu die Hand.«
Ich glaube, ohne Glorias Pistole im Rücken hätten diese beiden Kinder ihren Großvater vielleicht sogar liebgewinnen können. Aber sie hatten nie die Möglichkeit dazu. Und hier waren sie nun, in zwei völlig gleiche blaue Anzüge gesteckt, eilends darauf bedacht, dem alten Mann die Hand zu küssen.
Ihm machte es offensichtlich großen Spaß. Er lächelte unentwegt, und Gloria sowie Michael strahlten über die guten griechischen Manieren der kleinen Jungen. Tatsächlich war die Begrüßung ein

solcher Erfolg, daß sie gleich noch einmal von vorn anfingen. »Sag, ich liebe dich, Papu«, befahl Gloria. Und die beiden Kinder taten wie geheißen. »Ich liebe dich, Papu«, sagte Aleko. »Ich liebe dich, Papu«, sagte der kleine Teddy. Und dem alten Mann kamen die Tränen, so glücklich machte es ihn! Die Kinder würden diesen Augenblick nie vergessen, und der alte Mann würde nun ein wenig glücklicher sterben. Aber für mich war es mehr, als ich ertragen konnte.

Gloria und ich hatten keinerlei Notiz voneinander genommen. Als ich zum Fahrstuhl ging, erinnerte ich mich daran, was Gloria mir nach dem Familienessen gestanden hatte: daß sie den alten Mann am liebsten tot sehen würde.

Und trotzdem, warum nicht die äußere Form der Liebe wahren, wie Gloria es mit ihren beiden Kindern getan hatte? Wenn wir nicht diese äußere Form hätten, was hätten wir dann überhaupt? Das ist der Grund, weshalb dieses hochtrabende, gefühlvolle Wort so häufig und bei den unpassendsten Gelegenheiten angewandt wird. Denn wenn die Menschen es nicht so oft aussprächen, wie sie es tun, müßten sie der Tatsache ins Auge sehen, daß sie eigentlich keinerlei Gefühl verspüren, das so genannt werden könnte.

Ich trat auf die Straße und ging in die gegenüberliegende Bar.

Während ich meinen doppelten Dewars trank, überlegte ich mir, wie lange man mir wohl gestatten würde, in Greenmeadow zu bleiben. Ich konnte es kaum erwarten, dorthin zurückzukehren.

Ich leerte das Glas, bezahlte den Whisky und bestellte noch einen. Die vierzig Dollar von Arthur schwanden zusehends. Aber in Greenmeadow brauchte ich kein Geld.

Während ich auf meinen zweiten Whisky wartete, ging ich in die Telefonzelle und suchte die Nummer von TWA heraus. Sie hatten einen Flug nach Istanbul, das wußte ich aus ihren Anzeigen. Ich fand die Nummer und holte einen Bleistift aus der Tasche, um sie mir aufzuschreiben. Dann steckte ich den Bleistift wieder ein und schlug das Telefonbuch zu.

Zum Teufel, war ich denn vollkommen verrückt? Er würde nicht einmal die Taxifahrt zum Flugplatz überleben. Warum hatte ich dem kranken alten Mann nicht sofort gesagt: »Es gibt keine Möglichkeit, dich lebendig ins Innere von Kleinasien zu bringen. Also bleib hier, stirb in Ruhe und Behaglichkeit, umgeben von Aleko und Teddy; stirb zur Begleitung des gut einstudierten ›Papu‹, ›Papu‹ ihrer kindlichen Stimmen!«

All der Quatsch von Aprikosenbäumen und Gebirgswasser! »Trink das gechlorte Zeug, genau wie wir anderen auch«, hätte ich sagen sollen. »Ich hoffe, die Trauben schmecken dir, aber du wirst die

Bäume mit den reifen Aprikosen nicht wiedersehen – und auch nicht den verschneiten Gipfel des Erciyas Dagh.«

Warum hatte ich ihn hinters Licht geführt?

Ich hatte es in einem Ausbruch von Liebe getan, aber ich hatte ihm damit keinen guten Dienst erwiesen. Ich hatte nur mir die ganze Sache schwerer gemacht.

Jetzt mußte ich zu ihm gehen und ihm sagen, daß es keine Möglichkeit gab, zu tun, was ich ihm versprochen hatte. Aber wie sollte ich es begründen?

Ich bestellte mir noch einen Dewars.

Dann sah ich Onkel Joe am anderen Ende der Bar. Er hatte mich anscheinend schon längst gesehen und gehofft, daß ich ihn nicht bemerken würde. Jetzt winkte er mir zu, brachte sein Glas herüber und setzte sich neben mich.

»Nur einen Drink«, sagte er, »weiter nichts. Dann gehe ich hinüber. Sieh, ich habe die Trauben!« Er öffnete die kleine braune Tüte, die er bei sich trug, und ließ mich hineinsehen.

Es waren wirklich die kleinen weißen Trauben ohne Kerne, die mein Vater so gerne aß.

»Nur einen Drink«, wiederholte er; seine Augen trieften wie die eines alten Hundes.

»Ich habe mir auch noch einen bestellt«, sagte ich.

Joe sah nicht gut aus.

»Ich freue mich, dich zu sehen, Joe«, sagte ich mit plötzlicher Zuneigung oder Liebe oder was immer es war; ich legte den Arm um ihn und drückte ihn an mich.

»Au«, machte er, aber er lächelte zufrieden.

Dies ist der Mann, mit dem alles begonnen hat, dachte ich mir; er war es, der unsere Familie nach Amerika gebracht hat. Wenn er nicht wäre, würde ich heute als Angehöriger einer verängstigten griechischen Minderheit in der Türkei leben. Hier war er nun, am Ende seines Wegs, selbst nicht mehr weit vom Grabe entfernt. Der bevorstehende Tod seines Bruders mußte ihn in Angst und Schrekken versetzen. Er war ein Zeichen. Das wußten wir beide.

Als wir ausgetrunken hatten, gingen wir zusammen ins Krankenhaus zurück. Wir schlichen auf Zehnenspitzen in das Zimmer meines Vaters. Er schlief. Sein Atmen war beängstigend: als ob er Luft durch einen Tank voll Wasser pumpte. Vielleicht komme ich um die ganze Frage der Reise nach Anatolien herum, dachte ich im stillen. Meine Mutter saß wieder am Kopfende des Bettes. Joe ging zum Fenster und starrte hinaus. Wir warteten auf das Ende des alten Mannes.

Mir fiel ein, daß ich Dr. Lloyd anrufen sollte. Er war froh, meine

Stimme zu hören. Und ich die seine – als ob ich zu Hause anriefe, dachte ich.

»Wie finden Sie sich zurecht?« fragte er.

»Ganz gut. Aber ich kann es kaum erwarten, nach Greenmeadow zurückzukommen.«

Wir lachten beide, und er erkundigte sich nach meinem Vater. Ich erzählte ihm von seiner Atmung.

»Kann er sich aufsetzen?«

»Das weiß ich nicht.«

»Tut er es?«

»Nein.«

»Ich werde lieber auf alle Fälle Ihre Ausgeherlaubnis verlängern lassen.«

Auf dem Rückweg von der Telefonzelle stieß ich auf Pater Draddy. Man muß es ihm lassen, er versuchte nicht, mich mit leeren Worten zu trösten.

»Ich war vor etwa einer Stunde bei Ihrem Vater«, sagte er. »Er wird zusehends schwächer. Es tut mir leid. Aber ich glaube, er ist bereit für das, was kommt.«

»So bereit, wie er jemals sein wird«, erwiderte ich.

Ich setzte mich eine Weile zu den Schwestern am Ende des Korridors. Ihnen war das Ganze vollkommen egal.

Als ich wieder in das Zimmer kam, hörte ich, daß mein Vater merklich schwerer atmete. Meine Mutter lächelte mir schwach zu. Sie hatte die Verschlechterung ebenfalls bemerkt.

Wir sprachen nicht. Es gab nichts zu sagen.

Gegen sieben Uhr wachte er auf und sah sich um. Er suchte mich. Ich hatte schreckliche Angst.

»Evangeleh?« sagte er heiser. »Evangeleh?«

Ich trat ans Bett und griff nach seiner Hand. Sie war viel kühler als zuvor. Aber seine Stirn glühte.

Er starrte mich an.

»Joe hat dir etwas mitgebracht, Pa.« Ich machte Joe ein Zeichen, er solle die Tüte mit den Trauben bringen.

Der alte Mann lächelte, als er sie sah. Joe hielt eine ganze Weintraube in die Höhe, und mein Vater griff danach. Ich pflückte eine Beere ab und steckte sie ihm in den Mund. Sein Gebiß lag in einer Tasse auf dem Nachttisch. Er kaute, so gut er konnte, mit dem Gaumen. Dann nickte er und bat um noch eine. Dann um eine dritte. Er schien an nichts zu denken als an den Geschmack der Trauben.

Doch gleich darauf machte er meiner Mutter ein Zeichen. Er sah sie durchdringend an, winkte mit den Augen, und sie verließ das Zimmer. Joe ging wieder ans Fenster. Dort war er außer Sicht.

»Evangeleh«, sagte mein Vater.
»Ja, Pa.« Jetzt kam es.
»Was ist geschehen?«
»Nichts zu machen, Pa«, sagte ich.
»Was ist geschehen?«
»Nichts.«
»Warst du auf der Bank?«
»Nein, Pa.«
»Also nichts . . . nichts . . .?«
»Es ist vielleicht besser, wenn du wartest, bis du dich ein wenig erholt hast.«
»Ich werde mich nicht erholen, Evangeleh.«
»Nur ein klein wenig, Pa. Es wäre jetzt nicht gut für dich.«
»Ich bin am Ende, Evangeleh.«
»Nein, Pa, das bist du nicht.«
»Warte nicht noch länger, Evangeleh.«
»Du hast ein wenig Fieber, Pa, und . . .«
»Das ist mir egal. Ich will, daß du tust, was ich dir gesagt habe. Geh, Evangeleh, geh jetzt gleich zur Bank und . . .«
Er sank völlig erschöpft auf das Kissen zurück. Bei jedem Atemzug drang ein gurgelndes Geräusch aus seiner Brust.
»Es ist besser, ein Weilchen zu warten, Pa.«
Er sah mich unverwandt an.
»Du bist ein Lügner, Evangeleh!« Er versuchte, sich im Bett umzudrehen, um sich von mir abzuwenden, hatte jedoch nicht die Kraft dazu. Er atmete mit offenem Mund. Seine Augen blickten starr zur Decke. Ich sah, wie ihm langsam die Erkenntnis kam, daß ich nichts für ihn tun würde. Als er mich wieder ansah, lagen Enttäuschung und Haß in seinem Blick. »Lügner«, sagte er, weiter nichts. Nach einer Weile schien er einzuschlafen. Ich war dankbar dafür.
Ich blieb die ganze Nacht bei ihm. Meine Mutter war zu Michael nach Hause gegangen, und Joe schlief in einem Korbsessel auf der Sonnenveranda. Als ich beim Morgengrauen an das Bett meines Vaters trat, sah ich, daß er in ein Koma verfallen war. Seine Augen waren weit offen, er starrte mich an, erkannte mich jedoch nicht.
Einen Tag, eine Nacht und noch einen weiteren Tag atmete er durch die Flüssigkeit hindurch, die seine Lungen füllte. Jetzt verstand ich, was Dr. Beattie gemeint hatte, als er von der Zähigkeit des Herzmuskels sprach!
Am zweiten Tag kam Pater Draddy kurz vor der Morgendämmerung auf einen Augenblick herein. Er erkannte sofort, wie es um meinen Vater stand.
»Nun«, sagte er, »hier gibt es für mich nichts mehr zu tun.«

»Pater«, sagte ich, »ich habe mich gefragt, mit welchem Maß Sie wohl in solch einem Augenblick die Dinge messen?«
»Das ist nicht meine Aufgabe und auch nicht die Ihre«, erwiderte er. »Es wird später in der anderen Welt getan.«
»Pater«, bat ich, »sagen Sie ehrlich, glauben Sie wirklich daran?«
»Wenn ich nicht daran glauben würde, wüßte ich nicht, woran ich glauben sollte. Dann gäbe es keine Erklärung, Begründung oder Entschuldigung für all dies. Ich würde mich nicht mehr zurechtfinden.«
»So ergeht es mir augenblicklich.«
»Nun, Sie haben Zeit. Es ist noch nicht zu spät.«
»Ich mag keine Lügen«, sagte ich, »obwohl ich selbst in meinem Leben genug gelogen habe.«
»Wir alle sind Sünder«, erwiderte er, »aber deswegen dürfen wir uns nicht fortwährend beschuldigen und uns verachten. Wir können nicht unser Leben lang diese Last der Selbstverdammung tragen. Das ist der Grund, weshalb Jesus Christus und Seine Kirche von Erlösung sprechen.«
»Erlösung?«
»Ja. Das ist's, warum wir Ihn den Erlöser nennen. Er gibt uns in Seiner Barmherzigkeit, was wir am dringendsten brauchen.«
»Und was ist das?«
»Eine nochmalige Chance.«
Ich stieß einen leichten Pfiff aus.
»Es ist leicht zu spotten«, sagte Pater Draddy.
»Das habe ich nicht getan, wirklich nicht.«
»Natürlich haben Sie es getan. Aber das Wort Gottes hat nicht durch die Jahrhunderte hindurch fortgelebt, nur weil Er es gesprochen hat. Es hat fortgelebt, weil der Mensch es braucht. Es macht das Leben auf dieser Erde erträglich.«
»Mir nicht«, sagte ich.
»Dieser Mann, Ihr Vater, wäre jetzt viel glücklicher, wenn er an Gott glauben würde. Aber er hat an etwas anderes geglaubt... nun, Sie wissen, was ich meine.«
»Sagen Sie es.«
»An sich selbst.«
»Ich dachte, Sie würden sagen, an das Geld.«
»Nein. An sich selbst. Und das genügt nicht. Kein Mensch ist in sich allein groß genug, dem Leben einen Sinn zu geben. Der Mensch braucht Gott!«
»Das glaube ich nicht.«
»Darf ich Sie etwas fragen?« sagte er. »Sie haben sich ganz offenkundig über mich lustig gemacht...«

»Habe ich das?«
»Natürlich. Sooft wir uns begegnet sind. Aber daran bin ich gewöhnt; wir alle sind daran gewöhnt, und es macht uns nichts aus – ach, vielleicht doch ein klein wenig, aber wir wissen, daß wir damit leben und schaffen müssen, denn wir wissen, daß Christus damit gelebt und geschafft hat. Aber darf ich Sie jetzt etwas fragen?«
»Und zwar?«
»Genügen Sie sich selbst? Bieten Sie sich selbst einen ausreichenden Grund zum Leben? Sind Sie und Ihre Interessen diesen schrecklichen Kampf wert? Ihr Ehrgeiz, Ihre Wünsche und Ihre Triebe – genügen sie, den Schmerz, die Opfer und alles übrige zu rechtfertigen?«
»Wie können Sie so zu mir sprechen?«
»Weil ich Sie kenne«, erwiderte Pater Draddy.
»Nein, das tun Sie nicht.«
»Ich sehe Ihr Gesicht, mein Freund; ich sehe viele Gesichter, und viele Gesichter, die ich sehe, sind wie das Ihrige.«
»Und was sehen Sie auf meinem Gesicht?«
»Soll ich es Ihnen sagen?«
»Ja.«
»Selbstzweifel und... sind Sie sicher, daß Sie es hören wollen?«
»Ja.«
»Nun, es tut mir leid...«
»Sagen Sie es mir.«
»Widerwillen vor sich selbst.«
»Ja.«
»Sie sind von nichts überzeugt, sind sich keines Wertes sicher.«
»Das stimmt.«
»In gewisser Hinsicht bewundere ich den Mut von Menschen Ihrer Art. Wirklich.«
»Was soll das heißen, Menschen meiner Art?«
»Ich will sagen, Menschen, die nur von menschlichen Werten zehren. Sagen Sie mir, was verleiht Ihnen die Kraft, einen Atemzug nach dem anderen zu tun?«
»Offen gestanden, ich weiß es nicht.«
»Und Sie können in diesem Zweifel leben?«
»Ich lebe *von* diesem Zweifel.«
»Dann sagen Sie mir, ist es zu verwundern, daß Sie keine Achtung vor sich selber haben?«
»Oh, die habe ich«, sagte ich, und ich war überrascht, mich das sagen zu hören. Ich wußte nicht, daß ich das empfand! »Ich achte mich.«
»Dann sagen Sie mir, bitte, sagen Sie mir, da jeder Mensch irgend-

wo, irgendwie einen Grund für seine Selbstachtung haben muß, was ist der Ihrige? Warum achten Sie sich?«
»Es ist schwer zu erklären ...«
»Sehen Sie, es ist leicht, über mich zu spötteln und sich überlegen zu fühlen, aber wenn ich Ihnen diese Frage stelle, mein Freund, haben Sie eine Antwort darauf?«
»Ja, die habe ich.« Wieder überraschten mich meine eigenen Worte.
»Gut, dann antworten Sie mir. Ich möchte es gerne wissen.«
»Ich werde es Ihnen sagen. Es ist, *weil* ich zweifle. Es ist, weil ich glaube, daß Mut dazu gehört, nicht die Antworten anderer Menschen zu akzeptieren. Es gehört Mut dazu, mit Verachtung auf mich selbst zurückzublicken und zu mir selber NEIN zu sagen; und auf diese Welt zu blicken und zu dieser Welt NEIN zu sagen.«
Es war das erstemal in meinem Leben, daß ich ein Gefühl der Treue mir selbst gegenüber empfand. Sieh mal einer an, sagte ich mir, ich habe mich wahrhaftig zu meiner Verteidigung aufgeschwungen!
»Und nachdem man einmal NEIN gesagt hat«, fuhr ich fort, »gehört auch Mut dazu, alles zu ändern oder zu versuchen, es zu ändern und dann noch einmal anzufangen, nicht, weil jemand GROSSES mir eine nochmalige Chance gegeben hat, sondern, weil ICH sie mir gegeben habe.«
Pater Draddy schwieg.
»Und was das betrifft, was Sie auf meinem Gesicht zu sehen meinen – Widerwillen vor mir selbst nannten Sie es –, nun, das ... das, glaube ich, ist die Hoffnung des Menschen, seine innere Größe.«
Mein Vater bewegte sich.
Wir gingen beide ans Bett und sahen ihn an.
Er träumte. Seine Lippen zuckten, und er versuchte, etwas zu sagen. Ich konnte ihn nicht verstehen. Aber sein Gesicht sah glücklich aus – es mußten gute Erinnerungen sein, von denen er träumte.
»Er scheint einen Traum zu haben«, sagte ich zu Pater Draddy.
»Das beobachtet man oft kurz vor dem Ende. Der Sterbende durchlebt noch einmal gewisse Dinge, sieht Phantasiegebilde und ...«
Mein Vater schlug die Augen auf.
Sie hatten einen strahlenden, fieberhaften Glanz; irgend etwas schien sie von innen her zu beleuchten. Er lächelte jetzt mit einer Liebe, wie ich sie niemals auf seinem Gesicht gesehen hatte.
Pater Draddy beugte sich vor und legte das Ohr dicht an die sich bewegenden Lippen. Ich schwieg. Wir horchten beide gespannt. Und als die Lippen meines Vaters sich abermals bewegten, hörte Pater Draddy seine letzten Worte.
»Was hat er gesagt?« fragte ich.
»Was bedeutet ›Papu‹?«

Ich antwortete nicht. Wie konnte ich es ihm erklären?
»Er hat es zweimal wiederholt«, sagte Pater Draddy. »Wird der griechische Priester Papu genannt?«
»Ja. Aber ich glaube, das hat er nicht gemeint.«
»Er verlangt nach einem Priester seines eigenen Glaubens«, sagte Pater Draddy. Er schien sehr erregt.
»Ich glaube, das ist es nicht«, sagte ich.
»Aber wenn es so wäre!«
»Ich bezweifle es.«
»Aber wenn! Aber wenn!«
Pater Draddy war ehrlich beunruhigt.
»Ich werde versuchen, Pater Anastasis in Norwalk zu erreichen«, sagte er. »Entschuldigen Sie mich.«
Damit war er draußen.
Ich war überrascht und sehr beeindruckt von seiner Besorgnis.
Mein Vater starb ein paar Minuten vor sechs an diesem selben Morgen.
Als ich sein Gesicht zum letztenmal ansah, war die Maske der Angst verschwunden. Man konnte erkennen, was hätte sein können.

28

Nachdem die Ärzte das Gesicht meines Vaters mit einem Laken zugedeckt hatten, fuhr ich mit einem Taxi zu Michael.
Eine Spannung war aus der Welt verschwunden. Es schien jetzt alles sehr viel einfacher.
Meine Mutter schlief wie ein junges Mädchen. Sie hatte die Haare offen, ihr Gesicht war unschuldig und entspannt. Es war, dachte ich, als habe sie die Nachricht bereits gehört und als sei auch für sie das Leben mit einmal leichter geworden.
Ich mußte sie an der Schulter rütteln, um sie zu wecken.
Sie wußte sofort, was geschehen war. Sie setzte sich auf.
»Oh, Seraphim, Seraphim!« sagte sie.
Ich ging ins Wohnzimmer und wartete, bis sie sich angezogen hatte.
Als sie hereinkam, sah ich, daß sie nicht geweint hatte. Ich küßte sie und hielt ihre Hand, als wir zum Wagen gingen, um ins Krankenhaus zu fahren.
Sie ging geradenwegs in das Zimmer, in dem mein Vater lag.
Der Vorhang des Bettes war zugezogen worden.
Meine Mutter ging zu dem Leichnam des Mannes, mit dem sie siebenundvierzig Jahre verheiratet gewesen war, und küßte ihn auf die Stirn. Dann noch einmal. Sie blieb ein paar Minuten neben

ihm sitzen, wie sie es getan hatte, als er noch am Leben war. Aber sie hatte kein Gebet für ihn.
Nach einer Weile kamen zwei Wärter und holten die Leiche fort. Niemand fragte, wohin man sie brachte oder was man mit ihr tun würde. Es war jetzt Zeit, die Vorkehrungen für die Beerdigung zu treffen und ein Grab zu bestellen.
Als wir das Krankenhaus verließen, begegneten wir den »Jungen«. Sie kamen zu spät, um meinen Vater noch lebend anzutreffen, und zu früh für die Beerdigung. Alle vier waren bei bester Laune, schnatterten untereinander wie Affen. Michael sagte ihnen, was geschehen war. Sie bekreuzigten sich. Als wir fortgingen, blieben sie ratlos stehen, unschlüssig, was sie als nächstes tun sollten.
Ich hörte später, daß es Pater Draddy tatsächlich gelungen war, Pater Anastasis aufzuspüren. Am Abend zuvor hatte in der griechisch-orthodoxen Kirche das allwöchentliche Lottospiel stattgefunden, und der Priester lag noch friedlich schlummernd im Bett. Aber er stieg bereitwillig in seine Kleider, kletterte in Pater Draddys Wagen und kam ins Krankenhaus, um dem toten Mann seinen Segen zu geben.
Wir fuhren wieder zu Michael. Zu unserem großen Erstaunen bemerkten wir, daß wir hungrig waren. Gloria stellte Kaffee auf, und meine Mutter machte Spiegeleier mit Schinken. Michael und ich blieben allein.
»Du solltest dich jetzt wirklich ernsthaft um deine Gesundheit kümmern«, sagte er.
»Machst du dir Gedanken um mich, Michael?«
»Natürlich, du Idiot, was hast du geglaubt? Ich bin ja schließlich dein Bruder.«
»Bist du wirklich besorgt um mich, Michael?«
»Du hast wieder diesen Blick...«
»Was für einen Blick?«
»Den Blick, der in deinen Augen lag, als du aus dem Krieg zurückkamst. Ich kenne ihn. Und du sagst nichts.«
»Ich habe niemandem etwas zu sagen, Mike.«
»Nun, es gibt etwas, das du jemandem sagen solltest. Ich bitte dich, tu's mir zuliebe. Du warst all die Jahre über nicht hier und kannst es daher nicht wissen. Aber jedesmal, wenn Mutter irgendeinen Kummer hatte, war es Gloria, die zu ihr ging und ihr half.«
»Es tut mir leid, daß ich Gloria gegenüber die Beherrschung verloren habe.«
»Woher soll sie das wissen? Sag ihr etwas.«
»Gut, ich werde es tun.« Ich küßte meinen Bruder auf die Wange. Später erwischte ich Gloria allein in der Küche und bat sie um Verzeihung. Sie nickte nur. Ich vermute, es war zu spät dafür.

Nach dem Frühstück hielten wir eine Familienberatung ab. Es wurde beschlossen, daß Gloria und Michael ins Bestattungsinstitut gehen sollten, um den Sarg zu besorgen und die Überführung und Aufbahrung meines Vaters zu veranlassen, während meine Mutter und ich uns auf die Suche nach einem Grab machten.
Der katholische Friedhof war voll. Man erbot sich jedoch, irgendwie Platz zu schaffen.
Ich erinnerte mich, gehört zu haben, daß auf dem jüdischen Friedhof in Prag die Leichen in sechs oder sieben Schichten übereinander liegen. Dort ist das Getto den Menschen bis in den Tod gefolgt. Der katholische Friedhof von Rye, New York, ist eine ganze Stadt für sich. Die Toten liegen dort in dichten Reihen, einer neben dem anderen.
Wir suchten weiter. Es war ein langer Tag. Schließlich fanden wir einen Platz an einer verlassenen Ecke eines Gemeinschaftsfriedhofs. Diese Ecke sei nicht beliebt, sagte man uns, weil eine noch im Bau befindliche neue Autobahn unmittelbar daran vorbeiführe.
Meine Mutter stand eine Weile stumm da und blickte nachdenklich auf das Stückchen Erde. Sie muß gewußt haben, daß dies eines Tages auch ihre letzte Ruhestätte sein werde. Es war offensichtlich nicht der Ort, den sie sich vorgestellt oder gewünscht hatte, aber sie zuckte die Achseln, sagte, nun gut, und wir gingen fort.
Schon den ganzen Tag hatte ich das Gefühl gehabt, daß meine Mutter mir irgend etwas sagen wollte. Ich ging mit ihr in ein Restaurant.
»Du mußt etwas essen«, sagte ich.
Und sie aß auch wirklich mit recht gutem Appetit.
Dann bat sie um eine zweite Tasse Tee. Manche Menschen pflegen gewisse Signale auszusenden, deren sie sich gar nicht bewußt sind. Wenn meine Mutter nach einer zweiten Tasse Tee verlangt, so bedeutet es, daß sie etwas zu sagen hat und die nötige Zeit dafür gewinnen will.
Und nun kam es. »Eee«, sagte sie, »ich glaube nicht, daß du geistesgestört bist.«
Ich mußte lachen. »Dabei bin ich gerade zu dem Schluß gelangt, *daß* ich es bin«, erwiderte ich.
»Weshalb glaubst du das, Eee?« fragte sie und griff nach meiner Hand.
»Nun, ich denke nicht mehr so wie andere Menschen.«
»Ist das so schlimm?«
»Ich liebe niemanden mehr – keinen Menschen außer dir.«
»Was ist mit Florence?«
»Ich habe versucht, sie anzurufen; das Mädchen sagte, sie sei auf ein paar Tage verreist – ach, du meinst, was mich betrifft?«

»Florence ist eine sehr liebenswerte Frau.«
»Ich war nicht glücklich mit ihr.«
»Sie war dir eine gute Frau, und sie hat dir geholfen.«
»Sie ist eine gute Frau, und trotzdem hat sie mich zu Tode gequält. Und ich sie.«
»Nun, das ist deine Privatangelegenheit; du mußt wissen, was das beste für dich ist. Doch das will nicht heißen, daß du verrückt bist.«
»Verrückt ist nicht das richtige Wort. Aber ich bin eine Gefahr für andere Menschen und für die Lebensweise anderer Menschen.«
»Zum Beispiel?«
»Nun, zum Beispiel ... das Feuer.«
Meine Mutter hatte den Brand bisher mit keinem Wort erwähnt. Jetzt saß sie einen Augenblick grübelnd da, dann sagte sie: »Ich habe mir all die Jahre hindurch oft, sehr oft gewünscht, daß ich den Mut hätte, das zu tun, was du jetzt getan hast. Als ich hörte, daß du es getan hast, sagte ich: Danke, Eee.«
»Ich bin froh, daß du so denkst.«
»Dieses Haus hatte zu viele Zimmer!«
»Ja, das stimmt.«
Sie beugte sich vor und küßte mich.
»Die Versicherung und all das interessiert mich nicht. Ich habe das Haus gehaßt. Ich habe dreißig Jahre lang darin gelebt, und ich habe es dreißig Jahre gehaßt.«
»Schon gut, mein Liebes«, beruhigte ich sie, »schon gut.«
Aber sie war nicht zum Schweigen zu bringen.
»Das Haus hat meine Lebenskraft aufgezehrt«, sagte sie.
Ich wußte, wer ihre Lebenskraft aufgezehrt hatte. Aber sie war zu wohlerzogen, um jetzt anders als mit Respekt von ihm zu sprechen. Doch dann sprach sie von ihm.
»Dein Vater«, sagte sie, »hat sein Alter nicht zu genießen gewußt. Er saß da, grübelte über seine Fehler nach, über schlechte Geschäfte, die er abgeschlossen hatte, wer ihm jetzt, nach vierzig Jahren, noch Geld schuldete – meistens Menschen, die schon längst tot waren. Ich sagte ihm immer wieder, Seraphim, denk jetzt nicht mehr daran, lies ein Buch, lies eine Zeitschrift. Dann sagte er schließlich: ›Bring die Karten!‹ Er beklagte sich: ›Das ist alles, was Gott mir für mein Lebensende gelassen hat: eine schwachsinnige Alte!‹ Aber ich habe ihn im Rommé geschlagen, ich habe ihn im Pinokel geschlagen, und ich habe ihn im Bridge geschlagen. Er glaubte, daß ich ihn bemogelte. Er schlug nach mir und schrie mich an: ›Untersteh dich nicht, hier noch einmal zu mogeln!‹ Das ganze Haus bebte. Aber ich kümmerte mich nicht darum.«
»Was wirst du jetzt tun, Mom?«

»Armer Seraphim«, sagte sie, »armer Seraphim!«
»Wirst du bei Michael leben?«
»Ich werde mir ein Zimmer nehmen, in dem ich ganz allein sein kann. Ich werde jeden Tag nur gerade genug für mich selber kochen; es wird sehr ruhig sein, und ich werde nie wieder eine Spielkarte sehen müssen. Alle paar Tage werde ich zur Volksbücherei gehen und mir ein Buch holen, und wenn ich es ausgelesen habe, hole ich mir ein anderes. Ich werde Zeitungen lesen und einen Fernsehapparat haben. Ich werde leben, das ist alles.«
Ihre Brust ging auf und nieder; sie atmete schwer. »Möge Gott mir verzeihen, ich werde leben«, sagte sie.
Sie war zweiundsiebzig.
Es war nicht zu leugnen: Sie war froh, daß ihr Mann nicht mehr am Leben war. Sein Tod hatte ihr neuen Aufschwung gegeben.
Sie trank ihre zweite Tasse Tee und aß ein Eclair.
Ich sah zu, wie sie es sich schmecken ließ. Als sie fertig war, wischte sie sich den Mund ab und lächelte mir zu.
Am Tage der Beerdigung war es sehr heiß und schwül. Dichter Smog lag über der Autostraße, und unsere Augen brannten.
Menschen, die mein Vater seit Jahren nicht gesehen hatten, standen jetzt an seinem Grab und weinten.
Meine Mutter weinte nicht.
Mit ernster Miene nahm sie die Worte des Beileids entgegen, nickte und sagte nichts.

29

Wenn die richtigen Leute das richtige Schriftstück unterzeichnen, ist es leicht, nach Greenmeadow hineinzukommen. Aber wenn nicht die richtige Person ein anderes Schriftstück unterzeichnet, ist es gar nicht so leicht, herauszukommen.
Eines Tages sah ich Dr. Lloyd von einem Gebäude zu einem anderen eilen, lief ihm nach und holte ihn ein. Ich hielt ihn fest, denn er nimmt sich meistens nicht die Zeit, einem richtig zuzuhören.
»Dr. Lloyd, ich bin jetzt bereit, die Anstalt zu verlassen.«
»Kein Problem, Eddie. Wenn Richter Morris hier seine nächste Sitzung abhält, werden wir zusammen zu ihm gehen, und sobald er Ihre Entlassung unterzeichnet hat, sind Sie frei. Aber sagen Sie mir, wissen Sie überhaupt, wo Sie wohnen werden, und haben Sie eine Arbeit in Aussicht?«
»Eine Wohnung und eine Arbeit sind mir nicht das wichtigste, Dr. Lloyd.«

»Nun, der Richter wird fragen, wovon Sie sich zu ernähren und Ihre Miete zu zahlen gedenken.«

»Das ist sehr einfach, wenn man kein Geld hat, Dr. Lloyd. Schwierig wird es erst, wenn man wohlhabend ist.«

»Ein sehr amüsanter Gedanke, Eddie.« Er lachte und sah sich um. »Aber Richter Morris hat sich an gewisse Vorschriften zu halten.«

»Deshalb möchte ich, daß Sie sich für mich bei ihm einsetzen. Sagen Sie ihm, ich hätte vor, nicht zu arbeiten.«

»Für wie lange?«

»Für immer. Ich habe mich zur Ruhe gesetzt.«

Er lachte wieder und blickte über die Schulter. »Nun, Eddie, seien Sie einen Augenblick vernünftig. Ich weiß zufällig, daß Sie ein sehr nettes Zuhause haben und ...«

»Und eine sehr nette Frau; viel zu nett, als daß man ihr zumuten sollte, wieder mit mir zu leben. Dr. Lloyd, ich brauche jetzt nur Ruhe und Abgeschiedenheit, nicht eine Menge Menschen ...«

»Aber Eddie, es gibt nun mal eine Menge Menschen dort draußen in der großen Welt.«

»Ich werde sie nicht belästigen. Sie können ihren Weg gehen, und ich werde ... Was ist los?«

»Warum?«

»Sie sehen sich dauernd um.«

»Ich frage mich, ob es nicht irgend jemanden gibt, der Sie für eine Weile aufnehmen könnte und ...«

»Ich hatte eine Freundin, aber ich glaube, man sollte ihr die Chance geben, jemanden zu finden, der sie braucht.«

»Tun Sie das nicht?«

»Ich brauche niemanden. Ich ziehe mich auf meine Selbstsucht zurück.«

»Eddie«, sagte er lachend. »Sie haben nie sonderlich unter Mangel an Selbstsucht gelitten.«

»Doch, das habe ich. Gerade das ist der Grund, weshalb ich diese Mauer um mich herum errichte. Ich will nicht zu unserer Zivilisation gehören.«

»Sie gehören dazu, ob Sie wollen oder nicht. Und was haben Sie an ihr auszusetzen?«

»Darüber wollen wir lieber nicht reden, sonst lassen Sie mich niemals hier heraus.«

»Ach, Eddie, es ist so leicht, sich einfach davonzumachen und allen anderen die Schuld zu geben, nur nicht sich selbst. Angenommen, es läge alles in Ihrer Hand, und Sie ...«

»Ich würde es niederbrennen.«

»Was niederbrennen?«

»Das Ganze.«
»Was wollen Sie damit etwa behaupten? Daß Sie dieses Land nicht mögen?«
»Es ist ein großartiges Land.«
»Aber trotzdem finden Sie, daß man es ganz und gar niederbrennen sollte?«
»Nein, nur die Städte.«
»Sie meinen die Gettos, Harlem und ...«
»Nein, ich meine nicht nur die Gettos. Harlem, gewiß, das ist hoffnungslos, darüber sind wir uns im klaren; also machen wir es am besten wie Tokio dem Erdboden gleich und fangen noch einmal von vorne an. Aber ich meine auch das übrige New York. Die ganze Stadt taugt nichts. Wir müssen wieder mit der nackten Erde beginnen. Und wir können es uns leisten ...«
»Vorsicht mit dem Ellbogen, mein Junge, ich habe einen Tennisarm.« Er sah sich um. »Eddie, wenn Sie vor anderen so reden, werden die Leute Sie für ein Ungeheuer halten.«
»Als sie sagten, daß sie mich gernhaben, habe ich versucht, mich umzubringen.«
»Im Ernst, Eddie, Sie wissen nicht, was für einen Eindruck Sie machen. Es hat bereits Bemerkungen gegeben. Die Leute halten sich darüber auf, daß Sie nicht antworten, wenn man mit Ihnen spricht.«
»O ja, ich habe mit niemandem mehr gesprochen, und es war großartig. Es ist gar nicht nötig, ständig mit anderen zusammenzusein. Man sollte sich lieber auf sich selbst konzentrieren.«
»Nein, Eddie, da stimme ich Ihnen nicht bei. Ich glaube, wir brauchen viel mehr Zwiegespräche zwischen den Menschen – und auch zwischen den Nationen.«
»Oh, davon gibt es heutzutage viel zuviel. Diese allseitige Freundlichkeit. Wozu die Heuchelei? Sie können das nicht verstehen, weil Sie zu jedem freundlich sein müssen; und mittlerweile wissen Sie wahrscheinlich schon gar nicht mehr, für wen Sie wirklich freundschaftliche Gefühle hegen.«
»Das stimmt nicht, Eddie.«
»Sie wissen zuwenig über sich selbst, Dr. Lloyd. Es ist gar nichts dabei, die Menschen nicht zu mögen. Ich sage nicht, daß ich sie hasse. Aber ein wenig Abstand kann nichts schaden. Dieses ganze Gerede über unsere christliche Kultur. Was ist daran so christlich? Es geht nicht darum, seinen Bruder zu lieben, sondern ihn niederzukämpfen und es so geschickt zu tun, daß man sich hinterher nicht in aller Öffentlichkeit das Blut von den Händen wischen muß. Alle Welt weiß, daß es so ist. Aber unser Leben besteht aus Lug und Trug. Und die Kluft zwischen Schein und Wirklichkeit wird von

Jahr zu Jahr größer. Nun, ich habe es aufgegeben, Theater zu spielen, und Sie würden überrascht sein, wie viele von den Dingen, die man für gewöhnlich den ganzen Tag lang tut, damit überflüssig werden.«

Ich empfand plötzlich eine solche Überschwenglichkeit, daß ich einen Schrei ausstieß.

»Was ist los?« fragte Dr. Lloyd.

»Ich fühle mich großartig«, sagte ich. »Kommen Sie, wir machen einen Spaziergang. Gehn Sie heute morgen mal nicht zu Ihrer Arbeit.«

»Der Arm, mein Junge, der Arm«, stöhnte er. Ich ließ ihn los. »Eddie, der Richter könnte der Meinung sein, daß es besser für Sie wäre, noch ein Weilchen hierzubleiben.«

»Nein, Sie sind es, der dieser Meinung ist, wegen all dem, was ich Ihnen gesagt habe. Aber machen Sie sich keine Sorgen um mich. Ich bin nun mal ein Einzelgänger, eine Art selbstgefälliger, harmloser Narr. Ganz gewiß würde es mir nichts nützen, hierzubleiben. Ich glaube nicht, daß Sie überhaupt irgend jemandem hier sehr viel nützen; was meinen Sie dazu? Sie brauchen mir darauf nicht zu antworten, wenn Sie nicht wollen, aber ich habe niemanden gesehen, dessen Zustand sich gebessert hätte. Ich hoffe, Sie sind mir nicht böse, wenn ich das sage.«

»Nein. Sie sollen sagen, was Sie denken.«

»Nun, geben Sie zu, Sie tun es doch wirklich nicht, oder? Das ist's, was einen so mitnimmt: zu sagen, man tut's, wenn man es nicht tut. Und Sie haben auch versucht, meinen Fragen auszuweichen. Also muß ich Sie noch einmal fragen: Werden Sie Richter Morris empfehlen, mich gehen zu lassen?«

»Eddie, früher oder später müssen Sie lernen, mit den Menschen auszukommen.«

»Ich habe es gelernt. Ich spreche nicht mit ihnen.«

»Nun, Eddie, ich weiß, Sie sind überreizt und ...«

»O. K. Reden wir nicht mehr davon.«

»Ich glaube nicht, Eddie, daß ich zu Richter Morris gehen kann ...«

»Schon gut. Machen Sie sich keine Kopfschmerzen darüber.«

»Ich meine, Sie sollten jemanden haben, der noch ein Weilchen die Verantwortung für Ihr Verhalten übernimmt. Ich habe heute morgen ihren ganzen Akt gelesen ...«

Ich ging fort. »Wir sprechen noch darüber«, rief er mir nach.

Eines Tages erschien Gwen auf dem Anstaltsgelände. Es war eine seltsame Begegnung, wie das Treffen zweier alter Krieger, der letzten Überlebenden einer einstmals stattlichen Kompanie. Ich fragte mich, weshalb sie gekommen war, und wartete, daß sie es mir sagte. Sie schien mich aufmerksam zu mustern, ließ jedoch keinerlei Reaktion erkennen.

Ich sah, daß sie ihr Haar jetzt ganz kurz geschnitten trug. Es machte ihre Züge strenger, ließ Augen, Mund und Nase größer erscheinen Sie war nicht mehr so hübsch, aber sie war jetzt mehr das, was die Griechen *anthropos* nennen: Sie wirkte irgendwie menschlicher. Die meisten Mädchen sind wie Bonbons, in halbdurchsichtiges Papier gewickelt und immer voller Hoffnung, daß bald ein Mann den Wunsch verspüren wird, sie auszuwickeln. Gwen hatte jetzt nichts derlei an sich.

Ich führte sie zum Rand des Parks. Wir lagen auf dem Rasen, das Gesicht der Sonne zugewandt. Sie erzählte mir, sie sei von New York fort und in eine kleine Ortschaft im Westen von Connecticut gezogen, wo ein Onkel von ihr in einem ländlichen Einkaufszentrum eine Schnapshandlung besaß. Ich erinnerte mich an diese Gegend. Das Einkaufszentrum lag beinahe auf freiem Feld, doch hinter den Bergen versteckt, längs der ungepflasterten Straßen und in dem Waldland ein wenig abseits der großen Chausseen gab es Menschen genug, um diesen Laden zu einem rentablen Unternehmen zu machen. Und der alte Mann hatte eine gute Kundschaft. Den Leuten gefiel sein Südstaaten-Dialekt und sein urwüchsiger Humor. Aber als Geschäftsmann war er zu unbekümmert. Er hatte so viele Außenstände, daß er die Rechnungen für die Ergänzung seiner Vorräte nicht bezahlen konnte. Er machte sich auch gar nicht die Mühe, die Schulden einzutreiben; das war ihm nicht wichtig genug. Wichtig waren ihm seine Kaninchen. Er hatte neben einem bewaldeten Hügel hinter dem Einkaufszentrum eine kleine Stadt von Ställen, und dort verbrachte er den größten Teil des Tages. Dieser alte Mann hatte schließlich das gefunden, was er gerne tat.

Da er sich noch nicht von der Kaninchenzucht ernähren konnte, mußte er die Schnapshandlung vorerst behalten. Als er zufällig hörte, daß Gwen »auf Wanderschaft« war, fragte er sie, ob sie Lust hätte, den Sommer über mit dem Kind zu ihm zu kommen. Das Obergeschoß seines Hauses stünde leer. Und Gwen kam. Er mochte sie gern und war absolut vernarrt in den Jungen. Andy liebte natürlich die Kaninchen. Schon nach einer Woche wäre es kaum möglich gewesen, ihn dort fortzubringen. Der Onkel löste das Problem, indem er Gwen anbot, ihr das leere Stockwerk mietfrei zu überlassen und ihr außerdem ein Drittel der Ladeneinnahmen zu zahlen, wenn sie ihm das Geschäft führen würde. Zu seiner Überraschung hatte sie seinen Vorschlag angenommen.

»Wenn du also einziehen möchtest ...«, sagte sie mir.

»Nein, danke.«
»O. K. Das ist alles, was ich wissen wollte.«
»Ich will mich jetzt an niemanden binden.«
»Zum Teufel, glaubst du, ich will dich heiraten? Ich habe dir nur eine Bleibe angeboten. Du willst doch nicht für den Rest deines Lebens hierbleiben, oder?«
»Ich werde auf Reisen gehen, sobald ich ein paar tausend Dollar zusammenbekomme.«
»Wohin?«
»Überallhin.«
»Nun, dann bis dahin. Was meinst du? Wenn du willst, ist's mir recht; wenn nicht, ist's mir auch recht. Es ist wirklich nett dort, nicht weiter aufregend, was die Landschaft betrifft, aber abends, wenn das Einkaufszentrum schließt, ist es herrlich ruhig. Und man lebt.«
»Was würdest du dabei gewinnen?«
»Das ist meine Sache.«
»Ich habe niemandem etwas zu bieten.«
»Ich verlange nichts.«
»Bist du sicher?«
Sie ließ sich auf den Rasen zurücksinken. »Ich wollte dir nur helfen«, sagte sie.
Ich wußte, welche Überwindung es dieses Mädchen gekostet hatte, sich einer Abfuhr auszusetzen. Von allen, die ich kenne, dachte ich mir, ist sie der einzige Mensch, der so viel Interesse für mich aufbringt, daß er mir seine Hilfe anbietet. Komm herein, hat sie gesagt, warte, bis der Sturm sich gelegt hat, geh, wenn dir danach zumute ist.
»Ich erwarte nichts, Eddie«, sagte sie abermals.
»Was ist mit Charles?«
»Das wäre nicht gutgegangen. Und ich habe keine anderen Pläne. Gar keine. Willst du, oder willst du nicht?«
Ich nahm Gwens Angebot an, und zwar genauso, wie sie es mir dargelegt hatte: als eine vorübergehende Zuflucht. Sie sagte, ich könne die Bücher führen und ihr im Laden helfen. Ich würde dafür Kost und Wohnung bekommen. »Mehr brauche ich nicht«, sagte ich. »Das ist gut«, erwiderte sie, »denn mehr habe ich nicht zu bieten.« Es gab keinerlei Anspielungen, keine vagen Hinweise. Sie machte keine Vorschläge. Ich äußerte keine Vermutungen. Wir gelobten uns nichts, verpflichteten uns zu nichts.
Jetzt konnte ich vertrauensvoll dem Gerichtstermin entgegensehen. Ich wußte, wohin ich zu gehen hatte.
Ein paar Tage später meldete man mir, es sei Besuch für mich da,

ich möchte bitte ins Verwaltungsgebäude kommen. Als ich eintrat, sah ich mich Florence und Arthur gegenüber.

Es war ein sehr heißer Tag. Der Monat August hatte das Gras versengt, so daß es in der zerbröckelnden Erde keinen Halt mehr zu finden schien und aussah, als werde es nie mehr wiederkommen. Die Schatten waren beinahe schwarz. Dicht zusammengedrängt hockten die Patienten unter den Bäumen und in den Winkeln der Gebäude, fast unsichtbar für das von der heißen Sonne geblendete Auge.

Arthur war in Schweiß gebadet, und zwar nicht nur von der Hitze, sondern – wie ich bald erkannte – auch vor Nervosität. Der beste Platz, den ich ihnen für unser Gespräch bieten konnte, war ein schwarzer Fleck unter einem der Bäume. Arthur breitete seine Jacke aus italienischer Seide für Florence auf dem Boden aus. Ich verstand.

Florence erzählte ihre Geschichte, als sei es eine amüsante Anekdote über irgendeine Freundin, die ihr nicht sehr nahestand und über die sie sich eher ein wenig mokierte.

»Ich glaube, mehr als alles andere wünschte ich mir, daß man ein wenig Notiz von mir nehmen möge«, sagte sie. »Ich habe etwa ein Dutzend Schlaftabletten geschluckt, stimmt's, mein Lieber?« Sie wandte sich an Arthur.

»Das«, entgegnete Arthur, »ist im allgemeinen die übliche Menge, wenn jemand die Aufmerksamkeit auf sich lenken, aber nicht sterben will.«

Sie lachten beide.

»Ich rief als erstes Arthur an, um Vorkehrungen für die Beerdigung und für Ellens Zukunft zu treffen. Natürlich kam er sofort mit einer Ambulanz und der vielgebrauchten Beverly-Hills-Magenpumpe, und wenige Stunden darauf schlief ich ruhig und friedlich. Als Arthur am nächsten Mittag sehen wollte, wie es mir ging, schlief ich immer noch. Aber als er abends wiederkam, war ich wach und sah, glaube ich, ganz gut aus, hübsch zurechtgemacht und mit dem rosa Bettjäckchen, das du mir vor zwei Jahren zu Weihnachten geschenkt hast – erinnerst du dich, Ev, das mit den Spitzenmanschetten?«

Ich erinnerte mich zwar nicht, nickte aber trotzdem.

»Weißt du, mein Lieber« (diesmal war das »mein Lieber« für mich bestimmt), »nachdem ich die Tabletten geschluckt hatte, wurde mir klar, wie bezeichnend es doch eigentlich war, daß ich Arthur anrief und nicht dich. Selbst die Tatsache, daß Arthur am gleichen Ort war, schien eine Bedeutung zu haben. Du warst einfach nicht dort, wo ich dich brauchte.« Nach einer kleinen Pause fuhr sie fort: »Und als die Pillen zu wirken anfingen und ich mir überlegte, wie

feige es eigentlich ist, so etwas zu tun, erkannte ich auch, daß dies für mich wohl die einzig mögliche Art war, mit Arthur zu flirten. In meinem Alter, in meiner seelischen Verfassung und in Anbetracht der herrschenden Sitten gab es vielleicht wirklich keine andere Möglichkeit, einen sexuellen Annäherungsversuch zu machen. Stimmt's mein Lieber?« (Gemeint war diesmal Arthur.)
»Unsinn!« sagte Arthur, mich ein wenig lahm anlächelnd.
»Nun, das Entscheidende ist, daß Arthur kam; am nächsten Tag hatten wir eine lange Aussprache, und... na ja, eins führte zum andern – in unserm Alter! –, und ehe wir wußten, was geschah, waren wir in einem Privatabteil des Zuges nach British-Columbia. Stell dir vor! Natürlich brauchten wir beide dringend eine Erholung! Und du würdest überrascht sein, mein Lieber« (jetzt war ich es), »wie leicht es war, uns aneinander zu gewöhnen und all das. Stimmt's, Liebling?« (Natürlich Arthur.)
»Ach, Florence«, protestierte Arthur.
»Und unser erster Gedanke galt dir. Wir wollten natürlich alles vermeiden, was deinen Zustand verschlimmern könnte. Arthur war sogar noch besorgter als ich! Er war es, der darauf bestanden hat, das erste Flugzeug nach New York zu nehmen. Ich habe kaum irgendwelche Kleidung bei mir, nur einen lächerlichen Handkoffer; aber wir sind da.«
Ich lächelte ihnen beiden zu, sagte jedoch immer noch nicht das, was Florence von mir hören wollte, und so füllte sie nach altbekannter Art die Unterhaltungslücke.
»Ich muß dir sagen, daß Arthur – und ich hoffe, das bringt dich nicht in Verlegenheit, mein Lieber –« (Arthur) »sich rührend meiner annimmt. Jeden Morgen bringt er mir zum Frühstück eine kleine maschinengeschriebene Liste – auf dem rosa Notizpapier, das du mir geschenkt hast, erinnerst du dich, mein Lieber?« (ich). »Das ist der Tagesbefehl für mich: was ich nicht vergessen darf, wohin wir zum Abendessen gehen und was ich anziehen soll, oder wer zu uns kommt und was es zu essen geben soll. Arthur hat seine Köchin einfach mitgebracht, als er zu mir ins Haus gezogen ist, und sie ist fabelhaft! Und dann, welche Aufträge ich erledigen soll, Dringlichkeitsstufe eins, und welche Aufträge Dringlichkeitsstufe zwei; wo ich ihn zum Mittagessen treffen soll – wir essen fast immer zusammen; wie anders das ist: Es gibt meinem ganzen Tag irgendwie einen Halt, und es war ganz entschieden nicht meine Idee, nicht wahr, Arthur?«
»Eigentlich doch«, sagte Arthur. Er schien sich sehr unbehaglich zu fühlen. Florence sagte ihm, wenn er wolle, könne er ein bißchen spazierengehen.

Wir sahen ihm nach, als er sich entfernte. »Er ist wirklich rührend«, sagte Florence, »und so nett zu Ellen. Weißt du, ich habe ihr Dr. Leibman abgetreten, und es geht ihr jetzt viel besser. Sie hatte einige schwere Probleme – in bezug auf dich, ob du's glaubst oder nicht. Aber sie hat sie jetzt unter Kontrolle, und du brauchst dir keine Sorgen um sie zu machen; es wird alles gut mit ihr werden.«

Ach, Ellen! dachte ich, sagte aber nichts.

Florence beugte sich vor und berührte meine Hand. Sie wartete auf ein Wort von mir. Wollte sie meine Erlaubnis, mich zu verlassen?

»Natürlich ist es nicht so, wie es zwischen uns gewesen ist. Ich weiß genau, daß es so etwas nie wieder für mich geben wird.« Sie hob ihre zarte, aristokratische Hand. »Aber du siehst, wie gut er ist, nicht wahr? Ich will sagen, ich fühle mich geborgen, verstehst du, Ev? Und ich habe bei dir immer das Gefühl gehabt, daß alles nur vorübergehend sei, daß du mich jeden Augenblick verlassen könntest. Aber Arthur ist für mich da und nur für mich. Und findest du nicht, Ev, findest du nicht, daß ich das verdient habe? Nun, ich habe es verdient, ich habe es wirklich verdient. Weißt du, ich wünsche mir jetzt nur noch Ruhe und ein normales Leben. Du bist ein wundervoller Mensch, Ev, aber du bist zutiefst neurotisch. Jeder Analytiker, den ich bisher gehabt habe, hat mir das bestätigt. Ich habe Dr. Weisbart – er ist neu und einfach großartig – diese ganze Sache mit Arthur und alles von dir erzählt; er sagt, daß ich das einzig Richtige getan habe, daß du in emotioneller Hinsicht ein Krüppel bist und Tiefentherapie brauchst. Ich habe ihm gesagt, das willst du nicht. Aber er meint, jetzt vielleicht doch. Nun, es geht mich nichts mehr an – ich will sagen, natürlich werde ich mich immer um dein Wohlergehen sorgen, ich werde immer ... Mach nicht so ein gekränktes Gesicht, Ev, in Wirklichkeit willst du mich ja gar nicht mehr; du hast mich schon seit langem nicht mehr gewollt, das weißt du ganz genau. Ich hatte geglaubt, ich könnte dir helfen. Aber es kommt ein Augenblick, wo man den Tatsachen ins Auge sehen und zugeben muß, daß man versagt hat. Und ich habe bei dir versagt, Ev, ich habe versagt; es tut mir leid, Liebling, es tut mir sehr, sehr leid ...«

Ich beugte mich vor und küßte sie. »Ich wünsche dir, daß du sehr glücklich wirst«, sagte ich, »ich wünsche es euch beiden.«

»Oh, ich danke dir, mein Lieber«, sagte sie. »Das ist sehr großzügig von dir.« Sie lachte. »Ich glaube, ich hätte immer einen Anwalt zum Ehemann haben sollen.« Dann rief sie: »Arthur!«

Er war nicht weit.

»Arthur!« Nachdem sie sich vergewissert hatte, daß er kam, wandte sie sich wieder mir zu. »Ich bin sicher, wir können einen Vergleich schließen, der für beide Teile recht und billig ist. Ich habe dir wirklich die besten Jahre meines Lebens gegeben, und du bist immer noch ein gutaussehender und tatkräftiger Mann mit ausgezeichneten Verdienstchancen.«

Arthur kam näher. »Wenn du willst«, schlug er vor, »kann ich dich auch weiterhin vertreten. Damit würden wir unnötige Unkosten vermeiden.«

»Danke, ich nehme einen anderen Anwalt«, entgegnete ich rasch. Doch dann sagte ich mir plötzlich, ach was, mach sie glücklich.

»Ich habe mich anders besonnen, Arthur«, sagte ich. »Ich möchte dich weiter als Anwalt behalten – wenn du mich noch haben willst. Ich bitte dich nur um eins ...«

»Und das wäre?« fragte Arthur mit einem teilnehmenden Stirnrunzeln.

»Daß du Florence in jeder Beziehung den Vorrang gibst. Ich möchte in erster Linie ihre Ansprüche berücksichtigt wissen.«

Florence umarmte mich. Und Arthur war verdammt nah daran, mich ebenfalls zu umarmen.

»Ich werde eine schriftliche Vereinbarung aufsetzen«, sagte er, »die – nach meinem Dafürhalten – euch beiden gerecht wird, und ich komme in ein paar Tagen wieder.«

»Am besten schon morgen«, sagte Florence rasch.

»Nun, ich werde versuchen, es einzurichten.« (Er tat es. Ich gab Florence alles – als Entgelt dafür, daß ich für die Zukunft jeder Verantwortung ledig war.)

Er stand auf. Und Florence stand auf. Er schüttelte seine Jacke aus. Florence nahm meinen Arm, und wir gingen langsam zu ihrem Wagen zurück.

»Wir haben vor, nach Mexico City zu gehen – es ist jetzt die beste Jahreszeit –, eine Art Hochzeitsreise, verbunden mit der Scheidung, verbunden mit geschäftlichen Dingen. Arthur hat dort einen Klienten mit einer großen Hazienda.« Sie lachte und sah Arthur liebevoll an.

»Wie lange wirst du noch hierbleiben, Edward?« fragte er.

»Ach ja«, sagte Florence, »wie lange, und können wir dir irgendwie helfen? Oh, es ist völlig absurd; stell dir vor, Arthur, ein Mann versucht, ihn zu erschießen, und *er* wird dafür eingesperrt.«

Wir lachten alle drei, als sei es wirklich komisch. Dann legten sie die Sicherheitsgurte des Mietwagens um und fuhren davon.

Bei der Gerichtsverhandlung sagte ich Richter Morris, daß ich für einen Mann arbeiten wolle, der Kaninchen züchte. »Und dort ist er.« Ich deutete auf Gwen und ihren Onkel, die gekommen waren, um für mich zu bürgen.

»Ach, das ist ja sehr interessant«, sagte der Richter und ließ mich sofort frei. Dr. Lloyd sprach kein Wort. Der Richter unterschrieb die Entlassungsverfügung, und das war alles.
»Ich möchte, daß Sie sich in regelmäßigen Abständen bei mir melden«, sagte er später, als ich ihn zu seinem Wagen begleitete.
»Wie oft?«
»Etwa einmal im Jahr. Übrigens, sagen Sie mir, was war eigentlich wirklich mit Ihnen los?«
»Ich wollte eine Auferstehung erleben«, erwiderte ich, »also mußte ich mich töten.«
»Was immer das zu bedeuten hat, tun Sie's nicht noch einmal. Ich entlasse Sie gegen den Rat der Psychiater. Blamieren Sie mich nicht.«
Wir lebten zu dritt – Gwen, Andy und ich – im Obergeschoß des Hauses von Gwens Onkel. Ich hatte mein eigenes Zimmer, aber manchmal schliefen wir zusammen. Dann wieder war uns nicht danach zumute, und wir ließen es bleiben. Es war wie bei einem etwas prekären Waffenstillstand. Wenn wir morgens aufwachten, sahen wir uns an, um uns zu vergewissern, daß noch alles »stimmte«. Wir waren während dieser ersten Monate wie zwei Raubkatzen, zwei Tiger, deren Pfade sich gekreuzt und die sich zusammengetan hatten, zusammen jagten, zusammen fraßen, im selben Dickicht schliefen. Doch im Grunde blieb immer ein gewisses Mißtrauen bestehen, nicht nur gegen den andern, sondern gegen den Dschungel in uns selbst.
Über den Ladentisch hinweg lernte ich ganze Jahrgänge von Friedhofskandidaten kennen. Ungeachtet der Tatsache, daß ich kaum sprach, spürten die Menschen in mir etwas Geistesverwandtes. Viele von ihnen hatten offenbar sonst niemanden, mit dem sie reden konnten, denn schon nach kurzer Zeit machten sie mir die vertrauensvollsten Enthüllungen, als wollten sie, daß ich für sie einstehe, ihr Bundesgenosse sei in diesem gigantischen, ungleichen Wettkampf.
Ich wurde bald eine Art geistiger Berater für die Kunden jenes Einkaufszentrums. Sie brachten mir Geschenke, den Überschuß ihrer Gärten und Hühnerställe. Irgend jemand hatte das Gerücht aufgebracht, daß ich gern Himbeeren aß. Ich mag sie gar nicht so besonders, doch selbst wenn ich eine Manie für sie gehabt hätte, wäre ich ausreichend versorgt gewesen. Ich bekam Gläser mit hausgemachter Marmelade, Paprikasoße, Seckelbirnen, Winteräpfel jeglicher Sorte. Eine alte Frau, eine so hemmungslose Säuferin, wie man sie sich nur vorstellen kann, strickte mir einen wunderschönen Rollkragenpullover. Leute, die gern lasen, brachten mir ihre Bücher,

wenn sie sie ausgelesen hatten, und – ein paar Tage verspätet – die neuesten Zeitschriften.

Doch ich lebte für die Morgenstunden. Gwen machte den Laden auf; der alte Mann bediente während des größten Andrangs gegen Mittag, und so begann mein Turnus erst um zwei. Das ließ mir reichlich Zeit, die ich noch verlängerte, indem ich bereits bei Tagesanbruch über die Schreibmaschine herfiel.

Ich begann irgendwo, zum Beispiel mit einem Brief an meinen Vater, der nicht den Anfang eines Buches oder einer Geschichte darstellen sollte, sondern nur für mich bestimmt war. Ich mußte als erstes mit ihm fertig werden. Von da aus ging es weiter. Memoiren? Eine Beichte? Es war meine Auseinandersetzung mit mir selbst, eine Manier, gleichzeitig auf verschiedenen Ebenen der Zeit zu leben.

Nach ein paar Wochen schrieb ich eine Erzählung, die von meinem Vater und mir handelte (der Erciyas Dagh hing an der Wand über meinem Schreibtisch), hauptsächlich von dem Augenblick, in dem ich ihn als einen Bruder, nicht als einen Vater erkannte und mir klarwurde, daß er unter den gegebenen Bedingungen gar nicht anders hätte sein können, als er gewesen war.

Dann legte ich diese Seiten fort; aber ich hatte nicht das Gefühl, versagt zu haben, denn ich hatte ja niemand anderen damit ansprechen wollen. Ich schrieb die Geschichte von einem Studenten, der besessen ist von dem Haß auf einen einzigen Menschen, diesen Haß auf jeden überträgt, dem er begegnet, sich an allen rächt und sich niemals die Freude gönnt, jemanden zu lieben. Nach einer Weile tauchte ein junges Mädchen in der Erzählung auf; sie brachte ihm Verständnis, Geduld und schließlich Liebe entgegen, und sie war der erste Mensch, den er an sich herankommen ließ.

Für all das brauchte ich wer weiß wie viele Monate. Es machte mir nichts aus. Ich hatte keine Eile. Zum erstenmal in meinem Leben verlangte ich nach nichts anderem. Ich vergaß sogar meine Reisepläne. Ich tat einfach jeden Tag das gleiche – sieben Tage in der Woche. Und der Sonntag war der beste Tag von allen, denn ich hatte ihn ganz für mich.

Nie zuvor hatte ich empfunden, was ich jetzt manchmal in diesen Morgenstunden empfand; es war, als sei ich vor dem Ersticken gerettet worden und könne zum erstenmal frei atmen.

Ich war auch überrascht, wieviel ich erlebt hatte und wie vieles davon jetzt wieder lebendig wurde. Früher hatte ich mich nicht erinnern können, was ich zum Abendbrot gegessen hatte, und jetzt erinnerte ich mich bis aufs Wort an Dinge, die vor fünfunddreißig Jahren gesagt worden waren. Ich glaubte sogar jede einzelne Stimme zu hören.

Ich schlief wie ein Reisender, der mitten in der Nacht aussteigen muß und es nicht wagt, sich ganz zu entspannen, weil er fürchtet, nicht rechtzeitig aufzuwachen. Ich konnte den Anbruch des neuen Tages kaum erwarten.
So vergingen fast zwei Jahre. Es war die erste vollkommen glückliche Zeit meines Lebens.
Und das ist wohl der Grund, weshalb es so lange dauerte, bis ich bemerkte, daß Gwen sich vernachlässigt fühlte.
Es gab Anzeichen, die mir hätten sagen sollen, wie die Dinge standen. Zum Beispiel brauchte ich jeden Tag nach meiner Arbeit eine gewisse Zeit, um von mir zu uns zurückzufinden. Gwen sagte, sie fände es gut und schön, daß ich mit solcher Begeisterung arbeitete, aber verdammt noch mal, könnte ich nicht auch einmal an etwas anderes denken, wenn ich mit der Arbeit aufhörte? Denn in Gedanken, sagte sie, sei ich hinterher noch stundenlang dabei. Sie habe bemerkt, daß ich mir ewig Notizen auf irgendwelchen Zetteln machte – nicht etwa, daß sie etwas dagegen einzuwenden hätte, aber wenn sie mit mir spräche und ich anfinge, etwas aufzuschreiben, was offensichtlich nichts mit dem zu tun hatte, was sie gerade sagte – nun, was sollte sie davon halten?
Es gab Nächte, in denen ich sie ungestüm verschlang. Aber sie erkannte bald, worauf diese Ausbrüche meist zurückzuführen waren: daß ich einen schlechten Tag gehabt hatte und daher bei ihr die Befriedigung suchte, die ich eigentlich woanders hatte finden wollen (bei Miss Underwood, sagte Gwen). Und es machte ihr kein besonderes Vergnügen, dafür herzuhalten; tatsächlich lag in diesem heftigen und unvorhersehbaren Sturm der Leidenschaft und seinem ebenso plötzlichen Abklingen etwas, das sie zermürbt und völlig unbefriedigt zurückließ.
Und es geschah immer häufiger, daß ich abends überhaupt nicht in ihr Zimmer ging. Da ich beim Morgengrauen aufstand, war ich einfach zu müde. Ich legte mich hin, während sie Andy badete, und bis sie ihn zu Bett gebracht hatte, schlief ich bereits fest.
Sie wollte wissen, wie lange das so weitergehen solle. Eines Tages fragte sie mich (es war eigentlich eher eine Bitte), ob es anders werden würde, wenn ich beendet hätte, was immer ich schriebe. Ich sagte, nein, das glaubte ich nicht. Tatsächlich hoffte ich, daß es niemals anders werden würde. Aber das behielt ich wohlweislich für mich.
Es muß sie auch gestört haben, daß ich nie über meine Arbeit sprach. Ich lebte in einer Welt, zu der ich ihr keinen Zutritt gewährte. Und diese Welt war mir offensichtlich wichtiger als alles andere, einschließlich ihrer selbst.

Gwen versuchte, das Problem auf ihre Art zu lösen. Sie ließ Andy in der Obhut ihres Onkels, wenn der alte Mann sie mittags im Geschäft ablöste, kam zu mir in das leere Haus und brachte mir mein Essen. Ich hatte für gewöhnlich um diese Zeit meine erste Arbeitswut abreagiert und war empfänglich für ein Bier und ein Sandwich – und auch für andere Unterbrechungen. Sie ließ sich auf das alte blaue Sofa sinken, sah mir zu, während ich aß, und wartete.

Ich hatte die Jalousien auch tagsüber geschlossen, damit das Licht auf meinem Schreibtisch das hellste im Zimmer sei. Wenn diese Lampe aus war, lag der Raum in einem geisterhaften Zwielicht, ähnlich dem in den Zimmern der Motels, in denen wir uns in früheren Zeiten zu treffen pflegten. Und Gwen versuchte, die Leidenschaft jener Tage wieder aufleben zu lassen.

Doch es stellte sich heraus, daß auch das nichts half. Und eines Tages ging sie zu weit. Sie muß den unschlüssigen Blick in meinen Augen bemerkt haben, während ich mein Sandwich aß, denn sie hob den Fuß und machte den Wandschalter aus, an den meine Schreibtischlampe angeschlossen war. Nun, erstens einmal steht nirgendwo im griechischen Sexualkatechismus geschrieben, daß die Frau der aggressive Teil sein soll. Aber ganz abgesehen davon ließ das, was sie getan hatte, mich erkennen, daß ihre Besuche mich im Grunde genommen störten; und zwar störte mich die Tatsache, daß sie glaubte, mich unterbrechen zu können, wann immer sie wollte. Ich sagte ihr, sie solle das Licht anmachen, und begann wieder mit meiner Arbeit. Sie tat wie geheißen und ging wortlos hinaus. Zum Teufel, sagte ich mir, als ich die Haustür zuschlagen hörte, ich hatte ihr damals auf dem Rasen von Greenmeadow gesagt, daß ich niemandem etwas zu geben habe, und sie hatte sich einverstanden erklärt. Wenn sie sich jetzt vernachlässigt fühlte – nun, dann konnte ich ihr auch nicht helfen.

»Du bist eigentlich kein sehr netter Mensch«, sagte eine Stimme in meinem Innern. »Na, wenn schon«, erwiderte ich.

Schließlich kam der Tag, an dem wir beide erkennen mußten, daß ich aufgehört hatte, Gwens Liebhaber zu sein. Das will nicht heißen, daß ich es nicht mehr mit ihr tat. Aber wenn immer jetzt irgend etwas in dieser Hinsicht geschah, war sie es, die den Anfang machte und nicht lockerließ, bis mein Körper fast gegen meinen Willen reagierte. Meistens tat ich es schweigend, unbeteiligt, beinahe wie im Schlaf.

Und oft hatten selbst ihre größten Bemühungen keinen Erfolg.

»Ich nehme an, ich habe einfach kein Verlangen mehr danach«, sagte ich einmal bei solch einer Gelegenheit. Sie ging nicht weiter darauf ein.

»Wahrscheinlich bin ich mit der ganzen Geschichte fertig«, sagte ich ein andermal mitten in der Nacht. Keine Antwort. »Schließlich habe ich ja mittlerweile die bewußte Grenze der fünfundvierzig überschritten.«
Sie nickte und schwieg. Später sagte sie: »Das geht vorüber.«
Aber sie muß sich an die Zeiten erinnert haben, wo ich jede noch so wichtige Geschäftsbesprechung unterbrach, nur, um auf eine Stunde mit ihr ins Bett zu gehen.
Die meisten Frauen hätten sich irgendwie mit all dem abgefunden; die meisten Frauen müssen es, früher oder später. Aber Gwen war nicht dazu geschaffen, ihre Gefühle lange zu unterdrücken.
Als ich eines Abends nach Ladenschluß das Haus betrat, war sie nicht da. Niemand antwortete auf mein Rufen. Ich hatte Hunger und ging in die Küche; auf dem Herd stand nichts. Ich wollte eben den Kühlschrank aufmachen, um zu sehen, was es dort gab, da sah ich sie weinend in der Ecke sitzen. Ich weiß nicht warum, aber es machte mich wütend; mir war, als hätte sie ihr Wort gebrochen. Als ich sie fragte, was los sei, blickte sie mich eine ganze Weile an und sagte nichts.
Wochen später erzählte sie mir, daß sie an diesem Nachmittag beim Arzt gewesen war, der ihre Vermutungen bestätigt hatte: Sie war schwanger. Es war wie eine Ironie, daß sie nach all unseren wilden Eskapaden von ehemals ausgerechnet jetzt schwanger wurde. Sie hatte sich nicht mehr die Mühe genommen, sich vorzusehen.
Ich fragte sie später nicht, weshalb sie es mir nicht sofort gesagt habe. Wenn ich an die Umstände zurückdachte, war mir vollkommen klar, warum sie es nicht getan hatte.
Ich machte mich am Kühlschrank zu schaffen. Wenn sie reden will, wird sie reden, dachte ich mir.
Und nach einer Weile sagte sie: »Eddie, wozu brauchst du mich?«
»Um hin und wieder Gesellschaft zu haben«, erwiderte ich. Wie es mir gerade in den Sinn gekommen war, sprach ich es aus. Gwen reagierte nicht, aber ich wußte, daß ich sie damit getroffen hatte. Ich erinnerte mich an Dr. Lloyd: Er hatte gesagt, die Menschen würden mich für ein Ungeheuer halten.
Es dauerte eine Weile, ehe sie fortfuhr. »Eddie«, sagte sie, »du behandelst mich genauso, wie du deine Frau behandelt hast.«
Ich entgegnete, wenn sie damit sagen wolle, daß ich es mit anderen Mädchen triebe, so sei das nicht der Fall. »Glaub mir«, setzte ich hinzu (ich nahm wohl an, damit würde die Frage ein für allemal erledigt sein), »ich habe wirklich kein Interesse mehr an sexuellen Dingen.«
Nun, wenn ich eine Krise vermeiden wollte, so war dies nicht ganz

die richtige Methode. Ich versuchte, meine Worte zu mildern, indem ich ihr versicherte, daß unser Leben so, wie es war, mich vollkommen befriedigte.
»Nun, mich befriedigt es nicht«, erwiderte sie kurz angebunden.
Ich schnitt mir ein Stück Käse ab, öffnete eine Coca-Cola und ging ins andere Zimmer. Dort nahm ich eine Filmzeitschrift zur Hand und begann, über das Liebesleben der Filmstars zu lesen und über mein eigenes nachzudenken. Velleicht brauche ich das alles gar nicht, überlegte ich mir. Tiere, große, wilde physische Ungeheuer, können monatelang, ja selbst jahrelang auskommen, ohne sich zu paaren. Warum waren die Menschen so besessen davon? War es denn der Mühe wert?
Ich grübelte später im Bett immer noch darüber nach, als Gwen einen letzten Versuch machte. (Daß es ihr letzter gewesen war, sollte ich erst später erkennen.) Aber er blieb erfolglos.
»Wozu drehst du dich auf den Bauch?« fragte sie.
»Mir ist nicht danach zumute.«
Irgend etwas weckte mich beim Morgengrauen. Nichts hatte sich gerührt. Aber als ich die Augen aufschlug, sah ich sie, wie sie, auf den Ellbogen gestützt, dalag und mich anblickte. In Augenblicken der Krise weicht alles Blut aus ihrem Gesicht, und die Augen treten tief in ihre Höhlen zurück. Sie sah erschreckend aus.
»Gwen«, sagte ich, »was ist los?«
»Ich geb's auf, Eddie.«
Sie sagte es bedauernd, sogar zärtlich, als habe sie erkannt, daß es verlorene Liebesmüh sei. Dann stand sie auf, zog sich und Andy an und ging in den Laden, um ihre Morgenschicht zu beginnen.
Während der nächsten Tage war alles überraschend ruhig. Aber gerade während jener Tage wurde ich zum erstenmal auf Keith Robinson aufmerksam.
Gwen hatte sich in letzter Zeit oft im Laden mit einem Mann unterhalten, der für das Fernsehen arbeitete. Das erste, was mir an ihm auffiel, war, daß er beträchtliche Mengen Wodka kaufte. Die Klatschmäuler behaupteten, dieser sei hauptsächlich für seine Frau bestimmt, die – wie sie sagten – eine Säuferin war.
Aber ich wurde mir seiner Existenz – ich meine, als Faktor, mit dem ich zu rechnen hatte – erst in dem Augenblick bewußt, als er anfing, Andy Geschenke mitzubringen. Das ist immer ein verdächtiges Zeichen.
Dann erschien eines Tages ein Fernsehapparat in unserer Wohnung – genaugenommen in Gwens Schlafzimmer. Es war ein großes Farbfernsehgerät mit allen Schikanen, und es war ein Geschenk von diesem Burschen. Wie sich herausstellte, war Keith auf seinem Ge-

biet eine prominente Persönlichkeit, eine »Spitzenkraft«, der seine Fernsehspiele auf dem Lande schrieb und dann auf ein paar Tage nach New York fuhr, um bei der Produktion dabeizusein. Gwen sagte mir, er habe sie gebeten, sich seine Shows anzusehen und ihm zu sagen, was sie darüber dachte.
Ich wußte, wenn ich sie nach ihm fragte, so würde sie glauben, daß sie es erreicht hatte, mich eifersüchtig zu machen, falls das ihre Absicht war. Und mir war nicht nach Spielchen dieser Art zumute.
Aber ich sah mir jetzt Keith Robinson ein wenig genauer an. Er war etwa so groß wie ich, vielleicht zehn Jahre jünger, mit kummervollen Augen und jenem geistesabwesenden Blick, der vielen begabten Menschen eigen ist. Normalerweise hätte ich ihn sehr nett gefunden. Er tat sich nicht wichtig und führte keine großen Reden; er benahm sich ganz so, als sei er ein Versager, was niemals seinen Eindruck verfehlt. Aber bei den beliebtesten Fernsehshows wurde sein Name am Ende einer fünfzig Minuten währenden Lifesendung an erster Stelle genannt. Er war zurückhaltend und bescheiden, aber er war zweifellos ein großer Mann!
»Ich kann verstehn, warum dieser Bursche dir gefällt«, sagte ich großmütig zu Gwen. Worauf sie erwiderte, es gebe nichts zwischen ihnen; er sei nicht ihr Typ. Wenn Frauen darauf bestehen, einem das zu versichern, sollte man anfangen, mißtrauisch zu werden. Ich hatte sie nicht gefragt, ob er ihr Typ sei.
Aber bald darauf kam das wirkliche Warnsignal. Sie sagte mir, daß Keith eigentlich viel zu schade für diese Arbeit sei. »Er verachtet seine Shows ebenso wie wir«, sagte sie.
»Treibst du's mit ihm?« wollte ich wissen.
»Wie kommst du auf so eine Idee?« fragte sie hocherfreut. Nach dieser kleinen Ermutigung sprach sie fortwährend von ihm und von seiner Frau, die, wie sich herausstellte, nicht nur eine rettungslose Alkoholikerin, sondern auch eine Selbstmordkandidatin war. Das Entscheidende sei, beharrte Gwen, daß seine Frau keine Ahnung habe, was Keith vollbringen könnte, wenn er jemals anfinge, sich seiner eigentlichen Aufgabe zu widmen. Sein Talent sei viel zu groß für den Schund, den er für dieses idiotische Fernsehen zu schreiben habe.
Ich erkannte, daß sie um diesen Mann – und auch um sich selbst – das gleiche Netz spann, in dem ich mich gefangen hatte.
Gwen und ich brachten einige Abende damit zu, uns die Shows dieses Burschen anzusehen. Kaum war das Stück zu Ende, da kam bereits ein Anruf aus New York; es war Keith, der ihre Meinung hören wollte.
»Warum will er nie meine Meinung hören?«

»Weil er genau weiß, daß du dich nur für deine eigene Person interessierst und dir alles andere völlig schnuppe ist.«
Nach einer Weile nahm sie seine Gespräche unten an; sie sagte, sie wolle vermeiden, daß ihr leichtfertiges Geschwätz die tiefschürfenden Gedanken störe, denen ich jede Nacht im Bett nachhinge.
Manchmal dauerten diese Gespräche eine volle Stunde. Aber jedesmal, wenn ich wie zufällig den Hörer aufnahm und einen Augenblick lauschte, sprachen sie tatsächlich über Texte, Besetzung, Regie, zeitliche Abstimmung und ähnliche Dinge. Es war erstaunlich, wieviel Gesprächsstoff ihnen eine einzige lausige Fernsehshow bot. Alles, was Gwen sagte, hatte Hand und Fuß. Und ihm lag wirklich etwas an ihrer Meinung.
Nach einiger Zeit war es, als ob der Mann nicht einschlafen könne, ohne vorher seine kleine telefonische Besprechung mit Gwen abgehalten zu haben. Und mir wurde es bald zu dumm, das Ende des Gesprächs abzuwarten. Ich ging zu Bett.
Das Ganze war ein verrücktes Playback gewisser Ereignisse der Vergangenheit, nur waren jetzt die Rollen vertauscht.
Ich fragte mich, was seine Frau wohl von all dem halten mochte.
»Sie kommen am Freitag zum Abendessen«, sagte Gwen eines Tages. Also würde ich es sehr bald erfahren. Und sehr bald würde auch der Augenblick kommen, wo ich mich entscheiden mußte, ob ich etwas in dieser Sache unternehmen wollte oder nicht. Wieviel lag mir wirklich daran?
Ich blickte zurück auf jenen Nachmittag im Park von Greenmeadow, an dem wir uns gegenseitig völlige Handlungsfreiheit zugesagt hatten.
An diesem Abend blieb der Laden bis neun Uhr offen. Als ich heimkam, roch es im ganzen Haus nach Badesalz, und Gwen saß in der Badewanne.
Ich blickte auf ihre Brüste. Seit Andys Geburt waren sie nicht mehr so straff wie zuvor. Plötzlich empfand ich ein tiefes Gefühl der Zärtlichkeit für Gwen.
Sie hatte meinen Blick bemerkt. »Sie gefallen dir nicht mehr, stimmt's?«
»Wie kommst du darauf?«
»Du streichelst sie nie. Und du knöpfst im Auto nicht wie früher meine Bluse auf und tust die Hand hinein ...«
»Mein Gott, Gwen, das sind doch Kindereien. Jetzt leben wir ja schließlich zusammen.«
»Du weißt überhaupt nicht, daß ich existiere. Sind das auch Kindereien?«
Als sie aus dem Badezimmer kam, weinte sie.

»Was ist jetzt los?« fragte ich.
»Komm mir nicht mit diesem ›was ist jetzt los‹! Verdammt noch mal, ich bin nicht deine Frau. Und wenn du wissen willst, was los ist – mit dir ist etwas los!« Sie schrie das alles heraus; dann sagte sie: »Du bist verrückt; sie haben recht, du bist wirklich verrückt.«
Als ich aus der Dusche kam, hatte sie sich beruhigt. Sie sah zu, wie Andy sich auszog – er war mittlerweile ein richtiger kleiner Junge geworden –, und ich blieb im Türrahmen stehen. Das Kind, dachte ich im stillen, ist ebenso unberechenbar wie sie: manchmal völlig aus dem Häuschen, dann wieder – wie jetzt – still und außerordentlich sensibel.
»Was hast du, Mami?« fragte er.
»Ich habe Sehnsucht«, sagte sie. »Ich habe Sehnsucht nach jemandem, den ich einmal vor langer Zeit gekannt habe.« Sie sah mich nicht an.
Nachdem sie Andy zu Bett gebracht hatte, versuchte ich, ihr zu erklären, daß dieser Jemand, nach dem sie sich sehnte, nicht mehr existierte. »Ich bin jetzt ein anderer Mensch, und du hast recht, ich bin sehr viel egoistischer ...«
Das Telefon klingelte.
»Ich werde langsam eifersüchtig auf diesen Kerl«, sagte ich.
»Du bist nicht eifersüchtig auf ihn, du Scheusal. Du solltest es sein, aber du bist es nicht. Du bist ein ausgesprochenes Scheusal.«
Das Telefon klingelte wieder.
»Ehe du mit deinem Freund sprichst«, bemerkte ich, »will ich dir eines sagen, und du solltest daran denken, wenn du tust, was immer du tun wirst. Erwarte nicht, daß jener armselige kleine Vizepräsident jemals wiederkommt, denn das tut er nicht. Hier steht das neue Modell, und es ist mir verdammt viel lieber.«
»Nun, mir nicht«, erwiderte sie, während sie ihren Schlafrock anzog. »Jener andere Mann hat sich für die Dinge um ihn herum interessiert. Du hockst nur da in deiner Haut und siehst zu, als ob alles meilenweit entfernt geschieht und du kaum die Geräusche des Lebens hören kannst, das sich irgendwo dort hinten abspielt.«
Das Telefon klingelte immer noch.
»Nun gut. Dein Wunsch wird in Erfüllung gehen«, sagte sie. »Du hast den Kampf gewonnen, du hast den Gegner aus dem Feld geschlagen, du bist der Champion, der selbstsüchtigste Mensch der Welt. Ganz einsam und allein!«
Ich lächelte sie an.
»Und dieses Lächeln! Wie ich dieses sanftmütige Lächeln satt habe! Wer, zum Teufel, bist du denn? Christus? Buddha? Oder wer sonst? Früher einmal, da bist du für etwas gewesen oder dagegen. Jetzt

wirfst du mit diesem gottverdammten verständnisvollen Lächeln alles und jeden in einen Topf.«

Sie nahm den Hörer auf. »Keith«, sagte sie, »bitte bleib am Apparat. Ich gehe 'runter.« Dann wandte sie sich mir zu. »Sei so gut und lege auf, nachdem ich unten abgehoben habe.« Einen Augenblick stand sie da und sah mich an; sie schien auf irgend etwas zu warten.

»Was willst du denn, daß ich euch vormache? Soll ich euch vorspielen, daß ich mir um dich und diesen Kerl Sorgen mache?«

»Nein«, sagte sie, »spiel uns vor, daß du ein Mensch bist.«

»Nun, ich bin eifersüchtig.«

Sie lachte spöttisch.

»Was erwartest du von mir? Daß ich ihn verprügele?«

»Das wäre wenigstens etwas.«

»Du bist diejenige, die damit angefangen hat; weshalb sollte ich ihn verprügeln?«

»Dann verprügele mich.«

»Das möchtest du wohl gern, was?«

»Ich möchte gern irgendeinen Beweis, daß du ein Mensch bist«, sagte sie.

»Und außerdem, wenn ich dir nicht gebe, was du brauchst, wirst du es dir woanders holen – ist es das?«

»Ich tue lediglich, was alle anderen auch tun – alle jene achtenswerten Damen! Wie lange hat denn deine Frau gewartet? Kannst du mir das vielleicht sagen?«

Damit ging sie hinaus.

Ich beschloß, einen Versuch zu machen. Ich nahm den Hörer auf. »Keith?«

»Oh, hallo. Ja?«

»Ich möchte Sie bitten, Gwen nicht mehr anzurufen.«

»Finden Sie nicht«, sagte Keith nach einem kurzen, überraschten Schweigen, »finden Sie nicht, daß es an ihr wäre, mir das zu sagen?«

Gwen kam ans Telefon und sagte: »Bitte, Eddie, häng ein.«

Ich legte den Hörer auf. »Du warst einfach nicht mit dem Herzen bei der Sache, mein Junge«, sagte ich mir.

Sonderbarerweise war ich Gwen nicht böse. Sie tat, was sie tun mußte, und sie wollte sehen, wieviel ich ihr durchgehen lasse; das war ihre Methode, meine wahren Gefühle zu ermessen. Und wenn es sich herausstellte, daß es mir völlig gleichgültig war, warum sollte sie dann nicht zu jemand anderem gehen?

Doch während sie tat, was sie tun mußte, tat ich, was ich tun mußte. Und das schien darin zu bestehen, daß ich den Dingen ihren Lauf ließ – daß ich mich von ihr, von allem, auch vom letzten löste.

Aber wenn ich es aufhalten wollte, so jetzt.

An dem, was ein Mensch tut, erkennt er, was er will; und das, woran ich es schließlich erkannte, war etwas, das ich nicht mit Keith tat, sondern mit Andy.

30

Es war ein peinlicher Zwischenfall, und ich bin nicht stolz auf die Rolle, die ich dabei gespielt habe.

Andy war plötzlich in einem schwierigen Stadium. Nichts gefiel ihm, nichts war so, wie er meinte, daß es sein sollte. Er hatte Gwens Onkel zu seinem Sklaven gemacht; der alte Mann erfüllte ihm jeden Wunsch. Wenn Gwen ihm etwas verweigerte, bekam er Wutanfälle, deren Heftigkeit tatsächlich erschreckend war. Alles, was an tierischer Wildheit in uns liegt, war in diesem Jungen freigesetzt.

Gwen, die alle einschlägigen Bücher gelesen hatte, erklärte mir, daß der bekannte Kinderarzt Dr. Spock Andys Verhaltensweise genau beschrieben habe, daß also dieses Stadium vollkommen normal sei. Meiner Meinung nach liebte sie jedoch den Jungen so abgöttisch, daß es ihr schwerfiel, ihn zu bestrafen. Und Andy, der das instinktiv erkannt hatte, stellte sie ständig auf die Probe, um zu sehen, wie weit er gehen konnte. Ich sagte Gwen, er bitte ja förmlich darum, ausgescholten zu werden, er brauche hin und wieder einen Klaps. Ihre Antwort war, ich sei genauso altweltlich wie mein Vater, und ich solle mich bitte nicht einmischen. Aber es fiel mir immer schwerer, das Benehmen des Kindes ruhig mitanzusehn.

Und eines Tages beim Frühstück geschah es. Andy wollte nicht essen, was Gwen ihm hingestellt hatte, und warf den Teller zu Boden. Gwens Verweis löste einen Wutanfall aus. Da sah ich, daß Gwen sich geschlagen gab. Ausgewachsene Männer hatten vergeblich versucht, sie kleinzukriegen, aber dieses Kind hatte es geschafft. Und ohne es zu wollen – wir hatten seit zwei Tagen nicht miteinander gesprochen – wandte sie sich hilfesuchend an mich. Der Junge schrie und schlug auf sie ein, und plötzlich sah Gwen mich an; dann legte sie die Hände vors Gesicht und ließ es einfach über sich ergehen.

Ich packte den tobenden Jungen beim Kragen, hob ihn wie eine junge Katze in die Höhe, trug ihn in mein Zimmer und schloß die Tür. Jetzt wandte er sich gegen mich und schrie: »Geh weg! Ich mag dich nicht! Geh weg!« Noch nie hatte ich solch ein Ungestüm bei einem so kleinen Kind erlebt. »Ich will dich nicht«, brüllte er. »Ich will dich nicht!«

Als die erste Ohrfeige ihn nicht zur Ruhe brachte, schlug ich ihn noch einmal. Und dann wieder, diesmal kräftiger.

Daraufhin war er still, abgesehen von einem leisen Wimmern. Der Umriß meiner Hand glühte auf seiner Wange, rot wie eine Entzündung.
Ich hatte den Jungen umbringen wollen, ich, der ich ihm nie die geringste Aufmerksamkeit geschenkt, kaum das Wort an ihn gerichtet, niemals über ihn gesprochen hatte; ich, der ich mich ganz und gar geweigert hatte, von seiner Existenz Notiz zu nehmen, es sei denn, daß ich ihn finster anblickte und Gwen sagte, sie müsse strenger mit ihm sein, ich hatte nun Hand an ihn gelegt, und es wäre fast die Hand des Mordes geworden.
War es das, was ich ihm gegenüber empfand?
Dort hatte ich den Beweis, ein wimmerndes kleines Tier, zitternd, geschlagen, mit dem Abdruck meiner Hand auf seinem Gesicht.
Ich wußte nicht, was ich tun sollte.
Ich versuchte, mit ihm zu reden, ihm zu sagen, was seine Mutter von ihm erwartete, was sie hinnehmen würde, was sie nicht hinnehmen konnte, wann sie ihn bestrafen würde und weshalb, wie er sich zu verhalten habe. Doch das klang alles so anmaßend, wenn ich ihn anblickte und meine Hand auf seiner Wange sah.
Was ich jetzt von ihm brauchte, war weder Disziplin noch Gehorsam, sondern eine Geste des Vergebens.
Ich versuchte es abermals, indem ich ihm erklärte, wie sehr seine Mutter ihn liebe (mehr als mich, sagte ich), wieviel sie für ihn getan habe. Ich setzte mich für Gwen ein, aber wieder empfand ich meine überlegene Haltung als beschämend, wenn ich an die Lage dachte, in die wir Erwachsenen dieses Kind versetzt hatten.
So schwieg ich abermals.
Er stand da, sah mich an und wartete; ich weiß, es war Einbildung, aber ich glaubte, er wartete, daß ich ihm etwas über ihn und mich sagen würde. Was konnte ich sagen? Daß ich einen heimlichen Groll gegen ihn gehegt hatte, weil er Chets Kind war?
»Bist du mein Daddy?« fragte er.
»Nein.«
»Warum bist du's nicht?«
Ich hatte mir niemals überlegt, was ich ihm antworten sollte, wenn er mir eines Tages diese Frage stellen würde. Gwen hatte dem Jungen nie etwas gesagt.
Dieses Kind würde es nicht leicht haben.
Ich tat, was ich tun konnte: »Mach dir keine Gedanken«, sagte ich, »ich werde immer für dich sorgen.«
Er sah mich an und ließ es für den Augenblick dabei bewenden. Dann sagte ich ihm endlich, was ich wirklich empfand: daß es mir leid tue, ihn geschlagen zu haben, und daß ich es nie wieder tun

würde. Ich legte die Innenseite meiner Hand über die roten Flecken auf seinem Gesicht und bat ihn, mir zu verzeihen. Ich meinte damit, mir alles zu verzeihen, die Art, wie ich immer zu ihm gewesen war, und das, was wir alle ihm angetan hatten.

Eine Weile sagte er nichts. Dann umarmte er mich plötzlich und küßte mich. Ob es einfach die Erlösung vom Schrecken war oder – wie ich mit der Zeit vermutete – die instinktive Erkenntnis, daß meine Ohrfeigen besser gemeint waren als meine Distanz, das wußte ich nicht, und es war mir egal. Er hielt die Arme um meinen Hals geschlungen.

Wir blieben noch lange in dem Zimmer und sprachen miteinander. Und als wir herauskamen, war er mein.

Ich hatte erwartet, daß Gwen wütend sein würde, wenn sie sein Gesicht sah. Doch sie sagte nur: »Du könntest deswegen verhaftet werden.« Sie sagte es in einem seltsamen Ton, auf eine Art, die mich verwirrte. Dann setzte sie den Jungen an den Tisch, und er aß. Bald darauf machten sie sich auf den Weg zum Laden.

Dieser Nachmittag hatte mein ganz privater Feiertag sein sollen. Ich war in der Nacht zuvor lange aufgeblieben und hatte meine erste vollständige Erzählung beendet. Eigentlich hatte ich vorgehabt, sie am Morgen noch einmal durchzusehen, wenn nötig ein paar Korrekturen vorzunehmen, sie zur Post zu bringen und dann zu feiern. Doch als ich jetzt am Schreibtisch saß, konnte ich an nichts anderes denken als an das, was sich zwischen Andy und mir zugetragen hatte. Ich mußte sehen, ob das Mal meiner Hand immer noch auf seinem Gesicht war. Sicher ist es schon etwas verblaßt, dachte ich mir, sicher ist es schwächer geworden.

Ich konnte mich nicht auf die Erzählung konzentrieren, konnte sie nicht einmal lesen. So ging ich zur Post und schickte sie ab, wie sie war. Dann eilte ich zum Laden.

Als ich näher kam, fuhr Gwens Onkel in seinem alten Lieferwagen vorbei. Neben ihm im Fahrerhaus saß Andy. Sein Gesicht war nicht deutlich zu sehen.

Vor dem Laden stand Howie, der Saufbold der Ortschaft. Er blickte wie immer starr vor sich hin, blind gegen alles und jeden auf der Welt. Ich wollte nicht in den Laden gehen und Gwen gegenübertreten; so blieb ich draußen neben Howie stehen (er nahm keine Notiz von meiner Gegenwart) und wartete auf die Rückkehr des Jungen.

Howie war ein Mann, der etwas auf sich hielt: Er kaufte jeden Tag seine Flasche, keinen Wermut oder Brombeerschnaps für neunundsechzig Cents, sondern einen anständigen Whisky. Als Veterean des Zweiten Weltkrieges bezog er von der Regierung der Vereinigten

Staaten genügend Geld hierfür. Andere Bedürfnisse hatte er offenbar nicht.

Ich sah ihn an, und plötzlich kam mir der Gedanke, daß dies der Mann war, den ich Dr. Lloyd als den vollkommen kontaktlosen Menschen beschrieben hatte. Eines Tages muß ich sein Geheimnis herausfinden, dachte ich mir.

Andy war freundlich zu mir, als er mit seinem Onkel zurückkam, aber das Mal war immer noch da. Ich weiß nicht, was der alte Mann sich gedacht haben mag. Ich konnte ihm nicht in die Augen sehen. Andy ging bald darauf mit Gwen fort, und dabei lächelte er mir zu. Wie kann er so großmütig sein? überlegte ich mir.

Jetzt, da ich die Dinge aus der Perspektive des Jungen gesehen hatte, mußte ich unaufhörlich über ihn nachdenken. Ich hätte besser als jeder andere verstehen müssen, was ihn quälte.

Als ich schließlich von meinem hohen Pferd des Erwachsenseins heruntergestiegen war und von Mensch zu Mensch mit ihm gesprochen hatte, war er freudig bereit gewesen, mir auf der gemeinsamen Ebene zu begegnen.

Ich erinnerte mich an die Jahre, in denen ich darauf gewartet hatte, daß mein Vater mir ein paar schlichte, freundliche Worte sagte. Wie hätte ich ihn umarmt, wenn er es getan hätte. Der Wunsch danach lebte in mir fort; ich konnte ihn spüren. Und dennoch, als die Reihe an mich kam, hatte ich ein Mal auf Andys Wange zurückgelassen.

An diesem ganzen Nachmittag gingen meine Stammkunden ein und aus, und auch sie schienen mir jetzt eng verwandt, nicht exzentrisch oder anders als ich. Selbst wenn sie tief gesunken und nicht ansprechbar waren wie Howie, so war das, was sie dorthin gebracht hatte, ein menschliches Problem wie mein eigenes. Es konnte nicht anders sein; schließlich war auch ich auf dem Weg dorthin gewesen. Wenn ich irgend etwas aus meiner langen Reise gelernt hatte, aber trotzdem nicht die Wahrheit über mich selbst schreiben konnte, so konnte ich vielleicht doch bis zu einem gewissen Grad für andere sprechen. Ich würde möglicherweise sogar eines Tages dazu kommen, für Howie zu sprechen, denn ich war ja auch mit ihm identisch gewesen.

Ich stellte mir vor, daß Gwen mich seinerzeit im Park von Greenmeadow so gesehen haben mußte, wie ich heute morgen Howie gesehen hatte: als einen Menschen, der sich in sich selbst zurückgezogen, sich eingeschlossen hatte, nichts erwiderte und auf der Hut vor allem war, was man ihm bot. Ich erkannte, daß damals großer Mut dazu gehört hatte, mir Zuflucht und Freundschaft zu bieten, mir diese menschlichen Gaben trotz meiner Schroffheit, trotz meines Mißtrauens auch weiterhin und immer wieder anzubieten, mit ihrem Onkel zu meinem Termin zu kommen und dort für mich einzutreten, wie Dr. Lloyd gesagt hatte, daß er es tun würde und es nicht getan hatte; dann mich – Howie – mit nach Hause zu nehmen, mir ein Heim, eine Arbeit, eine Existenz zu geben. Und als Dank dafür hatte ich ihre Warmherzigkeit mit Arroganz, ihre Geduld mit Gleichgültigkeit, ihr Essen, Trinken und Obdach mit fast feindseliger Zurückhaltung und – am schmerzlichsten von allem – ihre sexuelle Wärme mit Kälte vergolten. Gwen hatte Mut gehabt. Aber gegen Ende jenes Nachmittags erkannte ich, daß jetzt doch etwas Gutes geschehen war, was immer ich auch sonst von mir halten mochte: Ich hatte eine Erzählung beendet und abgesandt, und diese Erzählung war nicht voller Haß und Rachsucht; sie war ein Loblied auf einen Menschen – auf Florence –, die erste, hoffte ich, von vielen dieser Art. So entschloß ich mich, das Ereignis zu feiern. Ich kaufte eine Flasche von dem gleichen Whiskyverschnitt, den Howie zu trinken pflegte, und als einige meiner Lieblingskunden hereinkamen, ging ich mit ihnen ins Hinterzimmer, sagte ihnen, ich hätte einen Grund zum Feiern, und sie sollten mir dabei helfen.

Ich hatte viele Freunde unter meinen Kunden, und so war ich, als ich zu der Party kam, die Gwen an diesem Abend für die Robinsons gab, bereits reichlich angeheitert. Aber das machte nichts: Sie hatten ebenfalls schon einige Whiskys hinter sich.

Keiths Frau war, wie ich bald erkannte, eine hoffnungslose Alkoholikerin. Sie hatte offenbar seit ihrer Ankunft unentwegt getrunken. Ihr Mann hielt Glas um Glas Schritt mit ihr, aber in viel kleineren Mengen. Ich schlug mein eigenes Tempo an. Gwen trank anfangs überhaupt nicht.

Ich kann mich an nichts erinnern, was das Essen betrifft, abgesehen von der Tatsache, daß Keith außerordentlich nett zu seiner Frau war, sehr besorgt und rücksichtsvoll. In einem Augenblick, als er dachte, sie sähe es nicht, versuchte er, ihr Glas zu verstecken. Doch er tat es ziemlich ungeschickt (sie erwischte ihn dabei), und ich gewann nach und nach den Eindruck, daß er bei all seiner scheinbaren Besorgtheit seine Frau systemtatisch betrunken machte – und zwar betrunken genug, daß sie nicht merken würde, was zwischen ihm und Gwen geschah, aber auch wieder nicht so sinnlos betrunken, daß er sich gezwungen sehen würde, sie nach Hause zu bringen. Wenn das sein Plan war, so gelang er ihm hervorragend, denn bereits eine Stunde nach dem Essen lag Mrs. Robinson fest schlafend und recht behaglich auf unserem Sofa.

Anscheinend hatte mein fruchtloser Versuch, Keiths nächtlichen Telefonverkehr mit Gwen zu unterbinden, Keith davon überzeugt, daß man sich um mich nicht weiter zu kümmern brauche. Je mehr er trank, um so mehr benahm er sich, als sei ich gar nicht da. Sehr bald schwatzten er und Gwen munter drauflos, und ich saß als stummer Zuhörer in einer Ecke.

Das Gespräch drehte sich in erster Linie um Keiths künstlerische Laufbahn, die Gwen in Grund und Boden verdammte, und ich muß zugeben, sie tat es mit unwiderlegbarer Treffsicherheit. Der Mann mußte ein psychopathischer Masochist sein, wenn er das hinnahm. Doch er konnte nicht genug bekommen, fügte ihren Argumenten sogar noch Erläuterungen hinzu. Und ich sah immer wieder mich selbst in ihm, mich selbst und Gwen vor drei Jahren. Genau wie mir, sagte sie auch ihm, er sei viel zu sensibel und viel zu ehrlich, um beim Fernsehen zu arbeiten, und er könne mehr leisten als das. In Keiths Ausdruck zeigte sich plötzlich ein jungenhaftes Verlangen, ihr zu glauben. Ich mußte zugeben, daß er sympathisch war.

Gwen sagte, sein wirkliches Talent werde sich erst offenbaren, wenn er anfange, sich selbst und nicht die Krämerseelen vom Fernsehen zufriedenzustellen. Es war alles ein Playback; ich hätte ihr Zeile um Zeile das Stichwort geben können! Und wie bezaubernd sie war (damals und jetzt), als sie ihm (wie seinerzeit auch mir) erklärte, daß er sich verrate und verkaufe.

Wollte sie mich daran erinnern, wieviel sie für mich getan hatte?

»Ich weiß nicht«, sagte ich von meinem Zuschauerplatz aus. »Ich könnte mir denken, daß Keith vielleicht doch lieber bleiben sollte, wo er ist. Beim Fernsehen.«

Die beiden nahmen dies als eine feindselige Bemerkung.

»Sie wissen nicht, worauf Sie sich da einlassen, Keith!« sagte ich mit äußerster Anteilnahme.

Keith tat, als hätte ich nichts gesagt. Aber Gwen sah mich an. Ich hatte sehr viel getrunken.

»Vielleicht hat Keith nichts Eigenes, worüber er wirklich schreiben möchte«, sagte ich. »Weißt du, Gwen, du mußt vorsichtig sein, wenn du einen Mann so durcheinanderbringst.«

Jetzt sah Keith mich zum erstenmal an.

Gwen versuchte offenbar, sich klarzuwerden, worauf ich hinauswollte, genau wie ich noch im dunkeln tappte, was ihre Absichten betraf.

»Was zum Teufel weißt du von Keith, Eddie?«

»Ich habe gar nicht so weit vorbeigeschossen, nicht wahr, Keith?«

»Eddie, bitte, halt den Mund«, sagte Gwen.

Ich schenkte mir noch einen Whisky ein. Eigentlich hatte ich wirklich Grund zum Feiern, dachte ich mir. Ich war stolz auf das, was ich aus mir gemacht hatte. Es war schön, an jene alten Tage zu denken und an die weite Strecke, die ich seither zurückgelegt hatte.

Inmitten all dieses bisher so ungewohnten Eigenlobs hörte ich Gwen sagen: »Kümmre dich nicht um diesen verdammten Kerl. Er ist betrunken.«
»Richtig«, sagte ich. »Kümmern Sie sich nicht um diesen verdammten Kerl, und betrunken bin ich tatsächlich. O. K., ich will kein Spielverderber sein. Vielleicht sollte ich ein bißchen spazierengehen; würde es euch beiden nicht gefallen, wenn ich . . .«
»Warum tust du's nicht?« sagte Gwen. »Es ist ein schöner Abend.«
Ich vermute, die meisten Männer wären wütend gewesen. Doch ich bewunderte sie. Ich wußte, was sie vorhatte, und es gehörte ein verzweifelter Mut dazu.
Sie saßen jetzt dicht nebeneinander und sprachen so leise, daß ich es nicht hören konnte. Aber ich spürte wieder einmal, wie gut Gwen sich aufs Zerstören verstand. Dieses Wort zerstören, dachte ich, ist ein gutes Wort, manchmal ein sehr notwendiges Wort. Schließlich war ich es gewesen, der Dr. Lloyd gesagt hatte, daß ich am liebsten alles niederbrennen würde: nicht nur die Gettos, sondern alles, hatte ich gesagt. Um wieder ganz von vorne zu beginnen.
»Brenn es nieder, Gwen, brenn alles nieder, Baby!«
»Ich dachte, du wolltest spazierengehen.«
Sie sah mich an. Und ich sah sie an. Dann lächelte ich ihr liebevoll zu. Sie ahnte wohl, daß dieser Keith ihr nicht gewachsen war. Sie muß verzweifelt sein, dachte ich mir, um nach ihm zu greifen. Aber sie tat es. Sie legte die Hand in seinen Schoß.
»Was werden Sie nun tun, Keith?« fragte ich.
Der Mann sah mich an. Wenn er vorher gedacht hatte: Mein Gott, am liebsten würde ich die Frau dieses Schnapshändlers gleich hier auf dem Sofa umlegen, so war er jetzt zu dem gefährlichen Punkt gelangt: Mein Gott, ich kann nicht mehr ohne dieses Mädchen leben. Sie ist wie geschaffen für mich.
»Ich glaube, Sie sollten jetzt lieber Ihre Frau nach Hause bringen.«
Dies ist das Stichwort für ihn, die Initiative zu ergreifen, wenn er dazu fähig ist, dachte ich.
Er sah zuerst mich an, dann Gwen.
»Ich fragte mich«, sagte er schließlich. »ob Sie sie nicht vielleicht nach Hause bringen würden, mein Freund. Ich habe wirklich eine Menge mit Gwen zu besprechen, und wir haben eben erst angefangen.«
»Fragen Sie sich nicht lange, mein Freund«, erwiderte ich. »Ich tu's nicht.« Ich konnte nicht umhin, ihn zu bewundern: Er besaß mehr Unverfrorenheit, als ich ihm zugetraut hätte. »Los, Keith, bringen Sie Ihre Frau nach Hause und legen Sie sie ins Bett.«
Sie saßen da und überlegten.

»Bringen wir sie nach Hause, Keith«, sagte Gwen. Sie stand auf und ging zu der Frau hinüber. Ich beobachtete sie mit dem Scharfblick des völlig Betrunkenen, und ich sah alles. Zum Beispiel sah ich, daß Gwen vor einem neuen Problem stand, mit dem sie nicht gerechnet hatte und von dem sie nicht sehr angetan war: die Last, sich um Mrs. Keith Robinson zu kümmern. Keith hätte seine Frau am liebsten umgebracht. Auch das erkannte ich klar.
Ich schenkte mir noch einen Whisky ein, und damit war's um mich geschehn. Für den Rest des Abends war alles verschwommen. Ich ging in die Küche, um Eis zu holen, und dann muß ich durch die falsche Tür gegangen sein, denn plötzlich war ich draußen und sah, wie Gwen und Keith die betrunkene Frau in Keiths Wagen verfrachteten. Dann folgte ich ihnen offenbar im Lieferwagen von Gwens Onkel. Wie ich es zustande brachte, weiß ich nicht. Jedenfalls war ich kurz darauf im Schlafzimmer der Robinsons. Sie hatten Mrs. Robinson bereits ausgezogen und legten sie gerade ins Bett. Ich glaube, es muß bald danach gewesen sein, daß ich Gwen beim Arm nahm und ihr ziemlich energisch erklärte, es sei Zeit, nach Hause zu gehen. Sie erwiderte: »Ich habe es vor drei Wochen mit dir aufgegeben, Eddie.« Darauf murmelte ich ein ums andre Mal: »Drei Wochen, was ist das schon, drei Wochen?« Dann zerrte ich sie die Treppe hinunter und sagte dabei: »Ich liebe dich, Baby, ich liebe dich wirklich, und du kommst jetzt mit mir nach Hause.« Aber das gefiel ihr nicht. Ich vermute, sie hatte auch mehr als genug getrunken, denn sie sprach eine Menge sinnloses Zeug; aber dann sagte sie: »Du willst mich umbringen, Eddie; aber ich lasse es nicht zu.«
Ich erinnere mich nicht, wie der Kampf begann, aber ich erinnere mich, daß er sich zuerst nicht zwischen Keith und mir abspielte – tatsächlich spielte er sich in keinem Augenblick zwischen Keith und mir ab –, sondern zwischen Gwen und mir. Sie fiel plötzlich wie eine wilde Katze über mich her. Doch ich war überzeugt, daß ich für eine gute Sache kämpfte, und das gab mir Kraft. Ich brachte sie die restlichen Stufen hinunter. Wir stießen gegen die Wände, und Keiths ganze Sammlung von altamerikanischer Volkskunst stürzte mitsamt den Regalen zu Boden. Aber ich ließ mich nicht von meinem Vorhaben abbringen, und ich hatte Gwen schon beinahe draußen, als sie sich losriß und schrie: »Ich gehe nicht zu all dem zurück, ich tu's nicht, ich tu's nicht!« Dann stürzte sie in die Küche und kam gleich darauf mit einem Messer zurück. Ich vermute, das Messer sah größer aus, weil ich so betrunken war – wie eine Sense sah es für mich aus.
Als Keith diese lange drohende Klinge und den sehr drohenden

Ausdruck auf ihrem Gesicht sah und sie nach meinem Blut schreien hörte, zeigte er sich der Lage gewachsen. Ich muß es ihm lassen, er hatte Schneid: Er packte sie. Aber mittlerweile konnte Gwen nicht mehr Recht von Unrecht, Freund von Feind unterscheiden. Sie wandte sich gegen ihn. Er verschwand in eine Ecke, hatte aber bereits eine tiefe Schnittwunde quer über den Ballen seiner linken Hand. Und Gwen immer noch hinter ihm her, immer noch nach Blut dürstend, nach seinem, nach meinem, das spielte schon gar keine Rolle mehr.

»Was, zum Teufel, ist los mit ihr?« schrie Keith mir zu; er war über und über mit Blut beschmiert. Diese Seite von Gwen hatte er noch nie zu sehen bekommen.

»Sie ist ein Ungeheuer«, sagte ich.

»Verdammt noch mal«, schrie er, »bringen Sie sie weg!«

Und das tat ich.

Einige Monate später wurden Keith und ich gute Freunde und spielten manchen Sonntagmorgen zusammen Tennis.

In jener Nacht gab es kein langes Telefongespräch mit Diskussionen über die Ästhetik des Fernsehens.

Und wir hätten ohnedies den Telefonhörer nicht aufnehmen können, so hinüber waren wir. Wir kamen gerade noch ins Bett, dann verloren wir – einer in den Armen des andern – das Bewußtsein. Mitten in der Nacht war sie wach und sah mich an.

»Du hast es noch nie zuvor gesagt«, murmelte sie.

»Nie was gesagt?«

»Du hast gesagt, ich liebe dich; das hast du noch nie gesagt.«

»Doch, bestimmt.«

»Wann?«

»Sehr oft. Wann habe ich es gestern abend gesagt?«

»Gerade bevor ich dem armen Keith die Hand zersäbelte.«

Bei der Erinnerung daran begannen wir zu lachen, und wir lagen da und hatten einander gern. Und nach einer Weile waren wir zusammen; seit jener Nacht im alten Haus, der Nacht vor dem Morgen, an dem Florence und Gloria uns überraschten, war es nicht mehr so gut gewesen.

Dann waren wir still. Wir hatten beide genügend Erfahrung, um zu wissen, daß das, was geschehen war, in Wirklichkeit nichts an den Dingen änderte; nur sagte es uns, daß alles noch irgendwo vorhanden war und immer noch gut sein konnte, wenn wir imstande waren, es zurückzuholen.

Ich sagte ihr: »Ich kann verstehn, weshalb du ihn gern hast. Er gibt dir das Gefühl, gebraucht zu werden.«

»Ach, Eddie. Ich glaube, der ist verschreckt. Ein für allemal.«

»Nun, er hatte diese Seite von dir noch nie gesehen. Man muß sich erst daran gewöhnen.«
»Mein Gott, mir ist gerade der Gedanke gekommen, daß wir vielleicht auf Gedeih und Verderb aufeinander angewiesen sind; mag sein, daß es niemand anderen gibt, der mich ertragen kann, und ich weiß, daß ich die einzige bin, die dich ertragen kann. O Gott!«
Dann schlief sie ein, wie sie es früher zu tun pflegte, mit dem Kopf auf meiner Schulter. Dies ist eigentlich das Beste, was ich mir wünschen kann, sagte ich mir, während ich fühlte, wie ihre Brust sich ruhig atmend hob und senkte.
Ich dankte ihr in meinem Herzen für alles, was sie für mich getan hatte. Wenn ich sie jetzt haben will, dachte ich, werde ich etwas dazu tun müssen. Ich muß beharrlich sein; ich darf nicht lockerlassen. Denn sie würde aufwachen, wenn nicht morgen, so am nächsten oder übernächsten Tag, und sie würde erkennen, daß das, was uns beinahe ein für allemal getrennt hätte, keineswegs beseitigt war.
Ich ging ins Nebenzimmer, um Andy anzusehen. Auf seiner Wange lag immer noch das Mal. Ich saß da und blickte auf den schlafenden Jungen. Jetzt wollte ich ihn nicht mehr verlassen.
»Ich gehe für ein Weilchen fort«, sagte ich zu Gwen, nachdem sie ihr Frühstück beendet hatte.
»Das brauchst du nicht.«
»Doch, es ist besser so. Ich werde dich wissen lassen, wo ich gelandet bin. Danach wirst du eine Weile nichts von mir hören. Dann liegt die Entscheidung bei dir. Du weißt, wie ich bin. Ich liebe dich, aber wir haben über das Wort gesprochen; es ist nicht alles, nicht wahr? Ich werde letztlich tun, was das beste für mich ist, und ich weiß, daß du letztlich tun wirst, was das beste für dich ist. Nur so kann es gelingen – was immer es ist, und mit wem immer es ist.«
Ich mußte in den Laden gehen, denn das Geld, das ich mir gespart hatte, lag in einem Kuvert hinten in der Kasse. Wir gingen alle drei zusammen hinüber.
Vor dem Laden stand eine kleine Menschenmenge.
Auf dem Boden, in der Mitte des Kreises, lag Howie. Er war tot; aber selbst jetzt waren seine Augen offen und starrten geradeaus. Wir saßen im Laden herum, bis die Ambulanz ihn fortholte. Sein Geheimnis nahm er mit.
Dann gingen wir zur Bushaltestelle. »Ich habe nicht die Kraft, mir jemand anderen zu suchen«, sagte Gwen. »Ich kann das alles nicht noch einmal durchmachen. Und überhaupt, im Grunde genommen will ich niemand anderen. Nur möchte ich, daß du ein wenig anders wärst.«
»Und?«

»Ich muß das Risiko auf mich nehmen; vielleicht gelingt es mir, dich ein wenig zurechtzubiegen.«

»Und ich muß auch ein Risiko auf mich nehmen. Wenn du mich wirklich zurechtbiegst, kann es sein, daß mich das umbringt.«

Der Bus kam, und ich ging in die Knie, um mich von Andy zu verabschieden.

»Komm morgen zurück«, befahl er.

»Nein, für ein Weilchen komme ich jetzt nicht zurück. Aber ich werde dich wiedersehn.«

Ich berührte seine Wange.

»Wenn ich etwas Böses tue«, sagte er, »küß mich, dann werde ich es nicht tun.«

Gwen ging mit mir zum Bus. »Dieser Fleck auf seiner Wange macht mir Sorgen«, sagte ich. »Er ist immer noch da.«

»Er verschwindet nach und nach. Du merkst es nur nicht.«

»Was bist du eigentlich für eine Mutter? Ich hatte geglaubt, du bringst mich um, wenn du es siehst.«

»Es war das erste Mal, daß du dem Kind überhaupt irgendwelche Beachtung geschenkt hast. Weshalb sollte ich darüber böse sein?«

Ich sah, daß sie mir noch etwas anderes zu sagen hatte.

»Weißt du, Eddie, ich habe sie gelesen. Du hast sie 'rumliegen lassen, und ...«

»Wie hat sie dir gefallen?«

»Offen gestanden nicht sehr gut. Gewiß, du verstehst was davon, kannst spannend erzählen ...«

»Aber?«

»Geh irgendwann einmal das Wagnis ein, Eddie. Liebe jemanden!«

Ich hatte geglaubt, es zum erstenmal in meinem Leben getan zu haben.

Andy deutete auf den Bus, der im Begriff war abzufahren.

Wir küßten uns, Gwen und ich, und wir meinten es ernst.

Ob wir uns jedoch Lebewohl sagten oder auf Wiedersehn, das wußten wir beide nicht.

»Ich schreibe dir meine Adresse«, sagte ich durch das Fenster.

In New York besuchte ich meine Mutter. Sie kochte mir ein griechisches Essen, und wir sahen die Tagesschau. Dann erzählte ich ihr, daß Florence sich von mir hatte scheiden lassen. Es stimmte sie traurig. Sie hatte Florence immer gern gemocht. Doch sie sagte nur: »Nun ... nun ...« Und ein wenig später: »Keine Sorge, Eee, du wirst schon wieder auf die Beine kommen.«

Sie tätschelte meine Wange.

»Ja, sicher«, erwiderte ich. Ein paar Minuten war nichts zu hören, außer dem Geräusch des strömenden Regens. Mir wurde klar, daß meine Mutter mich für einen Versager hielt. Ich hätte gern irgend etwas gesagt, was die alte Frau beruhigt hätte, aber mir fiel beim besten Willen nichts ein.

»Es regnet ziemlich stark. Du solltest lieber heute nacht hierbleiben«, sagte sie. Sie machte mir ein Bett auf ihrem Sofa zurecht. Dann ging sie schlafen; ich lag da und lauschte auf den Regen. Ich dachte an Gwen und wieviel sie für mich getan hatte. Sie war ein Ungeheuer, und ich war ein Ungeheuer, aber welche andere Frau wäre immer noch da, würde jetzt wieder auf mich warten – wer, außer einer gottverdammten Närrin?

Als ich am nächsten Morgen die Augen öffnete, saß meine Mutter am Fenster und nähte einen losen Knopf an meiner Jacke fest. Dann hielt sie sie einen Augenblick in die Höhe, und ihr kritischer Blick sagte mir, daß sie fand, sie sei ein wenig fadenscheinig, ganz und gar nicht das, was sie von ihrem ältesten Sohn gewöhnt war.

Sie küßte mich zum Abschied. Dann musterte sie mein Haar, das ich nicht gekämmt hatte, und sagte: »Weißt du, was dein Vater sagen würde, wenn er noch am Leben wäre? Er würde sagen: ›Evangeleh, hier hast du einen Dollar. Geh und laß dir die Haare schneiden.‹« Sie küßte mich abermals und sagte: »Du bist immer noch ein gutaussehender Mann. Laß dich nicht gehen.«

Ich nahm in Bridgeport die Fähre und fuhr quer über die Bucht nach Port Jefferson. Dann ging ich durch die Stadt nach Süden, auf das Meer zu. Es hatte die ganze Nacht stark geregnet. Ohne ein Zeichen von mir hielt ein Lastwagenfahrer an und nahm mich mit. Er fuhr bis zum Ende der Insel. In Montauk Village nahm ich mir ein Zimmer. Die Saison war längst vorüber, es kostete nicht viel. Nach dem Abendessen schrieb ich an Gwen und sagte ihr, wo ich war.

Es regnete wieder die ganze Nacht. Und ich hörte das Meer; es war jener selbe Ozean, den mein Onkel und mein Vater vor langer Zeit überquert hatten. Jetzt, in dem Augenblick, da ich wieder von vorne anfing, war ich dorthin zurückgekehrt, wo sie angefangen hatten. Sie hatten den falschen Weg eingeschlagen. Nun hatte ich einen Teil ihrer Schulden bezahlt – es hatte mich viele Jahre meines Lebens gekostet – und war bereit, meinen eigenen Weg zu gehen.

Bis zum Morgen hatte es aufgehört zu regnen, und ich ging nach dem Frühstück an den Strand. Nicht eine Seele war zu sehen, nicht eine Fußspur auf dem Sand. Und als ich dort zwischen den Dünen und der Brandung am Ufer entlangging, als ich die kalte, reine Luft einatmete, empfand ich etwas, das ich noch nie zuvor empfunden hatte. Zuerst glaubte ich, es sei nur die Freude, überlebt zu haben. Aber es war mehr: Es war meine erste Begegnung mit dem, was man Hoffnung nennt. Und ich wußte plötzlich, daß alles, was mir zu Anfang möglich gewesen war, auch jetzt wieder möglich sein würde. Und daß das, was ich zuvor gewesen war, das einzige Unmögliche war.

Als ich ein paar Tage später am Strand saß, sah ich sie kommen. Gwen setzte sich zwanglos und ohne ein Wort der Erklärung neben mich. Und es gab auch nichts zu erklären. Die Trauung der Ungeheuer wurde vom Bürgermeister von Patchogue vollzogen, der vorübergehend in derselben Pension wohnte wie ich. Er war hierher ans Ende der Insel gekommen, um auf Sägebarsche zu fischen – mit so viel Anglerglück, daß er die Zeremonie mit dem allergrößten Vergnügen abwickelte. Und als die Wirtin meine Frau sah, gab sie uns zum gleichen Preis ein besseres Zimmer.

Und später in dieser selben Nacht sagte Gwen mir, daß sie schwanger sei. Ich küßte sie. Es würde mein erstes eigenes Kind sein.

Die Schnapshandlung gehört jetzt uns. Ich verkaufte schließlich die Cessna – die etwa dreißig Prozent, die mir davon gehörten – und hatte damit gerade genug, um Gwens Onkel die erste Rate zu zahlen. Wir besitzen auch ein kleines Haus. Das bekam ich praktisch ohne Bargeld. Ich unterschrieb ein paar Dokumente bei der Bank, weiter nichts. Zu meiner Überraschung stellte ich fest, daß ich einen außerordentlich guten Kredit genoß. Ich war, ohne es gewollt zu haben, zu einem soliden Bürger geworden. Man wollte mich sogar zum Beamten wählen. Doch davor drückte ich mich.

Alles in allem ist es kein sehr abenteuerliches Leben, und das macht mir ein wenig Sorge – zum Beispiel, daß die Menschen mich für so zuverlässig halten. Ich bin nicht sicher, daß das gut ist. Ich halte mich nach wie vor für einen Rebellen. Doch selbst Gwen findet, daß ich – nun, sagen wir, gesetzt bin. O ja, wir haben unsere kleinen Streitigkeiten, aber sie sind nichts im Vergleich zu früher. Es ist ein bißchen spät für irgendwelche grundlegenden Veränderungen.

Habe ich meinen Ehrgeiz befriedigt? Worin bestand er? Es fällt mir schwer, mich daran zu erinnern. Ich hoffe, das kommt daher, daß ich ihn befriedigt habe. Ich schreibe immer noch jeden Morgen. Aber ich frage mich zum Beispiel, was ist aus meinem Entschluß geworden, das Land zu verlassen? Das hatte ich mir einmal sehnlich gewünscht. Doch warum, zum Teufel, sollte ich fortgehen? Gewiß, wir machen Reisen; wenn ich Geld für eine Erzählung bekomme, legen wir es dafür beiseite. Aber ich fühle mich hier nicht mehr fremd. Es ist mein Land. Und die dritte Generation wächst heran.

Aber manchmal mache ich mir Gedanken. War dies das Endziel jener ganzen Tragödie, jener großen Rebellion – dieses einfache Leben und Arbeiten, dieses stille Ineinanderfließen der Tage?

377	Frederick Forsyth	Der Schakal *Das atemberaubende Duell der französischen Polizei mit einem Killer*
378	Michel Tournier	Der Erlkönig *Ein mit psychologischer Meisterschaft geschriebener deutsch-französischer Roman*
379	Simon Wilson	Pop Art *Ein Überblick über die Entwicklung der Pop Art* *Mit 62 Farbtafeln*
380	C. Northcote Parkinson	Die nerzgefütterte Mausefalle *Essays. Ein Duell des Geistes mit den Themen unserer Zeit*
381	Joachim Rudolph	Knaurs Buch der modernen Chemie *Eine allgemeinverständliche Darstellung eines faszinierenden Themas* *Mit 158 meist farbigen Abbildungen*
382	Monika Schwinn und Bernhard Diehl	Eine Handvoll Menschlichkeit *Das Dokument einer Gefangenschaft in Vietnam*
383	Jürgen Thorwald	Die Patienten *Menschen wie du und ich sind die Helden dieses großen Tatsachenromans* *Mit 14 Abbildungen*
384	Erich von Däniken	Aussaat und Kosmos *Neue Beweise für seine These vom Besuch außerirdischer Intelligenzen* *Mit 72 Abbildungen*
385	J. M. Nash	Kubismus, Futurismus und Konstruktivismus *Die Kunstbewegungen des frühen 20. Jahrhunderts* *62 Farbtafeln*
386	Sir Rudolf Bing	5000 Abende in der Oper *Die Sir Rudolf Bing Memoiren* *Mit 34 Abbildungen*
387	Cornelius Ryan	Der letzte Kampf *Ein historisches Ereignis – die letzte Schlacht um Berlin. 32 S. Bildteil*
388	Sol Stein	Der junge Zauberer *Die faszinierende, bedrohliche Geschichte, wie sich Recht in Unrecht verwandeln läßt*
389	Dieter Vogt	Knaurs Anglerbuch *Das Haus- und Handbuch für Sportfischer* *48 Farbtafeln, 45 Zeichnungen*
390	George Mikes	Gedanken sind zollfrei *Eine nachdenklich-heitere Liebeserklärung an die Donauländer*
391	Vance Packard	Die ruhelose Gesellschaft *Ursachen und Folgen der Mobilität*

392	Oliver Hassencamp	Erkenntnisse eines etablierten Herrn *Der »möblierte Herr« von einst kehrt in seine Stadt zurück*
393	Dawn Ades	Dada und Surrealismus *Ein Überblick über zwei bedeutende Kunstrichtungen der Moderne* *62 Farbtafeln*
394	E. V. Cunningham	Sally *Die Geschichte einer jungern Frau im Mittelpunkt eines dramatischen Geschehens*
395	Hoimar v. Ditfurth	Im Anfang war der Wasserstoff *Eine Darstellung des Konstruktionsplanes der Natur* *Ca. 25 Abbildungen*
396	Ivar Lissner	Mein gefährlicher Weg *Die Lebenserinnerungen des wichtigsten Abwehrmannes von Admiral Canaris*
397	Johannes M. Simmel	Und Jimmy ging zum Regenbogen *Die bewegende Geschichte um Schuld und Sühne*
398	Mario Szenessy	Der Hut im Gras *Ein Hut am Rande des Moskauer Flughafens löst eine Geheimdienstaffäre aus*
399	Desmond Morris	Liebe geht durch die Haut *Der berühmte Forscher untersucht die Rolle des Intimverhaltens*
400	Arthur Koestler	Die Herren Call-Girls *Ein amüsanter Roman über die unermüdlichen Helden der Wissenschaftskongresse*
401	Lorenz Stucki	Lob der schöpferischen Faulheit *Chancen und Gefahren der Freizeitgesellschaft in Europa und den USA*
402	Ernest K. Gann	Lorbeer für die Besiegten *Die Geschichte des Kampfes um die Wüstenfestung Masada*
403	I. Schwarz-Winklhofer und H. Biedermann	Das Buch der Zeichen und Symbole *Geschichte und Bedeutung der Zeichen und Symbole aus Technik und Kultur* *Mit über 1300 Abbildungen*
404	Erich von Däniken	Meine Welt in Bildern *In diesem Buch führt Däniken entscheidendes Bildmaterial für seine These des Undenkbaren vor* *Mit 375 Abbildungen*
405	Hans Joachim Störig	Knaurs moderne Astronomie *Ein abenteuerlicher Streifzug durch den unermeßlichen Kosmos* *Mit 159 meist farbigen Abbildungen*

406	Abba Eban	Mein Land *Das moderne Israel. Ein Zeitdokument ersten Ranges!* *Mit 49 Abbildungen*
407	Cousteau-Diolé	Silberschiffe – Tauchen nach versunkenen Schätzen *Abenteuerliche Schatzsuche an der berüchtigten »Silberbank«* *Mit 90 meist farbigen Abbildungen*
408	Werner Keller	Da aber staunte Herodot *Wunderbare und komische, merkwürdige und gruselige Stories des »Vaters der Geschichte«* *Mit 24 Illustrationen*
409	Frederick Kohner	Amanda *Die Liebe eines erfolgreichen Schriftstellers zu einem junge Mädchen*
410	Elia Kazan	Dieses mörderische Leben *Ein aktuelles Thema unserer Zeit – ein hautnaher Gegenwartsroman*
411	Vicki Baum	Zwischenfall in Lohwinckel *Das zeitlos gültige Porträt einer kleinen Stadt* *Ein heiter-nachdenklicher Roman*
412	Herman Wouk	Der Feuersturm *Dieser große epische Roman erzählt die ergreifende Geschichte einer Familie vor dem Hintergrund des Zweiten Weltkrieges* *In 2 Bänden*
413	Walter Henkels	...aber der Wagen, der rollt *Henkels hat seinem Freund Walter Scheel mit dieser Anekdoten-Sammlung augenzwinkernd ein Denkmal gesetzt* *Mit 18 Zeichnungen*
414	Gottfried Reinhardt	Der Liebhaber – Max Reinhardt *Leben und Werk eines großen Menschen und Künstlers. Mit 66 Fotos*
415	Jürgen vom Scheidt	Innenwelt-Verschmutzung *Die verborgene Aggression:* *Symptome, Ursachen, Therapie* *Mit 90 Abbildungen*
416	John A. Walker	Kunst seit Pop Art *Die wichtigsten Kunstrichtungen der sechziger und frühen siebziger Jahre. 64 Farbtafeln*
417	Peter Bamm	Eines Menschen Zeit *Ein großer Schriftsteller – eine große Biographie*
418	Hans Joachim Bogen	Knaurs Buch der Biotechnik *Gezähmt für die Zukunft* *Zahlreiche, meist farbige Abbildungen*

419	Frederick Forsyth	Die Akte Odessa *Ein atemberaubender Roman vor dem Hintergrund unserer jüngsten Geschichte*
420	Robert Charroux	Vergessene Welten *Auf den Spuren des Geheimnisvollen* *Mit 53 Abbildungen*
421	Hans Biedermann	Handlexikon der magischen Künste *Von der Alchemie bis zur Zauberei* *Mit 90 Abbildungen*
422	John Kenneth Galbraith	Wirtschaft für Staat und Gesellschaft *Eine grandiose Analyse unseres Wirtschaftssystems*
423	Alastair Mackintosh	Symbolismus und Jugendstil *Eine Einführung in zwei moderne Kunstrichtungen* *64 Farbtafeln*
424	Peter Bamm	Am Rande der Schöpfung *Ein Band mit heiter-nachdenklichen Feuilletons*
425	George Mikes	Gelangweilt sterben die Spione *Ein wirklich komischer Roman über Spionage*
426	Walter R. Fuchs	Leben unter fernen Sonnen? *Ein faszinierender Vergleich zwischen Science-Fiction und moderner Wissenschaft* *Mit 95 zum Teil farbigen Abbildungen*
427	Esther Vilar	Das polygame Geschlecht *Das Recht des Mannes auf zwei Frauen*
428	Jürgen Thorwald	Die Illusion *Das Drama der Rotarmisten in Hitlers Heeren*
429	Norman Mailer	Marilyn Monroe *In dieser poetischen Huldigung erwacht der unvergessene Star noch einmal zum Leben* *Mit 100 Abbildungen*
430	Hans Habe	Leben für den Journalismus *Eine Zusammenfassung von Hans Habes bedeutendsten journalistischen Arbeiten* *Kassette mit 4 Bänden*
431	Dee Brown	Pulverdampf war ihr Parfum *Die sanften Helden des Wilden Westens, jene Frauen, die das Gesicht des amerikanischen Westens geprägt haben*
434	Vicki Baum	Verpfändetes Leben *Die Geschichte einer einzigartigen Karriere und ein schonungsloses Bild des Showbusineß*
435	Jacques-Yves Cousteau/ Philippe Diolé	Wale – Gefährdete Riesen der See *Die Begegnung mit den Walen, ein spannendes Abenteuer* *Mit 130 meist farbigen Abbildungen*

436	Werner Keller	Was gestern noch als Wunder galt *Die Entdeckung geheimnisvoller Kräfte des Menschen* *Mit zahlreichen Abbildungen*
437	Johannes Mario Simmel	Der Stoff, aus dem die Träume sind *Eine atemberaubende Geschichte aus der Welt jener Industrie, die Träume für Millionen macht*
438	Carlo Schmid	Politik als geistige Aufgabe *Reflexionen über das Wesen des Politischen*
439	Carlo Schmid	Europa und die Macht des Geistes *Verbindungslinien zwischen nationalstaatlichem und europäischem Denken*
440	Mary McCarthy	Ein Sohn der Neuen Welt *Die Geschichte eines jungen Amerikaners, der auszog, Europa zu entdecken*
441	Heinz Sponsel	Die Heilkräfte der Natur *Ein umfassender Überblick über die Naturheilkunde, ein praktisches Haus- und Handbuch*
442	Josef Kirschner	Manipulieren – aber richtig *Die acht Gesetze der Menschenbeeinflussung*
443	Morris L. West	Der Salamander *Der Kampf eines Mannes gegen die Mächtigen aus Politik und Hochfinanz*
444	E. V. Cunningham	Milly *Eine verblüffende Story voll atemloser Spannung*
445	Theodor Hellbrügge/ J. Hermann von Wimpffen	Die ersten 365 Tage im Leben eines Kindes Die Entwicklung des Säuglings
446	Isabel und Rudolf Mühlfenzl	Der Irrtum *Dieses Buch zeigt neue Wege in eine positive Zukunft der Weltwirtschaft*
447	Bernard Denvir	Fauvismus und Expressionismus *Ihre Entstehung in Frankreich sowie ihre Künstlergruppen. 64 Farbtafeln*
448	Frederick Forsyth	Die Hunde des Krieges *Der engagierteste Roman über das zweifelhafte Spiel hochbezahlter Söldner in Afrika*
449	Elisabeth Flickenschildt	Pflaumen am Hut *Mit minuziöser Beobachtungsgabe schildert der Roman den Lebensweg einiger Menschen*
450	Jacques-Yves Cousteau/ Philippe Diolé	Kalmare – Wunderwelt der Tintenfische *Abenteuer mit geheimnisvollen Meeresbewohnern* *Mit 124 meist farbigen Abbildungen*
451	Peter Bamm	Sämtliche Werke *Bamms bedeutendste Arbeiten sowie seine Autobiographie* *Kassette mit 5 Bänden*

452	Ian D. Hudson/G. Thomas	Was tun, bis der Doktor kommt? *Ein medizinischer Ratgeber für Eltern bei Krankheit und Unfall*
453	Hans Hellmut Kirst	Alles hat seinen Preis *Eine Serie von Verbrechen hält die Münchner Polizei in Atem*
454	Vicki Baum	Hell in Frauensee *Ein köstlich-heiterer Roman*
455	John le Carré	Dame, König, As, Spion *Ein fast unglaublicher Spionagefall*
456	Sebastian Leitner	So lernt man leben *Ein leichtverständliches Lern-Buch der modernen Verhaltenstherapie. Mit 50 Abbildungen*
457	Jacqueline Susann	Geliebte Josephine *Ein heiteres Hundebuch – eine herzerfrischende Geschichte*
458	Anthony Everitt	Abstrakter Expressionismus *Die Schulen der »gestischen Abstraktion« in Europa und Amerika. 64 Farbtafeln*
459	Utta Danella	Der blaue Vogel *Ein Roman über die bewegten Schicksale der Leute von Breedenkamp*
460	Eveline Amstutz	Lydias Gäste *Lydias Haus wird Zufluchtsort vieler Emigranten*
461	Trevanian	Im Auftrag des Drachen *Eine Besteigung der berüchtigten Eiger-Nordwand steht im Mittelpunkt dieses Thrillers*
462	Ludwig Koch-Isenburg	Blumen und Pflanzen im Garten *Umfassende Pflanz- und Gestaltungsvorschläge für eine vielfältige Blütenpracht* *Mit 70 zum Teil farbigen Abbildungen*
463	Günter Speicher	Heilen mit Erfolg *Von der Akupunktur bis zur Zellulartherapie*
464	Georg Steinbacher	Knaurs Vogelbuch *Das reich illustrierte Hausbuch für Vogelfreunde und Vogelliebhaber* *Mit 315 meist farbigen Abbildungen und 54 Zeichnungen*
465	Angus Wilson	Wie durch Magie *Zwei Menschen auf der Flucht vor sich selbst und der Suche nach ihrem Ideal*
466	Walter Henkels	Bonner Köpfe *Portraits der wichtigsten deutschen Politiker vom berühmten »Bonner Hofchronisten«*
467	Hans Mohl	7 Erfolgsprogramme für die Gesundheit zu den Themen: Ernährung, Bewegung, Rauchen, Alkohol, Vorsorge, Sicherheit, Psychologie *Mit Schaubildern und Checklisten*

Knaur-Taschenbücher
Das moderne Programm

468	Jürgen Thorwald	Blut der Könige *Das Drama der Bluterkrankheit in den europäischen Fürstenhäusern*
469	Jacques-Yves Cousteau/ Philippe Diolé	Calypso – Abenteuer eines Forschungsschiffes *Neue faszinierende Abenteuer des Cousteau-Teams* *Mit 112 meist farbigen Abbildungen*
470	Ludwig Ganghofer	Schloß Hubertus *Ganghofers größtes und erfolgreichstes Werk*
471	Walter Henkels	Neues vom Alten *Adenauer-Anekdoten*
472	Victoria Wolff	Stadt ohne Unschuld *Das dramatische Schicksal einiger Familien in Los Angeles*
473	Hans Herlin	Freunde *»›Freunde‹ liest sich wie ein Thriller und enthüllt schonungslos die ganze Tragödie Deutschlands.« (Arthur Miller)*
474	Lonnie Coleman	Bis ans Ende aller Tage *Die große Saga aus den Südstaaten Amerikas*
475	Manfred Köhnlechner	Vermeidbare Operationen *Naturheilverfahren bieten neue Wege zur Gesundheit*
476	Lilli Palmer	Dicke Lilli – gutes Kind *Ein humorvolles und lebenskluges Selbstportrait* *Mit 42 Fotos*
477	Werner Grabinger	Knaurs lachende Welt *Ein brillantes Potpourri heiterer bis boshafter Cartoons der internationalen Spitzenklasse*
478	Alexander Spoerl	Die Sache fing von vorne an *Eine spannende und abenteuerliche Geschichte für junge Leser*
479	Ludwig Ganghofer	Waldrausch *Der Einbruch der Technik in die konservative bäuerliche Welt eines unberührten Bergtals*
480	Rainer Barzel	Es ist noch nicht zu spät *Die Standortbestimmung eines Politikers: mutig, persönlich, sachlich*

Knaurs Kochbücher

601	Ulrike Hornberg	Schlemmereien vom Grill *Alles über die fröhliche Kunst des Grillens mit zahlreichen Rezepten köstlicher Grillgerichte* *Mit 10 farbigen Abbildungen*
602	Ulrike Hornberg	Kalte Küche – heiß begehrt *Vom einfachen Salat bis zum kalten Büffet die herrlichsten und pikantesten Rezepte* *Mit 8 farbigen Abbildungen*
603	Karin Iden	Eintöpfe und herzhafte Suppen *Eine Sammlung der schönsten Eintopfgerichte* *Mit 9 Farbfotos*
604	Veronika Müller	Pikantes – selbstgemacht *Delikat eingelegte Köstlichkeiten mit über 200 Rezepten* *Mit 10 Farbfotos und Zeichnungen*
605	Ulrike Hornberg	Köstlichkeiten – selbstgebacken *Vom Gebäck bis zur Torte und zum selbstgebackenen Brot. Mit 11 Farbfotos und vielen Zeichnungen*
606	Margret Uhle/ A. Brakemeier	Konfekt zum Selbermachen *Konfekt und besondere Leckereien – in der eigenen Küche zubereitet. Mit 10 Farbfotos und mehreren Zeichnungen*
607	Veronika Müller	Gesund kochen mit Milch, Quark und Käse *Leckere Gerichte, Aufläufe, feine Desserts, Eis und duftendes Gebäck* *Mit 8 Farbtafeln, Kalorien-/Joule-Angaben*
608	Isolde Bräckle	Alkoholfreie Getränke für Genießer *Longdrinks, Fruchtsaftgetränke, Gemüsecocktails, Milch-Mixgetränke* *Mit 8 Farbtafeln, Kalorien-/Joule-Angaben*
609	Ulrike Hornberg	Salate – bunt gemischt *Rohkost-, Geflügel-, Fleisch-, Nudel-, Käse- und Obstsalate – mit zahlreichen leckeren Rezepten* *Mit 8 Farbtafeln*
610	Margret Uhle/ Anne Brakemeier	Gesund kochen mit Gemüse *Alles Wissenswerte über einheimische und bekannte internationale Gemüsesorten* *Mit 8 Farbtafeln*